* 杭州市文化精品扶持项目成果

* 浙江省文化精品扶持项目成果

* 浙江省哲学社会科学重点研究基地文艺批评研究院研究成果

* 杭州师范大学汉语言文学专业研究成果

* 杭州师范大学"新媒体文艺批评"研讨课系列成果

单小曦　等　编著

网络文学的合作式批评

（浙江篇）

浙江工商大学出版社

·杭州·

图书在版编目（CIP）数据

网络文学的合作式批评.浙江篇 / 单小曦等编著.
— 杭州：浙江工商大学出版社，2022.8
ISBN 978-7-5178-4923-0

Ⅰ.①网… Ⅱ.①单… Ⅲ.①网络文学—文学评论—
浙江 Ⅳ.①I207.999

中国版本图书馆CIP数据核字（2022）第068622号

网络文学的合作式批评（浙江篇）
WANGLUO WENXUE DE HEZUO SHI PIPING (ZHEJIANG PIAN)

单小曦　等 编著

责任编辑	张晶晶
责任校对	穆静雯
封面设计	屈　皓
责任印制	包建辉
出版发行	浙江工商大学出版社
	（杭州市教工路198号　邮政编码310012）
	（E-mail：zjgsupress@163.com）
	（网址：http://www.zjgsupress.com）
	电话：0571-88904980，88831806（传真）
排　版	C点冰橘子
印　刷	杭州高腾印务有限公司
开　本	710mm×1000mm　1/16
印　张	36.5
字　数	531千
版 印 次	2022年8月第1版　2022年8月第1次印刷
书　号	ISBN 978-7-5178-4923-0
定　价	148.00元

目录

第五章　桐华：清穿界的"魔幻现实"

第六章　烽火戏诸侯："硬币式"人物的生命绽放

绪　论

浙江网络文学的基本内涵、内外成因及研究进路当前，中国网络文学获得了长足发展，不仅已经成为中国当代文学阅读消费的主流，而且产生了世界影响，海外传播日益深远，已经成为讲述中国故事、输出中国文化的重要载体。在中国网络文学的版图中，浙江网络文学具有举足轻重的地位。同时，浙江网络文学也是当代浙江文学中具有革命性、充满活力、蕴含巨大发展空间的文学新军。无论是中国网络文学研究，还是中国当代文学、浙江地方文学研究，都不能绕过浙江网络文学。反过来说，开展浙江网络文学研究，既应是中国网络文学研究的重要任务，也应是中国当代文学、浙江地方文学研究的题中之义。与此同时，浙江网络文学研究挖掘出的关于地方网络文学的某些模型、规律性成果，对沪、粤、苏等地方有类同性的网络文学研究也具有一定的示范作用。

一、浙江网络文学的基本内涵

在中国网络文学发展之初，浙江人就积极参与其中。在痞子蔡发表《第一次亲密接触》的1998年，中国大陆最早的网络文学网刊之一的《西湖评论》（WEST-LAKEREVIEW）在浙江创刊。这一年燕垒生开始在网上发表作品。1999—2000年蒋胜男在清韵书院网站连载《魔刀风云》等小说。不久，燕垒生、蒋胜男进驻榕树下网站。燕垒生在自述中说："20世纪90年代末互联网逐渐普及，最早一拨'吃螃蟹'的作者，开始在网络上面发表文字。我想起自己也一直零零碎碎地写东西，既然有机会给别人看，那不妨发出去试试……这一写，就从1998年坚持到现在。"[i]在中国网络文学发展之初，除了燕垒生、蒋胜男等少数作者产生了全国性的影响外，浙江网络文学总体一直以不瘟不火的状态持续着。进入21世纪之后的几年间，浙江网络文学逐渐开始发力，沧月、管平潮、桐华、发飙的蜗牛、南派三叔、烽火戏诸侯、小侠、流潋紫、曹三公子、陆琪、疯丢子、梅子黄时雨、苍天白鹤等浙江作者陆续登上历史舞台。之后不久，天蚕土

---

i 李戈辉、陆文琳：《大神专访之燕垒生：他描述了一个架空帝国的覆灭》，https://zj.zjol.com.cn/news/233508.html，2015年12月23日，引用日期：2021年7月8日。

豆、梦入神机等外省网文"大神"也纷纷被吸纳到浙江网文作者队伍中。

从 1998 年算起的 20 多年时间，浙江网络文学不仅在产量和带动的阅读量上贡献巨大，而且生产出了一大批高品质、高效益的优秀网文文本；浙江网文作者不仅能够娴熟地驾驭不同网文类型的写作技巧，而且能够不断探索，并开拓出了一个个新的写作样式，在网络文学的文字书写和语言叙事方面成绩斐然。业界对浙江网络文学所做的如下总结具有一定的代表性：

> 浙江网络文学最引人注目之处是集聚效应明显——作家团队整齐、影响力大、写作类型多样。盛大文学曾对旗下的起点中文网、晋江文学城、榕树下等 7 家网站注册 IP 地址进行统计，在 110 万个 IP 地址中，浙江的有 11 万个。浙江活跃的网络作家有 1000 多人，涌现了一批年版税收入数百万元的"大神"。这一群体还呈现出越来越年轻化的趋势，"80 后""90 后"成为主力军，而女性作家多更是一大特色。
>
> 如今浙江拥有各个网络文学类型的领衔作家或代表作家。南派三叔领衔的"盗墓"类，流潋紫领衔的"后宫"类，蒋胜男代表的"女性历史"类，沧月领衔的"女性女侠"和"女性玄幻"类，管平潮的"仙侠"类，李异的"推理"和"军事"类……各个类型网络文学在浙江都可以找到典型代表。[i]

与此同时，这支队伍还是网络文学跨界发展和 IP 开发领域的排头兵，如南派三叔、发飙的蜗牛、梦入神机等，是一批在这方面较早涉足的探索者，他们的作品不仅在写作风格上满足了网民受众的需要，同时还在出版、影视、动漫、游戏、cosplay、"网络配音"等方面衍生了独特的运营模式，创造了"多元商业模式"的范本，很多作品已完成了电影、季播剧、游戏、出版在内的多个领域布局，形成了一套系统性的上下游产业链。可以说，浙江网络较好地融合了网络文

---

i 陆健：《网络文学"浙江现象"解析》，《光明日报》2017 年 4 月 20 日第 9 版。

学的文学性与娱乐商业精神，在今天中国网络文学发展中具有一定的代表性，对其他省区市的网络文学发展具有一定的示范意义。鉴于这些表现和特点，业界把浙江网络文学的发展实践概括为网络文学"浙江现象"或网络文学"浙江模式"。浙江本土批评家夏烈较早从"创作的全类型化及其标杆意义"、"敏锐的意识和学理化构架"、尊重网络文学的"娱乐化和商业精神"三个方面对网络文学的"浙江模式"进行了概括和初步分析。[i]

本书创作的基础理念是浙江网络文学，它与网络文学"浙江现象"、网络文学"浙江模式"相比，更朴实，更稳健。在网络文学层面上，浙江网文涵盖了通过网络首次发表的网络原创文学，网上发表的通俗文学，网络上发表的大众文学，市场化的商业写作，类型文学或类型写作，等等，各种具体含义。但无法使用其中任何一种含义单独来指称。我认为，在网络文学中，网络属于存在性要素，具有三大基本功能：一是物质承载功能，没有网络就没有网络文学；二是聚集功能，网络把所有文学要素聚集在一起复合运作；三是生成功能，网络文学的上述诸多特性都是在网络作用下生成出来的。浙江网络文学中"网络文学"层面的含义就是，以网络为存在基础，通过聚集其他各种文学要素，生成出技术性、艺术性、商业性相融合，走向跨媒介和跨艺类，开拓出虚拟性审美世界，形成主体网络间性与合作生产，为"数字此在"提供领悟存在意义的新的文学形态。[ii]

在地方文学层面上，与传统的浙江文学一样，"浙江"在这里具有地方、地域的文化含义。应该承认，网络与一般意义上的地域文学是不相容的，因为网络最大限度地抹平和遮蔽了地域文化特征。然而，从世界范围看，中国网络文学和西方各国、韩、日的网络文学仍有较大差异；从中国范围着眼，大陆网络文学和台湾的网络文学、大陆不同省区市之间的网络文学仍有很大不同。不过，这种差别不再具体化为创作个性、审美特质、作品风格、叙事技巧等，更多的是文学整

---

i　夏烈：《观念再造与想象力重建》，北京大学出版社 2017 年版，第 95—98 页。

ii　这些方面的具体讨论，可参阅单小曦：《网络文学评价标准问题反思及新探》，《文学评论》2017年第 2 期。

体实力、网络潜能开发、网络文学可能性探索、网络文学制度创新、网络文学生产场态等。与其他地区的网络文学相比，浙江网络文学在这些方面具有明显的标识度。此外，传统地域文学中地方、地域的自然条件、人文环境、历史发展、教育状况、文化传统、风俗民情对文学创作产生的影响，在浙江网络文学中也并非消失殆尽，而是成为一种潜在因素，在深层次上发挥着影响力。浙江网络文学的地方性，就包含着显在和潜在两个方面的含义。

浙江网络文学是虚拟网络和现实浙江（包括历史文化）在文学上互动交合的产物。首先，网络打破了传统文学中根深蒂固的条条框框，为探索文学新的可能性开辟了道路。比如，学界有一种说法叫作"中国现代文学一半在浙江"，"但进入当代，浙江文学总体是相对沉寂的，文学'浙军'领先全国的优势日渐弱化"。[i] 一种解释可能是，当代浙江高度发达的商品经济环境一方面压抑了传统两浙文化作为文学滋养的发挥，另一方面与当代纯文学标举西方审美现代性文学价值观相龃龉。然而，网络所开创出的文学——网络文学，天生就具有商业性、产业性和消遣娱乐性，它最有可能在商品经济发达地区开花结果，这也是沪、粤、苏等地网络文学发达的重要原因。而一旦这样的文学在这里开花结果了，它会反过来推动文学观念、审美趣味的变化，推动文学制度的变革。它也会激发出潜在的文化资源，反哺文学的发展。其次，浙江网络文学制度建设中特别看重网络文学，以办协会、项目资助、评奖、组织采风等多种方式激励网络作者的创作。在网络和现实的互动中，浙江网络文学不断发展壮大。

二、浙江网络文学作者的耕耘与探索

像所有文化事件一样，浙江网络文学之所以取得了较为突出的成就，形成了自己的特色，必然是众多社会文化等要素形成的历史"合力"的结果。从总体而言，包括内、外两大方面的发展成因。一群浙江籍或生活在浙江的作者不倦耕耘

---

i　罗昌智：《走向未来的浙江当代文学》，《浙江工商大学学报》2011 年第 1 期。

和孜孜探索，构成了浙江网络文学发展的内在动因。无论是传统文学还是网络文学；无论是作家个人成就还是一个区域的文学整体水平，首先必然具体落实在创作主体创作实践中。而一个作家创作的成功，特别是小说写作，在根本上并不是凭借一般而言的天才、直觉、灵感，而是取决于扎实的实践功夫。网络文学尤其如此。今天，学界常常使用"金字塔"生存结构来指称网络文学作者群体的存在样态。塔底是为数甚众的一般作者，塔尖上站立着少数网文大神。从塔底的一般作者群中杀出一条血路，攀上塔顶，时机、运气、天才等因素都需要，但仅此是远远不够的，还需要大量的写作实践和笔耕不辍的坚持。

在不懈的坚持和长期耕耘过程中，浙江网文作者们表现出较为突出的网文类型探索精神。这也是浙江网文发展内因的具体表现。网络文学的发展历程只有20多年的历史，却发展衍生出来各式各样的类型和流派，如传统文学理论中没有总结过的各种"流"，如"修真流""重生流""穿越流""异界流""星际机甲流""凡人流""洪荒流""退婚流""废材流""无敌流"等等。就浙江而言，桐华是"清穿流"开创者之一（她的《步步惊心》与晚晴风景的《瑶华》、金子的《梦回大清》并称为"清穿三座大山"），梦入神机凭借《佛本是道》开创了"洪荒流"一派。另外，南派三叔的"盗墓文"、流潋紫的"后宫文"、蒋胜男的"女性历史文"、沧月的"女性玄幻文"、管平潮的"仙侠文"等等，之所以形成了品牌，引人注目，无不是他们不懈探索的结果。值得关注的一个现象是，一些网文大神在某种类型文大获成功后，为了"固粉"往往采取稳妥而保守的写作策略，即对其他类型不敢越雷池一步。唐家三少就是一个典型的案例。天蚕土豆、流潋紫、梅子黄时雨等浙江作者也有类似情况，但同时更多的浙江作者则体现出不断突破自我、不断求新求变、主动尝试不同的写作类型和创作题材的开拓精神。比如发飙的蜗牛以网游类型文《网游之贼行天下》而为广大读者所熟知，但他并没有为盛名所累，而是根据市场需求的变化看到了玄幻小说的版权延伸价值，转而涉猎玄幻文。他在访谈中表示："我最怕的就是我的故事沦入到别人的套路里面，这样会让我的作品显得平庸，我更多的是尝试去突破，写一点不同寻常的东西去超越读者的预期，至少是超过我心里的预期。"（参见本书发飙的蜗牛访谈）梦入神机的《佛本是道》作为"洪荒流"的开山之作，在连载当年获得了相当亮眼的点击和排行榜成绩。之后，他没有故步自封，而是不断转型，积极探索其他类型文，如"国术流""玄幻流"，先后推出作品《龙蛇演义》《星河大帝》《圣王》等，而《点道为止》更是其以前从未涉足过的都市娱乐类型小说。有些作者还在某一大类写作中不断探索更具体的小类型，从而丰富和发展了某种类型写作。比如疯丢子在自如使用穿越手法的同时，开拓出了"外星能量体穿越"（"abu 列传"）和"围观式历史穿越"（《百年家书》《战起 1938》等）两个具体穿越类型，形成了特色鲜明的写作风格。正是这种不断的自我超越和探索精神，使浙江网络文学的大花园百花齐放，欣欣向荣。

最值得肯定的是，浙江网文作者不断开拓出了市场认可与作家独立性、趣味性叙事与思想内涵相融合的文学生产模式。在市场经济环境中，精神生产被纳入市场运营体系之中，一定程度上成为特殊的文化商品生产、流通和消费行为。中国的网络文学是目前最有代表性的文化产业。如此，网文作者也很难再保持传统精神领袖、文化传教士的角色形象。如上，要想从残酷的"金字塔"生存结构的底层升级到顶部，不仅需要作者的努力和不断的探索精神，一定程度上还需按照市场和点击率的指挥棒从事写作活动。今天中国 4.5 亿多的网络文学读者，绝大多数属于低年龄、低学历、文化素养不高的一般网民，他们需要的是消遣娱乐，是"爽感体验"，他们之所以抛弃传统精英文学、纯文学，主要是因为那种文学过于沉重，过于严肃。要生存，要发展，迎合读者就成为网文作者写作的不二法门。事实上也是如此，中国网文 20 多年历程中存在着太多的迎合式写作。在连载过程中，读者会通过论坛书评、粉丝群交流等渠道，表达他们的愿望，提出他们希望看到的故事发展走向、人物关系、形象期待，等等。多数作者一般会不断揣摩读者需要，更有的将读者愿望带入接下来的写作过程中。由于一般网文读者文学素养较低，跟从他们的愿望设计写作路数，自然会进一步拉低作品高度和层次。这是造成目前中国网文整体水平低的一个重要原因。

　　面对这种情况，浙江一些网文作者却有着清醒的认识：若是仅仅为了读者获得"爽感"而创作，主动放弃作家创作独立性，将写作沦为读者内心欲望的投射，很难成为一名具有"神格"的作家。发飙的蜗牛在访谈中提到："这样的作者是永远成不了大神的，他只能在网络文学的底层去写一些完全迎合读者的小说。……如果当时我选择不再写女性角色，那我可能到现在也完全不会写。虽然那个时候我写一次，被喷一次，但是我依旧坚持到现在，而且我觉得我笔下还是塑造出了几个读者喜欢的性格鲜明的女性角色。"（参见本书发飙的蜗牛访谈）这还是较温和的做法，其目的是兼顾读者需要和作家创作的独立性。而燕垒生、南派三叔、烽火戏诸侯、梦入神机、陆琪、蒋胜男、半鱼磬等态度更为坚决，明确表示，他们的写作不会受到读者意愿的左右。他们也会到网上查看读者评论，但不会改变自己的写作方向。更有甚者，他们要与读者"较劲"，甚至有意识地与读者愿望背道而驰。烽火戏诸侯说："网络文学阅读除了门槛低，还有一个特点，即读者追求阅读的畅快性，小人物小情节会让读者阅读的快感卡顿不前。这也是在考验一个作者肯不肯和读者较劲，写作从来是作者和读者和世界、市场较劲的过程。"（参见本书烽火戏诸侯访谈）敢于与读者和市场"较劲"，坚持自己的创作个性和审美理想，恰恰是传统精英作家一贯的做法。但他们又没有完全回归传统，让自己成为高高在上的"大师"。他们被称为大神而不是大师，就在于他们恰恰凭借包括独立性在内的人格魅力而拥有众多粉丝。在具体创作活动中，他们是充分考虑到读者接受要素的，努力把好看、趣味、易于接受和某种严肃思想、人生体悟结合起来，探索将思想、内涵、价值追求蕴于趣味性叙事之中，很多大神都形成了一套自己的兼容性文学生产模式。比如，燕垒生的新志怪叙事与人本主义、南派三叔的盗墓叙事与新情义精神、沧月的奇幻武侠叙事与女性独立人格、烽火戏诸侯的多线交织情节结构与"逆天""顺势"结合的价值观和追求个人奋斗的人生观、管平潮的仙侠叙事与古典情怀、半鱼磬的山海传奇叙事与中国文化源头追索等等，无不是当代严肃主题与趣味形式结合的成功案例。值得一提的是，与读者"较劲"的极端做法——按读者愿望相反的方向设计故事情节和主题表达，并不是真的与读者作对，而是将自己置于更高、更宏大的视野和更跳脱的节奏，从全局和整体设计出发，往往在高于读者认知和审美视野的前提下，让读者心悦诚服地接受，从而也扩大了读者阅读视野，对他们形成了思想引领，最终获得更为充分的审美感悟。

　　浙江网文大神的耕耘和探索精神还表现在文学、文化积累和跨界学习方面。网文小说常常以表现题材、生活领域、文化知识新奇独特，超出人们期待视野见长，加之动辄几百万、上千万字数的超长篇作品比比皆是，这对作者本身文化知识、人生阅历提出了较高要求。对于年轻的网络作者而言，他们在人生阅历上没有优势，因此，只能靠大量的阅读、不断的学习和知识积累弥补。除了大量的文学作品阅读，特别是经典小说、通俗文学阅读外，不断吸收不同领域的文化知识并加以转化也尤为重要。在浙江网文作者中，有的成长于传统文学环境中，从小耳濡目染大多是经典文学作品；有的来自理工科文化背景，但他们是历史、民俗、民间传说等的爱好者，有着广泛的跨界知识素养。无论哪种情况，他们大都具备一种勤学习、苦钻研的精神。燕垒生提到："我信奉'开卷有益'这四字，因此读书向来又多又杂，自己家里有四千余本藏书，加上这么多年来的阅读，应该早过了一万本了，而其中类别可谓无所不包，从年鉴到性教育，样样都有。因为读书庞杂，加上自身最大的兴趣是古典诗词，自然而然会化入说部之中。"（参见本书燕垒生访谈）这也使他的创作种类芜杂，魔幻、奇幻、玄幻、科幻四大类型全部囊括，且受众广泛，既是精英们看好的对象（科幻银河奖、网络文学奖均有上榜），又深受民工们喜爱（"地摊文学"常常盗用并将其改头换面一番）。[i]这种情况对于写历史题材的曹三公子、蒋胜男等人更是稀松平常的事情。疯丢子为了写好《战起1938》翻遍了"二战"时期的历史资料，"甚至在大学选择了德语，其间利用语言优势看了很多原文资料"（参见本书疯丢子访谈）。

---

i　詹玲：《植根传统，融雅于俗——燕垒生幻想小说创作论》，《小说评论》2017年第6期。

三、地域文化滋养与网络文学制度助推

深层地域文化滋养和现实层面地方网文制度建设的助推，构成了浙江网络文学两大重要发展外因。

浙江网络文学发生发展，在深层次上离不开独特的历史地域文化土壤的滋养。如上，在地方网络文学发展过程中，地域文化并不像传统文化和文学间那样紧密关联，但它仍发挥着不可忽视的潜在作用。浙江地域文化源远流长，最早可上溯到 5000 多年前的良渚文化，再经由春秋古越文化、汉魏会稽文化、五代吴越文化，直至南宋，"浙学"形成。浙江地域文化丰富隽永，其中如下两种文化精神对浙江网络文学构成了重要的滋养。

一是"崇义养利"思想。在义、利关系上，孔子有"君子喻于义，小人喻于利"的说法。董仲舒进一步强调"正其义不谋其利，明其道不计其功"。这种把"义"和"利"对立起来并重义轻利的思想深深地影响了中国传统文学。南宋时期的浙江永嘉派代表人物叶适在批评上述思想的基础上，提出"崇义以养利"的主张，认为"'以利和义'，而反对用义去压制利，是一种辩证义利观"[i]。叶适这一"崇义养利"思想是对南宋后商品经济在江南获得长足发展现实的一种理论回应。它对后世浙江文化产生了重要影响，并构成了浙江地域文化精神的重要方面。南宋至民国，浙江通俗文学一直走在全国前列，应该说与"崇义养利"文化精神不无关系。整个 20 世纪前 80 年中，由于特殊的历史、政治、文化因素，"崇义养利"思想和文化精神一直处于压抑状态。但 20 世纪 80 年代以来，中国倡导改革开放，发展市场经济，"崇义养利"又成为浙江通俗文学发展的动力。

在文学活动中，"义"属于思想价值层面，可以对应人文精神、价值理性等；"利"就是利益、功利，可以对应经济利益、商业性。传统精英文学是将两者对立起来的，文学属于不沾铜臭气的高雅艺术之一，它就要以不为经济利益左右的人文价值为指归。但凡受制于市场和经济利益（在文学场中靠近经济极）的都是

---

i 吴光：《关于"浙学"研究若干问题的再思考》，《浙江社会科学》2014 年第 1 期。

丧失自主性的、低级的文学，这种文学也没有什么价值理性可言。而网络文学与精英文学的最大不同之一，恰恰表现在把商业性和文学性交融在一起，这里不是"文学性＋商业性"的，而是文学性中就有商业性，商业性中就有文学性。更进一步说，是从文学性中生产出商业性，也从商业性中生产出文学性。这样做打破了"义""利"分立的二元观。如上，浙江优秀网文作者往往能够做到：（1）以引人入胜的叙事技巧、丰满的人物塑造、离奇的情节结构展现、书写并追求仁、义、礼、真、善、美、平等、自由、正义、良知等今天仍处于主流的传统和现代性价值观；（2）探索"义""利"结合的新价值观，比如梦入神机《佛本是道》主人公周青既讲江湖道义，又很自私自利，常常在替天行道的同时也捞个盆满钵满。更为重要的是，与传统精英文学相比，优秀的网络文学更能使这些严肃的价值观化于轻松、愉悦的文学形式之中，更容易被一般读者大众所接受。正因如此，网络文学通常能获得较高的点击率和商业价值。这就是"崇义养利"文化精神在网络文学中的具体表现。换言之，网文和浙江"崇义养利"文化精神具有天然的契合度。

二是"剑箫合璧"的文化品格。晚清浙人龚自珍有"一箫一剑平生意""来何汹涌须挥剑，去尚缠绵可付箫"等诗句。研究者以"剑"和"箫"的意象捕捉浙江文化某种精神气质。剑气逼人，意味着刚劲、进击、超越，是冲锋陷阵、建功立业、壮怀激烈的象征；箫声缠绵，意味着柔情、享乐、认同，是守疆固土、安天乐命、耽情逐欲的象征。从古越、汉魏、五代，两浙一直充溢着"剑箫合璧""亦剑亦箫"的文脉气质。然而，南宋之后，两浙大地剑气下沉，箫声漫淫，四处弥漫着萎靡颓废之风。进入当代，波涛汹涌的时代大潮，再次激发浙江人仗剑舞乾坤、云帆济沧海，锐意开拓的精神得到了充分彰显。与此同时，歌舞笙箫并未冲淡，而是始终与建功立业相伴相随。可以说，开拓与守成、超越与认同、金戈铁马与莺歌燕舞、艰苦卓绝的创业与陶然沉醉的享乐的奇妙组合，形成了当代浙江文化的一种特殊精神气质。

在文学活动中，"剑"代表着不断突破文学成规，不断开拓新的文学可能，古今中外的文学改革派特别是先锋派，无不具有利剑精神；"箫"则代表着循规蹈矩，守成求稳，古今文学中的套路化、模式化写作莫不体现笙箫气质。在作品风格和审美功能上，"剑"代表着阳刚和崇高，也体现为理性、反思、批判和终极追问，给读者以严肃思考；"箫"代表着阴柔和优美，也体现为情欲、闲散、消遣和流连当下，使读者沉迷于快感体验。浙江网络文学活动中明显地渗透着剑箫合璧文化特质。如前文所述，梦入神机、烽火戏诸侯、南派三叔、沧月、曹三公子、发飙的蜗牛、蒋胜男、疯丢子、半鱼磐等人对新流派的开拓与推进，对网络文学跨界探索和 IP 开发，无不散发着所向披靡的剑气精神。而天蚕土豆、流潋紫、梅子黄时雨等则不断重复，不断套路化，以巩固自己的领土，可谓箫声响起，剑气下沉。一个有趣而值得分析的现象是，《如懿传》与《甄嬛传》如此相似，《斗破苍穹》与《武动乾坤》不能再雷同，仍有那么多的"死忠粉"，这是否就是网络文学的一种特殊性呢？而这些作者是否深谙这一点而投其所好呢？在作品风格和审美功能方面，一般的网络文学作品的确是剑气消遁，箫声漫淫。浙江网络文学中却不完全如此。比如梦入神机《佛本是道》《黑山老妖》《龙蛇演义》《阳神》等作品在充满杀气的氛围中让人反思何为道义，人性与神性是何种关系。沧月、烽火戏诸侯、管平潮等作品中都存在着类似情况。而从地域整体看，"剑箫合璧""亦剑亦箫"的浙江文脉气质在网文世界得以传承。

在现实外部环境上，浙江网文发展离不开地方网文制度建设及其助推。浙江是全国最早对网络文学予以扶持的省份。2016 年颁布的《中共浙江省委关于繁荣发展社会主义文艺的实施意见》（以下简称《意见》），第二点"全面实施繁荣文艺七大工程"第八条中明确提出，"实施网络文艺发展工程，打造全国网络文艺重镇"[i]。《意见》中还表示鼓励作家利用网络创作，积极扶持网络作者创作。此后，陆续出台了鼓励网络作家及相关企业落户浙江、为工作室给予房租与奖励补贴、建立网络文学发展基金等扶持政策，吸引网络作家到浙江创业。

2014 年 1 月 7 日，浙江省网络作家协会成立，这是全国第一家由网络文学

---

i 《中共浙江省委关于繁荣发展社会主义文艺的实施意见》，《浙江日报》2016 年 2 月 3 日第 3 版。

创作、评论、编辑和组织工作者自愿结合的省级协会组织。同年 3 月，宁波市成立了全国首家市级网络作家协会，9 月慈溪市（县级市）成立了全国首家县级网络作家协会。后来衢州市、杭州市、金华市、丽水市、温州市，以及衢江区、龙游县等市（区）县纷纷成立网络作家协会。2014 年，浙江省就完成了省、市、县三级网络作协组织体系的构建。流潋紫、沧月、曹三公子、烽火戏诸侯等大神都是第一批加入网络作协的成员。依托各级网络文学协会组织，浙江各地组织开展了一系列网络文学活动。如组织"网络作家体验营"，先后举办有"红色故土行""绿水金山穿越行""瓷心剑胆""下海岛进军营""进边防军营""重走红军路""穿越历史"等活动，其目的是让网络作家产生归属感、责任感。再如在湖州市、长兴县、嵊泗县挂牌建立网络文学创作基地，将网络作家的"家"落到实处。浙江省网络作协推荐优秀网络作家加入各级青联组织，如流潋紫、天蚕土豆、烽火戏诸侯等加入浙江省青联组织，烽火戏诸侯加入中国青联。浙江网络作者也被纳入"新荷计划"培养范畴。网络作者与其他纯文学青年作者一视同仁，可以一同入选青年人才培养计划。浙江省网络作协起草出台《浙江省网络文学优秀作品扶持办法》，探索专门针对网络作家的创作扶持工作。完善职称申报评审条例，让网络作家参加职称评定。

早在 2011 年，浙江网文批评家夏烈等就启动了华语领域首个网络类型文学奖项"西湖·类型文学双年奖"。到了 2015 年，浙江省设立并开展了"网络文学双年奖"评奖活动，面向全球华语文学界评奖。奖项的宗旨是，探索网络文学作品权威的评价机制，努力评出思想性、艺术性和可读性相统一的优秀网文作品，不唯点击率和市场排行榜为先，树立网文作品的文本典范。在中国，文学奖项多如牛毛，相比之下权威的、有公信力和号召力的网络文学奖项很少，这就更显示出"网络文学双年奖的"的开拓意义。

2017 年 4 月，中国作协网络文学研究院在杭州挂牌成立。李敬泽评价说："中国作协网络文学研究院正式落户杭州，这是网络文学作家、评论家研究网络文学的一个平台，它不仅是浙江的，也是全国的。"[i]同年 12 月，首个"网络作家村"在杭州高新（滨江）区白马湖挂牌，由唐家三少担任村长，首批入驻了月关、管平潮、蝴蝶蓝、猫腻等五位大神级网络作家，截至 2018 年 6 月，"网络作家村"已累计签约落户蒋胜男、陆琪、南派三叔、二月飞烟、沧月等知名网络作家五十九位。网络文学村的建立，促进了网络作家之间的交流沟通，"大神"比邻而居，成为好友，激发作家创作灵感。IP 转化版权交易也更加迅速与便捷。中国网络作家村逐步成为网络文学优质 IP 的发源地，在这里作家们可以安心创作，制作公司可以便捷地探寻 IP。杭州高新（滨江）区在"1+X"文创产业扶持政策基础上，专门出台了财政政策鼓励网络文学作家及相关企业落户，对符合条件的网络作家设立的工作室或公司，给予房租补贴、版权授权补助、原创作品奖励和品牌活动支持。

有一种说法认为，对于野蛮生长的网络文学而言，官方介入和组织管理形成了对网文作者的"收编"，可能会扼杀网络文学的创造性。在我们的访谈中，一些作者从切身感受出发表达了不同意见。疯丢子说：领导老师还有作者们相互间氛围都很好，扶持力度很大，培训也很多，简直梦一样的。梅子黄时雨表示："因为一直以来都是一个人写作，很孤单。我们浙江的网络作协诞生后，就感觉有了家似的，特别温暖。特别是 2014 年，我们浙江省网络作协的领导和老师推荐我去参加鲁迅文学院网络作家高级研讨班，在那里我认识了很多很有名的网络作者，至今与很多人保持着深厚的友谊。真的非常非常感谢我们浙江省网络作协。"总的来说，浙江相关部门出台的一系列帮扶举措，集聚效应明显，较为成功地推动了浙江省网络文学的发展。

四、浙江网络文学的研究进路

随着浙江网络文学的日益发展壮大，浙江网络文学评论与研究也应运而生。

---

i　方堃、胡哲斐：《中国作协网络文学研究院在浙江杭州挂牌成立》，http://www.chinawriter.com.cn/n1/2017/0417/c403994-29216688html，引用日期：2021 年 7 月 25 日。

陈力君较早对浙江类型文学取得的成绩给予了肯定，同时也指出了其中存在忽视社会现实、创作者缺乏主体责任、游戏的创作心态、模式化和模仿痕迹比较重等问题。[i] 如上，夏烈较早提出了网络文学"浙江模式"这一概念。刘树元也曾撰文对浙江网络文学改编为影视剧的特点进行了总结，认为浙江网络文学更接地气，有着鲜明的商业属性和产业化性质，读者关注度高、改编风险小，是其改编成功的原因。[ii] 邵燕君主编的《网络文学经典解读》（北京大学出版社 2016 年版）一书中有《玄幻练级：作为欲求表象的数目化抽象世界——以天蚕土豆〈斗破苍穹〉为例》《盗墓小说：粉丝传奇的经典化之路——以南派三叔〈盗墓笔记〉为例》等论文是关于浙江网络作者代表作的分析，这也是目前关于这几部作品最有深度的评论。浙江网络文学研究已经取得了一定的收获。但需要承认的是，相对于日益蓬勃的浙江网络文学生产和浙江当代"纯文学"研究与批评而言，浙江网络文学研究的深度、广度和规模都是比较欠缺的。目前只有对浙江网络文学现象的零星批评、现象描述和有限作品解读，而且除了寥寥几篇有一定学理性和深度的论文外，多数是在报纸上发表的短评和新闻报道性文章。在研究内容上，也还仅停留于某些概念的提出、笼统的特征总结，多属于介绍性和描述性的概括，尚未形成较为全面系统的研究成果，缺少有深度的学理性研究。目前浙江网络文学评论、研究还刚刚起步，这与浙江网络文学创作和产业化的迅猛发展很不匹配。

相对此前的研究而言，本书的研究具体表现在如下几个方面：第一，通过选择浙江网络文学核心作者及其代表作品，深入文本和作者创作实际，开展研究与批评，弥补了浙江网络文学作家作品评论缺失的不足，为提高作者网络文学写作水平提供智力支持；第二，无论是浙江网文作者作品评论、大神访谈、网友粉丝批评，都将为浙江网络文学史甚至浙江当代文学史写作提供重要的第一手资料和资源；第三，目前，浙江网络文学发展中唯市场、唯点击率、商业性压倒文学性

---

i　陈力君：《虚拟空间的世相与幻象——以浙江为例的类型文学创作刍议》，《中文学术前沿》2012 年第 1 期。

ii　刘树元：《从文学到影视的巨大魅力与艺术可能——以浙江网络小说为例》，《文学报》2014 年12 月 11 日。

等问题非常突出，开展成熟的浙江网络文学批评，可以矫治网络文学创作和产业化中出现的价值偏颇，可以加强健康精神、历史人文、审美价值的引导，使浙江网络文学在"文化浙江"建设中发挥出应有的作用。

在具体操作上，我们兼顾男频、女频和其他写作类型，首先圈定了浙江网络文学核心作者——燕垒生、蒋胜男、沧月、管平潮、桐华、烽火戏诸侯、发飙的蜗牛、南派三叔、梦入神机、疯丢子、小佚、曹三公子、天蚕土豆、梅子黄时雨、陆琪、半鱼磐等。前期通过与这些核心作者建立联系，研究团队成员定向与网络作家进行沟通，以访谈、座谈、邮件等方式获得作家关于其网络文学创作的发生发展历程、对网络文学及其自身创作的理解等一手资料，整理出作者访谈录，形成浙江网文作者批评话语。在此基础上，核心研究成员拟定具体研究题目，对这些核心作者的创作或者进行系统整体研讨，或者选取某一角度、某一问题予以深度阐释，形成研究的学者话语声部。然后，我们通过搜集网络文学门户网站、网文批评网站、社交媒体平台、贴吧、博客、微博等媒介中散布的读者言论信息，立足代表性言论，总结了网络读者对各位大神及其创作的评价文本，形成研究的读者话语声部。按照我们的设想，这应该是一项以浙江网文核心作者创作为直接研究对象，从学者批评、作者自述、读者评论三个维度透视浙江网文发展成就的研究成果。

本书章节大致按 16 位大神出道时间（兼顾成名作发表时间）先后排序，具体为："燕垒生：植根传统的网络文学创作""蒋胜男：历史中的政治女性书写""沧月：网络空间中的女性价值建构""管平潮：凡尘俗世中的另类仙侠""桐华：清穿界的'魔幻现实'""烽火戏诸侯：'硬币式'人物的生命绽放""发飙的蜗牛：虚拟世界中的热血传奇""南派三叔：'盗墓文'的最高峰及其 IP 开发""梦入神机：创构'洪荒神话'""疯丢子：穿越模式的新开拓""小佚：在穿越与架空之间""曹三公子：'以心证史'的写史特色""天蚕土豆：练级小说中的人设套路""梅子黄时雨：'文学事件化'与'民国总裁'""陆琪：

职场生活的文学书写""半鱼罄：玄幻与现实的有序纠缠"。希望本书的研究能将浙江网络文学研究推向一个新的发展阶段，也能为中国网络文学研究做出贡献。

（单小曦　执笔）

第一章

燕垒生：植根传统的网络文学创作

＃ 学者研究 ＃

在众多浙籍的网络作家之中，燕垒生是独具个性的一位。燕垒生，原名张健，杭州临平人，著名网络小说作家，作品拥有鲜明的人文精神和深厚的古典文学底蕴，脱离了一般网络小说的"模式化""娱乐化"倾向，被称为"传统文学介入网络小说"的代表。1998 年开始在网上发表小说，目前已有小说 50 余部，包括长篇架空战争历史小说《天行健》《地火明夷》，长篇奇幻小说《贞观幽冥谭》《西域幻沙录》，短篇科幻小说《瘟疫》《西摩妮》《礼物》等。他创作的幻想小说种类芜杂，魔幻、奇幻、玄幻、科幻四大类型全部囊括，且受众极广。是什么让燕垒生的小说得到各个阶层的赞同？燕垒生的创作又能给当下因质量问题被频频诟病的网络文学怎样的启示？通过文本阅读及对作者的访谈，笔者发现，燕垒生的作品之所以能成功地吸引读者，同时保持较高的文学趣味，主要原因有二：一是对古典文学传统的汲取与吸收、转化；二是"爽文学"价值观与人文精神的坚守合二为一。接下来，本文将从叙事手法、叙事内容、主题精神与美学风格四个方面展开探讨。

一、借鉴传统小说叙事手法"讲故事"

网络文学可以算是名副其实的草根文学，读者的需求决定了一部网络小说要想生存，最基本的要求就是好看，让读者有阅读的欲望。在这一点上，网络文学作家与宋以降的说书人，还有晚清民国时期靠卖文为生的市民小说家，都没有太大区别。燕垒生极喜欢张恨水，他曾摘引张恨水在《金粉世家》中的序言，来表明自己的创作宗旨，那便是与张一样，觉得"读者诸公，于其工作完毕，茶余酒后，或甚感无聊，或偶然兴至，略取一读，借消磨其片刻之时光。而吾书所言，或又不至于陷读者不义，是亦足矣"[i]。供普通市民茶余饭后消遣娱乐的读物，这是燕垒生对自己作品的阅读设定。这样的设定决定了他的小说不会去做晦涩玄奥的叙事实验，玩文字游戏，不会创造个人感觉的世界，也不会追索迷离的哲学之思，叩问沉重的现实之墙，而是把"古典"的故事性放在第一位——如何把故事讲得引人入胜，让人沉入其中，让人读之不忍释卷，以这个为前提，再去考虑怎样给读者教益。读燕垒生的小说，很自然地会让人有一种书场听书的入迷感。莫言在诺贝尔文学奖的获奖演讲词中，曾谈到自己如何被集市上的说书人所讲的故事吸引，并最终成为一个讲故事的人。燕垒生当然也是个讲故事的人，而他讲故事的方式和所讲的故事，俨然一位"网络上的说书人"。

要想写出来的故事，每个人都看得进去，首先在语言上就不能太花哨，技巧太多。年少时期的燕垒生十分喜欢西方现代派文学，着迷于何其芳早期诗歌、散文的艳丽文风，从高中时代起，就拼命模仿这种华丽到极致的文字套路，也曾学习陀思妥耶夫斯基的《罪与罚》，试图将文字变得神秘、不可捉摸，甚至尝试过意识流写作。后来在大学读卞之琳的《断章》时，燕垒生突然发现"这四句诗是如此的晶莹剔透，那些平白的文字居然是那么美丽。原来美丽并不是非要像何其芳那样用无数华丽的字眼堆起来"[ii]。认识到"用平实的文字让人感觉到美丽、华贵，那才是真正的好文字"，燕垒生不再追求浓得化不开的绮丽，文风转向浅白、朴素。

用白描手法，用简洁的文字，将人物、场景准确、传神地呈现出来，燕垒生的作品常常给人以精干、朴实之感。《忘川水》里写方教授的女儿方璐，"穿着那件白色裙子，黑而晶亮的头发，以及总像蒙着一层水汽的眼神"，寥寥数笔，就

---

i　燕垒生：《天行健》第一册，时代出版社 2005 年版，第 2 页。

ii　《晋江燕垒生访谈录》，2004 年 8 月 5 日，http://tieba.baidu.com/p/2561325466，引用日期：2017年 5 月 10 日。

将一位总是处于忧郁压抑状态的青春期少女清晰勾勒出来。《噬魂影》中，用薄板隔成两部分的房间、纸糊竹片的门、不透光的窗帘布，简简单单的场景书写，却给人以挥之不去的阴森恐怖感。相较于中短篇小说，长篇小说坚持这样的平淡行文，便免不了遭到诸多非议。一些读者不满《天行健》《地火明夷》的文字，称"作者语言上都是平铺直叙，感觉很生硬，就像新闻报道的即时口述整理，就像在啃沙子一样。很多关于军队的描述都能看出来作者是花了心思的，但一成不变的语言让这些细节都被掩盖了"[i]。也有喜欢这种不铺张，不在文字上制造惊奇效果的平直之笔的，认为这"正是《天行健》精华所在"。事实上，文字平白，并不代表没有技法，在谋篇布局上，燕垒生是下足了功夫的，例如《天行健》的第一部，为表现阴暗凝重的气氛，作者采用了重章叠唱的手法，层层渲染，将读者一步步带入楚休红的情绪世界，或许因为写作手法还不太成熟，有些情节的强化显得冗余，但不管怎么说，能够用简单平淡的文字清晰呈现撕心裂肺的战争场景，营造出残阳如血的历史氛围和宏阔如长歌的史诗效果，单凭这一点，燕垒生在文字上已经做到了成功。

除了语言通俗易懂外，情节上如何吊足读者的胃口，也是作家苦苦思索的形式技巧之一。燕垒生的恐怖小说被认为是他短篇小说中的精品，原因就在于高超的悬念设置和氛围营造。《噬魂影》中那个一开始便让人感觉无处不在、心里发毛的墨渍，让读者迫不及待地想解开这个谜团，而随着温建国、李颖、林蓓岚和"我"的经历层层叙述，旧的疑团解开，新的悬念马上又结成，像一根无形的绳索，牵引着读者一直到最后。《美人脍》里，汤盆中栩栩如生的美人图，鲜甜若甘怡、入口即化的脍丝，让人不禁好奇这样如画的美食是如何制成的，而知晓答案后的惊悚，给人以极大的刺激感。《活埋庵夜话》里名为"活埋庵"的小草庵，以及庵里与"我"谈论佛法的老僧，《妖楼》中不时出现的老太婆鬼魅般的脸，《吸血鬼故事》里陈旧的木头房，逼仄的楼梯，挂着麻纱的大床，无不营造出聊

---

i "今晚看了《天行健》的第一部，感觉很失望"，百度贴吧：天行健吧，2015年9月2日，http://tieba.baidu.com/p/1425748180，引用日期：2017年5月10日。

斋般阴森的恐怖氛围。正是这些精心的布局，使读者深深地被故事内容吸引，并在不断的刺激接受中获得阅读快感。

用拍案惊奇式的手法，燕垒生情节上的悬念设置满足了读者的阅读愉悦，如果说这尚属于大众文学层面的审美效果的话，那么燕垒生的恐怖小说中还有一种书写，即恐怖场景精描，则大可归入先锋派的暴力美学范畴了。《杀人有道》里，李小刀子对自己亲生女儿的凌迟场景，极度血腥；《活埋庵夜话》中老僧对自己吞吃老鼠、尸体的描绘，极度诡异；《手》中火车上的男人讲述自己被情妇丈夫凌虐的场景，可以说激发出了读者内心的最深层恐惧，无法接受这些描写的读者，将其称为"变态小说"。燕垒生自己也使用了这一称谓，并坦言"少儿不宜"。显然，这些作品带着明显的向爱伦·坡致敬的意味，《手》中作者更是直接把爱伦·坡的《黑猫》放进了文本中。与爱伦·坡一样，燕垒生也试图用暴力血腥的文字将读者带入诡异神秘的他世界，从而制造出充满死亡色彩的暴力恐怖效果。

二、融合科幻的新武侠故事

燕垒生的古文功底深厚，是网络文学圈中公认了的。网络上流传旧体诗词两大家"南燕垒、北采芹"，"南燕垒"指的便是燕垒生。然而，旧体诗词受众不广，相对而言，燕垒生用继承的中国古典文学中的志怪、传奇传统写出的新故事，更受读者的追捧和喜爱。从内容上分，这类新故事基本分为两大类：一是武侠科幻，二是传奇志怪。

1983 年，燕垒生第一次接触武侠小说，看的是《书剑恩仇录》。20 世纪八九十年代，正是金庸、古龙、梁羽生、温瑞安等人的武侠小说风靡之际。燕垒生看得如醉如痴不说，还开始偷偷摸摸地模仿。最初在网络发表的几篇武侠小说，都有一定程度的模仿痕迹。如《武道》《时无英雄》等在历史幕布之下敷演武侠故事的写法，以及侠之大者，为国为民的伦理情怀，不难看出是受金庸小说的影响；而《长街》里犀利简短的文字，注重交战前的气氛渲染和一剑封喉、胜负立见的写法，又有着明显的古龙风格。重复前辈的创作无疑没有出路，燕垒生也很明白这一点。如何寻求突破，在这方面，他的科幻阅读和创作功底可以说帮了大忙。如果说金庸是从"三侠五义"等古典侠义小说中寻求创作资源，独创出自己的风格，那么燕垒生则是将中国古代科学文明与现代科技武器结合提炼，并把武侠意境化入其中，从而创造出极具个性的"武侠+科幻"小说风格。2003年开始创作的"武功院"系列、"天地人"系列都是其中的代表。

"武功院"系列多为两三万字的短篇，目前已有《天雷无妄》《天与火》《武功院》及外传《无根草》《飘零花》等数部。前两部也常被归入科幻小说。"武功院"系列均以明万历时期为时代背景，虚构了一个设置在东厂锦衣卫之下的科研机构"武功院"。在历史武侠小说中，锦衣卫素来负有武功高强的盛名，因此这样的设置很容易与读者的阅读记忆发生作用，自然而然地就将读者带入武侠小说的意境中，更何况燕垒生的武打功夫描写本来就相当精彩。《无根草》中方子野和鲁蒂诺的拳术较量，《武功院》里丁彦师和王景湘的拳刀之战，一招紧似一招的缠斗，使人读之弦绷，绷到欲断之际，又穿插对战双方的交谈，使气氛松上一松，旋又更紧，递进至高潮，令人读之忘形。最具特色的，还是武功院的新式武器研发。武功院分水部、火部、雷部等部门，每个部分负责研发相应的科学技术，如火部对天文学、火器的研究，雷部对爆炸武器的研究，等等。故事中的新发现、新武器，其实在现代科技史上都有原型，如被命名为"天雷铳"的手枪，称为"雷石"的铀矿石等，辅以古代历史背景，颇有一种穿越之感。

"武功院"系列毕竟都是短篇，篇幅仅能容下一种现代武器，读者读起来不过瘾，想必燕垒生写起来也不过瘾。在"天地人"系列的前两部《天行健》和《地火明夷》里，作家终于得以把能想到的各式武器发明，在架空的历史图景上铺了个遍。火药、飞行机、架桥车、攻城车、雷霆弩、火枪、弦炮、螺舟等等轮番登场，而新式军备的较量，取代传统的排兵布阵、近战功夫，成为战争胜负的关键因素，读起来颇有一种"二战"的感觉。这样的风格在西方科幻里也有，被称为"蒸汽朋克"，如《差分机》《侏儒》《开尔文爵士的机器》等，先进与落后、魔幻与科学的共存，营造出独特的怀旧氛围。美籍华人作家刘宇昆将中国这类书写称为"丝绸朋克"，历史、科幻与武侠的融合，不仅开辟出一个全新的历史架空可能，而且也为武侠、科幻开拓出了新的想象疆域，呈现出极具特色的中国风色彩。

　　十分难得的是，在创造出新的中国幻想美学的同时，燕垒生依然在他的武侠科幻里延续了传统的侠义精神，还加入了对科技的反思。如同 1945 年的爱因斯坦痛陈"原子能在可见的将来不会是一种福音"[i]，《天雷无妄》中发现了雷石威力的唐文雅，为了保护天下苍生，不惜用自杀的方式，避免"灭天雷"的秘密传到野心勃勃的锦衣卫手里，方子野则以牺牲京城为代价保全世界安宁；《天与火》里的王赫，甘当破天箭里的死士，为的是不让外星血藤成为政治权力的工具，涂炭生灵。唐文雅、方子野、王赫等人对科学真理的积极追求，以及从科技理性出发，对社会终极价值取向问题的反思，让燕垒生的武侠科幻表现出科学与人文精神的高度融合。

三、新传奇志怪小说中的人本主义

　　在燕垒生所有的小说中，传奇志怪这一类堪称是最具特色的了，网友也常将其称为燕垒生的"强项"。相较写武侠小说需要绞尽脑汁地突破金庸、古龙等人的模式，创造出属于自己的特色，写传奇志怪小说对于燕垒生而言，要轻松得多。不是因为别的，仅仅因为在网络文坛，并没有多少作家拥有燕垒生如此深厚的古典文学功底，尤其是在传奇志怪小说的阅读方面。近年来新志怪小说层出不穷，《茅山后裔》《我当阴阳先生的那几年》等等，都有相当高的点击率，且几乎都已实体出版，并被改编成电影、广播剧等。然而，这些小说普遍有一个特点，便是仅以故事情节的离奇荒诞取胜，为了吸引读者，作家不得不一个又一个地抛出令人惊骇的奇闻怪事，用感官的冲击取得读者的阅读兴趣，造成的结果便是作

---

i　杨建邺：《科学的双刃剑：诺贝尔奖和蘑菇云》，商务印书馆 2008 年版，第 269 页。

家绞尽脑汁、挖空心思把故事编得越来越匪夷所思，读者的阅读反应也在不断的刺激下变得越来越麻木，一旦新编的故事新鲜度不够，便无法吸引读者，难以为继。并且，仅凭感官刺激取胜的作品，往往经不住反复阅读，只能成为消费时代的快餐，或许能让作家在短时间内赚得盆满钵满，但却难以在文学史上留下一抹痕迹。

无论是传奇志怪，还是别的幻想小说，即便情节再离奇，故事再荒诞，要拥有较高的文学价值，仍然必须坚持以人为本的文学精神。唐传奇、六朝志怪中的很多小说之所以流传至今，就在于其写神写鬼、写精写怪，最后的落脚点还是回到人情人性。燕垒生写传奇志怪的高明之处，也就在于此。以《贞观幽明谭》为例，这是一部典型的模仿唐传奇的小说，甚至连故事的背景、人物也都有不少唐传奇的影子在其中。奇诡神秘的道术可以说是这篇小说的精华所在，无论是十二金楼子的五魅术、明月奴的傀儡术，还是明崇俨的踏影术、萧流香的魔魔法，种种都有其独到的特色。但更令人读之难忘的，是活跃其中的各色人等。这些人大多是鼎鼎大名的历史人物，如李世民、明崇俨、裴行俭、中臣镰足、萧皇后等，燕垒生在自己的小说中采取了以虚写实的唐传奇手法，借助古典传奇故事，辅以极为开阔的想象力，赋予了这些人物新的生命。裴行俭的一身正气，高仲舒的书生意气，中臣镰足的老谋深算，李玄通的阴险狠毒，明月奴的精明娇美……每个人物都有自己独特的气质，令人过目难忘。当然，处于最中心位置的，当数明崇俨。作者并没有对他做简单的正面处理：他所做的追查，都是为了揭开自己被封印的记忆；他几次相救明月奴，也只是出于对其姣好容貌的迷恋；在他的师父被迫告诉他，封印他的记忆是为了让他承担拯救天下苍生的重任时，他也没有就此变得崇高，而是愤懑于师父对自己的欺骗，自己对未来的道路却一片迷茫。虽然在历史上，明崇俨曾官拜正谏大夫，与武则天的暧昧史更可让他跃身历史名人之列，但在《贞观幽冥谭》里，作者有意识地选取了明的青年时代，把他写成了一名被卷入帝王权争，被赋予了天魔身份的普通人，并且直到最终，他也没有变成英雄，依旧处于未知前路的状态。看惯了小人物一跃而成天下雄的读者，对于这样的形象可能并不满意。然而，正是这样的人物，才是最立体、最有血有肉的。

同样真实可感的，还有《道可道》中的无心。燕垒生坦诚这类人物塑造的灵感来自徐克《倩女幽魂2》中的小道士知秋一叶。他很喜欢这种无赖式的小人物，就想写那种草根型的，把自己的利益放在第一位，但又不失善良本性的普通人。这样的人物或许不会像英雄传奇人物那样，满足读者的自我投射欲望，却可以引起读者的共鸣，他们就像生活在我们身边的普通人，甚至有可能就是我们自己，因此带给读者格外的亲切感和熟悉感。

从普通小人物的角度谈明崇俨、无心等形象，主要是为了突出燕垒生对平常人情、人性的用心。作为传奇志怪类小说，人物的传奇性也是燕垒生致力书写的所在。正在连载的"燕垒怪谈"系列，便是其中的上乘佳作。"燕垒怪谈"多为短篇，讲述各种奇人奇事。奇人均有侠客风采，如身怀邪门绝技却摒弃不义之财的竹公子，用龙鳞助百姓求雨的小道士，隐于市集、除暴安良的中雷使夫妇，改邪归正后屡破奇案的侠盗神捕胡大烟杆，等等，形象飘逸生动，极具浪漫主义色彩。

四、悲剧美学：历史架空下的人文坚守

燕垒生的不少小说都是取材于历史的"新历史小说"，也常被称为"历史架空小说"，如《武道》《辩机》《时无英雄》、"武功院"系列、"天地人"系列等。历史架空小说在网络文学中极为活跃，尤以穿越类的居多，普通人穿越回某个朝代，或是摇身一变成为王子公主，或是成为王公贵族的垂青对象，享受轰轰烈烈的爱情，成就改变历史的大事业，这样的历史架空不过是满足读者的"白日梦"而已。燕垒生不同。他认为写作是一件私人的事，写出来的成品则是任由读者品评，所以他并不考虑读者反应，不会为了赚取点击率，去迎合读者的欲望需求，降低写作的水准。

在燕垒生的历史叙事里，有着鲜明的自我风格，饱含着他对历史的个体经验和自我感知，表现得最为清晰的，是他的长篇《天行健》和《地火明夷》。这两

部小说分别以法国大革命、美国南北战争的历史背景为蓝本，虚构了一个帝国时代的历史。《天行健》的主人公楚休红，从一名百夫长一步步成长为军队主帅，时代将他推向风口浪尖，在一次次战争的洗礼中，他始终坚守"唯刀百辟，唯心不易"的信念，不愿被权力吞噬，失了"仁"之初心。在与南武公子的战争中，他最后选择了放弃，并不是因为他懦弱，而是因为他有自知之明，知道自己不可能在登上帝位后还保持民主理想。在南武公子那里，楚休红乎看到了君主与民主合一的理想实现，于是他放弃了战斗，坚信和平降临，并为此走上了断头台。或许在燕垒生的心里，南武公子是为了楚休红的完美而设置的。燕垒生不愿意去伪造一个实现民主的帝王形象，又不愿自己笔下的理想形象惨遭毁灭，便让南武公子便替代楚休红，成了比之前的帝君更残忍、暴力和专制的执政者。而楚休红走上断头台的结局，则象征着君主制下民主理想的最终破灭。

《地火明夷》用陆明夷和郑司楚两人的斗争，更进一步坚持了作者的这一价值立场。郑司楚想要实现的，实际上也正是楚休红的理想，即真正意义上的人人平等。然而，当包无忌问他"敌方是人，己方也是人，若是二者不能共存，以哪一方为先"时，他便陷入了迷惘的境地。尽管明白仁者爱人，首先得爱自己一方，再爱敌方，但郑司楚就是做不到，而做不到的郑司楚，也就不可能成为国家的统治者。虽然燕垒生依然给了郑司楚一块"试验田"五羊城，去做"人人平等"的实验，但那只不过是理想的一小块飞地，最终登上帝位的是陆明夷而非郑司楚，已清晰表现了作者极为现实、清醒的历史意识。

在善恶之争的书写中，与恶的张扬相比，善在燕垒生的小说中往往显得格外弱小。我们常常看到一片恶的海洋，如：《天行健》中为了权欲，为了扩张生存地盘卷入战争的各方；《铁血时代》里为防止疫情扩散，政府将所有逃离城市的人全部送入毒气室杀死；《西摩妮》里为统治世界进行活体解剖实验的纳粹；《香虫》中利欲熏心，为谋取腌肭香杀死无数香虫的人类；等等。然而，不管这恶的海洋多么阔大，总会有一两朵绽放的善之花，如：《天行健》和《地火明夷》里为天下苍生大义舍身的楚休红、郑司楚；《礼物》中最后将芯片当作生日礼物送给妻子的汤姆；还有《铁血时代》里为研究对付食尸鬼的疫苗坚持到最后的阿雯和"我"；等等。虽然这些善之花的结局往往是枯萎凋零，如楚休红上了断头台，郑司楚不敌陆明夷，西摩妮与纳粹同归于尽，阿雯自杀，出现在诸多作品中坚持正义精神的主人公"我"，也多是最终走向末路，但他们身上展现出的悲剧美学精神，让读者在哀叹悲痛他们的不幸命运之余，产生一种壮美崇高感，并激发出积极向上的力量和对理想的向往。

这种悲剧精神的张扬，让燕垒生的小说往往具有一般网络文学所不具备的精英特质。在《天行健》的创作谈中，作者自己感言，本来打算写一个茶余饭后消遣的通俗故事，结果写着写着，就失去了最初构思中的那份天真，多了几许沧桑，在楚休红这个人物身上"烙上了过多原来不该在通俗故事中出现的东西"。[i]这种不该出现的东西，便是以警醒的历史反思，触探权力及人性的深层真实，让我们在世俗的故事背后，发现具有提升性的人文精神力量。这便是文学的精英意识，它不一定非要出现在精英、严肃文学中，在面向大众的通俗文学里，它一样可以存在。

从牟利的角度来说，这样的写作并不算成功。对于很多习惯了"盒饭文学"的读者来说，阅读这样的作品无疑是相当吃力，而且不开心的。在百度贴吧的燕垒生吧、天行健吧等贴吧中，不少读者抱怨楚休红"婆婆妈妈，不是男人"，"没有野心"，"优柔寡断"，"老是成为别人的工具"，他们更希望看到的，或许是一个痛快夺取了天下，笑傲群雄的楚休红。但这样的楚休红，不过是迎合了读者"白日梦"欲望的又一个消费品而已。今天的网络文学，已经发展成为大众文学生产的重要领地，在未来，它的重要性甚至将超过纸媒。无论是实体还是网络，精英还是大众，我们都必须认识到，文学始终是人类共同的理想和生命的依托，它的存在，是为了唤起人们心底的理想，带给人们对未来美好的信心和向上的积极力量。这就要求优秀的文学作品，要有广阔的时代视野，要有从心灵出发的世界展望，要有崇高的人文主义精神。在简单的欲望快餐充斥网络文坛的当下，像

---

i　燕垒生：《休洗红，洗多红在水》，《飞·奇幻世界》2008 年第 4 期。

燕垒生这样具有理想主义精神的作家及其作品，理应得到更多的肯定和重视。

经由前文梳理论述，不难看出燕垒生之所以能够在很短的时间内成为网络文学公认的大家，获得精英与大众的双层认同，原因在于其亦俗亦雅、雅俗交融的创作艺术。总结为以下三点：一，简洁自然、形神兼备的白描语言，跌宕起伏、扣人心弦的悬疑手法，既吸引了读者的阅读兴趣，又具有很高的美学价值。二，在超现实的幻想空间铺陈玄秘奇诡的神鬼人故事，极大地满足了读者追求新奇、刺激的娱乐消遣心理，而作者始终坚持的人本精神和人文关怀，以及对历史的反思、诘问，使之拥有许多纯粹以消费为目的的网络小说所不具备的严肃思考能力。三，极具中国气派的新武侠、新传奇志怪小说，使读者在享受阅读愉悦的同时，无形中接受纯正中国古典美学和东方儒道思想的熏陶，同时也为中国当代小说的传统回归开辟了新的思考空间，具有一定的创新价值。

在当下，无论是大众文学还是精英文学，其实都存在一定程度上的困境，无论是日渐粗鄙化、庸俗化的大众文学，还是越来越式微的精英文学，对于整个文学的格局而言，都不是健康、合理的。真正受广大读者欢迎并能经历岁月淘洗的，绝不是简单的欲望满足品，也并非精英圈内的自娱自乐之作。自 20 世纪 90 年代以来，文学批评就一直处于警醒状态，一面声嘶力竭地批判大众文学的媚俗之态，一面大力吁求精英文学的再度振兴，但无论是批判还是吁求，都收效甚微，眼下的趋势是更加两极化，变成了各玩各的。如何修补这样的分裂局面，成就真正文质兼美、有益于受众纯正高雅的审美品位培养的好作品，燕垒生的小说可以说给我们提供了这样一个思考的可能。

（詹　玲　执笔）

＃作者访谈＃

受访者：燕垒生

访谈者：詹　玲

访谈时间：2017 年 4 月 25 日

访谈形式：线上访谈

一、从传统文学介入网络小说

詹　玲：张老师您好！首先非常感谢您在百忙之中接受我的采访，对占用您宝贵的创作时间，深表歉意。您被称为是"传统文学介入网络小说"的代表，您对这一评价怎么看？您对当下的中国网络小说及未来的发展有什么看法？

燕垒生：应该说，我走的路子仍是偏于传统的。因为我刚上网时，连宽带都未普及。在那个网络的洪荒时期，所谓网络文学更是一片蛮荒，谁也不知道该往哪方面发展。而当时的杂志与实体出版，基本上是我这种不得其门而入的人所无法窥测的，所以才将公之于世的场景放在了网络上。当时可以说与我相似的人比比皆是，只是网络的发展比想象更快，现在的网络文学已经有了极大的变化，和我同期的绝大多数人都已不再涉及这一领域，只有我这等愚不可及的人还在坚持，所以这种写法反而显得另类了。对于现在的网络小说，我一直不太看好。粗糙、庸俗、急功近利，这些问题比二十年前更严重。如果不能有一次脱胎换骨式的质变，恐怕留下的不会是一个正面评价。

詹　玲：我读您的第一篇作品，是您 2008 年发表在《科幻世界》的《礼物》。这篇作品给我的印象很深，一是因为跟《麦琪的礼物》有异曲同工之处，虽然故事内容不一样，《礼物》更有一种刺痛人心的悲哀，但里面都有对人性善的挖掘，也都表现了对资本、权力的批判思考。在这篇作品的补记中，您谈到这篇作品有向郑文光的《大洋深处》致敬的意思，那么在科幻创作方面，前辈作家像郑文光、叶永烈、童恩正等等，他们对您是否有影响？如果有的话，会表现在哪些方面？

燕垒生：我出生于 1970 年，可以说是与新时期科幻黄金时代相同步，见证了科幻小说从兴起到盛极一时，然后再到清污运动后被打入冷宫。略识之无时，先母给我买了一本刚复刊的《我们爱科学》，上面登了一篇王亚法先生的《橙黄色的头盔》。第一次领略到科幻小说的趣味，便让那时连字都还认不全的我如醉如痴，此后便一发不可收拾，将当时能找到的科幻小说全都读过了。不仅仅您提到的这三位，另外肖建亨、王晓达、刘兴诗、金涛、嵇鸿、缪士等人的作品都曾给我留下了很深的印象。如果说到对我的影响，最深的应该是郑文光、童恩正、金涛三位前辈。郑文光先生的《大洋深处》与《命运夜总会》两篇，至今是中国科幻中无人能够超越的杰作。《礼物》中提到的那首民歌《安妮·洛丽》便是《大洋深处》一书的女主角名字，这首歌也是从《大洋深处》中第一次知道。郑先生的小说文字雅驯，想象力精巧而又有磅礴之气，其中又有浓厚的人文气息，一直是我学习的目标。而金涛先生的《月光岛》同样是一篇文字优美、意味深长的杰作。正因为兴趣在此，自己的几个涂鸦，大概文学意味较浓厚一些。

詹　玲：在您的作品中，有些会表现出受欧美文化的影响，如《礼物》之于《麦琪的礼物》，《天与火》里如同异形一般的外星血藤，以及《天雷无妄》等作品中对《圣经》的引用，当然更多的是受中国古典文学文化的影响，如您的奇幻大作"天地人三部曲"已完成的前两部中大量的古典诗词、笛乐、战争场景的描写，还有您的幻真系列。像《天行健》这部作品，被称为可堪媲美《蜀山剑侠传》，但是在我看来，似乎更有香港作家黄易的影子，而其中蛇人及相关战争的描写，又让我觉得有台湾作家张系国"《城》三部曲"的某些元素在里面，因此，是否可以请您谈谈您在创作前已经有哪些知识积累？这些积累怎样表现在您的创作里？

燕垒生： 我信奉"开卷有益"这四字，觉得只有坏的人，没有坏的书，因此读书向来又多又杂，自己家里有四千余本藏书，加上这么多年来的阅读，应该早过了一万本了，而其中类别可谓无所不包，从年鉴到性教育，样样都有。因为读书庞杂，加上自身最大的兴趣是古典诗词，自然而然会化入说部之中。而《天行健》最早的灵感起源，其实是张系国的"《城》三部曲"的先声两个短篇《倾城之恋》与《铜像城》。这两个故事都是以虚构的呼回文明为背景，讲到了呼回文明的首都被蛇人攻陷的事。蛇人的形象其实就是中国上古传说中的伏羲、女娲，少年时读到便对这么一个被蛇人重重围困，岌岌可危的场景极感兴趣，想着有朝一日我也要写这样一个故事。只是限于笔力，这个故事直到十五六年以后才正式动笔写出来。

二、历史、现实与科幻交融

詹　玲： 您的作品中有不少网络小说较难拥有的人文精神，关于这一点，我有两个问题：第一，以传统文学的标准来看，对人性、人情的书写应该是您小说最具价值之处，如《瘟疫》《忘川水》《昨日之爱》《情尽桥》等等。我觉得《情尽桥》是一篇很有意思的作品，写电子人产生爱情的科幻很多，但从语言角度入手进行机器如何探索人类情感的很少，您能否谈谈这部作品？第二，"天地人三部曲"里的权力斗争、战争中的计谋运用将人性的阴暗面揭露得淋漓尽致，颇有三国之风。从您的很多作品里，可以看出您对集权的尖锐批判，您对楚休红、郑司楚这两个人物的设定，也可以看到您是认为过善不足以统天下的，而陆明夷这个人跟南武公子一样，有其狠辣的一面，且后面恢复了帝制，使国家重新回到了原初的局面。很想知道您为什么会有这样的设定？您怎么看待"仁"？在之后的"人"这一部中，能否请您透露一二，您会怎么处理权力纷争？

燕垒生：《情尽桥》这个故事，构思也已经很久了。雍陶的这首诗儿时初读就非常喜欢，特别喜欢这个名字。后来写下后，交给《科幻世界》杂志前，前后修改了有六七遍，几乎每一字每一句都改过。因为写时有意往主流文学的路子上走，因此笔法也靠近纯文学，自觉和一般的科幻稍稍有点不同。其实这样的写法前辈有不少，郑文光的《命运夜总会》金涛的《月光岛》叶永烈的《腐蚀》都是这种写法。以前有过一个科幻是姓科还是姓文的争论，我一直认为"科幻小说"这四字作为一个偏正词组，科幻为偏，小说为正。首先是要写得像一篇小说，然后再来谈科幻。

"天地人三部曲"，已完成了两部。这个大系列虽然背景虚构，其实是以很多真实历史为背景来写的。第一部《天行健》是以法国大革命时期为蓝本，第二部《地火明夷》则是美国南北战争，第三部《人之道》则准备以两次鸦片战争为模板来写。以真实历史作为原型，比全然架空更能凸现出一点浩瀚历史的苍茫感。《天行健》讲述的是君主制的崩溃，也正是法国大革命这个狂飙突进时代的特征。然而号称民主的罗伯斯庇尔最终成为一个比路易十六更残忍的暴君，也是历史的教训。有一个美好的初衷，却不一定能有一个同样美好的结果。《天行健》通过楚休红的悲剧，想说的就是理想的破灭；《地火明夷》中陆明夷与郑司楚两人的斗争，表现的则是现实的残酷。最后一部《人之道》想要表现出在洪流一般的大时代中，个人竭尽全力的坚持。具体会如何走向，也许到将来完成时再说了。

詹　玲：在中国，科幻和奇幻的界限虽然还是有，但已经不像以前那样泾渭分明。您也是既写科幻又写奇幻的作家，您的"天地人三部曲"既是奇幻，又有很多的古代科学幻想成分，能否请您谈谈您怎么看科幻与奇幻这两者的关系？

燕垒生： 科幻与奇幻，这两个词其实只有在中国才如此泾渭分明，似乎不可越雷池一步。但科幻与奇幻之间的界限，实在难以明确区分。《弗兰肯斯坦》用现代的眼光来看，完全不符合科学，只能是奇幻了，但这部小说却公认是科幻的发轫之作。玫瑰的名字不管叫什么，闻起来都一样芳香。作为一个用幻想编织出来的故事，有趣，给人以触动，也就够了，不必多管姓科还是姓奇，既没有必要也没有可能。

詹 玲： 您怎样看待科技的发展？您对科技信息时代的未来有着怎样的看法？

燕垒生： 科技首先要造福于人类，而不是用来发展军事。

詹 玲： 关于将机关术、奇门遁甲作为古代科学幻想的书写，美国华裔作家刘宇昆曾效仿美国的蒸汽朋克科幻，试图将这类科幻命名为"丝绸朋克"，您怎么看待这样的命名？

燕垒生： 无可讳言，科幻是一种舶来的题材，从新时期科幻开始，更是以横向移植居多，因此幼时就很遗憾于科幻小说往往以未来为背景。童恩正的《古峡迷雾》则是以追踪古巴国人下落为主线，儿时读来十分新颖。但那时觉得这小说没有机器人、外星人之类，实在不似科幻，但巴人的下落至今也无定论，这部小说仍然算是科幻。显然，科幻的定义并没有那么狭隘，只要是基于科学的观点写出的幻想故事，那么一切都会有可能。至于名字，原本就是细枝末节，无关紧要。

詹 玲： 您曾经改写了游戏《轩辕剑·天之痕》，我不知道您在改写以前是否玩过这款游戏，如果是在您将机关术融入奇幻这类作品之前写的，那么"轩辕剑"系列对您的创作有怎样的影响？您觉得《天行健》有可能开发成游戏吗？或者说已经在开发？如果开发的话，楚休红这个角色最终的命运是否需要修改？

燕垒生：《天行健》只改为网页游戏，将来会如何，一切随缘吧，也不想多说。写《轩辕剑·天之痕》前只玩过最早的《轩辕剑·枫之舞》，在落笔时才玩了下游戏。将这些机关术融入奇幻小说，其实早就有过先例了，以前写过的一系列以术士为主角的小说中，曾出现一个专门精研机关术的门派叫"偃师门"。因为一直感觉困惑，在中国古代，炼丹术曾经发展到相当高的层次，但最终并没有演变为现代化学。同样，机关术也一直停留在奇技淫巧的层面上，没能发展出现代工业，都是中华文明中极大的遗憾。小说里以此渲染，也是填补一下遗憾吧。

三、写作是私人的事

詹　玲：您是一开始就从事网络文学写作的吗，还是从发表纸质作品开始的？网络对您的文学创作有哪些方面的影响？如网站、编辑、读者等等。比如您的"天地人三部曲"创作过程中，会不会因为读者反应而对后续的故事情节进行修改？

燕垒生：从 20 世纪 90 年代后期开始上网，一方面为了练习打字，当时就开始写作一些故事，大约是 2003 年到 2004 年就渐渐把实体出版作为主要目标了。个人一直觉得，写作是一件私人的事，写出来的成品则是任由读者品评，所以向来不考虑读者反应。

詹　玲：从美学的角度来说，我很喜欢您《天行健》《地火明夷》中的战争描写，大的场景宏阔，细部描写精细，扣人心弦，画面感非常强，尤其是马上战和近身战。能否请您谈谈您是如何结构这些画面的？或者说您在创作过程中关于这些描写有哪些经验可以传授给初学者？

燕垒生：写作是私人的事，也只有苦练。我大约十五岁就开始写作，当时就曾试过写长篇，但写了近十万字就发现自己的不足。想象力贫乏，更为致命的是遣词造句能力的薄弱。当时就想，如果真要写，必须得练笔十年。后来作品第一次变成铅字，已经是十五年后的事了，比预计的还多练了五年。当中这十五年，完全没有读者，全凭兴趣支撑着在写。唯一能传授给别人的，也仅仅是"坚持"二字。

詹　玲：能否请您透露一下您接下来的创作打算。

燕垒生：现在写作欲望越来越淡了，将来自己也不知还能写多少。总之不问收获，只顾耕耘，一直写下去吧。

詹　玲：张老师，非常感谢您的回复。期待您接下来创作出更多更优秀的作品！

燕垒生：谢谢您的抬爱，其实真的没有什么可值得骄傲的，这许多年来我也一事无成，唯有写自己想写的东西，对别的不屑一顾，现在更是连功利心也基本上淡化了，有时会让人感到无礼，还请海涵。

（詹　玲　执笔）

＃ 读者评论 ＃

在各大网站上，网友对燕垒生及其作品的评价有很多。在搜集中发现：网上对于燕垒生及其作品的评论主要集中于豆瓣、知乎、燕垒生贴吧、燕垒生相关作品贴吧、燕垒生个人微博、网友留言、燕垒生个人新浪博客、燕垒生搜狐博客群之"燕垒生专题"、淘宝燕垒生书籍卖家评论，以及当当网、亚马逊、京东电子书与实体书购买评论区的相关网站。许多喜欢燕垒生作品的网友也纷纷在各类社交平台寻找志同道合者，组建创办了各具特色的讨论群组。而网友对于燕垒生及其作品的评价短的有寥寥一字或一符，长的有洋洋数万字，评论条数更是多得难以计算。因此，此处以作品类型为划分依据，以其代表作《天行健》为搜集重点，结合上述提到的各大网站网友相关评论，以此调查总结燕垒生网络文学作品的读者接受程度。

一、奇幻小说评论

燕垒生最负盛名的作品就是长篇架空小说《天行健》（包括第一部《烈火之城》、第二部《天诛》、第三部《创世纪》和数篇外传）。《天行健》以主人公楚休红的视角记叙了在架空历史背景下一个帝国覆灭的过程。这本小说也在一定程度上奠定了燕垒生在网络文坛不可动摇的地位。在豆瓣书单上，《天行健》是燕垒生所有文学作品中网友评分最高的作品，有 8.7 分（满分为 10 分）；在知乎上设有话题"如何评价燕垒生的《天行健》？"，网友高质量评论与后续评价不计其数；在百度燕垒生贴吧中最热门的话题依旧围绕《天行健》展开（原本有百度天行健贴吧，但由于网络版权等纠纷，此贴吧暂时关闭清污）。在评论中，许多网友都表示非常喜欢这部小说，并将其奉为难以超越的经典网络文学作品之一。"当我长期消磨在一些同质化的小说中，忽然接触到了一本如此脱俗，如此对自己胃口的小说，我不知道下一次有这种感觉会在何时了。"[i] "一口气读了七个小时，忘了吃饭。"[ii] 更有网友留言这部小说改变了他的一生，激励他成为一名保卫国家的军人。总的来说，网上对于《天行健》的评论主要集中于小说人物、框架、思想、语言这几个方面。

在有关《天行健》的所有网友评论中，又以对小说主人公楚休红的评论居多。许多网友表示自己看《天行健》不下三遍，将楚休红奉为人生偶像，甚至还有铁杆粉丝为楚休红开设了百度百科词条。燕垒生所塑造的楚休红形象饱满，性格矛盾，是一个活生生的人。网友姜子琨评论："楚休红这个角色可以说被塑造得非常经典，首先他的名字很有意味，休红，停止血染。但是最冲突的是他的性格与他用来适应生活的一切技能，他所有掌握的东西都是为了打仗，这恰恰是最悲哀的，他渴望着以战止戈，渴望着不再有战争，渴望着做一个田舍翁，可是他要先打完手边的仗。他犯了太多违背军人职业操守的过错，可他偏偏成为帝国的楚帅，他希望能够与共和军和谈，可他偏偏被共和军杀死，他爱煞了枫，可他偏偏要保护身为太子妃的她，他在郡主健在的时候优柔寡断，可他偏偏又在郡主遇刺后痛彻心扉……"[iii] 匿名网友认为："楚休红用'仁'这一个字写就了一生。他仿佛是修罗地狱里面唯一的闪光，让五德营的将士们效忠，让共和国的敌人们膜拜，让书本前的我们落泪。"[iv] 从上述两位网友的评论中可看出，他们都曾仔细阅读

---

i　"如何评价燕垒生的《天行健》？"，知乎，2014 年 6 月 8 日，https://www.zhihu.com/question/23050784/answer/26577611，引用日期：2017 年 5 月 10 日。

ii　"如何评价燕垒生的小说？"，知乎，2014 年 10 月 1 日，https://www.zhihu.com/question/25651884，引用日期：2017 年 5 月 10 日。

iii　"如何评价燕垒生的《天行健》？"，知乎，2014 年 11 月 24 日，https://www.zhihu.com/question/23050784/answer/34114307，引用日期：2017 年 5 月 10 日。

iv　"如何评价燕垒生的《天行健》？"，知乎，2015 年 1 月 11 日，https://www.zhihu.com/question/23050784/answer/804742190，引用日期：2017 年 5 月 10 日。

过这长篇巨作，并对楚休红这一角色的性格和心理有较为准确的把握。

对于《天行健》的小说框架，几乎所有网友的评论都是统一化的。一方面，小说为读者构建了一个历史感非常强烈的中式架空奇幻世界，在庞大而繁复的内容和盘根错节的线索下隐藏着道不尽的机关。谋篇布局诚乃大手笔，细节描写又是面面俱到。军变、与共和军计中计的较量、内奸、深入敌营、断粮、火药的发明、飞行机的发明等情节设定叫人拍案叫绝，使网友情感变化就如坐过山车般忽上忽下。另一方面，宏大场景的铺陈也需要作者相应为之付出巨大的精力，也有很多网友指出，"后半部分与共和军的对垒，过于匆忙，情感也不够细腻，有些虎头蛇尾"。[i]

在语言上，燕垒生具有较高的古典文学和诗词造诣，这在整个网络文学作家群体中实属少见。燕垒生以小说名世，但他也曾表达过自己对于旧体诗词写作的喜爱之情。他的旧体诗词在网络文学早期，即在各大论坛获得盛誉。其诗作以格律严谨，风格多变，善用历史典故而闻名。在燕垒生的许多小说中，都有他自作的古体诗词。燕垒生还于 2017 年 3 月出版了好评度极高的《燕垒斋诗词钞》，也算是网络文坛出版诗钞的第一人了。在某种程度上，精妙的文笔使《天行健》这部小说成功捕获大量网友。知乎网友宋加强评论："网文作者能在文中自己写诗词而不出错的已经少见，但《天行健》一文中，无论是占重要地位的葬歌，或者结尾的狰狞妖异的结尾诗，甚至仅仅作为点缀的诗歌（如前朝太师咏雪诗），都给文章增色，且非常熨帖，这一点实在是让人情不自禁地赞叹。"[ii]此外，燕垒生对于白话文的运用也很了得，"明明很白话，明明很简略，却是恰到好处，一分不多，一分不少，火候老到，如同电影的画面将鲜艳的血的颜色和无奈的悲凉的灰色呈现于读者眼前"[iii]。"简洁平畅，却又有着出奇沉静的质朴姿态，那种独属于大

---

i 《虎头蛇尾》，豆瓣，2009 年 12 月 15 日，https://book.douban.com/review/2861975/，引用日期：2017 年 5 月 10 日。

ii "如何评价燕垒生的《天行健》？"，知乎，2014 年 11 月 30 日，https://www.zhihu.com/question/23050784/answer/34164890，引用日期：2017 年 5 月 10 日。

iii 《一朝英雄拔剑起，又是苍生十年劫——一坑复一坑》，豆瓣，2009 年 9 月 20 日，https://book.douban.com/review/2364513/，引用日期：2017 年 5 月 10 日。

丈夫的壮美，浑厚而粗犷，难以言说。"[i]上述这些评论，可见网友对燕垒生文学素养与才情的评价之高。

在小说的思想内涵上，网友们主要围绕战争、人性、政治、命运的反思意义而展开。网上就小说《天行健》的读后感有不下数百篇。其中网友 snowhawkyrf 的总结较为精简，"帝制与共和，人性的善恶，机关算尽天意难违，对现实世界的含沙射影"。[ii]很多网友都能将小说与自己的经历和现实相结合，看到文字背后的深刻反思性。反思性也使《天行健》具有了更为厚重的历史厚重感，区别于同类题材小说。

除了《天行健》以外，燕垒生其他的奇幻小说作品还有《地火明夷》《人之道》《道者无心》《贞观幽明谭》《西域幻沙录》。

一位自称燕垒生资深书迷的网友这样定义"天地人三部曲"（《天行健》《地火明夷》《人之道》）三者之间的关系："这是一部倒叙的中国近代史，这个世界的历史事件发生顺序和现实中的中国是相反的。《天行健》是民国后期的中国史。《地火明夷》是民国初的中国史。《人之道》是晚清的中国史。"[iii]另一位匿名网友认为："如果说《天行健》描述的是'君子以自强不息'的个人奋斗史，我想《地火明夷》描述的应该是一群人在不同意识形态下的个人选择史，而《人之道》的收尾，应该要慨叹'人间正道是沧桑'吧。"[iv]这三本小说不管是在时间顺序上，还是人物设定上都有一定的联系。因此，很多细心网友喜欢将三者相比较。

燕垒生的《道者无心》系列好评度也较高。"看过《道者无心》之后，感觉以燕垒生的才华，驾驭《天行健》这种铺得太大的故事还是有点吃力，而以小道

---

i 《道者无心——燕垒生的奇幻经典》，搜狐，2018 年 1 月 17 日，https://www.sohu.com/a/217288634_182884，引用日期：2017 年 5 月 10 日。

ii 《写在 140426 的书评》，豆瓣，2016 年 11 月 20 日，https://book.douban.com/review/8185778/，引用日期：2017 年 5 月 10 日。

iii "如何评价燕垒生的《人之道》？"，知乎，2017 年 6 月 28 日，https://www.zhihu.com/question/58767460/answer/227531412，引用日期：2017 年 5 月 10 日。

iv 《〈地火明夷 1〉的读后感大全》，文章吧，2017 年 11 月 3 日，https://www.wenzhangba.com/yuanchuangjingxuan/202011/992397.html，引用日期：2017 年 5 月 10 日。

士无心为主角的简单轻松的单线冒险故事反倒有更高的成就，另外，我还蛮期待无心去欧洲打吸血鬼、狼人的故事的，想想就觉有趣。"ⁱ不同于"天地人"系列的厚重，《道者无心》系列轻松活泼得多，适当的格局也使得小说情节更为紧凑。《道者无心》以主角为眼，串联起了一系列的人物和故事，同时剧情不断推进，故事背景诡异而不恐怖，还有三分可爱，小道士无心的呆萌形象也在网上圈粉无数。与之类似的小说，还有被网友称为《道者无心》姐妹篇的《贞观幽明谭》。两者有着较为相似的人物、法术和剧情模式。《贞观幽明谭》的节奏推进更加缓慢，在评论中发现，对于《道者无心》和《贞观幽明谭》这两部同题材的小说，网友就孰优孰劣这一话题展开了一番大讨论。有人认为《贞观幽明谭》不管是剧情的连贯性还是历史和文化的融会方面都要比前者更出色；也有人就是喜欢前者的戏谑与游戏之感。一千个读者心中有一千个哈姆雷特。在网上，网友对于小说的解读有时会有所出入，甚至是矛盾，但评论的对与错，能够结合自己所学知识进行思考，这点就值得肯定和赞赏。

相比之前的几部玄幻小说，《西域幻沙录》中大量的名词让许多网友望而却步，不过"虽然夹杂了太多名词让人头大，但熬过几十页还蛮好看的"。ⁱⁱ大气雄浑的文字、翔实的佛理积累以及对沙洲的具体描写也让部分网友表示，"读完后既学到许多知识，又能明悟不少道理。也很期待幻真去往沙州之后的故事"。ⁱⁱⁱ可令人网友较为遗憾的是，小说的结尾和《天行健》类似，依旧有点草草收尾的痕迹。

燕垒生也是一个鬼怪爱好者，他还曾写过许多篇幅短小、包罗万象的奇谭怪事，主要作品有《鱼翅》《鬼医》《差二差五》《雷公坛》《美女蛇》《六壬术》《明茎草》《求雨》《三式》《治都》《蜃脂烛》《张仙图》《昆吾虫》《夜叉》《方相》

---

i　"有哪些称得上优秀的网络小说？"，知乎，2016年6月3日，https://www.zhihu.com/question/2043 4800/answer/15129613，引用日期：2017年5月10日。

ii　《西域幻沙录》短评，豆瓣，2017年1月5日，https://book.douban.com/subject/25887998/，引用日期：2017年5月10日。

iii　《西域幻沙录》短评，豆瓣，2015年12月28日，https://book.douban.com/subject/25887998/co mments/?limit=20&status=P&sort=new_score，引用日期：2017年5月10日。

《镜听》《缩地》《蟋蟀》《髭里小人》《螺蛳》《壁橱》《汤婆子》《勾魂伞》《僵蚕》《鬼里鬼》《钓影》《中溜使》《青蚨》《吸血怪》《瓷枕》等等。短篇小说的形式，引人入胜的剧情，奇妙的恐怖构思是吸引网友的主要原因。在某些故事中，还有着丰富的生活情趣和深厚的历史内涵，让人读起来非常过瘾。"每个故事发生的年代都在 20 世纪 60—80 年代，有着非常明显的岁月和生活的痕迹。一些故事还能够体现出比较朴素的中国传统道德观。我想在现在这个浮夸的文坛，能把志异故事如此自然而又不失生活地讲成这样，真的非常不容易。"[i]此外，这些怪事奇谭也有借鉴和模仿古代文言志怪小说《聊斋志异》《阅微草堂笔记》的痕迹，很多喜欢阅读古代文言志怪小说的网友都发现了这一特点，更巧的是，很多故事与《聊斋志异》都有呼应，如《镜听》《髭里小人》，在《聊斋志异》中都能找到相应的桥段。"故事多是发生在近代，又跟古代的《聊斋》、唐传奇之类的志怪小说不同了。"[ii]"在《美女蛇》的最后，让人联想到袁枚《子不语》中的《鸡毛烟死蛇》一条，说'鸡毛烧烟，一切毒蛇闻其气即死，凡蛟蜃属皆然，无能免者'。那美女蛇一定是闻到了烧鸡毛的气味，进退不得，才被刘士和杀了。让人觉得篇篇志怪有迹可循，并没有那种捕风捉影到头来一场空的感觉，通篇读下来十分畅快淋漓。"[iii]总体说来，网友认为燕垒生所作的奇幻短篇一点不比他的奇幻长篇差，且颇具灵气。

二、科幻、武侠、悬疑小说评论

除了数量庞大的奇幻小说，燕垒生也写过几篇科幻类题材的短篇小说，质量也相当不错。其中既有类似《情尽桥》《瘟疫》和《礼物》这样具有人文气息的

---

i 《精彩的都市怪谈物语！！》，豆瓣，2015 年 4 月 24 日，https://book.douban.com/review/7453045/，引用日期：2017 年 5 月 10 日。

ii 《僻静的一角，自有它的忠实观众》，豆瓣，2016 年 6 月 22 日，https://book.douban.com/review/7790631/，引用日期：2017 年 5 月 10 日。

iii 《非常好看，值得一试》，豆瓣，2016 年 1 月 16 日，https://www.douban.com/review/7737356/，引用日期：2017 年 5 月 10 日。

社会科幻，也有诸如《天雷无妄》《天与火》这样文化底蕴深厚的历史科幻。"只知道燕垒生写小怪谈不错，不料科幻也写得同样好。"[i] "依然记得当年在科幻世界上看到燕垒生的这篇《天雷无妄》时候的惊叹，感慨作者的历史底蕴与科幻理念的无缝柔和，第一次体会到了科幻的另一种魅力。多年以后再读这篇，依然觉得很赞。"[ii] "天马行空，引人入胜。"[iii]

不过，较为可惜的是，不知道是网友对软科幻的接受程度不太高，还是燕垒生所作的奇幻文学光芒太盛，阅读过燕垒生科幻小说的网友人数不多，相关评论也相对较少。

半武侠半玄幻性质的《轩辕剑之天之痕》是燕垒生根据"轩辕剑"系列游戏改编的官方原著小说。许多网友会将游戏版、电视版和小说版《轩辕剑》进行比较，"对于没玩过游戏的读者来说，情节还是比较紧凑。但是对于游戏剧情烂熟于心的读者来说，感觉有点单薄，忍不住就会与游戏联系上来，包括战斗的招数，背景的音乐，这个是小说无法比拟的，于是我在看的同时放着OST"[iv]。"虽然小说不是百分百还原游戏情节，但改编调整的部分几乎都恰到好处，毫不生硬突兀。尤其是对各个人物的细致的心理描写。"[v] "和电视剧一对比就果断给五星了。"[vi] 有游戏版《轩辕剑》粉丝为基础，小说版《轩辕剑》的推出，在受到更多网友关注的同时，也面临网友更为严苛的评论。燕垒生能做到将游戏剧情小说化之余，加入一些自己的生活化场景，使得"挑剔"的忠实游戏粉也认可了这部较为商业

---

i 《瘟疫》短评，豆瓣，2012 年 10 月 16 日，https://book.douban.com/subject/11516839/comments/，引用日期：2017 年 5 月 10 日。

ii 《瘟疫》短评，豆瓣，2016 年 5 月 10 日，https://book.douban.com/subject/11516839/comments/，引用日期：2017 年 5 月 10 日。

iii 《瘟疫》短评，豆瓣，2013 年 10 月 15 日，https://book.douban.com/subject/11516839/comments/，引用日期：2017 年 5 月 10 日。

iv 《轩辕剑：最强力量》，豆瓣，2012 年 8 月 23 日，https://book.douban.com/review/5557977/，引用日期：2017 年 5 月 10 日。

v 《和电视剧一对比就果断给五星了》，豆瓣，2012 年 8 月 3 日，https://book.douban.com/review/5557695/，引用日期：2017 年 5 月 10 日。

vi 《和电视剧一对比就果断给五星了》，豆瓣，2012 年 8 月 3 日，https://book.douban.com/review/5557695/，引用日期：2017 年 5 月 10 日。

化的官方原著小说，实属不易。

《洗心问剑》也是燕垒生根据网络游戏《剑网 3》改编的官方原著小说。在《剑网 3》推出的所有官方小说中，网友对燕垒生的《洗心问剑》评价最高，认为现在出的三本官方小说中燕垒生这本算是写得最好的。2016 年 5 月新星出版社出版《洗心问剑 1》，2017 年 8 月纸质版《洗心问剑 2》发售，因此《洗心问剑》的关注度还不太高。

许多网友认为燕垒生是气质最接近世界恐怖小说大师爱伦·坡的作家，他也被中国台湾称为大陆最好的恐怖小说家。他所作惊悚悬疑小说作品主要有《癫狗》《杀人之道》《活埋庵夜谭》《辩机》《手》《噬魂影》《有约》《美人脸》《猫梦街》《香虫》《春芽》《蔷薇园》《妖楼》《门外的脚印》《深井》《宛如约》等等。网友们在看了《活埋庵夜谭》后，感觉毛骨悚然，几天吃不下肉。看了《蔷薇园》后，对从灵魂透出的寂寥感到绝望与痛心，就像是一个破旧的歌剧院里一个女鬼在悠唱。看《噬魂影》后，被其中压抑着的恐怖和不动声色的冷静笔调逼得喘不过气。看《有约》后，被其中蒙太奇的写作手法以及写意的文字所折服。看《猫梦街》后，被东方故事和西方魔幻的混搭气质以及恐怖场景细如毫发的渲染、刻画所牵引，感受到了空前威力的心理恐怖效果。

燕垒生的恐怖悬疑小说对于阴森场景的描写很不一般，能不动声色地将读者引入他所营造的诡异世界，"读此书后，就感觉室内似有冷风吹过，针一般扎进肌肤，鸡皮疙瘩一片一片的。从阁楼上下来，走在扶梯上，'咣当咣当'的声音回响，我也觉得似乎有一种鬼魅的气氛开始充塞屋内的空间"。[i] 燕垒生的惊悚小说在阅读时要做好一定的心理建设，若是胆小者则不推荐阅读。

就当代文坛而言，燕垒生无疑是一个多产且作品质量高的网络作家。他的成功也激励着一批喜欢网络文学，并立志写好网络文学的作家。小说作者虞鹿阳曾在知乎网上就《天行健》有关话题留言："它的创作者燕垒生让我学会了写作，

---

i　《惊悚之文，磨炼你的神经》，豆瓣，2006 年 7 月 11 日，https://book.douban.com/review/1057338/，引用日期：2017 年 5 月 10 日。

即便是现在毫无佳作的时候，我也能想起燕大叔的那句：我投稿到 30 多岁的时候才有了成就。他也让我学会了写诗词，一点点地学会了。"[i] 可见，当一位网络作家以及他的作品发挥影响的时候，其威力也是惊人的，他甚至可以改变一个读者的命运。此外，在搜集网友评价中发现，在燕垒生每一部作品连载的过程中，网友们都会热烈地对其情节发展进行预设，表达自己对于燕垒生作品的殷切期盼。同时，也会在贴吧、群组、博客、微博等平台写下自己对部分情节的质疑以及纠正。作家燕垒生也能适当地与网友进行互动，提出自己的想法，接受网友提的可取的意见。

网络使网友对燕垒生作品的评价不再是单方面的各抒己见，而是把读者、作品与作者三者连为一体。比如说，燕垒生早期代表作《天行健》首发连载于榕树下原创文学网站，网友们通过阅读其初稿，并在网站上写下相应的评论，不仅让燕垒生及时了解网友对自己作品的接受程度以及批评意见，也在后续图书发售时对一些可取的建议进行修改，使作品更为完善。

总之，随着网络文学的兴起，出版物不再是作家作品传播的唯一媒介。网友对作家的评论变得更为开放和随意的同时，也在某种程度上更大范围、更及时地影响着作家的创作。

（金怡蕾　执笔）

---

i　"如何评价燕垒生的《天行健》？"，知乎，2015 年 1 月 11 日，https://www.zhihu.com/question/23050784/answer/190010469，引用日期：2017 年 5 月 10 日。

第二章

蒋胜男：历史中的政治女性书写

学者研究

蒋胜男擅长描写历史洪流中的政治女性，运用言情笔法塑造了一系列与众不同的女主人公。她们虽然被封建时代所限制，但身上却有着超越时代的独立意识，敢于突破男权的藩篱，发出独属于女性的声音。芈月、刘娥、萧绰等历史上的传奇女性，在蒋胜男的笔下绽放出熠熠光辉。她们从女孩蜕变为女人，从后宫走向朝堂，书写了一部部女性的政治成长史。蒋胜男用她的笔力和情思，将各种历史人物汇聚一堂，改写出一部部扣人心弦的"新历史"，使网络小说突破了单一的男女情爱叙事，走向深沉厚重的历史题材，自觉探索女性自我意识的觉醒历程。

一、从女孩到女人：展现女性的成长历程

为了满足读者，尤其是女性读者对于完美爱情的期待，言情小说创作者们通常将女主人公的年龄设定在青少年这一适合建立情感关系的区间内，以复杂的情感纠葛为内容书写动人的爱情故事。与其他描写小情小爱的网络言情小说相较，蒋胜男的作品显得格局更为开阔。她将视角聚焦在女性自身，研究历史女性的成长路径和蜕变过程，在风云变幻的政治旋涡和暗流涌动的后宫之争中耐心打磨一个个丰满立体的女性人物，目送一个个天真烂漫的少女一步步成长为只手遮天的女强人。她的《女人天下》《芈月传》《凤霸九天》等历史小说撷取了我国历朝历代中著名的政治女性，以独特的笔触重视她们的人生，展现礼教束缚与男权压迫下女性不屈反抗的生命历程。在《芈月传》中，芈月从应天命而生、颇受宠爱的

公主，到作为陪嫁的媵人，在群狼环伺的秦王宫中成为宠妃，又在皇位之争中落败被放逐燕国，最终执掌秦国朝政，以女子之身将秦国推向鼎盛。这种长篇人物成长小说让人物命运在历史洪流的裹挟下飘摇，人物性格在一次次大起大落中逐渐成型，通过典型的环境和特殊的经历展现人物的成长和蜕变，给读者提供了更丰富的情感体验。

在冲突之中建立爱情观。蒋胜男选择了封建时代的女性作为主人公，书写政治斗争中女性的崛起，就无法回避由所处时代引起的爱情与事业的冲突这一人生命题。虽然现代社会中也不乏此类问题，但封建社会根深蒂固的男权主义思想和三纲五常的礼教束缚，使得依附男性、借助婚姻成为当时女性上位的必经之路。爱情，是叙写封建时代背景下女性成长故事必不可少的因素。通过描写女主人公在人生的不同阶段面对爱情与事业冲突时的抉择，蒋胜男完整展现了女性爱情观从模糊、成型到成熟的发展历程。

《芈月传》中，从受尽楚王宠爱的公主到手握权柄的秦国太后，芈月身边从来不缺乏优秀的男性。她曾轻信秦王驷，认为爱情能给她和孩子一个有保障的未来，于是放弃了奋斗，但却在皇权之争中落败，惨遭放逐。在困境中，她多次得到青梅竹马黄歇的出手相助，但在面对黄歇的求爱时，不再盲目相信爱情的芈月毅然拒绝，仍选择追逐年少时的鲲鹏之志，带着嬴稷重回咸阳。面对内忧外患，芈月虽依靠义渠王之势平乱，但在情感关系中也没有被封建男权主义束缚而将自己放在从属的位置。作为女性，蒋胜男笔下的芈月有着柔软却非软弱的一面。她渴慕爱情，在爱人面前柔情似水，但在她心中，事业永远凌驾于爱情之上。她在爱情中清醒、冷静的选择展现了女人的成熟与现实。她比更多人要明白自己的身份和地位，在合适的时机完成了自己的身份转变，实现了一种成长。

芈月在事业与爱情之间冷静抉择，《凤霸九天》的女主人公刘娥则积极学习如何平衡事业与爱情。刘娥个性内敛克制，从一个蜀中逃难的孤女变成皇子的"金屋藏娇"，又一步步走向尊贵的后位。不同于最爱只有自己的芈月，刘娥在这个漫长而曲折的过程中矢志不渝地爱着三郎。但被设计失去孩子后，她被迫开始学习政治权谋，了解时局大事，既是为了争宠，也是为了生存。她爱三郎，却不会因为爱他而失去自己的骄傲和倔强，与后宫只会顾影自怜、争宠陷害的女人为伍。但直到在城墙上看到辽太后萧绰征战后，刘娥才意识到女性成长的另一种可能。她开始化被动为主动，积极参与政治，渴望摆脱依附男性生存的宿命，真正成为自身命运的掌控者。与《芈月传》相比，《凤霸九天》中展现的女性成长史更具阶段性。以失去孩子、目睹辽太后征战为标志，刘娥完成了从懵懂转被动再到主动的成长历程。虽然一直爱着皇帝，但她的爱情观从完全依附男人生存转为积极寻求自我价值的实现，足见其成长。

在边缘地带探索前途命运。法国哲学家露丝·伊利格瑞曾指出："女性可以在被沉淀于历史中或在男性作品中所塑造的女性人物身上重新发现她自己。"[i]现有的历史是一部男性史，封建时代的男性站在历史舞台的正中央，持续地将女性的存在淡化、边缘化，仅有少数女性由于个人成就卓越被载入史册。通过重塑或想象这些女性历史人物，蒋胜男将目光聚焦于被边缘化的女性群体，试图建立女性情感共同体。

作为"旧瓶装新酒"的高手，蒋胜男以史实为基础，赋予女性人物以现代意识，以此抒发个人体悟，探究女性前途命运。她塑造的这些女性年幼时就有独特的创伤记忆，芈月目睹生母被辱，刘娥逃难失亲，等等。这使得她们的性格在天真中又有几分韧性，从少女到妇人，这份韧性在各种挫折打击下被打磨得更为显眼。到掌权时期，这些政治女性由韧转刚，但依然保留着坚忍的品性。这种坚忍、倔强、永不低头的血性和顽强生长的个性极有可能是她们从女性在封建社会压迫之下的独特生存体验中获得的。人的性格塑造往往需要在自我认同与社会认同的调整变化中进行。吉登斯在《社会学》一书中提出：社会认同往往包括一个集体的维度，能够标示出个人是如何与"其他人"相同的，自我认同则把"我

---

i 露丝·伊利格瑞：《性别差异》，张京媛主编：《当代女性主义文学批评》，北京大学出版社 1992 年版。

们"区分为不同的个体。[i]在封建社会中，男性的声音决定着社会认同的标准，女性的自我被长期扼杀在萌芽状态。她们被认为是男性的附属品，被迫顺从来自社会和男人的声音，在他人的声音中校正自己，逐渐迷失在男人编织的"完美"谎言中。在这样境地中的女性，由于失去了人生的目标，只能在情爱与家庭中寻找自己的价值。她们往往因为爱情而变得卑微，心甘情愿地成为婚姻的牺牲品，在相似而平淡的日常中逐渐消磨掉曾经的理想和锐意。而蒋胜男笔下的女性已经开始有意识地挣脱"爱情的魔咒"，她们没有长久地陷在迷幻的爱情中，反而通过爱情与男人争锋，变得现实、独立，开始学会为自己谋划，摆脱"第二性"的束缚。倔强和永不认命的性格使她们有勇气和男尊女卑的社会环境、弄人的命运殊死抗争。正是在这种百折不挠的奋斗中，她们获得力量和支持，进一步增强自身把握世界的能力，以一己之力对抗与生俱来的性别束缚。这种近乎反叛的体验带给读者以巨大的冲击。不管芈月还是刘娥，她们都靠着自己的智谋和手段走到天下至尊之位，展示了女性的顽强毅力、惊人能力和无限可能。

在封建教条和男权主义的双重压迫下，女性长期遭受不公平待遇，被人为地安排了悲惨的命运。这种独特的疼痛经历是男性无法体验的，它使得女人变得更为坚强和现实。但从网络文学创作和阅读倾向来看，当代女性在潜意识中更期待甜美的爱情，期待强大富有的男性伴侣为她们提供精致的物质生活和丰富的情感需求。为此，她们可以遗忘过往的疼痛和屈辱，选择投入帅气多金的男主人公的怀抱。女性以爱情为筹码、以丈夫为依托获得更高的社会地位。这是一种潜在的对男性的依赖和对金钱的崇拜，侧面展现出现代女性思想解放得不全面、不彻底。女性能够破茧成蝶，从小女孩变成大女人，不在于少数个体地位的提高，而在于女性自身是否获得完整的生命体验，是否具有清晰的人生目标和实现它们的能力。女性要敢于突破历史、传统加诸的种种限制，敢于在男权社会里为自己赢得一席之位，甚至为整体女性地位的提高做出一定的贡献。蒋胜男笔下的芈月、刘娥受时代所限无法做到后者，但她们的一生展现了女性成长的无限可能。由于

---

i　安东尼·吉登斯：《社会学》，赵旭东等译，北京大学出版社2003年版，第38页。

其奋斗历程中始终遇难能解、化险为夷，与"升级"模式有一定的相似之处，的确在一定程度上削减了作品的感染力和震撼性，但也昭示出女性成功的偶然性，传奇化了其女性形象。

"如果女人仍然仅仅以男人为楷模为靠山为精神支柱，那这个世界并不因为女人走上社会而有太大的改变，单一性别（男性的）标准仍然会是唯一合法的标准。"[i]蒋胜男不仅突破了网络文学中单调的情爱叙事，还重新建构了一部女性成长的历史，写出了女性在从女孩变成女人的过程中所经历的磨难以及变化。她塑造的芈月、刘娥、萧绰等一系列傲骨铮铮、独立自强的女性将成为引导女性思考、反叛的精神偶像，帮助女性成长、蜕变。

二、从后宫到前朝：展开女性的政治实践

从后宫到前朝的跨越在历史小说中可以说是对女性个人能力的认可，具有文化意义上的独特内涵。在古代封建王朝，女性因为男权的压迫几乎不能接触政治权力，久而久之，人们自然而然地认为女性缺乏对权力的兴趣，也欠缺掌控权力的才能，于是将女性排除在权力中心以外。"女子无才便是德""后宫不能干政"，女性被诸如此类的原因剥夺了参与政治的机会和权利。而实际上，即使历史曾将女性围困在后宅和后宫中，使得她们无法接触政治，女人们依然在通过各种手段把控前朝，并且演化出了"宫斗""宅斗"这一极具封建色彩的女性权力游戏。后宫内宅作为男性妻妾的居住之地，实际上是男性圈养掠夺女性的场所。女性在此争夺的是男性在个人情感方面具有的选择权。这种斗争显然并未触及男权社会的核心，甚至男性在择偶方面的虚荣心在其中能得到极大的满足，可见它是难登大雅之堂的。但通过这种斗争，女性充分学习和锻炼了权谋之术，展现出了不输男性的高超手段，为女性走入前朝打下了一定的基础。作为封建王朝君臣议事之所的前朝才是男性的权力核心，它意味着对世界的掌控和变更能力，决定了男权

---

i 玛丽·沃斯通克拉夫特、约翰·斯图尔特·穆勒：《女权辩护妇女的屈从地位》，王蓁、汪溪译，商务印书馆2009年版，第6页。

社会内部的阶层排序，天然排斥女性的参与。所以当女性将权力游戏的场所由后宫转到前朝，不仅意味她挣脱了性别的局限，也是世界对其自身价值和能力的肯定。极少数量的女性经历了漫长且艰苦的斗争，才从后宫走进朝堂，且在历史上多背负骂名，足见男权社会对试图打破封建思想桎梏的女性的恶意之深。

在网络文学中，历史题材小说浩如烟海，但历史常常沦为男女主人公发财致富、谈情说爱的背景，徒具偌大的框架。尽管作者极力模仿细节的真实，古代建筑、用具吃食、街景风物、宫闱秘史等，无不丰富而翔实，但始终欠缺了几分属于历史的厚重和大气，形似而神不似。身处其中的女性不是为了争夺男人的宠爱而进行雌竞，就是在复仇、致富、谈恋爱，这种将现代题材嫁接至古代背景的模式在降低阅读难度的同时，又富有一定的新鲜感，满足了读者的浅层阅读需求。但网络文学将历史变"轻"、变"薄"，女性从后宫走到朝堂变成了小说男女主人公之间的"情趣"，而不是对男性权威的挑衅和宣战，失去了题材本身具有的内涵与思考。

在大部分网络作者更执着于描写女性的后宫争斗，无力也无意描写女性对时局政事的洞察与参与的同时，蒋胜男突破了宫斗小说的限制，将对历史女性人物的书写扩展到前朝，展现了女性涉足政治、掌控政局的能力和水平，重现了历史发展中女性所实现的政治实践。她在古代言情小说创作上以其他网络作家难以企及的敏锐眼光和深厚的文化积淀，关注到了历史女性参与政治的大胆尝试，使女性得以成功地跳出后宫围墙，走进国家的政治决策中心，发出自己的声音。这一创作意图上的改变直接使得她文中的女主人公具有了更深层的价值选择，她们不再在后宅、后宫中汲汲营营，囿于妇人之间阴私，反而抓住一切机会学习上位者的行事手段，思考在阴谋阳谋背后的利益牵扯，培植自己的势力，试图打破"后宫不得干政"的男权桎梏，证明女性具有不输于男性的政治能力。《凤霸九天》中的刘娥可以算是蒋胜男历史小说中最柔弱、出身最平凡的女主人公了。但她被三郎金屋藏娇时，就积极参与三郎及其幕僚的筹谋，助其谋夺皇位。进入后宫后，她不仅依靠智谋结盟自保，也借此为真宗出谋划策，跟在真宗身边学习治理国家的手段。长期的权谋实践使得她能够在真宗死后凭一己之力力挽狂澜，稳定朝纲。最后，她身披龙袍祭祀宗庙，却并未选择成为女帝。她证明了自己拥有不输于男儿的能力，向男权发出了掷地有声的宣战：

> 我纵然是不肯称帝，却也是要天下知道，要千秋万代知道，这帝位我非不能也，而是不取也！（《凤霸九天》第五十五章）

蒋胜男笔下诸如芈月、吕雉、北魏冯太后之类的政治女性，她们屡次陷于后宫争斗之中，却不会仅仅因得胜于女性权力场中而止步，她们有着更大的野心和欲望，她们在后宫中拼搏争斗是为了走入男权核心的朝堂，借机掌握政权，掌握自己的命运，实现自己的政治抱负。这种人生价值选择的改变和对于权力的执着追求，不仅来源于女性自身的发展要求，也来自她们对自由的天然渴望。因此，女性权力欲望的觉醒、从后宫走到前朝的变化都象征着女性内心深处不可抑制的自我发展、实现人生价值的需求，她们摆脱畸形和压迫，走向自我肯定和自我满足，正在由不完整走向完整。

执政者的角色定位赋予了政治女性强硬的感情色彩，但从后宫到前朝的艰难经历足以展现女性本身性别特征和独特的人生体验。"男人可获得的有关妇女的知识，即使是关于她们的过去和现在而不涉及她们将来可能怎样，也不幸地是不完整的、表面的，并且直到妇女本身说出她们要说的一切以前，将永远如此。" [i]男性作家在塑造女性人物时，往往陷入男性中心主义的藩篱，以其男性视角对女性进行规训，创造出的女性是符合男性审美而非仅作为独立个体存在的。而借助网络这一平台，有更多的女作家开始进行创作，文学作品中的女性形象也越来越层出不穷，丰满立体。后宫和朝堂作为政治女性活动的场所，是她们进行政治博弈、合作的生发地，也是她们展现女性魅力的地方。落于俗套者会描写各种美人

---

[i] 玛丽·沃斯通克拉夫特、约翰·斯图尔特·穆勒：《女权辩护妇女的屈从地位》，王蓁、汪溪译，商务印书馆 2009 年版，第 6 页。

计、宫心计，写女性之间的倾轧和女性在男性面前低俗地卖弄风骚，这在无意识下仍落入了男权的圈套，无法展现真正的女性风采。实际上，与男性相比，女性有着更为敏感的内心和细腻的感触，她们看待世界的角度、面对问题的态度更有"人情味"。刘娥和杨妃姐妹相和半生，她放过了仁宗生母李宸妃，并且对不得丈夫宠爱的潘妃怀有一种共情般的同情。芈月也曾珍惜她和芈姝、芈茵的姐妹之情，直到迫不得已才刀剑相向。这种独属于女性的温柔和复杂纠结的情感世界是大多数男性难以触及和了解的，网络小说的女作者在书写政治女性这一块有着极为广阔的天地，不应该被传统的男性话语和书写记录所限制。蒋胜男的作品引人入胜的原因大概就在于此。

除此之外，这种交织着权欲、地位的奋斗与当今女性的职场交际有着极高的相似度。读者能够从芈月、刘娥的崛起经历中获得一种幻想的快感，期待平庸的自己也能像她们一样，从被欺侮者转变为有权者。封建王朝的女人掌握政治的权柄的微妙性使得其成功产生了难以想象的励志性，这种励志远远超出灰姑娘嫁给王子的幸福结局，因为这不仅代表着女性个人的奋斗成功，也预示着努力后的巨额回报。面对来自职场、家庭、社会等方方面面的压力和压迫，蒋胜男架设的"女王路"无疑满足了当代女性关于权欲和自由的幻想。但也正是这份过重的权欲心削减了芈月、刘娥这些政治女性身上其他的性格色彩。虽然前期是因为生存困境而被迫攫取权力，但后期的逐欲却仿佛成了其全部的人生意义，使得小说走向了"大女主"爽文的模式，降低了价值内蕴。

跳出后宫争斗，意味着女性不再以男性为生活的中心，开始思考自身的人生价值；走入朝堂，意味着女性权力意识的觉醒，她们试图抗衡男性权威，改写历史。从后宫走向朝堂，在一定程度上象征着女性走出家庭，步入社会，是一种全新的价值选择。在这一过程中，女性逐渐摆脱男权的影响，开始走向自我，趋于完整。女性从后宫走到朝堂是网络小说中常见的题材，但是真正能参与朝政大事、手握重权的女主人公却寥寥无几，她们常常折戟沉沙在爱情上。而且，女主人公从后宫走到朝堂势必要突破重重障碍，需要经历一次次挫折和打压，然后继续百折不挠地往上爬。这种"遇见磨难"—"艰难克服，增强实力"—"再遇挫折"—"结交盟友，增强实力"—"财色两全"的情节模式难免带上了闯关升级的意味，读者在获得感官愉悦的同时也容易感到审美疲劳，这是一众网络小说在短时间内难以克服的缺陷，是网络作家需要不断努力改进的地方。

三、从个人到历史：谱写传奇女性的"新历史"

大多数网络文学作品习惯化用历史，以穿越小说或者历史架空小说为框架建构一个平行的历史时空，虚构故事。而蒋胜男的作品大多以我国历史上真实存在过的传奇女性为主人公，以改写其人生经历为手段，在不同时代的风云变化中展现女性的人生困境和抗争方式，汇编成女性的史册。时代造成的性别、地位差异，使得女性面临着更为艰难的生存困境，蒋胜男没有避开这些沉疴，反而寻找其中的争议点，构成人物之间的矛盾冲突。蒋胜男书写的女性人物比大多数网络文学中的女性人物要刚硬，生命力顽强，这是由于她们面对的不仅是男尊女卑以及伦理法制不健全的社会情况，还有危机四伏的生存困境。这些不同的生存困境凸显了身处其中的个人形象，折射出女性刚柔并济的性格和独特的生存理念，塑造了一个个与众不同、魅力无穷的历史女性形象。

与传统的女性形象相较，网络文学中的女性历史书写超脱了传统道德对女性的要求，而蒋胜男笔下的女性更甚。她们忠于自己的爱与欲望，却不会永远无怨无悔地付出。蒋胜男小说中的女性并不循规蹈矩，她们勇毅地破除女性必须保持贞洁的道德伦理，敢于大胆地与心仪的男性相恋相伴。芈茵大胆追求秦王，私自出宫和他春风一度；芈月在重回秦国后就和义渠王同居，以太后之身生育，甚至养了面首；辽国太后萧绰在辽景宗死后，最终和初恋情人韩德让走到了一起，还让辽圣宗对韩德让执父礼。蒋胜男并没有像其他网络作者一样为历史中女性的不贞做出各种符合情理的解释，让读者理解、原谅她们的失贞。她保有了女主人公个性中的自尊自爱，却不执着于爱情的唯一性，她写的是真实的有欲望需求的女性，她在小说中实现了女性的身体和心灵的双重解放。在两性关系中，女性拒绝顺从与依附，更不愿意将自己的命运寄望于男人的怜惜与宠爱。在母子关系中，蒋胜男借芈月的行为表达了母亲无须为子女无条件奉献的观念。即便在现代，女性在生育后也常被母亲的身份挤占了其他社会身份，被传统道德观念捆绑着献出剩余的全部人生。而在蒋胜男的笔下，生活于封建社会的芈月争权夺位的行为并不是只为了儿子考虑，同时也是为了实现自己的政治抱负，展现自己的个人价值。这种畸形的"献祭"般的母子关系实际上是男权社会下不平等两性关系的延续，而芈月这种行为则代表着被母亲身份束缚的女性们反叛式的回击。在此基础上，蒋胜男大胆地推翻了父权社会以男性血统为正统族系脉络的固有认知。她借芈月之口论述道：

> 先民之初，人只知有其母，不知有父，便无手足相残之事。待知有父，便有手足相残。兄弟同胞从母是天性，从父只是因为利益罢了，所以是最靠不住的。（《芈月传》第三百六十五章）

这些新女性不会为了儿女步步退让，刘娥未曾因为宋仁宗而放弃黄袍加身去祭祀宗庙，萧绰也未曾因为辽圣宗而放弃扶持韩德让为契丹贵族。这些超越时代的思想观念反映出作者对女性走出生存困境的思考，使得其笔下的人物带上了新女性的思想性，即便在现代社会也是具有参考价值的。

蒋胜男通过这些历史女性的个体命运辐射出无数历史名人的人生遭遇，形成一张巨大的人物关系网络，由人物引发事件，构成一个时代的风云际会。她通过这些历史女性的人生遭遇和政治实践将同一时代不同时间段的人物和历史事件巧妙设计、安排，编造出一段近似于正史的"伪历史"，展现出一个时代的风起云涌和群英荟萃。芈月身处战国时期，身为楚国公主，她受屈原教导，和春申君黄歇是师兄妹，由此埋下了屈原被奸佞陷害投河的伏笔，以至于黄歇为寻屈原再次和芈月分开。入秦后，芈月结识了张仪，通过两人的交往展现了张仪的足智多谋，引出其拜相之路。芈月和秦王驷出入四方馆，得以接触各国策士的策论，因此与苏秦相识，牵扯出苏秦不得志时的情况。后来，芈月流放燕地，再次与苏秦相逢，见证了苏秦得志燕国、出使赵国的经历。芈月的活动范围包括了楚国、秦国、燕国，身份由楚国公主、秦国媵女到燕国人质、秦国太后，接触到各个阶层的人，铺设出一个宏大的福斯塔夫式背景[i]。芈月的政治实践则揭开了战国时期的风云变化，周王室衰败，各诸侯国觊觎天下，出现秦王问鼎天下的局面，而后各国联合制衡，苏秦、张仪等策士四处游说，再到芈月上位后攘外安邦，增强秦国国力。作为女主人公，她的人生经历是小说叙事的主线，而她波澜起伏的人生经历折射出时代背景，她的政治实践和人生际遇使得小说情节与各种历史事件相联系，构成一段近可乱真的历史。庄子的点拨、屈原的教导、春申君的痴恋无疑为芈月这位不被人熟知的秦太后的生平更添了几分传奇性。蒋胜男的故事从女主人公的视角展开，穿插着各种惊心动魄的权谋，交织着各种历史典故，这种独特的拼凑法不仅显示出蒋胜男对历史的熟知程度，也显示出其深厚的文学功底。其小说中独特的"伪历史"特色，在给枯燥的历史注入了新鲜感的同时，也使其笔下女性的成长经历具有厚重的历史感。

正是借助于这种拼凑补全的"伪历史"，蒋胜男挖掘各个朝代传奇女性的内心世界和人生经历，谱写出独属于女性的新历史。蒋胜男的"红颜系列"囊括了上官婉儿、花蕊夫人、西施、妲己、吕雉、王政君、邓绥、冯太后、武则天、萧绰、孝庄、慈禧12位历史上富有争议的传奇女性，她从女性角度去还原历史，想象人物的情感变化。2006年蒋胜男在晋江文学城完结了《凤霸九天》，叙述了宋章献皇后刘娥传奇的一生，在她的经历中又融入了宋真宗、北宋文学家钱惟演等人的生平，再现了赵光义烛影斧声、王小波、李顺起义等历史事件，以大胆的想象揭开了狸猫换太子的真相。继《芈月传》之后，她又创作了《燕云台》，以辽承天皇太后萧绰为主人公，讲述了与刘娥同时期的另一位执政太后的快意人

---

i 福斯塔夫式背景就是指广阔的社会背景。《亨利四世》剧本中的福斯塔夫是破落骑士，作品以这个人物的活动把社会的上层和下层联系起来。他一方面是贵族，和上层有联系；另一方面是破落的贵族，又和下层有联系。因此，这个戏剧广阔的社会背景被称为福斯塔夫式背景。

生。蒋胜男小说人物的原型都是我国历史上有迹可循的传奇女性，她的创作将这些女性的人生经历与一段段历史编织起来，沿着时间线有望汇编成独特的女性断代史，补足人们对历史中传奇女性形象的想象。

"德尔·史班德认为，在突破男性批评的藩篱之后，女性主义批评已经开始注目于女性中心意义的构成，并着手构筑一种女性中心的象征框架。当今女作家的首要任务就是重塑女性的自我形象，打破千百年来女性的失语，赋予女人一词以新的概念与内涵。"[i]蒋胜男的创作从历史中挖掘素材，以女性身份思考古时女性的生存状态和情感世界，将女性命运与历史发展联系起来，赋予传奇女性以现代意识，书写时代风云与女性新历史。

蒋胜男笔下的女主人公皆浓墨重彩，极具个性，在一定程度上弥补了女性在历史中地位的缺失。但更引人注目的则是作者本人通过小说显露出来的对于历史、对于女性命运的思考。从垂髫小儿到垂老妇人，蒋胜男写尽了一位女性的一生，以女主人公的人生历程为线索又引出更多和她同一性别、不同阶级的人，这些女性皆惟妙惟肖，栩栩如生。蒋胜男从不避忌女性自身的不足，也不旨在创造一个讨人喜欢的偶人，因此她写女人的笔力才能令很多网络写手望尘莫及。当然，蒋胜男的作品仍还存在着一些不足。首先，相比起女性角色，她笔下的男性角色略微失色，往往会沦为推动剧情的"行动元"，在角色层面上存在过于理想化、模型化，从始至终都维持着固定不变的性格设定问题。其次，人物情感的转折变化略显僵硬，尤其是在爱情方面。由于前期缺少铺垫，几个男性角色爱上女主人公的过程显得有些突兀，这也让后期男性默默付出的情节变得尤为尴尬。这种"深情男配"的过多设置，颇具早期网络文学中"玛丽苏"小说[ii]风格。最后，小说前期情节进展拖沓，不免有注水的嫌疑，而且文中错别字过多，影响了读者的阅读和愉悦感。但不可否认的是，蒋胜男的作品是网络文学中少有的精品，它

---

i　钱虹：《文学与性别研究》，同济大学出版社 2007 年版，第 13 页。

ii　"玛丽苏"小说：玛丽苏（Mary Sue）是文学批评中，尤其是同人文中的概念，后来此概念被引用到网络文学中，并有所扩展。此类小说的特点是女主人公十分"完美"，与小说的男性角色纠缠不清，暧昧不断，往往能轻易地获得他们的关注和爱情。

们塑造了一系列地位不同、性格各异的女性形象，体现了一个作者对社会现状的深沉思考和大胆发声。

（王建琴、朱诗园、蒋静妍　执笔）

＃ 作者访谈 ＃

受访者：蒋胜男

访谈者：单小曦、沈依阳、章可欣、黄玉莹、姜　琪、王　慧、孙　妍

访谈时间：2020 年 11 月 3 日

访谈地点：杭州白马湖建国饭店

一、网络文学是从精英开始的

单小曦：蒋老师，您好！您是怎么理解网络文学的？

蒋胜男：文学是一个广义的概念。网络文学和传统文学相比，篇幅更长，想象力更丰富，题材更广泛，因为载体决定了它更大的容量。《诗经》《楚辞》要刻在竹简上，所以特别简短；宋代活字印刷术之后，话本变长了；民国有了报纸，小说可以连载。载体变大以后，文章自然就变长了。与此同时，载体越来越便宜，受众越来越大，社会变得越来越文明。过去的文化产品流传不到百姓手里，而现在可以。这不是文学或文学种类的变化，而是科技的变化。文学只是常规运作，科技让其走入千家万户，这是时代的变化。

单小曦：您的意思是，虽然时代在变化，但文学还是文学？

蒋胜男：文学还是文学，题材没有变，变的是载体。既然可以用网络写作，那为什么不用？网络不是更方便吗？

单小曦：传统文学一般指精英文学，作者们往往以大师自居，把某种理念和认识

传递给受众读者。他们认为网络文学缺乏反思性、批判性。有人认为，网络文学的普遍现象是走流量，读者可以轻松接受和消遣，写作发布也没有门槛，您认为是这样吗？

蒋胜男：其实网络文学一开始的门槛挺高的。过去互联网只有在大城市才有，新闻媒体的大记者、一定职称的公务员才拥有电脑。20 世纪 90 年代最早上网的一批人，比现在传统文学的作家都更精英。我的老师是写韵文的，也应该算作文学精英吧，他投稿，杂志嫌这种作品没市场，之后他发现互联网上有一拨人跟他一块儿写辞赋，水平也很高，能够互相交流。琼瑶的小说很多人都看过，但痞子蔡的《第一次亲密接触》的文学性肯定比琼瑶要高的。我那会特别喜欢写小说，所以当时写完就在网络上发帖子，也不是为了要怎么样，就是有创作欲，写完之后也希望和别人交流。所以说，当时的网络写作应该属于精英阶层的。那为什么你现在觉得网络文学不高端了？因为它普及了。第一拨写词赋、散文的人和传统文学刊物上曲高和寡的是同一拨人，这拨人现在还在写，但却不是主流了。电脑渐渐走进了千家万户，使用网络写作的人越来越多，这个比例降下去了。

单小曦：我跟您的理解是一样的，我把痞子蔡的作品看作了纯文学。

蒋胜男：本来开始时就是纯文学，到后来网吧出来，迎合受众的故事多了，写爽文的也变多了。我们早期创作的时候，觉得不可思议。写一篇文章，怎么会有一堆"村村通"跑过来说你的女主没和男主在一起，和别人谈过恋爱？我想这是哪来的出土文物？文化降维对精英层来说是件痛苦的事，因为文化变得不再值钱，任何人都可以对文化品头论足，但对大众来说是件好事。"村村通"为什么骂你？因为他们认为女人要三贞九烈、低人一等，"女主和别人谈过恋爱"的情节让他们感到痛苦。叫醒"睡着的人"一定会被骂，但这是一个灵魂重塑的过程，叫醒他们对我们的文化有更深刻的意义。

单小曦：您谈得特别好，最初的网络文学作家，在技术、经济、文化上的门槛很高。但在网络普及的过程中，网络写作的门槛渐渐放低，出现了大量的流量性网络写作，甚至是迎合大众欲望的作品。作为较早进行网络写作的一拨人，您是否坚持着原来的写作方式和价值追求呢？

蒋胜男：我创作文学作品不是为了彰显自己是精英，而是改变大众看世界的眼光。故事好看，情节跌宕起伏，才能吸引更多的人走入故事，走入历史。为了彰显精英性而拒绝戏剧性和故事性，这是滑稽的。一味地模仿上一代的荣光没有意义，莎士比亚在他的时代不是精英，但他为了糊口创作的剧本成了经典。为什么南美洲这块小土壤孕育出了那么多诺贝尔文学奖作家？除了同文同种，我认为还有一个原因，就是太多的模仿后，欧洲失去了新的文化刺激，南美洲呈现了不一样的风格，因此整个欧美都去学习南美洲的创意和写法。现在的诺贝尔文学奖发给巴西、发给第三世界，为什么不给中国？因为中国在模仿他们几个世纪之前的创作，中国的文本对他们现在的创作没有太大的贡献度。

单小曦：确实，我们模仿了很多年，对欧美的文学来说没什么贡献。莎士比亚当时是通俗作家，相当于现在的网络文学作家，但他的作品现在成为经典中的经典。一方面是因为作品中深度的思考，另一方面是不是因为故事情节的起伏跌宕？纠正之前精英创作中对深度的片面追求，立足于把故事写好，是不是您想走的路？

蒋胜男：什么是文化精英？文化精英不是抱残守缺，而是像诸子百家的思想一样，带给不同时代的人一些新思考。在圈子里讨论"现代""后现代"等类别，对大众没有任何意义，我们时时刻刻面对着一个打破"次元壁"和"知见障"的过程。我之前以为知识越多，只会越通达，怎么会有障碍呢？后来发现知识越多、在行业里的位置越高，越会形成阻碍，甚至最后会变成一道把自己困住的墙。文学是需要传播的，不是为了给自己筑墙，你需要让更多的人听到自己的声音，哪怕是"外行看热闹"。10000 人看到，理解了 10%，和 1000 人看到，理解了 50%，哪个对社会的意义更大？

我们一度走入了误区。所有的文学创作者都写纯文学，结果呢？纯文学被切得七零八落，铸造了很多小壁垒，先锋、后现代等等，最后全都卖不出去。古今中外，无论横向还是纵向比较，纯文学都是小众的。纯文学属于"文学的文学"，是精神贵族的文学，纯文学的文学创作者99.9% 都成了炮灰。乡下"苦哈哈"的文学青年写一辈子纯文学也无法成功，这样的人生对他来说很痛苦也很残酷，还不如写通俗文学，至少让他不再痛苦，释放自己，也释放他人。我并不是贬低写纯文学的创作者，但现在所谓的纯文学圈里，真正能够属于纯文学这一类别的人少之又少。许多得奖的大师级创作者赢得市场，也是因为通俗文学的技巧用得好。茅奖里能够有几部作品真正在纯文学方面实现突破？突破的还是通俗文学的表现手法。

二、写好历史人物需要还原历史现场的想象力和体验

单小曦：我们刚才讲的都是一些理念性的宏观问题，回到创作上，您的作品基本上是写历史题材吗？

蒋胜男：其实不是。一开始写的是古诗词，后来写的是散文，写一篇，发一篇，自己觉得挺有天赋的。但朋友的一句话把我的散文梦打碎了，他说虽然你更换了很多题材和角度，但味道没变。后来我老在想：不行，写出来是一个味道。为了这个执念，大半年都发不出一篇。事实上，散文反映的是心境，同一时期写出来散文只能是同一味道。十年出一部散文集，才能看到不同时期的不同心境，要是两三年内的散文集，看第一篇就可以了。许多散文大家都没有第三部散文集。

单小曦：是的，这是一个发现，散文的重复性确实很高。余秋雨很厉害，但是他之后也没走出《文化苦旅》。

蒋胜男：余秋雨老师已经很好了，至少《文化苦旅》时，他从过去那个味道的散文里走出来了。在那之后，我开始写武侠小说，一方面是因为读书时看得最多，另一方面是因为武侠小说能够把生死爱恨的情感浓度写到极致。2004 年的市场不景气，但我的武侠小说卖得很好，本来也可以滑溜地一本一本接着写，接着卖，但是不断地重复自己时，我的大脑皮层失去了兴奋感。2004 年到 2008 年，新一代的网络扩充，正是大量"吸粉"的时间段，我决定闭门写历史小说，我一直很喜欢历史小说，水平不够的时候不敢写，当时只想试一试，给自己一个挑战。大家知道"狸猫换太子"，但没有人写过北宋皇后刘娥，写的时候很痛苦，但坚持了四年。今天有个说法是"一天不写就掉粉"，有人说这四年粉丝都跑光了，别人往上升，你闭门修茶，但我觉得是有价值的。

单小曦：坚持了四年。

蒋胜男：是的，我从这个时候开始写历史小说。写《凤霸九天》时，只是觉得要完成一部历史小说，后来的思维方式有了很大的改变，四卷本几乎全部重写。写《铁血胭脂》时，我给了自己一个很大的挑战。一方面是西夏的小说没有人写过，另一方面是写元昊这个人物带来的压力很大，最后生了一场大病，只能暂时停下来，明年再重启。后来，对于历史有一些新的思考，就写了《历史的模样》。虽然时代不断变迁，但是行为逻辑和思维模式会保留下来，一个人的思想一定会受到前人影响，他今天的判断可能就是一百年前另一个人所做的判断，许多思想是薪火相传的，历史材料是"切片式"的，是冷冰冰的实物，我更注重的是它怎么从土壤里长到现在的。

当时写了一年多，写完夏商周之后，开始写春秋战国，写着写着，产生了写这一时期思想冲突的小说的念头。最初想以夏姬为女主角，但后来写了芈月。之前讲了一个原因是《兵马俑主人之谜》纪录片里的故事很吸引人，但更重要的原因是芈月正站在历史的转折关头，芈月之前是七

65

国，芈月死的时候秦国的独强已非常明显。芈月和黄歇的关系就像伍子胥和申包胥的关系一样，黄歇要作为故人，在她伐楚的时候站出来阻止。黄歇是她的另外一个自我，她在不断地和自己的过去、现在和未来对话。现在有一些作品说秦一统天下，而六国不是蠢就是坏。其实一统天下并不意味着秦就是唯一的真理，秦朝是法家占上风，但汉初是道家，之后是儒家，中国一直是多元的价值体系，即使某一话语在某一时期占据上风，但我们的文化一直是儒法道一起滚动着前行的。

单小曦：到现在为止，您写了多少部历史题材的小说？

蒋胜男：很难按多少部计算。《芈月传》《燕云台》《凤霸九天》《铁血胭脂》写了三部半，《历史的模样》系列写了一本，《衡量天下》系列写了六个中篇，《历代太后》系列写了十二个太后。每个类别中的每一篇都是一个长篇的调节，比如《衡量天下》的六个中篇，我运用了六种不同的笔法，对于每一位女性的处理方式以及思维模式都不一样。

单小曦：在写历史作品的时候，你读过大量的历史材料，您觉得历史材料和您书写的历史之间是一个怎样的关系？您书写的历史比历史材料更真实还是更丰富？有没有考虑过真实的问题？

蒋胜男：真实是第一位的，而且也更丰富。历史作品首先要求真务实，但不是百分之百的真实，而是一定程度的真实。创作者必须进入大框架的历史阅读，但不能为了题材去读资料。如果材料只是被拿来利用，写出来的内容一定是表面的，亲自到历史碎片中寻找，能够发现一些想象不到的情节。《芈月传》里芈月的儿子被陷害入狱，她买了酒肉在西市上招待游侠，说："我所有的钱都用来请你们吃肉喝酒了。儿子入狱后，我被人逼迫，但要以命相拼，绝不受辱。"一个下面的托儿接着说："一个女人能做到这样，我们这些人在干吗？"王莽篡朝的时候，吕母就是这么干的，虽然只有一小段，但是这是我们没办法想象到的。

和通过 DNA 复原辛追画像一样，创作者的脑子里必须要建立历史资料的大数据，有了大数据之后，才能处理 DNA 的骨头。历史材料很少，但每一篇都是 DNA，如果放弃这些 DNA，你的想象力会困在原地。尊重、还原历史材料的过程中，需要调动创作者所有的知识储备和想象力。写历史小说的时候，我常常会觉得我的知识、想象力、体验感不够用，因此，我会到遗址对着土层坐一整天，每当这个时候，我能感觉到自己的大脑皮层回到了十几年前创作力最丰盛的时候。很多网络作家太过于路径依赖，上一部的类别得到好处之后，便一直保持这个类别。

单小曦：这是套路。

蒋胜男：对，需要留住读者，但也不能无限地向读者迁就。为什么很多作家写到最后会很痛苦？因为他厌倦了，又没有办法突破自己，只能不停地日更，不停地迎合读者。生怕每一个粉丝流失的时候，写作对你来说一定是痛苦和折磨的。

单小曦：是的，失去了文学性。

蒋胜男：我去博物馆，甚至去很远的乡下，不是因为要刻苦、努力、奉献，而是因为在那里我很开心、很兴奋。在现代社会的各种刺激下还能找到大脑皮层兴奋的点是一件很难的事。

单小曦：这是一种高峰体验。

蒋胜男：是的，所以我后来写历史小说一定是"打一枪换一个地方"。《芈月传》完结之后，很多人希望我能够写前传或后传，但只有去挑战"在人生的十字路口时，元昊、萧燕燕、芈月需要如何思考"的时候，我才能够找到兴奋点的最高值，再写下去兴奋点已经达不到了。一旦选错就是万劫不复，挑战《铁血胭脂》的时候我就翻车了，即使调动了自己兴奋度的最高值，还是没能跟上元昊的脚步，导致自己大病一场。写作就像烧水一样，烧到一百度水才能开，水开了兴奋值才到。创作者不瘟不火的话，写出来的作品也是不瘟不火的。

单小曦：一个是要查历史资料，另一个是要参观实物。

蒋胜男：还有一个是找感觉，尤其是具有挑战性的事情，刺激大脑的兴奋度。《芈月传》中季君之乱时，秦国跌到了谷底，需要有一个人支撑，我跟主角一样面临着极大的压力，想着怎么破局。既 get 不到历史书上为什么这样破局，又必须努力去 get 的时候，大脑会经历一次最高度的兴奋。

单小曦：历史人物没有文学中的人物丰满立体，在塑造人物的过程中，您会以怎样的方式使这个人物深入人心？

蒋胜男：我写每个人物的时候都是高度兴奋的，而且实验性质地写过玄幻言情《紫宸》之后，又去写戏曲、做电影、电视剧，经过这些多元的训练，过去创作言情、武侠、诗词、戏曲等的经验都能被调动起来。我自己写得兴奋，读者看得也开心，因为这样的人物是多元的，是一些历史碎片化作的真人。

单小曦：蒋老师，从个人角度来讲，写了这么多人物，您用功最多、写得最好的是不是芈月？

蒋胜男：不是，永远是下一个。写芈月的时候，我调动了当时的全部经验去写，但写下一个人物的时候，这个兴奋点高度就不够了，必须要调动新的材料和兴奋点，我在不停地调高自己的阈值，所以最满意的永远是下一个。

单小曦：也就是说，您对前一个人物还有不满意的地方？

蒋胜男：对，现在回头看，有一些地方其实可以处理得更好。

单小曦：从芈月这个人物来看，您觉得写下一个人物时还需要在什么地方进行提升？

蒋胜男：《芈月传》写到最后精力已衰，结尾比较匆忙。如果现在重写，应该是七卷本。回头再看，我觉得最值得写的是她的晚年，一个人不是走上坡路，而是到了晚年的时候，会面临更多的事情，这个我有提到，但是没写明确。芈月的父亲死的时候，为了大局牺牲了芈月母子，维护了楚威后的权威；秦王死的时候，依旧辜负了她们母子，维护了芈姝；芈月当时以为这是终生之恨，但到了晚年，她的选择也是一样的。君王到了老年，思维方式会发生改变。芈月是个君王，不只是一个妻子、母亲，这里写得不够。

我觉得《燕云台》和《芈月传》最大的不同就是，《芈月传》写的是君王雄图霸业但是依然犹豫不决，而《燕云台》写的是君王的背后。辽穆宗是个坏人，如果是《芈月传》，我会写他的残暴，但到了《燕云台》，我写了残暴背后的恐惧。谋杀君王登上皇位时，许多人在外面朝贺，他却害怕得不敢走出帐篷，最后喝了一大瓶酒才走出去。他之前不酗酒，从此以后离不开酒；丈夫死后，萧燕燕要独自面对群臣。虽然她独立执政多年，过去也在面对群臣，但这一刻，她忽然发现病殃殃的耶律贤其实了解政事，只要他在，这些人都会俯首帖耳，现在他不在，这些人的眼神都变得像狼一样，所以恐惧得连脚都迈不出去。写《芈月传》时我不会写到这些，因为没有理解到这个层次。

三、从人物决定情节到多元历史观

单小曦：认识更深时，人物也更立体。当下写历史故事，显然是要重新讲一个故事，再根据历史原貌尽量还原。您在写作过程中，是怎么经营故事情节的？通过什么方法让读者感受到故事的魅力，有没有一些经验性、独创性的体会？

蒋胜男：最重要就是打通思维。写一个故事时，要考虑写一个怎样的人，故事和人是结合在一起的。写萧燕燕的时候我觉得很难，因为芈月有很多挫折，写起来很容易，而萧燕燕成为皇后前人生没有挫折，没有挫折要怎么写？

单小曦：对呀，这个情节怎么经营呢？

蒋胜男：对，所以当时觉得特别难。我在后面增加了她与姐妹之间的矛盾，通过这个矛盾去补充挫折。三姐妹关系再好，她们看世界、择偶的眼光也是有许多差异的，所以她们的每一次婚姻都是三姐妹之间意识形态的大冲撞。之后又通过萧燕燕去幽州取密函增加了一些情节上的曲折性。通过这个情节，她走出了宰相府，到牧民老爷爷家里，看到了底层人民的生活；到燕云台上，看到了一场刚刚过去的战争，在这一刻，韩德让告诉她：我们只是过客，这一片土地上的老百姓才是永远的。王图霸业，无论宋还是辽，这个地方的老百姓被不停地犁来犁去。我们只是过客，他们才是永恒，我现在还不能做出判断，但是至少可以保证他们在这片土地上安居乐业。

单小曦：情节服务于这一人物的命运，是吗？

蒋胜男：对，有的情节特别棒，但是主角不一定适用，就像"王熙凤的裙子再漂亮也穿不到林妹妹身上去"。创作过程提炼出来就是芈月是个怎样的人，她如何成为秦国太后并且处理国政四十年。首先，她的起点是楚国，当时有两种选择：王室的女儿和中室的女儿。中室的女儿离王权太远，不如让她在王权的核心。她到底是楚威王还是楚怀王的女儿？年纪上都可以，但如果是楚怀王，她看不到精神力量，所以设定了楚威王。在深宫中没有母亲，光靠父亲，父亲又死得很早，她怎么活下去？所以又设计了莒姬这个人物，告诉她宠妃是怎么活的。宠妃能活下来却没有好结果，这些最顶端、最残酷的宫斗又让她拒绝成为这样的人。她的成长需要正面的引导，所以设计了屈原，给了她基本的世界观。但只有屈原的话，她会成为一个忠臣而不是帝王，所以又给了她张仪的心术。那么她有没有喜欢的少年？本来设计的是宋玉，但宋玉不足以扛起申包胥的使命，而且就国人的形象认定来说，屈原只能当老师，不能设计谈恋爱的戏，于是就设计了黄歇。

之后到了秦国后宫，各种各样的女人背后有各种各样的思维导向。我其实无法理解有一些宫斗剧里皇后、贵妃、娘娘说："皇上，我对你是真爱。"他那一脸褶子你怎么爱得下去？你爱他哪里？爱他皱纹多还是爱他女人多？爱他人品第一？爱他用情不专？还是爱他翻脸无情？要脸蛋没脸蛋，要温柔没温柔，要专业没专业，你爱他哪里？

单小曦：是的，这不合乎逻辑。

蒋胜男：所以我写的秦王，焦点根本不在后宫，而是前朝。一个四五十岁的人忽然发现自己一辈子只爱这个小姑娘，这是不可能的。秦王最可能动心的是青春时期，所以跟他真正相爱的是庸夫人，后来的其他感情都是复杂的。就像年轻女孩和中年男人在一起，大部分情感都不是爱，你爱的也许是他送给你的珠宝、玫瑰花以及带你一起出去的风光。

单小曦：实际上是一种幻觉。

蒋胜男：因为他有钱，可以满足你一些低端的欲望，你很感动，以为他对你是真爱，也以为自己对他是真爱。

我为芈月设计了一些生命中的标杆性人物，生命中见过的所有人都是她的老师。庸夫人告诉她要把生活中的苦难当成教训，离开秦王后，庸夫人内心再痛苦，也表现得潇潇洒洒。芈姝熬倒了所有女人，做了太后，那她成功了吗？没有。一旦列国纷乱起，她就会粉身碎骨。还有魏夫人等等。这些女人让她有了"要成为哪些人，不要成为哪些人"的意识。每一个人物、情节都是这样设计的，有了第一个台阶之后，读者会跟随每一个台阶一路看下去。

单小曦：前面也谈到了下一个问题，写历史小说，肯定会有一个自觉或者不自觉的历史观。二月河写雍正、康熙、乾隆的电视剧也很火，但理论界对他有很多批评。实际上，中国的传统文学是反思和批判"我真的还想再活五百年"这样的传统帝王将相文化的。

蒋胜男：二月河的小说和电视剧是两回事儿，电视剧刚一播出，二月河本人就否定了，因为它在无限地拔高帝王将相。雍正是最后的成功者，因此小说对他的行为进行了一些修饰和美化，但是二月河更多的是在写他的刻薄、残暴和无情。电视剧把这部分删去了，而且挑了一个刚演过"鞠躬尽瘁，死而后已"的诸葛亮的演员。唐国强带着诸葛亮的体验感去演雍正，自我感动："雍正做了那么多事情，我当时为什么否定他？他其实好伟大。"

单小曦：对，电视剧美化了雍正。我们非常关心您在处理这些人物时的历史观，比如与二月河的电视剧、小说相比，您自己的处理方式与观念是怎样的？

蒋胜男：其实是没法比较的，最大的比较之处可能是原来的历史小说倾向于内卷化，而现在的历史小说更倾向于多元化。在历史的处理上，最大的区别就是我不再不停地为最后的胜利者粉饰，而是让人物终其一生与自己的对立面进行对话。芈月伐楚时，黄歇是她的故人，也是她的对立面，芈月与黄歇对话就是与过去的自己对话。

我不会认为"秦一统天下，嬴政就是绝对正确的"。黄歇为什么要阻止她？列国这样的状态已经持续了几百年，大家各行一统，都很安宁。秦付出大量的死伤去一统天下，有没有必要？这个问题放在当今的时代也是无解的，但也是有共鸣的。欧洲要统一吗？要统一的话，为什么统一不了？我只是把这个问题写出来了，故事结束了，问题依然是无解的状态，但我可以写出来，我们探讨这个问题的原因。不是说通俗化就不能保持思想和深度。如果不能的话，那就看微博去了。

单小曦：是的，您说的这个观点特别好，不是说秦一统天下，秦就是必然。导演张艺谋拍了一部电影《英雄》，最后仍然是一个高大的秦始皇。

蒋胜男：让刺客把刀放下来说："对不起，我不该刺杀你，王上万岁万万岁。"那是很滑稽的。中国讲究孔孟之道，这是二元的，不是一元的。孔子讲究尊卑次序，但孟子讲究民生。孔子不会说"不是诛杀君王，是杀一夫""民为重，君为轻"，这是孟子的说法。为什么中国能够不断地发展？因为每当一元的意识形态快要翻车的时候，我们用二元或者多元的方式解决问题。如果只是一元的话，在这里卡住走不过去，早就翻车了。

单小曦：这个观点很深刻。到了关键的时候，甚至可能是法、道等思想共同地解决了问题。这里还涉及一个问题，不管是张艺谋，还是二月河，处理历史题材的时候，都存在着一个权力和百姓的对立问题，不知道这是有意识处理的，还是历史必然的？

蒋胜男：我也不清楚他们的思维方式是怎样的，可能是男人觉得权力很重要？这是一个多元的思维，不是一神教思维，为什么要把权力放在对立面？中国的权力赋予与民生是紧紧相连的，极端的权力一旦招致人民的反抗，必然会倾覆。只有代表人民的利益，才能取代旧权力成为新权力。一旦不再代表人民的利益，就会被推翻。有一句话叫作"皇帝轮流做，明年到我家"，如果真的是那些男性作家所描绘的样子，权力早就翻车了。

不是"众叛亲离才能得到权力"，而是"得道多助，失道寡助"。一个后宫的女人能够垂帘执政，不是因为她的手段高明，而是她比别人做得更好，拥护她的人很多。芈月只有获得秦国核心贵族的支持，才能战胜她的敌人。过度地相信和沉迷极端权力，是历史叙事走向死胡同的关键。我们可能是受到了西方文学的影响，认为极端的权力一定要众叛亲离，其实在近代之前对帝王的描绘里，没有一个帝王是通过这样的方式走向权力高峰的。中国式的帝王是刘备，尽管能力不是最高的，但是能够得到无数人的支持，他们从来不是孤独的人。

四、反悲剧结局及与历史上的女性共情

单小曦：有人把您的《芈月传》定位为"宫斗"，您如何理解女性在宫廷的权力关系网络里的地位和命运？

蒋胜男：首先，我从来不认为《芈月传》是宫斗。

单小曦：对，只是有很多人这样说。

蒋胜男：真正看过小说的人，绝对不会认为《芈月传》是宫斗。认为《芈月传》是宫斗的人是在偷懒，他们粗暴地把女性写的帝王将相划分为宫斗，这是一种懒惰，更是一种性别上的自我优越感。有人说我写的都是女性角色，而女性就是用身体上位的，我说按你这样讲，你写的历代帝王是不是自宫上位的？并非只要成为太后，或者称王称帝，女性就能够得到权力。历史上像胡太后一样没有能力却得到非分之权，导致盛世国亡的例子，女性和男性都有。能够成为英明君主的人，不是因为投胎幸运，而是真的有所作为。

西方的血腥玛丽、疯女胡安娜都是女王，她们获得权力不需要搏杀，但要被人监护，与其说是女王，不如说是个女傀儡，很多女王翻车也是因为她本身不具有掌控权力的能力；中国没有女性继承人，女性天然不具备权力，因此掌控权力前要经历一番激烈的争夺和努力，就像任何一个通过搏杀得到权力的男人一样，甚至要更难，所以中国的女性执政者比国外的女性执政者有更多的作为。伊丽莎白一世、叶卡捷琳娜二世这样有作为的外国女王是很少的，同样也是因为她们得到权力的过程足够得波折。宫廷女性能够在历史上留下记录不是因为性别，而是因为她的能力和作为，她们和历代封建王朝中有作为的君王一样稀少。

单小曦：文学常常探讨女性的命运问题，在其他的一些作品里，无论庙堂还是后宫，她们的命运都是悲剧性的。您在写作时，是不是有意写成悲剧？您当时怎么处理这个问题？

蒋胜男：具体要看哪一种悲剧。许多悲剧中的女性是弱者，而古希腊命运悲剧里的主人公反而很强，不知道你指的是弱者还是强者的悲剧？

单小曦：西方理论家把悲剧分为三类：一类是性格悲剧，悲剧的原因在于主人公性格上的弱点；第二类是社会悲剧，悲剧的原因在于主人公无法突破社会的压迫；第三类是古希腊的命运悲剧，悲剧的原因在于主人公身上难以摆脱的支配力量。您的作品里面是不是性格悲剧和社会悲剧多一些？

蒋胜男：古希腊的命运悲剧是一个哲学性命题，"权力的巅峰是孤独""权力的巅峰是所有人的匕首"，这种悲剧不属于中国的文化体系。我们从来不相信"项羽垓下""唐明皇长恨歌"是命运悲剧，而认为是有作为的人在某方面的判断失误而导致的悲剧。英雄的末路不是因为被命运扇了两巴掌，而是因为自己的失误，他的忏悔和痛苦会给我们留下警示。老百姓相信，重来一遍时，他的命运不会是这样。

在我的作品里，主角不会走向悲剧。《芈月传》中女主问庄子："面临穷途绝境，我该怎么办？"庄子说："你以为现在是穷途绝境，但当你走过这一段的时候，会发现这只是人生的一个坎。"对于性格上的强者来说，人生停止呼吸之前，她不会认为自己面临的是穷途绝境，更不会认为此刻的绝境是命运使然。

单小曦：对，所以女主芈月很强。这样的人物不是"西方式"的，而是"中国式"的。

蒋胜男：愚公永远不会认为，他没凿开山，人生是个悲剧。他只会觉得"家祭无忘告乃翁"，他做不到，他的儿子、孙子能够做到，最终一定可以做到。

单小曦：您写的是历史题材的小说，如何与历史记载中的人共情？

蒋胜男：首先要看很多的书和资料，但如果只有文本的二次体验，人物、人设和情节读起来会很相似，就算是不同的创作者也会出现大量的雷同，所以我有时会拎起菜篮子去菜市场看看，各种各样的事情会让你发现人生的多样。比如清晨的公园，广场舞大妈们就像一场宫斗，多看几天，写宫斗的语言和人设能够丰富很多。

毕业后，我在卫生局负责公费医疗，经常有人因为报销的事情过来找我们。当时我只是个刚毕业的小姑娘，跑来这里的人个性都很强势，让我无限烦恼，现在回头看看这其实给我提供了写作的样本。我不太建议刚毕业就直接从事创作，因为"文学即人学"，要写七情六欲，最好亲身到红尘走一遭。你需要上几年班，经历几次客户的无理取闹、上司的不分是非、同事背后踹你一脚的世态炎凉。从二次元里拉出来的人物，最多是个吹胀的纸人，我们需要"破壁""破障"。为什么张爱玲到了晚年一定要听到市井之声？因为写作的人不可以没有市井之声，它是非常重要的。

单小曦：是的，很多情感戏通过观察生活得来灵感，然后再进行加工。

蒋胜男：比如改革开放的温州，他们说有人采访了那么多企业家，却没我的《太太时代》写得生动。去采访一个企业家，他只会告诉你人生最大的烦恼是订单被退货，不会告诉你生意失败的时候，老婆给戴绿帽子，儿子离家出走。我经常通过朋友的朋友，看到一些威风八面的企业家差点被人家揍到叫爷爷的事情。企业家的这一面在采访里是看不到的，从二次元里永远看不到一个人的背面。

单小曦：从生活中得来，对吗？

蒋胜男：是的，我在机关单位时，有个人无论见到谁都主动打招呼，几年后，他前面的人莫名其妙地全都落马了。我当时不懂，是一个大姐告诉我的，我在《凤霸九天》里写了他。有些事你当时不明白原因，但是过几年就明白了。在二次元里，人遇到一件事时只有一种反应，但在三次元里，每个人的反应都不一样。

至于情感，"没吃过猪肉也看过猪跑"，我认识的一个姐姐和她的老公"吵了好""好了吵"，但就是不分手。她和我讲了他三年的坏话，从二次元来理解，早就应该分手了。这个姐姐后来又帮她老公借钱，我说你上次说他做生意总被骗，干吗还帮他借钱？她说他每天唠叨，她受不了，借了省心。我说你每天加班替他还钱的时候，省不省心？其实很多事情落到生活当中，叫得越响，越做不到。

单小曦：对，是不是女性心甘情愿地、非理性地去做这些事情？

蒋胜男：是的，女性可能从小就会被规训，认为自己应该帮助丈夫去完成事业。

单小曦：正如您所说的，男性和女性对情感的理解是不同的。您写小说时有没有对这方面进行有意识的处理，比如说可能男人是权力更重要，女人是情感更重要。

蒋胜男：我觉得和大时代有关。我更多地让男人的思维方式符合大时代，比如黄歇、张仪、秦王分别是作为一个士大夫、策士、君王的思维方式。

单小曦：更加重视男人的责任。

蒋胜男：在我们的社会体系中，男人从小受到的训练是生命中有很多比情感更重要的东西。殉情基本上发生在两种男人身上：十七八岁，荷尔蒙最旺盛、人生还没开始的时候；四十多岁，生活已经翻车，走投无路的时候。楚霸王乌江自刎和虞姬没关系，但他要拉着虞姬一块死，表示他在殉情。看上去是殉情，实际上是人生失败。

单小曦：前一个例子维特最合适，他刚好青春年少。

蒋胜男：是的，他还没有被社会规训。

单小曦：但是对女性来说，是不是情感最重要？

蒋胜男：也不是。

单小曦：和事业相比呢？

蒋胜男：安娜·卡列尼娜自杀不是因为爱情，她以为伏伦斯基可以带来不一样的生活，却发现生活砸到了谷底，于是选择了自杀，她没拉着伏伦斯基一起死，所以说她是殉情。但是她的殉情更多是因为人生的失败，而不是情感的失败。

单小曦：在这两者上，男性和女性一样吗？

蒋胜男：一样。

单小曦：都是因为人生。

蒋胜男：为情而死大多数只发生在青春期，荷尔蒙过剩的时候。

单小曦：您的小说里有没有殉情？

蒋胜男：写到的不多，但也有。花蕊夫人被太宗夺进宫里时，故意引导赵光义把自己射死，因为她失去了对生活的追求。这种殉情是因为精神的失败，男人只是她寻找精神突围和新生时的载体。

单小曦：但是没有成功。

蒋胜男：是的，所以民国的作品中歌颂爱情，歌颂的不只是爱情，更多的是对旧生活的挑战和出走、意志的自由和新生。实际上，爱情承载不了这些。

单小曦：比较成熟的想法。琼瑶的小说您应该也读过，她笔下的人物大多为情所困，她认为没有情就没有人生，是不是和您相反？

蒋胜男：事实上，她第一本小说就是写这种情感的，当时正是荷尔蒙最旺盛的时候。

单小曦：写的都是青春年少。

蒋胜男：对，她和她的粉丝在互相影响。追她的粉丝都是十七八岁的青春少年，写作模式得到了市场和粉丝的认可之后，她会有意识地强化。到最后，一辈子都在写这样的作品，也影响了自己的思维方式。

单晓曦：是的，她走进去了，走不出来了。

蒋胜男：刚开始玩微博的时候，有些人会迎合自己的粉丝，说一些过激的话，最后人也变得偏激。其实她本来不是那样子，但长期这样对话之后，也变成了那样的人。人会自我异化。

单小曦：这个问题可能您有点敏感，但是作为采访我们还是想问一问，从《芈月传》到刚播出的《燕云台》，您觉得电视剧和您本来的创作理念、方式、道路之间，是一种怎样的关系？

蒋胜男：朋友的作品被改得"妈都不认识"，所以我决定自己创作剧本，以为至少不会改得太多，结果发现也会被乱改，又发生了一些侵权的事情，当时受到了双重打击。

我不反对拍摄时对剧本进行部分改动。创作与影视不一样，创作是个体思维，影视是群体思维，导演、演员会根据自己的理解进行一些改动，到了卫视、平台，也有一些修改意见。并不是说我的创作神圣不可侵犯，一定的程度上的调整是可以的，但要基于对原作的尊重。你不能把主线、主角的思维方式全改掉了，改得"妈都不认识"，最后创作者还要被人骂，这让人很难受。我们必须要面对的一个问题是，影视化一定会进行改动，但是"动多动少"是一个问题，我们的态度取决于剧组对我们的态度。

单小曦：不认可是因为他们的改动不尊重作者还是不尊重作品？改动较大的情况下，您认不认可他们讲故事的方法？

蒋胜男：每个剧组对作者和原创的态度都不一样，并不是说不能进行改动，关键是要基于什么进行改动。为了把剧做得更好还是为了抹杀原作者的"为改而改"是完全不一样的，到底是哪种作者最清楚，所以如果作者反对，剧组的态度一定有问题。

单小曦：他们可能会找借口，告诉你电视剧和小说的表达方式不一样。

蒋胜男：表达只是技巧上的问题。

单小曦：那主线、人物呢？

蒋胜男：《红楼梦》《三国演义》的电视剧和小说也有不一样的地方，重点是不一样在哪？你的努力是往好的还是不好的方向，一眼可见。作者和剧组不是天然对立的，每个剧组的人都是不同的，态度也是不一样的。

单小曦：《燕云台》刚刚首播，您认不认可他们的改编？

蒋胜男：刚刚首播，还没来得及看。之前只看过几个小时的样片，后面的不全。至少当时的样片还可以。

孙　妍：蒋老师，您做过编剧，在写小说的时候会往改编的方向去写吗？

蒋胜男：不会的，小说是小说，剧本是剧本。小说文本有自身的审美范式，按照剧本写出来的小说不好看。

章可欣：蒋老师，我们在做"中国网文出海"课题的研究，探讨如何把中国的网络文学传播到海外。作品的传播之外，更多地讲中国故事，传播中国文化。您写作的时候，有没有想过往海外传播？

蒋胜男：没有，我不会专门这样写。文化更多的是通过故事自然而然地进行传播，比如你喜欢某一个人物、情节、故事，就会追寻背后的文化背景，这种追寻是自动自发的。你想让猫吃辣椒，要把辣椒抹在它的尾巴上，让它自己去追，要是直接把辣椒塞到它的嘴里，它会立刻吐出来，并且咬你一口。

章可欣： 我们是不是不需要纠结其中的中国元素？

蒋胜男： 我们即使写西幻小说，表达的也是中国式的内核。读者看累了西幻小说，会去看这个作者的修仙小说、别人的修仙小说，然后再看到背后的历史，这是个自然而然的过程。我们以前看的是竖排本，不是每句都能看懂，只能猜大致的意思，现在是互联网时代，有翻译软件，非常方便。

（王　慧、沈依阳　执笔）

读者评论

　　蒋胜男是晋江开山驻站作者之一，她也拥有浙江省网络作家协会副主席、国家二级编剧等多重身份。随着《芈月传》《燕云台》等作品被改编为影视剧播出，本就是"大 IP"的蒋胜男网络小说更是引起了广泛关注，除专业评论外，还存在着大量网络读者评论，它们见于知乎、晋江、贴吧、豆瓣、天涯论坛、微博甚至各大购书网站评论区等，或短短数字或洋洋万字；读者们甚至依据侧重点的不同创办了各具特色的讨论群组。结合上述各网站发帖情况，可以从三个角度对相关读者评论进行梳理和综述。

一、历史小说评论

　　从该角度入手，主要有两种倾向，一种认为可以将蒋胜男小说看作出色的历史小说。比如豆瓣评分 7.5 分的《芈月传》，就是蒋胜男所著的一部女性大历史小说[i]。全书共六册，以其宏大的历史视野和细腻的人物刻画为广大网络读者所熟知，并被网友认为是历史小说与女性作家言情手法的巧妙结合。在点击率较高的网络读者的评论中，知乎用户"骑鲸公子"以小说中泮宫大比，诸女评点士子的场景为例，分析了小说在历史层面上的贴合实际：

　　　　原文"这几日泮宫大比，优胜之人便都要到阳灵台来拜见大王，在

---

i　"《芈月传》主页"，豆瓣，2015 年 11 月 1 日，https://book.douban.com/subject/26655263/，引用日期：2021 年 8 月 4 日。

大王面前当场辩文，由大王裁定名次。""便是那个写《章台赋》的唐勒啊，听说他和宋玉、景差三人，被称为屈子之后年轻一代的青年才子呢。""景差，莫不是写《大招》之辞的景差？"芈月便羞羞脸道："阿姊春心动矣。"芈姝大大方方承认道："知好色而慕少艾，男女皆有，无分彼此。"芈茵道："对啊，食色性也，有什么可害羞的。"芈月道："既见君子，云胡不喜？就是不知道哪个才是诸位阿姊心中的君子？"原著中几位少女之间的对话坦荡大方。先秦男女本就开放，对情窦初开这件事，少女们非常可爱地承认了自己对美少年的向往。[i]

豆瓣用户"地球上的星星"则直接表达了自己对蒋胜男在作品中结合历史事件历史人物的敬佩，认为这就是一种历史小说形式，言辞间的崇拜显而易见。"《芈月传》让我对战国历史产生了很大的兴趣……值得好好研究。"[ii]同为作家的沧月则这样评价蒋胜男的作品《紫宸》："本书看见的是历史的旧痕迹，是权力争斗中熟悉的影子，是权力魔杖下扭曲的人性变异的感情。"[iii]晋江文学城的用户"紫"以回帖的形式表达对蒋胜男小说《凤霸九天》的肯定："大大写得不错，但是太像历史小说，而不像言情了。"并且得到了作者"我写的本来就不是言情小说，本来就是历史小说啊。上面有标签的"的回复。[iv]又比如豆瓣网友对《燕云台》的评价："我从来是不大爱看历史小说的。一是正史无趣，絮絮叨叨伦理纲常总也提不起人的兴致；二是野史虚妄，为博眼球篡改杜撰的多了，好像人人都是油滑的泥鳅。可这次拿到蒋胜男老师的《燕云台》一读才知道，什么叫有

---

i 　"如何评价《芈月传》？"，知乎，2015 年 12 月 6 日，https://www.zhihu.com/question/38046002/answer/74847088，引用日期：2020 年 3 月 5 日。

ii 　《读芈月传》，豆瓣，2015 年 12 月 7 日，https://book.douban.com/review/7694197/，引用日期：2020 年 3 月 5 日。

iii 　京东，https://item.jd.com/10371411.html，引用日期：2020 年 3 月 5 日。

iv 　晋江回帖，2008 年 10 月 30 日，http://www.jjwxc.net/onebook.php?novelid=12126&chapterid=21，引用日期：2020 年 3 月 5 日。

趣——七分真实三分想象，虚的实的水乳交融仿佛就该是这样。"ⁱ

尽管叫好声很多，但也存在另一种不同的声音，即蒋胜男的这种对于爱情进行主要描写的小说，事实上并非传统意义上的历史小说。这两种观点互相争论、制衡形成热闹的网络读者评论社群。豆瓣上一位名为"无意乱转"的用户言辞激烈地表达了自己对于蒋胜男所著"历史小说"的不满：

> 宣太后，作为一个有传奇色彩的人物，这一生在生存、争夺、权力中走完，应该有很多起伏。但是这个故事里，也就是燕国的时候能看到她的智慧，哦，还有她身为太后调戏小男生的时候那是一种谋略，剩下全是感情纠缠。她当权后，用什么样的手段退了围秦的5国？那几年秦国很艰难，又是如何一点点恢复起来？她管外交，儿子管国策，两人是如何配合？有什么样的矛盾与分歧？一个成年的有想法的秦王与一个强势的太后，怎么互相制约、信任？如何一起治秦？关于这个女人的政治手腕，全是略写；关于感情，倒是笔墨不少从小写到老。按100章来分配，有90章在谈恋爱与3个男人纠缠，这是她前半生N年。10章说她的当政生涯，这是她的后半生N年。那干吗起名叫"传"，不如改名儿叫"秘史"得了。ⁱⁱ

同样地，还有晋江文学城用户"77"，该用户在晋江《凤霸九天》的连载下回帖：潘妃和郭后都这么恶毒，只有刘娥是善良无辜的。感觉像韩剧中苦爱男主角却不自量力的女配角们和被人欺负高尚完美的女主角。这种贬低其他女子抬高女主角形象的情节出现一次就够了，两次以上就有些做作了。毕竟这是历史小

---

i 《哀莫大于心死》，豆瓣，2017年10月12日，https://book.douban.com/review/8861302/，引用日期：2020年3月5日。

ii 《〈芈月传〉还是〈风月传〉》，豆瓣，2016年3月13日，https://book.douban.com/review/781036 7/，引用日期：2021年8月4日。

说，不是以争风吃醋为主的言情小说。[i] "蒋胜男写宣太后的切入点在于兵马俑，在于兵马俑属于宣太后这个论点，但是在史学界，能够支撑这个论点的根据其实寥寥无几，可以反驳的论据倒是有很多。那么以这个论点为地基写作的长篇，相应的人设、情节、人物关系等元素，不正是建筑在流沙上的城堡？其次看书里设定，这个霸星是有记录的，作者写这段有史书依据吗？个人以为霸星说是作者的杜撰。从兵马俑到虚无缥缈的霸星，这部小说的基础真是摇摇欲坠。"[ii]有这样疑问的并非少数，蒋胜男小说到底可不可以算作历史小说？实际上大多数网络读者能够以相对平和客观的心态看待历史小说本身具有的特殊性。"地球上的星星"在豆瓣上发表长评，针对《芈月传》小说人物与历史的出入问题，认为"作者熟读战国史，根据人物创作的需要，将真实的历史人物融合进了小说当中，所以难免会出现不同时代人物出现在了一起的现象，或者 A 的事情发生在了 B 的身上，小说嘛，创作需要，不是史书，不要太较真"[iii]。

二、女性主义倾向讨论

从女性主义角度入手，是另一关于蒋胜男小说在网络读者评论中的常见角度。其中既有文学素养较高、结合当下亚文化的网络读者评论，也有一些散见于微博、晋江的零碎感慨之言。当然也有对蒋胜男的作品是否带有女性主义倾向持怀疑态度的网络读者评论。

如乌兰其木格以女性大历史写作的角度分析蒋胜男的作品，其中已经可以嗅到文化研究的气息，反映出一些网络读者也具有较高的文学素养："蒋胜男钟情于女性历史的重新建构，她专业书写女性，……赋予女性浮出地表的合法权利，

---

i   晋江回帖，2007 年 4 月 5 日，http://www.jjwxc.net/onebook.php?novelid=12126&chapterid=21，引用日期：2021 年 8 月 4 日。

ii 《建筑在流沙上的豆腐渣城堡——818 蒋胜男〈芈月传〉小说原文》，天涯社区，2016 年 1 月 12 日，http://bbs.tianya.cn/post-funinfo-6807837-1.shtml，引用日期：2021 年 8 月 4 日。

iii 《读〈芈月传〉》，豆瓣，2015 年 12 月 7 日，https://book.douban.com/review/7694197/https://book.douban.com/review/7694197/，引用日期：2020 年 3 月 5 日。

将被放逐的女性，重新召回历史的家园。"[i]或前文提到的"骑鲸公子"，以文本细读为依托，有理有据对蒋胜男作品中的女性主义进行分析，而在他的分析下，这种女性主义已然带有女性争取平权的意味：

> 楚威王曾一度迷失在霸星预言里，而试图将她培养成执政公主，从未以父亲身份限制过芈月的行动，因此芈月才会在屈原拒绝教授她，并且告诉她"天地分阴阳，人分男女""鹰飞于天，而鸡栖于埘"之后，高喊出"你怎么知道我就是鸡呢，难道我不可以是鹰……"。原著通过小芈月的呐喊要表达的实际上是人权平等的观念，芈月也并不排斥自己的女儿身，她希望突破的只是当时那种男女界限分明的社会分工限制，她所要表达的只是，每个人都有权利选择自己喜欢的人生，不因为是男是女而有所限制。[ii]

以及知乎匿名用户认为小芈月到南薰台偷听也表现出了这种倾向："当九岁的芈月说出'先王、大王和太子都在南薰殿听课学习，他们走出去，万千之人的命运，由他们一言而决。我想做他们那样的人，不是说要做大王，我不想像母亲她们那样，只能依附人而活，被人摆布命运。我想和那些王一样，知道他们怎么想，想怎么，在他们决定我的命运之前，我自己先决定'的时候，已经注定了将来她在面对魏夫人的逼迫时，秦王立太子的玩弄时，会做出什么样的选择。芈月战国女霸主的旗帜在这一刻就已经树立起来了。女政治家绝不是一秒成就的，她必然是一步一个脚印走出来的"[iii]。

当然网络的广泛性也使得蒋胜男网络读者评论有幼稚倾向，表现为对蒋胜男

---

i　腾讯新闻，https://xw.qq.com/cmsid/CUL2016041102758906，引用日期：2021 年 8 月 4 日。

ii　"如何评价《芈月传》？"，知乎，2015 年 12 月 6 日，https://www.zhihu.com/question/38046002/answer/74847088，引用日期：2020 年 3 月 5 日。

iii　"如何评价《芈月传》？"，知乎，2016 年 1 月 4 日，https://www.zhihu.com/question/38046002/answer/77050800，引用日期：2021 年 3 月 5 日。

所有作品中女性主义色彩的抒情化歌颂，比如豆瓣网友"骑着毛驴看乌龟"在《燕云台》下的短评："蒋胜男的大女主文真的可圈可点，不过一般在妹子小时候都没什么太大看头，期待后几本的翻盘。"[i] "她所站的地方高于她的时代。就像一颗遥远的星辰，孤独发出穿越古今的光亮。在她的时代，鹰飞之高，无人同栖。在我们的时代，她的心怀应该能引起共鸣。"[ii] "自己强大，才是真的强大，胜过父亲丈夫儿子强大。自己强大，才能站在这顶峰，俯瞰这世界，自己强大，才能说出那句，'我，不后悔！'。我爱这个故事……我想，芈月若能重生，今时今日，她会更欢喜吧！"[iii]

值得注意的是，与蒋胜男小说是否属于历史小说的网络读者评论相似，关于蒋胜男小说中的女性主义色彩，同样有两种完全不同的网络读者评论。豆瓣用户"玉枢君"，他几乎完全否定了《芈月传》中存在女性主义色彩。他以《芈月传》中一段关于主人赐食的描写为出发点，抨击作者创作时的思想观念：

> 侍女只是因为得到了好吃的东西就眼露喜色，后面又加了没必要写的权谋心理揣测，写得侍女们几乎完全没有尊严，没有人格。更不用说其他的公主、妃子，见到权势的竹竿垂下来就恨不得长八条胳膊往上爬。她们害了一个人或许只是为了报答另外某人的恩情呢？她们或许因为某人偶然做的某件事而对她特别有好感，从而处处保护她呢？或许她们家中也有生病的兄弟姐妹等着用她微薄的俸禄买药呢？没有，什么都没有。恶人纯粹只是恶。除了女主角以外几乎所有女性都是短视、恶毒、势利又善妒，恰如上面总结的男权社会对于女性的负性刻板印象。

---

i "《燕之台》短评"，豆瓣，2018 年 10 月 6 日，https://book.douban.com/subject/26919826/comments/，引用日期：2021 年 8 月 4 日。

ii 《书中的芈月：一个先秦的现代女子》，微博，2015 年 8 月 16 日，https://weibo.com/p/1001603876491787381381，引用日期：2021 年 8 月 4 日。

iii 《是鹰，总要飞——评〈芈月传〉》，微博，2015 年 8 月 12 日，https://weibo.com/p/1001603875129808791682，引用日期：2021 年 8 月 4 日。

到这里你就知道，这些女作者包括她们作品中的女主角，并不像表面那样是什么女权主义者。她们只是歧视思想的受虐者，要反过来当施虐者，没想到还染上了斯德哥尔摩。[i]

以及豆瓣"小猴"则如此评价《燕云台》："乌骨里恋爱脑有泡吧？心疼胡辇，为了妹妹牺牲了那么多，结果也没换来个好，女主的某些行为婊到不行，偷太平王令牌的时候有想过大姐胡辇吗？还不是跟乌骨里一样自私……"[ii]

三、小说与影视改编

近年来大女主 IP 改编为影视剧的趋势，使关于《芈月传》以及《燕云台》影视改编的网络评论也成为蒋胜男网络读者评论中不可或缺的一环。而提到网络读者对于 IP 小说改编的看法，改编后的影视作品能否还原小说是争论比较密集的问题。比如很多人认为影视剧《芈月传》并没有展现出原著复杂内涵，但也有网友认为是小说本身艺术水准不高。

如知乎用户结合影视剧与小说中的细节对比表达对改编不能贴合原著的愤怒：

书中芈月与小黄歇第一次见面时，模仿的是战败之将，行赠玉之仪。周礼有云："道德仁义，非礼不成，教训正俗，非礼不备。"战国时代贵族们自幼学习周礼，对他们来说这"礼"如呼吸吃饭一般，与生俱来，如影随形，举手投足间自见贵贱。而电视剧在改编中对体现周礼的这些细节，大删大改，小芈月的品格不见美好，只余低劣，台词中的

---

i　《何为真正的女性王者》，豆瓣，2017 年 9 月 18 日，https://book.douban.com/review/8819969/，引用日期：2021 年 8 月 4 日。

ii　"《燕之台（卷二）》短评"，豆瓣，2020 年 7 月 7 日，https://book.douban.com/subject/27131557/，引用日期：2021 年 8 月 4 日。

战国风韵全无，成语俗语处处穿越。电视剧播出的第一天晚上，4 岁的小芈月和小芈姝一起玩放屁游戏的时候，有些观众就应该感受到一丝不妙。相比两个公主玩放屁这种粗鲁不文的行为对公主人设的冲击力，"来而不往非礼也""老虎的屁股摸不得"这种穿越台词，简直完全可以忽略不计。故事继续，芈月和芈茵斗嘴，竟然还将"大野狗""小野狗"这样的台词挂在嘴边。[i]

而之前在第一部分提到的泮宫大比，诸女评点士子的剧情，"骑鲸公子"认为原著剧情中的"知好色而慕少艾，男女皆有，无分彼此""对啊，食色性也，有什么可害羞的"是先秦民风开放，芈月、芈姝等几位少女之间对情窦初开这件事坦荡大方的承认，"而改编竟然将这段话塞给楚怀王和郑袖，让人眼镜大跌。看过前几集的朋友都知道，剧中加入大量楚怀王与郑袖调情的情节，又将这几句光风霁月的台词硬生生塞在这里，将少女怀春的美好变成楚怀王与郑袖的性暗示，恶俗"。并且上升到编剧品格层面，认为"诗言志，歌咏言。诗歌如此，小说剧本亦如此。人心不正，奈何文章亦龌龊不堪！""[ii]。以上观点认为电视剧的出现，对原小说是一种极大的庸俗化和矮化，并痛心于这种"无法传达原意"的改编，言辞激烈。

但也有人认为《芈月传》电视剧评分不高一部分原因是蒋胜男原著水平不够。天涯上一位名叫"淇水桃花"的用户表达了自己的看法："剧版播出，我看到淘宝风的廉价首饰、弄脏了的调色板一样的衣服配色，但是也看到了兵马俑属于芈月、春申君是宣太后初恋、屈原是她老师这样的神设定，再后来我看完了《芈月传》原作，我开始发现一个事实：蒋胜男本人的文笔谈不上好，思想境界也存在很多槽点，以及作为一个'承接远古燃烧气血献祭自我的历史小说作者'

---

i   "如何评价《芈月传》？"，知乎，2016 年 1 月 4 日，https://www.zhihu.com/question/38046002/answer/77050800，引用日期：2020 年 3 月 5 日。

ii "如何评价《芈月传》？"，知乎，2015 年 12 月 6 日，https://www.zhihu.com/question/38046002/answer/74847088，引用日期：2020 年 3 月 5 日。

（她这么自称姑且算吧），她的创作乏善可陈。"同时这种网络读者评论的形式也是网络赋予的新形式。"这是一个好感路转黑的读者的评文楼，我会尽可能让自己的态度客观平和。蒋女士粉丝如有意见和不同观点可以提，希望我们用干货彼此说服，或者道不同不相为谋。谢绝撒泼打滚和'人参公鸡'。"[i]

关于某一作家作品的网络读者评论一个很有意思的现象就是相对性，很少会出现完全一致的批评或赞扬，即使是故意为之，网友评论中也一定会显示出正反两极的情况。这与网络赋予读者的特性有关，在蒋胜男网络读者评论中也是如此。如关于原作写作水平，除上述批评意见外，也有高度的赞美存在，如评价《紫宸》："蒋胜男懂历史，更懂女人，所以蒋胜男笔下的宫廷就分外得精彩，有着从数千年历史中汲取来的权谋诡术，也有女孩们梦想中的翩翩少年。一个闯入帝宫的、有着不平凡身世的少女，一个薄酒不羁的青年太傅，帝国的天空中上演的是龙飞凤舞的一段传奇。"[ii]如认为《芈月传》和《燕云台》体现了很高的文学素养：

> 蒋胜男的文笔是我十分熟悉的，这部小说的笔力，可以说保持了她一贯的简洁流畅娓娓道来的风格之外，还有了很多突破。对史料的采撷十分清楚明白，史料之外的部分进行了大胆而又合理的设想。因此书中的各个人物，不管是浓墨重彩描写的楚威王夫妇、秦王、黄歇等，还是惊鸿一瞥出现过的庄子，都让人印象深刻，仿佛可以看见他们活生生地站在你面前，对你讲述着这个故事。而芈月的塑造更为出色，这本书的女主是有极其明显的性格变化。[iii]

---

i　《建筑在流沙上的豆腐渣城堡——818蒋胜男《〈芈月传〉》小说原文》，天涯社区，2016年1月12日，http://bbs.tianya.cn/post-funinfo-6807837-1.shtml，引用日期：2021年8月4日。

ii　京东，https://item.jd.com/10371411.html，引用日期：2020年3月5日。

iii　《是鹰，总要飞——评〈芈月传〉》，微博，2015年8月12日，https://weibo.com/p/1001603875129808791682，引用日期：2021年8月4日。

作者文笔成熟，节奏掌握也好，情节丝丝入扣，人物生动有深度，内心戏有看点。[i]

更有网友将蒋胜男的作品评价为文笔超越网络文学回归到了传统文学的层面，认为她"始终注意自己讲故事的可信性和吸引力，故事的合理性、逻辑的合理性、生活的合理性以及人物性格的合理性，始终是她心里边最惦记的东西……从这个意义上讲，蒋胜男还是回到了文学本身"[ii]。

总体来看，网络为读者带来了自由交流意见的虚拟空间，也创造了网络读者评论的新内容和新形式。就蒋胜男小说的网络读者评论而言，在内容上，史料的大量浸染使相关网络读者评论呈现出文学与历史交流融汇的态势，各学科融合，其中不乏具有文化视野的网友提出的中肯评价。加之网络平台的集合效应，使蒋胜男的网络读者评论不再是个人单方面的点评，而是将不同背景的读者、不同形式的批评、甚至作者本身结合到一起，任何人都可以通过超链接和搜索进行长时间的评论阅读，并从中咂摸出一些韵味，改变了刻板印象中网络读者评论浅薄、乏味的观点。在形式上，相较于传统读者评论而言也出现了新形式，如"骑鲸公子"通过"盖楼"，一段段分析原文，并穿插影视改编作品的画面，以前所未有的样貌表达了自己的观点，并引发其他读者在帖子的不同"楼层"中进行热烈讨论。快速鲜活的、来不及细想的"吵嘴架式"评论以及"人参公鸡"（人身攻击）、818（扒一扒）等网络词汇的运用，都是网络读者评论新开创的，它体现在蒋胜男的网络读者评论中，又不仅仅限于她的网络读者评论。

（孙　妍　执笔）

---

i　"《燕云台》短评"，豆瓣，2017年3月30日，https://book.douban.com/subject/26919826/，引用日期：2021年8月4日。

ii　《蒋胜男对〈芈月传〉的创作，回到了传统文学》，腾讯文化，2016年4月11日，https://cul.qq.com/a/20160411/024268.htm，引用日期：2021年8月4日。

第三章

沧月：网络写作中的女性价值建构

＃学者研究＃

作为依托网络平台，以消费主义为显著特征的网络文学，在相当程度上契合了女性的表达欲望和审美需求。随着女性写手与女性读者数量的激增，有人戏称：中国的网络文学已进入了"她时代"[i]。那么，在女性主义思潮及当下传统文化热力复归的复合影响下，在武侠仙侠、都市青春、玄幻奇幻、历史军事、耽美百合、同人变身等不同的题材中，女性写手如何以其视角呈现女性的生活面貌和生命状态，构建其生命价值？沧月网络文学创作中蕴含着这样的女性价值建构。

浙大建筑系硕士沧月，原名王洋，1979 年生，浙江台州人。这位以一篇《剑歌》参加《今古传奇》杂志举办的全国大学生武侠小说大赛获得第一名的女作家，很早就对武侠小说产生了浓厚的兴趣。她本人介绍："与武侠结缘的开端是小时候爱看的一本连环画《七剑下天山》，能识字的时候就转而看金庸，看得多了手就痒痒，于是自己学着写。"[ii]初中的时候，当同龄女孩多迷恋于琼瑶、席娟等作家的言情小说时，她已经开始写系列武侠小说《听雪楼》，直到今天仍在补充它。"最初是因为迷倒在长剑美女的虚拟世界里，后来热衷于让笔下的人物在击剑纵马、快意恩仇的故事中被矛盾困扰、被冲突纠缠，最后自己再把那些迷局一一化解，给人物安排他们各自的命运。"[iii]

当"听雪楼"系列迅速风靡网络世界时，沧月也随之被冠以"女子新武侠"

---

[i] 陆山花、何建伟、曹俊敏：《网络时代女性意识的多元化呈现》,《重庆科技学院学报》(社会科学版) 2012 年第 13 期。

[ii] 陈七妹：《建筑师的"墨香"》,《互联网周刊》2005 年 5 月 30 日。

[iii] 陈七妹：《建筑师的"墨香"》,《互联网周刊》2005 年 5 月 30 日。

的领军人物。其后她又转入奇幻小说的写作领域。十六年来，她陆续创作了"鼎剑阁"系列、"羽"系列、"白螺"系列、"镜"系列、《花镜》等。如今，她的作品已赢得了巨大市场，她也成为中国最畅销及最受欢迎的女作家之一。2013 年她荣登"第八届中国作家富豪榜"。2007 年她担任杭州市作家协会类型文学创作委员会主任，2014 年，担任浙江省网络作家协会副主席。除长篇小说外，她还有散文创作。值得注意的是，她的作品早在 2006 年就被改编成漫画作品，而她的个人作品显然有着向影视和游戏等领域拓展的巨大空间和不可小觑的商业价值。

　　白天从事建筑设计师的工作，以理性的思维画图做模型；夜晚则挑灯写作，在武侠与奇幻的天地中纵横驰骋。这种穿梭往来于两种世界的姿态与人生，给沧月带来了充分的享受和自得。写作带来的财富让她在生活优裕之余，又深深明白，必须爱惜这种写作的热情，务必使它持久绵长。因为创作的生命力是最可宝贵的，一旦枯竭便难以再生。穿梭于泾渭分明的理性与感性世界，沧月不仅充分享受着写作带来的欢愉，也建构起属于自己的女性价值体系。

一、女性的生命主题：有爱情、有尊严地活着

　　进行价值构建必然面对的问题是，构建何种价值，以及用何种方式。在价值本身，沧月选择了两个载体：爱情与尊严。

　　杜拉斯说："没有爱情就没有小说。"[i]作为一名以武侠、奇幻小说而闻名的女作家，与众多女作家相似的是，沧月在其精心营构的武侠和奇幻世界中，表述的重点就是爱情。正如玛丽·沃德所说的："妇女们永远能胜任愉快的一个主题，全世界都感兴趣的一个主题，是爱的主题。"[ii]相对于男性导向的网络小说，爱情在女性向小说中显得更为重要，并往往成为作者关注的中心。"因此他不可能像女

---

i　芒索：《闺中女友》，漓江出版社 1999 年版，第 118 页。
ii　杨静远：《勃朗特姐妹研究》，中国社会科学出版社 1983 年版，第 236 页。

人那样在爱情的战场上轻装上阵，全心全意，忘我献身。"[i] 也许正是基于女性对爱情的理解和态度，以及爱情占其生命的比重，沧月便着力以爱情的书写传达出对女性生命的一种理解。沧月在小说中并非将爱情作为一种复杂的内在情感来描绘，而是通过将女性主人公置于诸多现实阻碍中，然后通过她们的行动来表现她们与自身和家庭的关系。因此这里的"爱情"除了"向他"的男女之爱，更多还包含了"向我"的自觉之爱，即一种与自我的关系，一种尊严的表现。

《花镜》是沧月众多小说中直接讨论爱情与女性关系的一部作品。尽管在其他几部名闻遐迩的武侠和玄幻系列小说，如"镜"系列、"鼎剑阁"系列、《沧海》和《夜船吹笛雨潇潇》中，沧月都以兼具理性与激情的笔墨揭示了爱情对于女性的根本意义。但这部作品对爱情的探讨显得尤为集中和深入。正如作者在序中所说，在作品兼具了言情、武侠、玄幻和神魔等引人入胜的外表之下，她实际是想描述"各种性格的女子，在各种艰难困苦中挣扎的过程"，思考"古时候的女子，在那样的环境里，是如何压抑、自立、坚强和抗争"[ii]。所以，作品中无论是作为贯穿始终的线索人物白螺姑娘，还是各个小故事中的女主人公，她们不仅品尝着爱情带来的喜怒哀乐种种滋味，更须经受由复杂的人性和坎坷的命运带来的重重人生考验。

小说中的九个故事连缀在一起，便是一部切入女性生命内部的传奇篇章。每一个故事中的女主人公，尽管身份各不相同，但她们对爱情的执着却极为相似。"蓝罂粟"中，身为童养媳的翠玉，守着嗜赌成性的丈夫张大膀子，眼看丈夫渐渐败光了家产，但依然贤惠地操持家务，靠做针线活贴补家用。"宝珠茉莉"中，名冠京师的第一舞伎楼心月，宁愿放弃锦衣玉食的生活，从良跟随布衣书生颜俊卿而去。在遭到鸨母的百般刁难后，竟然决绝地划伤姣好的面容，终于达到目的，"血流披面"净身离去。"七明芝"中十七岁的海边少女小渔，自小父母双亡。为了让闯入自己生活的"陌生"的青衣客叶倾免遭双眼失明的厄运，竟然冒

---

i　王安忆：《故事和讲故事》，浙江文艺出版社 1991 年版，第 157 页。

ii　沧月：《花镜》，北方联合出版传媒股份有限公司（沈阳）万卷出版公司 2011 年版，序言。

着生命危险独闯龙潭虎穴，从螭龙的口中抢来仙药七明芝。"六月雪"里泉州富户崔员外的独生女盈盈小姐，痴情于书生宋羽的英俊博学，不顾父母反对与情郎私奔，逃到临安，隐姓埋名蛰居西子湖畔。虽然书生未获功名，又不懂谋生之道，仅靠她为人洗衣赚钱养家，却自是无怨无悔。还有"御衣黄"里天界的牡丹花仙葛巾，钟情于铮铮铁骨且画得一手好画《焦骨牡丹图》的书生徐君宝，愿意放弃千年修行，做一个凡人，与其永结同心。"紫竹"中知书达理、端庄文雅的王福娘，因惧怕丈夫与其叔母通奸的事情败露而遭致宗族对"乱伦"之过的严惩，只能煞费苦心地以窝藏罪栽赃陷害丈夫，让其被判刑发配沧州以躲过灾祸。更有"碧台莲"中的吴家主妇兴娘，在大灾荒之年，为救下夫君及吴家满门老少，竟将自己卖为"菜人"，忍受屠夫的刀俎，以"换取高价或其他食物"让吴家挺过灾荒。"长生草"中花镜的女主人白螺姑娘，则为挽救紫霄宫道人明风衡免入魔道，不惜奉上自己的血肉身躯。她不仅倾力挽救了同道，也守住了自己与玄冥的爱情誓言。当年在与雨师玄冥同被贬下凡尘后，白螺的爱情宿命便已注定：她将生生世世地寻找玄冥再失去他，然后是再寻找再失去。因为每一世玄冥的容貌都不相同，所以人海茫茫中两人总是兜兜转转不得而知，一旦见面，又注定只有短短数月的相聚时光。接着便是生离死别：被贬为凡人的玄冥必死无疑；而作为永生不死的人，白螺则必须眼睁睁地看着爱人死在自己怀中。对于备受折磨的爱情，白螺的选择是坚定地承受这"永生而孤寂的命运"。

对于女人对爱情的执着，沧月借白螺之口如此慨叹与评价道："呵……世间女子的心总是最慈悲的，为了家人可以把自身置之度外。"[i]沧月显然深谙女性对爱情与家庭的这种深刻的依赖性，明了女性将爱情与家庭生活作为最核心的"爱"的生命内涵的执着。于是将爱情作为呈现女性生命本质的最核心内涵加以集中展示。事实上，自古以来爱情与家庭就占据了女性生命的核心。然而对于女性失去理性的痴情甚至偏执，她显然又心存疑虑。因为只有在具备了主体性和自我意识后，女性获取真正意义上的爱才有可能。若以女卑男尊的不公平去追求真爱，则

---

i　沧月:《花镜》,北方联合出版传媒股份有限公司（沈阳）万卷出版公司 2011 年版，第 244 页。

无异于缘木求鱼。因此，沧月赋予了这些沉浸于爱的幻想中的女主人公一种复仇的本能。一旦遭受爱的背叛，便宁可选择毁灭也绝不苟且。

所以，作为童养媳的翠玉忍受住了丈夫嗜赌而导致的家境窘迫，也可以忍受其醉酒后的随意打骂，却决不能容忍他将自己的身体作为偿还赌债的筹码，强迫自己去陪债主夜宿。一味地忍辱负重并未换来理解与和睦。绝望之下她不惜除去丈夫保住自己的清白。还有富家小姐崔盈盈，为了爱情甘心放下小姐的身段做起洗衣妇。但当看到情郎宋羽凭容貌才学又去勾引另一富家小姐夏芳韵，并由此识破宋羽意欲通过与富家小姐结亲来谋取金钱和地位的卑劣动机时，顿时如梦方醒。她醒悟到自己不过也是宋羽谋取"幸福"的一个工具而已，并非其口口声声的心中最爱。绝望的崔小姐于是痛下杀手，以石杵击杀宋羽。虽然被判极刑，但她始终坚信自己是无罪的，"问心无愧"。还有痴情的楼心月，当她以毁容的决绝离开妓院，要与托名"颜俊卿"的布衣书生比翼齐飞时，却遭到了对方"名声不佳"的堂而皇之的推脱。为了顾全郎君的家庭名声，她愿以诈死的方式改名换姓重新做人，以求顺利地和心上人结为夫妇。却不料对方用心险恶，在将其置于棺中埋入地下后，非但未按约定来救她，反而早已将棺木钉死，意欲让她假死变成真死，从此摆脱她的"纠缠"。大难不死的楼心月至此终于看清了薄情人的真面目，于是愤而手刃了昔日的情郎。再有王福娘，对丈夫周泰与其叔母的通奸，始而隐忍，继而用计让周泰被发配沧州，以此中断二人的乱伦行为。却不料即便与姘头分开，丈夫依然对其心心念念不肯忘怀。洞察丈夫被害的她，终于在愤怒与绝望之下，施计杀死了两个仇人：杀夫的魏胜和丈夫的姘头孙小怜……

因此，《花镜》的主题之一，是对女性忠于爱情，不唯物质论婚姻的精神品格的肯定。在物欲横流的现代社会里，传统社会中女性对爱情的忠贞不二早已成为一种稀缺的美德。而白螺姑娘那种超越时空，甚至跨越生死的爱情，堪称奇迹。作者以"若是两情久长时，又岂在朝朝暮暮"的慨叹表达了自己的赞美之意。但与此同时，小说分明还透露出不满。看着被砍断左手的吴兴娘，白螺不禁发出的悲叹也正是作者的疑问："为什么这世间每次的灾荒动乱，牺牲的都是妇孺和弱者呢？"[i]于是每逢女主人公无私奉献却遭遇欺骗与凌辱时，作者便赋予了她们一种复仇的决绝与能量。作者以此强调了女性生命的另一重要内涵，那就是尊严。这是《花镜》又一个重要主题。

二、基于两重空间的女性精神建构

在价值构建的方式上，沧月使用了创造阻力和创造正面表达空间两种方式。

沧月说，通过《花镜》是要思考"古时候的女子，在那样的环境里，是如何压抑、自立、坚强和抗争"。作者善于将女性置于结构性的困难中，以逆境显现她们的意志。但同时，也需要一个正面表达的空间。对于阻碍的选择和对于正面表达空间的选择都可以体现作者对于女性意志的关注。在这里可以参照现实环境，将沧月为角色创造的空间分为社会空间和生活空间两种。

故事的发生地是南宋偏安时期高宗绍兴年间的都城临安。作为理学盛行的一个朝代，"宋代的士大夫往往怀有比较自觉的卫道意识"[ii]。因此，统治阶级对女性的妇德要求就不会宽松，民间亦是如此。"蓝罂粟"中看惯了张大膀子虐打翠玉的针线铺王二嫂，有朝一日看到翠玉不再反抗了，便冷笑说："可算是认命了吧？嫁了一条狗，也就得跟着——当日还争什么呢？白白换一顿打。""六月雪"中被崔盈盈怒斥的宋羽，边打妻子边骂："就是贱！不打不行——聘则为妻奔是妾，知道不知道？你根本连妾都不是，凭什么管我？"

因此，从本质而言，沧月小说中女性生存的现实世界依然是男性主宰的权力世界。在这个世界中，女性真挚的情感却往往遭遇等级伦理的偏见。于是无论是消极忍耐，还是决然地反抗，都是女性必然做出的选择。与此伴随的是，当家庭面临物质匮乏时，以力所能及的劳动承担家用，又成为她们的自觉。所以尽管无辜挨丈夫的打，翠玉仍然日夜做针线活赚钱。而崔盈盈则认定了与宋羽贫贱相守，所以即便是没日没夜地洗衣，已将手磨出了血泡，仍是甘心无悔。无怪乎白

---

i　沧月：《花镜》，北方联合出版传媒股份有限公司（沈阳）万卷出版公司 2011 年版，第 243 页。

ii　袁行霈：《中国文学史》，高等教育出版社 2005 年版，第 4 页。

螺说道："呵……世间女子的心总是最慈悲的，为了家人可以把自身置之度外。"[i]

但在这样不公正的现实世界之外，沧月还赋予了女主人公另一个生活世界。这个世界面向女性的自我敞开，更加切近女性的自然本性。在这个世界中，女主人公的情感世界、想象世界、信仰世界等如花朵般次第绽放。"六月雪"中的崔盈盈和夏芳韵，两位富家小姐前后都钟情于英俊博学的书生宋羽。夏芳韵的纯真明艳，让崔盈盈看到了四年前"宛如花苞初绽的自己"。毫无疑问，现在的夏芳韵便是从前的崔盈盈；而今日的崔盈盈也便是未来的夏芳韵。两个纯真美丽的女性邂逅年轻书生的心绪，便正如韦庄《思帝乡》中所言："春日游，杏花吹满头。陌上谁家年少，足风流。妾拟将身嫁与，一生休。纵被无情弃，不能羞。"对于俊俏风流的男子的向往与渴慕，无疑摆脱了外在道德伦理对身体的禁锢，是自由意志的一种自然表露。两个女性都摆脱了羞答答的表情方式，代之以直接的欲望与情感的展示，就仿佛一团生命之火，将女性屡遭伦理道德残害的自然本性自由地释放出来。

因此，在这两位女性的爱情世界中，那个摧残女性的等级伦理世界已不复存在，她们的身体和心灵都随着春风舒展开来，让人体验到一种前所未有的轻松感。这种性爱引力的真实展示，显然意义非凡。英国的 D.H. 劳伦斯将这种性爱引力称为人类生活中的无价之宝：因为它是一种非理性，它不属于社会文化的任何范畴；它是对日常生活的超越，对世俗功利的超越；它是一种真正自由的生命的状态。所以崔盈盈即便面对白螺"贫贱夫妻百事哀"的苦苦劝诫，依然选择了与情郎私奔。面对婚后的贫苦生活，她的态度是任劳任怨、无怨无悔。这种对感情的义无反顾与痴心执着，和"衣带渐宽终不悔，为伊消得人憔悴"的境界相比，自然显得更为大胆、直接与强烈！这与"金合欢"一章中招婿上门几乎惹来灭门之祸的方家小姐紫檀父母双亲被害的遭遇，恰恰形成了鲜明的对比。从而作者也以隐曲的态度表达了对女性追求自由爱情的肯定与赞许。

而在这个以个体为本位的生活世界中，女性还有基于天下苍生的信仰，这是

---

i　沧月：《花镜》，北方联合出版传媒股份有限公司（沈阳）万卷出版公司 2011 年版，第 244 页。

沧月更为重视的。《花镜》中被贬谪人间的白螺姑娘，实际是作品的核心人物。在"碧台莲"一章中，作者揭示了花仙白螺被贬入凡尘的根本原因。三百多年前，沧州一名贞妇含冤带孕而死。天帝"悯其情，怒其冤"，发令让沧州大旱三年，作为对下界冤狱的警示与惩罚。结果大旱一年多以后，沧州就已有数以万计的人因为饥渴而死，倘若继续下去，剩下的十余万人也性命堪忧。但高傲的天帝并不愿就此收回神谕。白螺仙女在莲池旁目睹人间这一惨象时，心如刀绞。于是，她暗下决心，偷偷地潜入下界，和雨师玄冥一起，一个布雨，一个让所有植物一夜复苏。一番通力合作之下，沧州百姓得以存活。但他们的所作所为也触犯了天条。两人被绑在诛仙台上，先受五雷之刑，再被拆去仙骨打入凡间，永远不得重返天界。

而被贬入凡间的白螺，并未因此改变救助天下苍生的本心：当洞悉翠玉想要用砒霜毒死丈夫张大膀子时，她以一株蓝罂粟让翠玉圆了念想，又得以全身而退，和崔二从此过上了幸福美满的生活；当楼心月苦于无法满足颜俊卿家门清白的要求时，她用一根宝珠茉莉让楼心月试出了颜俊卿的虚情假意和歹毒心肠，并以培植宝珠茉莉的借口，让楼心月不致轻生而勇敢地活下去；她两次救下海边少女小渔，并在小渔和叶倾情定终身后，又施以宝贵的七明芝，让叶倾重见光明，成全了两人美满的爱情；她几次苦劝崔盈盈无果，眼见盈盈为避免夏芳韵重蹈覆辙而击杀宋羽被判死刑，只能施法让盈盈的坟上开满雪白的六月雪，彰显盈盈善良而冤屈的灵魂；她探明了方家女婿以合欢树镇住人的灵魂的邪法，以法力杀死妖孽，使得紫檀小姐免遭夫君毒手；她以自己的血肉和一株长生草，挽救了为度化冤魂而中了尸毒并险些坠入魔道的紫霄宫传人明风衡，让其可以继续造福人间；她从屠夫刀下救下了自愿卖为菜人的吴兴娘，告诫她"生命是不可以被轻贱的"；她从紫竹扇上的血迹窥破了谭意娘（王福娘）杀人的过往，却悲悯地叹息这世道的不公——"自古以来，这世间的女子均以夫为天。可是，难道除了这个'天'之外，除了爱情婚姻之外就看不到别的东西了么……"

所以，沧月在动人的爱情书写中着力刻画的是一位勇敢坚定、以情义为尊，有侠义精神的女性形象。作者借白螺拯救天下苍生的行为，确立并肯定了女性胸怀天下、维护公平正义的社会属性及生命本体价值。在她的另一部代表作《血薇》中，沧月塑造了另一个女性形象舒靖容。在这部武侠小说中，舒靖容与白螺一样，是贯穿小说的中心人物。作者以此再次强调了自己对女性的社会属性及生命本体价值的理解。

小说中，舒靖容以一把"血薇剑"，与听雪楼少楼主萧忆情五年并肩征战，统一了江湖。被称为"血魔"的舒靖容，心狠手辣杀人如麻。但作者却以更多笔墨凸显了她义勇卓群的品格和常怀悲悯的情怀。作为"血魔"的女儿，她八岁丧父，小小年纪便尝尽世间的孤独凄凉。但即便如此，她仍坚信对善良和正义不能报之以死亡。所以在灭了毒蝎帮后，她不顾楼主的规劝，执意留下了帮主十二岁的女儿石明烟，并努力保护这个女孩，希望她能比自己幸福。虽然最终她和萧忆情都死于这个小女孩的离间计，但善的种子却得以在女孩心中萌芽。她因为少年雷楚云的善良灭了雷家的霹雳堂，却在最后关头放了这个好心搭救自己的少年。她激励少年胸怀复仇的烈火，希望他靠自己的力量有尊严地活下去。于是遭受灭门之灾的雷楚云没有沉沦且获得了重生，成为名闻江湖的暗杀组织"风雨"中的杀手之王"秋护玉"。虽然他仍执着于复仇，但善良的本性却得以在生命中保留……

所以，《花镜》和《血薇》这两部风格迥异的作品共同构筑了女性的社会空间和生活空间。沧月借此传达了对女性精神世界的深入思考。前者，处于特定文化制约下的社会空间，女性表现出特有的坚忍与巨大的奉献牺牲精神。后者，基于生活空间的自我敞开，她们又表达出对自由与爱情的向往与追求，以及对天下苍生的悲悯眷顾。由此，一个属于女性的精神世界终于彰显于世。

三、传统与现代的中和：一种平和的女性写作

在《血薇》《花镜》等诸多作品中，沧月为女性营构了一个古典情境。而这种古典情境，显然具有中国女性千百年来所处环境的典型意味。如果单单把背景

放在古代，谈论价值并无意义，借这种"男尊女卑"的古典背景，作者是想思考关于女性的一些基本问题。其中，女性地位是一个具有现代意义的核心问题。

按照段塔丽的界定，"女性地位"是指："一定时期一定社会历史条件下，与同时代的男子相比，妇女在家庭生活和社会事务中，有无人身自由权和相对独立的自主权与支配权。"[i] 吴兴娘的一番心里话颇能说明家庭中的女性地位："说起来……我只是吴家的累赘。我是最没用的了——又不会耕作，又不会养家活口，白白浪费口粮。既然、既然如此，还不如自己把自己卖了，也好救家里的急。"这是一个普通人家的家庭妇女的自我定位。而在其他社会阶层呢？沧月以小说叙事形象地解答了这一问题。

在《血薇》这部以描述江湖上错综复杂的爱恨情仇为主的小说中，有一篇"碧玉簪"，揭示了官宦之家的女性地位。作为书香礼义传世之家的谢家，小姐谢冰玉在男方迎娶的路上遭山匪劫持。为捍卫冰雪节操，她毅然用碧玉簪刺喉自尽。这件事轰动了整个洛阳：士林中人人人羡慕谢家教女有方；朝廷更是下旨建碑立坊，并重新起用其父谢梨洲为礼部尚书。但当谢小姐的棺木被抬回洛阳时，谢梨洲却惊异地发现棺中的女儿尚有气息！结果做父亲的非但不救女儿，反而下令尽快下葬，只为成全女儿三贞九烈的名节。而当围观的众人发现谢家小姐没死时，也是没有惊喜只有叹息。因为谢小姐活着，这烈女的光环就会黯然不少。烈女的名节竟然重于鲜活的生命，女性地位由此可见一斑！

再有"火焰鸢尾"一章。南海龙家迎娶的十一位美丽新娘接连死去，煞是诡异。这十一位新娘皆非平民之家，但女儿身死娘家却都未有异议。原来龙家对外公布的都是新娘因为有私情而羞愧自尽。这一说辞显然是新娘娘家顾忌的根本原因：女性的名节大于生死。事实却是，龙家少爷在婚前煞费苦心地考验她们，让英俊的"管家"勾引她们，让丑陋的"丈夫"威吓她们。于是这些新娘在引诱之下同意私奔、毒害丈夫，也便无一例外地因为"阴谋"败露而被杀。听雪楼的江千湄是一个例外，她是龙家第十二位新娘。尽管也爱上了"管家"的英俊体贴，

---

i　段塔丽：《唐代妇女地位研究》，人民出版社 2000 年版，第 5 页。

但善良的她因为不忍加害"丈夫"而顺利通过考验，成为龙家的少夫人。小说至此揭示：原来龙家的"管家"即为少主，英俊与丑陋是用来考验新娘忠贞与否的一杆标尺。而龙家少主这一考验新娘的怪癖源于自己的母亲背叛了父亲，于是他便怀疑天下所有的女性。

值得指出的是，小说以曲笔的方式极写了龙少主的罪恶行径：十一位新娘身首异处，她们无头的尸体被悬挂于荒凉的灌木林中，头颅则被盛放于水晶的花器中，那被砍断的"颈部的断口中，密密麻麻的花根如蛇一般蜿蜒探入，在腐肉中生根，汲取着死人的养分"。即便是他的亲生母亲，也遭到严酷的惩罚："整只右手齐腕被砍断，里面的肌肉大片大片地腐烂着，有阵阵腐臭的气息，在那烂肉中，细细的根如同毒蛇般顺着筋脉扎入，缠绕着，蜿蜒着，居然在尽端开出了一朵极其美丽的花朵！"小说以龙家少主极端病态的心理，深刻凸显了女性地位的卑下。

但在女性地位之外，女性的主体意识是作者思考的又一核心问题。所谓女性的主体意识，就是"女性作为主体对自己在客观世界中的地位、作用和价值的自觉意识。具体地说，女性能够自觉地意识并履行自己的历史使命、社会责任、人生义务，又清醒地知道自身的特点，并以独特的方式参与对自然与社会的改造，肯定和实现自己的需要和价值的意识"[i]。沧月的笔下，这种女性的主体意识首先表现为一种任情旷达、不受拘束的个性特征。舒靖容可以出生入死地追随萧忆情征战武林，但当自己极力庇护的"妹妹"石明烟双足被砍断时，她认定自己在萧忆情心中只是夺取武林的工具，而并未得到人格的起码尊重，所以决绝地与萧忆情同归于尽。还有护法之一的碧落苦苦寻找的苗家女孩小妗。她虽身负幻花宫宫主培植踯躅花的使命，但为了不虚此生，宁愿以世间罕有的踯躅花相赠情郎，因而获罪被封在湿婆神像中死去。这种个性品格在小说中其他女性身上也不断得到印证。主体性在顺风顺水，一切按照计划和规定发展的情况下难有表现的张力，因此沧月笔下的女主角无一不是在对一些既有原则的违背中体现她们的个人判断和

---

i　魏国英：《女性学概论》，北京大学出版社 2000 年版，第 89—90 页。

个人选择。而这便是一种最为基本的表现主体性的方式。

在此基础上，女性的主体意识还表现为一种公平正义和人性关怀的社会化人格特征。正如前文所述，在与萧忆情统一武林的征战中，舒靖容更多地行使着保护良善、制衡杀伐的作用。无论是对其他武林帮派，还是在听雪楼内部，她都以自己的关怀伦理弥补了统一江湖的荒谬性。事实上，作为两部小说的中心人物，舒靖容和白螺姑娘都是作者以"女性个人视角将其推及人与人之间、国家与国家之间的和谐相处，她们所追求的理想是人类社会长久以来发展的终极梦想"[i]。

而在听雪楼中仅次于三领主的两位护法——紫陌和红尘的身上，女性的主体意识主要表现为一种把控自身命运的能力。本是官宦人家出身的紫陌姑娘，为了使遭到陷害的父亲免受牢狱之灾，不惜卖身为妾，却从此遭父亲嫌弃。属意于听雪楼少主的她，在被卖入妓院后，不顾生死安危为听雪楼做起耳目探听情报。明知与萧忆情根本无缘，但她不为爱情，也不计名利得失，只为听从内心的召唤。还有出身寒微的红尘，自幼尝尽贫寒屈辱的滋味。年幼的她痛恨于母亲做了暗娼而怒杀嫖客逃亡天涯。多年以后等到明白事理，她勇敢地找到了牢狱中代她服刑的母亲，正视自己的怯懦和母亲的伟大。所以小说中，作者反复标示的是女性身处逆境不甘沉沦，敢于和乖戾的命运抗争，保全精神自由的昂然个性。其中无论是真挚大胆的情感表白、令人神伤的痛悔之情，还是顽强不屈的追求精神，都使女性形象具有了追求自主意识的现代人格特征。

由此，在《血薇》《花镜》等作品中，一方面作者呈现了封建文化形态对女性身体和思想的强烈禁锢，表达了自己深切的同情与忧虑；另一方面，作为新世纪的女性，她充分地强调女性独立自主的重要意义。而从深远来看，她则试图从传统闺阁文化和当代女性主义的思想资源中，挖掘其各自的合理要素，以期最终实现女性解放与男女平等的和谐统一。

（俞世芬 执笔）

---

i 李永思：《从沧月〈镜〉系列看女性主义对世界秩序的诉求》，《长江大学学报》（社会科学版）2013 年第 3 期。

＃ 读者评论 ＃

　　沧月是新派武侠小说作家的代表人物之一，也是中国最畅销及最受欢迎的女作者之一。2001 年开始发表作品，先以武侠小说成名，著有"听雪楼"系列等。后转入奇幻领域（新武侠），著有"镜"系列等。笔者将重点收集这两个系列的读者评论，它们主要集中于豆瓣、知乎、沧月贴吧、晋江文学城等平台。

一、武侠小说评论

　　"听雪楼"系列是沧月创作的较为典型的武侠小说，包括《血薇》《护花铃》《荒原雪》《指间砂》《铸剑师》《忘川》《风雨》《神兵阁》《病》《火焰鸢尾》等。"听雪楼"系列讲述了以舒靖容、萧忆情二人为首的江湖势力听雪楼的扩张过程，多面地描绘出了一个武林世界的面貌。伴随着听雪楼势力的壮大，以及萧舒二人的情感冲突，沧月着重描写了人性的各种弱点，怯懦、自私、痴于情、困于仇，或多疑而缺少安全感，或冷静而近于冷血残酷，而且这些情感都以极端的方式呈现。但这些因命运和无尽的磨难撕裂的灵魂，又被点点滴滴的爱拼接。许多读者都会把沧月的武侠小说与金庸、古龙的经典武侠小说进行对比。"看了她的'听雪楼'系列和'鼎剑阁'系列，和金庸的武侠很不同，她的江湖是特别残酷冷冽的。那时候特别喜欢配角的身世故事，比如听雪楼四大护法碧落、红尘、紫陌、黄泉，他们各有一段哀婉曲折的身世之谜。第二部《护花铃》里阿靖的身世也很有悲剧美学色彩，那句‘人，只能自救’成为我多年的座右铭。"[i]这是一位豆瓣读者的评论。

"听雪楼"系列在众多读者心中都可以称为"虐文"，给读者呈现了一个悲情的江湖，命运之下的无力感引发了众多读者的共鸣。在许多读者看来这不仅仅是单纯的武侠小说，更是武侠言情小说，江湖不仅仅是刀光剑影，也是每个人心中的一个世界。有读者这样评价："这不是一部以爱情为主的小说，它记录着江湖上的门派纷争，尔虞我诈，我却唯独记住了里面的爱[ii]"。许多读者在中学时期看了《听雪楼》，一直到成年都对这部作品印象深刻。作为武侠小说，它有着十分鲜明的特点。一位读者如此评价沧月："很难再找到像她一样的作家，能把言情和武侠完美糅合。最爱她的原因就是她的传统武侠小说，既满足了我的武侠情结，又兼顾了女孩子偏爱言情的心理。于江湖中描情，于侠义中述爱。"[iii]作为一名女性作家，沧月在满足读者武侠梦的同时，还以细腻的感情描写，满足了许多女读者对于言情故事的需求。对此也有人持不同态度，"武侠小说，历来就是武侠言情并济的。英雄身侧，怎无美人？只不过男性武侠中的女性角色多为男主人公的陪衬，而沧月用女性的视角来展现江湖中的纠葛，对感情的描写更为细腻，所以才会遭人诟病"[iv]。

在人物塑造方面，围绕主角人设，读者表现出两种对立的态度，一部分读者对突出塑造主角形象的写法表示认同。一知乎网友谈到喜欢这部小说的原因时说道："相比于剧情，这部小说给我印象最深的就是人物性格的设定，甚至在我看

i 《【讨论】：有人来聊聊古早武侠玄幻小说作家沧月吗？》，豆瓣，2020 年 3 月 7 日，https://www.douban.com/group/topic/166960269/，引用日期：2021 年 8 月 11 日。

ii 《沧海一粟，明月寥寥——沧月》，天涯论坛，2008 年 10 月，http://bbs.tianya.cn/post-no17-32411-1.shtml，引用日期：2021 年 8 月 11 日。

iii "如何评价《听雪楼》这部小说？"，知乎，2016 年 5 月 5 日，https://www.zhihu.com/question/278664154，引用日期：2021 年 8 月 11 日。

iv 《论文——浅析沧月武侠小说的特色》(对原作者的摘抄，原微博已不可见)，沧月吧，2011 年 11 月 10 日，https://tieba.baidu.com/p/1272411307，引用日期：2021 年 8 月 11 日。

来，剧情不在作者，完全由这对人中龙凤推着走。"[i] 主人公鲜明的性格能够带给读者清晰而深切的代入感，获得更直接痛快的阅读体验。也有读者对主角光环过于强大而使配角沦为微弱陪衬表示不满。有读者说道："在读沧月的小说时，我常常感受到，作者是为了写感情而写人物，而不是为了写故事而写人物。她所有的故事绕来绕去都绕不开爱情纠葛。所以工具人遍地走，主角人设永远是一个内核。"[ii] "两个闪闪发光的主角，剩下参与的人和事，不过是为了推动情节完善因果的工具。"[iii] 这一部分读者不再满足于主角定律所带来的爽感体验，对于配角形象的塑造以及支线剧情的发展也提出了更高的期望和要求。不仅仅是《听雪楼》这一部作品，一些读者在阅读沧月其他小说时也有类似的感受，单调的主角设定会给读者带来雷同之感，这也是一些读者表示后期不再继续阅读沧月作品的一大重要原因。有读者表示人物设置的"套路化"比较明显，在阅读不同作品时会出现"出戏"的情况。一名读者表示："我希望看到的是江湖人世间的千姿百态，不是同一个人物内核披上不同面貌的画皮反反复复演绎同一个看到开头就能猜到结局的故事。"[iv] 这是系列型小说常见的一个问题，如何在一个系列的不同小说中展现各色的人物形象，对每一个作家而言都是一个挑战，人物的雷同会使作品难以打动人心。

读者关于人物的评论一大部分聚焦于女性人物。在传统的武侠小说中，无论是主角或是人物群像大都集中于男性形象，沧月小说站在女性视角，让女性成为江湖和武林的主角。

这些女子不失温柔又不惧刚强，对于爱情至死不渝。迦香说："如果有来

---

i 　"如何评价《听雪楼》这部小说？"，知乎，2019 年 5 月 5 日，https://www.zhihu.com/question/2786 64154，引用日期：2021 年 8 月 11 日。

ii 　"如何评价《听雪楼》这部小说？"，知乎，2019 年 5 月 5 日 https://www.zhihu.com/question/2786 64154，引用日期：2021 年 8 月 11 日。

iii 　"如何评价沧月？"，知乎，2016 年 6 月 1 日 https://www.zhihu.com/question/21596791/answer/5905 33276，引用日期：2021 年 8 月 11 日。

iv 　"如何评价沧月？"，知乎，2021 年 5 月 3 日，https://www.zhihu.com/question/21596791/answer/59 0533276，引用日期：2021 年 8 月 11 日。

世，我将循着这条茫茫古道，回来找你。"千百年的苦修，为的只是和灵修在一起。慕湮善良而又坚韧，如果可以让夏冰语少些杀戮，纵让她堕落凡尘，亦无怨无悔。白螺痴嗔，千百年来在这个世间孤独地徘徊，生生世世地寻找着轮回的玄冥，相遇短短数日便是别离，却从未后悔。有读者总结了沧月笔下的十二种爱情，初恋、沟通、自由、信任、孺慕……[i]但不论哪一种，女子的爱情都那么撼动人心，即使于绚烂中毁灭，在遗憾中错过，仍留一颗"固执"的心。她们的爱不唯物质，不重世俗，在爱情的背后读者看到的是女性的执与真。"如果沧海枯了，还有一滴泪，那也是我为你空等的一千个轮回。"[ii]说的便是她们。因此，沧月的爱情书写，塑造了许多坚定勇敢、重情重义的侠女，加之她们胸怀天下，积极参与社会构建的抱负，成为很多女性读者反观自己的一面镜子。"时隔多年，再读起这个熟悉的故事，心境已与当初全然不同，这本曾经被我奉为大爱的小说已走下心中神坛。但我仍然感谢沧月大大，带给我这样一个凄美的故事，陪伴着我一步步成长。每一次翻看都像是对自己的一次重新认识，这本书就像一面镜子，它自身从未改变过，变的是镜子前的我。"[iii]这是沧月小说独特价值所在，不管是对人性人情的讴歌还是质疑，都传达出沧月对于人生和社会的思考。

　　沧月的语言功力得到了大多数读者的赞赏。有读者评价沧月说："文学功底深厚，总是恰当地引经据典。她能把自己所想的场景，很全面地给读者展现出来。用词恰当华丽。"[iv]沧月对场景的生动描绘给予了读者身临其境的阅读体验。不少读者就是被沧月精练的语言、细腻的描绘所吸引。有读者被沧月文笔所触动："觉得沧月某些程度上是个特别注重自己的美学架构、用笔很有灵气的人。她写恢宏壮丽的世界，写人设经历具有一种如影随形美感的人物，写不死不灭的感情

---

i　《沧月笔下的 12 种爱情》，百度贴吧，2011 年 10 月，https://tieba.baidu.com/p/1243693215，引用日期：2021 年 8 月 12 日。

ii　沧月：《飞天》，新世界出版社 2006 年版，第 64 页。

iii　《七夜·七年——写在重温〈七夜雪〉后》，豆瓣，2014 年 5 月，https://book.douban.com/review/6673912/，引用日期：2021 年 8 月 12 日。

iv　"如何评价沧月？"，知乎，2018 年 2 月 11 日，https://www.zhihu.com/question/21596791/answer/590533276，引用日期：2021 年 8 月 12 日。

和纠缠，都是创造美的过程，也是创造她个人美学（尤其是悲剧美）的过程。"沧月对语言的运用以及掌控能力深深牵住了读者的心："沧月给我的感觉是，她在描写某些场景或者经历的时候未必一直得心应手，但是借助这些外来的语言，她可以搭建出完整的氛围和足够有说服力的故事。正如好的收藏家不一定能亲自上手打磨珠宝玉石，但是欣赏和品鉴，以及用它们装饰住宅和衣着几乎是必备技能。"[i]

有读者质疑了小说的情节设置。有读者认为，"听雪楼"系列小说的情节有些单薄和生硬。一读者分享了自己不喜欢沧月小说的原因："格局上，看得出作者想表达家国、宿命、轮回中的人性挣扎与抗争等宏大主题，但全程几乎都靠情爱来表现，武侠小说打动人心的一在于情，一在于义，情义情义，这本书给我感觉就是情有余而义不足，加上情节构造生硬，人设立得虚高，因此爱不起来。"[ii]也有读者评价《朱颜》时写道："情节单薄，完全是用她华丽的写法给凑出来的。"[iii]还有读者指出造成了情节单一的原因："……但她有个毛病，就是在情节上总难逃言情的桎梏，所以几个长篇下来，难免重复单调。她致力于自由、宿命、救赎、家国等宏大主题，但核心情节总放在爱情上，这大大限制了她作品的档次。"[iv]

二、玄幻小说评论

"镜"系列是沧月后期玄幻小说的代表作之一，"镜"系列分为六册，即《镜·双城》《镜·破军》《镜·龙战》《镜·辟天》《镜·神寂》《镜·织梦者》，这是一系列将人物挣扎和言情在宏大虚构背景下交相辉映的奇幻作品。

---

i "如何评价沧月？"知乎，2020 年 2 月 11 日，https://www.zhihu.com/question/21596791/answer/590533276，引用日期：2021 年 8 月 12 日。

ii "如何评价沧月？"，知乎，2020 年 5 月 31 日，https://www.zhihu.com/question/21596791/answer/590533276，引用日期：2021 年 8 月 13 日。

iii "如何评价沧月？"，知乎，2018 年 2 月 11 日，https://www.zhihu.com/question/21596791/answer/590533276，引用日期：2021 年 8 月 13 日。

iv "如何评价沧月？"，知乎，2018 年 2 月 11 日，https://www.zhihu.com/question/21596791/answer/590533276，引用日期：2021 年 8 月 13 日。

　　"镜"系列的世界设定是为众多读者所称道的。"地之所载，六合之间，四海之内，有仙洲曰云荒。照之以日月，经之以星辰，纪之以四时，要之以太岁，神灵所生，其物异形，或天或寿，唯圣人能通其道。"这是一个非常庞大的世界框架。云荒的世界设定相比于之前的作品更为宏大。读者对沧月关于"镜"系列背景创作的奇特想象力给予了很高的评价："故事背景，据说是取材于《山海经》的传说，但是她的故事构思仍然让人佩服，整个故事的构思可以说是背景宏大，想象奇特，从沧流帝国、空桑王朝，到鲛人一族，可以说是想象力极其丰富，我没看过《山海经》，不知道哪些是《山海经》上有的，哪些是沧月编撰的，但书中的情节确实吸引了我，总之，可以说是写出了一个神奇的大陆，神奇的故事情节。"[i]"单单就构建一个大陆来说，不论是《九州》《诛仙》《昆仑》《蛮荒记》等好几个新武侠代表来说，云荒是最完满的，这可能是她是建筑师的原因。"[ii]对于构建云荒大陆的原因，沧月本人解释说："因为武侠已经不能满足我的要求了，其实江湖很小，会发现自己发挥的余地很少，还不如自己构建，从 2003、2004 年开始写云荒。喜欢的故事是背景很宽宏，人物关系和故事很复杂，情感要纠结和激烈。"相比于沧月的几部武侠小说，她的玄幻小说篇幅更长，世界设定更富有奇幻色彩，人物关系以及剧情线的发展更加复杂交错。一部分读者对沧月对于长线剧情的驾驭能力表示叹服，也有一部分读者对宏大叙事背景之下的细节逻辑提出了质疑："沧月的作品大多是这样，一个小故事可以讲得很有意思，但一到大的背景下，就开始崩了。不少答主都说了，这是因为沧月的格局小。这个格局小，不是说她叙事技巧有问题，而是说，她缺乏总体的观念来统摄这个故事。讲这个故事有什么意义？故事中的人要如何才能获得救赎？邪恶是怎样产生的？如何才能战胜邪恶？"宏大的世界观既为小说的丰富性提供了可能，也对故事的叙述方式以及人物的塑造提出了更高的要求。

---

i 《沧月的"镜"系列》，天涯论坛，2010 年 4 月 16 日 http://bbs.tianya.cn/post-no124-14185-1. shtml

ii "如何评价沧月？"，知乎，2019 年 5 月 24 日，https://www.zhihu.com/question/21596791/answer/590533276，引用日期：2021 年 8 月 13 日。

与早期的武侠小说相比，沧月玄幻文中人物塑造的主角定律被逐渐弱化了。有读者将"镜"系列的人物设定视为沧月小说的巅峰："三男主的设定也是各有其特点，誓死守护的苏摩，从叛逆到勇于担责的真岚，再到积极向上却被现实无情击垮的云焕。混迹于主线的小配角也有其高光剧情，比如宁死不屈的湘，疼爱弟弟的云烛，为天下而拔剑的西京……这些都是前作小短篇所不具备的。"[i] 许多读者表示，"镜"系列中人物的多元性得到了充分的体现，"人物很多，但是每个人都能让人深刻地记住，以那笙的视角一点点看到了整个云荒的世界。不管是冰族、鲛人、空桑，并不是哪一方注定是坏人，而是每个种族都有不一样的人，都有敢于做出不一样行为的人，同时也有为了很大的理想而敢于牺牲的人。这样的多样和包容是沧月第一次教给我的。不知不觉看完整个系列，并不会有一点的无聊和重复，开始为那笙的命运而紧张，为冰族士兵的滥杀而愤怒，到与鲛人战士共同战斗，与云焕（魔）斗争，整个世界逐渐展开"[ii]。相比于武侠小说，"镜"系列对不同人物以及同一个人物的不同侧面，有了更多的关注和展现。"里面的角色不管善恶都在苦苦追寻自己的'道'，在寻找自己的救赎。或者说，在寻找自己的意义。没有绝对的对错二元论，而是用更宏大的角度去陈述，每一个人都有自己的因果，给每一个人，每一类人一个展现自己内心的机会。"[iii] 其中，呼声最高的人物是苏摩和云焕。"一切开始于结束之后"，苏摩是小说中极其矛盾的人物。作为鲛人之王，却看着鲛人经历了七千年的奴隶之苦。这样的出身和经历使他的内心充斥着憎恨与黑暗、杀戮与复仇。然而遇到白璎，他的内心被注入一道爱的强光。本是青王的一场阴谋，任务完成转身离去之时才发现，自己早已被爱束缚。百年后归来，苏摩已成海皇，肩负着拯救整个海国子民的重任，而白璎也成为空桑太子妃。桀骜不驯的苏摩，最终为了爱人，改变了星痕的轨迹，战胜了洪

---

i   "如何评价沧月的'镜'系列？"，知乎，2020 年 8 月 22 日，https://www.zhihu.com/question/2619
     4627?sort=created&page=2，引用日期：2021 年 8 月 13 日。

ii   "如何评价沧月的'镜'系列？"，知乎，2015 年 10 月 14 日，https://www.zhihu.com/question/26
     194627?sort=created&page=2，引用日期：2021 年 8 月 13 日。

iii "如何评价沧月的'镜'系列？"，知乎，2020 年 12 月 13 日，https://www.zhihu.com/question/261
     94627?sort=created&page=2，引用日期：2021 年 8 月 13 日。

荒天宇的宿命。空桑复国，所有鲛人获得自由，只有苏摩在黑夜里孤独地殒落。个人债，家国情，在云荒世界，有些爱应该比爱情更动容。然而也有读者提出不同的观点，认为她"把握不住角色塑造的火候。白璎自不必说，空有设定却撑不起剧情。你说把那笙塑造成天真明艳的懵懂少女吧，偏偏在重要场合发表非常无礼的憨直言论，仗着爱炎汐怼其他鲛人"[i]。

"镜"系列从作品名到内容都带着浪漫与唯美气息。读者在"镜"系列文字中感受到了日漫风格："在众多网络言情女作家中，沧月的文笔我觉得是最好的，尤其是在场景的描写上，她的遣词十分有水平，而且她是能够把日漫中的那种感觉 90% 还原成文字的作者，看她的小说，你脑海里很自然就会浮现日漫风格的场景和对话。"[ii] 情节上，有读者提出了与其武侠小说共同的问题，"在情节上总难逃言情的桎梏，所以几个长篇下来，难免重复单调。……比如在"镜"里那么宏大的背景下，灵魂人物苏摩拥有那么难得的人设，与天斗、与敌人斗、与心魔斗，但这一切居然都源于对白璎的爱……苏摩对白璎的爱就是他生命的光，人生的信仰，是他完成自我救赎的力量之源——这在走出了青春期的我看来，是有点点单薄的"[iii]。

综上可以发现，沧月从前期的武侠小说转型到玄幻小说，在人物塑造方面给了读者更丰富的阅读体验。但是玄幻小说中所设置的庞大的世界观并没有与之相匹配的情节、故事线，主题上也主要局限于爱情，对于其他方面并没有深挖，这也是沧月的作品逐渐失去吸引力的重要原因。

（吕予睿　执笔）

---

i　"如何评价沧月的'镜'系列？"，知乎，2020 年 8 月 22 日，https://www.zhihu.com/question/2619
4627?sort=created&page=2，引用日期：2021 年 8 月 13 日。

ii　"如何评价沧月？"，知乎，2013 年 10 月 1 日 https://www.zhihu.com/question/21596791/answer/59
0533276，引用日期：2021 年 8 月 13 日。

iii　"如何评价沧月？"，知乎，2016 年 3 月 17 日，https://www.zhihu.com/question/21596791/answer/5
90533276，引用日期：2021 年 8 月 13 日。

第四章

管平潮：凡尘俗世中的另类仙侠

＃学者研究＃

21 世纪以来，中国网络文学的创作发生了质的变化。而在让人目不暇接的众多网络小说中，"仙侠"更是一个蓬勃发展的重要命题。早期的仙侠作家多为"70 后"，他们挥动如椽巨笔，通过讲述一个平凡少年的修仙经历，并辅以大量打怪升级的剧情，为读者构建了一个真实世界无法满足的完美"白日梦"。

在这些如过江之鲫的作家以及作品中，作家管平潮和他的《仙路烟尘》《九州牧云录》同样也是读者和批评家们论及仙侠小说时无法忽视的重要存在，无论是作为仙侠文"开山之作"的《仙路烟尘》（出版名《仙路问情》），还是"以情写侠"的《九州牧云录》，二者都有着明显区别于其他仙侠小说的独特之处。管平潮通过文字的雕琢、情节的重构，为读者描绘了烟火俗世之中犹如山水画卷般清新隽永的仙侠意境，使人读来唇齿留香。而作家的文风亦非一时一事可以形成，管平潮所开创的具有古典色彩的仙侠小说创作起源何处？在作家的笔下又如何体现？在仙侠文固有的"修仙求道"之外，管平潮又如何满足读者"白日梦"的欲望需求？这些则是亟待我们探究讨论的相关话题。

一、古典情怀：独辟蹊径的仙侠创作

萧鼎、今何在、沧月等人作为 21 世纪涌现的网络作家，在 2004 年前后开始在文坛崭露头角。而管平潮也是在这一时期创作了自己的第一部作品——堪称仙侠小说"开山之作"的《仙路烟尘》。而在之后的《九州牧云录》中，管平潮也延续了自己一贯的创作风格，于烟火、山水中将故事缓缓铺陈开来，以诗意的语言娓娓叙述。

作为"自幼喜看《聊斋》《蜀山剑侠传》，追慕中国传统神幻情怀"[i]的作家，管平潮坦言："那些让我怦然心动的才子佳人、仙妖鬼怪的故事，激起了我对文学更大的兴趣。为什么不可以用古典味的文字写小说呢？后来我用这种文字写《仙路烟尘》等小说，既立足传统又与时俱进。"[ii]那么，管平潮所说的"古典味"具体又如何体现呢？

因《仙路烟尘》《九州牧云录》两本书在题材、风格上都有一定的相似与重合，故笔者将二者归为一类，称之以"凡尘俗世中的另类仙侠"，下面就其如下三个特点做一分析。

首先，诗词的广泛运用以及自我创作。明清伊始，中国古典小说的创作就具有了相当浓厚的诗性色彩，除了广为人知的《红楼梦》的七言章回体，民国时期"鸳鸯蝴蝶派"[iii]的代表作家张恨水在其长篇小说《金粉世家》里也遵循了这一原则。管平潮也在网络文学的固有窠臼中，保留、创新了属于自己的文学风格。

例如《仙路烟尘》，共有二十四卷，每一卷的卷名都是一句七言诗，如：

第一卷：《当时年少青衫薄》/ 第二卷：《一剑十年磨在手》/……/
第七卷：《美人如玉剑如虹》/……/ 第二十一卷：《马前灯火动星河》

以上所列的卷名，除了"当时年少青衫薄"化用了"当时年少春衫薄"（韦庄《菩萨蛮》），"一剑十年磨在手"化用了"十年磨一剑，霜刃未曾试"（贾岛《剑客》）之外，另两卷的卷名皆有出处，如"美人如玉剑如虹"出自龚自珍的《夜坐》，"马前灯火动星河"则出自傅若金的《上蔡》，而其他未列举出的卷名，

---

i 引自管平潮新浪博客，http://blog.sina.com.cn/guanpingchao，引用日期：2017 年 3 月 23 日。

ii 周志雄、管平潮等：《网络文学需要降速、减量、提质——管平潮访谈录（上）》，《雨花：中国作家研究》，2017 年第 1 期。

iii 中国现代文学流派，发端于 20 世纪初叶的上海，因写才子佳人成双成对有如鸳鸯蝴蝶而得名，延续时间甚长，直至 1949 年。代表作家有徐枕亚、张恨水、周瘦鹃等。

则系管平潮自我创作，韵律工整，辞藻清丽，均有一定的诗意色彩。

在此之外，《仙路烟尘》开篇即是一首《半生缘》：

> 一卷仙尘半世缘，满腹幽情对君宣，浮沉几度烟霞梦，水在天心云
> 在船。

一首《半生缘》，既在一定程度上满足了作家创作时的诗性表达，也高度概括了《仙路烟尘》的主要剧情，即修仙求道，得遇佳人，更不用提《仙路烟尘》二十四卷下分属的每一章回名，或依七言诗的韵律而作，如"潜心慕道谁家子""闲卧仙山惊月露"；或以宋词元曲的节拍相和，如"行程正在，秋水盈盈处"，"相知犹择剑，莫从世路暗投珠"。

管平潮的创作有着显而易见的诗性色彩，而他也说过："我不是要写唐宋那种高深而显晦涩的诗词，我要写的是明清时代、民国时代乃至毛泽东时代那种浅白畅快、既雅致又好懂的诗词。"[i] 这样的创作风格，既满足了读者和作者对文学表达的要求，也与网络文学浅白易懂的特点相吻合，不失为管平潮的独特之处。

其次，描情状景的古典意味。仙侠小说是典型的"男频[ii]小说"。在男性网络作家为读者构建出的世界里，读者虽然在看到主角"打怪升级"、修仙练级的同时也能看到男女主角之间情感的发展变化，但是主角之间的感情并不是文中相对高潮的情节，作家往往略写感情，甚至一笔带过，感情线的发展也因而显得仓促、苍白。与众多男性网络作家恰恰相反，管平潮则是描情状景的个中好手。

正如《仙路烟尘》中堪称经典的一幕：

> 正见那山崖月影中，衣带飘飘，白裳翩翩，灵漪儿正如飞鸟一样，

---

i　周志雄、管平潮等：《网络文学需要降速、减量、提质——管平潮访谈录（上）》，《雨花·中国作家研究》，2017年第1期。

ii　一般男频小说重视剧情发展，女频小说重视感情发展。男频和女频最重要的区别是服务对象的不同。

在那流瀑前随风飘舞。而那道原本奔流不歇的瀑布，现在竟生生停住，分拢成数条闪着珑光的水束——四渎龙女灵漪儿，现在竟以高山为琴，流瀑为弦，施无上法力，弹奏一阕带着水灵之音的恢宏筝曲！

……

在那曲到浓处之时，那位一直静处的寇雪宜，忽地也翩然而起，投向泉琴石崖上空中，和着琴笛节拍，在月光中蹁跹而舞。

……

就在貌可倾城的少女歌罢余音缭绕之时，又听得那拨弹着流泉之琴的神女，将清妙的歌声婉转续起：

美人迈兮音尘阙，隔千里兮共明月，临风叹兮将焉歇？波路长兮不可越。

（第7卷"美人如玉剑如虹"第12章"月舞霓裳，密呢长生之语"）

此为《仙路烟尘》中，恰逢中秋赏月之夜，书中四美，倾城公主盈掬、四渎龙女灵漪儿、梅花精灵寇雪宜以及灵兽琼彤皆相伴于张醒言身边之时的情景。五人先是对月抒怀，之后醒言吹奏神雪玉笛，灵漪儿以高山为琴，流瀑为弦奏乐，寇雪宜伴舞，更有公主盈掬的曼妙歌声相和，一帧一景，所写无不清丽缥缈，兼以化用古人诗词，如谢庄的《月赋》，文字虽浅白流畅，却使人如睹目前，如见其景，如闻其声，小儿女彼此之间欲说还休的难言情感，也自其中脉脉流出。

再如《九州牧云录》中，张牧云与流落民间、即将回宫的定国天香公主月瑶离别时的一幕：

牧云脸上戏谑的笑容荡然无存，伸手温柔地抚着月瑶的青丝，轻声地劝解。愕怅之时，耳鬓厮磨，第一次与少女这般亲近，一缕奇特的气息却飘入口鼻。妩媚，清新，好像溪水边的青苔，湿漉漉地萌生第一缕新绿。留意去嗅，却无影无踪；不经意望望午夜的长街，却从心底生出一种甘甜沉溺的滋味。甜美，柔媚，似蔷薇都已开好，山花烂漫芬芳，四处都洋溢着让人心醉的滋味，棠梨花般的幽香似有若无，若月华掠过衣衫，到最后只留下一缕淡淡的清冽。

（第8卷第4章"春风鼓荡，吹起酷烈杀机"）

月夜相送，灯火阑珊，小儿女难舍难分，月瑶的心有千千结，张牧云的似水温柔，如此写来，既有宛转难描的脉脉温情，也有彼此吸引的怦然心动。管平潮的文字不可谓不深情，同时也浸染了几分多见于"女频小说"中的缠绵亲昵，单是形容张牧云亲近月瑶时，以"溪水边的青苔湿漉漉地萌生第一缕新绿"，"似蔷薇都已开好，山花烂漫芬芳"等修辞，化抽象为具象，更将二人之间的情愫写得柔软自然，起承转合处，更见深厚笔力，情感自然，文辞清丽，实非"男频"手笔。

再次，对古典小说的承袭与借鉴。中国从魏晋时期开始产生并流行志怪小说[i]，如干宝的《搜神记》，而后几百年里继续发展，从唐传奇到元杂剧再到明清小说，如蒲松龄的《聊斋志异》，再如奇幻小说的集大成者，吴承恩的《西游记》，都记载了各种鬼怪妖魔的离奇故事。作为一个以写仙侠见长的网络作家，管平潮自言"我的仙侠是有情怀的"，而这一情怀，也体现在他对古典小说的承袭与借鉴上。在《仙路烟尘》中，主人公张醒言在鄱阳湖上遇大风的情节，就来自蒲松龄《聊斋志异》中的故事片段。而在人物塑造上，《仙路烟尘》的主人公张醒言、《九州牧云录》的主人公张牧云都或多或少地有几分痞气，嬉笑怒骂自成一派，性情的真实率直也颇有《西游记》中那只无法无天的孙猴子的影子。至于《仙路烟尘》以及《九州牧云录》中的女性角色，既有帝苑贵女，也有飘摇仙子，更有精魅妖女，这在中国的神话传说、古典小说中也是古已有之，如化成人

---

i　志怪小说是中国古典小说类型之一，以记叙神异鬼怪故事传说为主体内容，产生和流行于魏晋南北朝，与当时社会宗教迷信和玄学风气以及佛教的传播有直接的关系。志怪小说是在当时因盛行的神仙方术之说而形成的侈谈鬼神、称道灵异的社会风气的影响之下形成的。

间女子以报许仙恩德的白蛇，再如蒲松龄《聊斋志异·聂小倩》中的女鬼聂小倩。《仙路烟尘》和《九州牧云录》中的女性角色塑造，无疑从中国的古典文化中汲取了精髓，并加以具化，凸显了仙侠小说对古典的传承借鉴。

而《仙路烟尘》虽是当代仙侠，其中情节的渊源却可以上溯数代。宋玉的《神女赋》以瑰丽奇特的想象叙述了神女与楚襄王的梦中相遇，汤显祖的《牡丹亭》里，杜丽娘曾与书生柳梦梅在梦中相识，而在曹雪芹的《红楼梦》中，贾宝玉更是神游太虚幻境。这一类神魂相与的掌故，管平潮在《仙路烟尘》中借张醒言与寇雪宜曾有的梦中相与，巧妙地完成了古今一脉的承袭。

二、仙路美人，二者如何得兼

为众多读者所熟悉的仙侠小说中，除了修仙问道的"正统事业"之外，当然也有必不可少的如玉美人。在管平潮的《仙路烟尘》与《九州牧云录》中，主角在修仙求道之余，也同样有着三五个"红颜知己"。

不同于其他男频作家的起笔豪迈，管平潮似乎更加喜爱描写小儿女之间的感情，于清词丽句间轻易为读者勾勒出一幅恬淡的生活图景，而在这细水长流的平常生活中，主角与其他女性角色之间的感情就变得水到渠成了。在管平潮的笔下，不论这些女性角色的主次，她们与主角的相遇乃至相爱都是独特的，并非全然的套路复制，在这般的温情之下，她们对主角的倾心无疑是自然而又必然的。

如《九州牧云录》中，身为天潢贵胄的公主月瑶在一次出巡中无意落水而失忆，被本是普通农家少年的张牧云所救，二人遂以兄妹相称。此后一年多的相处，既有深山古寺中抄写佛经的闲暇度日，也有村头街巷的柴米油盐。及至后来，二人远赴杭州参加武林大会，情愫渐深却又不得不面对离别之苦，而不久后的家国覆灭更是将二人置身于一场"万古同悲尘"的天地逆旅之中，而非纯粹的悲剧或喜剧，可谓跌宕起伏，一波三折！

由此也可窥出，在管平潮的创作中，女性角色绝非只作为男性的附庸存在，更不是需要男主人公倾力相助才能在仙侠世界中生存的弱者，她们往往聪慧机敏，法力过人，虽然性格迥异，却都能惹人喜爱。而引导男主人公真正踏上仙途的，并非名门正派中的掌门或仙尊，恰恰是这些出现在他身边的红颜。如在《仙路烟尘》中，张醒言最开始只是一个在酒楼里跑堂打杂的小伙计，却在机缘巧合下结识了四渎龙女的祖父云中君，得云中君以龙女的神雪玉笛相赠，这才与龙女灵漪儿相识。灵漪儿在对张醒言初有好感后，便将自己所学的法术倾囊相授。而在《九州牧云录》中，定国公主月瑶、魔族幽萝、鱼妖辛绿漪更是在乱世之中凭自身的智谋与法术定国安邦，卫护天下，丝毫不输须眉男儿。

从这些方面看，管平潮对女性角色的定位已经不单单是男主人公的"红粉知己"，而是同时作为男主人公的"导师""同伴"存在，摒弃了多数网络小说中对"女子本弱"的固有描写，她们与男主人公一同修仙求道，在修仙一道上为男主人公答疑解惑，并与其携手并进。如此一来，男主人公在修仙求道与红粉佳人之间的困难选择便已无声消解于女性角色在书中的地位定义上了。而在这样的困扰消失之后，他们便将目光更多地转到了修仙求道，甚至是天下苍生上。

仙侠格局渐渐铺开的同时，还有一条清晰明畅的感情线贯穿始终，假若少了这条感情线，主人公的一切行为便没有了最原始的推动力，"爱情能够显著提升人类快感水平，给人以多层次快感与美感体验"[i]。也从侧面印证了这一神奇的力量，在激素的刺激下，情感与理智往往相互颉颃，男主人公往往也会因爱情的力量而做出自己平时力有不及的事，如张牧云曾在遭受魅惑天魔重伤后流落东瀛（即日本），就因牵挂远在千里之外的月瑶等人，努力解开自身的封印，最终重返故土。

而《仙路烟尘》所设定的时代背景基本等同于中国的魏晋时期，《九州牧云录》则是架空的隋唐。管平潮缘何会选择这一历史时期？在笔者看来，魏晋、隋唐都是传统礼教尚未形成规模的时期，尤其是魏晋，可以说是继春秋战国以来第二个"礼崩乐坏"的时代，世道动荡，玄学大兴，清谈之风盛行，礼教昌明基本无从谈起，这样的时代里，无论是道家还是仙门，都有着无上的权威，主人公

---

i　欧阳友权：《网络文学评论100》，中央编译出版社2014年版，第164页。

在这一时代背景下开始自己修仙求道的冒险之旅，再正常不过，同样，因为没有传统礼教的高压束缚，主人公与各种女子的相知相爱也变得从心所欲，可以发乎情，而不必过多地顾忌止乎礼了。

三、完美的"白日梦"：真实世界的欲望映照

"欲望"（英译 desire）一词多指"由人的本性产生的想达到某种目的的要求"，可以概括为以下三种：（1）对能给以愉快或满足的事物或经验的有意识的愿望；（2）强烈的向往；（3）肉欲或性欲。在管平潮的《仙路烟尘》《九州牧云录》中，我们同样可以看到管平潮对"欲望"的描写以及相应的解读。

如《仙路烟尘》中张醒言未入道途时，在老家饶州城里结识了天下修仙三大道门之一的上清宫中的道士清河，萌生了想要去上清宫修仙求道的想法，而在这看似崇高伟大的愿望背后，却是现实至极的理由——

> 少年现在正到了长身体的时候，食量大增，饶是家中靠山吃山，张氏夫妇省了又省，却仍是支持不起，并且，他在饶州城内，并无落脚之处，每天还得赶长路才得回到郊外家中。（第 1 卷第 1 章"潜心慕道谁家子"）

这便是"欲望"的最初一级，即"对能给以愉快或满足的事物或经验的有意识的愿望"。管平潮的创作是贴合生活实际的，"仓廪实而知礼节，衣食足而知荣辱"，人类只有在满足了生活的最基本的温饱需求之后，才会有进一步的精神需求，张醒言作为连温饱都尚未解决的农家少年，最初想要学艺的想法自然不是那么的"伟光正"[i]，而这样的理由，恰恰是人类最原始也最基本的欲望。

---

i　伟光正，网络词语，"伟大、光荣、正确"三词的缩写，可用 WGZ 表示，英语可翻译为 lofty，"伟光正"在俚语中是自恋狂的代名词。伟光正，表达人们对权力的藐视和不合作的心态。http://baike.so.com/doc/7802314-8076409.html，引用日期：2018 年 2 月 8 日。

再如《仙路烟尘》中张醒言与寇雪宜"洞房花烛夜"的描写：

> 这时他忽然发现，原来这清柔如雪的女孩差不多也和自己一样，如同醉酒。粉洁的脸儿红得如同三月的桃花一般。天地自然孕育的精灵，本已艳绝；再被这房中的龙凤烛光一映，便更加媚然，星眸微张，春波摇荡……本就逸态绝世的女子焕发出惊心动魄的容光，动婉含鼙，冶态横发。（第 21 卷第 26 章"蕊结同心，花开莲房有子"）

在儿女情长上，管平潮向来不吝惜用词，"清柔如雪"的女孩面若桃花，本已"艳绝"的人儿在龙凤烛光的衬托下显得"媚然""春波摇荡""动婉含鼙""冶态横发""羞涩可怜"。这样的描写无疑是充满了欲望的，让人不禁联想到"穆尔维式凝视"[i]，"凝视"的动作发起人是张醒言，也就是一个无论生理还是精神都健全的、有着正常欲望的男性。在男频小说中，通过对女性的"凝视"所产生的快感，准确来说，就是"欲望"的下属分支——肉欲或性欲。

而"文学生命的根源潜藏于人性的深处，物欲、情欲、智欲共生互动，构成人性的原生态；人性三欲的涨落与外化，生发出人类纷繁复杂的大千世界，也创造了文学"[ii]的说法同样有迹可循。从根本上来说，文学即是人学，文学离不开欲望，表现在《仙路烟尘》和《九州牧云录》中，就是男主人公在修仙之路上得鉴大道，于儿女情爱上有佳人相伴，既是"欲望"中的强烈愿望及向往，也是"欲望"中的肉欲及情欲。

当然，"审美与欲望是当下时代文学创作的话语冲突，审美不等同于欲望，

---

i 　"穆尔维式凝视"也称"凝视理论"，来源于劳拉·穆尔维于 1975 年发表的论文《视觉快感与叙事性电影》，该文是当代电影研究和女性主义理论中最为重要和最具影响力的文章之一。在文章中，劳拉·穆尔维把精神分析用于解读好莱坞电影，指出了叙事电影中"男性凝视"产生快感的机制。参见李恒基、杨远婴主编：《外国电影理论文选》，生活·读书·新知三联书店 2006 年版，第 637—652 页。

ii 　汤学智：《生命的环链——新时期文学流程透视（1978—1999 年）》，郑州大学出版社 2003 年版，第 1 页。

但文学创作本身却不能离开欲望，把欲望抽空了的审美肯定也就丧失了审美本身"[i]的说法不无道理，因而，管平潮在创作中将审美和欲望相结合，为读者构建了一个近乎完美的"乌托邦"。所有在真实世界里无法满足、无法实现的情感渴求，在这个世界中都变成了唾手可得的一切。

通过创作，管平潮在二次元的虚拟世界与三次元的真实世界之间架设了一座桥梁，桥的这头是读者在真实世界里或困顿或奔波的生活，桥的那头则是轻而易举就能满足读者各种心理预设，并为之带来精神快感的故事。在管平潮的笔下，张醒言、张牧云已经成为读者眼中成功人士的代言人，读者在精彩纷呈的故事情节中流连忘返，甚至在幻想中代入、融合主人公的能力，将自己在现实世界中的"不如意"暂且封存，与故事中的主人公拥有了同样的愿望和动机、情感和伦理倾向。读者与主人公"共情"，二者也因而成为情感与命运的共同体。

按照弗洛伊德的说法，人们从早期就遭受了精神的压抑，并因此在心理的深处积贮下来，这种积累或潜伏下来的东西可能转化为受阻的能量，它往往要求在不受意识稽查的空档上得以释放，梦（包括白日梦）便是一个显例。

读者在这样的"白日梦"里，完成了自身关于审美与欲望二合一的体验，主人公的"套路化"人生——修仙求道，儿女情长，正是读者在阅读中获得快感体验的"白日梦"。管平潮以自身关于审美与欲望的独特书写而使仙侠小说多了几分传统的古典意味，读者在这样带有古典意味的审美体验中，也完成了自身独特的"白日梦""乌托邦"的构建。

"把欲望抽空了的审美也就丧失了审美本身。"[ii]这样的说法无疑是有其依据的，长期以来，批评家们都在强调文学的严肃性和思想深度，往往将能够为读者带来无限快感的网络文学归入"通俗"一流，认为它们只能是消遣小物，是"下里巴人"，总是在警觉而羞耻地谈论快感，但实际上，快感对于一切试图与读者建立沟通的作者来说都必不可少。小说的创作一旦没有了快感，其他的审美功能自然

---

i　罗瑞宁：《审美与欲望的纠缠——转型期中国文学研究》，广西师范大学出版社 2012 年版，第 3 页。

ii　罗瑞宁：《审美与欲望的纠缠——转型期中国文学研究》，广西师范大学出版社 2012 年版，第 5 页。

也无从实现。因而现在越来越多的评论家认为："快感与美感体验，是人类生命活动的基本需求，也是网络文学生存发展的立足点。"[i]文学的发展渐渐趋于多样化，网络文学也不再只是批评家眼中的"通俗""消遣"，它们越来越多地得到了大众乃至某些学者的认可。而作为仙侠小说的先驱，管平潮曾说过"我的仙侠是有情怀的"。这也成为他在仙侠小说的领域里标新立异、独领风骚的鲜明标志。

"所谓本能，实际上是一种人类固有的动力，处在它的作用下，人类产生满足自身欲望的要求，在适当的条件下，它升华成为文明的原始推动力。"[ii]无论是传统文学，还是方兴未艾的网络文学，都是生命本能实现的人类文明成果之一。而在现代工业社会和市场体制下，网络文学即使多数仍旧匮乏意义，仍有少部分称得上精品的作品被读者交口称赞，数十年如一日地流行着。作为已在网文领域默默躬耕了十年有余的网络作家，无论是在现实中还是网络上，管平潮的影响力都不容忽视，他早已是仙侠小说领域中公认的"大神"，理工科硕士出身的背景，汗牛充栋的阅读量都为他在创作中形成自己的独特风格起到了重要的推动作用，正如豆瓣上某匿名用户对管平潮的评价所说："对桌小酌，轻湖泛舟，灵犀互通，真是浪漫感人极了。看着这些文字，眼前仿佛浮现一幅中国山水画卷，其中景色清幽空灵，人物俊逸若仙。活脱脱是纯粹的中国式浪漫。"管平潮与其他男性网络作家所不同的地方，恰恰是他在创作中所体现的人间烟火，儿女情长，甚至说，他的"古典仙侠"的世界，就建构在这样的烟火俗世之中。

在以修仙问道、打怪升级为主流的仙侠小说中，管平潮的创作无疑是清丽悠游的，无论是《仙路烟尘》的张醒言，还是《九州牧云录》的张牧云，二人最初都是普通至极的农家少年，机缘巧合下踏上修仙之路，但在这一过程中，他们仍保留了自身或率直或洒脱的赤子之心，遇大喜则从容，遇大悲则坦然，没有过分的争名逐利之心，而是在世间历险悠游，在儿女情长、修仙问道中逐渐成长。管平潮的创作不单单是单纯的打怪升级，而是从外部转向内部，舍弃了传统仙侠的

---

i　康桥：《网络文学批评标准刍议》，《光明日报》2013 年 9 月 3 日。
ii　苏隆：《弗洛伊德十讲》，中国言实出版社 2003 年版，第 86 页。

热血激扬，将主角的心理犹如剥洋葱般地条分缕析，将其与人世烟火相结合，描情状景上自有一番婉约风情，让读者在大开大合、高潮迭起的仙侠世界中，不经意间便窥见了另一种风景。

　　小说可以如鲜花，浓香扑鼻，热烈灿烂，也可以似清茶，清香缥缈，回味悠长。管平潮的创作无疑属于后者，不一定跌宕起伏，却足够使人细细回味。而"经典"这一词的概念在进入 21 世纪以来，已经不再是单纯的传统文学上的特指，网络文学的介入也使得经典开始通俗化、普遍化，千淘万漉虽辛苦，吹尽狂沙始到金，那么，管平潮的仙侠能否成为一代读者眼中的"经典"，或许可以留给时间慢慢检验。

（郭　晨　执笔）

＃作者访谈＃

受访者：管平潮

访谈者：单小曦、郭　晨、杨佳怡

访谈时间：2017 年 7 月 1 日

访谈地点：杭州滨江区管平潮家中

一、古典情怀缘何处：我们这一代人

郭　晨：您起"管平潮"这个笔名，其中原因就是您先前所说的，家乡是在平潮镇吗？

管平潮：这是其中一个因素。我取笔名并不是说只是这个原因。文学上有"性灵"一说，我也想要显得活泛一些。本身我就很喜欢"平潮"这个词，它有"潮平两岸阔，风正一帆悬""春江潮水连海平"这样的诗情画意，正好我也曾经想过成为家乡平潮镇的镇长。这些都是这一笔名的由来。其实我有另一原因从来没有讲过，也比较羞于讲出口，自身虽是网文浪潮中的一粒小小虾米，倒也勉强算是同乡中的李渔。

郭　晨：您是说《闲情偶寄》的作者李渔吗？

管平潮：对，我特别喜欢他。李渔是明末清初的戏剧家，他又出生在如皋，如皋正毗邻我的家乡平潮镇。正好他是"渔"——渔翁的"渔"，那我就平潮。李渔擅写喜剧，我个人比较喜欢喜剧，觉得喜剧很见功力。

郭　晨：我也很喜欢喜剧。您之前说过，您的仙侠是有情怀的，那您觉得这个情怀具体体现在哪些方面呢？

管平潮：我认为情怀是要分几个方面的。一方面我是古典文学爱好者，我是有古典情怀的，文学发展进入网络时代，我想把特别喜欢的古典文化在网络时代继承下来，同时我也把我们传统的"儒释道"融入写作当中，这是文化方面的情怀；还有一方面是少年的侠客义气，我们是读武侠长大的，这就属于精神方面的情怀。

郭　晨：您在作品中对古典小说也有借鉴，您平常喜欢看这些古典小说吗？

管平潮：特别喜欢。于我而言，就是沉溺于《西游记》《聊斋志异》和"三言二拍"。有些文化的影响是深入骨髓的。写作和阅读积累是有一定关系的。我小时候看《西游记》一类的书，个人是受它们的熏陶长大的，写作上可能会更偏向古典一点。

郭　晨：也就是说，个人的阅读经历会对相关的写作产生莫大的影响，您在这方面的前瞻意识很值得我们学习。那您对古典小说的借鉴，在《仙路烟尘》《九州牧云录》中似乎也更有迹可循。

管平潮：对，更加明显。我越早期的作品，里面对古典小文学的借鉴体现得越明显，到了后期，比如现在的《血歌行》，对古典小说的借鉴反而没有这么重。我个人的想法是：不是我这一方面的功力减退了，而是我现在有了想得更清楚后做出的新的决定。尤其是你的作品处在这样一个浮躁的、多元化的自媒体的快节奏时代。简单说，生存不易，你要先让作品流行起来，让作品大众化，让市场好起来。古人也说过："皮之不存，毛将焉附？"你的作品如果可流行性不是那么强的话，你后面的东西可能就没有什么用。

郭　晨：作品在市场上流行开来以后，您会在这一方面做出更大的努力？

管平潮：对，能做出更多的努力。不过我现在虽然注重它的流行性，针对市场，会让故事更好看，但是骨子里的一些东西还是没有放弃。

郭　晨：文字并没有这么重要，而是作者的三观更重要？

管平潮：骨子里的东西都在，只是外在形式会发生一定的改变。其实我还有一种理念，一本通俗小说，如果各方面写得都很完善，就像是《冰与火之歌》，其实也很好，并不是说外在表现形式一定要是古典风味。"春水碧于天，画船听雨眠"风格的创作未必都是好的。《红楼梦》和《西游记》都是通俗小说，它们的风格并不一样，但是内容都很优秀。简单说，我的理念也在变，也在与时俱进。我在坚持我的某些核心理念的同时，也会根据市场进行微调，如果你不改变，也会被这个时代抛弃。不是说管平潮写的东西一定会受大家欢迎。

二、文学上的殊途同归：网络文学与传统文学

单小曦：刚才谈到古代的通俗小说，你说自己也受到了很大的影响，那你认为网络文学是通俗文学吗？

管平潮：我的理解是什么呢？网络文学要分广义和狭义。广义的网络文学，是小说到了网络时代，它需要通过网络媒体来传播，这是广义的。但是狭义的网络文学，我认为还是通俗的。不是说一个传统的作家在网络上写的就是网络文学，比如路遥的《平凡的世界》，不是我们把它放上网络，它就是网络文学，我们只可以把它勉强称为广义的"网络小说"。狭义上的网络文学，还是现在主流的通俗的小说，主要特点还是在合乎道德法制的前提下，特别紧密地联系市场，给予读者他们特别想要看到的内容。也就是说，读者想要什么，作者就给什么。我一直在写网络小说，有时候会看到传统作家也在转型，我内心也在想，不是这么简单的，如果他们真的去实践了，会发现里面学问也是很多的。

单小曦：从市场和读者的角度看，网络文学和通俗文学是有类同性的，也就是大众文学。在这样的前提下，在文学自身的创作品质上，网文时代的通俗文学，也就是网文，和传统的通俗文学之间，是不是还应该有些不一样？

管平潮：应该是有不一样的地方，但是相通的地方也很多。就像是《西游记》，它是古代通俗小说中的集大成者，情节和人物扣人心弦，情节一环扣一环，它的主角也很让人有代入感，而且还一关接一关地闯关、换地图，比如狮驼岭、女儿国，甚至还有男子在饮用了女儿国的河水后会怀孕生子的情节。这不就是现在网络小说里的打怪升级吗？但现在是网络时代，文学被赋予的所谓"网感"会更加强烈。古代的通俗小说，在作者与读者的互动性上有天然的缺失，它的传播媒介主要还是线下的书社或者文人的雅集聚会。作品会通过书社的刊印进行传播，作者与读者之间没有实时的互动，读者只是在看完某本书后进行评论，这些评论会通过书商反馈给作者。现在则不一样，读者会在网文下实时进行评论，读者与作者的互动性大大增强，这是我经常遇到的，对我也很有帮助。虽然读者的意见不完全对，但这至少也是对我的一个创作上的提醒。读者的意见只要有合理的地方，我就会思考本身的创作思路是否合适，也会在写作的手法上进行调整。比如这个人的人物设定就是"悲剧英雄"，我会将这件事的来龙去脉解释得清清楚楚，避免读者在阅读时会产生强烈的突兀与不适。而古代的文人就没有这个互联网信息实时交互的机会，没有及时得到读者反馈、以便后期创作的这一便利性。这就要说到李渔了，一直以来，我为什么会喜欢李渔的作品？因为在阅读的过程中，我发现人的才华是不可同日而语的。李渔的《十二楼》情节曲折，人物刻画不落俗套，语言也清新流畅，而与李渔同时期的其他作家也有不少作品流传下来，诸如《风月痕》一类，它们的质量远比李渔的作品质量要差，情节也索然无趣。当年那些平庸的创作者虽然会卖弄文字，引用诗词，但是他们所创作的情节刻板无味，人物也符号化，同样是写爱情，这些作品的内涵远没有达到曹雪芹的《红楼梦》、李渔的《十二楼》这类作品的高度。而到了网络时代，我们的才能也许和当年的那些平庸作家差不多，但是我们有什么优势呢？我们可以从读者那里及时得到相应的反馈，将不好的变为好的，将原来还不错的变得更好，能够更快地进步，更快地再上一层楼。对我们来说，这就是网络文学和传统文学的一个很大的区别。

单小曦：在某种程度上，这个过程是不是也能被称为小说的"合作式生产"。

管平潮：对，有这种交互性。

单小曦：但是我也不同意这一种说法——作者完全听任读者，让读者决定自己的创作走向。毕竟读者和作者在创作上的高度还是不一样的，在这一过程中，理想状态是不是作者当然需要听取读者意见，但作者在关键的时候，也要坚持自己的基本写作方向？

管平潮：是，至少在一本书的创作上，我还是会坚持自己的理念，我把这个总结为"真正的自信"。因为有时会看到一些人面对读者评论时从善如流，读者要什么便给什么，但他也不一定是真正的自信。一个健康的创作状态，应该是兼听则明。

单小曦："真正的自信"这个词的定义很好！你刚才提到了传播媒介的重要性，那么古代通俗小说在传播上基本属于单向传播，它们有一定的教化意味，读者被动接受的居多。总体来看，传统文学和现在的网文相比，你觉得在思想上、表达上，或者说在人生体验上，对社会的反思质疑、深入剖析等方面来说，是不是传统文学要高于现在的网络小说？

管平潮：个人认为应该从总体和个体方面来看。在个体方面，现在的网文虽然轰轰烈烈，但是我们也要站在历史的角度来思考问题，也许五十年后再回望，我们会发现 2017 年的这些网文仍然处于稚嫩的、原始的阶段，这样的纵向比较对现在的网文作者也是不公平的，这些是个体的。就总体而言，现在的网络通俗文学和传统的通俗文学相比，它们有周期律，虽然文学的形式发生了变化，但是与明清突然爆发的坊间小说相比，并没有什么本质上的区别，它的发展同时也是螺旋式的上升。毕竟是 21 世纪，很多东西都变得不一样，现在的网络作家，先不论创作能力的高下，他们在某些知识储备方面已经超过了古代的很多作家，哪怕是李渔。李渔必然是不会知道可以把量子力学这类理论放到小说里的。

郭　晨： 就是说深度可能还达不到，但是已经有了广度？

管平潮： 对，现在的网络小说不说对现实的某些批判，哪怕是文学本身的高度，可能也还比不上过去的作品，但是太阳底下无新事，当年的那些作品是如何繁荣昌盛直至登堂入室的，网络文学将来也可能达到这个高度，只是现在还处在泥沙俱下、良莠不齐的阶段。哪怕是离我们最近的武侠时代，当时也有不少有名的武侠作家，金庸、古龙也只是他们的端茶小弟，偶尔还会为他们代笔。但是到了武侠时代终结的时候，就只剩下了"金古梁温"。当我们的网络文学时代也出现了这样的"金古梁温"，到那时再回头看，就会发现网络文学时代同样也会有对应高度的人物和作品出现。

单小曦： 就像你刚才谈到的，古人没有今人这么便利地查找资料、及时更新知识的条件，那么回到作品本身，你的创作既然被大家称为"古典仙侠"，你的作品就是有古典情怀、古典味道的，同时因为具备了当代网文所能使用的古人比不上的便利条件，就能够与时俱进，逐渐有了今天的网文界的地位，那么在两者的结合上，你能不能具体举例子谈一谈你的创新，你是怎么将古典的情怀和现代的手法结合在一起的？

管平潮： 举个例子，简单通俗地来讲，在神鬼志怪小说里，常常会有狐妖吸取日精月华，变化成人甚至成神，但是从来没有古典小说解释过何为日精月华，那么我就来解释，当然是我用科学理论作为参考，再取其精华，也就是麦克斯韦提出的"负熵"理论。"熵"是化学元素，也就是混乱的意思，宇宙之中一个自发的过程是从有序到无序的，宇宙本来应该是不对称的，人为什么能从小到大慢慢地变得青春貌美？就是因为他吸入了有序的能量，用来对抗"熵"，而这个"有序的能量"就被我解释为"负熵"。但是在仙侠小说中又不能直接说负熵，那么"负"就是阴，

"熵"就是混沌，这样就是"阴之混沌"，我就用"负熵"理论，将日精月华包装成了阴之混沌。用这个来解释日精月华，读者其实也不需要知道我用了什么理论，他们看到结果，觉得有意思就行了。

单小曦：也就是"负负得正"。

管平潮：对，就是这个意思！

郭　晨：在您的《九州牧云录》里也有相应情节，主人公张牧云因为意外而流落东瀛，当时他身上就有魅惑天魔的封印，后来正是因为吸收了日精月华才解开了封印。这也是"负负得正"理论的体现吗？

管平潮：对，还有一个具体的例子。我对古典情怀与现代手法的结合也不是寻章摘句堆砌出来的东西，这是不行的。比如我的仙侠小说经常会彰显一些"仙家意境"，我甚至会把它变成我在写作中的一个理念乃至技巧，那么这个"仙家意境"是什么呢？"仙家意境"就是古典情怀。因为我们这代人很多都是读古典小说长大的，这些仙家意境是谁描写的呢？都是古代文人创作的，告诉你蓬莱有仙山。那么现代的读者要看仙家意境，怎么看呢？我就把古典的一些情怀进行变化，写出来就是仙家意境，比如说，李白的"开琼筵以坐花，飞羽觞而醉月"，这不就很有仙家气派吗？这些其实就是古典情怀。这些仙家意境的观念都是怎么来的？怎么到了我们的脑子里的？也都是古代文人的想象。

郭　晨：您的小说《仙路烟尘》里，四渎龙女以高山为琴，以流瀑为弦，这一点就很有仙家意境，同时也很恢弘盛大！

管平潮：对。这个场景其实是很浩大的，以这个例子而言，我不仅仅是单纯地对琼筵坐花、羽觞醉月进行解释，我还进行了一些画面情节的想象，把想象力也加进去了，比如说以瀑布为琴弦，粗浅的可能就是主角拿七弦琴直接弹一弹了。

单小曦：你的这些仙家意境，对于粉丝来说，他们能接受吗？

管平潮：很接受啊，这个也算是我行走江湖的一个法宝，他们其实很喜欢，这个也成了我的一个招牌。我觉得作为一个作家，要有一定的历史高度。以古观今，历史是一面镜子，你看到了以前发生的某些事情，就知道现在要写什么样的作品，才能对抗这个世界。

单小曦： 在我的印象中，现在的读者对"古典意境"，也就是美学上的一些享受性的东西，他们接受起来还是有点困难，似乎还理解不了。你的厉害之处就在于抓住意境美的同时，是不是也有自己的爽点设定？二者是否也有一些结合？

管平潮： 首先，这和传统文学是一样的，肯定要有矛盾，文似看山不喜平。主角在故事中一路顺风顺水，肯定也会显得淡而无味。主角肯定要有各种磨难。人和人的斗争是一方面，另一方面，主角到了一个新奇的地方，就像《西游记》里的各种关卡，这些地理环境用电影语言来说，本身就是一种奇观。我对仙家意境的描写虽然不一定是读者快感的主要来源，但是我如果能够使它们活灵活现，比如《仙路烟尘》和《九州牧云录》的一些场景，读者也会意识到这是一个瑰丽雄奇、仙气缥缈的世界。其次，正如我之前说的，量子学、日精月华方面的东西，它们与我的情节也结合起来了。这也算是我的一个独门秘籍，算是绝招！

郭　晨： 您刚才说到仙家意境是您的招牌，而您的小说创作和其他作家也有很多不同的东西，就像是儿女情长，人间烟火，也多了很多。

管平潮： 对！就像《西游记》虽然是神魔小说，但我们在里面也能看到一些市井的、有趣的、俏皮的东西，甚至还有中国农耕社会时期农民的一些幽默，在这些方面我也学到了很多。同样的一个打斗，我就写得比较有烟火气，仙家意境是一方面，人间烟火气也要有，哪怕是一个平平凡凡的过程，都要写得很有趣，甚至会比最后的打斗还有质感，更能吸引人。我的读者，尤其是《仙路烟尘》的读者，他们在评论里说会读很多遍，就像我读《西游记》，也会读很多遍，它是可供玩味的。网上也有人会说《仙路烟尘》是平淡的，其实我心里是有些不服气的，说实话，那些平淡，在骨子里是不平淡的。

郭　晨：您在《仙路烟尘》或者《九州牧云录》的创作中，似乎更加注重人物的一些心理还有外界的很多变化？

管平潮：从本心而言，虽然未必能做到，但是我写这些小说，是想往精品去的，你的写作态度和写作目的不同，会导致你写出来的东西也不同。当然我也为了赚钱，作品卖不出去的话也不行，能卖出去也是对自我价值的最好肯定。我会有耐心去写一写夏夜乘凉，两个小儿女说说情话的情节，其实这些也是耗时间花精力的，有这部分时间，那些放狠话，打斗吵架也是很好写的。我之所以佩服李渔，就是因为写喜剧是更花精力的，他这样无疑是更能彰显笔力的！

郭　晨：您的小说中的女性角色不同于很多男频小说里"女子本弱"的固有形象，男主人公反而本来比较卑微，就像是《九州牧云录》《仙路烟尘》里，无论是张牧云，还是张醒言，他们在最开始都是贫苦的农家少年，可能什么都不会，很多时候都是女性角色引领他们走上了修仙之路，那么她们是不是一个"启蒙者"的角色？

管平潮：你的这一角度也很奇特，可能我在没有意识到的时候就这么做了。我对女性也比较尊重，因为女性在我心目中都很强大，她们可以作为男性人生道路上的引导者，这和我的成长经历有一定关系。很多男频网文中的女性角色在某种程度上都充当了花瓶一类的角色，她们的存在只是为了彰显男性的地位，这些女性角色基本上会无条件地喜欢上男主人公。我写的女性角色是一个个活生生、有着自己世界观和理念的人，至少与男主角是平等的。其实我们看多了各种小说就会发现，这样写其实也不容易。很多男频小说里都把女性角色物化了，而我没有物化，我想要至少写到金庸对待笔下的女性角色的态度。

郭　晨：金庸在武侠小说中对于女性角色的塑造，也在一定程度上影响了您的创作？

管平潮：当然！我是读武侠长大的。我从小学二年级就开始看金庸了！这对我肯定是有影响的。

郭　晨：您的小说虽然在写仙侠，但和武侠是不是也有一定的联系？您在写的过程中，有没有一以贯之的思路？

管平潮：这个涉及我对仙侠的理解。"仙侠"拆开来看，就是仙和侠。"仙"就是我刚才说过的仙家意境，还有法术，而不只是原来舞刀弄剑，只拼内力的世界。"侠"就是武侠，像传统社会的"三言二拍"。像《西游记》《聊斋志异》《搜神记》《山海经》这种类型的小说，就属于仙。侠就更多地偏向于市井社会的现实。这就是为什么我的主人公能遇见江湖、遇见四海，可以与龙族战斗，同时也可以小儿女情怀，在市井里卖卖小东西，做做小买卖，或者有夏夜乘凉这样的事情。

郭　晨：这么说起来，您的男主角反而更像侠，他的仙的意味可能更少一点？

管平潮：这不是无意而为，而是有意而为。有句话叫"画鬼容易画人难"，真的把主角写成仙的话，反而不好办。这个涉及编剧理论中提到的，作者在创作中要避免"上帝情结"。比如说，本来罗密欧与茱莉叶会走向爱情悲剧，但在绝境时会有一个上帝从天而降，帮他们解决一切的问题，有情人就在一起了。但是文学创作中应该避免这些事情，因为它会让之前所铺垫的一切都变得苍白而毫无道理！读者会发出质问，为什么要虐他？上帝去哪里了？为什么不早点来？这点在逻辑上就说不通！所以我会从这个角度避免"上帝情结"。

郭　晨：就是说"金手指"不能开太夸张了？

管平潮：对，总结一下，如果是仙的话，剧情就收不住了。作为作家，实际上在创作时就会明白，如果主人公真的太强大，后面的情节就不易安排，主角毕竟还要有一步步的成长！网文作家要和市场紧密贴合，不断地去满足读者的需求，我们的网文作家的水平有多高，由此可以想见！在故事的源头上，我们没有必要盲目地迷恋好莱坞，但是他们的工业水平的确很高。哪怕是一个烂片，他们也能把特效做得很好。像我们很多网文作家的作品，假如有好莱坞的技术，很可能让西方世界感到惊艳！

郭　晨：这个是不是和文化底蕴有一定的关系？

管平潮：有一定关系！好莱坞的电影本身也到了一个疲劳期，很多东西都套路化，也模式化了！

三、套路如何得人心：认认真真讲故事

单小曦：好莱坞的套路化已经是一个问题，很多人都在研究这个套路。而关于这个桥段、模式，也有一种说法：也许人类讲故事，是可以用这个模式来解决的。比如普罗普说的"三十一个模式""三十一个桥段"，可以反复地使用。那么对于大部分读者来讲，他们是不是就需要这个模式？只需要换一换人物和情节，他们就可以享受到这个模式本身所带来的满足！这个在网文界里是不是也存在？我虽然重复，但我就是有读者！有些作家创作了非常多的作品，但是就在重复着一种套路。不过他们也有道理，他不敢冒险，粉丝熟悉他的套路，他就需要这个套路。而少数的一些作者，比如你可能会选择突破这个模式，会不会遇到这样的问题，因为突破模式而粉丝流走？

管平潮：套路也好，桥段也好，我本质上是一点都不反对的，而且我认为，像我们这种写通俗小说的，哪怕是经典，哪怕是精品，本身不要去抗拒套路、桥段。有些桥段是经历了人类社会反复的积累，证明了我们最广大的人民群众就喜欢看这些，所以不要去抗拒它，不要去打破基本的规律。真的去打破了，反而是不识时务，显得食古不化。我在本质上还是很重视桥段的。我当然会希望正义一方的主角可以干掉反派，这就是桥段，也是既定的模式！《王子复仇记》《基督山伯爵》都是这样。难道我一定要改革吗？好人最后死掉，坏人反而逍遥，聪明劲儿不是用在这里的。聪明劲儿可以用在哪里？桥段可以是这样，但是表现手法可以更

高明，有变化，有创新！

单小曦：　也就是在细节上更能够突破传统套路。

郭　晨：　您的小说虽然是男频小说，但在很多方面却会体现出女频小说的一些特色。您在写作中是有意为之的吗？

管平潮：　比如金庸，严格来说，其实很难分出他的作品是男频还是女频。比如《天龙八部》《射雕英雄传》，很多女生都喜欢看，她们也喜欢郭靖。也许上档次的精品小说就应该如此，男女都爱，老少咸宜。如果一部作品，男生看到会笑哈哈，女生看到反而会咬牙切齿，小说里物化践踏女性，这就说明作品是有问题的，小说写得不好。创作还是要符合文学的规律。好的小说就应该男生会觉得很好看，女生也不反感。

郭　晨：　小说里的很多情节的确很能吸引到女性读者，比如男女之间温情脉脉的相处，还有其他的一些景色以及心理描写，这些比单纯的打斗升级要更加吸引人，这个算是剧情饱满的剧情流吗？

管平潮：　对，我是很重视剧情的。当然也注重人物。我认为人物和剧情是有机融合在一起的。用剧情表现人物，用人物来推动剧情。在我心目中，虽然我重视剧情，但我也重视人物，甚至某种程度来说，我更重视人物。因为一方面主角可以让人代入，另一方面刻画一个世界，只有优美景色，没有任何意义。如果塑造了立体的人物，我们就可以让他（她）带着读者一路继续看下去。相反，人物如果塑造得不成功，读者对他（她）没有感情，就完全不会关心他（她）是死是活。当他（她）被人欺负，或是被人调戏，读者可能会觉得无所谓。精彩的故事固然能让大家往下看，但是鲜活、动人的人物同样可以吸引读者。假如读者爱上一个人物，这个人物又去探索了新的任务，我作为读者，我当然会很有兴趣，他（她）在任务里会遇到什么？这些都能够吸引读者。所以人物很重要！

郭　晨：　人物不能是单一的、片面的。

管平潮：所有的东西都是辩证的，马克思主义也是有道理的，写作具体到鲜活的
人，绝不能符号化，也不能固执到与主流彻底悖逆，有些规律还是要遵
循的，不然很多东西都会垮掉。

单小曦：一般的网文作者都会非常看重情节，会认为其他的构思可以为情节让
步。你这里的世界设定、情节经营、人物塑造都很好地融合在了一起，
好的作品也恰恰如此，不能单独来看。人物离不开情节，情节也离不开
人物，而它们又在一个世界里共存。

管平潮：对，三者都是有机融合在一起的。

单小曦：像《红楼梦》《西游记》这些被称为传统文学的通俗小说，你现在是向
他们致敬或者学习，那么从文学史的角度来看，五四新文学，这方面读
得多吗？

管平潮：小时候也读过不少，比如《金光大道》《山乡巨变》《艳阳天》。尤其是
浩然的《艳阳天》，从小学一二年级开始，我在每个寒暑假，就像朝圣
一样，都会把三大本的《艳阳天》读一遍。20 世纪 80 年代的小孩子总
是在 20 世纪 90 年代的暑假看《西游记》，我也是这样看《艳阳天》的。
当然也有学习，学了《艳阳天》的什么呢？比如在世界发展的高潮阶
段，不同人物的群像描写，而这个群像描写是基于人物性格的。

单小曦：也就是对它们也有很多吸收？

管平潮：凡是好的作品，有的时候真的不要有门户之见。每一个文学范畴、领域
里的作品，一定有它的可取之处！

郭　晨：您的小说背景的设定会和现实的历史有参照吗？

管平潮：我最开始写《仙路烟尘》的时候就是参照魏晋南北朝，《九州牧云录》
参考了宋朝，《血歌行》则是隋唐时期。为什么你问这个问题我会很兴
奋呢？这样的背景设定也是我多年实践后所喜欢认可的。《血歌行》里
的军制参考了唐朝的府兵制，御史台的设定也从唐朝借鉴而来。《仙路
烟尘》里的很多设定也与二十四史里的天文志、地理志相关。我们这些

网络小说作家的很多设定和灵感也与历史息息相关。

单小曦：你这个和架空有什么关系？

管平潮：理论上讲，还是架空的，因为我没有真正讲到是哪个朝代，但是和纯架空也有区别。我实际上写的东西，会与历史上的某个时代有很大的相似之处，比如《血歌行》里也写了当时西域的"羁縻十六国"，也是为了体现近年来的"一带一路"时代精神。

单小曦：你怎么看待那些创作纯架空的作家？

管平潮：纯架空可以自圆其说也很好，不妨碍他们写出非常优秀的作品，就像猫腻的《择天记》。对这些纯粹架空的小说，我个人的感觉就是，当时间流逝，后人再来看这些作者当初杜撰出来的国家，他们的代入感可能不会那么强，这些国家有可能会被归为荒诞之语，或者没有历史的沉重感。纯架空对写作者而言，其实也有一种心理暗示——我可以随便写，我什么都不用管。

单小曦：你觉得他们这是不是一种偷懒，或者是故意的回避？因为第一，他不具备考证的功底；第二，他也不想花这个功夫；第三，之所以会回到历史，是因为把这个纯架空的设定作为所谓的意淫背景，改变历史进程，满足了现代人的意淫。但是严肃的作家是不是不会这么做？文学毕竟是虚构，但也不能离历史太远，同时还能满足作者的写作需要，历史里有些东西还是有魅力的，当代人也需要懂。

管平潮：弘扬传统文化，传承传统文化应该怎么做？我们完全可以在小说里写这些，比如府兵制、御史台这些文化常识。文学也是要有历史使命感的！如果所有人都在写纯架空，按自己的想法编造，就很难有历史的厚重感。

郭　晨：虚虚实实的写作背景会不会让故事更有历史质感一点？

管平潮：当然。我为什么总写古典仙侠？仙侠是我特别认同的一个题材，不仅仅是我擅长写，而是回溯整个中国文学史的历史长河，我们可以认为古典仙侠是继承历史文脉的。我个人认为，很多事情都要站在历史的角度来看，既然写书，那就要让它发挥最大的价值。跳出当前，古典类的小说，尤其是我这种风格的仙侠，其实继承了魏晋以来的古典文脉。魏晋的神话志怪、游侠小说，还有明清的章回笔记，民国的新鸳鸯蝴蝶派，这些都是烙印在中国人骨子里的创作传统。而在我们当前的网文界里，仙侠也是最接近继承中国文脉的。如果当年写《搜神记》的干宝生活在这个时代，肯定也是写古典仙侠的。

四、惊涛拍岸，从容迎接时代浪潮

单小曦：你对 IP 开发怎么看？

管平潮：IP 算是一个常态，它本来就应该如此。一直以来，IP 开发都是影视作品的主流，很多有名的影视都是由小说改编而来的。哪怕是冯小刚导演，他早年也是凭借王朔、刘震云的小说的影视改编起家。归根到底，讲故事，我们是专家。举一个例子，姜文前后迥然不同的两部作品《一步之遥》和《让子弹飞》，为什么后者扑街，前者名利双收？因为《让子弹飞》是有原著的，故事就是可控的，不会飘。专业的事情还是要让专业的人来做。但是关于 IP 改编这件事，我们也不要浮于表面。经常有一个误解，改编 IP 仅仅是要它的粉丝和人气，其实不对。《花千骨》《琅琊榜》之前也不怎么有名，它们的影视改编反而都大获成功，为什么？原著扎实过硬！我之前参加了华策的一个内部分享会，他们的老板也提出："不仅要看 IP 的粉丝，也要看它的质量。"《西游记》如果没有成名，只看质量，它是不是一个好的 IP？当然是！这其实是一个迟来的IP 风潮。

郭　晨：您的作品的 IP 改编情况呢？

管平潮：原创的四本，包括正在写的，都已经卖出去了。现在的这本是 3 月在北京签约的，不仅是版税最高的，也是字数最少的，只签了 25 万字。古人说过"食无求饱，居无求安"，我能做到这一步就可以了。

单小曦：你自己会做 IP 改编吗？

管平潮：我还早。也许将来会考虑，我还是比较务实，先不要想那么多。一个人写一本书，其实也是创业。

单小曦：地域对网络文学的创作有没有什么价值？浙江的网络文学大神似乎比较多。你认为这个现象和地域有关系吗？

管平潮：当然有关系，首先江浙自古多名士，我们有文学文化传统，江浙向来以文为尊，大家都会比较倾向读书出仕。网文创作和经济、文化，哪怕是行政，各方面的社会文化也是有关系的。

单小曦：经济到了一定的程度，文学才能发展？

管平潮：因为我个人原先是学理工科的，对此深有体会。科学是忙出来的，文学是闲出来的。东奔西走，才能悲愤成诗的还是少数。普遍来说，一个家庭只有在有田有地的情况下，才有更大的可能去读书。所以文学的发展程度显然是和文明程度、经济与文化的发达程度有关系的。我原来是江苏人，我在毕业找工作时优先的选择就是杭州，杭州在中国乃至世界上都是很罕见的，经济文化都很发达，同时，至少有两大民间传说都发生在杭州。这里既有自然风景，又有经济文化。上海和北京也很好，但是自然风景就差了不少，像杭州这样二者完美结合的还是很少见的。

单小曦：一个地方的文化传统也非常重要。

管平潮：对，杭州有白娘子的传说，而我写的恰好就是一些神神怪怪的东西。

单小曦：政府对网络文学的引导，比如说作协、宣传方面，能从自己的切身体会上谈一谈吗？

管平潮：从切身体会来说，他们也在自己的能力范围之内，最大限度地给我们提供了最大的便利，浙江省的网络作协有一个重点扶持项目。同时，浙江省也是全国第一个成立省级网络作协的省份。领导也对作家给予了很多关怀，为我们组织过体检，举办过体验营，我们也去过衢州、龙泉、舟山等地。

单小曦：这些活动对大家的创作有没有帮助？

管平潮：也算是采风。生活体验对写作也是有帮助的。我也会自费采风，去年8月去过新疆，去看魔鬼城、喀纳斯湖、赛里木湖。采风时也很有体会，当我真正看到鄂尔齐斯河，那一刻阳光洒落在河面上，微风吹起河水，就像是银子在流淌，从高空看西北的荒山时，会发现它和我们这里一座座的山有很大的不同，像是一条石头组成的单向的波浪。这些风景只凭想象是做不到的。真正看过大海后再写大海，感觉其实是不一样的。

单小曦：那么作协除了以上说到的体检、体验营，还有没有其他对你们实质性的帮助？

管平潮：码字还是要我们自己来的。他们也尽自己最大的可能为我们提供了帮助，同时他们也在努力做中国网络作家村这一项目，如果网文作家在里面落户，我们也能更好地进行文创事业。对于大部分的网络作家来说，还是有帮助的。

单小曦：那么对人工智能写作，你怎么看？

管平潮：我有一个想法，是关于 AI 写作机器人的。假以时日，当你的数据库足够大的时候，它不仅会写作，甚至还会自动自发地为你生成很多内容。一本小说可能本来就不存在，只是会根据你的喜好为你实时自动生成接下来的内容，你永远都可以看，它会随时根据你的喜好做出调整，加强这一方面的描写，或者淡化另一方面的描写。你随时刷新，它随时更新。

单小曦：这个是一定会的。AlphaGo 战胜李世石，又战胜柯洁，这也说明在理性化的思维活动中，机器人完全可以战胜人类了。但是人文情感体验类的活动，机器人暂时还不能代替人类，但也不能说以后不会。科幻小说里面出现的场景，以后也很有可能变成现实。

管平潮：我们毕竟是人类，其实没有那么厉害。我们必须要睡觉，不可能二十四小时工作。但是现代社会保持不断电是很容易的事情，只要不断电，机器人就可以永远工作。比如你看到的一些小说，真的那么难写吗？不一定的。

单小曦：到了那个时候，作家会不会完全被人工智能替代？

管平潮：作家始终还是有市场的，只是一部分人会被淘汰。这个时代是很残酷的。在我小时候，还有修剪刀、修雨伞的，现在就几乎已经没有了。乐观地看，从根本的逻辑上说，哪怕人工智能写得再好，它能达到诺贝尔文学奖的水平，也一定会有无法取代的写作类型存在。比如现在，既有诺贝尔文学奖作家的存在，当然也有其他的作家存在，莫言和余华不冲突，唐家三少和天蚕土豆也不冲突。就像最近 AlphaGo 和柯洁、李世石比赛后，现在的围棋高手们就多了很多和原先不同的思路，他们也是在学习 AlphaGo 的技巧。将来也会这样。如果将来有一天，作家的写作也不需要了，就会像富士康的机械化所产生的"黑灯工厂"一样，出现所谓"黑灯工作室"。

（郭　晨　执笔）

＃ 读者评论 ＃

　　网络读者对于管平潮及其作品的评论主要集中在起点中文网、豆瓣、知乎、龙的天空、百度贴吧。《仙路烟尘》《九州牧云录》是管平潮最具代表性的作品，网友对这两部作品的评价也最为集中和突出。通过对这两部作品评价的梳理，可以大致呈现管平潮创作的读者接受状况。

一、总体评价

　　管平潮的仙侠类小说刮起了一阵网文新风，在语言、情节、人物、思想主题等方面，都胜过了同类题材的网络小说。某位知乎的匿名用户这样评价管平潮："看了他写的《仙风剑雨录》《九州牧云录》《仙剑问情》，蛮喜欢他写的书的。首先他的文笔还不错，比现在很多的网络作者要好得多。然后他写的仙侠类的小说侧重于人情、俗世，而不是练级修仙。这才是有意思的地方，这世界上真正有意思的确实就是人情、俗世，并且也许是作者的经历丰富，也许是作者的心思细腻，也许是他善于观察生活，作者书里面的故事很丰富，有些很普通，有些很神奇，但都很打动人。只有拥有真情的故事才能打动人，才能引起读者的共鸣。以前我也看那些练级修仙文，看过几部后就觉得没什么意思了，都差不多，那些修仙文的重点都是奇遇、探险、寻宝、练级，看多了，确实没意思。看过管平潮写的小说之后，再去看那些练级修仙文，真是看不下去。"[i] 管平潮的小说自成一种文

---

i "如何评价管平潮这个作家？"，知乎，2020 年 11 月 8 日，https://www.zhihu.com/question/301745120/answer/1565119678，引用日期：2021 年 8 月 9 日。

风，令无数读者沉醉其中，一定程度上也提升了他们的阅读审美能力。更有一代武侠宗师温瑞安先生评价其作品为："八方风雨，温柔与悲壮。"评价其人为："我见他，如直见君子，日月闲闲，鸟飞马鸣，奇侠仙剑，一奇士也。"[i]管平潮不仅是仙侠小说的创作者，他自己也如仙侠般活着。

在网文类型上，《仙路烟尘》《九州牧云录》被归为古典仙侠类小说，由于类型相同、选题相似，许多网友自觉将这两部作品放在一起加以对比。《仙路烟尘》豆瓣评分 8.3 分（满分为 10 分），《九州牧云录》豆瓣评分 7.4 分。从部分读者的具体评价中，同样可看出《仙路烟尘》较《九州牧云录》更受喜爱。例如网友"柳修毅"的相关书评就分别从语言、剧情、小说人物、情调等方面表达出了对《仙路烟尘》的偏爱："《仙路烟尘》胜在文笔的意境上，有尘俗仙境的味道。《九州牧云录》就水多了，文笔也做作，还是那个套路。不一样的是，张牧云没了爹妈，想干什么就干什么。最后还脑洞大开扯了个神魔大战，结果收不回来了。但《九州牧云录》多少还是有些意境的，也就这点儿意境了，管大已无笔力了。醒言的妹妹——琼彤，读者应该都极喜欢，肉嘟嘟的脸蛋，再联想到她可爱的神情和对话，太使人喜欢了。《仙路烟尘》胜在古典浪漫的情调上，类似于许仙和白娘子的故事。女孩子一定是专情的，男孩子一定是花心的。《仙路烟尘》的另一个特色就是诗味浓，有水墨山水风景画的感觉。当写到龙宫魔域，就描绘得十分光彩灿烂。"[ii]而在两部作品连载的起点中文网评论区里，强力推荐《仙路烟尘》的网友也远远多于《九州牧云录》。在内容评价上，《仙路烟尘》也高于《九州牧云录》。

二、《仙路烟尘》的具体评论

读者对《仙路烟尘》的定位很明确："这篇不完全是玄幻，应该是真正意义

---

i 《封面人物：管平潮坚持精品创作，发扬传统文化，弘扬正能量》，搜狐，2019 年 5 月 15 日，https://www.sohu.com/a/314283226_662549，引用日期：2021 年 8 月 9 日。

ii "推荐几部语言类似《诛仙》《尘缘》的'仙侠'小说"，知乎，2016 年 11 月 12 日，https://www.zhih u.com/question/20691842/answer/130938377，引用日期：2021 年 8 月 9 日。

上的仙侠小说。"ⁱ该作主要讲述了有着多重身份的主人公张醒言的修道之路。作为男频爽文，小说中张醒言"升级"速度快，身边美人环绕，具备为网友提供消遣娱乐需要的众多要素。但该作不属于单一类型的一般爽文，而是将玄幻、休闲、武侠融为一炉，内容丰富，让读者有了多维体验。在评论中，许多读者都表达了对这部小说的赞赏，知乎某匿名用户将其概括为十个字："以出世的笔，写俗世的情。"ⁱⁱ《仙路烟尘》后被改名为《仙剑问情》，但有的网友对这部作品的改名而惋惜。网友"waterstone"评论："还是觉得原来的名字"仙路烟尘"好，有缥缈离俗的感觉。"ⁱⁱⁱ

网上有关《仙路烟尘》的具体评价主要集中在语言、"用情"、情节经营、人物塑造等几个方面。

对于《仙路烟尘》的语言，网友评价较高。管平潮具有深厚的文笔功力，有读者评价其文笔"百锻千炼"，娴熟的技法让读者折服，"有一种淡淡的悠闲，景色、意境很美，人物很纯洁"ⁱᵛ。同时，有网友如是评价："文字非常有特色，清丽而有意境（对赏月夜，龙女以高山为琴，流瀑为弦奏乐，醒言以神雪玉笛相合，梅花精灵蔻雪宜伴舞那段描写很美），有很多诗词夹在其中，读起来很舒服。"ᵛ管平潮较高的古典文学和诗词造诣使其能够熟练运用诗词穿插其中，形成了一种独具特色的语言和行文风格。

《仙路烟尘》好评如潮，一个重要原因得益于小说"用情"特色。小说的"用情"包括情感表现和情怀投入。"但全书当真文艺得紧，随手就是口占一绝，

ⅰ　"《仙路烟尘》短评"，豆瓣，2010 年 7 月 15 日，https://book.douban.com/subject/1925375/，引用日期：2021 年 8 月 9 日。

ⅱ　"如何评价《仙剑问情》（《仙路烟尘》）这部小说？"，知乎，2015 年 6 月 9 日，https://www.zhihu.com/question/28426052，引用日期：2021 年 8 月 9 日。

ⅲ　"《仙路烟尘》短评"，豆瓣，2010 年 7 月 15 日，https://book.douban.com/subject/1925375/，引用日期：2021 年 8 月 9 日。

ⅳ　"如何评价《仙剑问情》（《仙路烟尘》）这部小说？"，知乎，2019 年 5 月 20 日，https://www.zhihu.com/question/28426052 引用日期：2021 年 8 月 9 日。

ⅴ　"《仙路烟尘》短评"，豆瓣，2010 年 7 月 15 日，https://book.douban.com/subject/1925375/，引用日期：2021 年 8 月 9 日。

那些小儿女小情愫也看得人心里暖暖的。"[i]"那种出世的情怀让人沉醉……不过，书中那种人情美，景色美，比之现今起点上的仙侠好得多，至少看完这个，心中戾气消散很多，多了股情怀去慢慢怀念。"[ii]寥寥数语，已足见，读者被小说中所传达的情感和情怀所牵动，内心受到了触动和影响。

有关《仙路烟尘》的网友评论中，针对小说情节的探讨占大多数，争议分歧也较大。有的网友对小说的剧情赞赏有加，如网友"巡山校尉"评价说："《仙路烟尘》是众多网络小说中极为优秀的一本，文笔百锻千炼，故事精彩绝伦，情节引人入胜，不狗血，不花痴，不腿软。尽管总推荐的排名为53，在我看过的书中堪比《凡人修仙传》《极品家丁》，远胜《兽血沸腾》《佣兵天下》。"[iii]从后面的书名排列可见这位网友有着丰富的同类网络小说的阅读经验，对小说剧情的发展有较多体会。也有网友认为小说情节是这部作品的一大缺陷："一朝得道，平步青云，妻满天下，连像样的'危机'都没有的剧情，到底喜欢不起来啊！"[iv]"美中不足的是，剧情可以更宏大点，神族和魔族这种在过去'仙剑'系列中最强势力在本书中打了酱油，而且龙族居然自成一族，和魔族并立。剧情嘛，前期塑造了很美的相逢，无论是醒言和居盈，还是和龙女都写得很自然，后期渐渐有一种种马后宫文的感觉。"[v]"浪漫主义有一特点就是理想化了。好与坏极其分明，而成功向来不难。缘分又是滚滚向红尘，走到哪都会有艳遇。"[vi]从这些评价看，一些网友认为，《仙路烟尘》小说情节存在着过于理想化导致的偏离实际、缺少起伏、

i　"《仙路烟尘》短评"，豆瓣，2013年1月21日，https://book.douban.com/subject/1925375/，引用日期：2021年8月9日。

ii　"如何评价《仙剑问情》(《仙路烟尘》)这部小说？"，知乎，2019年5月20日，https://www.zhihu.com/question/28426052，引用日期：2021年8月9日。

iii　《从一个偶然到坚持》，起点中文网，http://forum.qidian.com/NewForum/Detail.aspx?ThreadId=105614546引用日期：2021年8月9日。

iv　"《仙路烟尘》短评"，豆瓣，2013年1月21日，https://book.douban.com/subject/1925375/，引用日期：2021年8月9日。

v　"如何评价《仙剑问情》(《仙路烟尘》)这部小说？"，知乎，2019年5月20日，https://www.zhihu.com/question/28426052，引用日期：2021年8月9日。

vi　"如何评价《仙剑问情》(《仙路烟尘》)这部小说？"，知乎，2016年11月12日，https://zhih u.com/question/20691842/answer/130938377，引用日期：2021年8月9日。

剧情不够宏大等问题。

在小说人物方面，《仙路烟尘》属于大男主型，对男主人公的刻画较多，对女性角色们的塑造不够细致和突出。知乎某匿名用户认为："看完再回顾一下雪宜、居盈、龙女，感觉角色只有一种性格，很苍白，不够立体。"[i]部分角色塑造的单薄影响了整体阅读的感观，因此需要作者付出更多精力去塑造更加丰满、生动的人物形象。

三、《九州牧云录》的具体评论

《仙路烟尘》作为管平潮的处女作，在起点中文网连载后受到了千万粉丝的追捧，后被奉为中国仙侠小说开山之作之一。因此，很多网友也开始追读《九州牧云录》。《九州牧云录》在连载过程中曾出现断更情况，历时六年完结，令无数苦苦等待的仙侠粉们激动不已。在"龙的天空"论坛上有《再看九州牧云录》《九州牧云录竟然更新了》等主题帖，网友间的讨论热烈；豆瓣上也有《九州牧云录》的书评和读书笔记，记录网友良心评论及延伸思考；小说连载的网站起点中文网上记录了网友们的实时感受；在百度贴吧中的"九州牧云录吧"里有上万条帖子。

《九州牧云录》讲述了一个平凡少年张牧云被意外卷入大战的不平凡经历。各大平台上网友对于《九州牧云录》的评论主要集中在语言、人物刻画、小说情节等方面。

《九州牧云录》中的语言体现着管平潮一贯的华美清丽风格，极具辨识度，却也饱受争议。网友"zdx371216777"在百度贴吧中评论："对此作者感觉：文字华丽浮夸，虚有其表，故事看似精彩纷呈其实没有主题和灵魂，越写越水，越写越飘，想学李白玩浪漫主义，何必，何必？"[ii]有读者认为这种风格的文字华而

---

i 　"如何评价《仙剑问情》（《仙路烟尘》）这部小说？"，知乎，2019 年 5 月 20 日，https://www.zhihu.com/question/28426052，引用日期：2021 年 8 月 9 日。

ii 　《〈九州牧云录〉书评》，百度贴吧，https://tieba.baidu.com/p/3897099848，引用日期：2021 年 8 月 9 日。

不实，并不看好。而更多的网友表达了对作者语言和文风的喜爱。追更五年的网友浪逃评价说："很多年前，一次偶然的相遇，张牧云就这样从管大的书里云淡风轻地走来，管大的文笔总是出乎意料的潇洒且充满着想象力，洋洋洒洒，文辞华美，闭上眼睛，张牧云就仿佛站在面前，善良笃实，懵懵懂懂傻得可爱，洞庭湖边的少年张牧云从此牵动我心……"[i]这一资深仙侠"追文族"，对管平潮作品、语言的肯定具有一定的说服力。

有关《九州牧云录》的所有网友评论中，针对人物刻画和小说情节的讨论居多。在"龙的天空"论坛上一个名为《〈九州牧云录〉一点吐槽》的帖子中，几位网友分歧较大。"看龙空的口碑，一直以为是本仙草，在书店看到了实体书，便蹲着看了第一本。感觉文采什么的都可以，似乎为了强化剧情和人物，对设定故意弱化处理了。但是觉得里头的人物、剧情，都比较传统，少男少女打打闹闹，甚至有点卡通风格。几个爽点高潮也缺少时髦值。是不是后期还会有大场面神转折什么的，要是依然按第一本的趋势发展下去，我还是弃了吧。当然大家口味不同，我也没有别的意思，就是想听听别人对这本书的看法。""本来就是传统小说，看楼主的论调，应该是在找网文类的快感，这恐怕很难。""少年轻小说系，不是欧美成年风格啊。萌妹子难道你见少了吗，我见到太多了。而且管平潮先生的小说，在鄙弃一般网文的那部分青少年圈子里，很有市场的，古风圈啊，游戏圈啊，传统价值观的那种。"[ii]由上述网友们的讨论，可见不同读者对由小说剧情、人物上升的小说风格有不同的看法和喜好。起点用户"仙德法歌大神"认为："起点的很多作品，虽然情节曲折婉转，高潮迭起，却少了那一种生活的气息，一种人情味，仿佛大家都只是为了那么一下出场而出场。然则，管大的作品则不同，尽管看似平淡，甚至连伏笔（什么威震三界的 XXX，什么神魔之战）都埋得有些明显，仿佛没有起伏，但是里面却如同江南的庭院般，探究之下，张家

---

i　《[转]几度易稿，再见时桃花依旧——记〈九州牧云录〉》，豆瓣，2015 年 6 月 11 日，https://book.douban.com/review/7497077/，引用日期：2021 年 8 月 9 日。

ii　《〈九州牧云录〉一点吐槽》，龙的天空，2014 年 2 月 19 日，https://www.1kong.com/thread/922879，引用日期：2021 年 8 月 9 日。

小哥、月大公主等人的心理起伏，却是九曲回肠，妙不可言。更有那男女之间，最最真切的情感或隐或现，真个是叫人心痒与期待。"[i]这种正面肯定的意见具有一定的代表性。

　　网络文学的兴起，小说类别日益丰富，读者对作品的期待值也日益提高，同类作品或同一作家的不同作品被放在一起进行横向对比。管平潮的仙侠小说较同类作品多了儿女情长，而《仙路烟尘》较《九州牧云录》多了仙气意蕴。褒贬不一的评论更是让小说历经千锤百炼，不仅能让其他网友对小说有新的思考，还能让作者及时得到反馈，甚至可以与读者互动、讨论，然后在后期出版时对作品进行完善或在以后创作时加以改变突破。总的来说，网络为小说提供的平台助力陌生化的突破，创新与尝试不断上演。

（胡菀琪　执笔）

---

i 《春意盎然，却有红杏出墙》，起点中文网，http://forum.qidian.com/NewForum/Detail.aspx?ThreadId=135048037，引用日期：2021 年 8 月 9 日。

第五章

桐华：清穿界的"魔幻现实"

＃学者研究＃

《步步惊心》被封为清穿小说的扛鼎之作，它摆脱了一般言情小说的窠臼，凭借奇巧玄妙的情节、古典雅致而又不失轻松俏皮的语言、环环紧扣的叙事而深受广大读者的欢迎，一时间洛阳纸贵，它的问世也刮起了一阵强有力的"清穿"风，为清穿小说创作提供了范式。《步步惊心》是一部充分满足读者尤其是女性读者幻想的魔幻现实之作，这里的"魔幻现实"指的是既有穿越的魔幻色彩又与现实生活紧密相关，它的魔幻现实主要表现在：一是折射现实的穿越之旅；二是魔幻爱情与现实权谋；三是穿越时空的悲剧意味。本文拟通过分析总结出以《步步惊心》为代表的穿越文的基本特征，并探讨其与现实生活以及社会心理的关联性。

一、折射现实的穿越之旅

穿越小说是具有中国特色的产物，与西方科幻题材中的"时光倒流""平行时空"并非同一概念。我国穿越小说的明显特征是在故事一开始主人公因意外回到古代，用一种全新的身份在古代生活，与当下的现实社会脱离。穿越小说是网络小说最热门的题材，小说创作数量巨大，拥有极高的点击率。网络文学界的"穿越热"绝非偶然，穿越小说的备受推崇一方面源于穿越满足了读者脱离现实高压生活的需求，另一方面又在于其符合了读者探究过去的猎奇心理。《步步惊心》具备这两方面的特点，并且将其发挥得淋漓尽致。

一方面，《步步惊心》满足了读者脱离现实高压生活的需求。在《步步惊心》中，小说女主人公若曦本名张晓，是从事金融工作的单身女白领，因遭遇意外而穿越到清朝，开启了在清朝"九龙夺嫡"时代的崭新生活。在整部作品中，作者对主人公在现实社会的交代只有寥寥几笔。从某种程度上来看，穿越回清代的女主角与现实社会完全脱离，这样的安排有其背后的道理。现实中的张晓是在大城市中摸爬滚打的女白领，并且特意强调了她单身的状态，大城市的纸醉金迷很容易让刚刚起步的小人物产生落差，单身的状态更是给女主角这样孤苦无依的弱女子增添了一层悲剧色彩，物质和精神的双重匮乏让主人公张晓在现实社会中饱受压力。因而在故事的一开篇，主人公就因为意外回到古代，从不如意的现实生活中脱身而出。穿到清代的女主角彻底换了个身份，由大城市里平凡的小白领摇身一变，成了锦衣玉食的马尔泰·若曦，生活状况和社会阶层均发生了改变，现实生活的烦恼都因此而不复存在了，需要面对的唯一"困境"就是如何应对阿哥王爷的恩怨情仇。女主人公在现实生活中的境遇能使不少读者尤其是女性读者产生共鸣，她通过穿越逃离烦恼的现实生活也让读者从心理上得到了一定的压力释放，充分满足了读者阅读需求。随着社会节奏的不断加快，"80后""90后"社会竞争日益激烈，高考、就业、买房、婚姻等多重大山让这代人一下子无所适从，与其在现实生活中"直面惨淡的人生"，寻找解决问题的可能性，他们更愿意到想象的古代世界中暂时逃避。

另一方面，《步步惊心》符合读者探究过去的猎奇心理。作者桐华就曾说过："穿越的盛行也许只是人们想探寻过去究竟发生过什么的心理作祟。因为人在无止境前行的时间面前都有无力感，我们都对时间充满了好奇。"所谓无止境前行的时间，亦可以被解读为现代人面对自身所处空间，面对当前生产关系的无力感，好奇的本能被循环往复的生活所压抑，而穿越小说的出现通过时间上的调整打破了诸多规则，完成了对"当前"的超越，为读者带来了新奇的阅读体验，充分满足了读者探究过去的猎奇心理，让读者得以在古往今来的时空中尽情驰骋。《步步惊心》建构在清朝真实的历史背景之上，作者通过自己特有的感知方式和审美视角对"九龙夺嫡"那段历史进行了精彩的演绎。人们对小说叙事中涉及的康熙、雍正那段众所周知而又知之不详的历史抱有好奇心，尤其是"九龙夺嫡"

这一事件本身就波诡云谲，极具戏剧化色彩，作者以女性视角重新审视历史，对历史事件进行再叙事，既给历史事件加上了当代人的视角，又通过时空的转变给读者带来了新鲜刺激之感。

《步步惊心》这类穿越小说都有一个共同的特点：小说的主人公穿越了时空，彻底改变了自己的身份和生活环境，与当今社会彻底断绝了联系。但即便如此，他们也始终逃离不了现实的枷锁。《步步惊心》中，现代都市白领张晓穿越到古代成了贵族家的二小姐，家世背景翻天覆地，所遇之人也完全不一样，一开始从现代穿越回去的若曦确实暂时摆脱了现代的压力与烦恼，与阿哥们打成一片，活得洒脱奔放、无忧无虑，但纵然是彻底改变了时空，张晓始终是张晓，她骨子里那种由现代社会培养的意识挥之不去，房子、车子、工作的压力没有了，她心头那种饱受现实折磨的延宕、忧患的意识却始终无法抹去。当她陷入新一番困境时，面临爱情权谋、骨肉亲情的选择时，她再一次陷入与现代人一样的困境之中，产生了新的逃离想法。钱锺书先生说婚姻就像一座城，外面的人想进去，里面的人想出来，生活又何尝不是呢？每个人在自己当下的生活中都会遇到各种各样的烦恼，渴望着摆脱当下的生活，寻觅新的生活，然后新生活迟早成为旧生活，无论是什么样的生活，渴望摆脱当下的心境始终如一。

因此，《步步惊心》对于时空的穿越并非为了根本性地超越现实，而是基于现实，去探索人物在另一种陌生环境下如何重拾与现实的关系。究其原因：其一，《步步惊心》是现代人的产物，过去的时空只是故事发生的基石，是作者发挥想象力的平台和跳板，如同作者拿着古董书写现代诗，时空只是套子，现实这个内核始终无法掏去；其二，社会存在决定社会意识，《步步惊心》中主人公若曦的社会意识很显然是由现实中的社会决定的，她在现代社会中生活了二十多年，现代社会对她的意识的影响是根深蒂固的，是不以人的意志或环境为转移的，因此若曦的烦恼和困境依然是现代人的困境，是每个读者都有可能面临的困境；其三，也许古代社会中没有房子、车子、工作、考试等压力，但房子、车子等问题并非造成现代人生存困境的根源，其背后折射出来的利益的纷争、人情的冷暖才实实在在地困扰着现代人，人情世故是亘古不变的母题，生生世世与人类相伴，这些即便改变了时空、改变了家世背景，依然会与每个人相伴，因为人始终是社会性动物，这是超越时空的现实。正因为《步步惊心》既满足了读者从现实中暂时解脱追求新鲜的求异心理，又能以其中的现实因子引起读者的强烈共鸣，所以才赢得了广大的受众。

《步步惊心》既具有摆脱现实的魔幻色彩，又是从当代人的视角出发进行的历史演绎，它不现实而又现实，深深倒映着当下社会的弊病与症结，满足了读者的阅读心理，让读者在暂时逃离现实生活的种种压力、放松时刻紧绷着的神经的同时，与超越时空的现实产生共振，并且促使读者从不同时空不同利益纷争折射出的人类共同生存困境中生发出对生活本质的思考与探索。

二、魔幻爱情与现实权谋

《步步惊心》是"女性向"穿越小说的典范。"女性向"文化是当下的一种文化潮流，所谓"女性向"文化指的是以女性群体为消费对象的文化。[i] 近年来，女性受众群体崛起，女性读者、女性观众正在深刻地改变着当代文学与文化的趋势与走向。在当下中国的历史语境中，"女性向"文化无疑与言情脱不了干系。《步步惊心》显然是言情的，其中的言情模式也极具"女性向"特点——众男一女。《步步惊心》打破了中国传统观念中"父母之命、媒妁之言"的婚恋观，也向三妻四妾的男权社会发出了挑战和质疑。

在传统的文学叙事中，由于男权社会的影响，男性往往是三妻四妾的，女性在爱情世界中处于被选择的卑微地位，没有自主性。古代社会的伦理道德要求女性以夫为纲，丈夫就是女性生命的中心。但是在"女性向"穿越小说中，女性这种受压抑的地位发生了翻天覆地的变化。穿越小说青睐清朝，并多集中于康熙末年，这并非一个巧合，康熙末年"九龙夺嫡"的特殊历史背景为"众男一女"的

---

i　黄平：《"80后"写作与中国梦》，北岳文艺出版社 2015 年版，第 9 页。

言情模式提供了充足的条件。"九龙夺嫡"的历史背景下，阿哥王爷们都有着相貌英俊、地位高贵、多金痴情等特点，而小说中的女主角在这样的情况下又能集万千宠爱于一身，完全符合了女性读者内心所渴求的爱情模式。

而"众男一女"的模式在满足女性对言情的期待同时，更让读者在阅读"女性向"言情穿越文本时产生极强的代入感，似乎也随着主人公穿越到了古代，沉浸于主人公所处的情境之中，想象着自己也同主人公一样集万千宠爱于一身，去经历风花雪月、爱恨情仇，在心理上得到了极大的满足与补偿。若曦在这种众男一女的模式中，从一开始就凭借现代生活的经验掌握了一定的主动权。而当她目睹一个个阿哥格格身不由己地被皇上赐婚的场景后，她终于发出了一个现代女性的宣言："姐妹共事一夫，在他们看来不失为一桩风流佳话，却是我心头的一根刺。"[i] "我不愿意，我什么都不愿意，我只想好好地生活，找一个真正爱我疼惜我呵护我的人，而不仅仅是闲时被赏玩的一个女人。不要把我赐来赐去的，我是个人，我不是东西。"[ii]这种反对物化女性的观点在古代社会显然是大逆不道的，但若曦还是以自己对现代爱情观的执着坚守赢得了周围人的尊重和理解。

波伏娃在《第二性》中写道："女人不是天生的，而是后天被造就的。"[iii]她指出女性应该是与男性一样自由而独立的存在，社会不应该以永恒固定的女性标准或传统宿命来制约女性。虽然中国古代传统的男权社会为女性设置了许多的限制，但穿越这一方式使女性得以在古代的时空中重新定义自己的存在，《步步惊心》正是以"众男一女"的言情模式反转了传统叙事中男女情爱关系的地位，使女性由被选择变为主动选择，成为把握爱情主动权的一方。在这样的爱情叙事中，女性的形象也与以往饱受情感折磨的思妇怨女迥然不同。若曦具有现代人的独立自由思想，也正是因此成为那个时代的精神强者，在当时那个男权社会中书写了女性的华美篇章，凸显了女性的独特价值。

---

i 桐华：《步步惊心》，湖南文艺出版社 2011 年版，第 113 页。

ii 桐华：《步步惊心》，湖南文艺出版社 2011 年版，第 113 页。

iii 西蒙·波伏娃：《第二性》，李强选译，西苑出版社 2004 年版，第 204 页。

《步步惊心》在言情方面充分满足了女性读者的需要，但基于"九龙夺嫡"的历史背景，权谋也是小说绕不开的主题。江山和美人如何抉择是历代帝王的一个难题，而这部作品中爱情与权谋的矛盾抗衡主要体现在马尔泰·若曦、八王爷和四王爷这三位主人公之间的爱恨纠葛之中。在爱情与权谋的矛盾抗衡中，这三位主人公没有一个是完全意义上的赢家：若曦竭尽全力帮助身边的人趋利避害，在雍正登基后就心力交瘁，香消玉殒；八王爷汲汲于储君之位，放弃若曦后不久，大半生笼络朝臣的心血也付诸东流；四王爷得到帝位后不得不放弃一己私欲，致力于江山社稷人心稳固。但这两个主题之间的缠绕与斗争赋予了文本以一定的悬念和张力，既增添了作品的魅力，满足了读者的阅读期待，又启迪读者对人类"异化"的生存状态进行思考。

一方面，《步步惊心》围绕爱情和权谋这两条线索设置出人意料的情节，从而营造出步步惊心的氛围，使读者在身临其境的"惊心"感中得到满足。作品前半部分的基调是明朗欢快的，各位主人公的生活顺遂，情感联系也日益密切，为之后共同进行命运博弈打下了情感基础。后半部分中爱情与权谋的矛盾冲突就慢慢变得激烈：当若曦与八王爷倾心相爱眼看就能天长地久时，若曦突然提出让八王爷在江山和美人之间做出选择，于是导致了两人的分离；之后若曦逐渐感受到四王爷冷酷外表下的柔情，却因为历经波折的两人之间有太多的隔阂与误会使他们不能长相厮守。在架构情节时，作者特意放弃了"有情饮水饱"的模式，着力展现几位王爷对皇权的渴望，并且打破一般的大团圆结局，以从容不迫又细致入微的笔触来进行描写，文本看似波澜不惊却有无数悬念伏笔，情节曲折陡峭又环环相扣，大大超越了读者的期待，让读者不得不为这段荡气回肠的情感历程唏嘘感叹，耿耿于怀。

另一方面，《步步惊心》中两大主题的矛盾斗争反映出作者对人类普遍生活状态的思考，作者刻画的两个不同利益集团为了争夺皇权而展开了一系列运筹帷幄的博弈，他们时而剑走偏锋，时而弃车保帅，甚至于对待感情，他们也不得不以现实功利的眼光去打量彼此，有所保留有所戒备。各位主人公之间的感情一开始就有着不纯粹的色彩，却依旧让他们深陷其中，无法自拔。其实，这种功利世俗的宫廷博弈与现代社会人类"异化"的生存状态亦有着千丝万缕的联系，在全球化浪潮的大力冲击下，利己主义拜金主义盛行，人的异化使本该纯粹干净的爱情也蒙上了世俗的灰尘，社会上以爱情的名义行追名逐利、阶级跨越之事已是屡见不鲜。作者描绘的带有现代色彩的古典爱情也折射出了当下社会的丑陋世相，她撕开了生活光鲜亮丽的外衣，戳破了一个个童话般的肥皂泡，让我们在直视生活本质的同时追问应该如何摆脱"异化"的状态，反思如何从对外物的狂热中清醒过来，如何恢复对主流价值观的建构与追寻。

正是这种"鱼与熊掌不可兼得"的叙事模式，为《步步惊心》奠定了惊心动魄又悲哀伤感的基调，可谓在极大满足读者阅读期待的同时赚尽了读者的眼泪。佛曰人生八苦之一就是"求不得"，在小说中，若曦求八王爷放弃争帝而不得，八王爷求若曦与自己风雨同舟患难与共而不得，四王爷求若曦无视隔阂陪伴自己左右而不得……小说中的主人公有各种光环加持却仍旧要面对缺憾，何况平凡芸芸众生？现实中的人们面对各种各样的压力，求而不得之事更是数不胜数。因此读者在阅读作品时会有身临其境的"魔幻现实"之感，不仅让读者产生强烈共鸣，也在一定程度上使读者现实生活中的焦灼疲惫得到了释放。小说中魔幻的爱情与现实的权谋两大主题的矛盾抗衡极大地丰富了小说的情节结构，增强了叙事的感染力和穿透力，拓展了作品的内涵与外延，给了读者较为丰富的想象空间，读者们各取所需，各自认同，也因此成就了这部作品在清穿界的重要地位。

三、穿越时空的悲剧

《步步惊心》中江山美人的传统主题因其"鱼与熊掌不可兼得"的叙事模式而显得别具一格，其实这种悲哀伤感的基调贯穿小说始终，赋予了小说以无穷的悲剧意味。作者以第一人称的叙述视角展开风花雪月、爱恨情仇，用细腻的笔触刻画主人公穿越后的心路历程，在书写主人公"知其不可而为之"的命运抗争时，作者摒弃了童话式的大团圆结局，着力表现主人公穿越后的成长与蜕变，赋予了小说一定的悲剧内涵。而这种超越时空的悲剧意味主要表现在人物既定命运、主人公蜕变和不同价值观碰撞这三个方面。

首先，各位历史人物既定的命运轨道是小说悲剧性结局的基础。和围观式穿越不同，穿越到康熙年间的主人公若曦知道身边每个人的命运结局，只是不知道通向各个既定结局的具体过程，所以在一开始，若曦就凭借自己的历史知识储备殚精竭虑地趋利避害，试图改变人物的既定命运。其中最典型的一次抗争就是若曦在边塞之行中试图用情网留住八王爷，想让他放弃争储夺嫡的野心。可八王爷向若曦细数了自己的辛酸往事，讲述出身卑微的他如何步步为营才有了如今"八贤王"的美誉，并明确表示自己不可能就这样中途放弃。虽然若曦给了他一长串的名单提醒他小心提防这些人，这也直接导致了四爷党的一次失利，但最终的结局并没有改变。历史与命运的巨轮沿着既定轨道滚滚向前，并没有因为谁而改变轨迹。可以说，最初的若曦是一个勇于抗争试图超越的角色，她以一己之力尽可能地维护身边的人，明知改变历史进程的可能性微乎其微，她仍然付出巨大心血尽力一试。尽管不论抗争与否，人物的最终结局都没有被改写，但若曦在反抗既定命运的过程中，完成了自身的超越，实现了自我精神的提升，也为其性格增添了"知其不可而坦然为之"的悲剧色彩。

其次，主人公若曦穿越前后的成长蜕变是这种悲剧意味的凝聚呈现。作者在小说中用大量的细节描写、心理描写向我们展示了若曦的心路历程：从一开始的无知无畏，到进宫后的身不由己，再到浣衣局生活的坎坷辛苦，直至最后的含恨而终。若曦在刚来到这个古典时空后，就为了维护姐姐与身份尊贵的明玉格格大打出手；边塞之行时，她又不惜以身犯险向敏敏公主说谎为十四爷打掩护；在挚友十三爷被圈禁时，她又挺身而出向康熙皇帝请旨让绿芜去养蜂夹道陪伴十三爷。就是这样一个重情重义的"拼命十三妹"，在进入紫禁城后逐渐由一个"启蒙"女性变成了一个古典女性。现代价值观念让她在那个时空里显得遗世独立，渐渐地，言行举止锋芒毕露的她听到了亲人的劝诫，看到了残酷现实面前不堪一击的自己，经历了无数个日日夜夜的无奈彷徨，她终于明白：不论自己如何努力，命运的巨轮无法撼动，如果不能让自己脱胎换骨，自己终究会死无葬身之地。于是她开始了华丽蜕变，她开始用现代人的智慧去思考古代世界的游戏规则，渐渐懂得韬光养晦、察言观色。若曦就这样在紫禁城中待了数十年，她没有永远天真未凿、无法无天、谈不食人间烟火的恋爱的资格，皇权和男权的封建秩序深入了她的骨髓，封建世俗虚伪礼教磨平了她的棱角，使她面对一切时都不得不考量现实，不得不步步惊心，时时算计。

最后，封建社会压迫下两种价值观的碰撞是这场超越时空悲剧的主要根源。穿越到古代的若曦实际上是现代价值观念的一个象征。对森严等级制度的反抗、对至高无上封建皇权的畏惧、对现代婚姻爱情观的坚守……都是造成小说悲剧结局的重要原因。穿越后的若曦尽管是大将军的女儿，在家族的庇佑下衣食无忧，但她还是需要遵守严苛的等级制度，不得不对身份更为尊贵的明玉格格低声下气、笑脸相迎；入宫后的她尽管有康熙帝的信任，有四王爷的宠爱，面对掌握生杀予夺大权的皇上她也不得不诚惶诚恐，小心翼翼；既感性又理性的她尽管与温润儒雅的八王爷有过缠绵回忆，又得到侠骨柔情的四王爷的倾心呵护，却不得不面对横亘在他们之间不同时空婚恋观的巨大沟壑。两个时空虽然相隔仅仅三百多年，却有着太多太大的差异，所以若曦与生俱来的侠肝义胆、重情重义在那个明哲保身的时代显得格格不入，她的特立独行遭到了很多人的嘲笑，也得到了几位王爷的赏识。可惜因祸得福的她可以屈从于至高无上的权力，却绕不过自己的心结，她在雍正登基后选择任性逃离了紫禁城，却发现自己推开的人才是心中挚爱，最终只能在哀戚叹惋的心绪里含恨而终。若曦在穿越后被两种迥异的价值观撞击、撕扯，是这个过程中的彷徨无奈、妥协坚持共同导致了小说悲剧性的结局。

穿越前的张晓是一个漂泊异乡又遭遇情感打击的萧条人，穿越后的若曦以一己之身拥抱全新的世界，但化解了消费焦虑的她仍然没有把控历史方向的能力，没有自由选择心中挚爱的能力，没有对陈腐制度思想进行启蒙的能力，所以她只能沉浸在未知命运生发出的感伤哀怜中，只能深陷于无情历史变迁带来的自怨自艾中。历史的苍茫感、命运的彷徨感、时代的碾压感使得若曦不想归去也没有未来，于是她只能以香消玉殒的方式辞别这个让她无限悲戚的时空。

《步步惊心》这部作品无疑是充满悲剧意味的，但更难能可贵的，是作者以相对克制的笔法来书写这个意味深长的悲剧。作者桐华没有写帝王家里各位皇子的争储细节，也没有写三宫六院女人的利益纷争，而是用细腻的笔法描摹一个穿越时空的女孩卷入"九子夺嫡"后的心路历程，并且极力避免了人性恶的极力张扬和过分渲染，为主人公安排了"人性本善"的设定，在为这部悲剧性作品增添了几抹温暖色调的同时，也得到了以小见大的效果。这种相对克制的笔法也让读者在既熟悉又陌生的交错时空中，更容易地将现代意识带入到古代时空，将自己投射到主人公的身上，以幻想或言情的方式演绎原本严肃的历史，满足了读者追求陌生化的阅读快感和强调共鸣的身临其境感；让读者在审美体验中获得审美愉悦，又在审美愉悦中得到一种向上的力量，进而领悟其中蕴含的深层真谛。

综上所述，我们不难看出《步步惊心》作为清穿界的"三座大山"之一，其成功之处并不在依赖穿越题材所赋予主人公的优势来制造所谓的"爽点"。《步步惊心》在短时间内赢得大量受众，主要是凭借现实与历史的交织碰撞、雅俗共赏的创作艺术、跌宕起伏的情节结构。我们可以看出它有如下基本特点：一是细腻生动、融雅于俗的叙事语言，奇诡兼具、扣人心弦的情节结构，既为读者带去丰富的审美体验，又赋予了作品以一定的文学价值；二是穿越时空中既古典又现代的言情故事，极大地满足了读者猎奇娱乐、避世入梦的心理，而作者在那个极富魔幻现实色彩的时空借主人公之口生发出对历史的诘问、思考也赋予了作品以不同于其他爽文的思辨色彩；三是哀伤的叙事基调、复杂的矛盾抗衡，使读者在代入沉浸作品的同时，于无形中开始思考作品与现实的联系，思考各种利益纷争背后的现实折射，感人至深又发人深省。的确，《步步惊心》因其独特的文化意义在清穿界中占有重要地位，虽然作品中存在一些模式化的元素，但瑕不掩瑜，它还是为之后穿越类型的网络小说提供了良好的范式，至于今后穿越类网络小说会如何发展，且让我们拭目以待。

（顾岚菁 执笔）

＃ 读者评论 ＃

作为中国文坛言情"四小天后"之一的网络言情小说作家桐华，同时兼具影视制作人、词作者等身份，自 2005 年创作第一部古代言情长篇小说《步步惊心》开始走进大众视野，此后其改编的同名电视剧使之声名大噪。桐华早期作品以古代言情为主，《大漠谣》《云中歌》《曾许诺》《长相思》是知名度较广的几部长篇作品，后来著有几部现代都市言情作品《最美的时光》《那些回不去的年少时光》等，在长期的写作过程中她也曾触及其他题材如悬疑科幻等等，但为大部分读者所称道的在最初的古言领域居多。自 2014 年以后桐华的作品读者评价数量与质量均有所下降。通过搜索发现，有关桐华作品的评论集中于豆瓣、知乎、微信读书等，微博、龙的天空也有少部分评价，下文将选取桐华不同题材代表作品作为评述对象，对读者评论加以整合综述。

一、古代言情小说评价

作为桐华最为著名的作品之一《步步惊心》，在古言小说代表作中可谓翘楚，它的豆瓣评分高达 8.1，位列"豆瓣热门穿越小说 TOP10"榜首，短评、长评数量之多显示其读者数量之多，下文内容将以《步步惊心》为主。《大漠谣》《云中歌》《曾许诺》也都是热门古言，豆瓣评分均在 7.8 分及以上。

从写作风格来看，"《步步惊心》的笔触，细腻柔滑，有一种浸染式的悲伤"[i]。"北大毕业的桐华，文笔确实厉害，笔触细腻流畅，情节高潮迭起，引人入胜。"[ii]优美文笔是文章的基础，桐华细腻流转的风格备受其读者青睐，她虽生于西北，见惯了"大漠孤烟直，长河落日圆"的景色，笔触却有着"小桥流水人家"式的诗意隽永。在这些读者评价中，"虐"是出现频率最高的字眼，这也形成了桐华一贯以来的风格，善于书写虐恋，虐心的桥段让故事增加层次性与丰富性，豆瓣匿名网友评论："主角以一个全知者的身份进入古代世界，却无力改变历史的进程，甚至是变相成全了历史……她深陷局中不能自拔，亲身参与了历史的变革，见证了其中的惘然与挣扎，爱恨与情仇。正因为曾设法改变，所以当悲剧如约发生时，才有无可奈何的心痛。"[iii]加上历史宏观背景，为人物的悲剧增添上一分无可奈何的凄凉萧瑟感，读者痛呼"我仍然抹不去读到末尾时，满心深重的荒凉感。穷途末路，图穷匕见，积重难返，油尽灯枯"[iv]。豆瓣网友"秋季"表示："想想自己，有多久没有因为一本书、一部电影、一句话语而泪流满面了。这种流泪，不同于痛彻心扉，那是一种感同身受、如临其境的悲伤，胸口有种窒息，那失去的没有选择的人儿最终就成了心口上的一颗朱砂痣。"[v]过于曲折的感情与悲剧结局也劝退了一部分读者，知乎网友"tammyblue"评价："桐华的小说都比较虐……特别是最后四阿哥上位后的那一系列做法，确实虐到惨绝人寰。"[vi]但从整体来说，桐华的"虐"是感人而宏大的，在大部分负面评价里"虐"的风格并非读者不买单的主要原因，被诟病的是许多人认为的"玛丽苏"剧情，豆瓣网友"黄

i 《用心写作的文章总是好的》，豆瓣，2007年10月10日，https://book.douban.com/review/1220632/，引用日期：2021年8月17日。

ii "《步步惊心》书评"，微信读书，2021年5月19日，https://weread.qq.com/web/bookReview/list?bookId=c783286071665a49c78c2ff，引用日期：2021年8月18日。

iii "《步步惊心》书评"，豆瓣，2009年6月9日，https://book.douban.com/review/2065943/，引用日期：2021年8月18日。

iv "《步步惊心》书评"，豆瓣，2009年6月9日，https://book.douban.com/review/2065943/，引用日期：2021年8月18日。

v 《用心写作的文章总是好的》，豆瓣，2007年10月10日，https://book.douban.com/review/1220632/，引用日期：2021年8月18日。

vi "为什么感觉《步步惊心》那么难看懂？"，知乎，2020年2月22日，https://www.zhihu.com/question/373683729/answer/1031609842，引用日期：2021年8月18日。

平"这样评价道："对于'女性向'言情而言，性别模式发生了颠倒：一女多男。这些男士英俊、高贵、多金、痴情，或深沉或放达，呈现着优秀男性的不同面貌。……无论面对四爷、八爷抑或十四爷，女主角都是光艳照人，魅力无穷，成为众星捧月的焦点……"ⁱ 豆瓣网友"明月渡江"也发表了相似的看法："虽然披了'清穿'的马甲，扯了'九王争位'的大旗，它实际上就是一本言情小说，一个女人的大清'后宫'。"ⁱⁱ 由于是"女性向"读物，抛去读者性别这一可能会影响其判断的因素，秉着"存在即合理"的原则，可见有读者买账，也有读者不喜欢其"玛丽苏"的套路，给出差评，评价存在两面性。360 百科中对于桐华的评价则是："用细腻柔滑的文字成全了女人们对爱情最初、最纯粹的幻想，又用一种浸透的悲伤打破原本的幻想，读者就在这样矛盾的氛围中感动着，惊叹着……直至彻底臣服。"ⁱⁱⁱ 将爱情的美好与悲伤共同描写，渗透在历史的风沙里，该评价表达了这样一点。

从人物形象来看，桐华小说备受关注的就是她笔下众多丰富多彩、爱恨喷怒的人物形象，许多读者在评价时也喜欢从人物角度入手分析，表达对于人物身世、特质的喜爱抑或是憎恶。在《步步惊心》中，大女主若曦即"我"是读者视线的焦点，因此其一举一动都受到无形监视，从第一人称入手有利于女性读者代入并感同身受，却也将人物内心所有感受不论好坏尽书纸上，微信读书网友修评论："对女主若曦的感觉很复杂，喜欢她的豁达善良和义气。不喜欢她对八阿哥和四阿哥情感的摇摆和心机。……总觉得她的感情中掺杂了太多的得失权衡。但趋利避害是人的天性，也许有些苛刻了。"^{iv} 知乎网友"Moe"则直截了当发表对于女主的不满，与很多负面评价相似，认为女主角"是穿越过去的，应该更明白才

---

i "《步步惊心》书评"，豆瓣，2012 年 1 月 2 日，https://book.douban.com/review/5241507/，引用日期：2021 年 8 月 18 日。

ii 《〈步步惊心〉：一步步把女主角成功写残》，豆瓣，2011 年 6 月 12 日，https://book.douban.com/revi ew/4986363/，引用日期：2021 年 8 月 18 日。

iii "360 百科桐华"，https://baike.so.com/doc/5348801-5584254.html，引用日期：2021 年 8 月 18 日。

iv "《步步惊心》书评"，微信读书，2021 年 5 月 19 日，https://weread.qq.com/web/bookReview/list?bookId=c783286071665a49c78c2ff，引用日期：2021 年 8 月 18 日。

对……她所有的困境都是她自己招惹来的……觉得后期若曦彻底崩塌了"[i]。豆瓣同样有长评表示"一步步把女主角成功写残"[ii]。在人物群像的塑造方面，豆瓣网友"白壁"评价道："悲苦的若兰，那个柔弱温婉的女子，当年也曾英姿飒爽，也曾美丽不可方物，只可惜错生富贵家，在那个讲究门当户对的时代，永远没有自由选择爱情的权利，日日相思日日泪，最终相思成灰，泪已干，心也缺，韶华凋，负朱颜。""明慧，又是一个被牺牲了的可怜女子。她飞扬跋扈，不过是为了'嫉妒'二字。""玉檀，令人扼腕的女子。为着心爱的人当姐妹的卧底不知道是种什么感觉，更何况那个男人并不爱她。""人生一梦不过白驹过隙，若兰的等待，明慧的决绝，玉檀的不悔，若曦的痴狂，皆是女子一生的伤悲，那些是非恩怨，最终叶落无声，风过无痕，只是可叹那些薄命红颜，香消玉殒，徒增寂寥。"[iii]与女主相对的众多男主角，也有许多相应的情绪性抒发评价，豆瓣匿名网友表示："我无法喜欢他们当中任何一个人，哪怕是在清穿小说中被说成温润如玉的八，面冷心热的四，洒脱豪迈的十三，丰神俊朗的十四。他们是扭曲的、沉重的、悲剧的、不能够容下任何幻想的，读《步步惊心》时，我仿佛又把这段历史重走了一遍，仍然心疼不已。"综上可见，女性角色的塑造各有特色，互相区别开来，而身世命运则有着同样的一种"桐华式"的寂寥感，异同共存；虽然是女性向读物，但桐华塑造的众多男性角色并没有因为幻想的成分而凌驾于历史之上，人物性格形象各有特质，同时也基于史实存在。

从背景设定来看，除去男欢女爱，微信读书网友"燕燕于飞"评价道："好的言情小说，当如桐华作品，不仅言情，亦言文化，学识，人生思考，社会问题，个人与民族，国家与民族，利益与民生，恩仇与道德，重重种种纠缠错杂，

---

i "如何评价马尔泰若曦这个角色？"，知乎，2019年2月20日，https://www.zhihu.com/question/58466117/answer/603333685，引用日期：2021年8月18日。

ii 《〈步步惊心〉：一步步把女主角成功写残》，豆瓣，2011年6月12日，https://book.douban.com/review/4986363/，引用日期：2021年8月18日。

iii 《花谢花飞飞满天，红消看断有谁怜》，豆瓣，2010年2月21日，https://book.douban.com/review/3004381/，引用日期：2021年8月18日。

情布其中，土壤丰厚，读之甘醇。"[i]桐华的古言作品善于描写历史尘埃中的各色人物，将他们赋上复杂深刻的感情，不怪乎有人称赞评价道："她的作品比普通言情小说少了一丝缠绵悱恻，多了一股磅礴大气。"[ii]然而，由于古言的背景设定自由度高，与《步步惊心》相似，桐华也在其他几部作品中选取神话或历史人物作为主角，如《大漠谣》中的霍去病，《曾许诺》里的蚩尤与黄帝，等等，而使用历史人物名讳本身存在风险，霍去病就被龙的天空网友"洋洋0510"讽刺："霍去病说的那句千古名言'匈奴不灭，何以为家'，原来是他为了逃避汉武帝赐婚，想和女主在一起，专门找的借口……最后为了跟女主长相厮守，抛家弃国，和女主远走大漠。"[iii]《曾许诺》也曾一度被网友认为抬高蚩尤贬低黄帝，对祖先不敬。但同时也有不同意见的发表，知乎网友"文子"认为："他也是一位父亲，难道他希望女儿遭受这一切吗？难道他不痛苦吗？那他又是为了什么？他费尽心思地做这一切不就是为了他的子民吗！蚩尤和炎帝也是这样，为了自己的子民，他们可以付出一切，包括自己甚至家人。不论是炎黄二帝还是蚩尤，上古的几位大神都是值得尊敬的，他们是深受子民爱戴的，可以为了子民牺牲一切。他们的战争不是正义与邪恶的战争，而是正义与正义之战。只不过是有强有弱，成王败寇而已。所以这场战争只有胜败，没有荣辱。虽说我们中的大部分人都是炎黄子孙，也不能太偏执一词。"[iv]知乎网友"林为珮"在阅读完《大漠谣》后表示："其实我更愿意相信，桐华并不是真的'别有用心黑汉族'的人，她小说的核心是爱情……历史对于她而言，不过是用来增加读者对四海八荒独一无二的女主角的代入感，直接套用现成历史人物更省时省力，'霍去病'喜欢女主一句话就能让人

---

i   "《云中歌》书评"，微信读书，2020 年 8 月 9 日，https://weread.qq.com/web/bookReview/list?book
    Id=b1e3297071665a41b1e25d8，引用日期：2021 年 8 月 19 日。

ii "360 百科桐华"，https://baike.so.com/doc/5348801-5584254.html，引用日期：2021 年 8 月 19 日。

iii 《看了〈大漠谣〉的简介，不能忍了》，龙的天空，2012 年 3 月 3 日，https://www.lkong.com/threa
    d/557393，引用日期：2021 年 8 月 19 日。

iv 《曾许诺》真的有那么严重的扭曲事实，黑化黄帝吗？"，知乎，2017 年 6 月 13 日，https://www.
    zhihu.com/question/40447799/answer/93511872，引用日期：2021 年 8 月 18 日。

体会到女主有多非凡，架空估计得花 N 个章节才能做到。"[i] 众口难调，在自由创作的同时，对史实人物的把握程度、角色性格经历空白填补的想象程度都将是以历史人物作为角色的网络小说作家面临的难题。

总的来说，桐华在前期古代言情小说领域建树成就较高，读者评价质量较高，读者数量众多，尽管网络上围绕一些历史层面的史实、人物等有负面评价，但正面评价居多，从而培养了一大批书粉，几个热门的作品均被改编为知名电视剧，使得桐华本人知名度上升，也将她带领进影视行业。

二、都市言情小说评价

在都市言情领域，桐华也有所建树，《最美的时光》《那些回不去的年少时光》《半暖时光》是其中有代表性的几部作品。其中第二部《那些回不去的年少时光》（以下简称《那些》）口碑较好、评价较高，豆瓣评分 8.4 分，桐华第一部都市言情《最美的时光》7.3 分，而桐华在 2014 年创作的都市情感小说《半暖时光》豆瓣评分只有 5.6 分，除《那些》外，读者评价数量、质量较古代言情作品水平均有所下降。

这几部作品的关键共同点是"青春""时光""怀旧"，"踏着青春的足迹，寻找温暖时光的记忆"[ii]，设定也多用到学生时期的背景。豆瓣网友"云端的日子"评价："看她写的现代文，没有古代文那么容易感动，可能是现代文的感觉离我的生活太近，触手可及，于是忍不住去想故事情节和逻辑，于是便于仔细推敲和思考后失了那份感动。"[iii]

桐华于 2009 年出版首部都市爱情小说《最美的时光》，值得一提的是，在

i "如何看待桐华小说的历史观、桐华的粉丝和网络上不断地抵制桐华？"，知乎，2019 年 10 月 26 日，https://www.zhihu.com/question/40416151/answer/145609389，引用日期：2021 年 8 月 19 日。

ii "《半暖时光》内容简介"，豆瓣，https://book.douban.com/subject/25985785/，引用日期：2021 年 8 月 19 日。

iii 《我是不是你心里的秘密》，豆瓣，2009 年 7 月 6 日，https://book.douban.com/review/2121636/，引用日期：2021 年 8 月 19 日。

多个书评中都出现了关于"陆励成"（男二号）这个人物形象的分析。"云端的日子"评价："桐华的书里面，一定会有一个令人心痛的男二号，虽然他不像男主角那样最终赢得女主角的心，但是却能赢得千万观众的心，从八阿哥到孟珏再到孟九，然后是这书里面的陆励成。"豆瓣网友"鹿"更是犀利评价道："这本书若没有了陆励成这个有血有肉的角色，只不过是一本三流狗血言情小说。"[i]陆励成对女主角苏曼的长久暗恋使人惆怅，也让读者发现与自身关于暗恋故事的关联，豆瓣网友"秋季"说道："在京城这座繁华都市中，在各大写字楼间，曾掩埋了多少人的青春年华，曾写下了多少人的动人篇章，我们无从考证。可是，我们每一个人，却是真实地在那些匆忙的脚步中，留下了自己的恋爱时光。也曾经暗恋过某位光芒四射的对象，就如苏蔓将自己最美好的十年青春献给了对宋翊的追逐仰望，就如陆励成能够及时出现在苏蔓身边帮她收拾残局却永远无法表达自己的心意一样。""在这360度的生活中，总有些我们不知道的事情来了又去了。也许别人是你的秘密，也许你是别人的秘密，也许就在你嬉笑怒骂着'我的生活没有秘密'时，某段时光中的你已经被某个人深埋在时光的记忆里。也许，你我的暗恋，最终都只能如陆励成一般湮没于岁月中，成为回忆里永不遗忘的一缕惆怅。"[ii]对人物形象刻画的深刻把握、贴近现代生活的产生共鸣的文字，使得《最美的时光》桐华这部都市言情开山之作稳定立足。

同样引发读者共鸣的还有《那些》，知乎网友"穿林不打叶"想起了自己的成长故事："有些事你不明白，迫切地想知道为什么，可是正如书里所言'某年某月某日，某一瞬间，其义自现'。这句话在我心里一直牢牢记着，我和他现在成为普通朋友了，心里早就没了当时的波澜，书中很多话都是我们这个年纪的写照。"[iii]豆瓣网友"深渊书简"评价用"成长"和"怀旧"两个关键词作为《那些》

i 《【书评】我所不知道的陆励成，我深爱的那个陆励成》，豆瓣，2012年8月7日，https://book.douban.com/review/5536622/，引用日期：2021年8月19日。

ii 《那些不值得一提的小事叫作爱情》，豆瓣，2009年2月8日，https://book.douban.com/review/1666799/，引用日期：2021年8月19日。

iii "如何看待桐华《那些回不去的年少时光》这本书？"，知乎，2018年3月10日，https://www.zhihu.com/question/268434237/answer/337905311，引用日期：2021年8月19日。

的线索，"成长"篇叙述道："我用一周时间陪罗琦琦走过她的十九年光阴，看着她将荆棘与风雪全部丢弃在身后，从原来那个不起眼的小女孩，变得连阳光都要对她格外的低眉顺眼；我看着张骏从一个每天通过混舞厅谈女朋友打架斗殴来掩盖内心寂寞的少年变得安稳踏实，在为自己心爱的姑娘付出的过程中逐渐懂得爱的代价；我也看着许小波在他的双重生活中踽踽独行，隐忍坚强，灰色的生活令他过早地学会了把爱放在心底。把一张精密而巨大的网撒入记忆之海，无孔不入地捕捞那些或许被人遗忘的片段。""怀旧"的板块如是说："可心中偏像是有座沉睡的火山，在触及'90年代'这个词眼时便开始喷涌炙热的岩浆——那是诗歌与民谣的时代。那时的少年，心怀最纯真的情感，弹吉他、临帖、抄写海子或者顾城的诗——诚然这些在许多人眼里，不过是流于表面的浮夸。"[i] 豆瓣网友"每日八十块"则提了对于主角罗琦琦的羡慕，提及了"遗憾"："多数的我们都选择了最保守的青春。安安静静地坐在某个教室的座位上，偶尔盯着窗边飞舞的蓝色窗帘发呆，就这样度过小学、初中、高中，还有很多很多的将来。会不会有一天，我也不再妥协，将灵魂中的罗琦琦释放出来，去爱，去恨，去遗憾。"[ii] 知乎网友"你说的蓝是天空蓝"发表了相似的看法："我想说的是，故事可能本身很俗套，可是这个罗琦琦的形象，却根深蒂固在了我的心里，她的孤独，她的伤痛，她的优秀，她的勇敢，真的影响了我成长。"[iii] 关于青春、成长的故事令读者感同身受，主角罗琦琦鲜明的性格、怒放的青春也让读者感受到了能量，希冀着自己能够拥有，《那些》贴合实际生活，影响读者的成长、给人力量，因此口碑评价位列桐华都市言情之首。

　　2014 年在创作完"山海经"系列《曾许诺》《长相守》之后，时隔五年，桐华重拾过去的青春文学，以《半暖时光》重新踏入都市言情领域，而这部作品从

i 《风景》，豆瓣，2010 年 1 月 10 日，https://book.douban.com/review/2924520/，引用日期：2021 年 8 月 19 日。

ii 《恨就恨，我不是罗琦琦》，豆瓣，2012 年 10 月 12 日，https://book.douban.com/review/5614598/，引用日期：2021 年 8 月 19 日。

iii "至今为止你看的生命书让你震撼最大？"，知乎，2018 年 2 月 6 日，https://www.zhihu.com/question/266030969/answer/313099117，引用日期：2021 年 8 月 19 日。

评价来看，显然是不如过去两部成功的，评价呈中间宽两头窄现象，大部分读者给出了一般评价。有正面评价，初读桐华作品的豆瓣网友"芝麻小元宵"这样评价道："第一次读桐华的文字，细腻柔软中透着沉稳扎实，喜是嘴边悄悄漾开的一抹笑意，悲是用尽全力后仍事与愿违的无奈，她将一段平凡却又崎岖的感情娓娓道来，绵绵密密，像一张大网悄无声息地铺开，连同读者一起罩进去，让人读罢半晌犹沉浸在莫名的情愫中，一时竟不察这半暖时光究竟是暖是凉。"[i]可见桐华的写作功底尚在，细腻的文风一以贯之。反面评价也不居少数，尤其是对于人设与剧情的"吐槽"居多，自称"桐大死忠粉"的豆瓣网友"房东本人"说道："从2008年开始，苦守桐大多年，最喜欢《大漠谣》和《被时光掩埋的秘密》（《最美的时光》），但这本《半暖时光》，故事情节太经不起推敲了，不可能实在太多了，摇摇摆摆总向着最狗血的方向前进，未有说服力……塑造了一个矫情自虐令人憎恶的女主和两个让女读者无限爱怜的男主。"[ii]该网友愤然称道《半暖时光》是一场"为虐而虐的人造风云"。知乎网友"flag阿姨"说："剧情强制扭转，人物情感抒发太过矫情，结局又强制悲剧，各种恶俗桥段强制混搭，感觉是为迎合大众口味降低水准的小说，个人比较喜欢的还是桐华的《那些回不去的年少时光》。"[iii]有人认为桐华态度不认真，不似当年花两年时间用心打磨《长相思》一般别具匠心，有人认为是迎合电视剧、娱乐大众的浮躁时代让她失去了初心，猜测五花八门。在《半暖时光》之后，《那片星空那片海》《散落星河的记忆》等作品反响也不大，微博网友"普通用户椰奶花"说道："桐华的书古言比较出彩，《那片星空那片海》看了好几遍都看不进去，感觉文笔和故事不像是桐华大大写

---

i 《那是他们遥不可及的憧憬》，豆瓣，2014年10月9日，https://book.douban.com/review/7123579/，引用日期：2021年8月19日。

ii 《一场为虐而虐的人造风云——桐大死忠粉的吐槽贴》，豆瓣，2014年10月25日，https://book.douban.com/review/7165093/，引用日期：2021年8月19日。

iii "《半暖时光》好看？"，知乎，2015年6月16日，https://www.zhihu.com/question/30854963/answer/51581454，引用日期：2021年8月19日。

的。"[i] 在知乎上甚至出现了"为什么桐华这两年的新书很让人失望？"的问答帖子，而在微博上的"桐华超话"中仍然有一部分书迷期待着桐华回归[ii]，写出更好的作品，尽管近两年桐华确实渐渐淡出了大众的视野。

综上所述，围绕青春、成长等话题，桐华曾带给人感动与共鸣，影响了相当一批读者，也曾是许多人的"青春"，对于后期作品读者评价呈下降趋势，也应当多角度全面看待。不可否认的是桐华拥有卓越的才华与能力，也写出了很多非常优秀的作品，作为中国文坛言情小说"四小天后"之一受之无愧。未来的桐华或许封笔，或许会继续，网络文坛读者寿命短、更新换代快的特点将注定迫使作家改变，在作品的质量上反复推敲，不论如何，相信对桐华来说，就此结束的漫长写作旅程也算得上是盆钵满盈、载誉而归。

（尤梦栩　执笔）

---

i 　"桐华超话"，微博，2021 年 8 月 18 日，https://weibo.com/p/100808b31497b7043cb8eb313ffe3f5
cc63d12/super_index，引用日期：2021 年 8 月 19 日。

ii 　"桐华超话"，微博，2021 年 8 月 16 日，https://weibo.com/p/100808b31497b7043cb8eb313ffe3f5
cc63d12/super_index，引用日期：2021 年 8 月 19 日。

第六章

烽火戏诸侯："硬币式"人物的生命绽放

＃学者研究＃

　　《雪中悍刀行》（以下简称《雪中》）是烽火戏诸侯 2012 年首发于纵横中文网的一部网络文学作品，被很多人视为网络文学的扛鼎之作。小说发表后，不仅受到网文忠实读者们的热情追捧，而且在贴吧、豆瓣、知乎、网易云音乐等平台形成了大量的专属讨论圈，具有极高的关注度与讨论度。就数据而言，《雪中》在玄幻频道的月票、订阅超过了同期的大多数玄幻网文，在各大平台的书评推荐也层出不穷。2015 年，小说又荣获了首届"网络文学双年奖"的银奖。随着作品热度的持续攀升，《雪中》被陆续改编为影视剧和动漫等，实现了由读屏到荧屏的进阶，并且在多元衍生中释放着其 IP 的价值。

　　烽火戏诸侯于 2005 年开始连载网络文学作品。从业多年来，他一直勇于走出创作的舒适区，挑战了都市、武侠、仙侠以及玄幻等多种题材的网络小说。与同期的网文作者相比，烽火戏诸侯非常注重对于传统文学作品以及文化元素的运用，努力提升小说的文学及文化蕴含。同时，他也坚持对小说的文辞进行精雕细琢，刻意营造隽永绵长的写意氛围，创造出一个个兼具真实气息与感性关怀的小说世界。正是因为这种热爱与坚持，烽火戏诸侯渐渐形成了鲜明的个人写作风格。一方面，他的作品对网络文学创作的形式进行了一系列新的探索，超越了"模式化"的网文创作套路。同时他也将纯文学的一些元素融入自己的作品中，试图打破精英文学与网络文学之间的藩篱。另一方面，烽火戏诸侯具有出色的人物塑造能力。他非常关注作品的细枝末节，强调通过细节打动人心。因此在塑造人物时，他往往能够通过大量生活细节的描写来突破扁平的人物性格特点，从而刻画出一系列生动丰满的人物形象。

《雪中》发表于玄幻频道，但不同于同期的玄幻网文，而是在保留玄奇世界元素的同时，又增加了大量的传统武侠内容，因此具有非常显著的逆潮流特征。在这部小说中，烽火戏诸侯除了在世界设定、叙事艺术等方面进行了创新的编排，还将自己塑造人物形象的能力展现得淋漓尽致，给出了玄幻小说中人物塑造的另一种可能性。也正是因为如此，《雪中》这本书脱颖于一众网文中，同时也奠定了其在玄幻网文领域的独特地位。同期的大多数玄幻网文强调游戏化、模式化的人物设计，极少大笔墨书写侠义精神，甚至将这样的人物塑造视为不知变通、顽固死板。但在《雪中》世界中，烽火戏诸侯打破了以往玄幻小说中以个人利欲追求为重的逆袭式人物书写方式，刻画了一众秉持着"虽千万人吾往矣"之信念的人物形象。在人物形象的塑造方法上，他突破了传统的"扁平"与"圆形"人物性格特点，以崇高感与烟火气的两面以及丰富的细节进行"硬币式"的人物设计。比如提一柄破木剑闯荡江湖，又为了主角徐凤年折去木剑、离开江湖的剑客温华；爱喝黄酒、总朝着徐凤年咧嘴笑，最终为了剑道慷慨赴死的马夫老黄等。这些人物个性鲜明，至情至性，始终追求大无畏的侠士精神。在理想与道义的抉择面前，他们毫不犹豫地献身，以一往无前的决绝姿态在小说世界中绽放出最绚烂的焰火，为读者带来极致的审美体验，引人注目又发人深省。

一、逆潮流的风流侠士

在中国传统文化的语境中，"士为知己者死"的义气是一种高尚的人格品质，而侠已经超越了这一日常生活层面，达到了"士为他死"的境界，拥有着人类之爱的永恒价值。[i]侠的本质是"利他性"，正如金庸先生所言：侠就是牺牲自己的利益去帮助人家主持正义。中国自古以来便具有侠士情结，赞扬救危扶困、坚守大义的大无畏精神。这一侠士精神体现得最为明显的是魏晋时期。魏晋在中国传

---

i 徐岱：《侠士道：金庸小说与中国精神》，北京大学出版社 2009 年版，第 354—355 页。

统思想文化发展史上正是一个大风流时期，正如李泽厚说："魏晋恰好是一个哲学重新解放，思想非常活跃，问题提出很多，收获甚为丰硕的时期。"[i]在这一时期，文人墨客将"风流"作为精神追求，它成为中国美学和文化语境中对于人物品质的理想化描述，不仅集中体现了中国美学的发展高度，也成为中国魏晋时期美学的一大代表性特质。魏晋时期"风流"的最大的特点是"逆"——逆礼法、逆人伦、逆时代等，也就是讲求凡事顺应自己心意，且不管外界的评价，这正符合了《雪中》江湖里一众风流侠士的特点。叶朗先生认为，"魏晋名士之人生观，就是得意忘形骸。这种人生观的具体表现，就是所谓的'魏晋风度'：任情放达，风神爽朗，不拘于礼法，不泥于行迹。"[ii]求生是生命的本能，而饱含的侠士精神的人，却总是能够背离着求生意志，去寻求更高层面的精神慰藉。他们以其对于理想世界的无畏追求，实现文化与精神层面的救赎，同时也建立了独属于他们的人格范式。

这些风流侠士最绚烂的时刻，时常表现在他们面对价值的抉择时，因意气、风骨等诸多因素而欣然赴死，名曰"舍生而取义"。在网络文学发展早期，文学作品中时有这种舍生取义式的人物形象。他们秉持着一往无前的侠义精神，不被世俗的利欲所迷惑，而是追求高尚的人生境界。但随着网络的普及化，读者群体的接受立场渐渐偏向于"草根"。因此，网文作者在塑造小说人物时，往往趋向于赋予人物更平凡的出身和精神，专注于叙述人物的实际力量提升，以映射现实社会中普通人对于金钱、职位等功利事物的追求，从而吸引读者并扩大市场。例如《凡人修仙传》中的韩立、《仙逆》中的王林、《诛仙》中的张小凡等主角，他们没有任何先天的智力、身份、人脉等方面的基础优势，而是在故事中不计手段地变强。这种所谓"草根逆袭"式的情节安排，迎合了当时大多数网文读者的阅读期待，让接受群体在心理上更容易产生共情、更有代入感。同时，这种多元性格塑造下无大恶有小善的人物形象设定，摒弃了以往单一的"大侠式"崇高情

---

i 李泽厚：《美的历程》，天津社会科学院出版社 2002 年版，第 89 页。
ii 叶朗：《中国美学史大纲》，上海人民出版社 2005 年版，第 204 页。

怀，加上没有特定规则之下的义利观约束，在行事上更符合弱肉强食的现实社会环境。因此，这样的人物虽然不如金庸笔下的大侠形象那般可敬，但却剥开了"大侠"的层层束缚，让一个个更加真实、接地气的人物形象立于读者眼前。因此，当网络文学呈现一番产业化的发展趋势，许多网文作者把连载网络文学作品作为生存手段，而越来越追求物质利益时，满足读者的阅读爽感便成为创作的根本目标。在此环境下，当时的主流作品大多都是这种追求个人私欲的人物形象。这些人物以物质利益为衡量价值的基本尺度，以个人力量的提升为主要目标，而大义追求早已被抛之脑后。例如比较热门的仙侠作品《凡人修仙传》《诛仙》《仙逆》等，展现的都是这样的人物塑造理念，反映了读者普遍认同的对于地位的追求。同期的玄幻类作品，例如《遮天》《神墓》《星辰变》等，它们展现的则是主角在一个宏大的世界中不断追求更强大力量的历程，同样也是围绕主角的变强历程进行爽点设计，从而强调主角的成长与逆袭。

　　在这样的创作环境下，烽火戏诸侯背离了塑造主角的主流套路。他并没有强调主角徐凤年的个人利欲与成长过程，而是通过一系列身份枷锁将这一人物形象塑造得极为压抑。在《雪中》里，徐凤年始终肩负着极重的使命感（继承藩王爵位镇守国门）与原罪感（其父人屠徐骁春秋大战时屠杀三十万人）。他无法像其他小说主角一样，在追求理想的过程中自由展开行动，为读者带来较好的爽感体验。但不得不说的是，这种处于压抑状态的主角设定虽然一定程度上减少了爽感，却能够使读者感受到一种独特的新奇感，也使读者愿意进一步感受和思考主角处于压抑状态是何缘故。读者通过阅读体验和梳理内化，更容易对其产生理解与共情，从而获得比瞬时爽点更为深刻的审美感受。这种体验在一定程度上缓解了部分读者对徐凤年纨绔子弟形象的反感，加之作者常借小说人物之口表达对主角的同情与感叹，读者对其产生同情、理解也就顺理成章。《雪中》获得的荣誉有赖于这样的创新编排，但这编排也有其弊端。就读者的期待来说，体现在对于主人公徐凤年会产生一定程度的预期转变，尤其是在他经过前期的游历得到成长之后。在小说中，经过几次游历，徐凤年的实力与阅历的确都得到了很大的提升与丰富，但他纨绔子弟的形象从始至终并没有发生太大的变化。虽然后文对此有所解释，例如徐凤年是为了减轻离阳王朝对北凉的戒心等原因，但在小说后期，徐凤年大多数时候仍以轻浮纨绔的形象示人，这难免给人以人物形象转变不到位的印象。《雪中》的取胜点原本就在于对于追求侠士风度的读者的吸引力，而这类读者必然厌倦轻浮纨绔的主角形象，所以就自然导致了一种作品接受的内在悖论。无论是作者有意为之，还是说这个人物有了自己的命运不受其摆布，都与读者对人物性格产生转变的期待形成了差异，不可避免地造成了期待视野的极大落差。同样地，当主角作为承担爽点的主要载体始终处于压抑状态时，会带给读者过多的沉重感，这就与大部分读者阅读网络文学作品以寻求放松、获得愉悦的出发点产生矛盾。在这种情况下，作者并没有在主角身上设置更多的爽点来填补读者因期待落差而产生的失望，而是将爽点转移到其他配角人物上，对配角进行大量的爽点设计与高光时刻描写，使得读者不得不将阅读下去的动力转移到了配角身上。这种爽点转移使得主角带给读者的爽感缩减，其实削弱了徐凤年的主角光环与地位，导致读者大多记着李淳罡、曹长卿这样的风流侠士，或者记住温华这样个性鲜明的落魄剑客，而徐凤年在各大网文平台的书评中出现的次数与他主角的身份完全不对等。在大量爽文充斥其间的网络文学市场中，这样的做法显然极为大胆。

但从另一方面来看，主角处于压抑状态带来的爽感转移，使得《雪中》成功塑造出大批可以称之为"虽千万人吾往矣"的风流侠士的配角形象。这些人物及其行为都带着"知其不可为而为之"的侠士精神，一往无前地追求心中的大义。无论是心念旧情为大楚皇后一人攻城的曹长卿，还是心怀大志为天下士子开龙门的张巨鹿，或是为中原固守国门的一介老朽"酸儒"程白霜，抑或是精忠报国一剑守国门的西蜀剑皇、为后辈剑道开山等的剑神李淳罡，他们的身上皆带有积极的生命活力，共同构成了潇洒快意的《雪中》江湖。对于这些人物形象，大抵可以用书中轩辕敬城的一句话来表达作者的态度："年少时读书读到一句蚍蜉撼大树可笑不自量，当时只觉得的确可笑，后来细细琢磨，以为将笑字改成敬字，也不错。"(《雪中悍刀行》，第一卷第一百八十一章）这样的文字似乎已经足够表明烽火戏诸侯在书中设置此类角色的用意和立场。这些风流侠士将难能可贵的真性情体现得淋漓尽致，唤醒了许多网文读者沉寂多时的对于崇高的敬意，以及对于人生意义和价值的思考。而另一类反面人物形象的代表是晋兰亭，他的种种行径都出于对权力的渴望、对地位的向往以及对利益的追求。从文学人物的类型来说，这种"重利轻义"的人物形象不仅存在于网络文学作品中，而且也广泛存在于精英文学作品中。例如路遥《人生》中为了追求更好的物质生活而背叛了土地与爱情的高加林、方方《风景》中为了权力和地位不择手段向上攀爬的老七等等。这些人物或虚与委蛇、或背信弃义、或冷酷无情，均体现出作品刻画典型人性的艺术目的。在《雪中》江湖里，晋兰亭这个角色的下作与卑劣与一众有着浓厚侠士精神的角色正好形成了强烈对比，几乎成为小说中完全的反面人物。其他的小说人物，残忍如人猫韩生宣，也有一饭之恩以命相报的感恩精神；卑劣阴险如褚禄山，仍对北凉王忠心耿耿。而晋兰亭这一人物形象，却难以找到任何正面行为。这样极端的反面设定，是其他网文作者很少使用的。《雪中》正是通过上述两种人物形象的真善美与假恶丑的二元对立体现出一种辩证的美学观。反面人物的穷凶极恶能够衬托出其他人物形象身上的人性光辉，使得那些带有侠士风流的人物展现出更为高光的一面，从中也能看到烽火戏诸侯对真的追逐，对善的渴望，对美的期盼。在《雪中》世界里，几乎每个正面人物都在坚守自己的信仰，明知不可为而为之，一往无前。在人们普遍认同利益至上的年代里，烽火戏诸侯逆网文写作潮流而行，塑造出了一众这样的风流侠士。这种近乎不可取的、难以成功的做法，最终却获得了成功。

但众口难调，网上读者的风评最终是两极分化的。一部分读者极度喜爱这些具有侠士精神的配角，甚至有人评价道，并非徐凤年，而是温不胜、李淳罡、曹长卿等人物，才是小说的主角。而另一部分读者却难以接受这些角色对于徐凤年的主角地位的压制，认为小说的人物太过杂乱，配角形象有些许做作之感。从接受美学的角度来看，读者在阅读小说文本之前，总会根据自身以往阅读的网络文学作品的经验及审美趣味等，对作品的内容和形式产生某种预期和期待。一般而言，"通俗或娱乐艺术作品的特点是，这种接受美学不需要视野的任何变化，根据流行的趣味标志，实现人们的期待。"[i]而《雪中》这种抑主扬配的人物塑造方式带来的审美视域，突破了读者预先的心理期待，营造出一种视域落差，给他们带来了新奇感与陌生感，这也正是其魅力来源。但是对于不能接受这种落差的读者来说，将会难以适应，甚至产生排斥心理。这些想要从主角身上获得爽感的读者，更适合阅读《凡人修仙传》或是《一念永恒》之类的传统网络文学作品。当然，审美趣味与审美习惯是难以立刻改变的，适应主角路线的读者在市场中还占据大多数，因此而抨击《雪中》的配角风头盖过主角的读者不在少数。但不得不说的是，这样的创新手法在主流网文市场中掀起了一股不一样的浪潮。这样的逆潮流写作是在大量同类玄幻作品中乍现的新体系，剑走偏锋却很好地满足了部分读者的求异心理，取得的效果也极佳。

二、"硬币式"人格的双面呈现

在《小说面面观》中，福斯特将小说中的人物区分为"扁平人物"与"圆形人物"。他认为"扁平人物的最大优势之一就是他们时候很容易被读者记牢。他们能一成不变地留在读者的记忆中。"[ii]比如赵树理笔下众多具有突出特点的农民形象。《锻炼锻炼》中的"吃不饱"和"小腿疼"就是这样的"扁平人物"，她们的名字极有特点，使其投机取巧的个性跃然纸上。但这样的人物特点也往往具有不变性，会显得无聊与不真实。与之相对的，"圆形人物"往往强调角色具有丰富的侧面以及高度的弹性。"'圆形人物'的生活宽广无限，变化多端——自然是限定在书页中的生活"[iii]，他们能够在书页当中应对更多的情节变化、进入更宽广的活动世界。比如《红楼梦》中人物形象的精彩之一便在于此。在不同的场景和时段

---

i　H.R.姚斯、R.C.霍拉勃：《接受美学与接受理论》，周宁、金元浦译，辽宁人民出版社 1987 年版，第 32 页。

ii　E.M.福斯特：《小说面面观》，冯涛译，上海译文出版社 2019 年版，第 73 页。

iii　E.M.福斯特：《小说面面观》，冯涛译，上海译文出版社 2019 年版，第 84 页。

中，作者赋予了人物不同的个性特点，让人物自由穿梭于书页之中。因此，众多人物形象都具有自身的复杂性。以王熙凤为代表，身处贾府这样的环境中，她要与上上下下的人打交道，这样的活动世界为她的个性展示提供了前提条件。在此基础上，作者从方方面面展露了她在不同场景和时段中的不同个性，或精明、或泼辣、或懂事，这些都是她的个性特点，但又不足以概括她的个性特征。

烽火戏诸侯有意无意地背离了以往网络小说的人物塑造方式，甚至可以说在一定程度上跳脱了"圆形人物"与"扁平人物"的二分法。其实这种二分法并不是人物塑造的全部可能，申丹在《西方叙事学》中曾道："福斯特关于人物的两分法属于理论上的简约处理。实际上，依照人物性格特征变化与否将人物分为'圆形'与'扁平'的分析模式不能涵盖小说中各种各样的人物。"在《雪中》一书中，主配角人物形象各自具有其突出的个性特点，但又并非单一不变的，因此不是"扁平人物"；这些人物形象虽有一定的弹性和变化，但也不具备丰富的侧面，并不能在不同场景和时段中充分展示自己的个性，而是囿于文本的种种限制，因此也算不上"圆形人物"。既非"扁平人物"的单面，又非"圆形人物"的球面，而是可以"正面"与"背面"的两面形象。在"正面"与"背面"构成了人物的个性特点之后，作者又赋予人物一定的"厚度"。这样的人物形象刻画虽然不像"圆形"人物的球面一样立体而完整，但也具有一定的饱满度，因此本文拟用"硬币式人物"来定义《雪中》的人物形象特点。一方面，作者不只是停留在塑造硬币之"正面"的崇高英雄形象，更突出了硬币之"反面"的日常世俗形象，塑造出具有"两面性"的人物形象。另一方面，作者并非塑造简单的两面形象，而是以大量的细节进行了补充和丰富。在此基础上，《雪中》的人物形象即便不够立体，却也显得十分丰满。

与同期的大部分玄幻网文一样，《雪中》的多数人物有其崇高的英雄形象，可以称之为硬币之"正面"。如青衫仗剑走江湖的风流侠客李淳罡、名动京城的江湖剑客温不胜温华、胭脂评榜首的仙子人物陈渔等，此处不再赘述。他们往往有一个响亮的江湖名号与独特的个性标签，这些名号、标签简明地概括了人物的个性特征，也体现了这些人物从出场到退场始终都秉持的情感态度与价值观念。这些直接凸显正面特质的描写在文本中起着标签式的效果，但是很容易浮于表面，缺乏真实感，难以让读者感受到人物的真正魅力。因此，作者描写这些人物崇高、伟大的一面的同时，也着力刻画了他们的七情六欲与日常生活情态，让他们并不处于遥远的幻想之中。硬币之"反面"的日常世俗形象，主要就表现在这样的"烟火气"上。富于"烟火气"的人物设计在同期网文的玄幻频道中并不多见，甚至在早期的仙侠频道中也较为少见。在《凡人修仙传》《诛仙》《仙逆》等网文中，主要人物形象都是"伟光正"的，即使有非正面描写也没有达到过于日常化、琐碎化的程度：如韩立杀伐果断，心思缜密；张小凡道魔佛三修，性格凌厉；王林爱憎分明，重情重义等。因为没有谁会去想韩立今天是不是吃不饱、张小凡杀人的时候是不是宰了邻家的一只鸡、王林是不是会被别的女修感化。与这些网文相比，《雪中》人物身上带有的种种小缺点反而为其增添了几分个性与光彩。在《雪中》世界里，名满江湖的老剑仙可以是个披着羊皮裘、扣着鼻孔、挖着裤裆的老头；行侠仗义的传奇剑客也可以是个浪荡子弟，满脑子想的都是吸引女侠的目光，并且指出"再好看的仙子行走江湖也是要拉屎放屁的"（《雪中悍刀行》，第一卷第一百二十三章）。正是这些跳脱传统形象窠臼的人设，让这些人物兼具崇高感与烟火气，形成了专属的人格魅力。

在烽火戏诸侯"硬币式"人物的设计下，《雪中》具有浓郁的武侠味道，一个个兼具崇高感和烟火气的人物形象构成了小说中江湖的全貌。小说不只是停留在塑造人物形象的崇高等正面品格，更突出了他们世俗的生活状态，脱离了传统网文写作中的"扁平式"人物刻画套路。不过，与金庸的作品相比，《雪中》人物的立体性还存在着较为明显的缺失与不足。虽然作者将人物的真实生活状态刻画得细致入微，给读者带来了较好的爽感体验，但是如果真正拎出一个配角进行研究，就会发现文本中着以笔墨的基本上都是他们人生阶段的高光时刻，其人生轨迹几乎都是不完整的。即使主角徐凤年的人生轨迹相对完整，作者对其人物性格的书写却又极为简单。与此同时，如果仔细研究其中某一人物的性格特点，会发现作者只是把笔墨倾注在人物的"正面"和"背面"，而非追求立体展示。根据福斯特在《小说面面观》中的阐述，"检验一个人物是否圆形的标准，是看它是否以令人信服的方式让我们感到意外。"[i]这实际上说明一个成功的圆形人物应该是复杂多变而且具有充分自由度和延展度的。但在《雪中》的文本中，无论是自在风流的李淳罡、励精图治的张巨鹿，还是仗义潇洒的温不胜、憨厚老实的剑九黄，其人物品格和行为模式都没有任何变化。他们不会产生任何与自身人设相悖的思想，更不会涉及在自身设定之外的行动功能。因此，这些人物虽然个性独特但却没有弹性，他们散发的魅力仅存在于小说的特定环境中。

但是，若是与一众玄幻网文对比，《雪中》的人物塑造则明显具有其厚度上的优势，这一优势尤其体现在对配角的塑造上。大多数网文作者会花费大量笔墨来使主角的人物形象丰满起来，烽火戏诸侯却另辟蹊径，更加注重配角的形象塑造。虽然不及金庸这样的武侠小说大家，但烽火戏诸侯刻画配角的功力相对于普通的玄幻网文写手而言是很出色的。有的读者认为《雪中》的配角就像一颗颗精美的玉珠，而主角只是一条将他们串联起来的玉线而已。本文虽不完全同意此观点，但却十分赞同其中对于配角的评价。这部小说中的配角形象都非常出彩，正是他们才构成了《雪中》世界里的江湖关怀、庙堂之争以及恩怨情仇。相较于同期玄幻小说中配角的扁平化处理、工具式使用，《雪中》的成功之处正是在于塑造出了许多具有厚度的配角。当配角都被激活起来，《雪中》就不再是主角提升力量的个人之旅，而是一个完整的、真正的江湖世界的展示。在同质化趋势明显的网文圈中，这种新颖的"硬币式人物"设计和刻画的成功是可以预见的。日渐庞大的书迷群体和数量可观的书评推荐体现出了读者对于《雪中》人物形象塑造的认同与痴迷，这样的盛况在其他网文中并不多见。《雪中》在网文玄幻频道中的月票、订阅超过了《遮天》《完美世界》《牧神记》等作品，并且其中具有可读性、可写性的网文不过寥寥几本；而早期的仙侠小说如《仙逆》《诛仙》《凡人修仙传》等，又有明显的局限性，不能与之比较。《雪中》发表的时期，网文读者

---

i　E.M.福斯特：《小说面面观》，冯涛译，上海译文出版社2019年版，第84页。

群体已经在大量小白文的洗礼下，从"小白"变为"老白"，更愿意追寻新鲜的口味，阅读一些稍有挑战性的书。《雪中》这样独树一帜的人物形象刻画，对于在网文世界中习惯于面对 NPC 式配角的老白而言非常具有吸引力。恰如什克洛夫斯基的"陌生化"理论所言，让"审美主体对受日常生活的感觉方式支持的习惯化感知起反作用，要很自然地对主体生活于其中的世界不再看到或视而不见，使审美主体即使面临熟视无睹的事物也能不断有新的发现，从而延长其关注的时间和感受的难度，增加审美快感，并最终使主体在观察世界的原初感受之中化习见为新知，化腐朽为神奇。"[i] 一方面，这部作品为读者设置了上升一层的阅读台阶，增加了他们感受文本内容和形式的难度；另一方面，它也为读者提供了一个陌生的审美方式，延长了他们的阅读时间和审美体验。《雪中》的这一特点，使老白们不仅延展出更充分的审美想象，同时也获得了更高级的精神愉悦，因此受到他们的疯狂追捧。在此基础上，再配上前文所述的人物身上的那些烟火气，小说成功地模糊了大侠与普通人之间的界限——普通人就是大侠，大侠也是普通人——让网文中曾经比比皆是的居于高处的英雄人物走入普通人的生活，从而让玄幻的故事能够更加贴近读者，让不属于武侠时代的当代读者有了一丝武侠世界的代入感。与同期的网文相比，《雪中》的故事情节更加真实，人物角色更加有人味儿，这是难得一见的。因此，作者所大量塑造的这些具有自身厚度的人物，即使不能体现"大珠小珠落玉盘"的美妙，也足以发出硬币碰撞的清脆之音，响彻彼时的网文世界。

但是话说回来，成也萧何，败也萧何。作者花费大量笔墨在配角身上，精心地书写"硬币式人物"的特点，但对主角徐凤年的形象塑造却有所不足或者说力不从心。显然，配角着墨过多又太过出彩，掩盖了不少主角光环，甚至削弱了主角的存在感。在众配角都给读者留下深刻印象的同时，身为主角的徐凤年却依旧是一个平平无奇、贴着"拼爹"标签的纨绔子弟，读者在他身上能体会到的更多是一种串联故事情节和人物角色的强烈的线索感。这样的写作方式，虽然在叙事

---

i　杨向荣：《陌生化》，《外国文学》2005 年第 1 期。

方面看仿佛是"多点开花"，每个人都像是主角，但他们本身又不够丰满与立体，因此反倒显得十分繁杂。有部分网友认为，《雪中》更像是作者随笔写出的一个短篇小说集，由一个个短篇故事构成了一个长篇文本，所以才出现了配角更出彩的情况。也有部分网友指出，这种短篇随笔的写作策略虽然带来了潇洒快意的阅读感受，但是从总体来看过于散乱，不成体系。总体而言，《雪中》短篇情节的出彩显示出了烽火戏诸侯在细节描写与配角刻画上炉火纯青的笔力，但文本整体结构的碎片化说明他对于长篇的掌控力仍然不足，至少在这一点上，他还有很大的提升空间。

三、侠义生命的"爆点演出"

《雪中》的人物所呈现的记忆点和精彩处不止来源于"硬币式"的人物塑造，也来源于对于人物的高光时刻的刻画，即他们"焰火式"的生命历程或者说人生的"爆点演出"。小说人物的高光时刻是其人物闪光点的重要来源，这种高光时刻的刻画不仅能够展现人物身上的最重要的精神品质，而且可以凸显其人物个性，引发读者的阅读兴趣。同时，人物的高光时刻的聚焦有助于调动读者的阅读情感，引导读者产生共情，也能暗示性地指向人物未来的命运发展，为后文的情节发展埋下伏笔。对于人物形象高光时刻的刻画在同期乃至早期的网文作品中也有，但《雪中》里人物的高光时刻更加密集。比如人物高光时刻较少的《凡人修仙传》，主角韩立是谨小慎微、不愿张扬的性格，真正站在巅峰去举办的高光庆典只有三场；再比如高光时刻多一些的作品《遮天》，其中的白衣神王破劫、黑暗动乱之战、准帝劫等事件，一共也不超过五六场。而《雪中》故事里，这种高光时刻的书写遍布全书，大多数配角形象都有一次属于自己的高光时刻。这些人物的高光时刻来源于作者进行人物塑造时为其赋予的一种"死志"，换言之，人生最光彩熠熠的时刻即是将死之时。他们大多确实非死即残，少有全身而退的：李淳罡破甲两千六后安然去世，曹长卿落子太安城后灿然离场，西蜀剑皇一剑守国门身死道消，洪洗象骑鹤下江南自行兵解等等，不一而足。这些人物带着死志走向巅峰，背后皆有"情义"二字作为支撑。正如本书收官简介所言的"情义二字，则是那些珠子的精气神"，串联全书的这些小小"珠子"却带有一种情义的厚重。诸多人物在活着的时候"如夏花般绚烂"，而在死去时却并不"如秋叶之静美"，反而像是烟花的焰火一般绚烂多彩。他们生前有着精彩淋漓的行为事迹，死时也绽放出英豪悲壮的美感。生死之间，人物的形象便跃然读者眼前。

生死题材在网络小说创作中有着广泛的应用。"死亡是生命的最高虚无，虚无又是精神的最高悬浮状态，接近宗教和诗歌境界。因此，死亡代表了一种精神之美和灵魂升华。"[i] 在小说中，人物的死亡不仅能够凸显其高尚的精神追求，增强人物的感染力，从而激发读者的共情，也能够表现作者的伦理关怀。比如早期仙侠小说《凡人修仙传》中的大衍神君、齐云霄、辛如音之死，《仙逆》中的李慕婉之死，《诛仙》中的碧瑶之死等；还有同期玄幻小说《遮天》中叶凡的战死，《完美世界》中小石的重伤，《牧神记》中被重创的秦牧等都有类似的运用。这种创作手法被大量地运用于玄幻、仙侠类网文作品中，很重要的原因是小说人物的生死体验迎合了一部分读者的阅读心理。此类网文最庞大、最主要的接受群体是青少年学生及青壮年上班族，在当前的人生阶段中，他们面临着巨大的学业、社会压力。长期无法排遣的现实压力以及对未来的焦虑，让他们的内心变得越来越压抑、沉重，而关于小说人物死亡的阅读体验能够松弛他们被压抑的情感，让其从现实的痛苦中挣脱出来，达到"净化"心灵的目的。在阅读过程中，他们将自身精力集中在小说的艺术世界里，不由自主地进入作者创设的一个个玄侠情境，同喜同悲地体验着每一位人物的境遇，暂时忘却了自身的苦痛。而当小说人物慷慨赴死时，这种带有悲剧感的毁灭之举可以召唤出读者们内心对于无法排遣之苦的一种愤懑，同时也能够让他们得到虚拟化的解脱，净化、慰藉、排解他们日常的哀怜、痛苦、恐惧，所以读者内心深处是认可这种表达方式的。因此，人物的死亡展演成为作者在文本世界里表明态度的最重要的武器，读者则在净化痛苦的呼应中达成了与作者的心灵对话，不仅得到了美感享受，也获得了思想启迪。

i　颜翔林：《死亡美学》，上海人民出版社 2008 年版，第 292 页。

　　这种创作手法并不少见，但《雪中》人物的死亡方式具有不同的特点，体现出烽火戏诸侯对于生死的独特思考。一方面，在以往的多数玄幻作品中，人物往往出于各种原因被动死亡，但还有可能复活或者以其他形式返场。而在《雪中》这部作品中，大部分人物形象选择了最决绝的死亡方式。《雪中》里多数人物形象的身上带有"自觉"或"觉醒"之意，摒弃虚伪矫饰的市侩风气，坚守真性情的精神向度，追求超越性的生命价值。在故事中，他们其实仍然有存活下来的机会，甚至根本不必去死，但是出于某种责任或情义的考量，他们以义无反顾的姿态主动走向死亡，成全他人的同时也达成了自我的升华。比如小说中的曹长卿、李淳罡、程白霜、张巨鹿等人，都带有一种文臣撞柱、甘愿赴死的倔强。他们以死亡为形式，将自身信奉、宣扬的理念推向高峰。这些人物的死亡往往呈现了事关人生意义和价值抉择的情境，这样的崇高感和悲剧感能够深深吸引那些在作品中投射、渴求生命价值认同的读者们。例如面临抉择时毅然放弃江湖梦的温华、散尽一身气运为广陵世子铺路的曹长卿、在道德宗天门前静坐三天三夜的龙树僧人等，这些极具侠士风流的人物使读者迷醉，让他们沉浸于高亢的精神世界中，达到比瞬时爽感更高层次的精神共鸣式的审美体验。同时，人物在文本中的死亡冲击着读者在现实中的精神束缚，突破了"自我保全"或"委曲求全"的观念制约。这种共鸣式的情感宣泄能够将读者的个体情绪快速推至高潮，从而完成文本创作的情感表达，与读者情绪感受以及精神状态建立起强烈的联系，并在之后的文本中引导着这种联系。另一方面，不同于传统伦理表达中的惩戒机制，烽火戏诸侯在文本中并不是"通过给予人物身心痛楚乃至于死亡结局来惩戒他们负面的品行以及行为"[i]，而是用死亡的震颤将人物的形象推向一个高峰。强硬如李淳罡，不愿苟活世间去做委曲求全的仙人，主动求死且为后辈剑道开天门；倔强如张巨鹿，明知必死也要去打破不合理的制度，生死皆为天下寒士开龙门；窝囊如轩辕敬城，又何尝不是在与老祖一战中展现出深沉的父爱？这一个个人物，都以生命的终结作为最决绝的表达方式，完成了一场场壮美的死亡谢幕。这种"知

---

i　王祥：《网络文学创作方法与策略》，《网络文学评论》2018 年第 2 期。

其不可而为之"的死亡悲剧所迸发的壮美之感，一定程度上消解了读者对死亡的恐惧，反而使生与死的对立不再那么尖锐，使读者感受到了崇高，感受到了一种直接震撼与冲击心灵的美。这种通过人物的"焰火式"生命历程不断进行着的极端展演，不仅具有很强的感官冲击力，同时也完成了角色自身对剧情的最后一步推进。

从《雪中》整部作品的情节安排上看，大量角色以"焰火式"赴死的方式退场与谢幕，不仅能够通过流露小说所内含的情感态度来将读者情绪推向高潮，加深审美快感体验，而且也能够让文本塑造的角色深入人心，通过角色个体的生死情境体现故事中一整个时代的凋零。就像《三国演义》这样的传统文学一样，以人物生命的终结为一个大时代画上完美的句号，让整部作品的悲剧感更加强烈。但是过犹不及，过度频繁的死亡环节、部分角色略显同质化的死亡情节设计，会给读者一种审美接受上的重复感，进而抑制了阅读兴奋度，甚至产生心理、生理上的疲劳感。当角色死亡的悲剧感、崇高感长期支配着读者的情感时，不断积蓄的情感会逐渐超过他的承受能力，引起情感体验的衰退与萎缩。最终读者会失去相应的情感反应，产生明显的审美疲劳。此外，《雪中》所塑造的人物，在其"焰火"式的绽放时刻能带来令人赞叹的美感体验，但是这种基于"死亡"的绽放在每个人物身上至多只能存在一次。虽说已足以让这个角色形象深入人心，但从叙事功能上来看，一个角色的退场意味着某条人物支线的中断，难免使与之相关的故事情节大为减少，甚或消失。换言之，退场人物与其他已有关联的人物之间的关系戛然而止。因此，退场人物在整体叙事进程中将很难再发生大的作用，甚至不再发生作用，更不可能与新的人物产生联系，这就限制了文本的丰富性和延伸度。故事是由人的行动及其结果组成的，也就是说，人是故事的主体，人作为一个行动者推动情节发展，使故事能够被讲述。如果作者不能及时在故事中增加新的人物或者在情节设计上补偿人物死亡退场所造成的空缺，就难以避免小说内容走势的单薄，甚至会造成文本头重脚轻、前后不一的不平衡感与杂乱感。但是，如果作者单纯为了弥补退场人物的空缺而一味增添新的角色，又很难掌控新增角色的数量及角色刻画的质量，也会带来人物的庞杂感，很容易成为小说的败笔。因此，尽管作者倾注笔墨渲染了许多"至情至美"的角色之死，但是从"行动元"功能来看，这些人物事件只是在一定程度上丰富了主角的经历，并没有起到从侧面塑造主角的作用，也难以承担推动情节发展的重任。在文本中，徐凤年与许多角色相识，也历经了各种各样的挑战，但他的人物性格并没有完成明显的成长或转变，仍是一个较为扁平、不够出彩的形象。从根本上讲，几乎所有玄幻网文都描写主角逐渐变强的历程，且无论如何主角都不能被"剧情杀"。如此一来，烽火戏诸侯在《雪中》里屡试不爽的"焰火式"生命历程的极端刻画便无法运用在主角徐凤年身上。也许徐凤年不受读者欢迎恰恰就是因为决绝赴死的缺失，以至于让其他角色显得更为出彩和厚重，从而影响了整部作品在人物形象刻画方面的平衡。

（王　慧　执笔）

作者访谈

受访者：烽火戏诸侯（烽火）

访谈者：单小曦、王　庆、郑卓远

访谈时间：2019 年 1 月 16 日

访谈地点：杭州烽火戏诸侯工作室

一、网络文学总归是文学，需要文学性

单小曦：一直以来高校里的文学批评偏向传统，对网络文学研究比较被动。学界有一个基本共识，不能故步自封，有高校老师形成了自己的研究体系。浙江网络文学研究是我们正在进行的课题。我的理念是合作式的，因为学者本身学识见解已经形成，需要吸收一些年轻的接受过高等教育的粉丝。但介入网络文学也存在很多难题，即网络文学如何和学界对接。您能谈谈您的想法吗？

烽　火：我记得夏烈讲过，网络文学传播过程中一定要把高校纯文学一套理论体系翻译过来，用两个圈子都看得懂的话来解释网络文学。之前很多人认为网络文学只是赚钱的工具，但网络文学总归是文学，必然有沉淀的过程，学界需要将网络文学评论体系稳定下来。这几年情况渐佳，开会时还遇到过爱看我的作品的老教授，不要觉得网络文学是农民工文学，现在网络文学已逐渐渗透到社会各个阶层。腾讯高管、九华山导游儿子、牙医都是《雪中悍刀行》的读者，世界真奇怪。

单小曦： 您对网络文学发展有怎样的预期？或者说您认为未来的网络文学应该会是一个怎样的状态？

烽　火： 网络文学本来应该是百花齐放百家争鸣的状态，但是各种网络文学类型如官场小说、都市小说都逐渐收缩，将一条本可以越走越宽的文学之路走窄了。网络文学的同质化现象严重，就像分流掉一部分网络文学流量的抖音，很多热门视频用的是同一个梗。一部分网络文学作家只是把写作当成养家糊口的职业，而不是愿意为之献身的事业。网络文学与纯文学界限越来越模糊是未来大势所趋。我对网络文学前景不太乐观，把应酬推掉潜心写作的作家不多。起点网不久前给出数据，全国有 960 万名网络文学作者，写作人数很多，但存在天花板和上限。我预测未来三年会是大洗牌期，哪怕现在所谓前二十的"大神"也前途莫测。能够活下来凭借的就是文学性。网络文学最大优势在故事性，但深度和高度不够，纯文学一直认为缺少文学高峰，网络文学更是。网络文学发展有个分水岭。前二十的网络"大神"都是 2005—2008 年进入大众视野的，这拨人凭借信念而不是利益写作。十年以后又有一拨人疯狂涌入网文圈，此时初衷已不纯粹。几乎没有人意识到近几年网络文学市场的繁荣是因为十五年来积攒的红利，当红利不再，凛冬将至，就轮到网络文学的大洗牌期。在这寒冬三年中潜心著作才是上策。要将写作当成一项延续几十年的事业。

郑卓远： 那是因为网络文学作家越来越浮躁了，是吗？

烽　火： 以前我也这样想过，遭到了我夫人的批评，说我应该有一点同理心。其实网络文学圈子中绝大多数人就是把作家当成一个职业，这不能说明这些作家对文学没有敬畏之心，但文学最残酷的地方就在于它是一个祖师爷赏饭吃的行当。一部分作家确实笔力有限，能够写出对得起良心的作品就足够了。滨江网络文学周组织了一个近两百人的网络"大神"盘点，我上台领奖的时候讲了一番话，大意是能看到如此多"大神"在场是一件值得骄傲的事情，我们这一代人真的会影响中国网络文学的发展，未来网络文学史的编写是绕不开我们这拨人的。我很怕将来的人再来看我们这一代人会很失望，这个时代把我们推到了这个位置，我们却没有拿出该有的作品来。

单小曦：一直以来网络文学与传统精英文学的评价是有区别的，中国文学发展至今，主流关注多是莫言、余华这样的纯文学作家，通俗文学很难进入这种体制。在重新梳理文学史之后通俗文学也有了一席之地。您认为您坚持的是纯文学之路还是传统通俗文学之路，这两者确实还是不一样的。

烽　火：我应该还是走在通俗文学之路上，也将精英文学的精华化用在通俗小说之中。这两者从来不是相悖的，之所以存在割裂，一部分原因是纯文学受众萎缩产生的焦虑，作家韩少功也提到过这个问题，纯文学作家感到焦虑也在自省，有没有可能不是时代浮躁之过，而是作家没有拿出真正优秀的作品来。网络文学与纯文学合流互补是我追求的最好的状态。网络文学作家不断提升修养，建构知识框架，丰富精神内涵，向纯文学靠拢，纯文学既可以谈一谈我们这个社会真正需要的故事，也可以谈他们心目中的理想国。

单小曦：现当代纯文学当红作家，您读他们的东西吗？印象深的是哪个作家的作品？您的写作有没有受他们的一些直接性的影响？

烽　火：读，但读得不多。对《檀香刑》印象极深。不过这些作家对我没有直接性的影响，写作完全靠自我觉醒，但其他作家语感会潜移默化影响我。看书有两种，一种是把书读厚，做笔记做旁注，一种是把书读薄，一本书提炼出精华部分化为己用。我从来不会沉浸在一部作品中不能自拔，可能跟我没有特别喜欢某个近现代或当代作家有关系。

单小曦：之前您谈文学性，当然文学性是抽象的，有不同理解的。那您在这些作家作品中学到的文学性的部分有哪些呢？

烽　火：我喜欢"莫言"们在前中期写的关于乡土、寻根的作品，他们写出了他们最擅长的时代之作，城市文学完全不对我的胃口。他们把积攒一生的时代记忆原原本本呈现给未来十年、二十年、三十年的作者，那个我们从未经历过的世界、真实的世界。我特别喜欢《白鹿原》。世界这么大，有那么一部小说，将白鹿原完整呈现，令人惊叹。我一直在推崇作家必须写出令读者觉得真实的世界，不管这个世界有多荒诞。20 世纪80 年代以后的作品看得越来越少，因为不会让我觉得震撼。

单小曦： 也有一种说法，精英文学最大的特质就是批判性和反思性较强。而网络文学被认为是迎合读者娱乐心理而受众较广。有些作家并不在作品里边给出答案，只是呈现世界。

烽　火： 这里我插一句，所谓的纯文学批判性强，存在一个问题。对人生苦难的深刻揭示令人敬佩，但会令读者措手不及。作者在留下充满负能量的作品之后，会让读者对这个世界充满绝望。所谓的批判性需要再往前一步，作者在呈现一个如此残酷的世界的同时，若能让读者看到一丝曙光就再好不过了。作者不能自说自话，却从来不教读者如何去面对这个世界。

单小曦： 悖论就在于精英文学可能真的只属于少数精英读者。当一部反思性极强的作品只呈现世界而不加评判，就有可能失去读者。王国维所称的"伟大悲剧"的《红楼梦》就是如此，没有亮色希望，人生走到那一步就是这样了，"纵有千年铁门槛，终须一个土馒头"。

烽　火： 这是一个悖论。但是这少数人我坚信会始终存在，纯文学永远不会死，哪怕受众再小，这一小撮人必须存在，不然文学太可悲了。我刚刚只是谈个人文学三观的一点小看法，但我也必须说这一小撮人必须存在。他们决定了文学到底能走多深。我前面谈的那些是建立在这样一个前提下，这些作者已经把作品写到极深处，我会觉得遗憾而不是否定，内心会有一丝侥幸，希望有光明的曙光。个人审美有差异，但是分不出高下。

单小曦：那您会不会以这些精英文学大师为标杆？

烽　火：文学性当然会有标杆，比如说语感。我看的多是中国古典文学，如文人笔记，最近在翻《阅微草堂笔记》和《聊斋志异》。

单小曦：读者将您评价为"网文文青"，意思是您更靠近传统文学，跟其他网络文学作家不太一样。您承认这种说法吗？

烽　火：不承认。我只是文字方面靠近纯文学。

单小曦：听您的意思，您还是觉得纯文学坚持文学性是您应该学习的，而不是完全迎合读者的需要。网络文学如果有飞跃的话，还是要强调文学性。您能谈谈您心目中的文学性吗？是不是就是精英文学的文学性？

烽　火：文学性概念很模糊，没法细讲。

单小曦：网络文学发展二十年，我认为，以目前的状态走下去肯定是存在危机的，后面一定有奋然而出者，但是这些人站出来走向何方，像您这样的作家心目中肯定有一个目标或者方向，这也许就是您说的文学性的一个方向。

烽　火：我想走一个故事性、文学性杂糅的道路。我绕了一个弧，意味着我要构建一个前所未有的仙侠世界。现在写了一本小说叫《剑来》，将中国鬼神志怪全部引用其中，让这部小说成为未来玄幻小说的模板与标杆。同时我的体系、元素都将与所有人分享，后人也可以完善添加。我之前写《雪中悍刀行》《剑来》，加上第三部将构成这个世界体系，王朝运转、官府衙门、漕运系统等。专业性必须靠拢专业小说里最站得住脚的观点，我也会借鉴类型小说中最经典的设定。

单小曦：西方的通俗文学您感兴趣吗？比如说《指环王》这种，您觉得那个世界的设定怎么样？

烽　火：从作品的丰富性来说一般，但呈现出的影视化效果很夺目。这些作品是某个门派开山之作。我打算请一些熟悉中英文的人来将我的一部描写贵族的西幻小说翻译一下。世界体系的打造不能谈太多文学性，这是我未来愿意花三到五年所有精力去做的事情。

二、网络小说的内部设定

单小曦：其实世界设定即是文学性的一个重要表现。《缥缈之旅》这样的作品很多人评价是蛮高的，被人认为是修仙类的奠基作品。那您的看法是这样吗？

烽　火：现在来看，在网络文学中它的文学地位是很高的。文学性和故事性不是很出彩，难就难在那是第一本。世界设定上，所谓金丹、元婴都沿用至今。但它还没有把这个世界呈现得很真实，没有太多的细节去堆积构建这个世界，这就是我烽火要打造的三部曲，以前从未有过以后也不会有的这么一个世界，我敢说这样的狂话。站在那个位置，你就真的要去做很多事情。

单小曦：《缥缈之旅》之后，您认可的玄幻类世界设定的作品有哪些？

烽　火：梦入神机的《佛本是道》永恒之火的《儒道至圣》。

单小曦：《佛本是道》里的周青这个人物很有意思，他在打劫之前会想一个冠冕堂皇的理由为自己开脱，比如去抢一个做坏事的人就是正当的。我以为这是在创作一个与传统正义、善良人格不一样的人物。您怎么评价？

烽　火：我不太认可这部作品的三观。写《剑来》时我就说到，我攒了一肚子的话想要跟这个世界聊一聊，这个世界不缺少讲道理的人，我们都在自说自话。关键在于我们怎么样去讲道理，讲道理也需要逻辑自洽。我特别反感一小撮读者拒绝接受任何道理，相反这一小撮人才最需要讲道理。

单小曦：《三体》您看吗？您觉得它的世界设定怎么样？

烽　火：对于我来说这是一个完全陌生的领域，但能看出是真正的细节堆砌出的。你写越宏大的世界，细节越要经得起推敲，大玄幻 IP 改编影视很难的一个原因就是没有细节。相当一部分作者在写大玄幻的时候，打打杀杀粗糙而过，举个例子，玄幻小说当中常有的一拳打爆一个城市或星球，站在这一座城市的人的立场上，这世界是如此经不起推敲。主角一路打杀，毁灭的又何止这一个城市，怎么让读者相信这个世界是真实的？宏大世界需要符合逻辑性，细节很重要。网络小说里过多细节是读者不喜欢的。读者追求故事性。网络文学阅读除了门槛低，还有一个特点，即读者追求阅读的畅快性，小人物小情节会让读者阅读的快感卡顿不前。这也是在考验一个作者肯不肯和读者较劲，写作从来是作者和读者和世界、市场较劲的过程。

单小曦：您小说里边除了追求世界场景设定之外，对人物的把握，您觉得您的高明的地方在哪？您不认可的其他网络作家，那您觉得比他们强的地方在哪？

烽　火：我不擅长吹牛。我虽然喜欢看中国古典文学，但我特别不喜欢的一点在于翻来翻去看不到小人物的名字。网络文学都不给小人物一个名字、一段独白、一个活动空间的时候，这个世界也太残酷了。《雪中悍刀行》对小人物是不吝啬笔墨的。网络文学主流观点是配角是"死跑龙套"的，这些可以有，但整个篇幅都是这样未免偏心，这是我极其不赞同的。一部小说中有十几个有名有姓的小人物能够让读者记住，是作者该有的基本素养。从《雪中悍刀行》到《剑来》，主角真的是主角吗？一部分读者很反感配角的光彩盖过主角，《剑来》写作中我一直跟读者较劲，哪怕是同龄人的配角都比主角厉害，与读者较劲的过程让我兴奋。

单小曦：跟读者较劲能够实现您的理念吗？

烽　火：对。这个世界不会围绕主角一个人转的，不要让主角成为睁开眼睛世界就活了闭上眼睛世界就死了的存在。《剑来》一直想写的就不是阳春白雪、高高在上的，而是在泥泞小道里的道理。这就体现了一个人的根本逻辑，即我们如何看待世界。把自己根本逻辑捋清楚以后才能发现这个世界的复杂性。

单小曦：传统也有主人公是小人物而不是英雄帝王将相的作品，您作品里有大人物也有小人物，但对小人物不吝啬笔墨，这是您特殊的地方。

网络文学情节见长，在情节上您有什么特殊或者高明的地方吗？

烽　火：伏笔的设置上。当你有决心打造完整宏大世界的时候，情节需要前后呼应。呼应不只在人物上，世界观、知识架构都要有呼应。《剑来》第一卷，被读者称为"劝退"卷，因为人物、伏笔太多很多读者弃书了。但也有好的一面，第一卷起到了一个筛选的作用，能读完第一卷的读者都会成为《剑来》的"死忠粉"。阅读不仅仅是个人审美，阅读还有门槛在。不能要求快消费时代读者去啃作品，作家只管写自己喜欢的，不能强迫读者去接受。我是有意注意写第一卷的，我知道这样写的后果，但我还是鼓起勇气尝试了，结果表明我烽火没有做错。《剑来》留下的读者比我之前所有的作品读者都多，这意味着不是读者没有品位和耐心，而是这个时代缺少好作品。或许大家是看到另类作品图个新鲜，但事实证明烽火走的这条路还是可行的，只是未必适合所有网络作家。起码我在走一条跟其他人不一样的路，写作从来都是孤独的。

单小曦：传统情节经营中追求让人感觉情理中又在意料外的欧·亨利笔法。在您的情节经营过程中，有没有值得骄傲的例子？

烽　火：烽火笔法。《剑来》有一卷，情节很特别。有一章节叫"请君入瓮"，男主已经进入死局了。当时死局出现时，贴吧留言纷纷在给主角寻找解决办法，我就在下一章将读者想到的方法一个个打碎。有读者说这本书崩了，最终处理办法是这盘棋男主就是输了，但是在一个更大的隐形的棋局上已经赢了，主角不知道但上帝视角的读者知道。这一段情节跟读者较劲好长时间，大伏笔出来以后，读者都"疯"了。

单小曦：从文学性角度来说，您对您作品语言方面满意吗？

烽　火：我满意当下的状态，但我也知道我理想的状态在什么地方，我一直在往那个方向走。

单小曦：对当下状态，您能自我评价一下吗？

烽　火：看过《剑来》都知道，比《雪中悍刀行》在遣词造句方面要朴实一点。好的文字不是花团锦簇，网文界一直有一个主流观点，即女频文笔要比男频好，我不认同。文字并不是涂脂抹粉才是好，文字要淡，文字淡了以后味道才能够久。

单小曦：您觉得猫腻的文字怎么样？

烽　火：猫腻在一个足够的知识架构支撑下，追求知识分子的绝对自由，我在追求世界的平衡性，哪怕是个修补匠，也要把这只摇摇晃晃的小椅子修补稳了。我们完全是两条路，但我们有很大一个共同点，我们的世界是向四面八方横向生长的，主流玄幻世界体系是螺旋上升。缺少了乡土人情、民风民俗的细节，那些打怪升级的体系并不能打造一个完整的世界。

郑卓远：人物心理成长也没有，是吗？

烽　火：他们人物心理成长有，但不会成为主线。我必须为主流的网络文学说一句话，如果能保证作品的"三观"不歪，哪怕表现形式幼稚，都是有功于这个社会的。很多人抱着消遣的目的看到一本"三观"很正的小说，也是不错的状态。把这个时代变成全民阅读的时代，网络文学还是做出很大的贡献的，这个不可忽视。

单小曦：说到"三观"，主流玄幻网文价值上还是有问题的。主角凭借武力成为宇宙主宰，意味着底层还是认可这样一个依附性的权力体系。虽然不是主动宣扬但对读者还是会产生一定影响。

烽　火：这个是必然的，就看读者怎么理解。作者以强者为尊作为主线，同时写出强者不断反哺世界，那就是另一种境界。不断攫取其他人利益成为强者这个价值观是需要反省的。

三、网络文学创作的外部关系

单小曦：有些人认为网络文学只要市场认可，批评可以缺席，您认为批评对网络文学重要吗？您对批评界有什么希望？

烽　火：重要。批评是决定网络文学能不能进入文学殿堂最重要的一级台阶，这一级台阶仅靠商业是不能越过的，在这一级台阶之下网络文学永远登不了大雅之堂，哪怕有一小撮人奋然起身潜心写作也很难进入话语体系。希望会有更多像单老师您这样用公正眼光去看待网络文学的批评家。网络文学不怕批评，好就好坏就坏。之前网络文学 IP 热卖，但经济收缩的大棒即将落下，到了大洗牌的时候了。优秀的作品才有价值，虽然我是既得利益者，也不觉得这利益是天经地义的，"作家富豪榜"不是对作家的正确考量，应该回到作品本身。就怕自己的作品拍电影拍砸了，毕竟作品就像作家的孩子一样。纯粹用以前的评价体系来批评网络文学是给不出大家都信服的结果的。评论家拿出的理论让网络文学作者读者都认可之时，这个体系就建立起来了，现在哪怕邵燕君都没有做到。看谁能成为第一个吃螃蟹的人。

单小曦：以您网络文学作家的角度，网络文学评价指标该是什么呢？

烽　火：作品热度、文字的精细优美的比例是多少。世界观、知识架构、文字、热度各占几分。归根结底，哪个比例最稳妥是最难判定的。比例还是要有指标性的，不是感性地夸夸其谈。

单小曦：作为网络小说作家，您认可的网络文学作品榜单是哪些呢？

烽　火：经典其实每个作者心中都有数的。起点中文网"创世元老"几个人，当年评了个"天地人"榜单，评出十部左右经典作品，迄今为止我们都是认可的。我们在网络文学二十年中挑出一百部作品出来，可能相对能接受。知乎上有个网络文学百大排行榜，相当一部分网文读者给出的作品都很经典。

单小曦：我跟其他网络作家聊天，了解到写网络小说之前，第一件事是看贴吧留言，往往不是按读者希望的路子走，而是正好相反，作家是不是故意这样做？

烽　火：你构建一个逻辑自洽的世界，不是一定要和读者拗着来的，这没有必要的。只要在大的主线上有信心，细节上不要和读者较劲。有些读者就是能够猜对作者想法，并不会对作者构成太多困扰。贴吧留言基本上我都看，若是有读者想到一些百分之九十九的读者都想不到的情节我会很兴奋。

单小曦：您有没有按照读者想法来，受读者影响？

烽　火：不会，那是很可怕的。除非是一些细节上。比如一些咬文嚼字上，读者提出符合人物语气风格的改动，我可以接受。哪怕是再细小的情节、人物关系都不要听读者的，跟着读者口味去写作只会滑向低俗。必须跟读者较劲，比读者高明，牵着读者鼻子走，作者才有底气跟市场较劲。

单小曦：新手为了点击率而跟随读者口味写作，而"大神"从来不在乎。

烽　火：错了！逻辑错了，我们这拨人能走到今天就在于我们愿意跟读者较劲，坚持本心。写作从来都是孤独的，真的沉下心来写好作品，即使第一、第二部不红，第三部真的不红吗？真的认真写作而未有收获的人或许不适合这个行当，文学也需要天赋。我夫人说过很残酷一句话，努力真的是一种天赋吗？辛苦码字真的是底层的一个状态。甚至很多网络文学作者不知道如何有效阅读，又何谈创作。

单小曦：您坚持去看读者留言，您觉得看留言对您写作影响在哪里呢？

烽　火：我唯一要注意的是在情节上找出的漏洞。作品细节禁不禁得起推敲，情节漏洞、对话逻辑、事情发展和伏笔呼应出现偏差的时候，我要修改。但不要迎合读者口味。很多网文作者是关闭评论区的，负面评论会让作者沮丧低落。我是一直被骂过来的，我不惧怕批评。

单小曦：这是我一直在找的答案。网络文学作家写作方式跟精英作家是不一样的，精英作家关注内心忽视读者。网络文学低层次写手根据读者口味创作。您既坚持本心，又根据读者建议来完善作品的创作令人心生敬意。您现在也在做网络文学 IP 衍生出来的影视化、游戏化改编，您能介绍一下您计划的或者具体正在做的事情吗？

烽　火：我随缘，都是别人来找我。能够做就做。

单小曦：您有成立自己的公司在做这个事情吗？

烽　火：我觉得作者最好不要完全沉迷于资本运作，写作是又孤单又单一的事情，分心以后怎么可能有良好状态去投入写作中？我有小说被腾讯买去开发成手游，腾讯两年时间花了三个亿，这是中国手游历史上都没有出现过的，在开发过程中我有流水分成的，如果为了这个事情把一半精力拿出来，当然可以赚快钱。当你把你的事业线拉伸到五十年以后，这只是微不足道的事情。我唯一能赌的是我的写作，做自己擅长的。当然我会做跟作品相关的，例如我们现在正在完善作品的世界观架构，在补《雪中悍刀行》《剑来》的世界观细节，如法宝体系、货币体系、等级体系，还有山水神奇等等。以后还会做世界地图投影，如《剑来》中有一座山叫浩然天山，地图不停抓取拉伸出来，浩然天山里有个大钟，北方有个大理王朝，大理王朝有个叫龙泉郡，龙泉郡有个小镇，小镇有很多街巷，这些都可以像百度地图一样拉伸出来。

郑卓远：很多日剧的地名是真名，《东京爱情故事》播出以后东京和梅津寺都变成旅游热点。您想过用真名命名吗？

烽　火：那和作者有什么关系？作者将真实地名写进作品只是个人癖好，我很喜欢龙泉，所以将龙泉设置为男主出生地，也是个盛产青瓷宝剑的宝地。

单小曦：浙江省特别重视网络文学的制度建设，制度建设也对浙江的网络文学发展产生了巨大影响。您能谈谈您的感受吗？

烽　火：浙江网络文学制度建设对网络文学的影响肯定是正面的。浙江省网络作家协会是全国第一家，组建之前两个书记冒着大雨来访与我促膝长谈，这个行动本身算比较破例了，不像其他地方网络作家不被重视，这是两个书记不一样的地方。让我印象深刻的是两位书记对新生事物包容开放的心态，实属难得。当时我讲了一句无心之语，竟然被书记记了这么多年。那是我刚搬来工作室吃开伙饭的时候，两个书记过来吃饭，书记讲，烽火有句话讲得特别好。那是我们第一次聊天的时候我跟书记讲的："实在话，你对我们出名的一线网络文学大神帮助不大，希望你们去找还没有出名但有一些小名气的小作者去帮他们。"我没想到这句话被记了这么多年，并且落到实处，成立了省、市、县网络作协，这对于二三线作者有很大帮助。以前无法想象网络作家进中国作协，那拨作者发自肺腑认可浙江的制度建设，连外省的网文"大神"都对浙江啧啧称奇。

单小曦：网络作协还组织了一些采风活动。您参加过吗？

烽　火：我不喜欢外出活动，但一次偶然机会参加活动来到龙泉改变了我的想法，《剑来》写龙泉就是这个原因，在龙泉看打铁，一锤子下去，整个房间全是火星，视觉效果极佳。有很多读者是龙泉人，都笑称要给烽火颁个"荣誉市民"。

郑卓远：《雪中悍刀行》化用了很多历史人物名字，王明阳这种。

烽　火：完全是个人恶趣味。有个人物原型比较像首府张居正，但做了比较大的改动。完全是个人恶趣味。

郑卓远：您是不是看过《明朝那些事儿》？

烽　火：没有看过。可能翻过几页，不否认是很厉害的，但是我个人审美上不喜欢类似戏说的写史态度。但文字只是在戏说，历史还是经得起推敲。

王　庆：我对您所说的世界观构造特别感兴趣，您能再说些细节吗？

烽　火：那是仙侠世界，意味着有两套货币体系。一套是山下世俗王朝使用的铜钱、白银、黄金货币，存在太平盛世和乱世的物价兑换的起伏，山上的一套神仙货币体系供山上修道之人使用。山水精怪、魑魅魍魉、山水神灵，这又是一个很大的体系。诸子百家、修行学问、兵器法宝、修行等级，那是相对主流的。所谓大玄幻的螺旋上升通道，《剑来》里面会有，但不会是主流，大世界体系需要太多东西去铺垫，像上帝创造世界。还有交通体系，跨洲雇船、马车、飞剑，还有邮轮这样大的海龟在海底潜伏，云上交通，等等，驿站、漕运系统，是个真实的千奇百怪的世界。作者只是将这个光怪陆离的世界呈现，不需要考虑读者的兴趣所在。

王　庆：您是想要教会读者道理吗？

烽　火：不是要讲道理，是要把我对待世界的逻辑方式表达出来。讲道理每个人都会，讲不讲道理都要付出自己的代价，特别是讲道理也要付出代价的。做好人收到恶意，能保持对世界不失望吗？举个例子，扶老人过马路被讹钱，以后敢不敢扶？了解世界多复杂，还能保持善意，才是真善意。社会负能量如此之多就是因为看待世界太简单了，其实做好人太难了。我把这个道理讲给读者听完之后，他们选择要不要接受这个道理，其他我无能为力，起码我把道理讲明白了，已经把世界复杂性摆在你面前。

王　庆：这个世界构造，工作量很大，有没有想过跟其他作家合作？

烽　火：怎么可能。写作是私人的事情。动心忍性，徐徐图之。我已经写了两年时间，最少四年会完成这件事情。

王　庆：这个世界观完成以后，是多主角发展吗？

烽　火：不是。主角还是主角，主角存在的意义，是带着读者走进世界看到世界复杂性。主角存在的意义是在让大部分读者觉得不太憋屈的同时，作者偷偷摸摸打造自己的世界，这是一场作者和读者之间的隐性买卖。很奇怪的一点，不会有太多读者喜欢主角，在做《雪中悍刀行》手游的腾讯副总裁直到现在还执着于徐凤年应该当皇帝。

王　庆：您玄幻写完以后会不会涉及别的题材？

烽　火：一个题材写得得心应手以后，冷静下来会想下一步写什么。我夫人劝我，慢慢写以后再说。我的计划是最少再写两年。

王　庆：您觉得现在的玄幻世界细节不够真实，那您能说说自己奇特新奇的设定吗？

烽　火：山水神灵。山神、水神这两个体系，修道、朝廷受封仪式、品饰高低、人间香火。那是一个从未有过的世界设定。若是有一些人借鉴这个体系，我会发个公告，希望后人也可以完善。

郑卓远：《百鬼夜行》《阴阳师》您会借鉴吗？

烽　火：怎么会呢？我们的志怪神灵更加古老，只不过《山海经》不成体系，日本鬼怪小说体系完整。明清志怪小说很多，我要把这些零散在典籍中的鬼怪变成体系，这就需要作家目的明确地阅读消化化为己用。

（王　庆　执笔）

读者评论

《雪中悍刀行》是网络作家烽火戏诸侯连载于纵横中文网的一部长篇玄幻小说。四载寒暑,《雪中悍刀行》于 2016 年 8 月 31 日正文完结。作为高人气爆款网络小说,《雪中悍刀行》完结一年后仍名列榜单前茅,读者不禁发出感叹: "雪中之后无江湖。"在各大网络平台,喜爱作品的网友读者纷纷发表自己的小说评论。经搜索后发现,有关《雪中悍刀行》的评论主要集中在纵横中文网圈子、《雪中悍刀行》贴吧、知乎、简书、百度趣读公众号、微博,以及售卖《雪中悍刀行》实体书的网络店铺评论区。喜爱此书的读者也乐意寻找志同道合之人,在有关《雪中悍刀行》的话题下跟帖讨论,这些评论短则寥寥几字,长则近千字;形式也各种各样,除去一般性的评论,有文采的网友还以诗歌、文言文或排比句的形式表达感受。评论多如牛毛难以精细统计。本文将从《雪中悍刀行》的人物形象、语言风格、世界构架三个方面,结合各大网站读者对此部作品的评论,以调查总结烽火网络文学作品在读者群中的接受度。

一、人物形象的评论

《雪中悍刀行》人物众多,且每一位都鲜活生动,给人留下深刻的印象。关于人物的讨论是读者最热衷的主题。纵横中文网论坛的"白雪踏新泥"这样说: "《雪中悍刀行》的江湖大抵写尽了我们心中的江湖。这座江湖里有剑开天门的剑甲李淳罡,有桃花剑神邓太阿,有坐拥武帝城的天下第二王仙芝,有十八停后可以杀陆地神仙的白狐儿脸,有陆地神仙之下称无敌的人猫韩生宣,有一袭紫衣铁锁横江的轩辕青峰，有收官无敌的曹长卿，有能毁去王仙芝袖袍的老黄，有最想做大侠却折了木剑的温华，还有那扶墙而出的'柿子'徐凤年。有少侠仙子，有青衫白袍，有长剑凉刀，有意气凌霄。老一辈的路见不平拔刀相助，相识便可性命相交，新一辈的武道青出于蓝而胜于蓝。只要是应有的，这座江湖里都有了。"[i]他结合文本内容与人物际遇，用短句罗列各个人物，百来字囊括诸人诸事，可见印象深刻。纵横中文网论坛的"你们可真牛批"说道：《雪中悍刀行》收官，不能说如何荡气回肠，如何善始善终，如何写意风流，但当得起四个字曰风采卓然。陪伴小年几个春秋，中间也曾搁下再没看下去，漫卷书歌也罢，浮沉人事也罢，一丝一毫也没让我忘记《雪中悍刀行》的一情一景，反而更有动人处在心里声声回响。今日绿蚁新酒，红雪冬青，雪中有白衣作悍刀行；旧梦庙堂既高，箫鼓老矣，江山有名士不改初心。我有一刀，江湖作酒。不平则鸣，今日放声！张巨鹿、李义山、王仙芝、李淳罡、隋斜谷、柴青山……放眼望去，好一片正气浩然终不悔，任尔东西南北风！袞袞诸君，敬你杯酒。一杯酒，生不逢时，痛哉痛哉，三百万杯酒，死得其所，快哉快哉！"[ii]这位读者对《雪中悍刀行》的评价为"风采卓然"，他为书中人物的悲痛快意而悲痛快意，将自我与书中人物相融合。"Leeydls"在简书发表了他对于《雪中悍刀行》的简短书评，其中对于人物的阅读感受如下："这部小说人物塑造比较有特色。在《雪中悍刀行》中，描写比较成功的人物有这几个人，姜泥、徐骁和老剑神李淳罡，这是给我印象比较深的三个人物，他们的色彩甚至超过主角徐凤年。烽火戏诸侯在写这几个人物的时候，采用矛盾描写的方法，比如姜泥是大楚公主，却命运悲惨。徐骁是个瘸子，却是权倾天下的北凉王。老剑神李淳罡名扬天下，却是独臂羊皮裘老头。"[iii]人物形象有"特色"，此书的人物在这位读者看来并非脸谱化和套路化的扁平人物，

---

i "[话题]雪中的江湖，有人有始有终"，纵横中文网，2016年9月1日，http://forum.zongheng. com/5668/31490.html，引用日期：2021年8月4日。

ii "[话题]雪中的江湖，有人有始有终"，纵横中文网，2020年5月9日，http://forum.zongheng. com/5668/31490.html，引用日期：2021年8月4日。

iii "《谈一谈对〈雪中悍刀行〉的评价》"，简书，2019年1月17日，https://www.jianshu.com/ p/2985140ae39c，引用日期：2021年8月4日。

这得益于烽火戏诸侯在作品中运用了矛盾的描写手法。

在有关人物形象的讨论中，剑仙李淳罡的评论较多，更有喜爱这一人物的读者为其撰写长评。几乎在谈论《雪中悍刀行》人物时都会有读者留言李淳罡的自我名言"天不生我李淳罡，剑道万古如长夜"。烽火戏诸侯所塑造的剑仙李淳罡是一个天才又是一个凡人。"第一当然是他痴心剑道，是真的为之可生可死……第二点是其胸怀……第三点就有点苦涩了，最苦是相思，最远是阴阳。"[i]该位网友从三点自身感受理解李淳罡，将这位天才剑仙背后的血肉凡胎展露出来。

但也有读者对人物塑造持不同的看法。知乎网友"幼崽"谈到自己认为《雪中悍刀行》不足之处时说道："《雪中悍刀行》之中对于配角的过度堆砌，一方面弱化了主角的塑造，一方面极大地增加了剧情的突兀性。……不说刀甲老齐，其余有些无关紧要的路人甲，烽火也喜欢给他们套上一个故事，美其名曰写出真正的江湖梦，不过是煽煽情，让大家感动感动。这样无脑的堆砌成就了配角的精彩，也让读者对烽火的小故事和心灵鸡汤感到恶心和审美疲劳，对主角的印象进一步弱化，反而过犹不及。"[ii]网友"文度"也谈到了这个问题："本文的最大问题之一，就是主角人物过多，经常感觉总管[iii]想要表达很多东西，然后就把这个人放下，把另一个人拿起来。甚至对很多配角人物倾注的笔墨超过了主角人物的数量，就以李东西和吴南北举例，作者曾在前中期在这两个人物以及李当心一家上倾注不少笔墨，甚至几度把笔锋转到他们的身上单出几个章节，结果在结尾几乎销声匿迹。再就是主角之一很多人提到的南宫，真的笔墨少得可怜，我就差点以为总管给忘了。"[iv]《雪中悍刀行》虽然被多数读者称赞人物众多且人物生动，一起构成了江湖。但在具体处理每一个人物时，所用的手法存在一定的相似。"幼崽"

---

i "[话题]雪中的江湖，有人有始有终"，纵横中文网，2016年9月5日，http://forum.zongheng.com/5668/31490.html，引用日期：2021年8月4日。

ii "如何评价《雪中悍刀行》这部作品？"，知乎，2016年12月23日，https://www.zhihu.com/question/21554597/answer/137332746，引用日期：2021年8月4日。

iii 读者对烽火戏诸侯的戏称。

iv "如何评价《雪中悍刀行》这部作品？"，知乎，2019年12月19日，https://www.zhihu.com/question/21554597/answer/941418756，引用日期：2021年8月4日。

从配角的过分堆砌看到主角的弱化和情节的突兀，并以只出场了三章的高手齐练华为例说明。每一个配角配套一个故事，简略不当，会使一些读者产生审美疲劳。这对整个小说而言，不是明智之举。"总管写人，写的是大观园式的众生相。《雪中》配角蔚为大观，我水贴吧时会看到每个人都有自己喜欢的角色，但配角太多则容易散，总管明显还没有到那收放自如的地步。……总管太贪心，每个人物他都不舍得放下，他都要给出一段文字。这就不可避免地使人物趋于同质化。这个问题到后期尤其严重，侠客都有侠气烟火气，女子都心怀抱负，谋士都心力交瘁，这种东西，像小零食，吃多了会腻的。"[i] 可见在众多人物塑造的具体细节上，读者认为烽火戏诸侯因野心过大要追求庞大的江湖世界而难免人物同质化。

综合以上较有代表性的评论，可以看出读者们最易被书中鲜活的各色人物打动，并投入了感情，悲其所悲，喜其所喜。不同的读者对人物的把握也不尽相同，但都仔细阅读过这部长篇小说，为《雪中悍刀行》的人和江湖所深深着迷。

二、语言风格评论

读者对小说语言各有看法。整体上而言大多数读者对于《雪中悍刀行》的语言风格持肯定的态度，常以"有仙气""有侠气"来形容。知乎网友"玄玖爷"引用"幼崽"的相关评论回答道："若论此书长处，首当其冲的便是烽火的文笔。烽火与猫腻并称网文界两大'文青'，但猫腻喜欢卖酸，《庆余年》之中尚且收敛，《将夜》已至酸不可闻，而相比之下，烽火大体上不卖酸。烽火之文笔是的确有其过人之处的。第二卷'孤身赴北莽'中写边塞风光，三言两语就把一个边关小镇的风土人情写得惟妙惟肖，让人深感边塞风貌身临其境。又比如写王府之景，烽火避开了王府的庞大，用一笔带过全景，着力于听潮湖与听潮阁，营造出万鲤翻腾、楼阁独立的奇景，而其极致精彩之意境便是写白狐儿脸于听潮湖前雪中弄刀，激起一湖飞雪，美人风姿与雪中悍刀，相映成趣，得成画卷。不由

---

i "如何评价《雪中悍刀行》这部作品？"，知乎，2016年12月23日，https://www.zhihu.com/question/21554597/answer/137332746，引用日期：2021年8月4日。

得让人赞叹一番，好一个《雪中悍刀行》！可以确定的是，虽然烽火文笔不错，但是《雪中悍刀行》的笔法是借鉴了《红楼梦》的，有些王府内景的场景描写，以及许多出场人物的礼仪用度，皆是由《红楼梦》之中取用而来，经过润色改动后，用在书中。这一点可以对比同样借鉴《红楼梦》的《庆余年》，不难发现《雪中悍刀行》与《庆余年》给人的感觉在某些方面是很相似的。"[i]该读者着重评论了小说在描写景物方面的语言特色，具体表现在烽火戏诸侯选取的描写角度别出心裁；语言借鉴古典名著而使小说在客观景物与人文景观上相得益彰。知乎网友"absentjason"说："总管的文字有很显著的风格，清丽，有仙侠气。有如椽大笔可以写武当山七十二峰朝大顶的壮景，细致处也可以写醉卧青楼卖剑作画的奢靡，写沙场，'风过卧弓城，如泣如诉'九个字便令人心神摇曳。书中有诸多妙句，'人生若苦无妨，良人当归即好'，'情之一字，不知所起，不知所栖，不知所结，不知所解，不知所终'，'此剑抚平天下不平事，此剑无愧世间有愧人'，诸如此类，不胜枚举。总管在写这本书前，是明显做过功课的。草原上的悉惕、捺钵、怯薛卫，中原的各种官职、谥号、地理郡县，甚至各种攻城器具，他都做到如数家珍。总管的打戏写的是真真好看，清丽有古意。徐凤年雨中刺杀留下城牧陶潜稚，刀刀见血，清明撒黄纸，最好杀人。与国手薛宋官的雨巷互杀，金刚对指玄，生死一瞬。与拓跋菩萨在西域转战千里，四野黄沙竟也读出了江南烟水气。写骑军相互撞阵，落马即死；写虎头城攻防，手段百出，勾心斗角，命薄不如纸。这都像是一场电影，每一踏步，每一出刀，都宛在眼前，读之当听风饮酒，大呼快哉。"[ii]语言风格清丽有仙侠气，妙语横出。语言细节也面面俱到。在描写大场面与武打情节时，烽火戏诸侯能写出战斗激烈紧张焦灼的气氛，语言富有画面感。

　　《雪中悍刀行》在语言方面最引起讨论的点在于引经据典。有的读者认为运

i　"如何评价《雪中悍刀行》这部作品？"，知乎，2018 年 4 月 11 日，https://www.zhihu.com/question/21554597/answer/282998966，引用日期：2021 年 8 月 4 日。

ii　"如何评价《雪中悍刀行》这部作品？"，知乎，2016 年 12 月 23 日，https://www.zhihu.com/question/21554597/answer/137332746，引用日期：2021 年 8 月 4 日。

用十分得当，体验感好。简书网友"Leeydls"："在语言特色上，《雪中悍刀行》的语言铿锵有力，多用短句。我们在读《雪中悍刀行》的时候，会发现抑扬顿挫，读起来荡气回肠。与一般的小白文相比，《雪中悍刀行》语言更具文采，包括一些词语和成语的使用，《雪中悍刀行》都更精准。如此一来，这部小说句子读起来更具美感。"[i]而也有读者认为烽火戏诸侯使用包含多种历史元素和所谓"有文采"的语言反减文章优秀。知乎网友"absentjason"说："但是总管这人，好用典，好掉书袋子。像前文写到世界观处，他喜欢化用许多历史细节。有些用得好，有些就会生硬尴尬，给人感觉就像是我今天看书看到一个厉害东西，不管合不合适我就要写到书里装 ×。"[ii]烽火戏诸侯喜爱化用历史，大多数融合较好，但有时仍会给人生硬雕凿之感。知乎匿名用户也评价道："太爱掉书袋了。哪本书都是，自己被自己的阅读量困住了。看似用得巧，其实暗暗浮躁。《雪中悍刀行》中一句'吾妻手植'，就是例子。江南也掉书袋，譬如《龙族》里，但很巧妙，可以推动情节。这也符合我在开头说的烽火行文核心精神，一切为造势服务，情节次之。的确，烽火知道网文图的就是个爽，但爽完之后呢？"[iii]读者们不约而同地指出烽火戏诸侯的语言存在爱引用典故，卖弄才华。掉书袋的具体表现还在如知乎网友"祝消"评价的："人物的语言模式太引经据典了，不得不又说到谋士上。而且他们说话的逻辑原本一句话就可以概括，偏偏能引申一大段。逻辑本应该是简短有力，一气呵成的，如果在讲道理的时候突然提议喝口茶，观众们怎不会离席而去？"[iv]读者认为谋士应当一语中的，谋士的语言是"一剑封喉"式的，但烽火戏诸侯在人物尤其是谋士开口时每每引经据典，显得长篇累牍，未免令人

i 《谈一谈对〈雪中悍刀行〉的评价》，简书，2019 年 1 月 17 日，https://www.jianshu.com/p/2985140ae39c，引用日期：2021 年 8 月 4 日。

ii "如何评价《雪中悍刀行》这部作品？"，知乎，2018 年 4 月 11 日，https://www.zhihu.com/question/21554597/answer/282998966，引用日期：2021 年 8 月 4 日。

iii "如何评价《雪中悍刀行》这部作品？"，知乎，2013 年 9 月 1 日，https://www.zhihu.com/question/21554597/answer/18670560，引用日期：2021 年 8 月 4 日。

iv "如何评价《雪中悍刀行》这部作品？"，知乎，2016 年 11 月 12 日，https://www.zhihu.com/question/21554597/answer/132382182，引用日期：2021 年 8 月 4 日。

乏味。还有读者以更加具体的例子来说明《雪中悍刀行》语言上的硬伤。"最大的瑕疵，我认为当数旁白中冗长重复的定语。总管的习性是，从来不会直言其名，而是必须加上一句繁杂的定语，如'注定是北凉世袭罔替藩王却天生一副看似泼皮性子实则城府极深生就一副让邻家小娘忍不住多瞟几眼的好皮囊的世子殿下……'这么写，初看时知道是为了刻画人物形象，丰富人物性格，但除去定语修饰外，其实总管也很擅长其他丰富人物的手段。然而不知是迫于催更的压力还是忍不住释放如洪荒一般的文采之力，《雪中悍刀行》一书中，这种冗长的定语太司空见惯，一见倾心，二见赞叹其笔力，三见就不免有些让人厌倦。"[i]

但即使是掉书袋，也有读者认为这不一定是败笔，反而是有意安排。知乎网友"轩辕虚玄"说："烽火为了营造这种局势大量掉书袋（非贬义，烽火很多引用还是很好的），也有一些是明引原文但故意曲解（有一些引用真的是故意曲解，反而造成更好的效果，不过也有人因此而喷。个人却非常喜欢这一类，谁说那些名言就必须有规范的意义？这些意义不也是后人强加上去的吗？），以及埋一些短线，让书迷看后大呼过瘾，高喊剑来。"[ii]轩辕虚玄认为名言为我所用，语言中的经典名句是贴合情节进展和符合整体文章脉络的。

三、世界设定评论

《雪中悍刀行》是一部架空玄幻小说，整体的世界观是作者选取诸多现实世界元素杂糅成的，更有读者在阅读完小说后尝试绘制版图。四百六十一万字的鸿篇巨制，展现了跨越现实时空的庞大世界架构。知乎网友"absentjason"评论道："《雪中悍刀行》的世界观其实是一部中国历史小百科。春秋九国取的是战国七雄乱战；凉、莽、离阳取的是三国；'恨不娶十姓女，恨不为大楚人'取的是魏晋门阀；张巨鹿破的是那九品中正制，提拔天下寒门士子；离阳灭佛取的是

---

i "如何评价《雪中悍刀行》这部作品？"，知乎，2016 年 10 月 11 日，https://www.zhihu.com/question/21554597/answer/126115846，引用日期：2021 年 8 月 4 日。

ii "如何评价《雪中悍刀行》这部作品？"，知乎，2018 年 2 月 28 日，https://www.zhihu.com/question/21554597/answer/330647659，引用日期：2021 年 8 月 4 日。

唐武灭佛的故事；洪嘉北奔、甘露南渡又是取自中国历史上几次衣冠南渡。张巨鹿的原型是张居正，褚禄山的原型是安禄山和温庭筠，陈芝豹的原型是千军万马避白袍的陈庆之……总管把那些他觉得有趣的东西随手拈来安排在书里，但其中有一些矛盾的地方，比如九品中正制如何与科举制并行，灭佛之后出现的空当怎么填补，这又是他没有考虑到的了。"[i] 该读者以"一部中国历史小百科"来形容《雪中悍刀行》的世界观，并通过中国历史与小说人物事件等一一对照说明；同时也指出精心构造的疏忽之处。还有读者针对因"杂取种种合成一个"而举例说明世界架构上的缺陷。"这本书的作者对古代官职和官场毫无理解，主角作为一个王世子就可以随便打骂二品官员，如果这个事情在历史上发生了，直接就可以以蔑视朝廷甚至谋反的罪名拿下主角，至于北凉三十万，那更是扯淡，除非这个世界里的人所消耗的物资远小于真实世界的人。"《雪中悍刀行》是架空小说，但架空到何种程度，且阅读的读者能接受的范围又是多少，虚构与事实之间所允许的间隔是需要作者把握好的一杆标尺。多数读者称赞烽火戏诸侯格局大，但也有部分读者难接受过于随心的架空与融合。

烽火戏诸侯的网络小说受到众多读者的喜爱，许多网友在阅读他的文字过程中一边动情一边投入。不仅仅是《雪中悍刀行》这一部小说，烽火戏诸侯的许多作品都给许多读者带来江湖的遐想、快意的天地，更有人性的温情与自我的释放。"于极品（《极品公子》）初识烽火，文笔不俗。后偶读二狗（《陈二狗的妖孽人生》），令人眼前一亮，沉迷其中，不能自拔。跟随二狗体验了尘世间的苦与乐。上高中，读癞蛤蟆（《老子是癞蛤蟆》），让我反思良多，不再不羁和叛逆，痛定思痛，好好学习。每天等更，每天去给烽火的作品投票，渐渐地成了生活中必不可少的一种习惯。《老子是癞蛤蟆》结束，从《雪中悍刀行》更新第一章开始就一直不离不弃，执着地追求，为书中的那些风流子痴，为那些风流子笑。《雪中悍刀行》的江湖，让我记住了缺门牙牵劣马的老黄，一袖两青蛇的李

---

i "如何评价《雪中悍刀行》这部作品？"，知乎，2018 年 4 月 11 日，https://www.zhihu.com/question/21554597/answer/282998966，引用日期：2021 年 8 月 4 日。

淳罡，吃剑老祖宗，白衣洛阳。《雪中悍刀行》让我圆了自己心中向往的一个江湖梦，一路走来，感谢烽火带给我们的这些感动。虽不舍，但聚散无常，终要说再见，不过人生何处不相逢，希望以后能和烽火江湖再见。《雪中悍刀行》完本，一段美好的青春也已逝去，心中无憾。希望以后烽火能带给我们更好的作品，更多的感动，谢谢！" [i] 可见，烽火戏诸侯通过网络文学的形式传递着一份份感动和真善美的理想。在搜集各读者的评论时可见读者感性抒发对烽火戏诸侯作品的热切喜爱，也可见理性的读者分点评论。网络文学的连载形式、打赏模式，将作者与读者之间的距离大大拉近。烽火戏诸侯在接受《中华读书报》采访时谈到他的读者："我的读者都比较……调皮和机智。因为他们看书都很仔细，所以经常会有一些极好的点子被我采纳和借鉴……作者虽然创造了一个完整世界，但是不被读者盲目推崇，作者在很多细节上，是会有缺失的，读者也是可以帮助作者查漏补缺的。这可能就是网络文学作品与传统文学作品的一个最大不同之处，网文作者读者之间的频繁互动，会形成一个良性循环。"

　　总之，烽火戏诸侯作为大神级别的网络作家并非浪得虚名。从读者的评论来看，烽火戏诸侯在网络文学的创作中已经形成了自己的特色，相信在未来，在愈加紧密与良性发展的互联网时代，他的网络文学作品会继续焕发出夺目的光彩。

（王之翔　执笔）

---

i "［话题］雪中的江湖，有人有始有终"，纵横中文网，2016 年 9 月 1 日，http://forum.zongheng.com/5668/31490.html，引用日期：2021 年 8 月 4 日。

第七章

发飙的蜗牛：虚拟世界中的热血传奇

＃学者研究＃

网游小说是一种将网络游戏作为世界背景或是主要素材来展开创作的网络类型文学，是网络游戏和网络文学"联姻"诞下的产物。发飙的蜗牛（以下简称"蜗牛"）是网游小说界公认的顶级作者，他在网游小说的世界设定、形象塑造、情节创作以及对"义气"的表达上独具匠心，因而他笔下的游戏传奇虽非真实的游戏经历，却能引起读者特别是玩家读者的共鸣，激起对游戏的向往或回忆。

一、打造网游世界的虚拟现实

以网络游戏作为世界背景是网游小说的独特设定，但作为故事背景的网络游戏已然不是一个单纯的娱乐项目，而成为存在于物质世界和思维世界之外的虚拟世界，玩家可以突破计算机的界面，进入一个虚拟现实空间。在网游小说中，这样的设定不仅营造了游戏带给人的现实感，而且通过这种现实感进一步消弭虚拟游戏和现实生活之间的隔阂，让虚拟游戏成为与现实世界平行的第二世界。为了达成这一创作目的，网游小说的作者们在小说的世界设定上费尽心思，并且逐渐总结出了一种创作套路，即从游戏拟真度、游戏对社会意识的映射、游戏对现实的影响力这三个方面构建游戏世界的基本框架。而蜗牛作为网游小说界的"大神"级作家，同样沿袭这样的模式化设定，但相比之下，蜗牛的设计更为细致，并且常有别出心裁的独特设定。

拟真度是塑造虚拟现实的首要条件。为了突破传统游戏的手动键盘操作和屏幕视角的局限性，以便达到更高水平的自由度和拟真度，大多数作者将小说的现实背景置于科学技术高度发达的未来社会。在这个未来世界里，游戏角色的外貌大多是通过扫描玩家的外貌来进行个性化塑造，并非游戏商根据职业类别设计的单一面孔，从而让游戏角色具有了极高的辨识度。另外，游戏玩家通过游戏头盔或游戏舱进入游戏世界中，用意识来操纵游戏角色，如同灵魂穿越一般以获得身临其境的游戏效果。如此，游戏中的"他"有了现实生活中的他的样貌和思想，这样近似还原的拟真效果让游戏角色在某些瞬间成为一个现实的存在。在蜗牛的小说里，游戏里的职业技能是需要玩家亲自去学习和感悟的，就像武侠小说里的人物那样有一个漫长且艰辛的练习和顿悟过程，因而玩家在现实世界拥有的天赋和技能也就成为游戏角色的天赋和技能，现实生活中的人在游戏中被还原到极致。在《网游之练级专家》里，人们甚至全部都"生活"在游戏里，仅靠营养舱供养身体，以驱逐现实世界的方式增强游戏带给人的现实感。蜗牛小说中这种与现实相差无几的拟真设定模糊了游戏和现实之间的界限，让游戏无限接近现实。

　　高水平的拟真度所营造出来的身临其境之感仅仅停留在感官层面，而网游小说里的游戏世界所彰显的"丛林法则"则让玩家从意识层面认可它的现实性。对现实网络游戏而言，最重要的就是平衡和公平，要尽可能地突破现实中人们身份、年龄、地位的差异，给每一个玩家提供相对平等的环境，让每一个人能在这个虚拟世界里获得"重生"。而网游小说作家为了给主角开"金手指"和增加"爽点"，在游戏体制上进行了反平衡的设计，最常见的便是主角一注册便获得一个极强的隐藏属性，在起跑线上便优人一等。在蜗牛的网游小说里，虽然没有如此夸张的小白设定，但游戏规则依旧偏向于主角。因此，当游戏的公平精神被弱化时，现实社会的"丛林法则"便凸显出来。而杀人劫掠等犯罪行为在网游中不再受到道德和法律的约束，仅仅是带来"红名"的惩罚，杀戮和战争便成为游戏常态，"弱肉强食"也就成为游戏世界的潜规则。

　　网游小说不仅通过增强玩家生理和心理上的现实感来打造游戏世界的虚拟现实，而且还通过营造游戏对现实生活的颠覆性的影响力来为游戏世界博得一个与现实世界平等的甚至高于现实世界的地位，从而让虚拟现实具有了存在价值。在本质上，网络游戏是一种商业产品，它的背后是谋求经济利益的游戏公司，而不是另一个上帝，因而它的影响力也是有限的。但是在网游小说中，主角往往能通过网络游戏对现实生活施加影响，小则功成名就、一夜暴富，大则统一全球、成就霸业。创造者正是通过对这种影响力的夸张描写来烘托网络游戏的崇高地位，以便进一步隐藏网络游戏的虚拟性质。蜗牛在《重生之贼行天下》（以下简称《贼行》）的创作中，就打造了一个"完成了与现实货币的对接，彻底融入了人类的生活"的游戏，让主角聂言凭借重生的优势在游戏里聚集大量财富，形成商业帝国，最终成功致使前世的仇敌破产。更加独特的是，小说设定虚拟头盔、生物舱的生物电流可以反作用于玩家，增强玩家的实力。聂言在游戏里晋升为"影舞"后，连带着他的现实搏击实力也在不停地暴涨。游戏和现实这两个不同的世界紧密地粘连在一起，不断地成为一个不可分割的整体，对小说中的人物而言，游戏世界俨然成为他们的第二世界，它是虚拟的，也是现实的。

二、塑造立体"盗贼"形象

在蜗牛的五本网游小说里，世界设定大多大同小异，但是这五本小说在形象创设上却分别塑造了五个独具魅力的主角，其中，"盗贼"最为出彩，成为无数读者心目中的经典形象。实际上，这里的"盗贼"指的是小说里主角的游戏职业，而非主角本人，但是在网游小说中，游戏职业的设定恰恰是成功塑造人物的前提条件。"网络小说中的人物通常具有一种职业身份，他们用自己的职业技能解决问题，实现自己的人生愿望，而这些人物的创造，也重视其人性与职业属性的展示，或者用职业属性来强化人物的某种特质，呈现作品的类型特征。"[i] 在网游小说中，小说主角在游戏世界里要自主选择一个职业身份，职业决定了这个游戏角色属性的优势、劣势，能够学习的技能，以及他将以何种方式实现自己的目标。这些便成为创设人物形象魅力的源头，甚至还可以从中窥探出主角的某些深

---

i　王祥：《网络文学创作原理》，中国人民大学出版社 2015 年版，第 185 页。

层次的精神价值。蜗牛塑造的"盗贼"之所以能够深入人心，就在于他对"盗贼"这个游戏职业的充分了解和合理创设，并用游戏形象对现实人性进行了另类演绎。

蜗牛笔下以盗贼为游戏职业的主角一共有两个，即《贼胆》中的萧御和《贼行》中的聂言，虽然同为盗贼，但是两人的性格就像一个硬币的正反面，截然不同。萧御在游戏中是难得一见的独行侠，他几乎不和其他玩家打交道，拒绝了大部分的组团邀请，独自挑战任务或参加黑赛，正是这种淡漠让他的形象有了一种无法被言尽的神秘感。然而蜗牛又不时地将笔触转向萧御对妹妹、女友等亲密之人的温柔体贴，为他增添了一些侠骨柔情的暖色。《贼行》中的聂言却是一个"狂贼"，行事高调，狂放不羁。熔火森林战役时，聂言指挥公会精英，以十人之力灭杀对方五百余人，并且把杀人数实时张贴到游戏官网上挑衅对手。之后他又在七八百人的注视下，孤身一人闯入敌对阵营，抹杀敌方头领，"狂贼涅炎"一举成名。与此同时，聂言作为一会之长，擅长和各式各样的人打交道，上能和其他公会会长共处，下能让公会众人信服，是一个天生的王者。但无论是特立独行的孤胆英雄，还是大权在握的游戏霸主，蜗牛将这两个拥有完全不同灵魂的盗贼都塑造得各有千秋，而小说里出现的几个重要盗贼配角也同样令人过目不忘，可见他对盗贼形象的拿捏已经达到收放自如的地步。

萧御和聂言这两个不同的盗贼形象之所以能够具有立体感，很大程度上源于蜗牛在小说中始终保持角色性格的一致性。在网游中，盗贼角色其实更类似于刺客或者杀手的形象，他们虽然也具备偷窃、开锁等盗贼技能，但这些技能仅仅起辅助作用。相比之下，他们更习惯于潜行和隐藏，在暗处伺机而动，杀人于无形。蜗牛在塑造盗贼这种幽暗的职业气质时，巧妙地将主角的现实身份背景安排在阴影之下，让这种性格气质有了能够"立起来"的根基。《贼胆》的主角萧御从小父母双亡，只身一人在贫民窟里抚养妹妹，因而早早地尝尽了人情冷暖，糟糕的身世和特殊的经历也就造就了他淡漠、内敛的性格。形势所迫，他只能靠偷窃恶霸、流氓等恶人的财物来维持生计，从而练就了他神乎其神的盗窃技术。萧御在游戏里同样选择了盗贼职业，并且凭借自己的力量成为盗贼界的传奇人物，恰恰与现实形成了呼应的关系。萧御的身世经历成为游戏角色的身世经历，从而使这个虚拟的盗贼具有历史纵深感。与此同时，由于现实萧御和游戏萧御的性格气质具有高度连贯性，因而在小说通篇以叙述游戏角色为主的情况下，读者依旧能够触摸到现实萧御的形象。《贼行》里，聂言在现实中虽然不是盗贼，但是在前世被仇敌所逼，陷入囹圄，最终只能以生命为代价暗杀了仇敌，"暗杀"其实就为聂言的形象铺了一层底色。在重生后的游戏里，"暗杀"这个行动便反复出现，成为聂言彰显实力的标志性行为，同样塑造了一种前后对应的一致感。

蜗牛还在小说中打破了人们对盗贼的刻板印象，将人物形象"立起来"的同时又将他们提升到了善的高度。相比战士、法师、牧师等游戏职业，盗贼是暗中作战的角色，他们很少正面应敌，更多的是依靠隐形、潜行等优势进行偷袭和刺杀，因而盗贼的形象通常隐藏在黑暗中，若隐若现，让人看得不真切，总给人一种鬼祟小人的印象。但蜗牛恰恰利用盗贼这种不真切的印象把人性中对善的追寻给表现出来了。萧御在游戏中选择了"邪恶联盟"的亡灵贼，因为他觉得自己并不是一个好人。实际上，萧御虽然拥有高超的偷窃技术，但是从来不滥偷，只对恶人下手。所谓盗亦有道，正如萧御一般，有自己的坚持和原则，即便可能会面临食不果腹的困境，他也坚决不偷普通人。相比萧御，带着前世血海深仇重生的聂言在行事上必然狠辣。但聂言实际上是蜗牛笔下的"三好学生"，他在游戏过程中一共获得了公正、勇气、仁慈、诚实、牺牲、坚毅、谦逊和灵性八个人物状态，每一个状态都是游戏在他表现出某种品格时对他的奖励。蜗牛在两部小说里花费很多笔墨，埋下长长的伏笔用以表现主角性格中的闪光点，而这些闪光点是在不明朗的生活处境和人生经历的压迫下长亮不灭的，他展现了复杂人性中对善的不懈追求。蜗牛笔下的盗贼虽然身处幽暗，实则心向光明。

三、创设模式化情节

蜗牛的网游小说之所以能够笼络大批粉丝读者，在很大程度上得益于小说情节对他们的吸引力，而这种吸引力恰恰是源于能够满足快感需求的模式化情节。对于大多数网络读者而言，在很多时候世界的设定是否宏大、人物的创设是否生动并不会引起他们太多的关注，往往足够"爽"的情节便能成为他们追捧这部小说的动力，而情节的模式化创作恰恰最能让作者满足读者的欲望诉求。对比蜗牛的所有网游小说，许多情节都沿袭一个套路，例如落魄的开端、偶获极品装备、越级挑战、传奇任务、在游戏中敛财致富等等，这些情节无疑都能在不同方面刺激读者的快感。而聚焦到其中具体的一部网游小说上，我们会发现这些满载"爽点"的情节会在同一本小说里被反复套用。例如《贼行》，聂言成长为游戏霸主的过程就是反复完成任务以及毁灭敌对公会的过程，而在这一过程中，类似只身一人刺杀敌方首领、率领少数人搅乱敌方阵营等情节又会在不同的任务和事件中反复出现。

　　模式化的情节虽然让蜗牛在创作中能够满足大部分读者的快感需求，但是仅凭这一点还不足以让他在网游小说界称神，蜗牛的厉害之处在于他能够在模式化的圈圈里将情节打造得引人入胜。其中，清晰的逻辑是蜗牛创作小说情节时的显著特点。蜗牛在小说里将各个情节安排得环环相扣，有条有理，不会为了制造"爽点"而牵强附会，也很少出现"挖坑不填"的情况。由于小说各部分都联系得非常紧密，因而能够时刻牵动读者的心理，即便是套路也显得合情合理。《贼行》中的聂言是带着血仇转世的重生者，小说一开始就已经确立了复仇这一最终目标，这一情节主线的早早建立也使得这部上百万字的小说不会偏离原来的轨道，所有的任务、战役、公会事务、现实生活等情节都从这一条线索发散开来又回归到这条线，从而循序渐进地发展故事情节。与此同时，在游戏任务这一条支线上，通常一个任务会被分成好几个部分完成，甚至会跨越几百个章节，但是蜗牛总会提前埋下伏笔，当需要某一件装备时，就会自然而然地引出这个任务。《贼行》中，聂言在第 185 章就已经接受了"十骑士"任务并完成了其中的一部分，由于难度问题直到第 562 章才再次执行任务，而真正完成这个任务却是在小说结尾需要任务 NPC 帮忙的时候。将任务以长线的形式贯穿整部小说，不同任务之间又相互交错，但蜗牛依旧可以将每个任务叙述完整，并且井然有序，可见他在情节的架构上颇具匠心。

清晰的逻辑让蜗牛创设的情节浑然天成，除此之外，细腻的描写也让模式化的情节独具风味。在蜗牛的小说里，很少会出现浅白无味的口语化描写，更多的是用细节的刻画来让情节生动起来。例如《贼行》中聂言在众目睽睽之下成功刺杀敌方首领黑卓这一情节，蜗牛通过描写聂言的三次笑将他的内心活动表现得一览无遗。第一次，聂言站在高坡上，面对众人的注视挑衅黑卓，嘴角露出一丝笑，这一笑是对捕杀"猎物"的绝对自信。第二次，在成功杀死黑卓逃离前对另一个目睹一切的敌人淡淡一笑，虽然是淡淡的却有着警示和不屑的意味。第三次，聂言在安全逃离后，伸了一个懒腰，露出一丝纯净的笑容，这是达成目的后如释重负的微笑。相比许多网游小说将主角的内心吐槽原封不动地搬到小说上，蜗牛的细节描写虽然含蓄隐晦，但是却能将一个高手的气场展现得淋漓尽致，着实能够让人眼前一亮。细腻的描写还让蜗牛的情节具有一种感染力，让读者不由自主地沉浸在小说营造的氛围中。蜗牛在《贼胆》中写到萧御与一个任务NPC——幽灵男孩相遇时，先聚焦于环境的描写，营造了一种悲凉凄惨的气氛作为小男孩出场的背景。而在小男孩讲述悲惨身世时，萧御不是作为一个玩家看客而无动于衷，瘦削无助的小男孩让他回忆起了自己的童年，萧御的心绪在与小男孩的接触中被牵动着。蜗牛对环境、神情、心理活动、对话的精心刻画使这个情节极富有画面感，将读者笼罩在与小说同样的氛围中，和故事人物一同呼吸。正是这样的小细节让这些模式化的情节有了别样的生命力，也让蜗牛在众多网络写手中脱颖而出。

蜗牛创设的情节在本质上依旧是一种模式化的创作，但不能否认的是他在创作过程中并没有完全依赖这些模式，而是从不同的方面去弥补模式带来的空洞感。另外，也因为这种模式化的创作在网络小说界极其容易被仿写和抄袭，蜗牛的网游小说在随着时间的消逝后反而被视作简单的套路化创作。因此对蜗牛的小说除了要以当下的眼光去评价，还要将之放到当时的创作时间去审视其价值和地位。

四、理想化的"义气"表达

相较其他类型的网络小说，网游小说的读者群体比较特殊，他们往往既是读者又是游戏玩家，因而除了最基本的快感需求，他们还期待网游小说能够激起他们作为玩家的共鸣。为此，蜗牛在网游小说里不断渲染公会、团队之间的兄弟义气，借以点燃这些玩家读者玩游戏时的热血回忆。兄弟义气是蜗牛小说的情感内核，而这股兄弟义气在具体的表现方式上很大程度上来自传统的"义气"观。

"义气"的概念源头可以追溯到"义"，但是其意义已经与"义"相差甚远。在历史上，有关"义"的含义莫衷一是，各家学派都对之做出了自己的诠释，因而难以对"义"做一个明确的界定，但可以确定的是，"义"是一种道德准则和伦理概念。而"义气"则是指"由于私人关系而甘于承担风险或牺牲自己利益的气概"[i]，可见"义气"保留了一些"义"的道德内涵，但是已经转变为具体的人与人之间交往的行为准则。同时，"义气"还融合了"利"和"报"这两种因素，即"义气"的具体表现形式是双方之间互利互报的过程，一方在"利"人的同时也期待得到另一方的回报。正如王学泰先生所说的，"闯荡江湖的人们讲究'义气'，不是单纯的奉献，而是一种投资。虽然它并不希望具体的受施者的回报，却希望得到江湖——游民群体的认同，得到他们的赞许，为他开辟更为广阔的生活空间。'多一个朋友多一条路，多一个对头多一道山'，就是这种意思的明确表达"[ii]。当然，不是所有的义气都必然建立在实际利益的基础上，同样存在很多全然出于善意的行为，但这并非主流。

在蜗牛创造的游戏世界里，"义气"是通行的准则，而这种"义气"同样也隐含了互利互报的过程。在《贼行》里，聂言前世虽然落魄怯懦，但是身边一直有一群维护他的兄弟，因而重生后他对这帮兄弟同样肝胆相照，这是兄弟义气的体现，同时也是对前世兄弟的义气行为的变相报恩。聂言在碰到陌生的游戏高手

---

i　中国社会科学院语言研究所：《现代汉语词典（第7版）》，商务印书馆2016年版，第1551页。

ii　王学泰：《游民文化与中国社会》，学苑出版社第1999年版，第274页。

时，一旦确定这是一个重情重义之人，他便会有意地去结交和招揽，并且不顾安全、不计利益地去帮助他们，这种行为其实暗含了想要得到回报的意思。例如，"黑卓"是聂言好友"璀璨刀光"的仇家，聂言在榕火森林之役时本没必要刺杀他，但是为了让"璀璨刀光这个全服前三的盾甲战士从此归心"，他冒险在几百人中杀死了"黑卓"。聂言凭借这样舍命相搏的义气行为得到了那些玩家的感激和认可，他们理所当然地加入到牛人部落，反过来帮助聂言征战天下，这彰显的正是一种互利互报的义气行为。《贼行》里，曹旭在溃败时依旧想不明白为什么那么多高手对"牛人部落"趋之若鹜。明明他可以提供更高的福利。因为聂言招揽的高手皆是义气之人，而曹旭的这些"利"并不在"义气"范畴内，也就无法获得真心实意的回报。

在蜗牛小说中，兄弟之间义气的行为深受传统的"义气"行为的影响，但是又有些许的不同，因为传统"义气"中的"报"和"利"难以用来解释"牛人部落"里成千上万玩家的义气行为，他们互不相识，也没有太多利益纠葛，但是他们却会为了彼此，为了"牛人部落"而拼搏。相比具体的物质回报或是为了更大的发展前景，这种"义气"更多地来源于玩家们的内心诉求，更倾向于关照内心，从而获得一种精神上的满足和愉悦。"牛人部落"在与"天使霸业"决战时，聂言为部落玩家们吟诵了游戏序章上的一首诗，点燃了他们的热血。"在沉沉的暮霭中，借着篝火的闪耀，让神见证，曙光与星月交替，光明寂灭，黑暗消散，世界因我们的到来而改变，我们从此聚在一起，共同进退，同生共死，直至大地无处不留吾辈之踪影，荣耀即吾命。"[i] 这里的"荣耀"不仅是一种荣誉，对于游戏玩家而言，也是一种信仰，是现实生活中缺失的精神追求。而实现这一荣耀的便是"聚在一起，共同进退，同生共死"，从而构成了玩家之间特殊的"义气"。

有关"义气"的叙事不仅是蜗牛网游小说的一大亮点，也是蜗牛用以平衡欲望叙事的方式。聂言最终成功复仇并且成为游戏霸主，在本质上依旧是依靠暴

---

i　发飙的蜗牛：《重生之贼行天下》第 910 章，起点中文网，https://vipreader.qidian.com/chapter/1693876/34662774，引用日期：2017 年 5 月 4 日。

力和团体势力实现的，因而在叙事中隐含着对力量和权力的崇拜。而且，游戏中的杀戮、战争等设定虽然是虚拟的，但是这种竞争模式同样隐现了现实生活中的"丛林法则"。然而，在这个奉行"丛林法则"和"狼群理论"的世界里，蜗牛却极力开辟出了一块相对干净的"桃花源"——"牛人部落"。在部落里，每一位玩家平等相处，每一个玩家都受到重视，强调"义气"相待。虽然这个"桃花源"也离不开权力和力量的维护，也依旧会被误认为是"丛林法则"的另类演绎，但是不可否认的是"义气"引起了所有玩家和读者的情感共鸣，并且让他们心向往之。蜗牛在小说末尾又回到了现实世界，写"牛人部落"玩家们聚会，"他们聚集在一起之后，却没有丝毫在意对方的身份，高谈阔论，混在一起，一个个犹如亲兄弟一般。他们彼此之间不称呼对方的姓名，而是叫彼此的网名"，可见，在"义气"背后是蜗牛对理想社会中人与人相处模式的思考和想象。

蜗牛创作的网游小说以其虚实相生的游戏世界设定、逼真的"盗贼"形象、清晰细腻的情节和荡气回肠的"义气"表达成为网游小说界的经典之作。虽然蜗牛在 2013 年便不再创作网游小说，开始向玄幻转型，但他所塑造的热血游戏传奇却一直在网游小说界延续。

（缪小静　执笔）

＃作者访谈＃

受访者：发飙的蜗牛（蜗牛）

访谈者：单小曦、缪小静、缪丽雅

访谈时间：2017 年 3 月 31 日

访谈地点：杭州若鸿文化创意有限公司

一、网游小说的优势及其对玄幻文的借鉴和创新

单小曦： 网游小说是网络文学中比较独特的一种类型小说，是文学与网游相结合而衍生出的，小说中的世界构架、情节设定、发展模式都是基于网络游戏的设计而进行文本化书写。虽然网游小说与游戏关系很紧密，但它们毕竟是两种全然不同的艺术形式，那么这两种形式哪个对人们来说会更有吸引力？

蜗　牛： 吸引力主要还是看读者主体的意向，毕竟大多人都会有所偏爱。很多玩游戏的人并不看小说，也没有接触到网游类小说。但是对于会玩游戏同时也爱看小说的人，我的游戏类小说会让他们更有代入感，对他们也更有吸引力。

单小曦： 我一直在思考，网络游戏实际上是通过互联网给人们创造一个梦幻的虚拟空间，在这个空间里，人们不用理会现实社会可以去重构自我和人生。有些玩家在现实生活中可能并不出色，但是在游戏中他完全可以成为叱咤一方的霸主，这种参与感是小说无法比拟的。小说毕竟是文字

的、静态的，往往是通过文字描述去激发读者们的想象，读者仅仅是故事的旁观者，而网络游戏是动态的、可互动的，玩家是直接的参与者。但是按你刚才的说法，比起看网游小说，在现实中玩网络游戏带给他们的快感反而是有限的，无法满足他们更多的欲望诉求，而通过读你的网游小说，他们可能会得到更大的快感。可以这样理解吗？

蜗　牛：会有这方面的特点，读者看网游小说的时候，虽然没有像玩游戏那样直接参与到故事里面，但是在潜意识里会把自己放在主角的位置上，感觉自己和主角一样成长为游戏的主宰者。小说里发生的情节往往是现实世界无法实现的，毕竟现实世界里的一个玩家是永远不可能去主宰游戏的。在现实中要想成为像网游小说里主角那样的人物，玩家肯定是一个往游戏里面大量投钱的人民币玩家。而且即便他投入了很多的钱，可能还得不到那种满足感。相对来说，网络游戏小说更加廉价一点。

单小曦：网游小说和游戏其实都是在追求一种爽感，那么随着 VR 技术的发展，网游的仿真性越来越强，而游戏类小说由于它的间接性，会不会越来越败给游戏本身？

蜗　牛：写小说的人永远不能指望读者永远看你的小说。而对于游戏的发展我们是特别乐见其成的，因为在未来，我们的小说读者可能会越来越少，但是小说可能会被改编成 VR 游戏，给 VR 游戏提供一个故事支撑。

缪小静：您写了这么多网游文，也是凭借网游文一举成名的，后来是什么驱使您转型写玄幻文的呢？您不怕原有的读者群流失吗？

蜗　牛：这个原因其实有点功利，市场需求的变化在很大程度上导致了我向玄幻转型。当时，我写的网游小说在网游这一类型里面相当火，有三四部占据了整个网游类小说榜单前十的位置，但是我跟写玄幻小说的网络作家依旧没法比。首先是阅读群体的差距，我在 2011 年写的《重生之贼行天下》在当时拿到了月票榜第一，如果就网站看到的数据，我可能和最顶尖的那几位网络作家差距并不大，但是手机移动阅读的数据出来之后，我就发现两者的受众数量差距太大了。玄幻文的阅读群体就是网游文的几十倍，甚至是上百倍。另外一个原因是玄幻小说的版权衍生价值非常大，可以被改编成为漫画、动画、游戏。作为一个写小说的人，我一直有个梦想，就是希望自己的小说有一天能被改编成漫画、动画、游戏之类。既然游戏类小说实现不了我这个梦想，那我就去写玄幻类的，这也是我转型的一个非常重要的推动力。当然，读者群也确实有流失。当时我给自己定的目标是这部转型的玄幻小说要达到整个移动和阅读销售榜的前五，但是可能因为我的读者群已经相对固定了，口味都偏向网游类型，所以最高的时候也只达到六七名，没能实现我心里的一个预期。不过那个时候《九星天辰诀》也还是非常火的。

单小曦：你作为一个作者来讲，有没有分析过网游小说的阅读群体为什么会远远小于玄幻小说的阅读群体？

蜗　牛：网游小说的受众相对来说比较特殊，他们往往兼具读者和玩家两种身份，也就是说看得懂并且乐意去看网游小说的人基本上也是会玩游戏的，比如我写的那部《重生之贼行天下》百分之九十五的读者都是玩过游戏的。虽然玩游戏的人很多，但是玩游戏的读者占整个网络文学阅读群体的比重并不大，大约在十分之一，甚至更低。

缪小静：您在书评区说过，在刚开始写玄幻的时候，因为不成熟，所以会有模仿其他玄幻小说的痕迹，在之后才会慢慢形成自己的风格。您现在也已经创作了不少的玄幻小说，您觉得您现在是否已经形成自己的风格？

蜗　牛：在《九星天辰诀》的后期我就已经开始显现出自己的风格了，而在《妖神记》里，我的风格更加突出。

缪小静：那您觉得您的风格和您之前借鉴的玄幻小说的风格有什么不一样的地方吗？

蜗　牛：我的风格大概就是不走套路，更加天马行空一点。像我接触的一些作者，他们在写到小说的某个情节时，脑子里可能会瞬间蹦出二十种剧情发展，然后他们会选择其中一种继续写下去。而对于我来说，在相同的情况下，我脑子里也会瞬间出现二十种想法，但是我会选择第二十一种去把它继续写下来。我最怕的就是我的故事沦入到别人的套路里面，这样会让我的作品显得平庸，我更多的是尝试去突破，写一点不同寻常的东西去超越读者的预期，至少是超过我心里的预期。在写《妖神记》的时候，我正在思考中国的玄幻文学为什么没有办法推到海外去，我当时觉得可能是文化之间的差异性太大，导致很难磨合。在这个基础上，我想我是不是可以在中西方的文学之间找一个中间点，能够让两者都接受，于是我在《妖神记》里就构造了这样一个妖灵世界。比如"妖灵师"这个名词，就是经过反复研究的。这个名词是中国玄幻读者能够接受的，但是把这扔到西方文化里，西方读者也是能够接受的，我会尽量兼顾到海内外的读者，这也是我不同于其他玄幻小说的一个点。而且《妖神记》是为了漫画改编而写的，所以我在写的时候是基于一种漫画的画面感去表达的。

单小曦：刚才的说法非常有意思，就是别人想到的二十种情节发展可能都是套路，而你会去突破，去创作出第二十一种，超出一般人的想象。网络小说普遍被认为是一种类型小说，而类型化也使得小说容易陷入同一种创作模式，也就是我们所说的套路。现在大家认为网络小说的水平很难提高一个重要原因就是模式化太严重，一方面同一个作者写的几部小说可能都是差不多的人物设计和故事情节，另一方面不同作者写的同一类型的小说也可能是差不多的套路，大家都在相互模仿甚至抄袭，很难有所创新。所以你能试图在大家能想象到的套路之外，主动地去探索我怎样给读者带来更多的新奇感，这是非常难得的，这也应该是每一个网络作家努力的一个方向。

蜗　牛：其实我接触到的很多成名的网络小说作者都有这样的创作意识，而且在我看来，网络小说不是没有在创新，而是很多研究者没有坚持看到小说的创新之处就对这部小说盖棺定论。他们研究一部玄幻小说，可能只看了三四十万字，凭着这几十万字的印象就认为这部小说就是套路，之后的发展也不会有什么出乎他们意料的地方。但是小说最精华的部分往往在三四十万字之后，甚至是百万字之后。比如我以前看的几部玄幻小说，我看了前面就觉得索然无味，果断弃文了，但是后面它的成绩却越来越好，读者也越来越兴奋，大家都在热烈地讨论。作为从业者，我需要知道为什么这本书后来越来越火，所以我耐心地看了下去，而在看了五六十万字，甚至一百多万字之后，我确实被这本书的故事或者世界观给惊艳到。

缪小静：网络小说创作中流传着这样一句话叫"开篇三千定生死"，这与您说的到四五十万字才开始爆发是相互矛盾的，您对此怎么看？

蜗　牛：开头对一部玄幻小说来说确实非常重要，好的开头能吸引读者看下去，但是在前面大家往往脱不开那个套路。例如很多玄幻小说都是从主角的少年时期写起，而一个少年对这个世界的认知往往是有限的，在前期你只能慢慢去发现。就像在现实世界里，刚开始我们的视野也是非常有限的，但是之后我们通过探索，逐渐看到了更为广阔的世界。在这个过程里，你的感知会不断受到冲击，思维也会越来越发散，到那个时候你就会发现这个世界是那么的绚丽夺目，你才会真正地去热爱这个世界。也就是说，小说到了后期才会展现出越来越精彩的世界，越来越超乎你想象，它带给你的震撼感也就表现出来了。《三体》其实就是这样的，刚开始的时候并不吸引读者，但是随着故事的推进，你会彻底被作者的想法惊艳到。

单小曦：也就是说从创作的角度去看，小说前面必须要有一个积累的过程。读者他们本身的视野也是有限的，作者不能一下子把他们带到一个非常开阔的领域里面去，而是要慢慢地去培养他们对那个世界的理解，到了几十万字之后自然而然地就会展现出一个超乎读者想象的世界、能力或是空间。这个说法很有意思，可能是长期以来我们研究玄幻文学都忽视了的一个点。以前我们认为作者是为了积累人气，为了提高点击率而故意去拉长小说，现在看来这可能只是一个方面。而另一方面，从创作本身出发，它是在扩展读者本身的视野，这个过程中也是作者对读者的一种引领。这个观点也打破了我们以前的一些看法，认为作者一定是跟着读者走的，但其实也不一定，在这里面读者跟着作者走，这个说法很好。

二、网络文学写作不能被读者左右，编辑助力有限

单小曦： 网络小说往往以读者为中心，而不是以作者的自我表达为中心。那么在这样的创作过程中，作者有没有可能被读者完全牵制。比如有的粉丝会对小说提出具体的创作意见，建议作者怎样去写接下来的情节，怎样发展小说中的感情戏，这是比较理智的。但有些读者可能会非常"任性"，全凭个人喜好提出各自不合理的要求，比如要求把某个人物在第几章给写"死"，否则就不再看这部小说，而我发现也确实有作者为了读者就把那个人写"死"了。从你的创作角度来讲，你是怎么评价这种创作方式的？

蜗　牛： 在我看来，这样的作者是永远成不了"大神"，他只能在网络文学的底层去写一些完全迎合读者的小说。我们写小说的时候，虽然会有很多的读者给我们提各种各样的建议，但肯定没有办法顾忌所有读者的喜好。像我自己刚开始写小说的时候，女性角色的塑造一直是我的软肋。每次写到女主角的戏份，下面就会有很多人喷，说我但凡写到女主角的戏份都太难看了，人物对话也不自然之类的，让我不要再写了。如果当时我选择不再写女性角色，那我可能到现在也完全不会写。虽然那个时候我写一次，被喷一次，但是我依旧坚持到现在，而且我觉得我笔下还是塑造出了几个读者喜欢的性格鲜明的女性角色。对于我们这些网络作家，被读者喷是很正常的事情，大多数人已经习以为常了。我觉得作家应该

正视读者的一些有用的意见，并对此进行独立的思考，然后在创作中不断地去修改和进步，直到被大家抨击得越来越少。这个才是我们这些网络作家应该前进的方向，而不是完全听读者们的意见。在网络文学中有一定地位的作品往往都带有强烈的个人风格，能够自成一派的，这种作品才会有很强的号召力，才会有很多的粉丝去追捧。而同质化非常严重的一些作品，就算写得再好，也只能处于网络文学的中层左右。

单小曦：这样一种作者和读者的交互活动，我们称之为合作式生产。读者在阅读这部小说时，往往对人物、情节，甚至场面的设定上形成一些他自己的想法，但是他们往往水平有限，不能自己操刀，于是就通过在线交流互动把自己的意见表达出来，以此来影响作者写作。像你刚才说的，作者可能不会完全向读者投降，但是出于网络文学对读者粉丝的依赖性，作者也没有办法一意孤行，他们还是会根据读者们的意见适当地进行调整。在理论上我们认为这其实是作者在领着一群粉丝共同生产，作者更像是一个创作群体的领导者，或者组织者，你认为这样一个概括准确不准确？

蜗　牛：在以前，传统文学如果要出版，那我写出来的这部作品要给一个编辑看，编辑会给你各种修改意见。只不过到了网络文学，就不只是一个编辑给你修改意见，无数的读者都在充当编辑的角色，他们都在不断地给作者提出意见，网络作家就好像要经历无数个编辑的评论。一个作者纯粹地去听他们的意见是根本修改不过来的，毕竟一千个读者有一千个哈姆雷特。但是我们会在创作过程中把无数人的意见做个汇总，再做出一个判断，尽量满足大多数人的意愿，这也确实算是一种合作式的创作模式。

单小曦：你刚刚说的编辑也很有意思，因为据我了解，很多编辑也在积极参与网络文学的研究，比如说血酬，他曾经出版过《网络文学新人指南》之类的书。在某种意义上，尽管网络文学的编辑和传统期刊的编辑已经不太一样了，但是他们也算是一个把关人。那么在你的写作过程中，编辑对你的帮助有多大？有没有遇到过这样的编辑，他发现了你，然后他在你的创作道路上推动了你，给你提出了很多专业性的修改意见？

蜗　牛：我签约的第一本小说是完全没有任何人指导的，自己写，然后自己发上去。在写第二本书《网游之练级专家》的时候，我是有发给编辑看的，编辑看了后会给我提很多意见，让我回去修改一下，我就会拿回来稍微修改一下。但是修改后给编辑看，编辑可能还是会有各种意见，在这个时候我可能就不耐烦了，就直接自己发上去了。编辑提出来的一些意见确实是不错的，但是我觉得在我的创作过程中，他们占的作用在百分之十左右。

单小曦：百分之十的比例也不少了。

蜗　牛：确实不少，他们给我们提出了很多有用的意见，他们的作用也非常重要，但是他们的意见大多集中在作品的开头阶段，后面的话基本上是我们自己创作了。我们是在千千万万的网络写手中搏杀出来的，基本上都是靠自己的实力一级一级迈上去的。

单小曦：你的意思就是说自己的力量更为重要，编辑最多是先帮你们打开局面，之后他们可能就不怎么管你们了。那么这是不是说明编辑最关注的可能只是小说的点击率，也就是这部小说的商业价值。例如他们在开头给你们提一些意见是为了提高这本书的点击率，点击率上来了，经济利益可能就更大了。这是不是可以说明他们提意见主要还是从商业利益这个角度，或者是从网站经营这个角度来给你们意见，那么编辑对提高网络文学质量的作用有多大呢？

蜗　牛：他们对有些作品的成绩不满意，就提得更多一点，如果作品成绩好，他们也就不提了。其实只要作者到了一定程度，他们基本上是不提意见的，一般只是给新人作者提意见，因为这些新人作者在写作的时候往往会碰见各种各样致命的问题。在网络小说写作浪潮中出现了成千上百万的作者，但是最终能够成为职业作家的可能不超过五千人，这个淘汰率是非常高的，剩下的这五千之外的人可能根本不知道小说怎么写。而编辑则会对某一些看着非常有潜力的人提出一些意见，而其他大部分人扑街了就让你扑街了。

三、中国网络文学走向世界需要提高文化共识度

缪小静：我觉得玄幻小说是非常具有包容力的小说类型，不同的作家在世界和等级上都会有自己独特的设定，比如《斗破苍穹》的斗气，《斗罗大陆》的武魂，您写的《九星天辰诀》里的武者、妖兽、玄兽，《神纹道》里的神纹，《妖神记》里的武者、妖灵师，等等，您在构架整个世界体系的时候，就好像在重建一个神话体系。我想知道这种构建世界的想象力都来源于哪里？

蜗　牛：网络文学的发展历程并不算长，但是在这十几年里就衍生出了各式各样的类型和流派。在不同的时期，会流行不同类型的小说。而这些小说的故事情节是怎么样的？它创新的地方在哪里？它对网络文学的发展产生了什么样的作用？我不仅仅是知道，而且也在总结，总结的目的是更好地创作，这是我创作的一块基石。同时，几百万网文作者在网络文学的文化推演过程中，都在不断地去吸收和总结来自各个方面的文化和信息，进而去丰富网络小说的内容。就我个人来说，在前期，《魔兽世界》的世界观对我影响比较大，我创作风格偏向西幻。而我转型去写玄幻的时候，也对玄幻小说进行了一个系统的研究。也就是说，我的想象力其实基于我自己庞大的阅读量。我是一个看书特别多的人，除了网络小说、漫画、影视、新闻我都会看。在看的时候，我不会以我纯粹的喜好去评判它，而是从专业的角度去分析和思考它们吸引人的亮点，它们的受众情况之类。我可能不喜欢看一些作品，但是我会知道它的受众在哪里，它为什么火。

单小曦：你有看过很多古代的神话故事吗？

蜗　牛：有，这个也看了很多。

单小曦：很多玄幻作家都表示在神话传说里面汲取了很多营养，而且很多玄幻小说的人物形象、故事情节都脱离不开神话传说，因此很多学者认为研究玄幻类的网络小说应该用神话的视角出发，用专业术语就是神话原型批判，你觉得这样一种思路有没有道理？

蜗　牛：从网络文学的发展历程来看，玄幻文学并非从神话故事里演进过来的，而是从西方奇幻文学里面演变过来的。我看网络小说，最早是看奇幻小说，网游小说其实是对奇幻小说的一种深化，西幻也是奇幻衍生出来的一个类别，而玄幻又是在这些基础上慢慢推演出来的。在演进的过程中，作者不断地加入各种中国元素，使小说有中国文化的味道。而作者最熟悉的中国文化往往就是从小接触的神话故事，那么很多作者就会自然而然地从神话里面提炼出元素来放到小说里面。

单小曦：那你就是说中国的玄幻小说已经不再是西方的了，可以算是我们本民族开创的一种文学了。

蜗　牛：对，玄幻其实算是本土文化和外来文化进行了一个融合，然后演进到一定阶段的产物。

单小曦：那么你觉得中国的玄幻文学现在是走在世界前列的吗？

蜗　牛：不能说是走在世界前列，而是说中国在吸收了西幻文学，还有本民族的一些元素之后，在一定程度上到了一个推向世界的时间节点。文化的发展真的是很有趣的一件事情，就像韩剧首先在韩国本土很火，韩国人自身也非常喜欢看。他们在这个领域不断地推陈出新，各种剧情桥段不断演进，到了一定程度之后就高于别国的言情剧了，这个时候就开始被推向世界，去扩张。日本的动画、漫画也是这样的，好莱坞的美式英雄也是这样的。而我们的玄幻文学也是到了这样一个节点，已经演进到了可以向外输出的程度了。文化发展最终都会出现向外推广的趋势，因为大家对文化都会有个猎奇心理，比如说外面的一些本土文化对我来说是特别新奇的，我就会想去了解，去学习，就像西幻刚刚进入我们国内一样。而玄幻放在世界范围内，目前还处于比较新奇的一个阶段。

缪小静：实际上，网文也正在对外输出，而且在外国产生了相当大的影响，像您的《妖神记》在国外就相当火。而且越来越多人也把网络文学当作中国文化战略的主要力量，您认为中国的网络文学要想彻底在国外发扬光大，产生像《哈利·波特》那样的现象级作品，最关键的要素是哪些？

蜗　牛：《哈利·波特》为什么会在全世界范围内流行开来？我认为最重要的一个原因就是小说中"魔法"已经被全世界范围内的人认可和接受了，这个概念通过各种形式影响世界的各个领域，并且进入人们的认知范围。在这个基础上，《哈利·波特》很容易被读者接受，因为魔法这个东西他们早就知道了。另一个原因就是小说本身在世界设定、故事情节等各方面的新奇性，很容易就能吸引到大多数读者的眼球，所以它被捧到了一个很高的地位上。而中国要想打造出一个像《哈利·波特》这样的现象级作品，首先不是说要去创作出一个多么高水平的作品，其实我觉得中国有很多作品并不比那个低，而是说中国的网络文学如何去达到一个被世界范围内读者理解的水平呢？让几百万部的各式各样题材的网络小说能够被世界各地人接触到，并且他们都能接受和理解。比如说让一个外国人去看一本修仙小说，但是他根本没办法理解"修仙"的含义，如果这个最核心的概念他们根本无法理解，那么这本书对于他们来说根本没有什么意思。只有让外国人先理解这些概念，然后被这些概念惊艳到，之后再推出相应的作品，才有可能打造出中国的《哈利一个波特》。

缪小静：那您现在的作品海外推广情况是怎么样的？

蜗　牛：《妖神记》在 Wuxiaworld 里连载，Wuxiaworld 是中国网络小说对外输出的一个窗口，它的海外受众相当多，而且都是读者们自发翻译中国网络小说的。《妖神记》被翻译到 Wuxiaworld 后，莫名就火了，据说排到了第一。后来，我们才发现我们这部小说的火和我们的漫画有很大的关系，因为我们的漫画在海外推广得很厉害，知名度也比较高。有很多来自世界各地的读者给我们发邮件表示喜欢我们的作品，一些华裔看到我们的漫画，还以为是日漫，发现这是国漫后，他们都很激动。这个还是以纯漫画的形式所达到的效果，而动画的影响力又远远超出漫画，我们也已经在慢慢推出自己的动画，等我们动画完成后，估计影响力会更大。

四、IP 开发改变了网络文学创作模式

缪小静：我知道您现在在 IP 改编领域也非常活跃，您进入 IP 改编的契机是什么？

蜗　牛：我其实是一个宅男，特别喜欢看漫画、看动画、玩游戏，所以我也希望有一天我的作品能被改编成漫画、动画、游戏，这是我一直的梦想。我开始做 IP 改编，经济利益是一方面，但不是最重要的方面，因为作为一个作者我也会有很多的收入，我仅仅是想把我内心喜欢的东西给做出来。我当时是冒着很大的风险自己出来单干的，那个时候我还不知道怎么开公司，第一次开会议的时候，我坐在那里紧张得说不出话来，可以说我完全是凭着那种热爱去坚持把我心目中认为好的东西给做出来。而且在未来我可能不仅仅是一位网络作家，还有可能成为著名的编剧、著名的漫画制作人或者著名的导演，我觉得这会让我的家人、我自己都感到非常的自豪。

缪小静：网文 IP 改编的优势是有一定的粉丝基础的，但是在改编过程中，往往会因为改动了一些内容，或者人物形象不符合粉丝的想象等等，失去原著粉丝的支持。就拿您将《妖神记》改编成动画电影来说，很多粉丝对里面的人物形象设计并不太满意，对改编成的 3D 动漫也有意见，我想知道你在这个过程中有去考虑过原著粉丝的满意度吗？您有没有采取过

什么措施去提高原著粉丝的满意度？

蜗　牛：网文 IP 改编的过程确实需要粉丝经济的助力，所以我们在改编的时候肯定会考虑到原著粉丝的满意度，但是我觉得不妨把眼光看得更远一点，因为原著粉丝最终能转化为动画与漫画粉丝、影视粉丝的概率可能仅仅占百分之十或百分之二十，可以说是非常有限的。如果我在把《妖神记》小说改编成漫画的过程中只盯着小说读者的话，一方面太费力，另一方面也只能迎合一部分原著粉丝，而我们更愿意在漫画这个载体上去吸引更多漫画的粉丝。比方说我的小说已经有一百万粉丝，那么小说改编成的漫画应该要努力吸收一千万粉丝，我们是从这样一个角度去考虑每一次改编的，努力地在每一个改编中做出精品，这个才是我们的方向。我们不仅要关注原著粉丝，还要关注更多的非原著粉丝。所以在改编过程中要深入研究改编的载体，我在小说改编漫画过程中就做了很多总结，比如别人的漫画是怎么做的？火的漫画是怎么样的？

单小曦：中国网络文学在这十几二十年的发展过程中，具体是在哪一个时间节点上开始意识到要发展下游产业的？

蜗　牛：这可能要追溯到 2004、2005 年那个时候。

单小曦：那 IP 改编成为普遍的行业共识大概是在什么时候？

蜗　牛：其实刚开始的时候，大家都没有 IP 这个概念，大家都把这个叫作全版权衍生，谁的作品要是能卖出全版权，那在业内肯定是顶级的存在。据说当时一个游戏版权卖出了五六百万元，我们都震惊了，这对我们任何一个作者来说都是极具诱惑力的。但是在 2008 年的时候，也就只有番茄等两三个人的小说被改编成游戏。可能是到 2012 年，游戏改编才成为行业的普遍共识，那时候越来越多的网文被改编成游戏，我的《九星天辰诀》也是在那个时期被改编成游戏的。而影视剧方面，也只有像《第一次亲密接触》这些有被改编成剧，那个时候影视剧只是稍微有一点冒头，这些年来时不时会有那么几部成功。后来到了《花千骨》的影游联动一火，大家才发现这里有一块这么大的市场，版权视野一下子被拓宽了。在未来，影游联动会带来非常惊人的收益。

缪丽雅：现在 IP 改编成影视剧非常多，但是我发现改编后成功大火的电视剧还是非常少的，那么您认为打造好一个 IP，使其成为一个经典，最重要的因素是什么？

蜗　牛：应该是运气。因为现在的制作公司是否能拿到可开发的作品版权就有一定的概率，然后这个作品能否被改编得很好也有一定的概率，在开发的整个过程里面有很多的环节，每一个环节都在碰概率，最终出来一部真正火的作品的概率是极低的。这个事情其实需要天时地利人和。比如我的一个朋友，他的一部作品之前被改编成了影视剧，而且非常火，但是他的其他作品可能出于各种原因无法进行改编。所以就这个层面上来说，确实是在碰运气。除此之外，如果想要把每一部可开发的作品都改编得很火，那这个还需要有高质量的制作流程。比如说好莱坞就已经建立了一套非常成熟的制作体系，每一部作品都会有一群惊才绝艳的人来对它进行反复推敲，然后把每一个制作环节都研究设计好，最终做出一个非常成熟的产品。这种制作流程可能是我还有国内很多想要在这方面有所成就的人的永久梦想吧，我们都在朝着这个方向去做，但是最终能不能完成还不知道。只能说我们在后面要慢慢地把环境变好，探索适合自己的制作流程，让每一个作品都能被改编好。而在这个过程中必然会有很多改编剧扑街，这真的是很正常的一个事情。

我们先是从《妖神记》小说这个源头一直往下走，最先被开发出来的是漫画，《妖神记》的漫画在腾讯动漫这边的排行前五保持了快两年了，在同时发布的十几家平台上，排名也基本上没有低于前十的。后来，我们又推出了几部漫画，现在上线的四部漫画中有三部在腾讯动漫月票榜前一百名，另外我们刚上线的一部叫《武神主宰》的漫画，虽然总共才七话，但是一个月左右，就已经有一千万的人气了。我们未来的目标就是把漫画实现量产化。除了漫画，《妖神记》的动画在 5 月 9 日就会上架。《妖神记》手游虽然还没有推向市场，但是也快了，最多也就几个月。这个手游是由我来编排剧本，由天神互动负责开发，我们之前将它拿给腾讯游戏评级，腾讯游戏给出的一个评价是他们已经在市面上看过了上百款这种类型的游戏，但觉得《妖神记》是其中做得最好的。我觉得能够得到腾讯游戏这样的评价，这个手游应该是可以了。

单小曦：你是一边在写网络小说，一边在进行 IP 改编，可以说你既是一个作者，也是一个文化创业者，兼具多重身份，那么你来做一个判断，在未来，网络小说和以它为源头产生的相关衍生品相比，哪一个产业会更有人气。

蜗　牛：参照日本成功的文化产业模式来看，小说阅读用户是漫画阅读用户的十分之一，漫画阅读用户是动画用户的十分之一，也就是说越影像化，越视觉化的东西它的受众范围会越广，会更有影响力。反观中国，中国的网络小说为什么会那么火？就是因为后端的娱乐产品还太少，而后端的产业一旦崛起，势头很有可能会超越网络小说。

单小曦：就是说随着后端产业的成熟，网络小说的热度可能会慢慢下降，它的受众面也会慢慢收缩。我也觉得现在的网络小说如果单纯局限于小说领域，而不去开发后端的衍生产品，是没有前途的。

蜗　牛：对，这也是我的一个判断。我觉得最多三五年，漫画的用户体量就会超过小说，在十年后它的用户体量可能会增长到小说的十倍左右。现在所有的小说平台发给作者的稿费总共是三十亿元左右，而所有的漫画平台发给作者的稿费是两亿元左右，但是漫画平台正在以每年百分之两百的速度增长，是相当惊人的，尤其是现在漫画的内容还处在一个稀缺的状态，大家对漫画内容的需求还是挺大的，可以说有非常好的市场前景。如果出现更多的好作品，那这个市场会扩大得更快。

单小曦：如果这个假设成立的话，网络文学就会越来越变成其他产业的上游，而且也只有这样的发展路线才会有前途。那么在这样的形势下，网络小说目前的创作形态有什么变化吗？

蜗　牛：一部网络小说往往都要三五百万字，但是把这三五百万字的小说直接扔给后端，后端的制作方可能就傻眼了。像《妖神记》目前的字数是一百多万，改编成漫画去连载就要连载十年，那三五百万字的小说改编成漫画可能是有生之年看不到的漫画系列了。

单小曦：所以它要变短了，短了就意味着要精。

蜗　牛：对，在六十万字到一百万字之间，这个体量是最合适的。不过就目前情况来看，由于市场本身的环境没有那么好，后端开发的实力很弱，再加上版权受限等等因素，还没有出现朝那个方向去发展的趋势。

单小曦：你说的这个太重要了，其实这还是一个市场问题，由于市场各方面的机制都还不健全，导致严重地阻碍了产业的发展。

缪小静：刚才听您和老师说，在未来网络小说会成为漫画、游戏、影视等艺术形式的源头，它的字数可能会因此缩减到六十到一百万字之间，小说的质量也会慢慢变好，会精品化。但是我觉得 IP 改编大热，导致大量资本涌入，网文写作的商业化气息就会越来越浓，很多网络小说作家创作就是为了能把这本书当成一个大 IP 卖出去，这种现象对于网络小说本身来说，我反而觉得是一种倒退。

蜗　牛：我觉得对于成熟的作家来说，让他们为了漫画、动画、游戏的改编去写一部作品，是不会很大地影响他们的作品质量。因为他们的创作水平已经比较稳定了，对各个题材也都运用得纯熟自如了，为了改编而去创作对他们来说是驾轻就熟的。我觉得这个时候他们就是可以去做这样的事情，而对绝大多数的新人来说，IP 改编离他们还很远，我们建议他们先把作品写好，不要考虑太多的事情。

单小曦：但是大家还是有这样一个疑问，就是说从文学本身出发，高度商业化实际上还是会不断地去消解网络小说的文学性。即便是成熟的网络文学作者，当他专门为 IP 改编而去写作的时候，作品的文学性方面还是会受到影响的，文学本身它的特点也会被打破了。因为 IP 改编的目标产品和文学毕竟不是一种艺术形式，它们都有自己的一个特性，像文学本身主要靠语言叙事抓住读者，但是你在创作过程中要考虑到影视、网游、动漫等其他形式，还要让你的作品方便被改编，那么你在文字创作的时候就会把一些文学性的东西给冲击掉。所以从整个行业，从文学性的角度来看，它好像对网络文学是不利的。

蜗　牛：对于一个优秀的作者来说，他在一个完全不考虑其他因素的情况下，可能会写出一百分的作品，但在考虑到其他衍生版权的情况后，他可能只能写出九十分的作品，这里面确实是会有一定的牺牲的。像我的《星武神诀》是为了影视方向去写的，确实在一定程度上牺牲了一定的读者，因为有一部分的读者可能不太愿看这样一个作品。至于文学性，其实我觉得网络文学归根到底还是一种通俗文学，是为了给大家娱乐的，如果说你要从一定的思想高度去研究它，这个感觉比较难。而且我觉得每个人都有他自己的一个风格，只要他还保持自己的创作理念，他的创作水平应该还不会特别受影响。

单小曦：那如果你是为了改编写一部小说，在具体的小说叙事上有没有可能会产生冲突。虽然都是讲故事，但你在考虑了改编后，你的叙写方式和完全没有顾虑的叙写方式肯定是不同的，这两者会不会有冲突。

蜗　牛：不会，像我《妖神记》是为动画和漫画改编而写的，所以在一开始的时候，我就会考虑到漫画的画面感，但是这也没有影响到小说，反而是漫画和动画的画面感激发了我一些灵感。

单小曦：也就是说你这样创作，反而更加成功了。

蜗　牛：对，因为在那种情况下创作，思考的东西会比较多，而且我觉得这样的一种思考也是作者的一个进步。虽然漫画、动画、游戏这些改编产品与文学已经是不同的艺术形式了，但是从源头上来看，它们其实是和文学相互交融的。它们在创作初期都会有一个脚本，用来保证它们的故事性，可以说它们是吸收了文学中诸多要素后产生的一种新的表现方式。所以在我创作的时候，特意去联想漫画、动画、影视剧等的创作模式，反而会获得更多的灵感去让我的创作更加进步。我觉得这种创作模式其实是有利有弊的，并不能说全部都是好的，也不能说都是坏的。

（缪小静　执笔）

＃读者评论＃

发飙的蜗牛的创作历程分为两个阶段，以 2013 年为界，前期主要创作网游小说，后期转型玄幻小说。创作类型的不同带来阅读群体和评论内容的变换，下文以此为界分别选取其中代表作作为主要述评对象，对这两个阶段的读者评论加以综述。总体而言，蜗牛作品的读者评论主要来自起点中文网、贴吧、优书网和龙的天空，大多数为情绪化的简短评价，优质长评屈指可数，但其中也不乏一针见血的独到见解。而就创作阶段来看，前期网游小说的读者评论在数量和质量上都要远优于后期玄幻小说。

一、网游小说评论

蜗牛凭借网游小说成"神"，他的网游小说在网络读者中享有很高的声誉，代表作《重生之贼行天下》更是被奉为经典，在同类型小说中具有较高的地位。《贼行》从开始连载至今已有十余年，关于小说的讨论也已经沉寂下来，留下了不可计数的读者评论，对这些评论进行去粗取精，可以逐渐还原《贼行》在网络读者心目中的样貌，以及蜗牛在网文创作上的出彩之处。从整体上看，大部分读者认可《贼行》的经典地位，并给予了较高的赞誉。《贼行》在优书网上得到了7.5 的高分，被视为"网游小说黄金时期的巅峰之作！当时，可以和唐家三少、梦入神机等大神级作者同时期作品并排而立的热门大火小说"[i]，"此类虚拟网游爽

---

i "《重生之贼行天下》书评"，优书网，2017 年 4 月 5 日，https://www.yousuu.com/book/191?type=&page=3，引用日期：2020 年 3 月 4 日。

文的标杆之作，带火了无数跟风之作。这是蜗牛在《网游洪荒之神兵利器》《贼胆》《网游之练级专家》后，集众多爽点于一书的大成之作"[i]。从细节上看，读者们在小说的爽感、情节、文风、重生这些方面上阐述较多，各抒己见，有的能达成共识，有的则背道而驰。

在爽感上，蜗牛无疑做得非常出色，"最爽""超燃"等字眼反复出现在读者评论中，是网络读者为《贼行》做出的最集中的评价。有读者称："可以在这里看到重生游戏类小说的几乎一切毒点和爽点，包括借助重生卡 BUG、倒买倒卖操纵物价、靠后世先进打法抢先通关副本、大收后世高手、在游戏中争霸、酷炫到似懂非懂的技能、极其不合理的角色属性、疯狂 YY 的现实情节、垃圾的金钱系统等等，如果此类型只看一本书，那我推荐这本。"[ii]可见，《贼行》的爽点安排得非常密集。但是蜗牛在爽感上的设计并非以多取胜，"独孤首人"指出："尺度掌握得好，大家看得就爽。掌握得不好，小说给人的感觉，就会趋于平淡，让很多没有耐心的读者提不起劲，或者太过，又会使人恶心倒胃、中毒昏迷。本书在某点连载以来的耀眼成绩，也证明蜗牛掌握的尺度是刚刚好的，触摸到了大部分读者的爽点，符合大众的心理线。"[iii]蜗牛显然在很用心地拿捏着爽感的平衡，读者"晨曦恶魔"认为这才是蜗牛的文章最吸引他的地方，虽然主人公聂言依旧具有主角光环，但也没让他过分强大。[iv]读者"黑行星"也在评论中指出这本书综合来说兼顾了爽与合理性，在网游方面，作者没有犯低级错误，让主角大开金手指，而是全凭前世的记忆一步步打拼。另外在网游世界设定、金钱系统、升级进

i   "《重生之贼行天下》书评"，优书网，2018 年 4 月 18 日，https://www.yousuu.com/book/191?type= &page=5，引用日期：2020 年 3 月 4 日。

ii "《重生之贼行天下》书评"，优书网，2018 年 4 月 18 日，https://www.yousuu.com/book/191?type= &page=5，引用日期：2020 年 3 月 4 日。

iii 《〈重生之贼行天下〉——商业化小说，简单就好》，龙的天空，2010 年 11 月 14 日，http://www. lkong.net/thread-329578-1-1.html，引用日期：2020 年 3 月 4 日。

iv "【辉煌写手】发飙的蜗牛"，百度贴吧，2012 年 5 月 6 日，https://tieba.baidu.com/p/1574676572， 引用日期：2020 年 3 月 4 日。

度的介绍上也循序渐进，较为合理。[i] 对大多数读者而言，《贼行》给他们带来了足够且不突兀的爽感，但是在另一些读者眼里，《贼行》在爽点上的合理性难以经得起他们合理地考据。读者"栖枝 -Ziz"就认为蜗牛"想写爽文但是强行搞平衡，身为盗贼的主角一身属性碾压，潜行状态那么容易被侦破，顶级属性，最高等级，最好装备，上一世 180 级的盗贼经验，居然和其他 60 级顶级盗贼打得有来有回"[ii]。在数据方面，读者"Illke、X"对小说中的战斗数据进行了细致的推演，例如某个五级头领怪岩石蜘蛛有 180 血，在最后斩杀阶段，书里提到它还剩 5% 的血，然而聂言却用了一套刺杀加切割以及一记要害攻击才打掉这 9 点血，要知道仅仅一个要害攻击就可以造成 52 点伤害，显然这里存在明显的数据混乱。[iii] 在游戏规则方面，一些读者认为蜗牛笔下的网络游戏存在设计硬伤，读者"霹雳三打"总结了 4 点不合理之处：升级非常缓慢；没有新手保护，可以随意 pk，而且死亡必掉级，必掉装备；没有地方可以学习技能，所以技能书都要通过打怪获得；异常考验操作。[iv] 读者"0231489508"也提出，像《贼行》那样跨图拉怪，然后靠潜行或者消失或者直接转移仇恨到敌人身上来解决，必定是不合理的。[v] 这些读者大多从现实网游的角度出发审视小说中游戏的合理性，以此来批驳过于夸张的游戏设定。除此以外，小说中类似以 25 人之力将 10 万人阻止在峡谷之外，主角命令 NPC 关押其他人等情节也被不少读者摘出并加以驳斥。从上述读者对《贼行》在爽感上的分析可以看出，蜗牛的网游小说是标准的娱乐快餐爽文，其爽点的安排足以取悦大多数读者，但禁不起一些"老白"读者的深

---

i 《终于有点想通了，为什么重生之贼行天下这书能这么火！》，龙的天空，2010 年 10 月 19 日，http://lkong.cn/thread/317021，引用日期：2020 年 3 月 4 日。

ii 《看了挺多的，越看越崩，想写爽文但是强行搞平衡，身为……》，百度贴吧，2019 年 11 月 12 日，https://tieba.baidu.com/p/6336761501，引用日期：2020 年 3 月 4 日。

iii 《刚看了一点 感觉问题颇多 无法理解》，百度贴吧，2015 年 4 月 27 日，https://tieba.baidu.com/p/3 727114052，引用日期：2020 年 3 月 4 日。

iv 《蜗牛新书重生之贼行天下，里面这个网游是不是变态了点》，龙的天空，2010 年 9 月 14 日，http://lkong.cn/thread/301292，引用日期：2020 年 3 月 4 日。

v 《【转】一位现实网游玩家看网游小说》，龙的天空，2011 年 1 月 6 日，http://lkong.cn/thread/350 531#，引用日期：2020 年 3 月 4 日。

度推敲。

在情节方面，《贼行》的网络读者展开了大量的讨论，褒贬不一，主要集中在情节的设计以及后期情节乏力这两个关键问题上。关于情节设计，读者"独孤首人"在龙的天空发表了一篇名为《〈重生之贼行天下〉——商业化小说，简单就好》的长评文章，他首先指出《贼行》和大部分网络小说一样将人物关系简化，所有的人物关系都可以概括为敌我双方。而剧情冲突也随着这种单一的人物关系被简化："敌我阵营这么明显，敌人发展，我方就要打击，我方发展，就安排几个不长眼的敌人来捣乱，但又不影响根基。初期，矛盾集中在低、中级仇家上，到了中后期又把矛盾集中在高级仇家上。这样的简单明了，让主线不可动摇。"[i] 随后他在文末言明这是《贼行》的特点，而非优点，真正的优点在于剧情的丰富，可惜的是他并未详述这一优点。在另一位读者的评论中，《贼行》的情节安排得到了更为细致的阐述，他认为《贼行》的情节"足以作为教科书网游情节，聂言重生回到十年之前，进入网游，逆天改命，步步为营，神兽神装小弟美女，最终干掉仇人，赢娶白富美，走向成功人生……难得的是情节双线推进，线上线下丝丝入扣丝毫不乱，剧情极为流畅，有张有弛，'打脸'情节毫不违和，书中反派人物也都智商逻辑在线"[ii]。借助以上两位读者的评论，可以直观地看出蜗牛对情节的安排，《贼行》的冲突模式是简单的，靠打怪升级推进剧情，但是在具体情节设计上丰富多样，独具新意。另外，关于后期情节的质量问题，读者们或多或少都在评论中指出了后期情节的乏味感。读者"冬天的小蛇"将《贼行》分为三个阶段，他认为小说第一阶段有很强烈的代入感，一些情节的设计甚至可以被称为经典，第二阶段的小说质量便开始下滑，而在第三阶段就彻底变成了注水，两句话的内容常常被扩容至一章。[iii] 无独有偶，读者

---

i 《〈重生之贼行天下〉——商业化小说，简单就好》，龙的天空，2010 年 11 月 14 日，http://www.lkong.net/thread-329578-1-1.html，引用日期：2020 年 3 月 4 日。

ii "《重生之贼行天下》书评"，优书网，2018 年 4 月 9 日，https://www.yousuu.com/book/191?type=&page=1，引用日期：2020 年 3 月 4 日。

iii 《关于〈重生之贼行天下〉，有些感想……好吧，其实是吐槽》，龙的天空，2011 年 11 月 8 日，http://lkong.cn/thread/506282，引用日期：2020 年 3 月 4 日。

"jinqiguai"也认为《贼行》前期的玩家交流、下副本、开荒、打野等写得比较精彩，中期就变成了凑字数，到了后期他就对情节没有了任何期待，几乎不用想就知道剧情走向。[i]在这一问题上，一些读者没有满足于对现象的描述，而是进行了更深入的思考，试图探寻其中原因。读者"独孤首人"就在长评中指出，简单的人物关系使小说到了中后期不好开展剧情，因为通常仇家走得有多远，主角就走得有多远，蜗牛早早地限定了仇家，在后期反而制约了主角的发展，最后只好将看点集中在副本上。[ii]而在读者"安心的叨"看来，蜗牛为了不将主角写成"龙傲天"而不断给主角下陷阱，但是这种反复掉陷阱的设计不仅非常不自然，而且这种写作思路也过于老套，最终使得小说越到后面越无聊。[iii]读者"江南.陈"则另辟蹊径，从类型特征出发，认为这一问题其实是整个重生网游类小说的通病，不能仅仅归咎于这一本书。他认为网游不管多么虚拟现实，其系统容错能力是有限的，加入"重生"这个具有主观能动性的bug，只会越来越崩坏。聂言在中期建立势力后就进入良性循环，不断从胜利走向胜利，从而使实力对比越来越失衡。[iv]

在《贼行》的读者评论里，对文风的论述远不及情节和爽感丰富，读者"落木千山"认为这是最被人忽视的一点，而实际上，"蜗牛的文笔可谓出色，各种描写生动形象细腻自然，一般作者远不及也"[v]。龙的天空创始人"weid"也曾在帖子里指出，蜗牛作为当时公认的顶级网游作家之一，在文风上更为成熟细腻，在

---

i 《最近刚看完　可惜好像已经没地方找人讨论了　就在这儿写个读后感吧》，百度贴吧，2017年4
   月5日，https://tieba.baidu.com/p/5056491417，引用日期：2020年3月4日。

ii 《〈重生之贼行天下〉——商业化小说，简单就好》，龙的天空，2010年11月14日，http://www.
   lkong.net/thread-329578-1-1.html，引用日期：2020年3月4日。

iii《重温一遍贼行……看不下去了是怎么回事》，百度贴吧，2018年7月28日，https://tieba.baidu.
   com/p/581385 6363，引用日期：2020年3月4日。

iv "《重生之贼行天下》书评"，优书网，2017年5月27日，https://www.yousuu.com/book/191，引用
   日期：2020年3月4日。

v "《重生之贼行天下》书评"，优书网，2018年4月9日，https://www.yousuu.com/book/191?type=&
   page=1，引用日期：2020年3月4日。

互联网上的成绩更好。[i]仔细分析读者的评论，可以发现这种成熟细腻具体表现在以下三个方面：一在描写上的简洁流畅。"性格鲜明却不狰狞的配角们，不白却也不深奥的副本攻略，不管是任务还是装备都写得明明白白、清新干净的文风。读起来很轻松，很有趣。"[ii]二在画面感的呈现。"冒险的描写不错，各种地图怪物设计也有趣，打斗方面个人及小团队描写有画面感，特别是成就狂贼之名的那场战斗。"[iii]三在对人物的刻画。"蜗牛写刺客类角色确实能写出出色的对打戏，主角所面对的每一个敌人无论是 boss 还是小喽啰都有自己的出彩之处，看的时候让人感觉这才是虚拟现实网游的竞技而不是传统网游两个人相互扔技能。"[iv]可见，虽然大多数读者没有主动提炼蜗牛的文风，但是在对小说的事件、场景、人物的具体分析中，表达了对蜗牛文风的认可。

重生是《贼行》的重要设定，也是读者在评论时无法绕开的话题。读者"南山人"曾就此对蜗牛做出评价："把重生元素加入网游小说，作者即使不是第一人也是影响最大的。"[v]而对于重生这一设定，读者评论呈现出两极化的局面。对于一些读者而言，"重生玩网游，是一个跟主角运气光环等同的初期金手指，毒性差不多甚至过之而无不及"[vi]。另外，读者"langlingye"认为蜗牛对重生题材的把握显然并不到位，"重生小说最大的潜力往往不是先知先觉算无遗策而是弥补和改变，蜗牛显然走错了方向"[vii]。当然，也有一部分读者对这一设定抱以宽容的

i 《第四部分　六、竞技游戏小说》，龙的天空，2012 年 1 月 18 日，http://lkong.cn/thread/538024，引用日期：2020 年 3 月 4 日。

ii "《重生之贼行天下》书评"，优书网，2015 年 12 月 30 日，https://www.yousuu.com/book/191?type=&page=2，引用日期：2020 年 3 月 4 日。

iii "《重生之贼行天下》书评"，优书网，2018 年 4 月 2 日，https://www.yousuu.com/book/191?type=&page=15，引用日期：2020 年 3 月 4 日。

iv "《重生之贼行天下》书评"，优书网，2018 年 2 月 13 日，https://www.yousuu.com/book/191?type=&page=4，引用日期：2020 年 3 月 4 日。

v "《重生之贼行天下》书评"，优书网，2017 年 4 月 5 日，https://www.yousuu.com/book/191?type=&page=3，引用日期：2020 年 3 月 4 日。

vi 《网游小说和现实网游（补完）》，龙的天空，2011 年 1 月 17 日，http://lkong.cn/thread/351008，引用日期：2020 年 3 月 4 日。

vii 《〈贼胆〉和〈贼行〉的几点比较》，百度贴吧，2011 年 6 月 11 日，https://tieba.baidu.com/p/1106015907，引用日期：2020 年 3 月 4 日。

态度。"相对而言，重生玩游戏解决了很多网游小说开篇就获得'神器''逆天属性''隐藏职业'此类从游戏开发者的角度绝对不容许存在却又不得不存在的悖论或者说毒点。如何在一个相对公平、规则完整的虚拟游戏中让主角合情合理地逆天，重生算是可以接受的理由。"[i]读者"团团叔叔"还指出重生类的网游主角前世通常留有遗憾，所以在这一世必然要为之努力，比起靠运气成名的主角，这样努力抗争的角色更给人以挑战感，更受读者们的喜爱。[ii]

综上，爽感、情节、文风、重生是《贼行》网络读者评论中出现的较多也较为成熟的讨论内容，从中可以发现《贼行》在读者接受、内容、形式、类型设定这四个方面的过人优势和不足之处，也可以了解到《贼行》何以成为他们心目中的网游小说经典。当然，在世界观设定、人物形象、情感内核等问题的探索上，网络读者还有所欠缺，需要专业的读者进行更深入的探究。

二、玄幻小说评论

自 2013 年转型玄幻小说之后，蜗牛一共完成了两部玄幻小说：《九星天辰诀》（以下简称《九星》）和《神纹道》，第三部玄幻小说《妖神记》目前还在连载中。相较蜗牛的网游小说，网络读者对玄幻小说的评价普遍不高，且读者评论的数量和质量也在明显下滑。《九星》作为转型之作无疑是成功的，虽然读者评价一般，在优书网上的平均分数仅达到 4.1 分，但拥有很高的人气。《神纹道》因匆匆完结，虎头蛇尾而广受读者诟病。《妖神记》从 2015 年连载至今，仅更新了四百多章，几乎断更的局面更是拉低了读者对小说的评价。因而，已经完结且具有较高人气的《九星》拥有更丰富也更完整的读者评论，对蜗牛玄幻小说的网络读者评述也将以本书作为主要研究对象。通过筛选整理可以发现，《九星》的读者在故事创意、叙事逻辑和升级节奏这三个方面展开了深入的探讨。

---

i "《重生之贼行天下》书评"，优书网，2016-10-08，https://www.yousuu.com/book/191?type=&page=3，引用日期：2020 年 3 月 4 日。

ii 《为什么最近重生类的网游小说很火呢？个人看法》，百度贴吧，2011 年 9 月 27 日，https://tieba.baidu.com/p/1224713654?pn=1，引用日期：2020 年 3 月 4 日。

　　《九星》的故事创意和构思是最受读者青睐的部分。读者"格栅灯"认为《九星》在情节设计上非常具有想象力，例如某位伟人星主驭发魂兽来围攻东大陆的目的是应对域外异族的压力，提高人类实力。他认为蜗牛"在讲一个很完整的故事，有迹可寻的故事，营造一个末世要降临的背景，因此想更强。而不是到处跑，为了什么所谓的更强"[i]。读者"140313181423030"也提到，随着主角视角越来越宽，剧情也越来越跌宕起伏，"从刚开始的天才到修为被废，再恢复，然后对抗东陵郡主、执法殿，守卫叶家。到魂兽肆虐，迁移叶家进天远大陆。遭遇阻拦开始对抗道庭，到成为一方霸主。为了守卫田元星开始对抗其他星主。再到为了人类生存，对抗其他种族，有情有义，可歌可泣"[ii]。但是也存在很多读者质疑蜗牛的写法与《斗破苍穹》过于相似，仿佛穿越到了另一个平行世界看到了另一本《斗破苍穹》。读者"北方有鱼"做了这样的总结："开头废柴三年受嘲笑，神秘族妹不离弃；神秘飞刀外挂显，天山折梅化神功；域外祖魔入侵，大能纷纷陨落。还有受幻术影响的强推情节和随身的老爷爷。"[iii]对此，一些读者承认小说开头部分的雷同，但是认为在后续情节上蜗牛基本有了自己的节奏。例如读者"青木之鳞"认为在对"仇恨值"的把关上，《斗破苍穹》前期相对温和一些，《九星》则设计得更为激进。《斗破苍穹》是那种"外界鄙视＋嘴炮式的拉仇恨"，而蜗牛这边则是"内部团结＋背叛式拉仇恨"，一下子拉起了"仇恨值"，出手便是杀，明显更爽一点。[iv]

　　在叙事上，读者们对《九星》进行了细致的分析，整理出了许多逻辑硬伤。其中最受读者诟病的就是"求药"这一情节，叶辰的父亲为了叶辰向东林郡王

i　《说说九星天辰诀，感觉作者很用心》，龙的天空，2014 年 6 月 2 日，http://lkong.cn/thread/990216，引用日期：2020 年 3 月 4 日。

ii　"《九星天辰诀》书评"，起点中文网，2014 年 3 月 17 日，http://forum.qidian.com/post/22394563000128302/197603657，引用日期：2020 年 3 月 4 日。

iii　《〈九星天辰诀〉升级之不吐不快》，龙的天空，2014 年 3 月 28 日，http://lkong.cn/thread/945576，引用日期：2020 年 3 月 4 日。

iv　《20 龙币，求九星天辰诀大火的原因？》，龙的天空，2014 年 2 月 25 日，http://lkong.cn/thread/925919/2，引用日期：2020 年 3 月 4 日。

下跪求断续膏，但是被赶了出来，叶辰知道后发下重誓，以后要踏平东林郡王府洗刷父亲所受的耻辱。断续膏在小说中是重宝，读者们普遍认为东林郡王拒绝在常理之内，而叶辰却要踏平郡王府，完全就是"混蛋逻辑"。[i] 除此之外，读者"古剑山"以前五章情节为例，分章列举了一些细节上的不合理之处。例如第一章，叶辰早上到演武场修炼的原因以这样一句话带过："如果不是因为早晨元气充沛，最适合恢复经脉，他也不愿意到这种人多的地方来。"显然早上元气充沛和一定要去演武场修炼这两者之间的关系并没有交代清楚。[ii] 可见，蜗牛在细节的处理上并不严谨，很容易被读者找到逻辑漏洞。除此之外，读者"小明历险记"则对《九星》的几个重要剧情矛盾进行了分析，例如本书之中，从开始到灭亡郡王府，敌人始终都没有变，但书中并没有给出合理的解释，为什么连云山有那么多家族，郡王府却一定要针对叶家。这样一来，就容易让人感觉到这个敌人太低级，低级到似乎只是为了跟主角作对。[iii] 而对于这一问题，不少读者也给出了他们的分析。"秋水洛赋"认为蜗牛在写书时，思维被一些热门玄幻小说的情节所左右，因而根本就没有注意到自己小说内容的逻辑性问题，也没有注意到那些被模仿的情节的逻辑性问题，因而书中就出现了大量前后矛盾。[iv] 读者"第30万号马甲"则认为蜗牛为了让剧情跌宕起伏而增加了剧情冲突的"量"，但是也因此牺牲了合理性。[v]

在节奏的掌控上，读者间存在两种不同的意见。读者"牛牛到此一揉"认为蜗牛的小说有一个比较好的优点：该爽就爽，绝不拖沓。"小说的主角该晋级就

i 《〈九星天辰诀〉作者这是什么心态？》，龙的天空，2013年5月24日，http://lkong.cn/thread/774472，引用日期：2020年3月4日。

ii 《专挑〈九星天辰诀〉的刺！不间断更新，不服来辩！》，龙的天空，2013年4月19日，http://lkong.cn/thread/752449，引用日期：2020年3月4日。

iii 《小明读书笔记之〈九星天辰诀〉》，微博，2013年4月24日，https://weibo.com/u/3230035110?is_all=1#_rnd1583375233018，引用日期：2020年3月4日。

iv 《专挑〈九星天辰诀〉的刺！不间断更新，不服来辩！》，龙的天空，2013年4月19日，http://lkong.cn/thread/752449，引用日期：2020年3月4日。

v 《专挑〈九星天辰诀〉的刺！不间断更新，不服来辩！》，龙的天空，2013年4月19日，http://lkong.cn/thread/752449，引用日期：2020年3月4日。

晋级，甚至跳级，绝不脱泥带水，也不会跟那些小说一样，明明一拳能打死的偏偏喜欢一拳打跑，所以他大火不是没原因的。"[i]但是也有读者认为从节奏感来说，这本书太过于压抑。主角在等级为玄气十阶时就开始与妖王境界的势力接触，甚至敌对，相当于在小学生时期就开始接触博士等级，实力过于悬殊而显得非常压抑。[ii]无论褒贬，这两种看法都有其合理性，只是关注点不同而带来的不同的阅读感受。读者"小明历险记"曾在长评里这样写道："因为叶辰其他方面的能力太逆天，连灵芝这种东西都可以种植出来，财富不缺，运气不缺，所以这会导致一种情况，叶辰必须要时刻面对强大的敌人，因为其他方面没得可写，必须要写敌人才可以，这种情况非常类似于圣王，因为主角太逆天，情节推动必须要依靠强大的敌人，悬念什么的根本不会维持多长的时间。"[iii]可见，设计过于强大的敌人实际上也是为了更快地升级，两者殊途同归。另外，读者"小明历险记"还对此做了进一步的思考，他指出这种过快的节奏必然导致升级体系的混乱和庞大，以及后续章节的崩坏。为了让叶辰升级，书里开了太多金手指，天星印、飞刀、阿狸的隐身能力等都是无敌的设定，但是也因为金手指太多，还没有发挥几次作用就被遗忘，使得小说变得极其容易失控。[iv]而读者们对小说后期节奏的评价，例如"流水账""太仓促"等，也恰好印证了这一观点。

综上，从读者的评论中，我们可以发现《九星》是非常典型的玄幻小白文，在故事创意上足够吸引读者，升级节奏也带来了足够的爽感，但同时也忽视了小说在叙事上的逻辑，在后期失去了对节奏的把控，因而不难理解小说出现高人气低口碑的悬殊落差。另外，读者的评论里还缺少对《九星》IP改编的认识，而这

i 《今天看了两本书的结尾,〈九星天辰诀〉〈求魔〉,谈谈感受》,龙的天空,2014 年 4 月 24 日, http://lkong.cn/thread/963780,引用日期：2020 年 3 月 4 日。

ii 《说说〈九星天辰诀〉感觉作者很用心》,龙的天空,2014 年 6 月 2 日, http://lkong.cn/thread/ 990216,引用日期：2020 年 3 月 4 日。

iii 《小明读书笔记之〈九星天辰诀〉》,微博,2013 年 4 月 24 日, https://weibo.com/u/3230035110?is _all=1#_rnd1583375233018,引用日期：2020 年 3 月 4 日。

iv 《小明读书笔记之〈九星天辰诀〉》,微博,2013 年 4 月 24 日, https://weibo.com/u/3230035110?is _all=1#_rnd1583375233018,引用日期：2020 年 3 月 4 日。

恰恰是蜗牛对玄幻小说的关注点所在，也是分析其小说创作的重要切入点，对此需要进行更深入的探索。

（缪小静　执笔）

第八章

南派三叔："盗墓文"的最高峰及其IP开发

＃学者研究＃

网络文学在文学中处于一个较为尴尬的地位，少有关于其具体作品文学性的讨论，更遑论"盗墓"这样一个看似脱胎于本土文化，但实际上对于本土文化来说既陌生又极为敏感的类型题材。一方面，看似小众的盗墓文学作品《鬼吹灯》和《盗墓笔记》先后成为网络文学时代的现象级 IP，另一方面，盗墓文学又被贴以同质化严重、社会影响不良等标签，被认为缺少足够量的优质作品，发展境遇尴尬。两部小说撑起一个类型，这在今天的大流量、大阅读时代是匪夷所思的。跟风之作众多的情况下，为何只有《盗墓笔记》真正使盗墓题材进入了大众视线，并成为"盗墓文"及其 IP 开发的高峰？其中原因值得探讨。

一、"盗墓文"的兴起及"现象级 IP"

"盗墓文"是继"青春小说""玄幻小说"之后的又一网络文学类型，开创于天下霸唱的《鬼吹灯》系列[i]。作品以主角团队的墓穴探险为主线，常见古老的遗迹、神秘的传承、出生入死的伙伴、丰富多彩的民间文化等内容，以探险、猎奇为主要特点。

在开山之作《鬼吹灯》红极一时后，市面上就涌现了一大批跟风之作，如《盗墓之王》《盗墓者》《墓诀》《西双版纳铜甲尸》《茅山后裔》等，一股"盗墓之风"愈演愈烈，"盗墓小说"成为独立的网络文学类型之一。但可惜的是小说

---

i 小说作者天下霸唱于 2006 年 1 月起于起点中文网连载《鬼吹灯》，引起读者广泛关注，并位居惊悚悬疑类小说榜的首位，累计上千万次点击率。此后陆续出版实体书，引起了一大批跟风之作。

情节大多都逃不出这样的套路：主角身怀绝技，队友从来不坑，兄弟患难与共，一起"开图"打怪，最终赚钱回家。创新大多停留于创造一些新种类的怪物，地图方面也停留在沙漠、雨林、雪山、地洞，少有新意。这也导致盗墓类型文学多数作品不瘟不火，处境尴尬，只有鼻祖《鬼吹灯》堪称精品。

《盗墓笔记》便正出现在这青黄不接之时。2017年正是该系列小说自发表创作以来的第十一年。在过去的时间里，它从贴吧的一篇"同人文"变成了起点中文网的大户，包括前传和后传已陆续出版实体书十二部，已有雏形尚未出版的书稿尚有数部，微博和微信至今仍保持着周边短篇小说的更新；从一部小圈子的网文成为被浙江省作协提名参选2011年茅盾文学奖的候选作品，引起了一波又一波话题；从小圈子的漫画和手办，走向了全民娱乐的手游、动画、广播剧、舞台剧、网络季播剧和电影；甚至它书中所提及的一个重要地理坐标——长白山，也成为众粉丝的朝拜圣地，导致长白山旅游管理局在2015年8月迎来了有史以来的最大负荷和挑战。而反过来，恰恰也是因为所有这些周边产业的带动，其实体书的销量在完结多年后仍保持稳定的增长。《盗墓笔记》俨然已成为当下网络文学中的一个现象级IP。这本书提出"比鬼神更可怕的是人心"[i]，进而在"斗鬼"时，更多地加入了人与人之间的复杂争斗，并融合了大量其他类型小说的元素。同时它更将盗墓文学中的悬疑成分发挥到了极致，使读者在其中获得了前所未有的阅读快感，甚至还有太多的悬念和迷思无从得到解答，其作者南派三叔也因此获得了"坑王"的称号。但读者们无不一边吐槽，一边追着每日的更新，热衷于剧情的考据、解谜甚至同人创作，形成了一个年龄段跨越极大、影响力空前的亚文化圈——"稻米"[ii]。《盗墓笔记》开启了中国"盗墓文学"的新时代。

根据艾瑞咨询发布的报告显示，目前网络小说已经成为最大的IP源头。《盗墓笔记》从网络小说崛起，衍生到出版、网络剧、电影、舞台剧、游戏、动漫等

---

i 　出自《盗墓笔记》第五部，是以老奸巨猾著称的小说人物吴三省在陷入危难之际，给主人公吴邪留下的信中语句。在粉丝读者中被广泛引用，成为小说的标志性台词。

ii 　"稻米"是《盗墓笔记》粉丝群体的统一自称。

多个领域，已经从一个 IP 发展成一个 IP 体系，其影响力之大，被媒体称为"现象级 IP"。在"大数据"等热词大行其道的互联网生态时代，IP 的价值不再局限于作者的创造，而是来自融合科技、互联网、文化等为一体的新商业模式。IP 在作为商品的生态化过程中被价值重构，而对于影视产业，价值重构也将给影视产业带来全新机遇。2014 年初，南派三叔投资成立南派投资公司，主要从事 IP 产业的开发，小米、乐视两家互联网巨头近亿元投资更是为《盗墓笔记》的 IP 产业链延伸提供了强有力的保障。2014 年 6 月，南派投资启动"盗墓笔记大计划"，市场估值超过 200 亿元；2015 年，网络季播剧《盗墓笔记》在爱奇艺开播，总播放量达 44.3 亿元；同年，同名手游上市。在网络剧声势未平之际，电影《盗墓笔记》于 2016 年暑期上映，在电影市场中占据一席之地。从南派三叔在 2006 年最初以粉丝心态在鬼吹灯吧开始发表的《盗墓笔记》小说，到 2016 年 8 月在中国大陆上映的电影《盗墓笔记》以及一些陆续生产的手游、舞台剧、周边产品等，《盗墓笔记》IP 在十年中从未淡出读者和观众的视线。作为国内最先改编，也是最受欢迎的网络作品之一，《盗墓笔记》在当前中国影视生态环境下的 IP 改编研究上具有一定的价值和代表性意义。

此外还出现了一系列其他衍生作品。2012 年 8 月，南派三叔开始创作《藏海花》，背景从《盗墓笔记》中的故事线结束之后第五年写起，主要讲述的是《盗墓笔记》故事中的主人公之一小哥张起灵的身世之谜。2013 年，被称为《盗墓笔记》后传的《沙海：荒沙诡影》《沙海：沙蟒蛇巢》先后出版。这些故事相互独立却又与《盗墓笔记》环环相扣，可以算《盗墓笔记》的番外小说。2014 年 10 月，南派三叔又正式开始在微博连载《老九门》系列，这部系列小说被称为《盗墓笔记》的前传。这些小说既是《盗墓笔记》的 IP 衍生物，又带来了新的 IP 产业链，如由小说改编而成的电视剧《老九门》于 2016 年播出，并进入 2016 中国泛娱乐指数盛典网络剧榜 top10[i]。

在当前国内的 IP 生态环境下，《盗墓笔记》IP 的热度伴随着巨大的争议，其

---

i　《"2016 中国泛娱乐指数盛典"在京颁奖》，中国网，引用日期：2018 年 4 月 14 日。

发展过程中也面临着诸多问题，例如跨媒介改编作品不尽如人意，IP泛商业化特征明显，平台与作者出现版权纠纷、作品版权授权混乱等。网络季播剧《盗墓笔记》的豆瓣评分只有4.0，其播出之后南派三叔经历了一波大面积脱粉[i]，网上原著粉和影视演员粉的对战更是升级成社会事件。当然其中也不乏IP开发方以商业目的而制造的营销手段，如网络剧《盗墓笔记》在爱奇艺上播出后，增加了付费模式、排片模式、制作与平台权责讨论等新话题，成为引发互联网狂欢的现象级网剧。

不论何种形式的文本改编，都是以小说文本构建的"盗墓世界"为根基的延伸。除了影视改编之外，《盗墓笔记》衍生了一系列话剧、漫画、手游、主题"密室探险"等多元产业。由刘方祺导演的《盗墓笔记》舞台剧于2013年于上海人民大舞台首演，因呼声过高继而在全国各大城市巡演了一百余场，票房过亿。《盗墓笔记》舞台剧在后现代语境下对话剧结构和形式做出了新创造，但让人质疑的是其巨大的商业成功与萎缩的艺术价值的脱离，在满足观众由原作衍生的对舞台剧的心理期待和猎奇心理之外，几乎失去戏剧艺术本身对深层内涵的价值追求，因此其也被评价为"粉丝经济舞台剧"。《盗墓笔记》手游则保留了主要的人物角色和极富有特色的盗墓世界，极力还原"七星鲁王宫""海底墓穴""云顶天宫"等经典场景，试图将探险类手游与由文本和影视在大众心里建构的盗墓世界相融合。此外，数量巨大的广播剧、画册、同人小说、同人歌曲等正将《盗墓笔记》蔓延成一个文化现象。

二、从"回归人性"到"反类型"之路

在《盗墓笔记》之前，"盗墓"作为一种文学题材并不具备足够的吸引力，其发展也并不成熟，这与其题材对写作的局限脱不开关系，因此《盗墓笔记》所

---

i　"脱粉"：粉丝圈用语，即不再是某一对象的忠实读者、观众。《盗墓笔记》曾经历两次"脱粉"事件，第一次是在小说大结局时没有解答全部悬念而引发读者强烈不满，第二次是IP影视开发之际南派三叔对原著粉丝（相对于影视粉丝）的误伤。

面临的问题是如何"反类型"，突破既有的写作框架，回归到叙事本身，同时又能借类型之便，利用盗墓小说原有的结构吸引到特定的读者。南派三叔对此做出的尝试是以人性为关注点，从人与墓穴本身的互动，重新回到人与人的互动中去。

阅读《盗墓笔记》的读者会发现，这并不是一个单纯关于盗墓的故事。就如小说中的"人与鬼斗"，只是"人与人斗"的背景；盗墓不是终点而是起点，引发的是一连串围绕"长生"和"家族传承"展开的百年谜团，不同势力间或为利、或为义进行着殊死斗争。正是在这个大背景下，三位主人公以渺小的个体身份奋起反抗家族和不明势力的控制，不惜代价只为追寻真相，展现出了险恶境地中的动人真情和力量。

作品从以往盗墓小说对秘地场景和怪物的猎奇，回归叙写人性在两难处境下的挣扎与成长，其对"非盗墓事件"的关注，反而成了最打动读者的部分。如在故事的一开始，主人公"我（吴邪）"所要面对的威胁就不仅仅来自完全陌生的地下墓穴，更多还来自不同势力的揣测和恶意。读者们共同见证了他一步步从执着善良的"小天真"，变为不得不背负起阴谋算计的"面具人"，从优柔寡断到手段狠厉。但也是这样的他仍选择身涉险境只为救出自己的同伴，仍选择相信善，只是不再依赖别人的善。从无到拥有强大的能力，他内心的底线却坚持如一。在一日复一日乃至十年的连载中，作品中的人物和读者共同成长着，读者眼见着吴邪变得面目全非，也见证着自己与周遭生活的面目全非。如许多"稻米"所说的，他们在"吴邪"这个人物的身上，看到的是当初天真、好奇、朝气的自己；他们对于吴邪的喜爱，亦是对过去的自己的怀念，对未来自己的期待。这并非一个全然大写的英雄，但他的真实与挣扎深入人心。

除了主人公"我"所在的"铁三角"团队，整部作品有别于其他网文以自我为中心的"意淫向"，更通过"我"之眼塑造了一批性格鲜明各异的人物。一位粉丝"明月落七分（微博用户）"这样评价道："孤身奔赴淡然承受的张起灵，善良执着终失天真的吴邪，潇洒世故却困于情的王胖子，暗夜独行生死抛外的黑瞎子，天命风流早挑重担的解雨臣，机敏聪慧为一人候的霍秀秀……三叔笔下的《盗墓笔记》，'稻米'心里的恢宏世界，有血有肉，有情有义，有人性有人心，有美好有肮脏，在几百万人心里，一生荡气回肠。"[i]这可以算是读者对这部小说广泛认可的评价。这些人物组成姿态不同、神情各异的群像共同展出，每则故事背后都有一个鲜活的灵魂，而每个灵魂都展现出一片人生。几乎每个角色都有其粉丝拥趸，在这里有的是宽容和爱，并且绝不少于猎奇、宣泄或娱乐。

由此小说借"盗墓"这一背景名目，将一批立体复杂的人物群像聚集到了一起。故事时间跨度数十年，人物归属于不同家族、不同派系势力，围绕着一系列历史疑云展开了情节跌宕起伏的斗争。在这鬼怪与人欲交织的光怪陆离中，善恶是非、贪嗔痴疑、救赎与解脱轮番上演，各线角色平行而又彼此交错，可以看到作者试图突破道德禁区，深入演绎人性底色的尝试。在时间与空间的巨幅全景之下，被特写的个体都只成为身不由己的存在。人物之间复杂的联系和斗争也因此显得格外真实与牵动人心，取代了地下的鬼神世界成为小说的核心之一，使得小说大放异彩。

如果说《鬼吹灯》作为该类型的开山之作，作者凭借其丰厚的人文历史和地理知识，第一次创设出了"特殊的场景"和"特殊的怪物"，那么《盗墓笔记》则在继承前者的基础上，进行了极大的创新，尤其对各类人物的"非盗墓事件"进行浓墨重彩的描写，打破了重描绘盗墓过程而轻其他人物和事件的传统，从猎奇回归人性与悬疑。《盗墓笔记》对"非盗墓"过程的充分发挥，表现出作者突破类型化盗墓题材僵硬结构的尝试。如何在盗墓题材固有的框架里讲出新鲜的故事，一直是这一类型创作的难点。作者南派三叔巧妙地将盗墓作为背景色，有意识地融东方的武侠、志怪元素与西方的探险、夺宝、悬疑等为一体，更在作品中夹带作者个人的情怀和哲学思考作为"私货"，颇为曲折地回避了盗墓题材本身的局限性和创作时的传统套路。

---

i 《"盗墓小说"：粉丝传奇的经典化之路——〈盗墓笔记〉为例》，微博，http://weibo.com/ttarticle/p/show?id=2309404000893749043821，引用日期：2017 年 5 月 10 日。

作者对"非盗墓事件"的关注是《盗墓笔记》"反类型"的体现之一，这里的"反类型"与其说是脱离类型框架，不如说是在类型框架下尽可能地丰富小说中的元素。大量的悬念铺设和墓室解谜依旧是小说的核心之一。但小说在情节上则以张家、汪家、"老九门"等盗墓世族的争斗为线索，作品中还出现了大量"黑话"，有着传统武侠和"黑帮"小说的味道；而对于张起灵等人物的传奇叙写，则又继承了传统武侠小说中的个人英雄主义；文中记载了一个神奇的墓下世界，有着各类奇特的植物生物，以及精巧的墓室结构设计，这些素材多取材于民俗传说和一些古代笔记小说；而小说中出现的夺宝、考古、探险等元素，又似是来自欧美的考古探险小说；作者甚至会从一些现代欧美探险、悬疑和科幻电影中汲取灵感，如《盗墓笔记》第二部中"秦岭神树"的构思就受到 1998 年的美国科幻悬疑电影《深海圆疑》（*Sphere*）的启发，主人公在接触了某物之后可以物化出潜意识中的恐惧。在网络文学普遍缺乏审美独立性，多数作者专注于"爽文 = 好文"的当下，《盗墓笔记》作者在世界观框架和情节上的有意设计，体现出的不只是对东方或西方传统类型元素的简单杂糅，而是一种开拓性的探索。正如评论指出："探险小说、'黑帮'小说、悬疑小说都是在国外发展比较成熟，有很多脍炙人口的中文译本，然而本土写作在网络时代之前并不发达的类型；武侠能否用当代素材表现也一直是通俗文学的棘手问题。"[i]而《盗墓笔记》所开启的这种以鲜明主题融贯于多元素材之中的写法，值得为其他类型文学所借鉴。

除了多类型题材的融会贯通，小说在主题上也展现出了多元的个性，不同于以往通俗网络文学对人类复杂精神处境的简约化处理。其对于人事的叙述在某种程度上正切中这个时代的痛脚——人际之间信任的缺失及人们对于一切的怀疑和嘲弄。书中的主人公们对此给出了各自不同的回答，以各自特有的方式完成了险恶中的生存之道。如对于"铁三角"团队，这个过程中最困难的不是面对"利"与"义"的取舍，而是"小恶"与"大恶"之间的抉择。主人公们在一次次痛苦的选择中一点点改变了最初的模样，但直至最后抛弃了自己也没有放弃队友，在

---

i　邵燕君主编：《网络文学经典解读》，北京大学出版社 2016 年版，第 116 页。

地下的鬼怪世界和地上的利欲场中彼此支撑。在精英文学被大众束之高阁、愈来愈成为小圈子自说自话的当下，这样一部"接地气"的作品，借鬼怪写人心，以其对于利与义、生与死的真诚讨论，以及对"利他"的友情与义气的拔高，成功地令读者眼前一亮，在一众网络小说中脱颖而出。

三、互动生成的历险空间

故事如何且为何在人类的生活中发生着作用？它提供了一种生活的仿真，使得读者能够参与到事件当中而不必被卷入后果，不同于现实中后果必然伴随事件的模式。[i]《盗墓笔记》就为读者提供了这样一个超日常、超自然的历险空间，这也是文学祛魅时代之后精神"无聊"的人们所需要的。在小说连载的十年里，读者既是在跌宕情节中索取代偿与震惊审美体验的"神游者"，又是主动为作品"开疆拓土的战士"。不同于传统冒险小说从翻开第一页开始，到读完最后一页结束的线性阅读体验，《盗墓笔记》利用互联网媒介，通过叙述上的调整，为读者创造了一个可交互可参与的"历险空间"，创造了一种作者与读者、读者与读者之间互相影响的网状阅读方式。

网络类型文学在发展初期，多以满足读者自我中心的"YY"[ii]为主要目的。小说通常以全知视角展开，主人公往往自带"金手指（某种不合理的无敌能力）"，其他配角却并不知情，以愚蠢的表现衬托出主角的优势。而读者相比于小说中的角色们，天然享有视角和信息上的优势，从而能够在情节发展的过程中获得反讽的愉悦。《盗墓笔记》则与这一模式截然不同，它取消了读者作为旁观者视角的天然优势，选择从一位"亲历者"的有限视角出发叙事。故事以"笔记"命名，正是主人公"我（吴邪）"对自己探险历程的点滴记录，这样的设计使小说更贴

---

i 罗伯特·斯科尔斯等：《叙事的本质》，于雷译，南京大学出版社 2015 年版，第 240 页。

ii "YY 即意淫，并非单指性上的纵欲淫乱，而是一切放纵想象的白日梦。YY 小说，讲究无限制地夸大个人实力，把一切不合理变成合理，把一切不实际变成实际，这就是它最大的魅力所在。网络小说的所有热门类型，无论是玄幻、架空，还是盗墓、后官，还是同人、耽美，YY 都是中心的主题。"参见邵燕君：《传统文学生产机制的危机和新型机制的生成》，《文艺争鸣》2009 年第 12 期。

近并不存在全知全能视角的现实，也使得事件的真相更为扑朔迷离。读者能够获取的信息只有"我"的内心动机和行为，其他人的行为动机则是隐藏的。见证者"我"在给予观察者和叙述者一个"可视空间"的同时，潜在地规定了"不可视空间"的存在。[i] 这就使得事件本身与观察者"被告知"的事件之间产生空白。也正是这种空白，给予了读者对最初的文本进行想象和推理的游戏空间。

见证者视角和网络文学特有的过程性连载，使得作品摆脱了结构主义意义上的封闭性，它从根本上就不具有一个绝对的"结局"，而表现出一种流动性、开放性、互文性和未完成性。[ii]《鬼吹灯》之后大量跟风的盗墓小说都很容易落入回环重复叙事的套路，但在《盗墓笔记》中，一次次盗墓行动就像一个个彼此联系而又相互独立的空间。它并非对单一的简单重复，而是在"可视空间"不断扩大下带动的不同动机和人物行动。于是小说暗合了无限的开放性和可能性，有了应读者要求而生的前传、后传一系列续篇，高质量的其他同人作品亦不断产生。在这样的联结互动中，作者、读者、作者创作的文本、读者的反馈与同人衍生相互生发，一切现实界限和区隔不复存在。《盗墓笔记》成为一个真正不会"完结"的故事。

小说在抒情部分也不同于以往多数网文的煽情和宣泄，在一些关键情节反而表现出克制甚至沉默。该书的粉丝中很少有没阅读过任何相关解谜或同人衍生的，解谜主要帮助各位观察者（读者）侦破小说表面情节下的真正线索，同人则帮助进一步展开想象空间，替作品中的角色说话。这很大程度上正是因为作者所选择的特殊叙事角度，以及在抒情上的压抑隐忍。如潘子在用肉躯阻挡毒虫，再开枪自杀之际，内心活动不着一字，只是一路唱道："妹妹你大胆地往前走哇！往前走——"张起灵无法选择地身负神秘力量，却被困死在失忆与追寻记忆的轮回之中，面对追问却只有轻描淡写的一句："我是一个没有过去的人。""铁三角"团队历经生死，十年流离坎坷终聚长白，一句"好久不见"再也说不出话……这

---

i 肖锋主编：《媒介融合与叙事修辞》，中国传媒大学出版社 2012 年版，第 107 页。

ii 单小曦：《媒介与文学——媒介文艺学引论》，商务印书馆 2015 年版，第 254 页。

许多轻飘飘的细节和对白，经过读者粉丝不断地渲染成为他们心中沉甸甸的告白。潘子生前是否可能是另一个传奇？张起灵无法老去、波澜不惊的外表下是怎样的内心？黑瞎子为何不愿以真面目示人？……在环环相扣的错综复杂中，除了"我（吴邪）"之外的人物内心、人物所来和所往及整个故事的走向，读者都只能通过自行拼图来完成理解。无论是有意识地设计与克制还是"门外汉（作者自称）"的心有余而力不足，重要的是，这些想象或推理都是一种掺杂了复杂社会因素和选择性的意识活动，与作品遥相呼应，互相生发。这也成了众读者圈里的"这边风景独好"，即使作品已经在名义上完结，高质量的互动和优秀同人作品仍在读者圈子中不断产出，力压众网文，造就了"稻米"这样一个空前活跃、独一无二的亚文化群体。

但同时也有不少评价指出，《盗墓笔记》一文"坑太多，已经是盆地了"。烂尾嫌疑可以说是小说最大的缺憾。由于其大结局涉及政治上的敏感问题，加之作者的本人的精神和身体原因，这部小说有太多的悬念尚未揭晓。作者不仅未填完之前的"坑"，又转而投向创作《藏海花》《沙海》等，利用原有的世界观和人物线索，继续讲述之前或之后的故事，将坑继续深挖，被众粉丝称为"坑王"。小说密集和精彩的悬疑设置无疑成了一大亮点，但同时作者只顾在前制造夸张悬念，无法在后文中给予合理解释，也造成了小说情节上一定的线索混乱和逻辑漏洞。这也是以往研究中小说被频繁批评之处。而"挖坑"这一现象也并不只出现在《盗墓笔记》一书中，网络小说中存在大量"烂坑"。目前学术界对于这一现象的研究尚寥寥无几，其中学者李馥华将之定义为："网络文学中的'挖坑'就是一种比喻，是指网络写手在网上更新小说，当写到中间某章节，甚至是在行将结尾时，突然停止更新，留下个悬念，吊足网友的胃口，使读者心情也郁闷得'好像掉进一个深不见底的大坑里，想爬也爬不出来'，于是写手的这种行为就被网友们称为'挖坑'。"[i]但有意思的是，从读者反馈来看，他们虽然一边埋怨作者故弄玄虚，一边却又对作品抱有了更高的期待和热情，活跃于文学站点、贴吧等地兴致

---

[i] 李馥华：《试析网络文学中的"挖坑"现象》，华东师范大学硕士论文，2007年，中文摘要。

勃勃地讨论可能的伏笔和情节走向。甚至有一部分粉丝读者将南派三叔无法自圆其说的情节，视作小说本身可接受的一部分设定。正如上节所讨论的，这些"空白"实际上成为作者与读者、读者与读者之间你来我往的互动空间。作者"挖坑"试图让读者的期待受挫，而读者又尝试看破作者布下的重重悬疑，我写你猜、你猜我改。在作品数年连载所跨越的时空中，是阅读者和写作者（包括原著作者和同人文作者）以网状的形式彼此紧密联结，才成就了这部现象级的网络文学作品。

在传统的印刷出版渠道中，作品在出版时已经处于一个完整、封闭的状态，读者需要的只是静观、感受作品的魅力，像《盗墓笔记》这类逻辑结构不成熟的小说根本没有机会与读者见面。而今它却通过网络连载的形式与读者相遇，且引起巨大反响。其实这很大程度取决于网络小说其本身的特性。从麦克卢汉提出"媒介即信息"一理论，到电子时代尚未全面来临，一些征兆却已经开始被印证。我们容易被媒介的内容吸引全部注意力而不自觉屏蔽媒介的形式，但媒介本身却以其隐蔽的规则改造着我们的感官比率和感知方式。在网络里，一个作品不能以一个固定的、完整的形式而存在，而是通过电子技术所提供的复制、链接功能而融入无限的运动当中。它与其说是拥有一个固定的所指，不如说是能指的无限的重新配置。[i]《盗墓笔记》，或者说以"盗墓笔记"为中心所构成的活动空间和时间性过程整体，给予了读者超日常的、奇谲的想象力体验，多线疑团和高质量互动下激活的更是读者高度的参与感、共时感与存在感。这与面对一部完结且完整的作品产生的静观和深思是截然不同的。

若从传统文学观念来看，《鬼吹灯》无疑更符合"作品性"的要求。无论是完整严谨的逻辑，还是老练的文笔和民俗奇事的恰当点缀，都不愧为该类型的开创之作。但从读者接受度来看作为后来者的《盗墓笔记》却占了上风，它虽在逻辑上不及，可在绝妙的想象力、多线发展的尝试和人物塑造上却大获成功。在《盗墓笔记》作品初期的人物设定上，刻意和模板化的痕迹依稀可见，主人公们

---

i　崔宰溶：《中国网络文学研究的困境与突破》，北京大学博士论文，2011年，第68页。

有着分明的性格和清晰的功能，保证了小说情节的顺利进展和节奏的张弛。但随着小说情节的发展和迭起的高潮，作者一面留下了一个又一个未解的"坑"，另一面却也通过有意的设计使小说的悬疑性被发挥到极致。作品中的人物也因此获得种种离奇的际遇，迅速成长为读者心目中有血有肉的悲情英雄，成为背负巨大秘密的反抗者。这些足够有魅力的人物最终亦成了"稻米"亚文化圈的核心。作品前期铺设的大量暗线与悬念，所有精华最终都凝聚到了人物身上。这些小说人物在离奇的际遇中，展现出了各自的坚守，粉丝陪伴着他们一步步成长并走向传奇，归于平淡。读者在这个过程中与作家、与作品人物、与其他读者的互动与情感，都使得作品本身的外延不断被扩大。甚至在作品后期作家无力"填坑"匆匆结尾后，还保有足够持久的再生产能力，为其粉丝圈注入源源不断的活力。

四、影视改编的叙事伦理转向

《盗墓笔记》如何被改编成符合社会主流文化语境的影视作品，是其跨媒介改编的首要难题。叙事伦理作为一种语境的反映，其影响力量从作者一人转向复杂的影视制作团队，必然产生一系列的变化，而在这变化中便可以窥见《盗墓笔记》IP发展的倾向。"比鬼神更可怕的是人心"可以说是小说价值观的核心所在，南派三叔笔下的"盗墓世界"是建立在人与人之间复杂的斗争中的，人物为利益的殊死斗争，人性在两难之中的抉择，这本是小说最吸引人的地方。但这也是《盗墓笔记》相较于其他类型的网络小说在影视改编方面的难处，一方面，影视文本的长度无从支撑庞大的剧情架构，另一方面，小说文本中的"隐含作者"在文本影视化的过程中被消解，读者的想象力在这个过程中无从发挥。可以说，影视文本在改编小说的过程中消解了原作的意识形态，而以其需要的方式转化了小说文本的叙事伦理。

首先是影视文本的背景、语言、人物等的日常化。从网络季播剧的背景架构来看，编剧有意将小说中盗墓世家传奇的背景弱化，以日常化的叙述方式来架构故事背景。《盗墓笔记》小说原作具有很强的叙述性，多以比较具象的方式来塑造一个场景或者情节。原作的开头是吴邪爷爷一行人在长沙镖子岭挖出的一具"血尸"，这段描写恐怖乃至不堪入目，但也满足了读者的猎奇心理，奠定了小说离奇、悬疑的基调。文字叙述与读者保持了一定的审美距离，恐怖与血腥的影响力在这种距离中被弱化，但如果在直接、生动的影视文本中，观众的接受度将随着审美距离的拉近大大减小，因此电视剧改编有意将"血尸"等恐怖、血腥的元素做了删减或者弱化的处理。《盗墓笔记》小说第一部原作的场景，除了在转接五十年前对爷爷一辈盗墓传奇的回忆和现实时空的西泠印社，几乎都是在"瓜子庙""古墓"等构筑小说理念的"盗墓世界"中的，而从电视剧的改编来看，编剧在十二集的叙事文本中设置了三分之一的现代生活场景，甚至还在古墓中以插叙的方式设置了一集宫廷戏。笔者认为，这种设计减轻了电视制作的难度和成本，也缩短了"盗墓世界"与生活的距离，增强了作品的亲切感与生活感，吸引了更多的受众群体。但这种通俗化的改编也使原作部分的严肃性、传奇性在一种娱乐化的形态中被消解。

文本叙述的日常化不仅在于背景架构，也体现在人物形象的改编上。剧中新增的 High 少和陈丞橙是被观众诟病最多的两个人物形象。High 少的人物设定原本是一个擅长高科技的留学生，但在电视剧的情节中，High 少除了在吴邪一行人下墓的时候，利用科技使墓下与地面上保持联络，并由此延续了原设定中境外盗墓集团与探墓者的矛盾冲突之外，并没有什么作用，他在平时的行事中不仅没有表现出一个高科技人才应有的机智，反而和陈丞橙共同体现了一种幼稚、浮夸以及没有专业素养的作风。High 少和陈丞橙的人物设定拉近了盗墓世界与现实世界的距离，增添了轻松、幽默的氛围，但也经常被诟病为"多余"。而 High 少和陈丞橙在剧中显示出的"没用"和"多余"，也是编剧设置的从一个盗墓世界之外的现实生活中的人参与到盗墓行动后应有的反应，这显示出了现实世界和盗墓世界的差异。但此外，这两个次要人物并未如同原作中的大奎、霍玲、陈皮阿四等紧跟主线的次要人物生动出彩，如同被利用完而弃置的道具，结局处陈丞橙由陈文锦的侄女反转为裘德考一伙的同伙，出人意料却无逻辑可循。

其次，小说中人与人之间利益的对立关系一定程度上在影视中被转换成了正义维护与盗墓集团利益争夺的对立。小说《盗墓笔记》起于主人公吴邪试图摆脱日常生活的无聊而参与盗墓活动，而盗墓在现实中本是非法行为。所以在网络剧中吴邪作为保护国家文物的考古学学生站在了国家利益的立场上。在小说中，境外盗墓集团只是盗墓利益争夺的一方势力，并未在故事发展中正面出现，但电视剧改编将这一细节作为素材进行渲染，将原本盗墓贼与造墓者设计的机关、墓中的妖魔鬼怪和作者隐喻的神秘力量之间的矛盾很大程度地转移到了吴邪一行为保护国家文物的探墓者和境外盗墓集团之间的矛盾。这种巧妙的转移减轻了影视文本在叙述原作用文字叙述的矛盾的困难，同时通过正义与反派的对立立场顾及了影视剧作为大众文化的社会价值导向作用。从宏观上讲，影视剧根据艺术形式的转换对原作在情节上的改编可以说做到了"作者"的回归，但也出现了一些情节不符合现实、细节性漏洞等问题。

电影文本改编自小说第四部《蛇沼鬼蜮》探寻西王母墓的一段，小说中蛇母通过能控制蛇和尸鳖的巨大神秘力量和古老的原始迷信来统治当时的整个西域。而在电影改编中，蛇母为了复仇而试图毁灭世界，张起灵则站在了拯救世界的立场上，神化了原作中的英雄形象。电影文本将张起灵在原著中阻止蛇母复仇的毁灭式英雄行为和境外盗墓集团的裴德考追求长生不老的信念作为故事重构的主线，而原本作为主角的吴邪在电影文本的叙述中则更像一个被牵涉进来的旁观者。总而观之，电影的评价普遍较低，南派三叔作为电影编剧，有意模糊了叙述者与真实的作者之间的界限，试图撇清电影与原作之间的关系。故事从中年吴邪偶遇作家南派三叔开始，以倒叙的方式向三叔和观众讲述了他亲历的"盗墓传奇"。从吴邪的出生、盗墓世家的背景，到冥冥中被牵引着下斗蛇母陵，吴邪的讲述基本清楚地建构了一个"盗墓故事"。结尾的闪回用几个细节连接了盗墓故事的结局和吴邪的童年，例如吴邪与张起灵的相识和最后的分别，苏州弹评女人的指甲和蛇母的指甲，这种闪回使叙事时间的结构趋于完整，并在一种时间的交汇中升华出一种宿命与永恒的境界。"这个故事应该是我和他的故事，应该用他来讲述我，还是用我来讲述他。故事是何时开始的，又是怎么结束的。"[i] 吴邪的声音与影片开始的故事讲述形式相照应，也表现出了一种对人的关系和命运的探索。但电影结束后被称为真正的大结局的彩蛋中，叙述者吴邪把电影里的一切归结为"自己的一部分记忆"，而在他另一段不能说的记忆中则如小说"所有保护我的人都离开了我"，因此剧情中的无逻辑因为叙述者的"想象"显得可以被原谅。这也是三叔最擅长的"填坑"方式。

再次，影视剧的文本长度限制导致原创内容大量流失是众多网络小说影视化的一个症结。《盗墓笔记》小说原作篇幅宏大，整个系列共一百六十万余字，电影改编只用了两万余字，一百二十三分钟的容量展现故事。作为电影编剧的原作者南派三叔在访谈中曾说："电影从剧本到素材损失了近一半，从素材到电影损失了近一半。"从原作作者南派三叔写的第一稿七万九千字的剧本到最后呈现出来的两万字左右，作者初涉影坛，原本要表达的东西在一部电影形成的过程中被删去了很多。电影长度的限制使原作中时间漫长、架构庞大的故事不得不以一种写意化的手法来叙述，在电影本身的魅力之外，这种篇幅的缩写也造成了一些细节上的漏洞，如人物情感发展不合常理，情节不合逻辑等问题。

小说在精彩的历险过程中塑造的人物形象及感情发展在网络剧的改编中被扁平化，"老九门"等盗墓世家斗争的传奇背景也被冲淡。在重塑人物的过程中，电影删减了原作中对张起灵身份和身上秘密的探寻这条重要线索，因此人物形象的丰富性和复杂性被大大削弱。与小说不同的是，电影文本没有描述，只有行动，因此张起灵的淡漠、给人精神领袖式的安全感，以及感情上的细腻等特点大多是在对话、打斗等场景中表现。笔者认为，井柏然饰演的张起灵很好地诠释了一个无所不能的精神领袖，但原作中描写的超越时间的淡漠和复杂的心理还演绎得不够到位，饰演者井柏然也在采访中坦言："张起灵是我演过最复杂，也是最有挑战性的角色之一。"吴邪饰演者鹿晗是以花美男为定位的当红人气偶像，他眼睛里有和吴邪一样少年赤诚的天真，但在电影文本的叙述中，吴邪的心理和性

---

i　来自电影《盗墓笔记》。

格被表现得过于单薄，甚至在"天真"的主角光环下对盗墓这件事本身少了严谨的态度和敬畏之心。当然，剧作大刀阔斧地去除了小说主线之外的诸多人物，其中也不乏独具匠心的嫁接。原作中的大奎作为次要人物在改编中被编剧删除，但他在绝境中被同伴抛弃的死以蒙太奇的手法嫁接到了阿宁的手下小七上。大奎在临死之际十分不甘心地抓着吴邪，吴邪"一看不是你死就是我亡了，就突然起了杀心"，这种在生死抉择中必须毁灭本性中一部分善良的悲剧经由电影改编，反而成了为了其他朋友的安全必须做出的感情牺牲。这种感情价值上的转换对人物有情有义的心理特征刻画在电影的叙述语言中可以说超越了形式而保留了内涵。

文本的空间性是《盗墓笔记》小说叙事的一个重要特点。叙事空间从文字到图像，经历了一个由间接到直接的过程，影视在这个过程中消弭了小说文本的想象空间，也在空间主体化的过程中渲染了其本身的艺术魅力。电影开场时张起灵与裘德考相识于喜马拉雅山尼泊尔边境的雪山，这给观众以最初的神秘感和一种超越时间的无尽感——原作的结局中张起灵为了自己的使命和吴邪分别于长白山的雪山。这个场景不仅是对故事背景的叙述，也是对人物心理的映刻。从整体上看，电影的场景设计以复古的暖黄色调和蓝灰系的冷色调为主，为故事主体的进行营造了神秘严肃的氛围，譬如在木偶戏一段中，木偶阵的诡异与昏暗的背景恰好地融合，很好地表现了墓地下的压抑感。在场景的编排上，电影场景设计融合了武侠、科幻、恐怖等多种类型片元素，而这些元素并没有很好地融合，一些段落式的编排甚至显得电影的割裂感比较严重。

五、借鉴意义与反思

《盗墓笔记》在连载和改编过程中的作者与读者、读者与读者之间的高质量互动合作，充分体现了网络环境下文学生成区别于传统文学创作的特征，即更为频繁和即时的读者介入。在网络文学的连载过程中，随机应变的创作能力比精巧的完本构思更为重要。读者反馈既成为作者的创作动力，又是一种巨大的压力。作品在读者与作者之间的来回试探和博弈中完成。若平衡得好，作品往往会表现出一种内在的张力及宽容且更为丰富的层次；反之则一部分作者可能会在这种情况下被迫为"好看"而创新，以满足读者越来越挑剔的口味。作品也会在长期连载后暴露出逻辑线索频繁改动的混乱、遍地挖"坑"、频繁吊读者胃口故弄玄虚等低劣手段。这不仅仅是网络文学批评所不认可的，也不会为读者群体认可。《盗墓笔记》在作品后期就越来越走向失衡，也因此经历了一波读者的"脱粉"。幸运的是其前期超水平的发挥和十年连载间与读者极其深厚的情感联结才没有使该粉丝圈完全解体。

从根本上看，其成功是依赖于读者粉丝的"忠诚"。即使最后的不完美结局也没有妨碍他们对作品的守护。粉丝普遍认可的评价是：《盗墓笔记》对于他们而言不仅仅是消遣的读物，在作品连载过程中，他们收获的是彼此的友情和信仰。如吴邪有底线的善良和无止境的执着反抗，张起灵的寡言清醒和自我牺牲，王胖子浮夸下的侠骨柔情，潘子的铁血忠义，"黑瞎子"的不信神不信佛只信自己，"铁三角"团队的相互托付与不离不弃，等等。小说中的这些人物，深谙世故而选择不世故。他们坚毅，却也有软肋，才因此受到读者普遍的尊重与喜爱。从猎奇回归对人的关怀，才是优秀网络类型文学的正途。

而网络类型文学相对于传统文学的另一特殊性质，则是其跨艺类、跨媒介的发展倾向。它以一种破局的姿态取消原定的分界与隔阂，使文学重归大众的日常，并且这种破局不止表现在文学艺术形式内部，还体现在它对不同文艺形式的渗入和重新唤醒。如上，当下人们再次提及《盗墓笔记》时，它已不仅仅指向小说的作品本身，更多时候，它意味着《盗墓笔记》大 IP 项目的衍生及其周边，包括同人文、漫画、动画、虚拟游戏（网游和手游）、现实游戏（密室逃脱等主题游戏空间）、舞台剧、影视剧等等。这样的发展方向本身是无过的，以文本为中心衍生出多样的艺术形式，不同艺类间相互启动，前所未有地扩大了作品的受众面。如《盗墓笔记》IP 对舞台剧和密室逃脱项目的开发，就是一次非常成功的尝试。改编团队们借助影像、精良的道具和高科技手段充分再现了小说中的场景和事件，同时也是对原著逻辑和情节又一次梳理，用更加凝练的方式将小说精华部分还原给参与者。尤其是小说与舞台剧的跨界融合，受到读者和观众的极高评价。最初只安排了上海人民大舞台的演出（该舞台剧对剧院硬件要求较高），而后因极高的呼声又不得不去往多个城市进行巡演。

从中也可以看出，文学性本身与商业性是并不冲突的，好的文学形象天然就具有商业转化的潜力。但如何使二者协调一直是网络文学在跨艺类发展上的一大问题。《盗墓笔记》的第二波"脱粉"事件就与此不无关系，其粗制滥造的影视剧改编令读者大失所望。部分读者直指作者南派三叔不知珍惜自己的作品，虽然谋利本身无可厚非，但"吃相太难看"[i]、不尊重原著粉丝的意见是他们不能容忍的。这对于其他类型文学的 IP 开发亦是一个警告。以粗制滥造消耗读者粉丝来之不易的喜爱，对作品和网络文学的整体发展本身无异于杀鸡取卵，是必须警惕的。

事实上，网络文学远不只是对文学载体进行简单迁移，其内容亦受到媒介形式潜移默化的改变。对于小说《盗墓笔记》而言，从悬而未解的作品本身，到通往无数支线的同人文创作、以 IP 形式衍生的其他艺类创作及这整个连载过程之中作者与读者、读者与读者之间的多向互动，这一切都构成了"盗墓笔记"这一动态空间。

这种生成文本对传统的"作品"概念和分析方法都提出了挑战。如果网络文学批评忽视其生成的时间性过程本身，从一个"完本"的角度来静观网络文学，片面呼吁提高网络文学水平，往往是不得其门而入的。因为在这样的价值判断中，我们很难看到网络文学之所以为"网络"文学的独特性。学者崔宰溶在他的博士论文中主张以"网络"为中心对网络文学进行研究，直接指出"要么批评网络文学的'堕落'，要么强调'健康发展'以及对理论支持或制度完善的需求，这些研究都无法从一个狭窄的文学观念的束缚摆脱出来……当然，发掘优秀作品是重要的，培养有才华的作家也是重要的。但对'作品性'的过度强调会使得我们

---

i　引用自部分粉丝的评价。原指一个资源有限的人为了以最省时省事的方式追求效率最大化和结果最大化，而忽视必要的规则规范。在这里意指评价作者急于谋利，而不顾改编作品的艺术性。

忽略网络文学与非网络文学之间的不同点"[i]。他更在论文中用"使用者"代替"读者"的概念，因为网络时代的读者已不仅是"阅读"文本，他们更通过网站的节点"介入"文本。类似于"跟帖"也是帖子的一部分，网文的读者反馈亦是其意义生成的重要部分，甚至成为其间接的合作作者。对于不熟悉网络文学、未介入其生成过程本身的人，将会极难理解文本中的一些看似"病症"之处。如将"挖坑"简单归为作者的逻辑能力不足，而未看到其背后作者与读者之间的生动博弈。可以说，或许正是这些作为博弈痕迹的逻辑裂缝，才能反映出一个网络文学作品之所以成为网络文学作品的强大之处，因为只有容纳了众多不同的思想、意志的碰撞，才能被称为一个健康、有活力的互动生成空间，而对于这种空间的塑造，正是具有强大再生产能力的网络文学作品所必须具备的特点。

（周露瑶、韩梦婷　执笔）

---

i　崔宰溶:《中国网络文学研究的困境与突破》，北京大学博士论文，2011 年，第 76 页。

#作者访谈#

受访者：南派三叔（南派）

访谈者：单小曦、殷湘云、陈　曦

访谈时间：2020年11月3日

访谈地点：杭州白马湖建国饭店

一、从"愤怒"的一代到"与自己和解"

单小曦：您在进行小说创作之前以及过程中，是否有先在的想法要在作品中呈现呢？

南　派：有，而且这样的想法是有变化的。在我的创作早期，我排斥且深恶痛绝在一个作品中传导任何观念。在我看来，在写作前就想要在这个作品中给读者传递思想的行为，是傲慢且落后的。时代在飞速发展，作家的思想和他所要传达给读者的思想，未必真的适合这个时代。我当年所处的是一个"百家争鸣"的时代，文化界充斥着各种各样的观念，我们既不能断定自己足够了解这些多样的观念，也不能确保我们自己的观念就一定是正确的。

我们的作品是与现实世界脱轨的。我们"80后"写的第一代网络小说中，都藏着一种清晰的"愤怒"，它来自我们对现实的迷茫。例如，我们当时面临着"我们要买房子，但我们买不起房子"的困境，但我们的父母没有办法去教我们解决这个问题，因为他们未曾经历过。我们既不能从过去获取经验、寻求精神的安慰，未来又是不可知的。这种迷茫让我们从一开始就在思考以灵魂为主题的传统文学，它能否解决我们的实际问题？我们能在其中找到精神的"庇护所"吗？我个人认为是不能的。传统文学里那些璀璨的"遗珠"，我们读得再多，也无法解决我们的实际问题。我们也不能像我们的父母辈一样能与之共情，因为我们并没有他们那样下岗、上山下乡的生活经历。

所以当时大部分网络文学创作的初心，都是寻开心。我们追求的精神内核是"文不载道"，我们不在小说里讲述任何道理，就描绘快乐本身，描绘痛苦本身，描绘情感本身。但事实上，仅描绘本身就是件不容易的事。大部分"80后"网络文学作家在创作过程中，是带着迷茫、愤怒的情感的，这一点从作品主人公的行为就能看出来。在《盗墓笔记》前半部分，主人公从想法到行为，都是没有方向的。他的身边其实有很多人在告诉他你要怎么做，但他仍然像个"无头苍蝇"一样。从某种角度来说，这样的形象就是我们那一代人的缩影。

单小曦：所以您认为《盗墓笔记》前篇与现实是有非常紧密的关联吗？

南　派：是的，是一种折射性的关系。只有在那个时代才能产生《盗墓笔记》，没有这样的时代背景，《盗墓笔记》是不会成功的。《盗墓笔记》的主人公是非典型的主人公类型。他本身是一个没有能力、连自己在思考什么都不知道的小人物。他一直在被人引诱和引导，甚至是被骗；他一直在试图弄清楚一些东西。从这个角度来说，这就是我，我也一直在试图弄明白很多事情。因为我从小学习的东西，在我的青春时期没有起到任何作用，我必须自己去感受、学习很多东西。

最初的时候，你为自己创作，你发泄你的愤怒，是完全正当的，因为那时所有人都可以与之共情。但当你到了一定的人生阶段，这个社会对你的认知不一样，对你的要求也会不同。当一个人还是草根的时候，你可以愤怒，因为你代表着一个草根的身影，大家都支持你。但当你已经成名，你再去肆意表达这样的愤怒，大家就会觉得你没有长进。

而且随着社会的发展，很多作家也逐渐不再愤怒了。因为他们开始接受这个社会发展的道路，也找到了适合自己发展的道路。就像很多传统作家，他通过燃烧自己的"生命"写完前期的几本作品后，就会写得极慢。这是因为他们之前的"生命"已经燃烧殆尽，想要再次燃烧，就需要用体验与经历来补充"生命"。但造就他们写作困境的原因不止如此，还有社会的变迁。传统作家们之前的作品，是在体验过"黄金时代"后所创作的，那个时代有着上山下乡的经历，他们体会了社会和精神的剧烈变迁。但如今的社会已经没有这样的变迁了。如今的变迁是技术、阶级乃至国际环境的快速变迁，相反的是我们的精神世界极其稳定。

所以传统作家和我们网络文学的作家，面对的困境是一样的。外界赋予大时代的命运已经变成了科技革命，人文的变迁已经变得很少，再加上互联网的影响，你很难再写出史诗般的巨著。以前我们看过一个小说，叫《孽债》，它所描绘和展现的形象是极其强烈的，如今却很难再找到这样的作品，而且如果你把它放到现在，读者可能会这样评论——因为作家内心龌龊，所以才会写出这样的作品。《孽债》记录的是事实，它是时代造就的悲剧，只是当下读者无法与之共情罢了。

而我们到了（创作的）第二个阶段，意味着作品必须要有精神内核了，而且它会成为你写作的核心。此时，你的创作技巧和传播手段也成熟了，社会也变得相对稳定且清晰了。当年你去写一个有精神内核的作品，可能无法解决别人的问题，但现在却可以，因为人们的问题从物质转移到精神上了。

你必须要有精神内核了，它会成为你写作的核心。因为到这个阶段，你的写作技法、技巧也成熟了，你的传播手段也成熟了。而且社会已经经历过变迁变得稳定且清楚了。在当年你去写一个有精神内核的作品，你不能解决别人的问题。但是现在别人已经没有那么多的物质问题了，他的问题就会逐渐转移到精神上。

其实有这样的一个现象，我们看到所有的影视、小说作品，它都有一个非常清晰的轮回，它每十年有七年是属于流行文化的，有三年必定是属于在现实的题材上进行深挖的严肃文学。在这三年，能够引爆市场的就是现实题材。

十年，正好是一代人，每一代人到了最后那三年，他们都要去消费有精神内涵的东西，需要"吃"到真正有营养的东西。就像当我们活到了三十多、四十多岁的时候，面临的问题已经不再是那些基础的社会问题，更多是精神层面的问题，讨论的更多是关于社会知识、社会制度、人生阶段和人与人关系的内容，这时关于各种社会现象的理解就会变得非常重要。等你到三十多、四十多岁，你是不会再去和别人争论，比如买不买得起房子，或者这个社会迷不迷茫这一类的问题了。

单小曦：在您所创作的《盗墓笔记》中，主人公是否也存在上文所述的转变呢？

南　派：我是从《藏海花》开始认真思考主人公的转变的。我目前写了四个阶段。

第一个阶段是《盗墓笔记》，主人公吴邪还是天真无邪的、懵懂的，对遭遇的所有事物他都采取一种消极接受的态度。因为他自己也看不清楚，想不明白。我所描写的是一个年轻人挣扎在痛苦中的模样。挣扎到最后，他得出了一个结论，他所执着的、那些在道义上全都是对的东西，并没有让他身边的人变得更好，反而变得更差了。这是一个社会命题，我们每个人都会遇到。当你对这个社会体系中的事物有所执念时，你在追求它的过程中一定会连累你身边的人。但你所受的教育并不会告诉你这个事实，它只教你要一往无前。这时，你会发现你人生所面临的真正的问题和你所受的教育产生了冲突，那么它们要如何自洽？《盗墓笔记》的主人公是挣扎在这样的一个问题中的。

到《藏海花》里，主人公终于有一个机会，可以冷静下来去反思自己做过些什么。在这个阶段之前，他认为"黑就是黑，白就是白"，"我要做的事情一定要做到，因为它是对的"，"我只要努力，我就可以救所有人"。但现在，他逐渐发现这个世界并不是非黑即白的；而有些事确实是正确的，但他不去做，才会变得更好，他开始怀疑自己，尝试去袖手旁观。

然后就到了《沙海》，主人公又到了人生的一个新的阶段，他开始第一次伤害别人。因为他明白了一个道理，你做选择的时候，是没有办法一碗水端平的，你选择 A，B 它必然就会受损。所以在《沙海》中一直在展现主人公因抉择而带来的巨大痛苦。

最后到了《重启》，主人公开始接受。他明白了人生就是这样的，他要与自己和解，自己放过自己。这就是一个从人类社会诞生以来就一直存在的"宿命论"。一个人从天真无邪，到开始袖手旁观，到开始伤害别人，到最后跟自己和解。他在理解了人生的同时也成为一个有原则的人，他可以选择去做一个好人，这才是一个纯粹的人。

其实整个系列写下来，非常明确的主题就是一个人如何成长为一个正常人。在《重启》之后，我要写的就是他如何从一个正常人再变成一个卓越的人。这时候你已经和自己和解了，变成了一个和你父母一样的人，换句话说就是你已经变成了你自己曾经最讨厌的人。所以《重启》也是一个再出发，他要重新变成一个伟大的人。这是一个螺旋上升的过程，他又回到了自己天真无邪的状态，但又与曾经的天真无邪有所不同。到这个时候，他会变成一个有所选择、有所依托的人，他还有很多事情可以去思考，可以去做，他也有能力去做一些伟大的事情。

二、《盗墓笔记》的世界、人物、叙事及风格

单小曦：您是以一个什么样的想法去架构《盗墓笔记》的世界的？

南　派：《盗墓笔记》的世界跟现实世界是有着紧密的联系的。《哈利·波特》中有个很著名的"九又四分之三站台"，它在英国是实际存在的。这个地方以内是魔法世界，以外是现实世界。这是我很喜欢的一种世界设定。不同年龄段的人对世界设定的喜好是不一样的。当人们在十三、十四岁的时候，那是一个敢想的年纪，他们是能够抛弃他的现实世界，完全投入一个全新的世界中的。因为那时我们对现实世界的事物还没有足够的了解，自然也不会有很多的依恋。

但我开始写作的时候，已经是二十多岁了。在这个年纪，人对现实世界是有依恋的。所以我创造的幻想世界只是仅仅高于现实世界一点点。因为如果一个人的爱恨都在现实世界里，他又能理解这个世界好坏，把他放到一个完全不一样的世界中，他是会想要回归现实世界的。

单小曦：那这样的联系是一种怎样的联系呢？您是否是通过一种想象的方式或者是受一些资源的联想而将书中世界塑造出来的呢？

南　派：是一种在结构上的联系。我在编纂一个故事情节或设计那些怪物和机关的时候，一定是基于现实的。也就是说，我创造的这个事物是要能够调动人的现实情绪的。比如你跟着主人公在墓里看到了一个怪物，它长得像一只麒麟。但仅仅是像，是不能调动你的现实情绪的。但是如果你在这个古墓中看到了一只死去的猫，它的脊椎骨的长度比其他的猫长很多，一般猫的脊椎骨一共是 32 片，而它有 36 片，那你就会开始猜测这个怪物，究竟算不算猫。

因此这些事物一定与你现实生活中的情感投射密切相关。这些投射很多是来自民间的智慧，来自你的外婆或奶奶在你小时候临睡前给你讲的故事。它们的情节起承转合，人物也很丰满，它们从先辈传下来，经过一代又一代的加工，是非常有趣的。

在我小时候，我们以前还在大树下讲故事，这是一个非常硬核的娱乐方式。当年我们的父母全部出去割麦子了，小朋友们在一起。我作为外婆的长外孙，是要负担起照顾这些小鬼的责任的。那怎么打发时间呢，就是讲故事。这就像说评书一样，你要有过硬的技艺，故事也要足够精彩，你才能把这帮孩子圈上六个小时，让他们一声不吭地就听你讲。但是现在没人讲这个了，因为没有了这样的一个故事会，所以现在再写民俗的东西就会不一样一些。民俗故事所拥有的一切都是在古人巨大的传统文化的基础上，一点一点积累下来的。

单小曦：您在《盗墓笔记》中塑造的这些人物，比如主角和一些重要的次要人物，在写作过程中有怎样的考量，运用了怎样的创作方式呢？

南　派：如果你刚开始不会写人物，那你可以尝试一个方法，从你的身边人中去挑一个现实的人当原型。网络文学有个特点，它的读者反馈是很多的。你在写身边人的过程中，有时候，他的魅力点会被读者提炼出来。读者总结的往往会比你自己总结的精确很多。很多作者会把那些读者爱看的东西慢慢进行增加，慢慢地，这个人物便会变成一个像日本漫画里常见的刻板人物。当他变成一个符号化的人物，也就是我们常说的有了"人设"，这个人物就会开始产生真正的粉丝。

但是当你往后写，这样的刻板人物会很快无法满足你的写作需求，因为他没有深度，没有思考，和这个社会世界没有衔接。所以他刻板到一定程度后，这个人物就会逐渐和书中的世界观产生冲突。这些冲突使人物开始自发地思考书中的世界观是怎样，自己的人生和命运又是怎样的。这些思考，你是无法控制的。此时，这个人物就"活"了，他看着你，和你对话。在实际写的时候，有很多观念你就无法灌输下去了。比如说我，在写完《重启》之后，我觉得写吴邪是一件很辛苦的事。因为吴邪已经"活"了，他有的时候不想配合你了，你就会很难继续写下去。

不过，这样的人物到后期的时候，也会让你的写作变得简单。你塑造一个场景，把人物们往里面一放，你不用操控他们做什么，观察和记录就好，他们的行动自然而然就会成为故事情节，其中细节之多、火花之多，你都不一定完全能写出来，甚至还要删减。作家在经过长时间的写作训练后，会达到一种特殊境界——你可以在你所创造的那个世界里面，直接定格时间，此时这个场景的所有面都可以在你的脑海中直接旋转展现。比如新月饭店那场戏，当时写到那个酒杯砸到地上，弹起来，酒杯在空中的时候，我直接把时间定住了。所以我在写的时候甚至能够看到酒杯里面洒出的每一滴水的形状，那是一个"天人合一"的状态。我写完这个场景后，很累，整个人在那里瘫着。我瘫在那里思考，想着想着就发现我从那个状态出来了，再回去就难了。所以作家在写作的时候，就是多巴胺分泌最多的时候，那时你的脑袋里面就像在放烟花一样。传统理论所说的"灵感"这样比较浅层次、苍白的词，我认为是不足以概括这样的状态的。

其实，大群戏的场景在金庸的小说中也是有的。每个人只有两三个镜头、两三句话，却没有一个人物是掉线的，每个字都有用，每个字都无法删去。这是很难的，但金庸小说里面充斥着这样的场景，只有你真的写到内行了，才知道这真的是神技。聚贤庄大战有那么多人，每一个画面他都写得那么清楚。在那个时空，那样的调度能力和控制能力，是很令人震惊的，所以金庸是真的很厉害。

单小曦：您在写作过程中有没有尝试去赋予自己笔下的人物一种超越平常人的品格，您为什么会想到去创造这样的人物？

南　派：我觉得写作就是想要写得深刻，可以往两个方面写，一种是去剖析人类行为中最不堪入目或者最美好的东西；还有一种，是挑战人性的极限，就是一个人究竟能好到什么程度。

在疫情期间，我开始尝试去赋予小说里的人物一种超出人类正常范围的神格；也开始可以在某个地方，希望去给人以希望。因为当时疫情期间，很多人看我的小说打发时间。我看了很多网友的评论与留言，他们乃至社会的绝望情绪感染了我，在那一刻，我笔下的主人公和我之间产生一种连接，突然间让我觉得，我要去传导希望。

这本小说叫《千面》，是一篇短篇恐怖小说，我还在修改中，没有出版。

这本小说里有一个人物叫作"长神仙"，我希望他可以带给《盗墓笔记》的这个世界，甚至包括书外的整个世界希望。所以我在他的身上赋予了神性，他可以毫无任何私心、仇恨地去救治别人，去帮助别人，无数人可以在这个人物上找到一种解脱感。

单小曦：您是怎么看待网络小说常有的"烂尾"现象呢？

南　派：从现实的角度来说，想要不"烂尾"，必须要有强大的经济基础，因为"烂尾"的本质是作品的生命周期完结了。

说"烂尾"的同时，其实有一个问题必须要跟"烂尾"问题同时讨论，就是注水的问题。因为你不往作品里注水就不会"烂尾"。注水会导致你的用户流失，导致你作品阅读率下降。当你的流失率大于你的进入率的时候，这个作品必然会有一个下行曲线，那么你的收入就会随之下降，当你收入下降到一定程度之后，这个作品产生的收入就无法再支撑你的日常生活。这样的情况一般不会在结尾出现，而是在写作中段。那么你有两个选择，要么你把这个作品好好写完，但是你可能在最后那三到四个月时间里你会没有什么收入；要么按照编辑的建议，快速结束，然后重开一本，这就是我们所说的品牌化经营。

但如果作家有了经济基础，也不以写作作为你的谋生条件，在这样的情况下，作家其实是会产生"洁癖"心理的。举个例子，推理小说就很少有"烂尾"，为什么？因为作者觉得他的故事非常珍贵，他舍不得让自己的作品"烂尾"。所以说想要不"烂尾"，取决于作家本人。想要不"烂尾"没有什么特别技巧，但如果你写作品写到自己都觉得烦的状态，那你有极大的可能性会"烂尾"。但有些作家就不会这样，比如金庸先生，他临死之时还在修订自己的书，他觉得这个作品永远不会结束。再比如说我，《盗墓笔记》陪伴了我十四年了，所以我希望它有一个完美且合适的句号，我们可以好聚好散。结束《盗墓笔记》，就像砍断我的手脚，是痛彻心扉的，我可能要很久才能缓过来。但有些作家，可能这部作品你只写了一年，你结束它，几个月就能缓过来，无论它是怎样的结尾，都不会困扰你太久。

当然也有些作家写完之后，根本不会回头看一眼，这是不同的人生观。读者也有不在意"烂尾"这件事的，小说对于他就是睡前的娱乐方式，这一本"烂尾"了也没关系，他可以去看下一本。不过很多女读者是很不喜欢"烂尾"的，这和她们比较感性有很大关系。

单小曦：您在《盗墓笔记》的创作过程中运用了怎样的叙述艺术？在这个方面有没有自己的想法，或者在实践中是如何操作的？是否会考虑读者的想法并且去满足他们？

南　派：我是这样的（作家），读者想看什么，我尽量不满足。你想要看能满足你的小说，你可以去看一些迎合读者的流量文，它就是你想要什么都能满足你，我是做不到这一点的。既然我做不到满足读者的极致，我就做"反极致"，比如读者非常想要看张起灵，但是这本书我认为张起灵就只能出现两章，那他就只有这么多戏份，读者骂我我也不会改的。

另外我也"反极致"自己。如果我按照这样的剧情去写，主人公一定顺利获得成功，那我一定不会去这么写。比如有这样一个情节，主人公到海底的墓里面，氧气瓶没有了，墓里也只剩下两三天的空气，回到海边要潜水二十分钟，没有氧气瓶，也没有人知道他在这。这是一段字里行间都偷着绝望的情节，很难接着写。

我在每章结尾的时候，都尽量像这样在情节上把主人公逼到绝境，绝到连观众都不知道接下来要怎么做的程度。事实上，第二天早上你自己打开的文档继续写下一章的时候，你会是非常恨写出了这样情节的自己，但这样的情节是很有张力的。例如在《神雕侠侣》中有一个尹志平强奸了小龙女情节，要续写下去也是件很容易崩溃的事情，因为这样的情节让整体的写作难度提升了好几个档次。如果你写的就是传统的武侠小说的话，后面情节其实很好写的，慢慢磨就好，但是像金庸这么一写，很多事情就变得非常复杂，整个剧情的张力也会变得非常大，这就是反其道而行之。

单小曦：您是否会在创作过程中有意识地利用情节带动人物性格的变化或是利用人物性格带动情节的发展？

南　派：我不会强行让情节变化，情节它应该是自己变化的。如果为了情节的发展，强制改变人物的性格，在我看来这是一种写作失败。写作卡壳是一件很常见的事，你这个情节很难推进，是因为文本世界也是一个平行世界，影响事件发展的因素是多样的，人物也是真实的，你为了情节去改变它，那就会失去很多意义。

单小曦：您是怎样概括自己的写作风格的？和其他的网络文学作家比较的话，您觉得您的风格独特在哪？

南　派：用两个字来概括的话，就是"克制"。

首先我的世界观是克制的。我世界观的设定必须源于现实生活的文化基础。比如说我要写一个怪物，我会借鉴神话中最贴近现实的怪物。那民间传说呢，也是要我奶奶说我看到过这样的怪物，我才会去借用。当然我所借鉴的这些民间传说也不全都是我奶奶告诉我的，也有其他来源。比如说在广西桂林那边，你去采访那些山贼猎户，他们会和你说，他们那边有种蛇，它会从你头上飞过去，如果这种蛇比你长，那你就会死，如果你不想死，在它飞过你的时候，你就要跳起来，一直念："我比你长。"这样很玄乎的传说还有很多，比如水猴子这样的。还有关于白膏土的，我外公当年是烧砖的，就会去挖白膏土，挖出了很多地下的东西。因为有白膏土的地方下面一定会有东西，不只是古墓和遗迹，还有一些奇特的文物。我外公之前就挖出过一个三个人那么高的水缸，和普罗米修斯里面那个怪物一样，这是什么至今也不知道。这些民间传说天然产生的神秘感，和我们所认为的神秘感还是有所不同的。

我的人物表达也是克制的，因为是现实的人物去到我的世界里。它和现在很多网络小说中的穿越不一样，那些主人公似乎到了新的世界马上就能很好地适应，然后觉得这样的遭遇太好了，我要在这个世界好好做一番事业。而人物接受这个新世界的过程，他连四五行字都不愿意去写。当年穿越是还有时光机的，现在的穿越就是坐在马桶上马桶炸了穿越了，出去被车撞了穿越了。这样的穿越方式不一定就是错的，但这对我来说，就是不克制的，因为我的风格就是从真实的现实情况出发的，我的穿越，一定要有足够合理的理由让人物去体会一个新的世界。

基本上包括写作桥段的结构排布也是克制的，所以我的风格总体上就是克制。

单小曦：您写作使用的文体是您精心挑选的还是因为您擅长这样的文体写作？

南　派：我使用的文体和文风是我精心挑选过的。我以前写作是非常看重文笔的，但是在写《盗墓笔记》的时候，一开始我就特地选择了"八卦体"，它源自当年的天涯八卦文，就是《知音》里的那种写法。用这种写法去讲述我的故事并不是件容易的事，我研究了很长时间。在写的过程中，有的时候还是会忍不住"咏叹调"，但我会很快醒悟过来，把它们改回来。还是用这样的"八卦体"慢慢讲。我之所以选择这样的写法，是因为它就是那种井边洗衣服的中年妇女她们聊八卦的时候的说话方式。这样的写法是最有生命力的，是中国汉字的核心精髓所在，是这么多年传播率最高最广的一种文化载体。"八卦体"就是说小话，小范围内传递一个东西，但它能快速地用象征的手法，用特别生动的比喻把一件事情讲清楚。

三、影响网络文学的外部因素

单小曦：您对网络文学是怎么理解的呢？

南　派：首先从文学性出发，我的观点是网络文学也是有文学性的，但在网络文学的界定中也包含了非文学性的部分。网络文学的消费场景让纯粹的文学作品以及作家和读者的关系，不适合在这个时代讨论。这个时代讨论的顺序其实是产品、用户、读者、作家，然后才是文学。对于网络文学的分类，网络文学的核心平台将网络文学分为流量型和IP型，我个人还是比较赞成这样的分类的。这两类是完全不一样的作品，从写法到它的追求都是不一样的。

流量型，它更加在乎的是用户。首先要区分一下读者和用户，用户和一般读者是不一样的，但他们又是相通的。区别在用户的需求更加清晰。在大时代的背景下，用户想看什么，作家就给你写这个东西，这样产生的流量才是最大的。IP型与它相反，IP型天然就带有个人属性，而且受众面比较小。它表现作者在想什么，有哪些人愿意与作者一起讨论这个问题。这本质上就是作者和读者的共鸣，这就意味着读者对于这个作家的感情会是真情实感的。所以它更容易形成明星作家，形成粉圈效应。例如现在写耽美的作家，绝大部分都是自己喜欢才会去写，他写完以后，读者也非常喜欢，读者和作者就产生了一个极强的情感连接。一旦有了情感链接，就会有粉圈的出现，有粉圈，有黑子，有粉丝，就会有各种各样的撕×事件。把它俩对比起来，你就会看到，流量会产生品牌。就比如说某一类明星，我喜欢谁和谁，我喜欢他不是因为它是这样的一个品牌，而是它有非常明晰的、同种类的产品属性，它可以满足我某方面的需求。因此每种流量文都有它的核心竞争力，因此一个写类型流量文的作家换类型是一件致命的事情。当然流量文和IP文的划分也没有一个严格的界限，两边是有穿插的，但总体上还是有所区别的。

第三类的话，也是有的，但它现在还没发展起来，我们也暂时没必要去讨论它。目前大家也在讨论一些有争议的文学作品，它们是否能算作网络小说，比如说《三体》，它天然会被归类成一种非网络小说的状态。

因为相比《盗墓笔记》网络小说，它基本没有在网络上发表过。但是它的作者刘慈欣，你平时找不到他。但他在网上很活跃，然后他的作品在各个网上都能看到，都有电子版。而他喜欢在网上与他的读者交流，这使得《三体》的味道和气息就很像是网络小说。这个时代，可能所有作品在网上也能找到，也能看到，但有些作品大家就不认为这是一本网络小说。所以你要界定网络小说也是非常困难的。

单小曦：您将您的作品进行跨界的 IP 开发和改编的时候，您是否觉得这样的行为是对文学的一种延展？

南　派：我觉得不是对文学的延展，因为文学它本身就是文化的组成部分。

在文化的本质上，有一个东西叫陪伴，文化是陪伴着人的，是人生的一个组成部分。当一个人有一个文学作品的时候，他会恐惧什么呢？会害怕被人忘记。

文学是有精神内核的，有些是亘古不变的，不论它在哪个时代，永远都是对人有用的，那自然是不会被人忘记的。它要么就是作者的思考是有价值的，这样的文学作品就是经典名著；要么就是，这样的作品在某种意义上它记录了整个时代，比如《金瓶梅》。但在如今的社会情况下要想不被人忘记，是很需要思考的。那么如何不被人忘记呢？举个例子，我们的孩子如今还在看像是《哆啦 A 梦》《蜡笔小新》或《海绵宝宝》这些我们当年也看过的作品。这些作品是不用担心被人忘记的，因为它在跟着时代往前走，而且它是多渠道的。文学的载体是会变化的，文学现在是在小说端，未来也有可能到了剧本端，随着未来的发展可能还会有更多全新的体系，我们不知道。正因为不知道，所以必须要全媒体地去延展你的故事。

单小曦：您觉得以文字为形式的文学现在是否受到了挑战？

南　派：我个人认为，文学这个东西，从古至今，它就没有大众过。我觉得唯一的大众时候是金庸古龙时期，就是武侠小说爆发的时候，之后影视方面的爆发也与小说的爆发密切相关。受技术条件的限制，爆发只能从小说开始，因为当年的宽带技术只能支持文字传播，然后是网络漫画，再后来才是长视频和短视频。

人类一直在慢慢地朝着他接收信息更加便捷的方式而去，这是一个趋势。无论是看微博还是看网络小说，它本质上是在我们日常所能接触的信息渠道中，接收信息效率最高的。视频的效率相对就低一些，文字你可以一目十行，长视频你看三个小时，也就只能看一个短篇的故事，更不用说碎片化的短视频了。但人们还是很喜欢看视频，因为人们更喜欢在放松的情况下缓慢地接受一些信息，因为效率高了有时会很累。所以我认为，网络小说现在最大的挑战者是抖音这类的短视频软件。网络小说它能够提供给别人阅读的快感，抖音同样可以提供，而且更便捷、方便、成本更低。而且我认为文学这个东西，它永远属于精英阶层。但它在某些情况下，偶尔会爆发到大众层面。当文学能给予当下的大众他们所需要的东西时，文学才会被大众需要。所以，文学作为精英阶层的事物，也将逐渐归于深刻。所以网络小说这种东西，它如果没有发展出除了便捷获取信息之外更大的竞争力，那么网络小说这个市场会越来越小，会被别的东西占领。因为随着4G、5G技术的推动，除了视频可以看，我们甚至可以去看现场（VR技术）。毕竟直接穿越到书里面和去看书是两个概念的事情

单小曦：那么您觉得科技方面的技术是对文学造成了威胁吗？

南　派：没有，文学依然有它必然存在的价值，它本来就是偏小众的。但文学带来的那种阅读效率和它的阅读深度，依然是其他东西没有办法比拟的。如果你要以最快速度去思考一个特别深刻的东西，你必然还是会选择通过文学的方式。

所以文学的应用场景仍是丰富的。比如说你聊天的时候你会用短视频聊天吗？我们都会选择聊天效率最高的文字；再比如我们吵架的时候，跟

领导汇报的时候，我们会发"小作文"。为什么？就是因为第一它是深刻的，第二是它在效率高的同时也表达得清清楚楚。

单小曦：那么您在影视方面，之后是想要怎么发展呢？以及您对于文学和文化纬度的一种保存，自己有怎样的想法和打算？

南　派：就闷头干。我会尽力开发我作品的所有的系列，只要是有价值的，全部都去做。因为现在的市场情况，远不像大家口中的中国的文化产业有多充分。在我看来中国目前就是个荒原，极其贫瘠，有很多类型的文化作品都还没有。

而且我认为我个人在中国现有的文学体系中的位置，就是去丰富它的多样性，去让中国的叙事文学类型变多，小说类型变得更多，故事类型更多。在我和天下霸唱一起写盗墓之前，中国是没有盗墓这个类型的小说的。未来可能还有更多的类型，我们要尝试去把它创造出来，这是我们可以担当的责任。先完成这个，再去考虑把多样性变成普适性。相比于很多传统作家，我觉得我很难思考出真正意义上有价值的东西。虽然我也会经常思考有深度的问题，但我没有那么成熟的语境，但传统作家是有的，他可以通过他的语境讲出来。

单小曦：您是怎么看待或者对待一个新兴概念、新兴文化融入小说的问题？例如克苏鲁文化这样的小众文化。

南　派：新概念在我们这归属于世界观，这个又叫共同创作体系，是里面所有人统一语境来创作一个东西。世界观一般都基于某种文化基础，例如克苏鲁神话，你往下深挖你一定会挖到它与北欧神话相关的文化，因为它自身本就是一个相对完整的文化体系。

现在年轻的小朋友，我觉得他们身上是有"洋气"这样的东西的，他们这代人对什么SCP、克苏鲁的文化元素，是毫不排斥的。他们的文化包容性很高，这与我们国家强大了他们可以去接触更多的文化有关。在我看来，他们就比较像香港人，因为香港的文化就是一种多种文化互相融合的码头文化。因此他们并不会觉得雷神和钢铁侠在一块非常突兀，但于我来说，我就很难接受。另外如果我来写克苏鲁，我首先考虑的核心点是克苏鲁文化要如何跟东方背景融合，如何让读者能够顺畅地接受这个设定。

（殷湘云　执笔）

＃读者评论＃

南派三叔的小说创作大致可分为两类，一是极具个人风格的"盗墓"系列，如《盗墓笔记》《藏海花》《沙海》《老九门》《重启》等；二是探索其他新题材的悬疑故事，包括《大漠苍狼》《怒江之战》《世界》。其读者评价主要围绕着"盗墓"系列展开，尤其是《盗墓笔记》1—8部历来在读者群体中争议不断，在众多网文读者中形成了一个独特的书粉群体——稻米。在作品时间跨度巨长的连载和持续的号召力下，小说产生了不少优质的长评，以及大量高互动性的短评。此外，有相当一部分学者粉丝从 IP 改编、跨媒介传播等角度在以中国知网为例的知识资源平台发布了对《盗墓笔记》的专业评价。该小说还有英文版本发行，在海外文化圈中也有一定的讨论。

本文的读者评价主要梳理自豆瓣、知乎、百度贴吧、优书网、龙的天空、新浪微博、微信公众号等。这些评价的热度在《盗墓笔记》本体故事完结之际一度达到顶峰，但在"盗墓"系列不断开拓内容版图以及影视化的后期，读者对《盗墓笔记》的评价产生了明显的分化与转向。总体而言，作品未完本时的读者评价更倾向于正向评价与解谜探讨，而后期评价则逐渐分化出圈地自萌与批判反思两大方向。

一、极致的悬疑情节

首先在所有读者中，得到大家高度一致认可的是《盗墓笔记》把"一环连一环的悬疑"[i]发挥到了极致。无论是在阅读过程中还是读后，小说中的大量悬念吊足了大家的胃口。在一篇"《盗墓笔记》那么火，它的爽点在哪"[ii]讨论中，读者普遍认为这些"无敌大悬念"令人欲罢不能，这些令人"脑骨悚然"的悬念激发了读者无限的想象，以及对未知的强烈恐惧和期待。其中读者"liyong8366"还尝试对这一爽点进行反思，认为其"核心是恐惧，因为对未知的恐惧——这种称为悬疑，能让你的精神处于一种紧张状态，而这种紧张状态混合坐在电脑前的安全感，会刺激大脑产生源源不断的舒适感。在自然进化过程中，等于从危险中逃脱，这种舒适感就是对成功经验的奖励，是刻在基因中的满足感"[iii]。

　　这些小说中的大量悬念也直接塑造了其读者评论区中的一个奇观——解谜帖。"盗墓笔记吧"的精华区就设有专门的"解谜殿"，其中最具有代表性的就是"暖和狐狸"的《〈盗墓笔记〉终极解谜——暖和狐狸》[iv]。作者用伏羲古氏族的人兽共生、蚩尤部落的青铜文明、西王母的母系氏族社会来解释小说的"终极"，即中华文明的起源。他认为张起灵是蚩尤的后裔，并由此出发来解释整个小说的斗争关系，以及衍生的种种谜团。"暖和狐狸"在解谜帖中加入了很多原作者都没有写到的知识，并用这些神话传说、历史知识及自身严密的推理填了很多读者心中的"坑"，这些虽然是猜测，但是拓宽了小说时空的广延，补充了小说本身没有做到的解释，可以说是读者介入作品创作的代表。在"盗墓笔记吧"里，一位 ID 为"chzh2001"的读者于 2011 年 5 月在百度贴吧发表的帖子"从其他作品分析《盗墓笔记》的谜题"[v]，从主要人物、鲁王宫、大铜门、海底墓等作品要素出

i 《〈盗墓笔记〉的成功之处在哪里？》，龙的天空，2016 年 5 月 24 日，https://www.lkong.com/thread/1478703?page=2，引用日期：2021 年 8 月 29 日。

ii 《〈盗墓笔记〉那么火，它的爽点在哪》，龙的天空，2017 年 7 月 31 日，https://www.lkong.com/thread/1816779，引用日期：2021 年 8 月 29 日。

iii 《〈盗墓笔记〉那么火，它的爽点在哪》，龙的天空，2017 年 7 月 31 日，https://www.lkong.com/thread/1816779，引用日期：2021 年 8 月 29 日。

iv 《〈盗墓笔记〉终极解谜——暖和狐狸》，豆瓣，2010 年 2 月 21 日，https://www.douban.com/note/60848157/，引用日期：2018 年 4 月 15 日。

v 《从其他作品分析〈盗墓笔记〉的谜题》，百度贴吧，2011 年 5 月 9 日，https://tieba.baidu.com/p/1074035908?see_lz=1&pn=2，引用日期：2018 年 4 月 15 日。

发，探究作品的背景、谜团的线索、人物身负的使命及整个故事的情节与走向。知乎上一个高赞帖"《盗墓笔记》高深解析（参考）"[i]，梳理了《盗墓笔记》的故事大纲，从张家故事的起源、抗争派和"它"组织的双方博弈、长生之谜的兴起等角度，梳理了故事人物关系和故事事件发展的时间线。许多网友在解谜帖下面评论，"解谜本身就是小说"。从这些阅读量极高的解谜讨论中，可以一窥众多读者对于作品的投入与真诚，他们尽其所能使作者最初试图构建的"盗墓世界"更为清晰完整。

但这也间接导致了当作品走到大结局后的后期，一大拨读者对于作品评价的反噬。读者普遍认为这些悬念似乎只成了一种刻意制造张力的工具，而并未得到作者的尊重与"填坑"。有相当一部分读者对故事逻辑提出批评，"悬念铺垫太多……导致整体故事主线乱套，逻辑混乱，bug 也比较多，让读者总是抓不到故事主干"[ii]；对作者给出的解释不满，如"剧情补丁和无脑挂多，比如易容、失忆、记忆改写，还有大量超自然力来破坏推理"[iii]；认为故事"烂尾"，"剑走偏锋，失去了剧情合理性，所以惨淡烂尾"[iv]，作品也因此经历了一拨脱粉。

与此同时，也有许多读者对于"坑"有着自己的理解：一类是不过多纠结，这部分读者的评价更看重逻辑推理之外的其他因素，笔者在下文展开论述；一类则是从不同角度接纳了这些"坑"，典型的如豆瓣网友"薛定谔的加菲猫"认为以吴邪的第一人称叙事，很多坑"只有在其他人的视角填……感觉作者写的《盗墓笔记》只是整个小说的分支"[v]。总体而言，读者大众直觉地捕捉到了《盗墓笔

i "《盗墓笔记》高深解析（参考）"，知乎，2020 年 9 月 29 日，https://zhuanlan.zhihu.com/p/166207012，引用日期：2021 年 8 月 10 日。

ii "如何评价盗墓笔记"，知乎，2018 年 11 月 12 日，https://www.zhihu.com/question/280419953，引用日期：2021 年 8 月 31 日。

iii "《盗墓笔记》——kokonor 的书评"，优书网，2016 年 2 月 6 日，https://www.yousuu.com/book/394/comment/56b5f7dc823fa9f04b20e97e/，引用日期：2021 年 8 月 31 日。

iv "《盗墓笔记》——龙枪太平犬的书评"，优书网，2017 年 8 月 29 日，https://www.yousuu.com/book/394/comment/59a4cfaace32b8d53acfec03/，引用日期：2021 年 8 月 31 日。

v "《非常糟糕的小说》评论区"，豆瓣，2016 年 6 月 3 日，https://book.douban.com/review/7515513/，引用日期：2021 年 8 月 31 日。

记》情节中的不寻常现象，但对于《盗墓笔记》悬念与“坑”的分析缺少深入的思考与挖掘。

二、旋涡中心的“人物”

在稻米读者群体中，有许多人把更多的情感寄托在书中以“铁三角”为代表的人物上。对很多读者来说，最重要的大概是小说人物的成长和友谊陪伴自己走过的青春。“盗墓笔记吧”一位吧友在小说正篇连载完结后曾这样富有感情地写道：“感谢南派三叔给了我们这么多年可以期盼可以为之疯狂的世界——尽管《盗墓笔记》已经落幕，可是那个故事早已在我们的心中生根、发芽，那些人曾经那样活生生地存在过。”[i] 有粉丝这样描述：“羡慕有这么几个人即使彼此怀疑猜忌甚至欺骗，都会在最危急的时候为了对方不惜生命。”[ii] 许多读者最初因对悬念和惊悚的猎奇心理“入坑”，却终被小说主人公在出生入死中结下的真挚情谊所打动。“是悬念和惊悚的气氛催促我看完了《盗墓笔记》……但是当看完全部八本，对那些问题仿佛失去了兴趣，而最令我迷恋的却变成了天真、胖子、小哥和潘子，那种在生死之间结下的情谊，超越了各种势力的明争暗斗，甚至超越了神秘的长生秘密，永远留在心灵的最深处。”[iii] 读者也自发地认同，“铁三角”人设的成功是作品的一大魅力，为作品吸引稳固了一大批书粉。

不少长评会对“铁三角”的人物形象展开评价。豆瓣网友“一只高冷喵”分析了三人各自的人设，得出结论——作者通过有意的设计再着重写吴邪的视角经

---

i 《【无谓悲伤】〈盗墓笔记〉的完结并不意味着曲终人散》，百度贴吧，2011 年 12 月 28 日，http://tieba.baidu.com/p/1342872163?share=9105&fr=sharewise&see_lz=0&share_from=post&sfc=weixin&client_type=2&client_version=12.7.6.0&st=1628651761&unique=D0840D2F0CBA89BCA783BD5A362E2255#/，引用日期：2018 年 4 月 15 日。

ii 《大结局真的很难让人看下去》，豆瓣，2014 年 9 月 9 日，https://book.douban.com/review/6937092/，引用日期：2021 年 8 月 31 日。

iii 《小哥莫走！》，豆瓣，2013 年 12 月 23 日，https://www.douban.com/doubanapp/dispatch?uri=/review/6474107/，引用日期：2018 年 4 月 15 日。

历，才"把惊险刺激的感觉发挥到了极致"。[i]知乎网友则指出了吴邪的非典型人设，将"吴邪这个不太算是传统意义上的主人公的成长历程"[ii]视作小说的魅力所在。豆瓣长评《别笑，这是一部哲学书》[iii]从人如何认识自己的哲学角度深入讨论了"铁三角"人物对于彼此的意义。此外，还有一部分读者特别珍视吴邪与闷油瓶（张起灵）两位主人公之间的感情，颇热衷于将文中两人的互动不断放大、遐想、升温，自称"瓶邪党"，坚信"显然这种感情远远超过了一般意义上的友情"。[iv]瓶邪党等群体加入读者队伍，使得关于小说的评价更多元化，也更具话题争议性。

但小说后期被大家认为疑似"卖腐"的人物互动也引起了一些批评。有读者认为故事后期的人设越来越刻板、讨巧，因为"谁赢得女读者谁就赢得天下"[v]，作者后期的创作不可避免地有了更多媚俗的商业成分。另有一些热衷于推理考据的读者从人物的不合情理之处切入，不满人物塑造的bug，如阿宁对于裴德考不合理的死忠[vi]，《盗墓笔记·重启》中吴邪的能力强弱在前后有较大矛盾[vii]，《盗墓笔记》中胖子等人物性格在一些情节中的反常情况[viii]，等等。从所有这些态度多变的人物评价中，可以发现《盗墓笔记》的读者群体十分庞大且复杂，在这样一个庞大复杂的网络群体内部很难发生探讨性的对话，往往容易陷入先入为主或被迫站队的

---

i 《我看过的第一部长篇小说》，豆瓣，2018年5月18日，https://book.douban.com/review/9375511/，引用日期：2021年8月31日。

ii "小说《盗墓笔记》值得一看吗？"，知乎，2020年4月3日，https://www.zhihu.com/question/37831790 7，引用日期：2021年8月31日。

iii 《别笑，这是一部哲学书》，豆瓣，2011年2月21日，https://book.douban.com/review/4663166/，引用日期：2021年8月31日。

iv 《戏不醉人人自醉——写给一起追盗墓的我们》，豆瓣，2013年3月30日，https://book.douban.com/review/5827436/，引用日期：2021年8月31日。

v 《〈盗墓笔记〉的成功之处在哪里？》，龙的天空，2016年5月24日，https://www.lkong.com/thread/1478703?page=2，引用日期：2021年8月29日。

vi "《盗墓笔记》——十果的书评"，优书网，2021年5月25日，https://www.yousuu.com/book/394/comment/60ac5602472a7527b0fcf099/，引用日期：2021年8月31日。

vii "如何评价南派三叔的《盗墓笔记·重启》？"，知乎，2020年7月22日，https://www.zhihu.com/question/60805300/answer/1352978256?ivk_sa=1024320u，引用日期：2021年8月29日。

viii《非常糟糕的小说》，豆瓣，2015年7月1日，https://book.douban.com/review/7515513/，引用日期：2021年8月31日。

陷阱。这些反馈对作者的连载创作和接受者的批评都提出了挑战。

三、其他高频点评

除了上文梳理的在《盗墓笔记》读者评价中热度最高、争议也最大的情节与人物评价，书友们对于小说的题材类型、语言风格、叙事的技巧也展开了一定的讨论。

龙的天空书友评价道，《盗墓笔记》的一大成功之处在于题材新颖、猎奇，开辟新类型，打破了次元壁，认为“《盗墓笔记》包含许多畅销元素，灵异、鉴宝、探险、悬疑、恐怖、动作都能很自然地包含其中”。[i] 豆瓣文章《三苏，你写的到底是盗墓文？还是玄幻文？还是政治斗争文？还是黑帮文？还是BL？》[ii] 中所述说的这一杂糅的阅读感受，更是不少网友的同感。《盗墓笔记》在类型上的创新，表现在作品完结之后依旧不断有新读者“入坑”，也表现在不少老书粉提到这个故事在几年后看依旧有意思，不觉得腻味。而在众多类型元素之中，最得大家青眼的还是作者天马行空的、几近于玄幻的想象力——“这书文笔和想象力在灵异小说里算是屈指可数的”。谈到“想象力”，国内读者们会纷纷提到“身临其境”“真实感极强”“逼真”，国外读者也多有提到“vividi magination”“Adrenalinerush”“Can't put down the book”[iii] 等，对于作者在故事中的怪物设定、机关设计、环境设定感到惊叹不已。有不少书友根据半真半假的小说内容，去寻找有关故事背景的真实的人物、事件、文物等，例如关于西王母的神话传说，青铜鱼、金缕玉衣等真实存在的文物，建筑家、风水家汪藏海的史料记载，等等。读者在对小说现实依据的考据中，深化了对作品的理解，也扩展了知识面。例如知乎用

---

i 《〈盗墓笔记〉的成功之处在哪里？》，龙的天空，2016年5月24日，https://www.lkong.com/thread/1478703?page=2，引用日期：2021年8月29日。

ii 《三苏，你写的到底是盗墓文？还是玄幻文？还是政治斗争文？还是黑帮文？还是BL？》，豆瓣，2011年1月26日，https://book.douban.com/review/4600686/，引用日期：2021年8月30日。

iii “《盗墓笔记》商品评论区”，海外版亚马逊，2016年3月26日，https://www.amazon.com/Grave-Robbers-Chronicles-vol-1-6/dp/1934159379GraveRobbers' Chroniclesvol1-6boxset:Lei,Xu,Mok,Kathy:9781934159378:Amazon.com:Books，引用日期：2021年8月30日。

户"淡水河边"在《盘点〈盗墓笔记〉中那些真实存在的历史文物》[i]一文中，对照《盗墓笔记》中出现的文物列举了9个现实原型文物参照，并标注了出产年代，做了具体描述。在搜狗百科中，"稻米"还为小说中的人物汪藏海[ii]建立了词条，总结了人物在小说中的角色经历，并推测了人物原型吴中，根据史料摘录了吴中的生平经历，并对汪藏海做了人物评价。

这些对故事背景的考据，也从侧面反映出了作品在类型与内容设定上的思考与琢磨。而这需要的不仅仅是作者的素材积累，更需要足够的想象能力和再创作能力。豆瓣书友"艺术家一礼拜了"对于作者的这一想象力发表了更深刻的感受："尽管在很多地方他们都不能自圆其说，但……重要的是我们能够分享那份天马行空的想象……如果我们会聚在一起是一个原点，当我们向各个方向抛出想象力，我们社会的精神就会变成美丽硕大的花球，变得丰富而立体。我想给这些书摘掉网络、流行、通俗这样的帽子，因为想让大家看到他们的可贵。他们让我看到了美好的希望，让我看到了这个社会越来越多样性。"[iii]这一评价在豆瓣长评中热度排序位居前列，作者这一想象能力在读者心目中的地位可见一斑。

在故事的语言风格上，南派三叔长于直叙、克制，曾被戏称为"白描圣手"，他曾经在访谈中形容自己为"在大槐树下讲故事的人"[iv]。有的读者认为南派三叔的文笔老到，简单却有生活的质感，给人留下想象的空间；有的读者则评价粗糙、简陋、不够流畅；也有读者认为"读《盗墓笔记》这种注重于故事情节的书，该是不必纠结于每词每句的吧"[v]。仔细考察，会发现读者评价中还有一个高频词，即

---

i   "盘点《盗墓笔记》中那些真实存在的历史文物"，知乎，2016年6月20日，https://www.zhihu.com/tardis/sogou/art/21385138，引用日期：2018年4月15日。

ii "汪藏海（南派三叔所著小说《盗墓笔记》中的人物）"，搜狗百科，https://baike.sogou.com/m/v2960773.htm?fromTitle=%E6%B1%AA%E8%97%8F%E6%B5%B7&rcer=u9PEmtE5QxC1Okhga，引用日期：2021年8月10日。

iii 《想象力的味蕾狂欢（兼及〈鬼吹灯〉和〈茅山后裔〉）》，豆瓣，2007年4月18日，https://book.douban.com/review/1146443/，引用日期：2021年8月31日。

iv 《南派三叔：很难再承受写作的孤独》，搜狐娱乐，2016年3月21日，https://m.sohu.com/n/441360684/，引用日期：2018年4月15日。

v   《虽说细节决定品质，但是架构足以决定一切》，豆瓣，2013年5月15日，https://book.douban.com/review/5958141/，引用日期：2018年4月15日。

"会讲故事"。由于作品在情节逻辑上存在的硬伤，此处不少读者的"会讲故事"其实指的是作者八卦体式的、通俗易懂的语言风格。很多人会感到"整个人都会随着作者的思路转动，就是吴邪想什么，我也在想什么。这种笔力，不是盖的"[i]。可见作者的语言风格在众多类型网文中也颇具特色的，给人以极高的代入感和鲜活的亲近感。同时，也有少部分有相关专业背景或经历的读者吐槽作者的想象过于戏剧化，远离现实。

对作者叙事技巧的评价同样存在两极化。一方面读者认为"三叔从未将摄像机离开'我'，而是通过自己与他人的对话、回忆、猜想来多重定位视线之外的事。讲故事的技巧是真的强，故事的完整性让我误以为还有第三人称客观陈述段落"[ii]；另一方面读者却感到故事"主线不清晰"[iii]或是"太拖拉了"[iv]，比如"三叔回忆往事一个版本，已经很长了，被吴邪发现三叔骗了他，三叔又诉说一个版本……这部分看起来就很累啊，还很烦躁，有想弃书的感觉"[v]。

除了原作粉丝出于直接阅读体验做出的评价，因《盗墓笔记》的影响力，有相当一部分学者粉丝从专业领域的视角出发，同时站在学者与粉丝的立场上，分析《盗墓笔记》文本或以其为代表研究某个领域出现的现象和问题。在中国知网上以"盗墓笔记"为关键词搜索共出现194条结果（截至2018年4月）。其中以小说文本为论述对象的论题并不多，例如刘嘉任于2015年发表的《对"盗墓"文学母题的重构——论网络盗墓小说〈盗墓笔记〉》，主要从小说的娱乐消遣功能出发论述小说对"盗墓"文学母题的重构。该论文论述了小说在当代文坛的意

---

i 《〈盗墓笔记〉的成功之处在哪里?》，龙的天空 2016 年 5 月 24 日，https://www.lkong.com/thread/1478703?page=2，引用日期：2021 年 8 月 29 日。

ii 《关于〈盗墓笔记〉(已解决)》，龙的天空，2018 年 3 月 23 日，https://www.lkong.com/thread/1989718，引用日期：2021 年 8 月 31 日。

iii 《〈盗墓笔记〉四宗罪》，豆瓣，2008 年 10 月 18 日，https://book.douban.com/review/1528488/，引用日期：2021 年 8 月 31 日。

iv 《我看过的第一部长篇小说》，豆瓣，2018 年 5 月 18 日，https://book.douban.com/review/9375511/，引用日期：2021 年 8 月 31 日。

v 《我看过的第一部长篇小说》，豆瓣，2018 年 5 月 18 日，https://book.douban.com/review/9375511/，引用日期：2021 年 8 月 31 日。

义，也从系统性不强、娱乐化等方面指出了小说的不足。随着《盗墓笔记》IP 的开发，学界更多从影视改编、跨艺界叙事、商业营销等视角出发，评论其 IP 改编在各界的现状及其警示。如岳凯华在《从〈盗墓笔记〉看 IP 电影热潮的隐忧》一文中，以《盗墓笔记》为个案，从改编的悖谬、特效的困窘、偶像的失效等问题和现象入手，深度聚焦和反思了当下中国影坛 IP 电影流行时尚潜存的隐忧，试图从正面提出一些策略和建议为本土 IP 资源的开发和发展突围。

《盗墓笔记》早就已经不是南派三叔一个人的《盗墓笔记》。通过以上对《盗墓笔记》粉丝以及作品评价的概述，我们可以看到《盗墓笔记》作为一个 IP 母体巨大的生机与潜力，以及其在作品与粉丝的高互动中形成的亚文化圈影响力之巨大。无论是长评、跟帖，还是话题争论，都显示了"稻米"对于盗墓系列故事宇宙的无限投入与真诚。这些评论与创作也早就成为《盗墓笔记》的一部分。粉丝的关注和喜爱为作品带来了巨大的商业价值，肯定了作品的人文价值以及由此衍生的社会价值，也是作者继续创作和提升创作水平的核心动力。在《盗墓笔记》高人气和相当一部分低评价的争议中，我们也看到了读者回归的文学作品主体地位，以及对作品创作提出的期待与要求。

（周露瑶　执笔）

第九章

梦入神机：创构"洪荒神话"

＃学者研究＃

作为玄幻小说中最具有影响力的流派之一，"洪荒流"是玄幻类型发展到一定阶段诞生的新兴流派。在众多"洪荒流"小说之中，梦入神机的《佛本是道》作为开山之作，依据中国传统宗教、神话故事，创造性地构筑了宏大的"洪荒神话"体系，为"洪荒流"小说的创作提供了蓝本和物质基础。研究"洪荒流"需要从分析《佛本是道》开始；分析《佛本是道》和"洪荒流"，无法绕开"洪荒神话"研究。

一、"洪荒神话"的宏大世界

"洪荒神话"以宏大的洪荒世界为物质依托。洪荒世界是以《山海经》《封神演义》《西游记》等中国古典文学作品神话传说为基础，融入中国传统宗教文化中的神魔谱系，加以文学虚构后形成的一种具有完整性、系统性的文学世界体系；在"洪荒神话"的宏大世界舞台下，众多生灵为利益相互争斗，繁杂的思想文化理念交融碰撞，以追求"天道"为最终目标而不断修炼的世界。宏大世界是"洪荒神话"最具代表性的构成要素和特点，它给"洪荒神话"体系的构筑提供了无限的可能性。在《佛本是道》中，世界起初原本是一片混沌，在"盘古开天地"之后，形成了"人间界""地仙界"以及"天界"三大世界，三大世界的边缘还存在着一个独特的"六道轮回"空间。"洪荒神话"世界，便是由多重世界组合而形成的。而且各个世界之间紧密关联，形成一个复杂而壮阔的整体。

在三个世界中，"人间界"范围最小、层次最低。"人间界"与"地仙界"相差悬殊："蜗牛出了壳，爬上山顶，看了世界，谁还会又留念自己的那个小小的壳呢？"（《佛本是道》第 194 章《人间上》）这段文字出自主角周青初到"地仙界"后对两界差距的感叹，将蜗牛比作修炼者，自身的壳比作"人间界"，在山顶看到的是"地仙界"。对于"地仙界"而言，"人间界"有如大千世界中的一个小角落。而相比"天界"，"人间界"更为渺小得可怜。"人间界"不仅空间无法与其他两界相比，灵气资源方面也不及其他两界，整体地位以及力量水平都处在三界之末。

"地仙界"是最为辽阔的一个世界，中央广阔的大陆分为四大部洲，分别是东胜神洲、南赡部洲、西牛贺洲、北俱芦洲，周围又环绕着东西南北四海，无穷无尽，海域连成一片。东胜神洲是妖怪的聚居地，以花果山为尊；南赡部洲主要居住着人类，其国度采用了中国历史朝代设置，信仰上多尊崇道教；西牛贺洲拥有三千佛国，是佛门的西天极乐世界，崇拜佛法，是阿弥陀佛讲经处，"地仙之祖"镇元子也在此洲万寿山上设下了五庄观道场；北俱芦洲则为荒芜之地，多有冰雪覆盖，穷山恶水，荒无人烟，妖兽横行。四洲周围环绕的东西南北海是水族的聚居地，由天界册封的四海龙王居住其中，管理水族。总的来说，"地仙界"不仅辽阔，且资源十分丰富，修炼灵气也十分充沛，作为"人间界"衰败后各方神通者的修炼世界，在整个"洪荒神话"中扮演的是主舞台的作用。各族、各宗、各国、各势力都在这个大世界中互相来往与交流，或争斗，或合作。

三个世界中，与层次最低、地域最狭小的"人间界"和最为辽阔、生灵众多的"地仙界"相比，"天界"是三界中层次最高的。抛开地域与资源不谈，只"圣人"于此居住便可作为层次最高的理由。在职能上，"天界"扮演的是掌管"地仙界"的上层世界角色。"天界"由"三十三重天"以及"三十三重天之外"组成。"三十三重天"是天庭的所在，每一重天都是一个小世界，重重逐级而上，具有各自的作用。"三十三重天"中至高的一重天，便是玉帝、王母的天宫、凌霄宝殿的所在。"三十三重天之外"则主要指的是混沌，是整个"洪荒神话"中圣人所居之所，没有时间、方向之分。太清道德天尊的八景宫、玉清元始天尊的玉虚宫、上清灵宝天尊的金鳌岛碧游宫等等，都是圣人在"三十三重天之外"所开辟的居所。"三十三重天"内外的构成以及居住的不同等阶、不同层次人物，使"天界"成为至高无上的存在，也进一步延展了世界的宏大与辽阔。

总的来说，三个世界具有其各自特点："人间界"地域辽阔，但整体活动范围受限；"地仙界"更为广大，各方纷争迭起；"天界"宏阔无边，地位至高无上。以上特点都围绕着"洪荒神话"的"宏大"主题进行构筑，在三个丰满立体世界的基础上，再将之组合在一起，使得整个"洪荒神话"的体系更显宏大完备。

"洪荒神话"世界模拟了一个与现实相似的阶层结构，而其中处于不同阶层人物的不同选择，则支撑起了小说的故事框架。《佛本是道》"洪荒神话"中登场的大大小小人物有 500 多个，在这 500 多个角色中，大部分在中国传统文学作品中都有原型。梦入神机有选择性地深入描摹，从人物活动角度入手，加深和丰富了这些人物的个性，展现出了生机盎然的人物群像，且众多角色各具特色。

多元文化组合构成了《佛本是道》洪荒世界另一维度和特点。在"洪荒神话"的"三界"中，"地仙界"与"天界"的构思，分别源于"佛教"与"道教"的宗教文化，以及中国古典文学中的元素。如"四大部洲"的说法起源于佛教，而"三十三重天"则是道家的说法，在世界宏大的这个特点背后，体现的是"洪荒神话"的多元文化特点。《佛本是道》这一小说标题，便体现了两种宗教信仰文化的一种碰撞，在"洪荒神话"中至高的存在"天道圣人"的派系争斗中可见一斑。"接引"与"菩提"为佛教代表，而"盘古三清"则代表了道教。封神榜上名额的商定，实质上便是佛、道两派之间较量和妥协的产物。南赡部洲上的大唐国与西牛贺洲中的天竺佛国，两个国家、两个大洲势力间的碰撞，实质也是两种宗教文化之间的较量，是佛法与道法之间的争斗。除此以外，小说中的"六道轮回"间的"阿修罗"一族，就牵扯到了一些印度教的教义。在"洪荒神话"中，文化是多元的，其中"佛道"是文化碰撞的表现，而历史知识以及其他宗教和古典文学，丰富与补充了文化大背景。

"洪荒神话"能得到众多读者的认可与接受，一定程度上要归功于其完备而健全的体系。"洪荒神话"不仅拥有从混沌初开、创世开辟到现代发展的故事传说的时间轴，在具体的人物方面也具有系统性的归类机制。神话中登场的人物，都具有各自的背景与基础设定，更具有独特的个性。特别是"洪荒神话"还具有文化精神与理想社会追求这两个核心要素，拥有相对统一而完备的世界观、价值观。总之，"洪荒神话"将古代神话改造为一套完整的、适用于讲述故事的世界体系，是争取到现代读者的关键。

二、"洪荒神话"的资源与创构

文学创作是一个建构虚拟世界的过程，需要一定的文化和文学资源，需要对这些资源予以艺术再造。佛道宗教典故、中国古典文学作品是构成《佛本是道》的两大主要资源，结合其他历史的、现实的要素，作者创构出了"洪荒神话"体系。

"洪荒神话"的宗教文化资源。在小说设定中，佛道两教传教的最终目的都是为了能够接近"天道"，追求无上，成就不朽。两教之间的争斗，是故事情节发展的主线，而故事以人物行动为主要内容。《佛本是道》将佛道两教体系中的诸多人物与故事传说纳入"洪荒神话"中，并且经过作者的再加工，使得人物更真实，故事更加生动，更具立体感。作品中"盘古三清"（太清道德天尊，玉清元始天尊，上清灵宝天尊）开创了人、阐、截三教，而三教合一，便是道教。"盘古三清"作为道教的代表，其原型出自道教神话中的"三清尊神"，而"三清尊神"在道家的神话体系中是作为最高神而存在的，《道德经》中提到的"三一"即"三清"，"三清"乃"道生一，一生二，二生三，三生万物"。"三一"作为道教文化中的哲学象征，拥有不可替代的作用。可见，"盘古三清"对于道教具有代表性意义。而"接引"与"菩提"两位圣人，则是"西方二释"。"接引"全称为"接引阿弥陀佛"，是大乘佛教的教主，也是佛教神话传说中的重要人物。"菩提"即"菩提祖师"，虽然在佛教神话中并无原型，但该词音译于梵文

"Bohdi"，意为"觉悟、智慧"，与佛教这一来自西方净土的宗教有一定关联，构成了"菩提"成为佛教教派中重要角色的理由。道教"三清"与佛教"二释"各自代表了其宗门流派。作为它们的文学变形，"天道圣人"在整个"洪荒神话"中举足轻重。同时，佛道两教的圣人作为"佛道两教"神话体系的各自象征，并非个别性存在，而是两大宗教所衍生出的庞大神话体系。比如，在"地仙界"，南赡部洲大唐国，信奉的是道教礼法，而西牛贺洲上的天竺佛国则信奉佛法。两大洲两大国之间长年征战，西方佛教想要东渡传教，而信仰道教的大唐国则抵抗佛门传教，此间产生了不可调和的矛盾。在长年征战中，佛道两教的人物不断登场，引出了"洪荒神话"的无数派系及势力。这些情节故事的展开，更全面更客观地展示了"洪荒神话"中佛、道宗教文化意识的碰撞。在这样的碰撞下，进一步引出了"洪荒神话"中关于文化意识、利益冲突的相关内容，真切地反映出了宗教文化在"洪荒神话"中的源泉地位。

综上，梦入神机主要以佛道两教作为"洪荒神话"体系中原生的两大力量集团。以两教的摩擦与纷争为线索，衍生与发散出"洪荒神话"的故事主线，构筑起了"洪荒神话"中各个人物之间的关系以及各个事件之间的联系。在两教摩擦碰撞的基础上，再现了历史上的佛道文化融合，并在不断冲突中达成了动态平衡。这种交融与平衡是在两教历史文化资源基础上的"洪荒神话"再创作。

"洪荒神话"的文学资源。《西游记》《封神演义》《山海经》《平妖传》《搜神记》等中国古典文学作品也是梦入神机构筑"洪荒神话"的重要资源，它们为"洪荒神话"的结构搭建提供了材料。

作为中国古代一部章回体的长篇神魔小说，《西游记》描绘了一个绚丽神奇的幻想世界，在奇幻的世界中呈现了佛、道两教共融的神话体系以及对社会现实的批判。《西游记》为《佛本是道》提供了诸多人物原型。例如"悟空道人"，便是以《西游记》中的"孙悟空"为人物原型，通过再创作赋予其新的个性。《西游记》也为"洪荒神话"提供了佛道两教文化交融的原初范本。《西游记》中，原本应该归属于道教神话体系的天庭，在遇到"大闹天宫"时会求助于西方佛教。这样的佛道两教互助互利的设定，展示了两教宗教文化上的可融性，梦入神机的创作灵感正是来源于此。在这个意义上，《西游记》对于《佛本是道》具有奠基性意义。

《封神演义》是中国古代著名的神魔小说，是"洪荒神话"体系构建过程中另一本具有奠基性意义的文学作品。首先，《佛本是道》中诸多角色都取自于此，甚至包括了"洪荒神话"中作为"道之代表"的"道祖鸿钧"。这些人物角色在"洪荒神话"的构筑中起到了重要作用，人物关系也对"洪荒神话"运转起到了重要推动作用。在《封神演义》中，燃灯道人以及十二金仙中的普贤真人、惧留孙、文殊广法天尊、慈航道人（后世的观世音菩萨）等四位，叛道入佛的故事内容及人物关系，被梦入神机借鉴到了《佛本是道》中，作为"洪荒神话"中佛、道相争的依据和依托。同时，《封神演义》独特的神话元素也是"洪荒神话"的重要来源。例如，"洪荒神话"直接使用了《封神演义》关于"封神榜"的设定，并将之处理为佛道两教相争的重点缘由。"封神榜"上名字的填写，关乎"洪荒神话"整体系统规则的运转，触及"天地大道"的运作。对"洪荒神话"而言，《封神演义》在神话规则体系的设定方面具有不可替代的作用。

《山海经》是中国成书较早的志怪古籍，主要记载了民间传说中的地理、地貌知识，涵盖了山川、道里、民族、物产、药物、祭祀、巫医等方面，保存了包括夸父逐日、女娲补天、精卫填海、大禹治水等众多耳熟能详的远古神话传说与寓言故事，具有独特的文献价值。《佛本是道》所构筑的"洪荒神话"，从《山海经》中取材众多。其中的女娲造人、夸父逐日、精卫填海、后羿射日等神话故事不仅丰富了"洪荒神话"的内容，而且也为"洪荒神话"的体系规则做了补充。除了《西游记》《封神演义》《山海经》三部作品，《平妖传》《搜神记》等中国古典文学著作也对"洪荒神话"的构筑产生了影响。如这些文学作品中的"七仙女与董永的故事""青丘之狐"等神话传说，都被融入"洪荒神话"中，成了"洪荒神话"的一部分。

总之，上述中国古典文学作品对《佛本是道》"洪荒神话"的构筑起着奠基性的作用，是"洪荒神话"构成的主要素材。当然，近现代通俗文学作品如《蜀山剑侠传》对"洪荒神话"建构也有一定的价值，但相对中国古典文学而言，影响力十分有限。

独创性的多神话组合。宗教与文学经典为世界整体的架构提供了素材与概念，但如何将古早的概念置入现代的叙事框架，设计出新鲜的、能引发读者共情的角色与情节，才是小说受欢迎与否的关键。以修炼来达到在神魔世界中的"阶层跃升"，是梦入神机赋予故事的主线，构成了各种冲突。由"修炼"这一核心动机出发，作者主要从修炼体系、整体设定、元素突破这三个方面对"洪荒神话"做出进一步的构建。而作者在这一框架下，进一步发挥的独创性，则体现在对不同神话素材的融合以及神魔世界背景中人类社会事件的描写。

梦入神机对神话元素独创性的组合与小说名字一致，在于"佛本是道"的联系思路。在"洪荒神话"的整体设定上，梦入神机借鉴了《封神演义》《西游记》等中国古典文学作品佛道共存的神话体系，通过叙事来交代其共存的原因。《佛本是道》中，他将佛道这两个神话体系提升到同一高度，"三清"与"二释"都处于"洪荒神话"体系顶层，势均力敌的对抗使得佛道的神话体系得以完整保留。例如"盘古"这个神话人物，并不属于佛道两教的神话体系，也没有在《山海经》等记载神话传说的古籍中出现，而是在三国时期民间传说中诞生，即最早的盘古神话记叙出现在三国时期的作品《三五历纪》中。对于这样一个神话人物，梦入神机保留了其原有故事的主体部分，而将其结局嫁接到"洪荒神话"中并进行创新，可以看到，小说中的"盘古"作为"洪荒神话"中的"创世神"，在开天辟地力竭而亡之后，最终结局并不是化身万物而是化为"三清"，与道教神话体系组成联系，成为"洪荒神话"的一部分。

但是仅仅靠神话背景并不足以吸引读者，在神话背景之下发生的故事才是小说的重点。人类社会中引人注目和讨论的事件，在小说中，则演化为各种奇异种族之间的联系和冲突。《佛本是道》中，有两个种族扮演过十分重要的角色，那便是"妖族"与"巫族"。在洪荒世界的演化过程中，这两个种族曾一度是世界主宰般的存在。自盘古开天辟地后，妖族领袖"东皇太一"以"混沌钟"镇压鸿蒙初开的世界，带领一众上古妖族登上"天界"，其掌管的妖族一部分跟随他建立天庭，立下天条，而另一部分则成为下界子民。一时间，妖族被称为三界正统。巫族方面，"十二祖巫"乃盘古精血所化，盘古死后，"十二祖巫"掌管六道轮回，立下地规，其地位可媲美妖族。但由于巫族一脉没有留下盘古的元神烙印，所以他们虽然拥有高强的法力，却不能够参悟"天道"，无法谋求"混元道果"。除非"十二祖巫"归一，聚齐盘古真身，得其元神所化"三清"的元神烙印，配以"混沌钟"立证，才能够突破其修行限制。但一来"混沌钟"掌控在妖族手中，二来巫妖之间本就存在着诸多矛盾与纷争而水火不容，所谓突破之法也就不存在实现的可能性。在众多因素的共同作用下，两大种族之间的大战最终爆发。这一场大战，在"洪荒神话"中被称为是第一次无量劫。这场战争中，人间界被泯灭破碎，众祖巫相继陨落，修为最强的祖巫"玄冥"与"东皇太一"同归于尽，巫妖两族势力俱殒。自此，巫妖两族由盛转衰。上述内容，是《佛本是道》对种族势力变革的一段历史记录。虽然妖族与巫族在中国古典文学作品《山海经》以及屈原《九歌》中均有所记载，但《佛本是道》充分发挥了对这两个神话种族的艺术想象，进行了细致且完整的描写，使这段内容在全书中显得较为出彩。

三、"洪荒神话"的价值与局限

网络文学发展至今，许许多多的网络小说流派相继诞生并且不断发展壮大。在当下，网络文学作为最受大众欢迎的文学形式，早已成为人们茶余饭后的消遣之物。而"洪荒流"小说作为"网络文学发展中的突出代表"，在与人们朝夕交融的过程中，其构筑的"洪荒神话"也已融入人们生活的方方面面。在这样的现实背景之下，"洪荒神话"产生的价值、造成的影响，以及其存在的局限不足等也应该得到人们的重视。

"洪荒神话"的价值。作为"洪荒流"小说的开山之作，《佛本是道》为"洪荒神话"的成功构筑奠定了坚实的基础。它的成功之处，在于取材中国传统神话系统，在地理、历史、文化、角色、规则等各方面翔实地形成了一套适用于玄幻故事讲述的世界体系，使得"洪荒流"与"凡人流""修真流""无限流"等并列成为玄幻小说中最有影响力的流派，其成功不仅源于对中国传统文学中神话传说这一母题的再发挥，更源于梦入神机的现代逻辑构塑能力。

"洪荒神话"作为网络文学与传统神话交汇的产物，附带有神话题材网络文学的鲜明特征，即以神话的外壳，讲述踏实的、易读的社会故事。在人物刻画方面，"洪荒神话"一方面尊重人物的原型出处，并进一步对各种族各门派各势力的人物加以更具表现力的刻画；另一方面，为了使读者与人物之间产生亲近感，又有意对一些人物面貌进行颠覆性的重塑，如妲己在《封神演义》中显得十分阴险恶毒，但在《佛本是道》的"洪荒神话"中却是一个十分善良的正面角色。除了从古典文学作品中借鉴人物角色以外，梦入神机在构筑"洪荒神话"时亦加入了许多原生人物形象，例如主角周青，其性格特征随着个人实力的提升、生活经历的丰富而不断发生改变：故事前期的他狡猾、市侩、狠辣，表现得更为"小人化"；而故事后期成为"天道圣人"，更具有一种"圣人"特质，不再轻易厮杀，也不再为一些简单利益出手。这样的写法，既强调人物成长与发展潜力，也将人物性格塑造得更加立体、鲜活、生动，进而推动故事情节的发展。

"洪荒神话"的文学价值还体现在"修炼等级体系""道法体系"以及整体语言风格上。对前两者的细致刻画，凸显了"洪荒神话"独特的艺术构思与严谨的文学逻辑。《佛本是道》中，"洪荒神话"的修炼体系划分清晰，每一级每一层次都有着相关的说明，而对"道法体系"尤其是其招式的刻画，则以直观且详尽的文字呈现，给读者带来了身临其境的体验感。值得指出的是，在道法体系上，梦入神机十分注重宗门道统之间的区分。例如道家多用道法，用天地灵气化为仙术的方式展现修为；佛家则用信念呢喃，注重身体强化与佛法度化；而阿修罗一族则是通过内在的血气灵魂来表现实力。不同的派系，不同的道法运转，为小说增添了独一无二的奇幻审美特质。"洪荒神话"语言运用的最大特点是极具玄学色彩，体现着其特殊的文学价值。如《佛本是道》中，道祖鸿钧、盘古三清、十二祖巫、六道轮回、西方二释、先天灵宝、四大部洲等词汇都是神学、玄学方面的专有词汇，也正是这些词汇的吸收和使用构建了整部小说语言层面的玄学意味。总的来说，接触"洪荒神话"的读者能够从现实跨越到神话世界中，在获得阅读乐趣的同时，扩大个人的文学视野，丰富自我的精神世界。

此外，在容纳诸多异质门派的思想的同时，作者还充分照顾了读者阅读"爽文"的需求。《佛本是道》的创作借鉴了诸多传统文学和宗教文化元素，例如小说中多次提到的"宿命论"与"因果论"等佛教理念，抑或是"道生一，一生二，二生三，三生万物"这样的道家文化思想，使其成为"洪荒神话"的重要准则与信条。同时，主角也针对这些事物产生了自身的信条，如《佛本是道》中，主角周青所创的门派——"天道宗"，与佛道两教在实力层面不相上下，在思想层面却表现出截然不同的另一种理念。在小说中，天道宗没有相关道义的诠释，但借主角周青之口，梦入神机赋予天道宗的理念可见一斑：

> 哼！我之所求，随心所欲，奈何，没有强大的实力，一切都是空谈。从今往后，我定当掠夺一切，以提升实力，什么道德仁义，什么大道都见鬼去吧！只要我力量够强，我就是道，我就是天！天地为什么那么强，就是因为它不仁，它以万物为刍狗！什么神、魔、仙、佛，都是虚幻无比的东西，唯有那永恒的力量，才是根本啊！（《佛本是道》第1章）

> 修道之人，追求的就是强大的实力，修道界不同于世俗界，修道界只论生死，不争是非，不论对错。就是世俗中人，也还不是只讲强权，不讲公理。你们要牢牢地记住，修道之人打斗凶险无比，生死就是一瞬间的事，可不像体术比拼，还有留手的余地，法宝飞剑的比拼，一个不小心就是万劫不复，神形俱灭，就是下地狱都没有资格了。所以一定不能留手，该杀就杀。（《佛本是道》第37章）

力量是一切的根本，在现实残酷的世界里，只有生存才是真正的王道。这样的道义观念在梦入神机的"洪荒神话"中贯彻始终，具体呈现为以其笔下主角周青的话语行动而诠释的天道宗"自保自立自强"的道义。而正是这样的理念，才形成了足够强大的"练级"动机，让主角与一众派别发生冲突，支撑起了剧情发展。

但排除主角个人的意志，梦入神机对社会和个人的思考与思辨是多方面的，散落在小说各处，共同铸就了《佛本是道》独特的思想锋芒。例如，"洪荒神话"中"圣人的钩心斗角"，"民族宗教"上"对日对洋对外的敌视""人物的成长改变"，以及"现实历史的引入"等内容，分别体现了梦入神机对"独裁思想"的讽刺批判、对"历史屈辱"的重视、对"个体发展成长"的引导以及对"历史发展"的思考与理解，使得整部小说在建构奇幻异世、赋予读者阅读爽感体验的同时，具备了更加丰厚的思想内涵，对网络小说摆脱单向欲望叙事，提升艺术审美价值具有重要作用。不过，就总体而言，《佛本是道》的理念或者说人物价值观的设置还是过于偏向欲望先行，这一点将在下文谈论其局限时具体论述。

"洪荒神话"的局限。"洪荒神话"是网络文学发展中的杰出产物，其成功带来了诸多积极影响。但在其他小说仍旧蓬勃发展，呈现多元面貌的当下，"洪荒流"小说却进入了热潮减退的历史困境，这就需要我们对"洪荒神话"体系本身存在的局限与不足之处进行深入分析。

《佛本是道》的巨大成功，一方面开创了"洪荒流"写作盛世，但另一方面也为后世"洪荒神话"设定了难以突围的藩篱。《佛本是道》所构塑的体系本就相对稳定且成熟，如果作者自身缺乏讲故事的能力，仅仅从世界观上进行发展，"洪荒神话"只是徒有框架，并不能带来太多新鲜的阅读体验。"洪荒神话"的人物、情节、框架因受限制而在一定程度上已经"定型"，主角自然可以随意更变，但"混沌""开天""佛道""鸿钧""巫妖""圣人""三皇五帝""封神榜""西游"等却是某种意义上的固化元素。同时，在时间轴上，作品的剧情往往也会随着无量劫的发生而走向终结。《佛本是道》对"洪荒神话"的框架结构的严格限定，为后世再创作预留空间小而又小。创新渠道的压缩，使得创作者在创作时容易被圈定在梦入神机的"洪荒神话"体系中，而只能在其坚固的城堡外围打圈圈。长此以往，整个"洪荒流"小说流派创作者的思维逐步僵化，小说蓬勃发展的内在动力受挫，也就难以实现真正的突破和发展。由此可见，"洪荒神话"存在着看似开放实则十分封闭的体系设定问题。

此外，《佛本是道》全书的价值集中在"练级"的阶层跃升和争夺权力方面，人物动机缺乏多样性，无论佛、道，其目的都较为功利，使得全书风格较为阴暗。例如，女娲造人行为只是为了成圣，带有极强功利性，镇元子被塑造为精于算计的逐利小人，原本富有反抗精神的孙悟空，也被塑造成腹黑、凶残、阴险狡诈的集合体。这样的人物，使得读者在理解传统神话故事人物形象时产生反差感，同时也营造了"洪荒神话"颠覆、叛逆的氛围。"洪荒神话"在运用大量神话传说而贴近传统文化使读者对之具有天然亲切感的同时，其"黑三清""污女娲"，以"盘古"为上古神话开端的设定，都有简单化之嫌。另外，"洪荒神话"在价值观上也存在着一定的扭曲现象。中国神话是极具尚德精神的，具有成就大家、牺牲小我的奉献精神。而"洪荒神话"唯力量论的"道义观念"使整个世界的气氛偏向适者生存的丛林社会，这种人物动机的极化，反而破坏了作者试图通过融合多种文化使小说内容变得丰富的努力。这也是"洪荒神话"在原有基础上难以讲出更多不同故事的原因之一。

可见，"洪荒神话"只是借用了传统神话的外壳，搭建了一个完全与人类社会无异的阶级层级，剥落了太多神话本身所带有的文化内涵。如果一篇小说在神话题材上始终徘徊于名字和概念之间，那么无论是佛、道、仙，终究只是套上了宗教名头的世俗权力集团之间的明争暗斗，难免肤浅。而打打杀杀、繁育后代、阶层跃升、争权夺利等行为，其实质无法超越 YY 和"爽文"层次，虽有消费价值，却难以提供真正的审美价值。众多成功网络文学作品的案例说明，真正吸引读者的并不是多么复杂玄妙的世界设定，而是如何在一个合适的世界设定下，展现令人新奇的文化，讨论令人深思的问题，讲述令人感动的故事。"洪荒神话"

的世界架构固然值得借鉴，但真正能做到让网络小说创作"出圈"，争取到足够话题性的硬实力，还需有一段长路要走。

（徐泽淦　执笔）

作者访谈

受访者：梦入神机（神机）、人品贱格（人品，梦入神机粉丝代表）

访谈者：单小曦、缪小静、徐泽淦、郑佳玮

访谈时间：2017 年 3 月 15 日

访谈地点：杭州兔牙文化创意有限公司

一、玄幻写作既映射现实又超越现实

缪小静：您为什么会想要学武术呢？

神　机：因为写书的时候想写点比较有深度的东西，但对这些东西（指武术知识）不懂又不行，再加上受一些功夫类影视作品的影响，就干脆去拜师了。

人　品：《龙蛇演义》这部作品就是他边学武边写成的。

神　机：我拜师习武就是希望能把中华武术这些传统的东西很好地展现在作品里，希望能让读者更直观地感受到文字上的冲击。

单小曦：所以习武对你写小说有很大的帮助。

神　机：确实帮助很大，这样读者看你的作品也会觉得你写得很内行。平时在我们的影视道场，如果不拍摄的话大家就会在一起练武术，我会给他们设计动作，让他们把式练得漂亮一点。因为有能力进行动作设计的人越来越少，现在电视剧拍摄都直接用特效代替动作，我还是比较喜欢真实的武术动作。

单小曦：学武的经历对你的小说创作有哪些帮助呢？

神　机：拿《龙蛇演义》来说吧，这本书里出现了很多武术招式，习武后我对这些招式的练法和原理写得更加得心应手了。比如扎马步这个基本功，虽然看上去是那么简单的一个动作，我却可以把其中的原理非常细致地描写出来，读者看了就会惊讶，原来一个扎马步也有这么多的名堂，就会觉得你的文章还是有点东西在里面。

人　品：他一共写了八本书，《龙蛇演义》圈粉是最多的，他也因为这本书开创了"国术流"。现在还有读者看了这本书后想让他多写一些这种国术类的书。

单小曦：相比较金庸小说里那些有国家、民族担当的英雄形象，你的《佛本是道》中周青这个人物，感觉和传统的英雄人物形象有很大不同，比如他性格中自私的一面。你这样写是为了刻意同那些传统的正派形象区别开来吗？

神　机：也不能说是"自私"吧，要说的话应该是比较"自我"，他会为了追求自己想要的东西，不太顾及其他的条条框框。

单小曦：可以理解为没有什么道德感吗？比如周青当时收徒的原因是徒弟身上有他想要的东西。因为那个人是蚩尤的后代，身上的真血可以养自己的真身，我对他有所求，所以我收他做徒弟。后边又收了周晨做徒弟，也是因为她是妖族的，身上也有自己要的东西。

神　机：我小说中的主角，为人处世可能会有一些功利化的特质在，恰好是如今一些读者所喜欢的。现在社会的整体风气可能不再像以前一样极力推崇"无私奉献"，而是主张一种相对公平、对等的交换。比如说一个科学工作者为了事业鞠躬尽瘁，最后却一无所获，这种情况是大家不愿意见到的。一个人贡献了多少，就应当得到对等的财富和荣誉，而不是用高一等的"大义"去榨干你的一切，比起过去，现在读者群的思想可能更为开放。

单小曦：也就是说，尽管你的网络小说内容充满了玄幻的色彩，但是很多方面还是映射现实的。

神　机：对，大家阅读的时候，发现主角把自己平时不敢做的事情做了，把自己不敢想的东西也表达出来了，容易将自己代入，就引起了共鸣。这是我个人的理解。

单小曦：你的书中像周青这种类型的主角能受到大量读者的推崇，是不是因为其中涉及了当代人的价值观？

神　机：因为当代人的思想更加开放，比起过去所宣扬的集体主义，当代人会更加自我，他们在社会大环境的制约下愿意遵循规则，但前提是自身的利益不会受到侵犯。我小说里周青这类的人物原型更像是魏晋时期的隐士，既然无兴趣去兼济天下，那么便独善其身。

单小曦：但是周青比起那些正派英雄，似乎更为圆滑，有种"来了这个机会一定不放过，有好处肯定捞一把"的意味，说不上邪恶，也无关乎高尚。

神　机：如果一定要用一个词来形容这类人物的形象的话，我觉得可以用"纵横家"这个词。假如你是一个清官，在污浊的政治环境中你只能比贪官更奸猾，才能更好地生存下去。算是一种人生智慧，你要生存下去才能实现自己的理想和抱负。

单小曦：有点意思，这些人物比起以前那些把所谓"道义"挂在嘴上的伪君子更加真实。

神　机：没错，并且如果把一个英雄人物塑造得过于"高大全"也缺乏真实感。之前有很多媒体和文学评论家会去批评网络文学作品的价值观，但是如果你真正去阅读就会发现，每一部作品中所有的主角，都是有个人底线的。比如我的小说主角，绝对不会去滥杀无辜、损人利己，他们都遵循着"人不犯我，我不犯人；人若犯我，我必犯人"这一原则。

单小曦：你的小说还有一个特别有意思的地方，主角虽然会有锄强扶弱的行为，但是在这过程中如果有利可图，就一定不会放过得利的机会。

神　机：当然，我希望所有好人都能有好报。比如一个科学家，鞠躬尽瘁之后自己的生活条件也变好，这是我愿意看到的；我不希望这个科学家付出了所有之后还是一贫如洗。

郑佳玮：您的作品《星河大帝》中男主人公江离给人一种个人主义的感觉，感觉他修道的主要目的是自我境界的提升，与此截然相反的是他的弟弟江涛，他选择加入复国组织，获得力量更多是为了实现国家大义。那么在您的心中，个人的提升和集体的大义两者之间该如何权衡？

神　机：我个人是比较认可个人英雄主义这种思维的，因为个人利益和集体利益之间肯定是会有冲突的，为了维护集体利益个人肯定会受到一些不公正的对待，人们一旦自己受到了这种对待内心肯定会感到压抑。

郑佳玮：您小说中的主角会不会有点"龙傲天"升级流的感觉呢？

神　机：和"龙傲天"还是有些差别，我们的主角形象更像是"扮猪吃老虎"，往往是一些社会身份很平凡的人，但实际上却很有能力。

单小曦：那么你塑造人物的时候会经常塑造这种类型的主角吗？

神　机：比起平凡子弟步步逆袭，我的小说主角有点像古代的侠客，干脆利落，来去潇洒。他们会有点"非人类"的倾向，没有喜怒哀乐等情绪波动。

单小曦：你的小说在情节方面和其他同类型网络小说相比有什么特点？

神　机：情节方面还是不会突破"练功""升级"的套路，其实我的小说在情节方面比较薄弱，人物也比较脸谱化，但是我的作品中最核心的东西是主角具有的精神特质。我特别佩服李白诗中的剑客，"十步杀一人，千里不留行"，所以主角的性格也会朝这方向靠拢。我的读者们往往都对这种类型的主角特别有好感，就像女生们迷恋韩剧中帅气多金、霸道冷酷的男主角一样。

单小曦：你有没有在将来的作品中涉足一下情感戏的想法？

神　机：我也很想尝试一下，可惜不太擅长写情感戏。我每次想要写男女之情的时候，总会觉得非常别扭。

单小曦：你写书中情节的时候会有大纲吗？

神　机：没有大纲，想到哪写到哪。但是整体有一个思路，比如主角的命运，发展到哪个阶段必然会有一番成就，不会出现写了很久还只是一个小角色的情况。

郑佳玮：那对小说世界的构架方面呢？

神　机：世界的构架肯定是有大纲的，我会先设置好修炼的体系、功法，整个世界的地图，以及各种主要人物。但是具体的情节方面，因为你很容易想到更好的情节，在情节方面设限可能会限制创作思维的发散，所以不会有明确的大纲。

郑佳玮：您在构建小说世界时，一般从哪里汲取创作灵感？

神　机：一部分灵感是出自古代的传奇小说和神魔志怪小说，比如"三言"、"二拍"、《平妖传》《封神演义》《西游记》这些作品；另一部分则是出自很多佛教的典故，它们很多可以当作寓言故事来看。除此之外，我还会借鉴一些道教经典；有时我会从古代的一些文言笔记小说中获取灵感，如《容斋随笔》《阅微草堂笔记》等；有时我还会看一些禅谱。

单小曦：如果把你自己的作品同金庸的作品，以及李连杰主演的那些电影相比，自己的作品有什么更加突出和独特的地方？

神　机：我写的是玄幻小说，里面的大部分情节都有些脱离现实，而中国网络流行的玄幻小说，实际上是寄托了国人超现实的人生追求。从古至今，上到皇帝贵族，下到平民百姓，内心对获得神通、长生不老的能力有一种向往，就像是外国文化中推崇超级英雄的超能力一样。虽然说，每一个平凡的人都有一颗渴望不平凡的心，但是这些幻想和追求在现实中无法实现，就只能寄托在小说世界中了。我的所有作品一直在贯穿一个理念，叫作"人人如龙"，人人皆无高低贵贱之分，都有资格达到高层次的人生境界，跟"众生都为佛"是一个道理。

单小曦：你的小说是否在有意无意间展现一种"丛林法则"？

神　机：我个人是不太喜欢"丛林法则"的，相反，我的小说最后，主角都会建立起一种全新的世界秩序。

单小曦：但是你的书中总是反复展现"强者为尊"的思想。

神　机：因为只有强者才有能力建立一个真正完美的秩序，主角不断历练成长，终极目的就是建立一个更加完美、完全崭新的世界，在这样世界中，芸芸众生都有条件达到一个更为高超的人生境界。

徐泽淦：有诸多读者说，您从起点中文网转到纵横中文网，感受到您在创作中需求的变化：在起点的时候，您更加精于对于小说内容、结构以及思想的推敲，更注重于一本小说的质量；而在去到纵横之后，您的小说更偏向于一种小白式写法，在内容上没有太多的创新，从小说整体来看，更偏向于对一本小说价值的追求。请问您怎么看待这种说法。

神　机：因为我本身一直在尝试写新的东西。为什么那些有小白文、爽文之称的作品能被大众喜闻乐见，我觉得一定有深层次的原因在里面，所以我想在这方面尝试一下，体验一下写这种类型的作品是什么感受，说不定在之后会有新的突破呢。

二、网络文学面向市场写作，同时也可以出精品

缪小静：现在很多网文作家写作开始有了商业化的意识，他们创作的初衷不再是完善作品，而是着眼于能否进行 IP 改编、获取版权费，这种急于盈利的心态往往导致写作模式化、套路化，形成一种恶性循环，请问您如何看待这种现象。

神　机：现在确实有很多作者都有这种情况，但是现在市场高度商业化，如果尝试在作品中追求新的东西，其实要冒很大的风险，甚至可能会流失大批老的读者。套路化的写作至少不冒险，保稳，写一个成一个。但是，拿我自己来说，我写作时还是比较随心所欲，遵循着求新、求变、求多的原则，不太喜欢套路化的模式；不过，这样往往会出现作品失控的现

象，读者们也会对此有所埋怨，老的读者会不愿意看，新的读者也难以接受你写到失控的情节，最后捡了芝麻丢了西瓜。

人 品：他的读者确实分布得比较零散，喜欢《黑山老妖》的读者不喜欢《龙蛇演义》，喜欢《龙蛇演义》的读者不喜欢《阳神》，喜欢《阳神》的不喜欢《永生》，喜欢《永生》的不喜欢《圣王》。

单小曦：你觉得网络文学和传统的通俗文学相比，存在一种什么样的关系？

神 机：像我们这群人写的网络文学，总体来说是偏向娱乐性一点，就像古代说书人把四大名著改成说书的段子一样；而传统的通俗文学比较有思想深度，比如《平凡的世界》这类书，会集中讨论社会变革和人性。我们写的文字还是娱乐性多一些，大家看我们的文字也是图一个乐子。比起传统的通俗文学，我们写的大多是一些让大众喜闻乐见的东西，所以我们的作品更像是"下里巴人"，他们的是"阳春白雪"。

单小曦：所以你写作品会考虑到迎合大众喜好和口味，而大众读你们的作品，主要也是为了娱乐和消遣。其实相比之下，传统的通俗文学其实也是走这个路子的，而你提到的"阳春白雪"，实际上是同"下里巴人"的通俗文学相对的精英文学。现在一些人认为网络文学实际上是对传统的通俗文学的一种继承，对此你怎么看？

神 机：嗯，像我们写这类小说，我认为其实是传统武侠小说创作的一种延伸。

单小曦：那么就你的创作经历来讲，有没有超越或者不同于传统通俗文学的地方？比如《蜀山剑侠传》《封神演义》这类的传统通俗小说。

神 机：字数（笑）。像我们这些作家一部作品就有三五百万字，可以比得上金庸先生的所有作品了。另外我们文字的叙事风格为了适应新时代的大众口味，也有了一些新的变化，文字风格更为口语化。还有一点就是，我们创作时思想的束缚相比过去变小了，像早年金庸小说里的主角都是正派人物，他们身上会有一种为国为民的大义，但是我们现在写一些主角，往往会有小人物的一些特质，比如性格方面有一点小猥琐，甚至会做一些反派人物才做的事情，当然金庸后来也有所转变，在最后一部小说里塑造了韦小宝这个人物。这些现象从侧面反映，创作者们思想上的自由度变高了。

单小曦：你认为像痞子蔡、慕容雪村、安妮宝贝等第一代网络写手，和你们这群人有什么不同？

神　机：他们的文学写作风格实际上还是延续了传统文学的一部分，只是作品的发表渠道变了。而我们创作的修真、玄幻小说，说到底还是传统武侠小说的延伸和发展，内容更加丰富，思想更加宽阔，其中的某些特定情节内容，比如升级流，又能给读者一种心理快感。

单小曦：对于网络文学整体文学性较低的现状，你有什么看法？

神　机：因为市场需求。在我们国家现在的市场环境中，文学性较高的作品在读者群中容易出现曲高和寡的情况。大家愿意看网络文学，就是因为这些作品易读、娱乐性高，可以让读者在忙碌之余得到放松。在读者看来，娱乐是主要目的，不需要条条框框地说教。

单小曦：所以你认为文学最主要的功能就是消遣和娱乐吗？

神　机：不是这样。文学作品因为它的阅读群体不同，所起到的作用也不同。精英阶层可能会更偏爱文学性高的传统文学，但是大众群体因为文化程度的差异，网络文学更易于被他们接受。网络文学为读者们带来的，不是纯文学的"烧脑"和"说教"，而是一种心灵的"按摩"。

单小曦：那这一点是否侧面反映大众读者的水平不高呢？

神　机：关于水平高低的问题不能这样界定，同样，我们也不能说传统文学就是水平高，网络文学就是水平低，这是门户之见，二者都有各自的贡献。

单小曦：从文学本身来讲，你认为如今中国网络文学的发展是一个什么样的状态？

神　机：现在因为商业化的关系，网络文学的写作模式套路化很严重，它文学性比起传统文学肯定要弱一些。其实在以前，网络文坛中还是会出现一些让人过目不忘的经典，但是从 2010 年开始，这类作品就很少出现了。

单小曦：你觉得这是什么原因呢？

神　机：一方面是网络文学的商业化比较严重，作者写作品更多是为了挣钱，所以迎合大众口味的快餐作品就增多了；另一方面，对有深度的文学作品感兴趣的读者也在减少，以前作品在文学论坛上发表，作者和读者会一起热火朝天地讨论人物和剧情，现在这种情形越来越少了。我认为引起这种现象的原因，是图片和视频文化的冲击，这是科技更新带来的必然走向。

单小曦：在您看来，中国网络文学发展的总体趋势是什么样的，是上升、平稳还是下降？

神　机：我认为是上升吧。首先，网络作家的收入状况和十年前相比就好了不少，十年前一个月如果能凭借写书收入几千上万元的稿费就已经很不错了，如今的作家，仅凭作品版税一年收入几千万元，上亿元也是有可能的，这大概也是市场成熟的表现吧；其次就是 IP 版权的大热，资本开始愿意往这个市场投资了，目前上映的电视剧、电影，基本上有 80%都是由网络文学改编的，尤其是电视剧这一块。

单小曦：目前网络文学的 IP 版权大概有多少价值？

神　机：现在 IP 升值空间很大，像我们这类的一线作家一部作品，版权都可以卖到三千万元以上，这还是单纯的版权收益。目前我国有关网络文学产业的纯利润收入就有上百亿元左右，资金注入甚至到了千亿元的级别。所以我认为，中国网络文学未来的发展应该会集中在作品 IP 的创新与开发上，影视化的趋势是必然的，网络文学不再局限在文字上，而应当与时俱进，与其他领域相结合。所以我现在也在做影视方面的东西，我打算以后拍一些小视频，在视频中介绍小说整章的内容，给大家一种直观化的体验。因为视频比文字更容易让人接受。

单小曦：假设未来网络文学会与游戏和影视紧密结合，那么它是否会失去自身的独立性，进而变成游戏和影视的一部分？

神　机：我认为不会，一方面对于所有的影视化的改编来说，网络小说的 IP 有着源头一样的核心地位；另一方面，影视作品比网络文学更加快餐化，不像纯文字那样容易给读者留下深刻的印象，保留的时间也不如纸质书长久，就像如今对西游的诸多改编，都脱离不了《西游记》原著这个源头，读者铭记最深的，也是吴承恩的原著。

单小曦：现在有一种说法认为，中国的网络文学是与好莱坞电影、日本动漫和韩国电视剧并驾齐驱的世界四大文化产业现象，对此你怎么看？

神　机：这种说法是夸张了，中国网络文学在国外的影响力现在还是比不上其余三者，甚至还不如中国功夫。发扬中国网络文学，还是缺乏能让它在世界一炮打响的东西，比如像李小龙演的功夫电影，在好莱坞甚至全世界都掀起了功夫热。另外，虽然现在国外已经有专门翻译中国网络文学的网站，但是要想将它真正推广出去，还是需要好的翻译。

单小曦：目前我国文化产业中网络文学占了很大的比例，说明网络文学的相关产业在我国还是有一席之地的？

神　机：大概只到了可以说得上话的程度吧，我现在就希望网络文学中可以出现一部足够优秀的作品，可以在国外成功打响知名度，这样网络文学的地位才可以得到有效提升，要达到这样的成就需要大资本的推动。其实中国的网络文学作品还是有一些精品在的，如果能成功输出，我认为是一点也不会逊色于《哈利·波特》系列的。照我看来，仙侠、玄幻这类的网络小说是比较容易朝国外输出的，可以类比在国外同样受欢迎的超能力和魔法。现在最大的问题是，以目前国内的技术和资金，很难完全呈现出小说中的宏大场面，这也是此类 IP 改编作品中很少有精品出现的一个原因。

单小曦：从网络文学的一些创作观念来看，可以理解它们的创作是面向读者的，现在的读者需要什么，就给他们写什么。

神　机：一般层次的作者是这样，高层次的作者则是引领读者的思维，甚至还会开创流派。比如我写一个东西，大家会觉得这个东西是从来没有想过的，可能会十分合读者们的胃口。很多时候读者不知道自己具体喜欢看什么，但是他们看到你写的东西，会觉得那就是自己想读的东西。

单小曦：你是否认为你的创作是高层次的创作？

神　机：是的，具体来说因为我开创了许多流派，我写了一部全新风格的作品，受到读者们喜爱后就会有很多作者跟风创作。比如在《龙蛇演义》里，我融入了很多国术的元素，之后就有许多作者也开始写这种类型的作品。

人　品：说到这里，神机有一个称号叫"一书一流派"。他每写完一部作品之后会有很多作者跟风创作。一定程度上对其他作者的创作有引领作用。

三、粉丝经济和 IP 开发要建立在作品质量基础上

徐泽淦：神机先生，我以前追您的作品时发现，您创作的时候一些读者会在评论区发表一些不太妥当的言论，甚至会将你同其他网络作家相比较，这些言论会影响到您吗，您是怎么看待这些言论的？

神　机：开始创作的几年时间这些言论对我的影响挺大，有时候看了一些批评的言论，我觉得心烦意乱，甚至无法动笔写文，不过久而久之就看开了。因为作品发表之后被人们评头论足一番是难免的，再后来我就不看这些评论了，把心思专注在创作上，怕被其他人的意见影响思路。当然有一些网络作家的心理素质还不够强，看了这些言论之后会很长一段时间写不出故事来，毕竟如今网络上的"文学批评家"太多了。

缪小静：您有没有因为粉丝的一些评论的影响，改变了自己的写作思路？

神　机：有时候会有的，看到一些好的建议我心里觉得可取，会落实在一些细节的改动上，但是整体大局的把控还是不会受到太多影响。

人　品：比如《龙蛇演义》，当时写这本书他同许多读者中的练拳高手有过交流。

这些交流在我们的书评区是可以翻到的。

徐泽淦：当下社会，网络读者群体发展得非常快，上至八旬老人，下至七岁小学生，他们都成了网络小说阅读的常客，随之读者群体也出现了一种低龄化的趋势。但是您的作品中有很多血腥的情节，您是否会觉得这些情节不太适宜较低龄的读者们阅读？

神　机：我的作品中较为血腥的描写还是很少的，我突出描写的实际上更倾向于一种力量上的冲击感，比如一个剑客去击杀贪官污吏，一招克敌，可以营造出剑客强力的形象，给读者一种心灵上的快感。我们创作这些情节，更多是想表达一种人性的通畅释放，真实的断臂残肢类的情节是不会描写的。

单小曦：你的粉丝团队有一个名字叫神机营，这是一个什么样的组织？

神　机：我们想把这个团队发展成一个大型的粉丝工会，渗透到各行各业去。神机营有车友会，有鉴定会，有美食团，有旅游团，甚至还有二次元 COS 社团。

单小曦：你对神机营之后的发展有没有一个具体的规划？

神　机：我现在已经开始组织神机营的二次元 COS 社团，同时也通过直播、以神机营为主题的动漫创作来吸引有相同兴趣的读者。

单小曦：所以你目前除了写作，同时也跨界到了影视、动漫、直播等领域，那么你是想把神机营发展成为一个精神上的共同体呢，还是想做点儿实体性的东西？

神　机：我是想做点实体性的东西，将神机营发展成一个文化品牌。以滚雪球的方式发展团队的规模，吸引更多的粉丝加入，因为神机营本质上是一个兴趣社团。现在盛行粉丝经济，如果想依靠 IP 版权获得经济效益，那么就必须考虑到粉丝这一主要消费群体。

单小曦：你和你的专业粉丝团队之间是一种什么样的关系？

神　机：说白了其实是一个利益和精神的共同体，我在其中就相当于是一个形象代表。

单小曦：你们整个粉丝团体的规模有多少？

人　品：四十多个群吧，最活跃的有三个群，一个群大概两千人。

单小曦：你认为自己对读者群体有没有引领三观的责任？

人　品：有的，平时也会和粉丝们交流谈心，纠正他们过激的思想观念，大家彼
　　　　此之间是亦师亦友的关系。我们群里的大人在和那些孩子交流时，也都
　　　　恪守可以影响他们"利己"，但不能教唆他们"损人"的原则。

　　　　我成为神机的粉丝已经有十年了，从 2006 年他写《佛本是道》开始到
　　　　现在，我们之所以能相交这么久，是因为有相似的脾性才走到了一起，
　　　　这些年我们一起经历了很多风雨。我记得在神机写完《阳神》改变风格
　　　　写《永生》的时候，损失了一大批粉丝，但是最后，事实证明这是一次
　　　　勇敢的尝试，《永生》的人气最终还是超过了《阳神》，成为当时唯一一
　　　　部能够撑起整个网站的作品，在无线端创下没有依靠任何推荐、销量排
　　　　行第一的纪录。

单小曦：你觉得梦入神机哪一部小说最好看？

人　品：《黑山老妖》，看这本书的时候我是十八九岁，是我性格最激进的时候，
　　　　而这部作品揭露了一些社会和政治的黑暗面，并对此给予十分有利的抨
　　　　击，同时还融合了历史元素，看完之后心中非常爽快，对神机的崇拜之
　　　　情油然而生，但是可能是因为年龄变了，现在再看这部作品的时候，味
　　　　道还是有味道，却没有当年那种炽热的情怀感了。

单小曦：你对做好以神机营为主体的粉丝经济有信心吗？

人　品：这不是有无信心的问题，目前 IP 在资本市场上炙手可热，而粉丝市场
　　　　作为 IP 消费的主体市场之一非常有潜力，许多人看到了这个潜力，所
　　　　以与其等着别人来做这个产业，还不如自己来做。神机营在整个网络粉
　　　　丝群体中是相当有实力的，我们是第一个建立网络文学粉丝团队的，也
　　　　是第一个能将五万 IP 流量从一个网站带到另一个网站的。在当年还是

起点垄断整个网文市场的时代，神机的作品开创了很多在当时看来难以超越的神话，他的《佛本是道》六项第一，《阳神》更是连续八次月票排行第一，拥有如此兼具数量和热情的粉丝群体是很难得的。

缪小静：网络上传闻说梦入神机现在是纵横的董事长，并持有一定的股份，这个传言是真的吗？

人　品：董事长是真的，但是股份的消息恕我无法透露。

单小曦：目前你们兔牙文化创意有限公司，全职的员工大概有多少人？

人　品：加上神机大概有十个人吧。

徐泽淦：我发现很多跟您同期的大神，都有过直接用原先的世界设定写续作的经历，那在这一方面，您有没有过给自己的作品写续集的想法呢？

神　机：我没有想过，因为我不想重复以前的东西。他们写续作的很大一部分原因，是有资本运作的影响在里面。现在资本方面都对拥有一个庞大的世界观和脉络的作品感兴趣，世界设定这个概念因为有很大的商业化潜力，所以目前来说非常火爆。

缪小静：现在文学作品 IP 改编成影视和游戏的热度很大，但是作品改编后呈现出的效果却往往差强人意，这是为什么呢？

神　机：这是市场资本化运作的后果。这些投资商只需要 IP 的外壳，作为一种可以宣传的噱头，他们不在乎作品的风评如何，只意 IP 的包装是否能为他们谋取商业利益；这也同行业状况有关，现在的影视作品如果没有大 IP 的包装，电视台和影院就排不到好的档期，资本市场讲究概念，如果一部作品缺乏好的概念，就会被认为缺乏投资的潜力。这些因素导致了现今影视圈粗制滥造的现象，一味追求大 IP、大明星、大制作，不愿意好好讲故事，导致影视作品失去了它的本味。换句话说，如果一部作品没有 IP，那么所有投资合作就无法继续了。

郑佳玮：为什么明知粗制滥造会导致口碑下滑的后果，资本还会去投资这样的作品呢？

神　机：资本是不在意口碑的，其投资的根本目的还是盈利，这种盈利往往追求短期的利润，一部作品圈到钱后，便会离开继续投资下一部，作品的口碑好坏对他们没有直接影响；但是资本有时候也是会被市场改变的，当粗制滥造的作品得不到市场的承认，最终让投资亏损的时候，资本也会意识到保证作品质量的重要性。

郑佳玮：造成这种局面的根本原因是资本的营利本质，还是因为大众的观影口味呢？比如对"小鲜肉＋大 IP"的偏好？

神　机：根本上来讲还是因为观众的需求，因为许多观众会买账，许多资本以为只要抓住了这些要素，作品肯定能大卖，这也是现今许多流量明星片酬居高不下、拍戏态度敷衍的一个重要原因。

缪小静：一个 IP 能够成功改编，是否只要制作精良、尊重原著就可以了？

神　机：制作精良是肯定的，尊重原著却不一定。比如《琅琊榜》和《花千骨》的成功改编，实际上对原著的改动也很大。重要的是编剧是否用心，在视频拍摄和宣传运营上是否到位，在粉丝管理和回馈上是否重视。

单小曦：你觉得同其他省份相比，浙江省对网络文学创作支持的力度大吗？

神　机：比别的省份大很多，而且省作协的领导还经常对我们这些作家进行慰问。

单小曦：政府具体有什么扶持项目吗？

神　机：似乎有像梦想小镇一样建设一个"文学小镇"的想法，以此进行对网络文学作家的扶持，但是计划具体有没有开始启动不大清楚。我是建议由浙江省政府牵头，最好能把这个"小镇"建设成一个可以集中 IP 版权的平台，方便作家们和各大投资商、企业对接。

郑佳玮：您一天要有多少时间在电脑前码字？

神　机：十个小时以上吧，这种更新速度其实还算正常了，现在网络上存在一些作家和网络平台，连载的都是一些套路化非常严重的女频小白文，一天甚至可以更新好几万字。但是这些作家的收入实际上非常惊人，夸张的一个月甚至会有上百万元的收入；相比女频作家，男作者的稿费收入两极分化非常严重，高的特别高，低的大概在生存线上徘徊。

在 IP 方面，男频和女频作家的收入差距也非常大，改编的影视拍摄难度也不一样：男频作家的作品玄幻、武侠类别的比较多，内含很多极度夸张的打斗场面，拍摄难度较高；相反，女频多写恋爱情感，容易拍摄且受众群体很大。

缪小静：您当初为什么要把梦入神机这个名字作为笔名？

神　机：我原来的本业是职业象棋手，梦入神机是古代象棋棋谱的名字。

缪小静：写网络小说如果想要成功，才华是否是最重要的？

神　机：最重要的还是坚持，以及一点运气，才华比起来倒是次要的。

单小曦：你未来有什么发展规划吗？

神　机：我打算拍摄一部以我为题材的武术作品，从网络短视频做起，以网络大电影作为最终目标。目前来说，我也想拍摄一些青春校园类的作品。不过这类的短视频很难找到盈利点。拍出《万万没想到》的万合天宜公司，它的首席内容官叫兽易小星是我很好的朋友，他们视频如今在任何一个网站的播放量都在上千万以上，但是可以盈利的范围仍然十分有限。

单小曦：不能依靠小广告盈利吗？

神　机：插播小广告很容易影响人气，一旦广告宣传的产品质量出现了问题，那么公司的品牌形象就会受到极大的打击，而且小广告的单子数量有限，不能成为公司的主要盈利项目。短视频做火了之后，本身就处于舆论的风口浪尖，必须得谨慎小心。

单小曦：你们公司目前是否有负责拍摄电视剧的团队？

神　机：像是电视剧这类大制作所需的成本太高，目前主要投入制作的还是短视频，这类视频所需的成本低，主要凭借创意来吸引群众。

单小曦：那么你们的短视频一般是在什么平台上进行宣传呢？

神　机：现在是自媒体时代，微博、微信、今日头条、秒拍、B站、贴吧等网络平台都是很好的宣传媒介。目前我是以个人的名义在这些平台上开账号，自己发布这些作品。

单小曦：你们拍摄这些短视频有盈利吗？

神　机：目前没有盈利，主要目的还是吸引人气，扩大粉丝群体。而且这类短视频盈利点十分难找，就连微信这种拥有广大用户群体的高影响力平台，也曾因找不到盈利点而持续亏损。如何把粉丝数量有效转化为盈利收益，是一个非常值得思考的问题。我国文化创意产业这样困顿的现状，主要还是因为知识产权意识暂时较为薄弱，网络付费的习惯也没有完全养成，所以这类新媒体原创视频延伸的周边产品很难得到有效推广。

（郑佳玮　执笔）

＃ 读者评论 ＃

梦入神机从开始写作至今，一共发布了九部已完结的作品，将其按照时间顺序排列分别是《佛本是道》《黑山老妖》《龙蛇演义》《阳神》《永生》《星河大帝》《圣王》《龙符》和《点道为止》。读者对梦入神机的评价主要集中于梦入神机贴吧、梦入神机个人社交平台、作品销售平台、豆瓣和知乎等相关平台上。

一、关于早期的《佛本是道》《黑山老妖》

无论是哪个时期，梦入神机的小说从不乏争议之声。这从他的第一部作品《佛本是道》中就可略知一二。对于《佛本是道》，读者们的讨论主要集中于其是否属于洪荒流小说，以及作者构建的人物群像上。

有读者认为《佛本是道》开辟了一个仙侠奇幻小说的新类别——洪荒流。因此就有网友（ID 淡然入化）评价道："《佛本是道》是洪荒鼻祖，《佛本是道》之前，网络小说没有鸿均概念，没有圣人概念，没有先天灵宝概念，没有十二祖巫概念……洪荒流共同的特点，圣人、先天灵宝至宝、祖巫、妖皇东皇太一和他的混沌钟等等，不论你说《佛本是道》算不算洪荒体系，现在的洪荒体系都是从《佛本是道》发展起来的，变化无论多大，基本的概念是不变的。"[i] 但对于这类观点，也有一些读者表示不认同。吧友"lkpark7"就指出了部分人的想法："是洪荒流，包括百科。《佛本是道》之前没有类似的小说，《佛本是道》之后才兴起。

---

i 《〈佛本是道〉是不是洪荒流》，百度贴吧，2021 年 8 月 4 日，https://tieba.baidu.com/p/7477711910，引用日期：2021 年 8 月 11 日。

包括《无限恐怖》的无限流，《凡人修仙传》的凡人流。当然也有人不同意《佛本是道》是洪荒流，认为洪荒流太 low，不想与其为伍……"ⁱ 由此可以概括地说，大部分读者是认同《佛本是道》对洪荒小说的建设性贡献的。

而小说除了有类似洪荒流的新颖设定，作者还从横向与纵向两个层面塑造了人物群像，使之鲜活且富有条理。故事讲述了天才少年周青在机缘巧合之下揭开了上古封神之战的秘密，从此扶摇直上，书写了一个传奇的人生。基于上古封神之战的背景，大量的人物创设需求在所难免。因此有读者按照小说里的"封神榜单"将他们一一罗列，从猪八戒、神圣智狼、沙和尚……一直到毒龙ⁱⁱ，人物个体特色鲜明，整体结构极其宏伟。再从纵向看这些人物，他们的设定还具有层次感。对此吧友"_aRANbMA"深以为然："……其他的洪荒小说都是看了一些都弃了，要么主角啰里啰唆要么就是设定乱七八糟，绝对不是说不能改变《佛本是道》的设定就是标准，而是其他好多洪荒小说的设定乱七八糟没有条理，看看《佛本是道》的设定多么有条理。"ⁱⁱⁱ正因如此，网友们可以较容易地按照人物的不同境界阶段，将其分为九个梯队来依次排序。

读者们不仅只针对《佛本是道》的世界、人物等要素进行了评价，小说还为大众带来了深层思考。吧友"222.134.225.*"曾表示想与梦入神机探讨人生："我之前对于人生的思考有两点，一是应当刨除人欲，以让思想洁净；二是在人欲和思想未分明之时，应当把自己推向极致。让对和错无法分开，是也是非非也是是。这样看来，我勉强也算是刚够开始斩三尸的人了。不过好像我的境界离斩完还有很大距离，如果梦入神机能够指点一下，我会非常感激。听说《佛本是道》后半部分多是杀伐场景，其实杀伐不过是一种表征而已。善惯杀伐的人未必就是恶人。天道和人道之间还有君道，我想问梦入神机，即便我能够所谓地斩出

---

i　《〈佛本是道〉是不是洪荒流》，百度贴吧，2021 年 8 月 4 日，https://tieba.baidu.com/p/7477711910，引用日期：2021 年 8 月 11 日。

ii　《〈佛本是道〉封神榜单》，百度贴吧，2021 年 7 月 25 日，https://tieba.baidu.com/p/7463681791，引用日期：2021 年 8 月 11 日。

iii　《〈佛本是道〉境界划分除了圣人外每个阶段都分前中后期第一……》，百度贴吧，2020 年 3 月 1 日，https://tieba.baidu.com/p/6501986676，引用日期：2021 年 8 月 11 日。

三尸，然后呢？然后会怎样？世界上黑依旧是黑白依旧是白，顽者不该也不能去点化，世界上要我何用……"[i] "今晚打老虎"指出："《佛本是道》是一部被低估的小说。这部小说十年来我看了不下五遍，隔一两年我就会重新再看一次，就像《指环王》一样，每次重读总能感到新东西。"[ii]对于这类读者而言，小说的背景、人物等抓人眼球的要素反而成为后景，书中的哲理性思考更值得他们常读常新。

虽然梦入神机的第一部小说已经让他在网文界崭露头角，但是读者们普遍认为，相较于《佛本是道》生涩的文笔，《黑山老妖》明显老练了许多。读者对这部作品的评价也多倾向于它所透露出来的价值观，众人就小说意图是宣扬肆意杀戮，还是血腥下对平等拥有渴望展开了追问。此书的主角名为王钟（梦入神机原名），是现代社会的一个喜爱练铁砂掌的大学生。在遭遇一系列的变故之后，他穿越回了明末清初。不同于现代社会，这个时代神佛满天，民众已经被儒家的流毒害得愚昧不堪。王钟以坚定不移的本心，誓要逆转天道，改变中华民族几十年后被压迫的历史。

因为小说的内容与当时主流的玄幻小说大相径庭，所以有太多读者批判其背后所透露出来的戾气。ID为"阿也time"的百度贴吧用户曾在帖子中就提道："《黑山老妖》看了几次，每次看到主角第一次杀人就看得难受弃坑，杀人杀得太随意了，三观不合啊。"[iii]更有甚者，直接将《黑山老妖》批判成了"一本价值观扭曲、自私，还偏要自我占据大义"的书。网友"tanxiao"对书中极强的杀戮意识进行了抨击："……主角杀了一个小偷以后，突然就开始无人不可欺不可杀。惊讶之下翻了下结局，竟然是主角以革命之名杀尽天下修士（或者叫反对派和潜在反对派比较妥帖），顿时就对此书无语。不知道这个作者以为杀人是什么？反正我这个每天都和尸体打交道的人都被作者的极度旺盛的杀戮意识吓到了……借

i 《我想找到〈佛本是道〉的作者探讨一下人生》，百度贴吧，2010年3月8日，https://tieba.baidu.com/p/725841587?red_tag=0458097545，引用日期：2021年8月10日。

ii 《佛本是道》这部小说好在哪里？"，知乎，2020年03月26日，https://www.zhihu.com/question/24873458/answer/143530132，引用日期：2021年8月10日。

iii 《路过留声~对神机我是又爱又恨呐，吐个槽~写个读书感言》，百度贴吧，2020年2月8日，https://tieba.baidu.com/p/74777118973，引用日期：2020年8月14日。

用这个作者凡是挡我之道者皆可杀的理念，估计我要是在他书里，不是活不过三章，就是结尾被大屠杀，简直想不到有活下去的可能……"[i]有趣的是，在鲜明的暴力特征和辅助的穿越元素两者的共同作用下，该书主角王钟被部分读者戏称为"寿命无限点土成钢，召唤历史人物替自己当打手的天帝"。

当然，也有更多的读者认为《黑山老妖》不止谈了血腥杀戮，该书的精神实质在于暴力之下的平等与革命。小说世界的背景原型为明史和革命史，主人公在这种格局之下要逆转天道，改变中华民族几十年后被压迫的历史，杀戮无可避免。因此网友"胡兴家"反驳了"tanxiao"的观点，在这部分读者眼里，神机在《黑山老妖》中的杀戮设定是遵循历史之举，一定程度上还致敬了历史的沉重面。同样，小说所展露出的"革命"意识也令读者们深感震撼。网友"露露风"就这样提道："抛开本文戾气深重尸山血海的杀戮，本书夹带了作者的大量私货。学生时代偶然看到这本书，第一次没有看下去。第二次认真阅读了一遍，确实被震撼到了，本书可谓当时网文界的一股'浊流'。"[ii]这里的"私货"指的就是"革命"。"可以说整部《黑山老妖》就是一部描述人类反抗压迫，反抗剥削，最终无产阶级取得胜利的书，书中的内容总结起来就是一首《国际歌》：起来，饥寒交迫的奴隶（黑山里的百姓），起来，全世界受苦的人！满腔的热血已经沸腾，要为真理而斗争！（王钟带领书中百姓对统治者的斗争）旧世界打个落花流水，奴隶们起来起来！（打破儒家的旧世界，带领底层人民站起来）不要说我们一无所有，我们要做天下的主人！（最终革鼎天命成功，人民没有压迫）从来就没有什么救世主，也不靠神仙皇帝。（天帝踏英召，打倒一切牛鬼蛇神，神仙末劫，从此之后没有不存在神仙，不存在神权压迫人民）要创造人类的幸福，全靠我们自己（人人如龙，人民群众自立自强）！我们要夺回劳动果实，让思想冲破牢笼。（王钟带领下的打击世家大族，将劳动果实，生产资料分给群众）快把那炉火烧

---

i　"你认为梦入神机的《黑山老妖》写的如何？"，知乎，2016 年 02 月 27 日，https://www.zhihu.com/question/29203575/answer/520710241，引用日期：2020 年 8 月 14 日。

ii　"有哪些初见觉得一般，后来才发现差点错过一个世界的作品？"，知乎，2017 年 07 月 24 日，https://www.zhihu.com/question/60825419/answer/1789077183，引用日期：2020 年 8 月 14 日。

得通红，趁热打铁才能成功！（王钟趁热打铁地打击压迫人民的反动分子）是谁创造了人类世界？是我们劳动群众。（群众的作用）一切归劳动者所有，哪容得寄生虫！（打倒了所有的世家大族、神仙皇帝，自然就没有了寄生虫）最可恨那些毒蛇猛兽，吃尽了我们的血肉。（就是指书中那些世家大族、神仙皇帝，还有为封建统治者服务的儒家和其他宗教）一旦把他们消灭干净，鲜红的太阳照遍全球！（最后一章永恒的红，消灭了所有的世家大族、神仙皇帝，宇宙间充满了永恒的红），"[i] 网友圣道子所言道出了大部分《黑山老妖》书迷的心声。反抗压迫、反抗剥削。平等就是《黑山老妖》的核心思想，这也是它被封为"神作"的重要原因之一。

二、关于转型期的代表作《阳神》

如果说梦入神机创作《佛本是道》《黑山老妖》之时尚且青涩，那么《阳神》一作的出现即表示他进入了个人写作的成熟与转折时期。这个观点可以用《阳神》在市场中取得的成绩来印证。知乎用户"狂暴老哥"曾亲眼见证过这段辉煌："2010 年，梦入神机在起点更新《阳神》甚至一度为了抢月票连续半个月日更 2 万字，也因此获得了骇人的'月票 8 连冠'（连续 8 个月月票第一名），虽然那时候梦入神机的作品质量已出现了下滑。"[ii] 但这也成为一个分水岭，此后读者们对神机作品的评价逐渐走向两个相反的方向。以较晚接触神机为主的读者为例，他们将《阳神》奉为神作。例如吧友"轩辕空灵"所说："今天拜读了《阳神》，真心好文啊！仇恨的铺垫一步一步，计划周详，让人觉得主角杀洪玄机真是毫无违和感……"[iii] 而一些老读者则表示，从《阳神》的后半部分开始，神机的作品就

---

i "你认为梦入神机的《黑山老妖》写的如何？"，知乎，2018 年 12 月 12 日，https://www.zhihu.com/question/29203575/answer/520710241，引用日期：2020 年 8 月 14 日。

ii "梦入神机的小说是怎样吸引人的？"，知乎，2019 年 1 月 14 日，https://www.zhihu.com/question/29391857/answer/573440385，引用日期：2020 年 8 月 14 日。

iii 《今天拜读了〈阳神〉诶》，百度贴吧，2013 年 9 月 14 日，https://tieba.baidu.com/p/2592280842?red_tag=1342444114，引用日期：2020 年 8 月 14 日。

开始走下坡路。诸如"《阳神》本来是封神之作，可惜起点捣鬼，搞什么月票大战，神机跟烂番茄拼更新，一天八更十更地搞。烂番茄反正是小白文，有大纲随便怎么写，语句通顺就行，《阳神》到后面真的越写越乱，太可惜了"[i]（ID 人生是场修行），"没发现所谓吃人流疯魔是从《阳神》后期《永生》前期开始的吗"[ii]（ID 倾瑗泑）这样的言论充斥着梦入神机的各路读者评论区。

对于《阳神》这部小说的评价是很难一概而论的。一方面它在创新原有的修道体系同时，在行文逻辑上也有较高的完成度。但另一方面，小说无论是框架还是内容，在后半部分都有不同程度的崩塌。

《阳神》的独到之处首先在于修道体系逻辑自洽，对"道"有着独特的认识。它的剧情十分简单，主要讲述了主人公洪易在一个仙术武道为尊的世界里，从一个小小的庶子，成长为永恒的传奇故事。与简易的剧情不同，书中关于修道的各种体系的设定十分出彩，而这与神机的第一本书《佛本是道》密切相关。有吧友（ID 总督内外军政事）对此做过一个简单的阐释："《阳神》和《佛本是道》体系根本就一样。《佛本是道》里面圣人是永远不死的，每隔一段时间就是一个无量劫，然后圣人重新开天辟地，教化万物。而《阳神》里面每 129600 年为一个纪元，到了时间一切都会毁灭。阳神、粉碎真空之类的高手也活不过一个纪元。不过洪易超越了阳神境界，可以活过一个纪元。"[iii]读者"我用熊掌来抓鱼"认为这种修道模式能令读者产生极强的代入感："《阳神》最伟大之处在于创造了灵与肉的修行模式，灵就相当于如今的境界修炼，而肉则是肉身成圣的路子，练肉、练筋、练皮、练骨、练脏、练髓、换血、练窍、练意志、血肉衍生、拳破真空。这

i 《神机写得最好的是〈阳神〉前面大部分，后面写的几部开始能看看，越写越收不住》，百度贴吧，2019年 9 月 21 日，https://tieba.baidu.com/p/6252962498?pid=127628059217&cid=0#127628059217，引用日期：2021 年 8 月 12 日。

ii 《我来说说为什么〈阳神〉后神机再无小说出世？骂声不断的》，百度贴吧，2014 年 5 月 8 日，https://tieba.baidu.com/p/3030138297?red_tag=1615180606，引用日期：2021 年 8 月 12 日。

iii 《刚开始看这本书，我想知道力量体系怎么样，比如〈阳神〉在……》，百度贴吧，2019 年 9 月 27 日，https://tieba.baidu.com/p/6192623712?pid=127538945483&cid=0#127538945483，引用日期：2021 年 8 月 12 日。

种一步一步将肉身横练到极致的写法极为写实，代入感极强，读来仿佛真的可以这样修行一样。"ⁱ需要指出的是，玄幻修真文中有很多作品常常走进高开低走的设定迷局。而《阳神》的设定在不失精彩的同时，差强人意地完成了逻辑自洽。

小说不仅是对体系有一个新奇的设定，对于"道理"的本质内容它也做出了另类展现，使得很多读者产生了思想新碰撞。网友东方小弟认为："就好比'道理'这两个字含义的解释'道为力量，理为规则，只有拥有最强大的力量制定的规则，才是道理'真是一针见血。几句话说清什么是道理，道清宇宙法则，丛林法则的精髓，不是那些伪君子要给道理加上别的装饰来美化愚弄世人。"ⁱⁱ

但是作者选择以"道"为中心，最终却没有将其完美收官。这个问题首先表现在人物感情处理上的无力。ID 为"pcs000"的吧友就吐槽道："还有情感方面，是不是梦入神机不擅长写情感啊？一部小说如果缺少情爱部分，就显得乏味些（看书的直男就算了），小说有了情感描写，能推动剧情发展，也能让读者有读下去的动力（学武和道术的成长除外）。"ⁱⁱⁱ这种情感的空洞是作者对人物塑造失控的表征。这使得很多读者感到失望。"最让人感到遗憾的还是后期的人物塑造，越是后期，我越是看不到有什么令人印象深刻的配角或反派，只知道配角对主角很忠心，反派很卑鄙无耻，而且是一个个赛着卑鄙无耻。……我当然明白，反派越是卑鄙无耻，轰杀起来快感越大，在享受自己强大的快感的同时还可以享受道德上的优越感，而且抢起对方东西也自然是理所当然。所以这样一来，反派们的道德水平纷纷滑坡，毫无下限可言，最明显的是某些读者表达了对洪易潜入空的修养之地强抢对方宝物、肉身的不满之后，作者立即补充了对手有多么的凶暴残忍，非杀不可的理由。所以紧接着大家都可以看到那些反角，从冠军侯、杨

---

i 《为什么说梦入神机的〈阳神〉推动了网络小说的发展，不服来辩》，百度文章，2018 年 3 月 17 日，https://baijiahao.baidu.com/s?id=1595171421301527874&wfr=spider&for=pc，引用日期：2020 年 8 月 14 日。

ii 《〈阳神〉要是好好改一下又是一部经典》，百度贴吧，2014 年 12 月 6 日，https://tieba.baidu.com/p/3452956097?red_tag=2277914816，引用日期：2020 年 8 月 14 日。

iii 《梦入神机不擅长写情感》，百度贴吧，2019 年 10 月 29 日，https://tieba.baidu.com/p/3452956097?red_tag=2277454806，引用日期：2020 年 8 月 14 日。

盘、洪玄机，到道门三祖、虚易、梦神机、不朽神王，是不是一个比一个赛着心狠手辣、不择手段、反复无常、不知廉耻，一个个都该死，然而都千篇一律，哪里有一个有半点可敬可佩的？"[i]（ID关山darkfire）大量的评论中表示，神机在塑造人物后期钻了设定的牛角尖，一味朝着强大无敌方向走，人物形象单薄且毫无温度可言。其次，作者引以为傲的修道体系在后期也有了崩塌迹象。网友"_QA4U5Ma"认为："前面一百章觉得这书非常不错，给了我很大想象空间。看到后面简直看不下，已经能撕裂虚空，触及宇宙奥义了。为何执着于一个皇帝，执着于当一个太师？我觉得这部小说修炼体系是仙神那一套，但地图按照历史架空写来写去就围绕一个国家实在不忍直视。"[ii]正如前文所言，《阳神》刚开始的格局极大，但后期的设定却走向了形而上的虚无缥缈，与人物、情节皆脱轨严重。

网友"太荒天"认为："《阳神》的立意太大了，里面修行，修的是道理是心，诸子百家，大道三千，你请几十个国学大家来都驾驭不了，讲道理可以，还要编情节，从点点滴滴反映大道三千，这样一本书，要细致地写完，梦入神机一辈子都不够，所以中后期就是赶出来的。"[iii]也就是说，神机试图尽全力地展示他心中的"道"，最终却囿于篇幅、精力等种种因素不能完整地表达出来，从而导致了《阳神》后半部分的崩塌。

在《阳神》之后，梦入神机还创作了《永生》。这部作品的反响虽不如《阳神》那样热烈，但它依然有着不俗的成绩。读者们表示这本书脑洞构思皆绝，热血沸腾之感也不缺。但此时对神机作品的反对的声音也开始难以忽视，大众批判《永生》文笔粗糙，后期地图重复。不过，即便是老读者，他们给出的评价大体上还是肯定的。诸如"《永生》之后的小说都不好看，提不起看第二次的兴

---

i 《在阳神吧转来的，有些观点还算客观》，百度贴吧，2010年6月23日，https://tieba.baidu.com/p/807331579?red_tag=2994980907，引用日期：2020年8月14日。

ii 《浪费我时间　后面看看？》，百度贴吧，2017年3月26日，https://tieba.baidu.com/p/5041178288?pid=105578895078&cid=0#105578895078，引用日期：2020年8月14日。

iii 《浅谈梦入神机的作品》，百度贴吧，2015年1月1日，https://tieba.baidu.com/p/816046100?pid=62433912696&cid=0#62433912696，引用日期：2020年8月14日。

趣" ⁱ（ID 狂徒寿司），"前期《佛本是道》《龙蛇演义》《阳神》《黑山老妖》等都挺好的……到《永生》《圣王》就写得很随意粗糙，比较敷衍了。最坑的是最后那本《星河大帝》" ⁱⁱ。由此可以看出，读者普遍认为《阳神》的后半部和《永生》是神机写作的转折点。这个转折过后的神机的作品也仿佛随着他一起由青年步入中年，个中深邃的思想哲理逐渐被"爽白热血"的风格所取代。后来神机陆续还创作了《星河大帝》《圣王》等四部小说。这些小说带有明显且直白的"爽文"特质，大大迎合了当下市场男频小说的发展趋势。

三、模式化创作时期的《圣王》

在梦入神机创作的后期，他已经形成了自己固定的写作体系。这种创作趋势既表现了他写作风格的成熟，也暗示了其走入了模式化道路。这一阶段读者对梦入神机的作品的评论意见较为零散，现以小说《圣王》作为这一时期作品的一个典型进行阐述。小说讲述了主人公杨奇为了自身利益，盗取了城主的伏龙丹。但他却被心爱的女人当作棋子利用，随后还被追兵废了气功。后来天降闪电劈中了杨奇，使之一路披荆斩棘成为传奇。综合神机的其他作品，可以看出《圣王》的故事沿袭了以往的情节设定，布局依旧宏大，走的是神机一贯风格。但这部小说的评价同样也是两极分化。百度网友"e5fa8e1"评价："比较差劲，后面部分写得尤其烂，前面讨伐太子，还不错。后面又是一级又一级地升级。真是无聊，主角一挑十，看得没意思。" ⁱⁱⁱ也有读者（ID 超级会员 66）直接指出这部小说只是为了纵横网站所属公司的游戏（完美世界研发的一款玄战 MMORPG 网络游戏，于2013 年在中国发行）而写的一个剧本罢了，"……作者之前在一个公司写的一本

---

i 《友情提示：神机的小说〈永生〉过……》，百度贴吧，2017 年 6 月 15 日，https://tieba.baidu.com/p/5163740347?red_tag=3242920920，引用日期：2021 年 8 月 12 日。

ii "梦入神机难道真的不行了么？"，知乎，2017 年 5 月 2 日，https://www.zhihu.com/question/42233271/answer/163873973，引用日期：2020 年 8 月 14 日。

iii "神机的《圣王》怎么样？"，百度知道，2021 年 6 月 17 日，https://zhidao.baidu.com/question/579511662.html，引用日期：2021 年 8 月 12 日。

书，然后换到另外一家公司以后改成游戏，然后产生版权问题，后来作者就写了这本书。我当时是追着看到，当时快结束的时候作者一天基本更新十章，然后很快就出了游戏。所以这本小说作者根本没有用心写，就是为了出游戏而水的一本小说，随便看看，爽就行了"[i]。

不过也不乏读者喜爱《圣王》这部作品，他们认为小说中的"夸张""宏大"等特质都能带来一种"爽感"。吧友"电子ᨆ商务"评价过："《阳神》《永生》《圣王》都是一个类型的玄幻升级流小白文，但《圣王》是这仨中最经典最好看世界观最宏大，没看过《圣王》的值得去看，看过《圣王》的另两部可以没必要再看了。"[ii] "建议你看《圣王》，我也看过《永生》，《佛本是道》和《阳神》也看过，但是这两本我看了一点就看不下去了。而《圣王》与《永生》作者相同，我都已看完，说明《圣王》较好看。"[iii]

从中我们不难看出《圣王》已经是神机作品市场化、商业化的典型代表作品，而神机的转型也使得很多老读者无法接受。但无可否认的是，神机转型后的很多作品都开始有了衍生系列，如游戏、影视作品等等。纵使这一转变让他损失了一部分老读者，也为他带来了很多新的读者和受众。本文综合公共平台上的部分读者评论，认为梦入神机的作品即使有转型变化，也很难对其有一个明确的是非评价。因为有读者会表示失望："梦入神机，是天才，是鬼才。他缺少的，从来不是写作的才华，而是对才华的克制。虽然现在的神机，崩得很厉害。"[iv] 但也会有读者去坚定地支持，比如吧友"书生爱美"："文学艺术上，最好的应该是《阳神》；脑洞精彩上，最好的应该是《永生》；内涵哲理上，最好的应该是《黑山

i 《刚刚无聊搜了〈圣王〉来看，感觉主角真的太无下限了，各种……》，百度贴吧，2019 年 12 月 19 日，https://tieba.baidu.com/p/6245372703?pid=128916323237&cid=0#128916323237，引用日期：2020 年 8 月 14 日。

ii 《〈阳神〉〈永生〉〈圣王〉》，百度贴吧，https://tieba.baidu.com/p/6432918436，2019 年 7 月 20 日，引用日期：2020 年 8 月 15 日。

iii "《佛本是道》好看还是《阳神》还是《圣王》，刚刚看完《永生》！"，百度知道，2013 年 5 月 13 日，https://zhidao.baidu.com/question/549989105.html，引用日期：2021 年 8 月 12 日。

iv "梦入神机是一个怎样的作者？"，知乎，2019 年 8 月 27 日，https://www.zhihu.com/question/268429724/answer/338430650，引用日期：2020 年 8 月 15 日。

老妖》；爽白好看上，最好的应该是《圣王》。最后想说，不少看书的，特别是看了几年小说的，似乎都看不起'小白文'？然而网文存在的意义，就是休闲娱乐。真想看内涵，看哲学，不白，你看什么网文啊！"[i] 所以，梦入神机的作品在现今依然会因为其独特的思想性和宏大的结构设定吸引着万千读者，也依然具有极高的研究价值。

（章可欣　执笔）

---

i 《路过留声~对神机我是又爱又恨呐，吐个槽~写个读书感言》，百度贴吧，2015 年 3 月 18 日，https://tieba.baidu.com/p/74777118973，引用日期：2020 年 8 月 14 日。

第十章

疯丢子：穿越模式的新开拓

学者研究

疯丢子，原名祝敏绮，浙江杭州人。晋江签约作者，全国网络作家成员，素有"冷门奇才"之称。在写作的十余年间先后著有《同学两亿岁》《战起1938》《颤抖吧，ET》《百年家书》等作品，于2017年荣获第15届华语文学传媒"年度网络作家"称号。在疯丢子创作的大部分作品中，常常以穿越元素作为背景和中介，通过穿越者连接两个不同时代、不同区域甚至不同次元的世界。这一极具个性的穿越元素体现到具体作品中出现了两个发展倾向，即以"abu列传"系列作品为代表的外星能量体穿越和以《百年家书》《战起1938》为代表的围观式历史穿越。

一、赛博格：外星人形象新塑造

疯丢子的"abu列传"系列小说将创作视角置于外星人身上，打破了以往人们对地外生命物化形象的刻板印象。人们对外星人形象的想象源自英国科幻先驱H.G.威尔斯在作品《世界之战》中塑造的"火星人"形象，人们下意识地将外星人定义为大脑袋大眼睛，身材矮小，四肢呈触手状的章鱼人。近年来，影视文学作品不再一味追求外星人形象的单一塑造，而是以地球动植物为原型，通过各类后期构建外星人形象。但无论怎样塑造，外星人都没有跳开"物"的刻板化形象，多数作品对地外生命的想象仍是思维定式中的具化外物。疯丢子避开了对外星生命的具化描写，将其塑造为可脱离肉身状态、以量子态存在的能量体，其核心是无形的精神力，精神力作为外星人的意识所在，只要没有消散，便可更换载体，意识长存，不老不死。这类想象实际上打破了传统想象中外星生命为"物化"状态和生命终究消亡的概念化呈现。其次，精神力的设定类似电子脑，可以实现精神数据传输、储存，提取，定位，监测和干扰，甚至可以凝结实体，转化为精神力炮进行攻击。这类设定使外星人不再是传统想象中仅具有生物特质的"人"，而是呈现出"机器智能"的表征，使读者跳出了以往的思维定式，对外星生命的原貌产生更为广阔的想象。

如何实现地外生命到人类的身份转换？多数科幻作品中的外星人以寄生的方式与人体结合，如罗伯特·海因莱因笔下"鼻涕虫"（《傀儡主人》），爬上人的脊背寄生，操控人的思想和行为。在"abu 列传"中，疯丢子借用了网络小说中常见的穿越重生元素实现人类与外星生命的结合，实现这一转变的关键在于前文所讨论的疯丢子对外星人形象的突破式设定：以精神力为核心的能量体能从具化形体上剥离。这类似于中国传统意义上的"离魂"。在多数网络穿越小说中，主人公通过灵魂出窍，寄生到另一个时空的身体上实现新身体的"重生"，但外星"精神力"终究不是人类魂魄，无法完成"借尸还魂"式的"复生"。故而疯丢子笔下的"重生"是将吸收了原身体记忆的精神力塞入类人型的人工机体中。该机体是由顶尖科技塑造的外星拟真胶，可随意变化，防水防尘防灼烧，强度堪比机甲。拟真胶躯体与能量体结合后，在精神力的不断融合锤炼下实现皮囊的高强度和形态的模拟。《同学两亿岁》中在地球上沉睡了两亿年的天蝎星元帅阿部多瑞就是这样成了 21 世纪女高中生宣墨。

高科技机械化的外壳，外星人的思维模式，地球人的记忆和身份，宣墨（阿部多瑞）就是这样三者矛盾的结合体。这样的人物设定使主角呈现出赛博格（cyborg）的表征。人们常用赛博格来指代"机械化有机体"。从词源上考虑，"cyborg"是英语"cyb（emetic）"与"org（anism）"的合成词，最早由科学家菲德·E. 克莱恩斯和内森·S. 克莱恩提出，定义为一个人的体能经由机械而扩展进而超越人体的限制，或一个人由机械或是电子装置辅助或控制某种程度的生理过程[i]，强调是一种钢铁与肉体相结合的产物，一种集对立矛盾于一身的统一体。唐娜·哈拉维认为，赛博格的出现不仅仅只是人类与机器的"拼合"，她在《赛博格宣言》中说："我的赛博格神话是关于跨越界限的。"[ii]这些界限包括人类与动物、人类与机器、自然的与非自然的、空间的界限等。哈拉维将赛博格视为突破各类界限的综合个体。疯丢子在"abu"系列作品中塑造的主人公就是各类界限崩解后的非固定概念的新主体。《同学两亿岁》中，宣墨的身体只是一个模拟人类形态的"仿生体"，她的内核是外星精神力，并不能被单纯定义为人类；但她又拥有人类的记忆和身份，按照人类的方式生存，又无法将其单一认定为外星"异质"；她拥有高强度机械化身体，但她有自己的思维方式和判断能力，从这方面看，也不能将其视为机器人。这样的人物设定解构了人与非人，生命与非生命，物质与非物质的既有界限，使原本无生命的机械身体因为精神力的注入具有了"拼合""嵌入"的特点，转而成为一种"新的合成生命体"，即赛博格。当然，这里所说的赛博格不再是以往科幻文学影视中所创设的肉体与机器的结合体，而是因主体的多元性有了更为广阔的范畴——不仅仅局限于以往的人体与机械的拼接，而将视角扩大到人、地外生命和机器的结合。

疯丢子塑造的赛博格形象极富有创新性，突破了以往网络文学人物单一形象的塑造，主体的多元性实现了读与写的共赢：既满足读者在虚拟空间中的欲望诉求，又让作者在取得最大叙事效果的时候减少了对故事"合理性"的质疑。在快餐化时代，网络小说的终极追求是让读者在虚幻的世界中体验到极大快感，即YY快感，其核心在于"金手指"的设定。赛博格的人物塑造就是疯丢子赋予主角的最大"金手指"。以《同学两亿岁》为例，疯丢子将外星文明与高科技机械化身体相结合，使主人公宣墨作为现实生活中的"人"拥有了绝对的武力和智力，能够轻易在人类社会中脱颖而出，如在军训打靶比赛中荣获"枪王"，将星

---

i 乔治·迈尔逊：《哈拉维与基因改良食品》，李建会、苏湛译，北京大学出版社2005年版，第7页。

ii DonnaHaraway,"AcyborgManifesto: Science, Technology, andSocialist-FeminismintheLateTwentiethCentury",inSimians,CyborgsandWomen:TheReinventionofNature,NewYork:Routledge,1991, P.154.

际游戏玩得风生水起，常人需花费大量时间精力才可完成之事在她手中都是轻松异常。作为赛博格的宣墨突破了人类体力、智力的极限，以碾压的态势获取了个人的成功，主角的力量被无限夸大，达成了个体超越现实之幻想，给读者带来了源源不断的 YY 效果。赛博格的设定让读者将个人在现实生活中无法达成的理想在宣墨身上得到了实现，在虚拟世界中满足了内心深处对自由、财富和成绩的欲望诉求，从而在精神上获得一种替代性满足。与此同时，赛博格设定让读者的 YY 想象更具有"代入感"。"代入感"是网络写手们创作成功与否的关键。在以往文学影视作品中，外星人始终以"异质"的身份存在，处在人类的敌对阵营。但疯丢子笔下的主角是人、机器和外星生命结合的赛博格，这使主角始终没有脱离"人"的身份。读者能轻松从人类的角度代入小说角色，产生情感投射。同时，外星人强悍的生命体征又使读者接受了写手对人物的种种设定，认为其成功是存在合理性的。这种设定比多数小说中平凡人轻松获得异能或宝贝或秘籍等"金手指"而争霸天下、大杀四方的设定更具有说服力，取得最大叙事效果的时候减少对故事合理性的质疑。

虽然外星赛博格是疯丢子面向人类未来的科幻想象，是对地外世界的重新思考，但从她创作的初衷来看，最终还是服务于读者的白日梦，即对读者在现实中无法实现愿望的补偿。

二、"无言情"式女强书写：性别意识新探索

由赛博格主体引起的一系列界限的模糊使得疯丢子的小说在物种、性别等议题上具备了探索的能力。在"abu 列传"中，疯丢子笔下作为能量团的外星生命本没有性别，在成为赛博格后替代了人类群体中的某个个体，拥有了一种集人类处境与异种动机、诉求于一身的特性。因此，"它"作为一个人类女性既定的行为动机便被架空了。借此，作者反思以往网络小说中女性塑造的特点，结合赛博格的人物性征，将自身作为女性的诉求更加自由地融入了角色的塑造中。

疯丢子塑造的主人公实际上经历了由弱到强的变化过程。《同学两亿岁》中

原主宣墨是一个求爱被拒的普通高中生，而《颤抖吧，ET》中唐青叶的身世更为悲惨，不仅是不受宠的庶女，还是众人嘲笑玩弄的傻子。但当她们的记忆与外星能量体以及高科技身体结合后，成为赛博格后的她们无疑是绝对的强者，一改原主初始"女弱"的形象，变得优秀卓越，而后又成为家人的依靠、家族的骄傲。这使整部小说呈现出"女强文"的色彩。

所谓女强文，顾名思义是女主人公成为强者的小说，在虚拟的网络空间中，女强文是女性写手传达女性主体意识的重要手段，她们以空前的激情将自己的情感期待与价值理念寄托于文字之中，表达出对自由独立和女性权利的渴求。在传统文学的创作中，女性是性的诱惑者、英雄的崇拜者、金钱的俘虏、权势的奴隶，女性是被物化的标签，是为男性增值的标志，难以拥有足够丰满的行为动机。近年来，大部分网络女强文开始脱离这一设定，试图塑造与男性平等地位的女性形象。但是多数网络女强文呈现以下创作模式：首先，无论写手将女主设定得多么强大，总会在故事中出现一个比女主还要强悍的男主，而当男主出现后，女主却变得柔弱、幼稚，仍旧没有脱离"男强女弱"的传统言情小说的设定模式。其次，多数女强文还只是披着"女强"之皮的"言情文"。文本遵循的仍然是"男人征服世界，女人征服男人"的传统设定，她们的"强大"依托于作为护花使者的各类男性。所谓的"强"不过是在残酷的"同行竞争"中击败了其他的同性（宫斗文，宅斗文），男性往往是斗争中的战利品。最后，女性角色尝试走上反传统的叛逆之路，如《秀丽江山之长歌行》中质疑三从四德、走出家庭牢笼的阴丽华，但写手将"登上后位"定义为她的成功，实际上同《甄嬛传》中的甄嬛一样，重新回归于父权制的圈套中——她们的身份地位、言行举止受到父权社会的限制。可见，多数女强文里的女主虽然试图向男性社会证明自我，但最终还是回归于男权话语体系之中。

疯丢子小说中流露出的女强色彩不同于同时期女强文的设定，而是表现出对性别意识的新探索。一方面体现在人物塑造上，小说的主角是赛博格，其"强大"来源于己身的强大，而并非借助外物或他人力量。人物的"成长"和"变强"是外星个体逐步认识地球文明，适应规则的过程。赛博格形象本身具有颠覆二元对立的性别规范的威力，虽然有着女性的外表和特征，但作为"新的合成生命体"，她已经不是传统意义上的女性，摆脱了生殖的限制，没有女性的第二性征，不会哭泣，甚至会觉得母亲的哭声是"精神波攻击"。她的身上有着诸多传统意义上的男性特征，颠覆了以往女子"柔情似水"的认知，呈现出勇敢、强悍、坚韧、理智、寡言的特征，实际上更像是硬汉型的角色。《同学两亿岁》中，宣墨气质凛冽而犀利，身板笔挺行动利落，少言寡语却言出必行，甚至完成了多数男性都难以完成的高难度任务。作者在女性的躯体上实践男性气质的幻想，不仅是出于对男性身份的羡慕，更反映现代女性企图借由男性气质的挪用表达内在诉求，这是女性写手对性别气质边界的突破和重组，使文本呈现出对性别意识的新探索。

另一方面，疯丢子通过对赛博格的塑造，提出对以往千年来传统的男婚女嫁的质疑，流露出对男权社会的反叛。在《颤抖吧，ET》中，唐青叶的母亲教导她男婚女嫁的道理时，她的反应是直接而露骨的：为什么要男婚女嫁？为了延续后代？为了发泄欲望？……她对母亲口中的"男孩赚钱养家，女孩除了相夫教子外一无是处"的论断嗤之以鼻，她认为这世界的女性背负太深重的自卑感。疯丢子借唐青叶的口吻反思女性依附男性，始终以男性为中心的现象，这类熔铸在文本内部的反叛意识也与不少读者的想法不谋而合。在晋江文学城的读者评论区中，以读者"黑鸦"为典型发出这样的评论："我最讨厌的是女主的一切努力和付出都只是为了更好地站在男主的身旁。即使是一些标着女强签，写着无男主的也或多或少有着那样的影子。"[i]

疯丢子尝试走出男权意识形态的牢笼，挣脱男权社会对女性的传统想象与价值预期。在她看来，自我的独立强大才能跳脱"男婚女嫁""相夫教子"的传统桎梏，女性不应是被动地视爱情为唯一指向的他者存在。故而她将女性设定为拥

---

i 《评〈同学两亿岁〉》，晋江文学城，http://www.jjwxc.net/onebook.php?novelid=919021，发布日期：2017 年 4 月 25 日。

有绝对实力的强者——赛博格，在一定程度上削弱了男性的存在价值，男性在小说中沦为彰显主角能力的背景。有着强悍力量的赛博格不仅不需要男性的帮助，甚至在小说中充当男性的守护者和培养者的角色，在《同学两亿岁》中，本应是"保护者"的哥哥陆宇宸反而时刻需要宣墨的安慰和保护，并在宣墨强悍武力的刺激下认识到自身的不足，逐渐成为富有责任感的人。这类"男弱女强"的书写打破了以往的男性／理智和女性／感性，男性／强悍和女性／柔弱的固化认知，斩断了父系霸权的性别二元体系和个体性格、特质等之间的锁链，隐含疯丢子作为女性写手的一员对以往男权社会对性别固化认知的反叛。

在这类反叛意识的引导下，疯丢子结合人物自身形象性格，使小说显现出"无言情"的书写模式。作为人、外星人和机器的结合的赛博格，其思维方式更类似于理性思维的电子脑，他们是完美的理性主义者形象，其眼中只有数据和机械，没有感性和爱情。写手从外星人的视角出发，使小说缺失了爱情这一重要元素。故而在《同学两亿岁》和《颤抖吧，ET》中，女主角身边的大部分男性都像过客一样出现又消失，始终没有出现明确的男主角。

与以言情为主的网络小说不同，这类书写使读者群体直接分化为两个阵营，部分读者认为疯丢子"反言情"甚至"无言情"的书写符合主人公作为理性赛博格外星群体的设定，考虑到外星人与人类终究仍存在生殖隔离，更符合现实逻辑。读者们坦言无法想象哪种男性能够与宣墨在一起，他们更愿意接受"无言情"的设定，希望小说最终不要落入言情文的俗套。但想要在网络世界中获得爱情补偿感的女性读者对这种设定是不满意的。绝大多数的网络小说和影视作品都是以男女主人公幸福美满地生活在一起作为大结局，让读者相信主角之间的爱情将会持续一生。这类读者在阅读的伊始就将《同学两亿岁》视作中国版的《来自星星的你》，而与《来自星星的你》始终将男性外星人与人类女性的爱情发展作为主线不同，《同学两亿岁》的言情空白让部分读者产生心理落差，他们不断通过评论留言表达自己对故事进展和人物关系的期待。

在此种评论的影响下，疯丢子最后在小说的结尾处增加了番外ⁱ作为第二结局，通过介绍女主与曾经出现的某个男性角色的相处方式，隐秘地让读者想象其男主的身份（《同学两亿岁》），或者通过剥夺女主赛博格的能力使其成为能够与地球人正常生活的"人"（《颤抖吧，ET》），以此来达到所谓"找到伴侣"的言情效果。疯丢子作为网文写手虽想突破网文模式化的设定，但仍旧没能完全脱离受众的口味和接受。作者虽然在文本中投注了自己的创新，但在商业化写作模式下，网络文学不再是传统意义上的"作家主导"，而是"读者主导"，小说番外的设置和结局的"回归"实际是疯丢子在"读者主导"模式下的妥协和让步。然而这样仓促的设定往往有"强行言情"的嫌疑，写手没有充足的文本说明主角情感变化的缘由，男女主角之间感情的变化也没有循序渐进的过程，人物关系突然由"友情"升华为"爱情"，这样与原先的人物设定产生了矛盾，让读者在阅读过程中产生情感断裂之感，这也是这两部小说的遗憾之处。

从作者对赛博格元素的利用上可以看出，外星身份的本质，实际上是一种"超人"的超越性意志对以自身力量无法超越典型环境的所谓"典型人物"或"典型女性"的"降灵"。表面上是地外文明的介入，其本质依旧是作为旁观者的作者对主人公的操纵。作者借外星能量的设定介入她本不可能介入的事件，也以此让围观的读者获得介入的快感。就叙事技巧来说，此种赛博格概念的借用，跳过了太多的可能性，因此究竟是创新，或是取巧，还需要关注作者如何在赛博格的体系下继续保持其假定的真实性。

三、价值观的对立统一：新鲜感与崇高感

主人公作为拥有多重身份的赛博格，因身份冲突而产生的文化观念的矛盾始终贯穿文本，给读者带来源源不断的新鲜感。疯丢子将自己对日常生活的思考而

---

i 　"番外"一词来自日本，中国以往称为"外传"。番外就是对正文做的补充，通常不录入正文，是作者主动在题材中加入的部分，是故事主干外的一些分支故事，将故事中的人物另作处理开辟一个新的小故事或是类似主体的故事但是由另一些人来讲述或上演。

得出的逻辑思维运用到小说的构思中，从天蝎星人的角度，书写两种文明的对立冲突，流露出她对现实社会和地球文明的再思考。

身份冲突是穿越小说中必然涉及的论争。穿越前后身份的变化使主人公时时叩问自己：我是谁？我从哪里来的？我要到哪里去？然后借此一步步对自己身份进行确认和接受。但许多穿越小说弱化了这一过程，"穿越者"意识到"穿越"的现实时，第一反应便是"从今以后我就叫XX，既然我占用了你的身体（代替了你），我就会好好活下去"，文本只有这一句话便交代了身份的转化，而后主角便迅速融入了作者创设的"第二世界"中，以致模糊了个体身份冲突下的认同危机。

疯丢子的区别在于她在创作中凸显了个体身份的冲突。主人公作为赛博格，其身份存在诸多争议。以《同学两亿岁》为例，主人公到底是普通人类宣墨还是外星将领阿部多瑞？多重身份的融合使她本身的存在充满了矛盾感，而这种矛盾感也正是小说的独特之处。主人公的内核是外星能量团，是恪守军人信条的外星将领阿部多瑞，"军人的风骨，气节，纪律和应有的姿态全都深深烙印在了她的骨子里"。同时，她借人类的外观和身份生活在地球上，在他人眼中只是一名普通女高中生，需要老老实实完成作业，参加高考，即使她一眼得知题目的答案，也得遵循"答案已经不是一切，步骤才是重点，一个步骤一个答案"的规定。

多数意识到身份认同危机的穿越小说中，穿越者作为"异质"，虽经历了接受和拒斥的徘徊，但最终都能认同新环境的身份。然而在疯丢子abu列传中，主人公身份的矛盾始终没有得到消解，宣墨坚持自己作为天蝎星人的尊严和文明，抵触人类的身份，但又不得不以人类的身份融入地球文明，不得不模拟人的行为，维系与地球人之间的社会关系，这使人物呈现"分裂"的状态。

天蝎星人作为赛博格意识的主导者，是完美的理性主义者，其情感倾向类似机器人，人际关系被她简化为战友或敌人，她用纯粹理性的思维观照世界，克制而缜密。但人类是理性与感性的矛盾结合体。当天蝎星人遇上人类，必然产生两种文化观念的碰撞。如将阳光作为能量来源的宣墨（《同学两亿岁》）在夏日炎炎一身热裤抹胸，尽可能将自己长时间暴露于阳光之下，与终日撑伞蔽日的现代女性形成反差。在不同观念的碰撞冲突下，他们无法真正融入人类社会之中，始终处于格格不入的状态。但也正是这种由于文化观念的冲突形成的矛盾反差源源不断地制造感官的刺激，读者对小说的发展充满了好奇心，而并非套路化的写作带来阅读的疲惫感。

疯丢子如何表现两种文化观念的对立差异，并使读者保持阅读新鲜感呢？她将自己对生活的思考得出的一种逻辑思维运用到小说的构思中，将文本背景定位于现代都市或者古代社会中，用日常生活中的细节展现两种文化观念的冲突。现代心理学研究证明：人的感知具有一定的惰性。在日常生活中，当事物经过人们反复感受之后，就会越过人的感受直接进入认知，或在人的经验中成为无意识的东西[i]。人们很自然地不再"看到"生活于其中的世界，对它的独特性视而不见。疯丢子用"日常来展现世界，现实来反观现实"的方式书写外星人在地球上的生活状态，改变了以往外星题材着眼战争的宏大叙事，使故事产生陌生化的审美效果。对于地球人耳熟能详的俗语，谚语和口头语，"脑回路异常"的宣墨显然无法理解，她对"别让人没台阶下"的回应是"你下台阶了""我迟不迟疑和你有没有台阶有什么关系？"。这样牛头不对马嘴的回答让人啼笑皆非，既贴合宣墨的个人思维方式，又使故事收到了喜剧化效果。

虽然疯丢子的文本仅着眼于外星人在地球上的日常，却没有使小说流于以往都市／古代穿越小说的类型化设定。这是因为作者在两种对立文明中寻找到了相同的价值取向，实现了"对立冲突下的统一"，她抓住了人文性和军旅热血两大内容，使原本的小格局呈现出宏大的叙事效果和崇高的主题建构。

疯丢子在外星人题材上打破了以往"入侵"的思维定式。多数的科幻小说认为文明与文明之间是残酷竞争，零和博弈。故而争夺资源和空间，统一宇宙是地外生命进入地球的主要原因。疯丢子在创作时尝试脱离这种固化设定。首先，外星人眼中的地球是蛮荒之地、流放之地，故而与以往主动入侵的方式相反，小说

---

i　季进：《钱锺书与现代西学》，上海三联书店 2002 年版，第 132 页。

中的天蝎星人是被迫留在地球上的"异乡人"。《同学两亿岁》中，外星将领阿部多瑞是两亿年前因战争被迫留在地球等待救援的联盟元帅，《颤抖吧，ET》的外星战士阿布察察因任务失败滞留地球。其次，这种"异乡"的生存模式并不是随心所欲的，而是约束且自制的。他们谨守大联盟宪法和原则，绝不干涉其他星球文明进化，时时以该星球的生命为先，在这种约束下，蓝星人生活在海中，陆上是天蝎星人的天下。土著与客人井水不犯河水，相安无事生活。作为"异乡人"，他们只是文明的见证者，而不是文明的入侵者和变革者。再次，拥有高等智慧和强悍战斗力的天蝎星人对迟滞的地球文明充满了诟病，却不能显露自己的能力，甚至需要模仿人类的生活方式，融入本土文明，以确保不暴露大联盟和外星生物的存在，从而保证该文明正常发展和物种进化的铁律。

疯丢子对外星入侵的主题突破，使小说呈现出人文性色彩——生命和文明之间的平等尊重。这也折射出疯丢子个人独特的宇宙观：同人类社会一样，宇宙生物也受规则制约，他们认同并坚守法规。宇宙联盟发挥着类似联合国的作用，高级文明承担着监督者和仲裁者的职责，惩罚掠夺者和破坏者，尊重各种文明的发展，维系宇宙和平。疯丢子将社会契约精神投射到小说宇宙世界的构建之中，反映了作者个人对社会法规的坚守态度。

疯丢子在小说中加入了军旅元素。通过将外星人设定为军人的形象，使两种文明在家国情怀和军人信仰的价值取向上达到统一，给人以震撼感和崇高感，引起读者强烈的共鸣。以《同学两亿岁》为例，无论在两亿年前还是两亿年后，宣墨都将军人的信仰和精神贯穿始终，不忘初心。两亿年前，她成为仅存的"战士"流亡地球。作为统帅，她接受形体剥离术，忍受比非战死亡还要残酷的孤独，等待两亿年只为汇报战况。两亿年，是一个星球物种进化的时间，见证了一个文明由蒙昧到创新的时间。从这一时间上看，作为"异乡人"的阿部多瑞无疑是寂寞的，这是独自活在陌生且落后文明中的寂寞，而这种寂寞在与周围文化价值体系产生冲突的情况下越发凸显，漫长的孤独所产生的震撼力在文末达到了极致：她以军人的站姿向联盟汇报两亿年前的战况，并以元帅的名义请求授予阵亡战士们均线和勋章。两亿年的等待只为将胜利与英雄的名字告知全联盟。这种对家国、种族的炙热坚定的感情，这种将法律、国家、同伴、荣誉、骄傲视为重于生命的存在，唤起读者家国情怀之时又使其对这个种族和星际文化产生钦佩和喜爱。

小说取名《同学两亿岁》，"两亿岁"不仅仅只是无止境的等待，更多是阿部的名字在英魂碑上亮了两亿年之久，她的名字像茫茫宇宙中不灭的灯塔，支撑起全民族的精神信仰。这使"两亿岁"的时间概念有了更加厚重的使命感和崇高感。坚守的战士，缅怀的国民，精神的信仰，虽然作者并没有进行恢弘的战争场面叙事，但每个人都能感受到宏大的崇高感。这份崇高感来自对坚守的感动，跨越了星际和种族而让每个生命对英雄碑上的名字致敬。

在多数异世来客的小说里，主角在故乡和异乡中挣扎之后，最终选择留下，宣墨作为一个"异乡人"，她虽时刻想回到故乡，但最终选择留下，而留下的理由是遵守联盟法的规定：既已接受了该星球人的身份，就必须把该身体的责任和义务履行，即使她是英雄也不能违背。故而她说："与其以罪人之身回去，不如永存于英魂碑。""若是英雄能够凌驾在法律之上，那么，请毁了英魂碑。"这使文章的主题不再仅停留于个人英雄主义的片面化塑造，而是呈现出契约精神的崇高感，丰富了这一外星生命的形象内涵，使读者在热血之余致以崇高敬意。

四、围观式历史穿越小说的建构与定位

疯丢子的代表作《百年家书》鲜明地体现了"围观式历史穿越小说"的特点，以现代女性艾珈穿越成民国纨绔少女黎嘉骏为契机，带领读者走进近代战争史，叙写了一出跌宕起伏的穿越剧。通过围观式历史穿越这一模式，《百年家书》扎根于近代战争史实，将女性在战争中的个人成长与历史发展结合在一起，体现了网络文学中历史穿越小说类型中的不同取向。

"围观"作为网络用语新兴于微博等网络自媒体，定义为"若某人做出非常醒目的行为就有可能招致围观"。而从围观者角度出发则专指主体面对发生的重

大事件既不参与，又不后退的动作状态。而围观式历史穿越小说则是指作者通过叙事上的调整将现代视角代入要被"围观"的历史事件中，以达到一种仿佛在带领读者一起围观的效果。在网络历史小说这样一个庞大的类型系统中，围观式历史穿越小说这个概念与传统历史小说、架空历史小说这些概念是既有区别又有联系的。因此可以以时间线为横轴，以真实度为纵轴建立一个历史小说坐标系，横轴显示小说的时间性，纵轴反映其历史真实的同时客观体现其作为小说的虚构性。在这样一个坐标系的帮助下，我们可以比较合理地定位各类历史小说，以传统历史小说和架空历史小说为例子：传统历史小说的情节是真实的，时态回溯至历史过去；架空历史小说虚构性较强，时态不定，背景较为丰富，如原始时代、封建时代甚至异时空。疯丢子的围观式历史穿越小说可以说正处于传统历史小说和架空历史小说的中间状态。

传统历史小说尊重历史发展的线性逻辑，自历史小说发展到新历史主义小说，始终坚持历史真实立场。传统历史小说作者以历史人物和历史事件作为创作材料，并借助一定程度上的艺术虚构反映历史时期的生活面貌，最终通过历史的真实呈现带给读者一定的思考和启迪。这样的写作目的要求作者兼具作家和史学家的双重身份，如罗贯中的《三国演义》，描写了东汉末年至西晋初年的战争历史，在历史走向基本真实的情况下对三国人物进行了一定的变形，反映了三国时代各类社会斗争与历史巨变。而当历史小说发展到新历史主义小说之后，对历史的解构就更进一步了，以一种反传统的民间视角和个人体验去解构历史主义者所谓的历史真实，建构个人历史真实和情感价值取向。围观式历史穿越小说虽然也站在历史真实的立场，但是与传统历史小说有所区别的是，围观式历史穿越小说主人公外在于历史事件，并不构成历史事件的内在部分，围观主人公即使拥有全知视角，也只是选择一个旁观的角度围观历史自然发生，正是这样的立场确定了"围观"的精神气质。

如果说传统历史小说以历史真实性为线索，那么架空历史小说则倾向于通过虚构满足欲望。这种欲望自觉或不自觉地表现为一种征服欲：在男频小说中体现为主角在权力方面的征服，如酒徒的《家园》中李旭民族英雄形象的塑造；体现在女频小说中，主角往往借高质量的爱情来完成对世界的征服，而在这样情感征服的模式下，女主角与多个男性情感纠缠的过程就是小说的主要线索。虽然具体追求不同，但是架空历史小说对个人影响力和控制力的极度放大却是相同的，均主张以一种"参与性"的态度干预历史。在这样的积极参与下，历史本身不断被推向叙事背景的深处，不构成叙事主要要件，而是作为配合作者欲望展开的布景。与架空历史小说漫无边际的发展走向相比，围观式历史穿越的主体严格遵循历史真实逻辑而不强加干预其进程。

在明确与传统历史小说和架空历史小说的对比后，我们可以发现围观式历史穿越小说的中间状态体现在：事件是真实的，人物是虚构的；时间是过去的，但主体存在是不定时的。它以架空历史小说框架下的虚构主人公为主体，通过新历史主义的边缘叙述及民间视角讲述其围观历史之旅，在创作目的和精神气质上继承传统历史小说，表达疯丢子本人的历史观念和精神诉求。女主角黎嘉骏既没有像李旭一样介入历史，也没有像甄嬛一样将架空历史作为恋爱背景，用单纯的欲望叙事书写传奇，而是强调了战争要素在情节推动方面的重要作用，以女主角黎嘉骏的亲身经历，通过求学、流浪、战争等等线索见证中国社会的动荡。

回到疯丢子的围观式历史穿越小说本身，疯丢子笔下的围观式历史穿越小说终究是作为网络文学的一部分存在的。网络文学为了更好地满足读者欲望，往往采用多元素并行的标签化创作，使用拼贴的方法将不同的类型以标签的形式拼合在一起。就网络历史小说而言，几乎每一类标签的拼合都有巅峰性的代表之作：历史＋穿越＋言情＝《步步惊心》、历史＋权谋＋玄幻＝《庆余年》……多种类型的拼贴打破时间与空间、真实与虚构的多重界限，使得文本能不断地用新鲜感给予读者多角度的审美刺激。而疯丢子显然对于穿越元素应用得最为熟练。

穿越历史小说作为历史小说的一支劲旅，通过主角穿越将一个具有独立个性的个体安置到一个陌生的时代，使得网络历史小说在"真实度—时间线"这一评价坐标中产生一定程度上的时空跳跃，主角通过穿越错峰获得不同时空的生活经验，从而得到巅峰性的生命体验。对于穿越个体来说，不论是怎样的穿越方式和方向，在现代网络作家的影响下这个独立个体往往带有强烈的现代意识和独立性格，凝聚作者时空环境的集体无意识、文本时代的历史现实、读者时代的审美标准于一体。而在现代意识下被建构的穿越者由于时空环境转换带来的观念相悖，必然在与土著居民交往的过程中产生一系列的冲突，而冲突正是小说开始走向高潮的标志。《百年家书》以现代人的眼光建构真实民国社会，注重穿越者的精神体验，以围观的形式使读者跟随黎嘉骏的脚步关注近代战争历史，从鲜活的生活中获得直接、生动而完整的感受，从而摆脱历史刻板印象的束缚。围观式历史穿越小说附加穿越这一标签元素，使得《百年家书》既可以以一种相对轻松的叙述方式展开战争历史描写，同时相较于架空历史小说更能达到作者铭记历史、以史为鉴的目的。

由此可以得出围观式历史穿越小说的完整定义：穿越主体通过穿越这一行为回到历史过去，面对已知历史既不作为外力干涉历史进程的自我发展，也不借助穿越外挂偏安一隅，闷声过自己的生活。具体体现在《百年家书》中，女主角黎嘉骏在穿越到民国以后，面对近代战争既不运用教科书传授的知识改变近代中国战争进程，也不退守后方逃避战火，而是自觉背负起历史责任，始终在战争边缘扮演自己围观者的角色，去目睹近代抗日战争的发生和最终胜利。

五、围观式历史穿越小说的文本呈现

《百年家书》具体文本共分六卷——"东三省烽火初燃""魔都行北影幢幢""战长城刀光血海""守国土血肉城墙""大后方不死河山""阅生死百年家书"，卷名非常明确地显示了黎嘉骏的围观地点和围观状态。在这样围观性质的奔走中，黎嘉骏不断自我成长，展现出那一段波澜壮阔的历史。

并不是所有人物都能围观历史的，黎嘉骏作为围观主体有其特殊性。首先，作为一个穿越者，黎嘉骏在人物设定上就先天拥有双重外挂——穿越前时空赋予的超前思维和现代观念，以及相关的历史工具性知识。这使她能洞悉历史走向，大致预判重要战争爆发的时间和地点，及时跟进战况。其次，作者设定黎嘉骏穿越后的身份是军火世家三小姐，在战争爆发后能在武力威慑和隐形人脉的双重保护下通过一定的方式自保。这两点都是黎嘉骏围观的基础客观条件，但是就主观情况而言，黎嘉骏为什么选择围观这一形式，而不是退守后方或直接干预历史进程呢？与月关的《回到明朝当王爷》、黄易的《寻秦记》等历史穿越小说不同，这些网络架空历史小说着力于塑造杰克苏、玛丽苏式[i]的主人公，不仅熟知历史走向，更能成功以一人之力改写历史，挽救处于关键节点的国家，创造辉煌历史。而黎嘉骏的设定是一个普通人——"她基本代表了广大'90后'近代史知识的基本水平，实在是近代史太惨痛，感觉只要知道仇恨日本好了，别的都不需要考虑，现在她想爬回去至少瞄一眼南京大屠杀是哪一年都不行了。"[ii]对历史的不了解直接导致作为主角的黎嘉骏无法准确预知其所在的时间轴上会发生什么，并不具备以一人之力扭转时代走向的能力，只能选择一个历史见证者的立场来叙写这个故事。再次，根据蝴蝶效应，黎嘉骏并不能确定一场战役的改变会对历史进程有什么影响，也许她提前通知了"九一八"事变可以避免奉天被攻打，可是改变后的战争历史还能否走向胜利，她并不能确定。不敢尝试，这是她选择围观的原因之二。最后，黎嘉骏坚信胜利的最终到来，因此要求自己见证历史。等到日本投降获得最终胜利时，"她太难过了，她比任何人都清楚这一天的到来，她以为自己会很淡定会很得意地看别人一脸懵逼的表情，可是不行，这一天她等得太痛苦了，跟所有人一样痛苦，甚至比很多人更痛苦。太多次了，太多次她怀疑这一天会不会来，更多的，则是担心这一天她看不看得到。她怕她看不到就死了，她怕她看到这一天时她什么都没做过，她更怕她活着，却看不到这一天。"[iii]可见她一直往自己身上背了沉重的包袱，要求自己见证历史，更要求这最终胜利的历史书写

---

i　在一些文学作品中虚构出来的完美主角，能力、外貌、家世、性格无一不完美，是整个小说的中心人物。

ii　《百年家书·民国十九年》，晋江文学城，2016 年 12 月 14 日，http://www.jjwxc.net/onebook.php?novelid=2296323&chapterid=4，引用日期：2017 年 6 月 4 日。

iii　《百年家书·愚人节》，晋江文学城，2016 年 12 月 15 日，http://my.jjwxc.net/onebook_vip.php?novelid=2296323&chapterid=38，引用日期：2017 年 5 月 11 日。

中有她问心无愧的一笔，因此她放弃了优渥的生活，选择了战地记者这一高危职业，带着相机奔赴前线。

通过以上的主客观因素，黎嘉骏有了围观的基础条件，得以正式围观历史。而围观，意味着一方面她不能选择逃避，退守后方，另一方面她亦不能直接参与，改变历史。

在战争爆发初期，黎嘉骏是想要逃避的，心中记挂的是怎样带着家人逃避战火，为即将到来的历史事件惶惶不可终日。然而黎嘉骏在真正经历那样一个炮火纷飞的残酷年代之后，在身边的人为历史不断奋斗之时，她在思想上也不自觉地受到感染，最终在与凳儿爷的交流中改变了想法："她就好像是一个卖弄着什么的人，自以为站在历史的高度清晰地看着历史的脉络，自作主张地企图阻止所谓'走错路'的人，并且摆出一副自己绝对正确听我的没错的嘴脸……如果大家都像她这样，因为剧透而一碰就跑，那历史书还会是那么厚重的一本吗？纷乱的想法源源不断地冒出来，让黎嘉骏一直以来的生活态度都受到了冲击，她想到了大哥，想到了谢珂，马占山，二哥还有凳儿爷，忽然意识到，演绎这百年风云的，分明就是一群明知不可为而为之的人呐。"[i]在明知不可为而为之的时代环境下，黎嘉骏不再将已知的历史作为逃避战争的工具和救命稻草，而是将其作为围观的基础自觉自愿地背负起了历史责任，甚至不顾家人阻拦和爱情羁绊去围观战争，主动选择上前线成为战地记者，生怕自己一停下来就辜负了这个时代。

另外，黎嘉骏没有直接参与战争，从而影响战况改写历史。虽然黎嘉骏作为战地记者跟进了 1933 年热河告急喜峰口战役、1937 年"七七"事变南苑战役、1938 年台儿庄战役等战争事实，但是作者很好地控制了黎嘉骏对于战争的参与程度，并没有安排其直接参与战争，甚至没有和任何人透露过历史走向，独自扛下了所有压力。当然，由于战争细节的不可预知性和战争走向的不可控性，越接近战争，危险性越大，黎嘉骏身不由己地被卷入局部战争，在枪林弹雨中几次险

---

i 《百年家书·胜利之殇》，晋江文学城，2016 年 12 月 18 日，http://my.jjwxc.net/onebook_vip.php ?novelid=2296323&chapterid=220，引用日期：2017 年 5 月 27 日。

死还生。面对战争，条件上的艰苦和肉体上的痛苦还在其次，更多的痛苦源于精神上的折辱：故土失守、战友牺牲、家国不保……在《北平沦陷》这一章节中："氢气球被绳子拴着，缓缓升了起来，它尾巴上挂着的横幅，也渐渐展现在人们眼前。'庆祝北平陷落。'轰的一下……黎嘉骏脑子里一片空白，她就这么望着，望着，忽然泪如泉涌。"围观产生的强烈痛苦和巨大压力使黎嘉骏不断自我成长，最终成为有名的战地记者"小伯乐"。

黎嘉骏作为围观主体，很好地执行了"围观"这一行为准则。然而值得注意的是，被围观的历史才是围观式历史穿越小说的真正描写对象，黎嘉骏仅仅作为具有现代意识和先知视角的围观者帮助读者代入文本，观察人物事件和历史真实，小说真正的描写主体是那风云变幻的战争历史。战争作为强制性改变人类个体和整个人类命运的极端方式，以一种是残酷的、不可逆转的态势展开，象征着强势力对弱势力的凌霸和欺辱。中国自鸦片战争之后逐渐沦为半殖民地半封建社会，人民惨遭奴役，国土惨遭侵占，资源惨遭掠夺。虽然文章中不乏如考大学、搬家、结婚、生子等平稳过渡时期，但书中黎嘉骏的生活轨迹还是以战争为主，随着国家大事而奔走：从沈阳避难到齐齐哈尔，和二哥滞留北平，去到南京前往上海，最终选择成为战地记者，经山西喜峰口、古北口到京津地区，在沪杭短暂休整再次前往北平、山西、南京、台儿庄面对炮火……这些战争历史细节作者都是通过大量的资料搜集和材料考证获得，加以艺术加工塑造出一个炮火纷飞的战争年代，带领读者进入材料翔实、建构合理的历史真实。

而当历史战争成为首要描写对象时，那一般网络小说中必备的言情元素所占篇幅必然减少。《百年家书》一反历史穿越小说中全篇为男女主爱情服务的情感模式，以一种较为疏离的态度去描写男女主角的情感线发展，历史不再是用来推动剧情发展、情感升华的催化剂。《百年家书》中塑造的女性更倾向于个性独立，有自我追求，因此在言情方面着墨不多，男主角秦梓徽甚至在全书进行到半程时才作为战友再次出场。在《百年家书》的读者评论中甚至产生这样的一种倾向，那就是男主秦梓徽的存在是完全没有必要的，硬拗出来的言情线缩小了文章格局，落入俗套的言情叙事陷阱——这样的读者评论在以恋爱为主的架空历史穿越小说里是难以想象的。疯丢子虽然没有刻意张扬女性话语，但是在行文之中可以看到黎嘉骏这一角色已经跳出了言情的陷阱，充分外现了女性心中的阿尼姆斯内貌，"阿尼姆斯如果处在最高发展形势，有时能把女人的思维与她的时代精神进化连在一起，从而能使她在接受新异的、有创建性的思想的能力方面甚至超过男人"[i]。在时代环境的影响下，阿尼姆斯赋予黎嘉骏勇猛、智慧、刚毅等男性品质，弥补了她作为女性外显出来的软弱。《百年家书》中男女主角的结合不是因为外貌、家世等，而是因为他们有着共同的追求，所以在炮火中走到一起，而其爱情在一定程度上也点缀了被战争渲染得过于惨烈的剧情，缓解了惨烈战争对读者带来的冲击。除了黎嘉骏这一女性人物，疯丢子亦塑造了一组个性极为鲜明的女性人物群像，女性不再将精神寄托于"白日梦"式的恋爱幻想，扭转了女性群体在历史书写中幼稚化的一面，将笔触伸向了爱情背后的人性抒写。

由此，围观主体和围观客体在围观中统一，既展现了穿越个体在历史中的自我成长，又借其围观过程展现出波澜壮阔的战争历史。

六、围观文本中的情感态度与价值思考

围观式历史穿越小说作为网络爽文中的一股清流，其内在情感价值有其独特性。笔者将以"围观""历史""穿越"为关键字，从三个角度分析围观式历史穿越小说中的独特价值。

首先是"围观"。在传统历史小说中，"围观"以被围观的主体作为主要描写对象，体现在叙事主体做了某件轰动全场的事件引发旁人观看，强调的是被围观的主体以及其引发的重要事件，围观仅仅是群众发出的一种无关大局的动作，作为事件陪衬而存在，渲染或紧张或热烈的气氛。而随着近代新文化运动的发展，以鲁迅为代表的觉醒者将思想的锋芒对准围观者，对围观者进行了国民性批

---

i　夏秀：《原型理论与文学活动》，中国社会科学出版社2007年版，第144—152页。

判，他们认为"围观"一词强调的是一种面对悲剧麻木无为的生命态度，鲁迅甚至给予围观者一个充满批判意味的名词：看客。"凡是愚弱的国民，即使体格如何健全，如何茁壮，也只能做毫无意义的示众的材料和看客，病死多少是不必以为不幸的。"[i]以鲁迅为代表的启蒙者和觉醒者认为看客消解猛士仁人牺牲的意义，因此致力于在他的作品中暴露看客的愚昧自私，如"幻灯片事件"中围观砍头的中国人。

而围观式穿越小说将围观者作为主体，此时围观则成为一种叙事方式，在网络文学语境中以一种微妙的角度，将目光投注于围观者产生的积极影响上——"围观"看似是一种不作为，实则是尽平凡个体能作的最大努力去见证历史，在进与退之间找到了一个平衡点和避难所。借此，围观式历史穿越小说重新发掘了围观作为一种行动的价值：首先，在文本内部，相对于黎嘉骏前期选择的逃避，围观体现的是一种思想观念上的进步；其次，围观者认识到历史是在无数明知不可为而为之的人的推动下前进的，敢于直面惨痛的历史，自觉自愿地背负起历史责任；最后，围观式历史小说化"不作为"为"作为"，围观不再仅仅是一种单纯的、被动的、静止的行为，而是一种主体自发寻求历史真相的动态过程。而在文本外部，作者对历史的围观态度与将历史作为释放个人欲望的背景板的态度相区别，体现了对于历史的尊重，以及对历史洪流中无法掌握自身命运的小人物的注视与关怀。

其次是"历史"。历史观才是历史小说真正的核心。"我写这些就是为了记住。"这是作者在序言中提及的创作目的。那到底记住什么呢？黎嘉骏作为作者的精神寄托，历经多场战争，几次险死还生，铭记的正是这一段屈辱的、痛苦的、磨难的近代历史。

隐藏在文本背后的历史观会不同程度地凸显历史真实，而对历史真实性的要求在某种程度上左右着文学作品发展和走向。在尊重历史的前提下，疯丢子戴着镣铐跳舞，以限定的历史材料为骨架，主动缩小了自我发挥的空间。面对近代这

---

[i]　鲁迅：《呐喊》，天津人民出版社 2016 年版，第 12—18 页。

一段屈辱的历史，作者没有按照"玛丽苏"的套路为黎嘉骏开外挂扭转历史，而是选择在既定的历史框架中依托真实历史事件加以细节填充，发挥个人写作才华。同样，出于对历史真实的尊重，在近代战争历史的具体境遇下"真实"这两个字就等同于"痛苦"，因此情感基调往往较为沉重。

在这样历史写作观的影响下，"不太懂历史"的黎嘉骏让 20 世纪 90 年代以后同样不了解历史的网络文学读者有很强的代入感，让读者在阅读文本的过程中就顺势代入黎嘉骏这一角色，为围观式历史穿越小说奠定了群众基础。与此同时，疯丢子通过黎嘉骏这一关键人物连接了近代战争历史和当下读者，着力刻画了在民族战争中保家卫国、悍不惧死的战士，对他们进行高度的褒扬，借此传递了其历史态度：牢记历史，以史为鉴，不要遗忘为当今美好生活牺牲一切的英雄。为了介绍历史，铭记历史，疯丢子还会在连载过程中，在"作者有话说"栏目中用一种讲段子的方式介绍历史，达成其写作目的。

在《百年家书》的读者评论区中，以读者"w"为典型代表发出这样的评论"看到近代历史就不想学，觉得悲痛"，获得了广大读者的赞同。可以想见近代战争直至今日对于国人而言，仍是一道不忍触碰的历史伤疤，一碰就疼。而疯丢子并不回避这一种痛苦，黎嘉骏在围观残酷战争时，因故土的失守、战士的牺牲、日军的凌辱获得了许多痛苦，并将这些痛苦传达给读者，这样沉重的情感基调在网络爽文的包围中不禁显得有些尴尬。网络小说毕竟是读者寻求快感、寄托理想的文学场所，读者希望能在网络文学中得到的不是说教，而是一种快感。那么意味着不参与的围观式历史穿越小说，还有快感吗？有。《百年家书》看似只有尸山血海的无边痛苦，没有丝毫的快感，但是事实上，痛苦正是疯丢子设计的快感模式，她在《百年家书》的文案中表示："爽文之所以爽，是因为虐的地方，它够虐。"过程越压抑、越痛苦，最终获得的快感越持久、越具有爆发力。疯丢子在前期描写的种种痛苦，诸如家庭离散、国土失守、故友牺牲等，成为后期量变产生质变的情感积累。她带领读者直面血淋淋的历史，将痛苦一点一点积累，为最终快感的爆发做好铺垫——这一场精神上的欺虐只有最终的胜利才能血洗。在日本战败的投降仪式上，所有的痛苦与压抑都化为狂欢与极致幸福的养料。同时，现代视域下读者的历史遗憾亦通过最终的胜利被弥合。

最后是"穿越"。在主流网络穿越小说里，穿越往往意味着外挂。在以"爽"为卖点网络文学主流环境中，穿越元素能通过虚幻时空的欲望叙事满足读者最隐秘的渴望，使读者获得爽感。然而在围观式历史穿越小说中，穿越带来的不仅仅是预知历史的"金手指"，还伴随着一种巨大压力和痛苦——能力越大，责任也越大。将读者从漫无边际的白日梦中拉回现实，从某种角度遏制了穿越小说滑向纯欲望叙事的深渊。

（缪丽雅、沈瑜钰　执笔）

作者访谈

受访者：疯丢子

访谈者：单小曦、沈瑜钰、缪丽雅

访谈时间：2017 年 5 月 15 日

访谈地点：杭州余杭星巴克（海创园店）

一、网络时代的"我手写我心"

沈瑜钰：作为晋江的签约作者，您从 2006 年就开始网络文学写作，著有代表作《战起 1938》《生化！星际外援》《同学两亿岁》《百年家书》等。请问您是如何走上网络文学创作道路的，写作带给您怎样的影响？

疯丢子：中考的时候很幸运地被保送了，没什么事情做。正好那时候差不多是网络小说兴起并且经典盛行的时候，就一边看别人写的，一边写自己想写的，没想到一写就停不下来了。总的来说写作让我的精神生活非常丰富，就没有所谓空虚寂寞冷的时候，脑子里总是在想东想西。我觉得除了每天让我花时间坐在电脑前摸键盘外，写作带给我的最大影响，就是我可能不大容易得"老年痴呆症（阿尔茨海默病）"吧。

缪丽雅：目前您已经写了很多作品，您觉得哪部作品让您特别满意、特别欣赏？原因是什么？

疯丢子：无耻点讲每本我都很满意。印象最深刻的就是《跪求一腔热血》，是在我大学毕业的时候写出来的，完全写的就是自己的大学生活，每一个人物都有原型，等于把我的大学纪念了一遍。不过最喜欢的应该是《战起1938》吧，虽然有很多不足，但这是我鼓起勇气尝试这一题材和历史类写作的第一本。因为自小就对"二战"时期的欧洲战场有兴趣，为此接触了很多资料，看了很多书，甚至在大学选择了德语，其间利用语言优势看了很多原文资料，从而完成了《战起1938》。所以说这并不是一本一时兴起才写出来的小说，是我多年筹备和所学的成果集合，完成它的时候觉得不只是完成了一本小说，而感觉人生的一个梦想完成了，无憾了。而《同学两亿岁》这一系列写完觉得还不够，就继续写，到《吾生之地》，我觉得可以了，爽完了，不想写了，就坑了。也是越写越任性吧。

沈瑜钰：您的作品主要有"abu 列传"和"穿越历史"两大系列，您是怎样构思这样两个创作方向的？您认为您对网络文学类型写作有怎样的贡献和影响？

疯丢子：对于 abu 系列小说，不敢说做了什么贡献，可能给读者提供了一个新的外星人品种和外星人的地球生存视角吧。我喜欢看科幻，一次灵感来临，想写一个外星人来到地球的故事，就写了第一本《生化，星际外援》，觉得有点不过瘾，就换个背景换个梗继续写……总的来说，这个写作方向不是我找到的，而是无意中走出来的。事实上我也并没有把它当方向的意思，那太拘束了。至于穿越，我觉得我做到了把军人穿越写成了军旅穿越，或者比较正经的战争穿越。但总体来说历史和战争我都不精专，两相结合一下就形成了一种"围观体"——又不死于战争又不改变历史。我还记得我识字后看完的第一本全字的书叫《血染的军旗》，而家里有碟片机，开始爸爸买的碟片就全是战争片和动作片，所以与其说是我选择，不如说是我别无选择。而且我从小接触军人，周围很多当兵的人，环境对我也有影响吧。

对我来说，小说题材没有冷门不冷门，只有写不写和能不能写。其实对于我个人而言写战争类反而是最容易的。当然同样也会有很大的困难，比如遇到战阵、指挥、装备和兵力分配这些细节上的事，就有点蒙，一般都只能看着战争片现学现用。也只能尽力去体会和描述那种战争的场景。

单小曦： 您的小说中具有很多的穿越元素，比如《百年家书》《战起 1938》还有"abu 列传"等。在穿越的背后是否有什么想要表达的态度？

疯丢子： 其实穿越小说大部分是现代人穿越到古代，这样写一方面是想和"阿哥们"谈恋爱，另一方面，也是出于现代人的优越感，这是吸引读者的一个点。像很多穿越历史小说，主角知道历史脉络，知道人物的未来。之前一些穿越到异界的小说，设定中也很少有异界文明强于自己的。像我写的"abu 列传"中，虽然是外星人穿越，但实际上也是用外星人（高级文明）的视角审视地球文明，获得优越感。

之所以会用穿越，一方面因为我很难从那个时代人的角度写，也无法用当事人半文半白的语言表述，而穿越的话，女主使用现代语言，很容易被读者理解。另一方面，如果采用原住民的设定，人物很难在战争年代活这么久。例如《战起 1938》，因为女主是穿越的，知道"二战"期间巴黎不设防，相对安全，所以会想方设法到巴黎，但是若设定为原住民，那么她是完全不会想到穿越德国到巴黎去，也许会一直待在波兰。所以我觉得在《战起 1938》和《百年家书》中，我给女主最大的"金手指"就是穿越，让她们知道历史的发展轨迹。写这两篇小说，也有自己隐秘的历史责任感吧。我在写的时候，发现周围的人对于"七七"事变、皖南事变等历史不是很了解，还有北大营等，我写之前也不知道，所以我想把历史写出来，让更多的人了解。

沈瑜钰： 网络小说的写作是一个漫长的过程。您的作品《战起 1938》将近 50 万字，《百年家书》更是超过 100 万字。在写作的过程中，您是如何发展情节和塑造人物的？

疯丢子：　相比其他动辄上千章、五六百万字的网络小说，我的甚至算不上长篇了，毕竟网络小说和传统小说的篇幅差异摆在那儿。我在写《百年家书》的时候，最关键的还是想写那些事件。相比文字技巧，更重要的反而是串联技巧——让人物把事件串联起来。一旦连起来了，情节就在了。

至于人物塑造，作者在构思情节的时候一般都会提前预设好推动整个剧情需要什么样的人物性格。历史题材类的主要还是以历史框架为主，基本上不做处理，就是实录，最多进行残缺的填补，把能查到的资料都用上。写《百年家书》的时候，我就把网上关于中国近代史的书都买来阅读。当时看了一本《一个战地记者的回忆录》，但是里面的内容比较冗长，和《明朝那些事儿》相比较为枯燥，所以在写作的时候考虑到要写得诙谐些。文本如果涉及历史上真实存在的人物，我肯定要心存敬畏的，他在历史中做过的事情一定要让他做，并且尽量让他少说话或者说好话，不过大部分时候这些人只是作为我的故事背景。我觉得最难写的是历史中的名将，例如《百年家书》中的白崇禧，我其实不知道他在那个年代是什么形象，会用什么样的说话方式，所以在创作的时候，或是制造各种意外让女主与他错过，或是设定一个老记者（女主的老师）去采访这个名将，女主作为旁观者在后方等着，由老记者转述白崇禧的想法。我尽量在文本中塑造正面向上的形象，一般不会出现反派角色（除了日本人），因为考虑到读者中也有可能是这些人的后代，所以不能随意编造。

而塑造架空的人物时，很多时候我基本上照着自己的情况写，比如在女主身上会有我个人的影子。书里的人物很多也有原型：凳儿爷就是中国最后一个太监；而海因茨就是德国士兵中最普通的人，德国军官都是这样子，有很多原型；甚至像我外公，《百年家书》的情况基本就是真实的情况，确实是差点被抓壮丁，你会发现家里的那些老人都是从那个年代过来的，很不容易……这些东西都会对你有影响。女主穿越回去知道历史大致走向才能活下来，但是他们却也能活下来，这很厉害。

此外，影视剧也是最主要的来源。我比较喜欢观察鲜活的人物，如果来源于文学作品，那很有可能会造成"如有雷同，纯属巧合"的状况。如果是影视剧的话，人物的表演没有文字描述，都需要我自行体会，反而会有不同的感受，这些体会全是我自己的。同时也会给你很多细节刻画上的灵感，像《辛德勒的名单》之类的。

缪丽雅：您的作品中最大的价值体现在哪里？希望读者能从您的作品中获得什么？

疯丢子：也没有刻意追求什么，就是想写这么一个故事，关于内含价值……见仁见智吧。我更多的是站在讲述者的视角，让读者自己思考，而不是灌输。有人说我的作品三观正，看出这一点也不错了，至少我不是抱着要有正确三观的念头去写的。如果要说希望读者从我作品中获得什么，以前我可能只是希望他们开心，后来大概有点想把我所知、所感动的分享给他们，也确实有不少读者和我有了共鸣。出乎我意料的是，有历史和语文老师表示，我给他们开拓了教学新思路，这算是意外收获。

单小曦：您的创作更多的是为了满足自身诉求还是满足读者的需求？有没有提前给自己设定特定的阅读对象？

疯丢子：没有设定，纯表达自身诉求。虽然部分网络文学写作存在着迎合读者的情况，但是我写网文还是属于比较任性的那种，不是一味迎合观众，只是想写自己喜欢的东西。我不是人民币，怎么样都讨好不了谁的，只能把自己的文档集结号吹响了，聚过来的，那就是自己人，可以接着玩。比如现在写的《刺客之怒》，我就想写一写吕后、岳飞，不管写得如何，就算是了一桩心事，像之前的《战起1938》也是。然后可能意外的是，我写完《生化，星际救援》发现有人喜欢；然后写"二战"，竟然也有人看；然后写抗战，居然还有人看。现在写岳飞，可能很多人写过相关题材，看的人少了，那也没关系。当然在写的时候，我也会参考读者们具有建设性的意见，把这些意见融入自己的写作也是一种历练吧。

不过我题材变动大，所以一般不推荐读者跟着我，我一般在完结的时候会说，下一本不知道写什么，如果有缘碰到那最好，无缘的话也OK，至少这本书大家相处很愉快。

缪丽雅：请问您如何处理生活与写作的关系，每天花多少时间在网络文学写作上？

疯丢子：如果想有专职写手的频率，利用业余时间写作是很难达到的，我一般会把大部分时间放在工作上，保证生存所需，再用闲暇时间写作。生活和写作的冲突还是很大的。但也有好处，就是我可以保持平常心，不去计较点击率和收入，反而比较开心。尽管这样比较累，但我乐在其中，没考虑要成为专职作家。

二、网络文学是开启全民文学时代的金钥匙

沈瑜钰："网络文学"是一个颇具争议的名词，其具体定义到现在还没有一个广受认可的解释。作为一个资深的网络作家，您如何定义网络文学？是否看好中国网络小说的发展？

疯丢子：网络文学在我看来是开启全民通俗文学时代的钥匙。文学不再是高高在上的神话，而成为大众触手可及的梦想——不论水平高低、审美优劣，谁都可以去追求的文学梦想。虽然最开始基础很差，但是只要努力和坚持就有被人看到的机会，是一个谁都能抓住的机会。

我个人对网络文学非常看好，这是我们的文明优势。中国有十亿网民，有世界上最大的网络平台，也有世界上历史最悠久和全面的文明底蕴，更有最强的发展潜力，还有最普及的义务教育，无论哪方面讲，我们的网络小说都能做到最多、最广、最持久和最优秀，这毋庸置疑。

沈瑜钰：看来您对网络文学寄予厚望，给出了极高的评价。那您认为网络文学和

传统文学最大的区别是什么？两者有怎样的联系？

疯丢子：打个比方吧，网络文学就好比国内 20 世纪六七十年代的流行音乐，在之前不为传统音乐所接受，甚至在英国的 20 世纪 60 年代用电台播放或者收听摇滚都是犯法。而现在，虽然传统音乐依然坚实地守着艺术的标杆，流行音乐却已经遍及全世界和全人类，并没有人再觉得流行音乐是什么低俗艺术。网络文学亦是如此，可能现在它还在艰难寻找自己的定位，被广泛接受但却不被广泛承认，可迟早有一天它会有自己的标准和正式的姿态，像流行音乐和传统音乐一样，与传统文学并行艺术的殿堂。

此外，我觉得网络文学和传统文学最终会走向统一，趋于融合。因为传统文学也越来越多地在网络上生成，《繁花》不就是这样吗？我觉得网络文学不用急，最先妥协的一定是传统文学。网络文学会先入侵传统文学，与之交流、碰撞。虽然感觉传统好像还是放不下纸书的尊严，但其实最终他们会向网络屈服——倒不是说向网文屈服，而是向网络屈服，因为他们逃不开网络。再到后面，可能就渐渐融合到一起了吧，更多时候只是平台、媒介的问题，最终还是传统走向网络。

传统文学的入侵会把网络文学门槛提高，这是一件好事。因为现在抨击网络文学主要原因就在于网文注水、文笔差、情节傻白甜、不好看、没逻辑等，确实是拉低文学的档次的。现在还是传统文学为网络文学守着底线。因为网络文学的门槛真的太低，只要会讲故事就能进去。如果传统文学进入网络文学阵地，会无形之中提高读者的眼光，调高口味，同时对网络文学进行反向筛选和促进，为了迎合眼光更好的读者，网络文学也需要不断提高自身素养，挺好的。

缪丽雅：在网络文学蓬勃发展的进程中仍存在不少问题。在您看来，当下的网络文学是否存在缺陷，有哪些？

疯丢子：抄袭的情况太严重了。感觉抄袭的人真厉害。我四十万字的小说，她上下左右一顿抄，扩写成了九十多万，这么能写为什么不自己写呢？好奇怪。我其实看不懂这种现象，或许是利益驱使吧，但我觉得更多是素质教育和法制教育的缺失造成的，现在的抄袭者应该都不算是孔乙己，纯粹就是缺失道德观。当然，一样东西必然有精华和糟粕，所以在网络文学发展进程中有这样的糟粕也是正常，相信是会慢慢被剔除的。至于方法，就得看具体的法律保护程度了。

第二个问题就是过早的商业化。以前我觉得收入让很多青年投入了文学创作，但我现在觉得资本反而制约了文学创作。作品还没发育好就出来卖，多少人的文学梦死在金钱里了。我写了十多年，看了太多，比较难受。中国的网络文学是有潜力和日本动漫一样进入世界重量级舞台的，IP 热就体现了这一点。可是这也意味着网络文学创作的目标发生了混淆，如果受资本驱使，比如想走影视，那么作者必然要考虑现下的市场环境和技术能力。比如写科幻觉得以现在的"五毛特效"能力肯定被骂死，那就果断全转去写都市言情和古代言情，那么相应的天马行空的题材就显然要受到制约。可是偏偏好作品都是不受约束的，比如刘慈欣写《三体》的时候，就绝对不会考虑 IP 啊特效什么的，所以他写出来了，至于能拍成什么样，那就是投资方考虑的事了，他的作品是已经完美了。

三、以平常心对影视化和平台运营

单小曦：随着我国文化产业链的完善，网络文学的版权运营有了更丰富的可能性。有没有考虑通过游戏化、影视化丰富自己的作品内涵？

疯丢子：我的一些作品也在影视化中。我不会拒绝我的作品通过各种形式呈现，这是一种很有趣的体验。可能有时候会有意外或者有点失望，可是毕竟总是多尝试才能有多的体验。

沈瑜钰：在影视化过程中，您觉得文学写作与影视剧改编之间存在鸿沟吗？

疯丢子：有鸿沟。我们写作内容为王，资本逐利金钱至上，不能奢求和他们达到灵肉合一。其实网络文学和电视剧改编的资本方初衷主要还是迎合观众吧。和我相比，影视剧改编的资本方他们更不会任性，更想要获得观众的喜欢，所以会把剧情修改成言情向。其实我写的小说言情线很浅，我不太擅长言情，但是市面上几乎所有的电视剧都会有感情戏，就连抗战剧都是男性需要女性，女性需要男性。感情戏是我的硬伤，如果参与编写剧本的话，可能会在人物塑造上产生矛盾。例如《同学两亿岁》女主宣墨是一个情商低，比较无情的人，她说话比较刺人，但是涉及恋爱的话，肯定要说情话，做一些恋人做的事情，那么与我之前的设定就存在违和感，这就是我不太想参加剧本修改的原因。不过我没有参与作品的影视剧改编，只是把影视改编的版权卖出去了，人物和情节都交由投资方修改，所以不太了解具体的情况。

同时，我发现现在多数网络小说的改编都与原文有出入，存在读者接受不了的问题，那么我觉得还是将作家和编剧的角色割裂开比较好，做到影视改编尽量不发声，这样还能保持原本小说的尊严。

缪丽雅：如果在影视化的过程中，改编完全超乎您的想象和预设，您会接受吗？

疯丢子：哈哈，我接受了，像《颤抖吧，ET》。当时改编成剧本之前，讨论过按照原来的人物设定，改编的难度是很大的。当时讨论了很多种方案，甚至提出改成类似于《爱情公寓》那种表演形式，后来又回归到古装剧。当时剧方的意思是，对这部小说的影视剧改编更多是摘取里面好玩的梗，改编的力度还是挺大的，卖出版权和改成电视剧之间有很长一段时间。那时编剧把大女主剧改编成了大男主剧，男主变成了唐五，而唐七改编成了外星小萌物，我也就接受了。所以当后来知道电视剧里保留了小说中男女主，还是蛮开心的，因为毕竟能把自己写出来的中意的东西影视化，还是很难的，需要考虑到投资和观众的喜爱度。

单小曦：网络文学产业的繁荣发展给一些"大神"作家带来了巨大的财富，网络作家群体正逐渐步入主流视野，也得到网民读者的热情追捧以及包括政府部门在内的社会各界的重视。那么就您了解到的，目前中国网络作家的真实生存状况究竟如何呢？

疯丢子：现在资本的投入让作者们生存不那么困难了，从事网文写作的人呈爆炸式增长。以前写手容易出神作，现在容易出富豪，因此出头和出挑也越来越难。可以说这是一个金字塔型的发展路径，神作越顶越高，即使本身其实不那么亮，也已经无法超越，而下面一层层堆叠起来，可能有一些棱角突出一点，但终究很难到顶端去，所以说现在网络作者生存易了，升值反而难了。

单小曦：浙江作为一个富有历史文化气息的省份，在面对网络文学这一新的文学形态时，始终以一种包容开放的姿态面对，逐渐形成了独特的浙江气质，成为网络文学重镇。在您看来，浙江的文学创作环境如何？相关政策、网络管理、作协扶植等文学体制对您个人网络文学创作有什么影响？

疯丢子：总的来说我觉得浙江的文学环境相当美好，跟温室一样。尤其是相比其他省市是好不少的，领导老师还有作者们相互间氛围都很好，扶持力度很大，培训也很多，简直梦一样的。政策上看得出祖国母亲在努力，有时候忽然就能感觉到很多专家评委在关注我，而且前阵子我的《战起1938》也入围了茅盾文学奖嘛。其实我是觉得很害臊的，感觉太抬举我，那个文学奖项对我来说是想都没想过的，就连入围都是一种超级鼓励，瞬间让我看到了希望，所以我就继续开动写了《百年家书》，这样一想，外部环境对我来说整体是良性影响，非常棒。

缪丽雅：作为网络文学创作者，请问您与网站、编辑关系如何？

疯丢子：我在晋江原创网待了十多年了，感觉一直很好。虽然因为作品冷门等关系，在收益上不咋的，可是编辑从来没嫌弃过我，也从来没约束过我的写作。网站也给我提供了相当多的机会，我很感激。要不是网站和编辑的支持，我自己都不会注意到鲁迅文学院的培训，也不会尝试加入中国作协，当然也不会参与茅盾文学奖。

沈瑜钰：作为网络文学创作者，在写作的过程中您是否会经常关注读者评论？和广大读者是一种什么样的关系？

疯丢子：挺和谐的吧，我感觉特别平等。大部分时候我都以看评论为乐，不得不说我的读者大多很有才，能给我很多有建设性的意见，不过有时候有人忍不住猜剧情甚至猜对的时候，我可能会"恶毒"地不给如愿。大部分情况下我会在大方向上坚持自己，如果在细节上有错误的话会改。

缪丽雅：有没有读者留言给您留下比较深刻的印象，对您的创作产生重要影响。

疯丢子：印象比较深的读者留言太多了。也有读者很傲娇，写了长评在别的地方，要有些人搜我小说的时候看到了告诉我，然后我偷偷摸摸过去看。大多都写得很好，让我觉得有这样的人默默爱我，真是怎么累都值了。

沈瑜钰：对未来可能从事网络文学写作或相关工作的人，您有什么建议和期许？

疯丢子：如果决心专职写作，请千万注意身体，不要闭门造车，多出去走走看看。也不要太关注数据，放平常心，这太重要了，别让坏心态毁了生活。不是专职写作的，两面兼顾，一定会有很多酸甜苦，要做好心理准备。如果打算成为网站编辑的话，这个工作不好做啊，胆大心细吧。

（沈瑜钰　执笔）

读者评论

自 2009 年起，疯丢子一直在晋江文学城的《杭州作孽鬼》专栏发表小说，至今已有十余年之久。疯丢子素有"冷门奇才"之称，她的创作不跟风当下流行元素，行文奇特，作品主要分为两类题材，一类是外星穿越题材，以"abu 列传"为代表，另一类是历史穿越题材，典型作品是《百年家书》《战起 1938》，其中《战起 1938》曾入围第九届茅盾文学奖。关于疯丢子小说的粉丝评论主要集中在晋江文学城相应的书评区、百度贴吧和龙的天空。此外，在优书网、豆瓣读书、知乎、微博、微信读书也有部分粉丝评论。其中晋江文学城相应的书评区的粉丝评论数量极为庞杂，排除一些注水的帖子，大部分粉丝评论都是一时的感慨之言，较为零碎，但其中也有不少概括性强、高质量的评论文章。

一、人物塑造多元

读者热衷于讨论疯丢子的人物塑造，但对疯丢子的两类作品的人物塑造评价不一。在外星系列题材中，以《同学两亿岁》为例，部分粉丝认为疯丢子塑造了呆萌面瘫的外星人形象：坚毅刻板的外星将领因不懂人情世故而造成的各种乌龙，反而让人觉得有反差萌，他们认为小说的看点在于"女主披着柔弱少女的皮，卖着外星铁血战士的萌"，而且"萌点设置没有显露出过多的刻意性"。因此他们对主角充满了喜爱之情，如网友点评："喜欢阿部，喜欢她的强大武力和内心，喜欢她说一不二、干脆利落的作风，还有对那个书呆子室友的讽刺，不愿意用私权回大联盟却救了爱尔，还有星际游戏时的指点江山的气派，还有每次其

他同学开玩笑说她是外星人时的紧张。"[i]

在人物能力的设定上，多数读者认为小说实际上就是一个校园风云人物的万能 YY 史，主角因为外星人的身份而大开"金手指"。不管在武力还是智力上，主角都无限强大，但也有不少粉丝认为女主的强悍恰恰满足了女性读者的英雄梦。她们认为小说实际上是将男作者写文的套路用到了女性向的文中，让看多了你侬我侬的言情文的读者们在热血痛快的情节中相信"巾帼又如何？也一样能英雄"。他们不否认小说的 YY 属性，但认为主角万能的设定具有合理性：一切来源于女主的设定——她是一名天蝎星的军人。虽然如此，但仍有少部分读者无法接受这样的人物设定，他们认为小说给人一种浓浓的"玛丽苏"观感，过于超现实。"金手指"的滥用给人带来尴尬的阅读体验。

与之相反的历史穿越题材作品，如《战起1938》，疯丢子笔下的女主因过少参与到现实活动和历史事件中而不被部分网友喜爱，他们认为这性格有些太过冷静以至于无情，所作所为都是明哲保身，没啥社会责任感[ii]。引发了不少网友的讨论，网友"古鱼"认同女主的做法，他认为："如果是我，我可能更明哲保身，在那个战乱的年代，女主还有如此强烈的爱国情怀，还保持善良之心，已经超乎想象了，换作是我，绝对没有那么勇敢。"[iii]网友"曦禾"也评论道："总归是价值观的不同。个人看法是，与其为了别人的民族去死，我更愿意为了自己的家人和民族而生。养育我爱着我跟我说同样的语言吃同样的食物接受相同的文化，这就是我为之挣扎的全部理由。我知道比起高尚而开阔的国际主义、民族主义，我狭隘到没边儿了，但要我兼爱，还是等我能力够得着再说吧。"[iv]

---

i 《〈同学两亿岁〉读后感——阿部大帅真心帅》，翼梦舞城联盟，2012 年 12 月 12 日，http://www.otomedream.com/forum.php?mod=viewthread&tid=665653&extra=page%3D1&page=1，引用日期：2017 年 8 月 16 日。

ii "《战起1938》短评"，晋江文学城，2015 年 7 月 7 日，http://www.jjwxc.net/comment.php?commentid=132728&novelid=1055793，引用日期：2017 年 8 月 31 日。

iii "《路人甲评〈战起1938〉》.1 楼"，晋江文学城，2015 年 7 月 8 日。http://www.jjwxc.net/comment.php?commentid=132728&novelid=1055793，引用日期：2017 年 8 月 31 日。

iv "《路人甲评〈战起1938〉》.4 楼"，晋江文学城，2015 年 8 月 11 日，http://www.jjwxc.net/comment.php?commentid=132728&novelid=1055793，引用日期：2017 年 8 月 31 日。

由上可知，在历史穿越类题材中，疯丢子设定主人公为弱小平凡的小人物，这使大多数读者在对人物形象发表意见时往往会将自己带入角色，将自己置于主角所处的环境，去思考一个问题"如果我是主角，我会怎么做？"，并得出自己的结论。这个时候，《战起1938》就不仅仅是带给读者爽感、痛感、快感、萌感等感官上的刺激了，而是促使读者进行独立思考，做出个人价值观的判断和选择。

二、军旅家国主题

疯丢子作品中最大的特色是军旅家国的主题设定。从《美食江湖不思议》到《小兵向前冲》，再到《同学两亿岁》，以及后来撰写的《战起1938》《百年家书》。疯丢子有意识地将军旅热血和家国情怀熔铸于一起，这也是多数读者在评论中提及的内容。

读者认为《同学两亿岁》前半部分写披着蓝星少女外皮的天蝎星人在地球生活的内容充满了萌点，但在小说后面则是"传递一种坚守的信念"，不少读者对小说结尾设定大加称赞，有关阿部多瑞汇报战绩的情节更是他们津津乐道的部分，他们将这几章语录截取出来写成长评。粉丝"林之书"曾这样评论阿部多瑞的坚守："她的族人没有一个忘记她，他们知道她活着，都在等她回去。一个名字支撑起一个民族的精神信仰，代表存活的灵魂印记之光，是茫茫宇宙中不灭的灯塔。"[i]这也代表了多数粉丝的心声，他们感慨英魂不朽，生命不息，战士不负。疯丢子作品中"英雄情结和对悲壮美的向往总是掩盖在都市言情的轻松表象之下，但总能被读者挖掘"[ii]。不同于其他言情文学的幽怨哀怜，凄凄切切，这种舍身为国的情节设定与写手大气豪迈的语言相结合反而产生了肃穆的美感，给大家带来耳目一新之感。读者纷纷被主角严肃奋进的态度所感动。

i 《宁溘死以流亡兮——永不熄灭的灯塔》，晋江文学城，2011年4月20日，http://www.jjwxc.net/onebook.php?novelid=1059645&chapterid=2，引用日期：2017年8月31日。

ii 《猎奇文专业户疯丢子：但愿你能永远保持这种灵动》，晋江文学城，2012年8月10日，http://www.jjwxc.net/onebook.php?novelid=1598632，引用日期：2017年8月31日。

同题材作品《同学两亿岁》的粉丝群体主要以青少年为代表。这一年龄阶段的少年热血奋进，心怀理想。小说也承续了传统军事题材写作中所体现的思想观念和价值追求，作者对主题和人物的描写为身处和平年代的青年们建构起了关于军旅和战争的想象，他们感动于天蝎星人的"血性"，为他们的强大却又爱护幼小，援助却坚守底线的军人形象所感动。这一主题也补偿了这类读者在安逸幸福的时代超越现实和自我的心理需求，唤起了他们的家国情怀。故而多数读者在留言区纷纷表示曾经多次阅读《同学两亿岁》，对主题给予较高评价。

对于《战起1938》《百年家书》这类历史穿越小说，读者的评论可以概括为几个关键字——热血、信仰、触动等，都集中在对于军旅热血和民族战争的强烈情感触动上，由此构成了一个以民族信仰为中心的读者群。读者在这类作品中感受到战争的残酷、人民的无辜，更看到了和平的可贵。大家纷纷感慨"感谢自己生活在一个和平的年代"。更多读者如"帛上书"留言那般："从《1912》到《一把青》再到《战起1938》，无论是正义的一方还是非正义的一方，都在战争中得到了血淋淋的教训，我们铭记历史，敬畏生命，崇尚英雄，其实都是在铭记教训，避免战争，珍视和平。"[i] 阅读疯丢子的作品，读者在沉重的历史中学会思考，在热血的战争中追寻人生的意义。

三、在穿越中寻找历史真实

疯丢子的多数作品类型设定为穿越。在多数网络作品中，穿越的设定让作者脱离现实的束缚，走向更广阔的想象空间。但"真"是很多读者给予疯丢子穿越作品的评价。

读者纷纷感慨相对于电视里花样百出、离奇荒诞的"抗日神剧"，疯丢子的创作让他们看到了脉络清晰、遵循历史的故事。还有读者为此重新回顾了一遍中国近代史。以读者"一块欢脱的深井冰"发表的长评为代表，大家认为疯丢子

---

i　"《战起1938》短评"，微信读书，2021年6月11日，https://weread.qq.com/wrpage/book/review/729
22013_7qZkOKyqt，引用日期：2021年8月6日。

的历史穿越小说："不是傻白甜言情，有真货真历史真感动……每一段、每一段、每一段历史书上的故事，都在这本书里活了起来。那些历史书上出现过的人物，都生动了起来。每个人都有取舍，每个人都有选择，每个人都有执着。有英雄有枭雄，有懦夫有草包，有人迷茫驻足有人执着向前。这本书里除了名人，更多的是普通人，因此更为真实，更易触动。这本书很真。"[i]

历史真实，在一定意义上意味着残酷。很多年轻读者从未经历过那样一个炮灰纷飞的年代，他们往往通过教科书、纪录片、展览等去了解19世纪的世界历史，近代史对于他们而言往往是"残酷而悲壮"的一种朦胧的印象。而疯丢子的《战起1938》是一部"披着穿越小说外衣的'二战'反思小说，但又不是沉重到让大家无法负担"[ii]的小说。读者可以以温柔、坚韧，具有现代女性气质的主人公为媒介进入历史，如"水晶之夜"、"九一八"事变等。知乎用户"ryMobius"总结了疯丢子笔下小说的优点："史料充分，考据翔实；文笔轻松，不装。"[iii]这一评价基本代表了读者对于疯丢子笔下穿越历史小说的赞美。

读者"一纸素言"将疯丢子定义为"猎奇文专业户"[iv]，认为她文章的创新性是常人所不敢想。的确，《同学两亿岁》巧妙地将星际和校园结合起来。多数粉丝对小说中天蝎星的星际文化充满了好奇和向往，他们认为天蝎星纯粹、直接、简单。这是该文吸引读者阅读的一大原因。虽然小说涉及了科幻题材，但作者创作的重点却是校园生活。粉丝认为这样的情节真实可感：作者设定的是学校，写的是普通的生活，外星人成了身边的同学，这些是大家都正在经历或者是曾经经历

i 《宁溘死以流亡兮——永不熄灭的灯塔》，晋江文学城，2016年7月3日，http://www.jjwxc.net/comment.php?novelid=2296323&commentid=245618，引用日期：2017年8月14日。
ii 《历史的回顾人性的反思（评疯丢子的〈战起1938〉）》，晋江文学城，2012年2月12日，http://www.jjwxc.net/onebook.php?novelid=1439716，引用日期：2017年8月31日。
iii "怎么评价百年家书这本小说？"，知乎，2016年6月30日，https://www.zhihu.com/question/20434800/answer/15129613，引用日期：2017年8月14日。
iv 《猎奇文专业户疯丢子：但愿你能永远保持这种灵动》，晋江文学城，2012年8月10日，http://www.jjwxc.net/onebook.php?novelid=1598632，引用日期：2017年8月31日。

过的，让人备感熟悉，容易代入小说设定的情节中去，产生共鸣。[i]

在此基础上，粉丝"天桃之彩"提出了疯丢子小说设定具有"拟生活态"的特色，并以此解释小说人物"易海蓝"的设定问题："我们在生活中，很多时候是知道了故事的开始，却忘记了追寻故事的结局，又或者偶然知道了故事的结局，才开始回溯故事的开始。高中毕业的时候大家各奔东西，下一次见面就不知道会是什么时候了。离多聚少，其实这才是我们的生活常态。"[ii]这一想法得到了多数粉丝的认同，他们认为这样真实的设定反而更加贴近生活，比如宣妈为女儿的高考志愿填报多方研究各种比较，极为重视，描写出了当下考生父母忧心孩子学业的情态，还有 K 歌活动、学校的篮球赛等，都是当代学生生活的一个反映，更能让读者沉浸于作者设置的情境之中。

读者也会将同类型的小说进行对比后留言。但同类小说风格的模式化创作让不少读者感到疲倦，有些想看比《同学两亿岁》更热血欢脱的作品的读者，直言失望。但还是有读者很喜欢作者的模式化设定，他们的评论多是恳求作者多更文，并多创作更多类似文风的小说。见仁见智，读者对小说的喜好各不相同，这在一定程度上也影响了作者的创作。

综上，随着网络文学的发展，网文读者人群不断扩大，读者也不断低龄化，网络文学的受众具有一定的复杂性。在传统文学阅读语境中成长的读者和在网络文学语境中成长的读者，其对于网络文学的偏好、态度，甚至接受度都是不一样的。由于网络写作的开放性、包容性，作者最基本的写作心态就是自由自在地表达自己想要表达的东西。以无拘无束的自由精神来审视世界，以随意的文字和结构来解构严肃的主题，而追更体现了读者的认可和接受，打破了昔日信息垄断的中心话语模式，促成了个体话语、小众话语对主流传媒话语权力的消解，形成了开放、透明、民主、平等、宽容的大众话语新格局。在这样的写作环境中，网络

---

i 《外星军人成为"蓝星"土著》，百度贴吧，2015 年 2 月 20 日，https://tieba.baidu.com/p/3592072564，引用日期：2017 年 8 月 31 日。

ii 《浅论疯丢子小说两大特色》，晋江文学城，2011 年 4 月 7 日，http://www.jjwxc.net/comment.php?novelid=919021&commentid=52691，引用日期：2017 年 8 月 31 日。

作者的写作目的显得十分重要。求财、求名、求利都是作者走向写作的原因，而在疯丢子的穿越作品中，追求真实，鲜少有哗众取宠的内容出现，甚至鲜少描写男主爱情；更多是为了纪念在战争中牺牲的人们，纪念历史长河中为伟大今天奉献一切的昨日生命，体现了作者强烈的社会责任感。

（缪丽雅　执笔）

第十一章

小佚：在穿越与架空之间

＃学者研究＃

在以清穿为代表的历史穿越小说面临创作思维枯竭，完全架空的穿越言情模式还未现端倪的特殊时期，小佚用多元融合思维为穿越小说注入了新的血液，这对穿越小说未来的发展有着非同寻常的意义。她继承早期穿越的形式，大胆想象，以复合式的创作特色将穿越言情与架空历史结合起来。小佚在世界与时空设定、内容与情感表达上进行了个性书写，从而开拓了穿越架空类型小说的新方向，成为女性网络穿越小说转型的早期实践者与后期启蒙者。

一、类型化："穿越热"的机遇与困局

类型化是网络文学的重要特色之一，也是网络文学产业化发展的突出标志。在通俗化、大众化、市场化、读者中心论等共同作用下，网络文学的类型化写作自觉呈现出规模效应并迅速引发狂潮。各种类型的网络文学呈现出并生共存的景象，引人注目。其中穿越小说所特有的新奇人物塑造、颠覆的情景设定和强烈的情感体验在满足欲望、纾解焦虑上效果显著，所以具有较强的可读性，产生了广泛的社会影响力，成为继玄幻、历史、盗墓等类型后的最新网络阅读势力。

机遇：风靡网络的穿越热潮。网络文学是一个承载白日梦的巨大容器，一个满足欲望同时又生产欲望的幻象空间。而在欲望化写作中，穿越小说又独具魅力。其能够跨越时空的限制，通过生产幻象来建构现实，通过锁定欲望并引导人

们如何去欲望，在想象的世界中实现个人的精神价值。[i]作为网络文学类型化写作中的后起之秀，穿越小说远离现实，在虚拟环境中融合玄幻、科幻小说的离奇与想象，言情、武侠小说的浪漫与潇洒，具有通俗娱乐的性质。

2004—2005年晋江文学城先后出现了三部女主角穿越时空设定的小说：《梦回大清》（金子，2004）、《步步惊心》（桐华，2005）、《瑶华》（晚晴风景，2005）。因其在当时同类作品中具有难以超越的地位而被粉丝尊称为"清穿三座大山"。区别于早期以历史叙事为主的"男性向"穿越作品，如黄易的《寻秦记》（1996），这些"女性向"穿越小说常采用情爱叙事。相较"男性向"的建功立业，"女性向"中充满爱恨情仇的故事更能吸引大量的网络读者，女性网络穿越小说也逐渐发展成为穿越类型小说的主流。其中《梦回大清》被公认为是女性网络穿越小说的发轫之作。这本2004年首发于晋江文学网，2006年出版上市后成为畅销书的穿越经典，让"清穿"作为穿越小说的一大分支独立出来，成为网络文学中一个知名度极高的热词。

2007年，穿越小说迎来了高峰期，创作出现井喷现象，被坊间视作"穿越年"。这一年，穿越不仅声势浩大地风靡网络，成为网络作家创作中最受青睐与创作量最高的类型，而且互联网平台上还自觉形成了穿越小说的庞大女性读者受众群体。《木槿花西月锦绣》《鸾》《迷途》《末世朱颜》这四本由百万读者评选出的"四大穿越奇书"在网上无一例外都具有巨大的点击阅读量与广泛的粉丝，占据较高的网络话题热度。究其原因，正在于穿越小说因时空穿梭而独具的审美趣味能够调动他们探究过去、历史的猎奇感，满足他们备受宠爱的情感期待与脱离现实高压生活的心理需求。除了线上平台的火热，穿越还迅速影响了线下图书市场的走向。穿越题材的小说成为出版社争相抢夺的资源，各种作品层出不穷。"作家出版社百万打造穿越类小说"也成为轰动一时的重大社会新闻。

困局：模式化写作明显。类型化的出现便于不同层次读者根据自己的偏好，

---

i　邵燕君：《在"异托邦"里建构"个人另类选择"幻象空间——网络文学的意识形态功能之一种》，《文艺研究》2012年第4期。

明确、迅捷、轻松、自如地在"文化超市"挑选出自己需要的产品。[i] 这是早期穿越小说成功在网络上掀起热潮的重要原因之一，但由于早期历史穿越小说自身的局限性，也令其潜伏着巨大的危机。如片面模仿经典与流行，因循守旧继而丧失个性与创新追求，造成严重的"重复短板"弊端。同时，在巨大市场利益的推动下，许多想象力枯竭、思想单薄的创作者也不断涌入穿越小说，标准化、平面化、世俗化等问题逐渐突出。早期穿越小说的题材比较狭窄，尤其是 2007 年之前，多局限在现代妙龄年轻女性通过"时光隧道"进入清朝皇室（以清朝康熙、雍正年代居多），描述"穿越女"与皇亲国戚、王公贵族之间的风花雪月、缠绵悱恻。[ii] 因此模式化写作明显地表现出以下三方面的问题：

第一，极具相似性的穿越模式。这些穿越小说基本上是现代人物借助一定的外力，戏剧化地进行了意外的穿越，一般为车祸、掉入悬崖等，在一定的契机中走向新世界。或者是得到一个具有特殊性的穿越媒介，被传送到另一个时空。这个媒介通常使穿越者难以再返回现代生活，把两个时空中的穿梭最终演变成在另一个世界中的生存问题。在适应新世界的过程中，穿越者多利用真实历史的先知先觉来展示自我，代表现代思维的知识技能出现惯用化，尤其是现代医疗技术的解说、音乐歌曲的套用、诗词歌赋等传统文化的盗用与抄袭，塑造颇有雷同的"智人"。

第二，极具相似性的朝代故事。数以千计的清穿作品多数穿越到康熙末年的九王夺嫡时代，康熙帝的九个皇子之间的故事频繁出现，穿越的历史新奇感在重复中消磨殆尽。尽管随着穿越小说的发展，从 2007 年开始，穿越故事发生的历史背景逐渐多样化，出现了汉穿、宋穿、明穿等，但在情节内容上，早期穿越小说依旧没有改变以历史为骨架，依托历史事件的写作方式。从时空角度看，穿越到历史上真实发生的古代，以在场的方式亲历历史或改变历史仍然是当时穿越小说的主流，"清穿明越"仍是当时约定俗成的流行说法。

---

i　何志钧：《网络文学类型化写作管窥》，《学习与探索》2010 年第 3 期。

ii　马季：《类型文学的旨归及其重要形态简析》，《创作评谭》2011 年 6 月。

　　第三，极具相似性的言情模式。在《梦回大清》的创作范式下，"清穿"一致采用情爱叙事，基本成为言情的变种，代表作品在晋江标签史上都归属于"古色古香"的"女性向"言情系列。女主角穿越后的行为与情感路线多局限在缠绵悱恻、坎坷多难的情爱体验中，为了充分满足女性读者的这一情爱体验，三角或多角恋、朝堂纷争、宫闱秘事、权力角逐等情节设定便被作者们广泛滥用。"一女多男"模式下的宫廷恋爱梦在叙事上也接近传统古代言情和台湾言情小说，从而使穿越的魅力在叙事学上被淡化。穿越矛盾冲突的弱化与世俗爱情的高扬逐渐让传统言情遮蔽了穿越，使女性穿越小说变成一个童话般的爱情世界，一个满足成人白日梦的乌托邦。

　　严重的模式化注定使读者产生审美疲劳，文本层面的阅读期待显然无法被满足，穿越小说逐渐陷入单调雷同的僵局。在穿越小说发展的链条上，不仅读者这一环出现了问题，很多女性作者其实也处于遵循史实与超脱传统的两难境地，大家都在等待一个能够引领穿越小说冲出围城的创新型作者。

　　转型：破与立中谋个性。"类型小说"以经典性网络作品为范本，采用固定、重复的写作模式、情节套路和结构设定。虽然这样标签化的创作有助于读者进行识别定位，准确无误地找到自己当下所需的情感体验，但当这种创作走向极端时，模式化写作问题也就愈加突出。直到 2007 年，穿越小说的创作迎来了转型期，一大批具有较高文学修养的"80 后"早期网络文学作家搭上互联网快速发展的顺风车进入穿越小说的创作中。其中，阅读过大量穿越小说的 IT 专业本科生小侠就对新型穿越小说做出了突破性贡献：以复合式的创作特色将穿越言情与架空历史结合起来，极大地拓展了穿越的想象空间。

　　2006 年 7 月 5 日，小侠的小说处女作《潇然梦》于晋江文学城正式发表，早于同期同类型的穿越架空 [i] 小说——《绾青丝》（波波，2006 年 8 月）、《木槿

---

i　此处"穿越架空"是后来读者归类，当时《绾青丝》（波波，2006 年 8 月）、《木槿花西月锦绣》（海飘雪，2006 年 8 月）、《蔓蔓青萝》（桩桩，2007 年 7 月）在晋江文学城发表时都还属于"古色古香"言情类别。

花西月锦绣》（海飘雪，2006 年 8 月）、《蔓蔓青萝》（桩桩，2007 年 7 月）。在 2007 "穿越年"中脱颖而出，大获好评，与"清穿三座大山"平分秋色，奠定其经典地位。不久后，2007 年 8 月 14 日，《少年丞相世外客》于晋江文学城发表，延续了《潇然梦》的创作特色，成为小侠的又一部具有代表性的长篇小说。如果用王绯的话来说，金子的《梦回大清》一开始就为"清穿"制订了一种"定性"与"定向"的套路，[i] 那么小侠创作的这两部作品无疑是对这种固有创作模式的继承与突破。

　　所谓"定向"，是指穿越的时空目标为大清——大多集中在康熙或雍正年间。[ii] 而小侠早在 2006 年发表的《潇然梦》就已经打破了进入真实已知历史空间的早期穿越形态，仿照中国古代三国时期虚拟创造出一个全新的异度空间，一个迥然不同的异大陆。再说"定性"，一是指清穿小说的作者为女性，二是指作品中穿越的主角为清一色妙龄年轻女性。[iii] 在这里小侠的贡献在于改变了后者"穿越女"的外在性别与身份形态。2007 年发表的《少年丞相世外客》中穿越的女主角林伽蓝本是一个将要奉媒妁之言而缔结婚约，却因感情受挫而意外出车祸的柔弱少女。可她昏迷两年清醒后，每晚都会在睡梦中穿越到古代纯架空的伊修大陆，在那里以"女扮男装"的方式成为年轻有为的少年丞相秦洛，与男性一样在政治上大展宏图并最终功成名就。这里女性的身份外表无疑被隐藏弱化，更突出的是"穿越女"身上如男性般建功立业的政治追求和为国为民的家国理想。

　　同时小侠的上述两部作品在内容与设定上都做出了创新：以中国的专制体制为核心，辅以西方的创世神话，再融入日本少年热血动漫的进化式成长旅行；以友情、亲情丰富爱情的单一性；以凌云壮志、兼济天下充实幻想的多样性。她让笔下的女主角自身就带有扑朔迷离的身世和纷乱复杂的感情纠葛，其中"穿越与反穿越"带来的时空、身份交错更是强化了主角的不平凡。小说的爱情描写也演

---

i　王绯：《21 世纪新媒体与文学发展》，社会科学文献出版社 2012 年版，第 260—261 页。
ii　王绯：《21 世纪新媒体与文学发展》，社会科学文献出版社 2012 年版，第 260—261 页。
iii　王绯：《21 世纪新媒体与文学发展》，社会科学文献出版社 2012 年版，第 260—261 页。

变为故事发展的支线，为刻画饱满的人物形象服务。到 2008 年发表的续卷《潇然梦之无游天下录》就直接将无游三人组的自由团结理念视作故事表达的根本核心。

优秀的作家在一定程度上遵守已有的类型，而在一定程度上又扩张它。[i] 小佚在 2006—2008 年创作的早期作品《潇然梦》《少年丞相世外客》都是在穿越走向类型化的基础上开拓出来的新型穿越小说，其明显特征表现为"穿越架空"。对此，笔者认为小佚多元融合与创新的"复合式"写作模式对推动穿越小说转型来说是功不可没的，并且"穿越架空"成为此后穿越小说最重要的类型之一。

二、复合式：多元融合与创新

网络媒介为类型化小说的发展提供了广阔的空间，借鉴、融炼、创造，书写时代个体经验，创造新的文学，这意味着网络写作者必须经历由"自发"到"自觉"的变化。[ii] 小佚的"复合式"写作，本质上是一种自觉写作，她敏锐地发现穿越小说被模式化所困，所以她将目光转向优秀的传统文化和自己充满生机、活力的内心世界，进而勇敢地打破已僵化停滞的穿越小说写作模式，在历史维度与穿越形式的交汇点上融合了文学、日漫、游戏、科技等元素，在世界与时空的设定、取材与风格的选择、内容与情感的表达上开拓出有独立个性风格的"穿越架空"的模式。虽然其作品依然留有经典穿越言情小说的痕迹，但这异时空的架空历史，向读者展示了全新的思维魅力，提供了更广的价值追求。

完全架空：以历史为骨的异大陆。首先在世界设定上，小佚借鉴了朝代穿越小说的以历史为骨的方法，在历史中架空出异大陆。小佚能够基于自己的历史见解，对历史事件进行梳理与评价，然后再进行个性化的想象书写，做到在丰富的史料支撑下借用、虚构、改写历史，形成别具一格的历史叙事。

---

i 韦勒克·沃伦：《文学理论》，刘象愚、邢培明等译，生活·读书·新知三联书店 1984 年版，第 268 页。

ii 周志雄：《网络小说的类型化问题研究》，《南京社会科学》2014 年第 3 期。

　　尽管《潇然梦》《少年丞相世外客》都发生在奇幻的异大陆，有着陌生化的纪年方式，但这两部作品在世界设定上仍然存在对真实历史的模仿。在《潇然梦》中表现得最为明显，小佚依据三国鼎立的乱世争霸局面，创造出祁、尹、钥三分天和大陆的世界背景。小佚介绍时称："天和大陆自数千年前板块形成以来，合而分，分再合，从未停息过纷乱的战火。在近十年中，大陆上共有大小百十余个国家，但真正对天下有着举足轻重影响的却只有三个。"[i]这很自然地使人联想起三国，产生熟悉的历史代入感。通过仿写历史来调动民族共同的历史文化记忆，从而巧妙地完成了一种异度空间的背景铺设，便于读者接受、融入陌生的世界。

　　其实在小佚正式进行网络文学创作之前，"架空历史小说"就已经成为一种趋向成熟的重要类型。"架空历史小说"在西方又被称作"颠覆历史小说"。日本小说家田中芳树创作的架空历史长篇小说《银河英雄传说》是该类型较早的典范之作，被誉为"20世纪架空历史小说最完美杰作"。"穿越架空"模式和"架空历史小说"一样摆脱了当代人在既定历史面前的永恒被动性，它以假设和虚拟的形式参与到历史的发展当中去，增加历史的变量，在想象中引导历史向预设的方向前进。[ii]在"承乾三国"中，小佚仿照荆州引出一个占据天下至利形势，却被祁、尹、钥三国分占土地，无法掌控自己命运的兵家必争之地——银川国。然后借现代女子水冰依之口，通过承乾殿里说三国的方式将历史情节融入异域世界，使其社会变革显得清晰而明朗，完美体现出戏仿历史的意识。脱离真实历史的直接框定，虽然某种程度上会消解历史的厚重，但也在取材方面给予了作者更大的自由空间：她可以走出一朝一代的史实，从古代厚重悠久的全部历史事件中自由选取、重组，视历史为道具而非枷锁，构筑起属于自己的全新历史框架。在这完全陌生化的异时空内，古代真实人物消失不见，作者可以随心所欲地参考历史人物，进行人物设定，或将多个真实历史人物融汇至一人身上，塑造历史中根本不

---

i　小佚：《潇然梦》，朝华出版社2007年版，"凤飘单骑"序。

ii　许道军、葛红兵：《叙事模式·价值取向·历史传承——"架空历史小说"研究论纲》，《社会科学》2009年第3期。

存在的理想人物，又或颠覆真实历史人物的命运，弥补历史事实造成的遗憾，在虚构中给予历史人物以新的生命。如小侠自陈《潇然梦》中男主萧祈然最原始的形象来自她最喜欢的《大唐双龙传》中的徐子陵[i]，但是最终成型的萧祈然是完美到极点的绝世神医，显然与徐子陵的人设存在巨大差异。又如《少年丞相世外客》中女主林伽蓝穿越后曾以少年丞相秦洛的身份给金耀国天应帝杨毅上书一道表章，而这表章是仿照《出师表》写成的。此外关于他"女神之子赤非"的传闻更是与《三国演义》里"卧龙凤雏，二人得其一，便可安天下"有着异曲同工之妙。这些都不由让人联想到蜀国两朝元老、一代贤相的诸葛亮，但是林伽蓝最后并不是诸葛亮般功败垂成、病危五丈原的结局，而是以在战场上大放异彩落幕。

其次是在时空设定上，以科技丰富了架空历史小说的幻想性，在时空穿梭的想象性继承中创造纯架空的世界，建立完全超现实的时空关系。

在时间上，既架空历史，也架空未来。IT 专业出身的小侠在她天马行空的想象中吸收了一定的科幻因素，通过架空的方式增加未来、宇宙的幻想成分，将其对未来科技的幻想融入时空变换中，在穿越到古代的流行趋势之外开辟出了一条充满科技感的新穿越之路。小侠总能将过去、现在、未来这三条时间线衔接得恰到好处，匪夷所思的超常理、反人类情节在她的笔下呈现出来却能让人感到耳目一新、合情合理。比如，《潇然梦》的故事现实背景设定在 20X0 年，对 2007 年而言已经构成未来时态，文本中的超前科技具有了存在的合理性；水冰依的父亲水宇天泽是从四百年后穿越过来的人，掌握着时空穿梭的原理与方法，能够帮助水冰依重新回到异世界；萧冰朔通过时空隧道遇见比自己大不了几岁的亲生父母。因此，小侠的文本不再为时间逻辑所限制，而是为读者提供了一个充满想象力和科技感的幻想时空。

在空间上，小侠让不同性质时空之间的穿越成为可能。比如，《无游天下录》中，穿越已经可以通过时间机器人为操纵，萧冰朔就是依靠蓝斯普诺星球王子菲

---

i 《我眼中的四大男主——作者言》，https://www.baidu.com/link?url=yERtOKNRflWuTw4tGJ4KCETc7BVdvDafUnnUP4SZ5b6S28YGSYYnwmvociOiNino&wd=&eqid=f66078b40001fcb1000000045b140e3f。

瑟的帮助，借助手上的一个橙色手镯精准地穿越到菲瑟想要让他到达的异时空；而《少年丞相世外客》中，小侠依托现代科学中的平行空间理论，在空间关系上设定为宇宙中有多个平行的空间、交错的时空隧道，衍生到地球上，便形成了许多平行发展、永不相交的异空间。她打破了平行发展的永不相交性，将穿越视作一种沟通方式，通过多次反复的穿越增加不同时空的联系，巧妙地以穿越行为作为故事起伏的转折点，实现情节的高潮迭起。她甚至从游戏中获取构造时空的灵感，模仿当时网络游戏虚拟仓的方式，将虚幻的网络变成一个可以多次登录，但无法读档重来的异大陆。基于以上小侠反传统的穿越形式，"穿越女"对异大陆与现实世界的关系认知更为明确，有助于其从目标意识出发，更有针对性地搜索现代社会资源，为异大陆的困境寻求解决之法，完成对另一个世界的现代性启蒙。

跨域取材：元素多样与异质之美。在创作取材方面，小侠创造性地走出网络文学的文本局限，交互性地吸收了网络文学之外的诸多元素。小侠笔下奇幻、新颖的时空关系来自平行空间理论等其他科学领域的知识，抓人眼球的奇幻风则得益于游戏、漫画、西方神话传说等元素的融入。

小侠的作品在广泛的包容中凝聚着内在的热血风格。漂泊流浪、生死危机等情节都那么的张弛有度又生动鲜活，给人绝对的吸引力与新鲜感。她把西方世界观本土化，大刀阔斧地改变经典设定，简化体系，加入东方神话传说。以主角历险为主，通过宏大的对战场景、紧张的环境氛围和尖锐的矛盾冲突刺激着读者的感官，进而使读者读来热血沸腾。可见与别的中国式奇幻小说不同的是，小侠十分侧重对热血场面的描绘渲染。在被问及对她创作影响最大的作品时，小侠毫不犹豫地回答说是日本漫画《海贼王》，由此亦可窥见其小说热血青春风格的源头之所在。

从《少年丞相世外客》的角色、情节设计来看，小侠明显参考了小畑健的《棋魂》、尾田荣一郎的《海贼王》、市东亮子的《御花少年》、和月伸宏的《浪客剑心》等日漫。同时韩子默作为魂魄为林伽蓝指点江山，分析天下局势，两人亦师亦友的情节与漫画《棋魂》中千年亡魂藤原佐为附身在六年级小学生进藤光上追求神之一手，引领进藤光一步步走进围棋的世界如出一辙。但更多时候游戏、漫画的影响体现在细微之处，可能是一个动作，一个名字，或是一个招数，都可转变为小说创作的灵感来源。比如《潇然梦》中步杀的汲血刀之名借鉴了网络游戏《地下城与勇士》中的一种武器装备——"汲血者的庇护"，同时造型上的黝黑细长也是刻意模仿浪客剑心手上的那把武器。

至于对西方神话传说的吸收，在《潇然梦之无游天下录》中体现得较为明显，这本书以魔法时刻、异国情缘为关键词，融合了西方的传说，塑造了许多带有西方魔幻色彩的人物形象，比如绿眼男魔、邪恶公主、死灵法师、章鱼祭司、吸血鬼，使主人公身处奇异世界经历生死起伏，比起宫殿朝廷之间的钩心斗角，穿越小说的读者对魔幻世界的冒险似乎更感兴趣。冒险式游行为此后穿越小说拓展了更大的表现空间，其框架式结构的叙事模式明显被后来者不断继承。除了"西式奇幻"外，小侠作品中还展现出"东方武侠"，显露出新武侠小说影响下的侠文化与隐逸文化，实现了东西方文化的完美融合。

小侠很早就痴迷金、古、梁的武侠小说，这种痴迷也自然地流露在作品之中。异大陆上的剑法刀法、修习内力、绝世武功、江湖势力等都是沿用武侠小说中一贯以来的基本设定，比如《潇然梦》中有一套由萧祈然自创的逍遥剑法，而步杀也一直在探索武道的最高峰。作品中的武侠元素不仅体现在读者容易发现的外部设定，"侠之大者，为国为民"的精神内涵更是渗透在作品的方方面面，如《少年丞相世外客》中林伽蓝入朝为官是为百姓，是为了成为有力量的人去帮助弱小的人。她在得知金耀国监察御史任飞被太子以莫须有的叛国罪名满门抄斩，儿子任尧无辜忍受了多年的折磨时，毅然决定参加科考投身官场，只为任家上下洗刷冤屈。这种朋友之义，惩恶扬善之道，正体现了"侠"的伟大要义。

在匡扶天下、救黎民百姓于水火之中的使命完成之后，男女主人公的结局便是金庸式隐逸——达到俗世功名利禄的巅峰，领略过山顶的风景后，走入市井山川，在江湖上留下一对"神雕侠侣"的传说。在伊修大陆统一后，丞相林伽蓝和凤吟国君风亦寒双双归隐，把权力交予徒弟秦归，从此不再过问朝堂之事。而小佚在《潇然梦》结尾也称："从此以后，便是海阔凭鱼跃，天高任鸟飞，我自逍遥。从此以后，便是携手共进退，生死永不离，无游天下。"[i]并在续集中让冰依、祈然、步杀在卫聆风的资助下乘豪华远航船"玻拉丽斯"号从天和大陆出发，去实现当年的梦想，畅游天下，传达出对自由、闲适的永恒追求。

无论是从游戏、日本漫画中借鉴的青春热血，还是从西方神话传说中引进的西式奇幻，或是从新武侠小说中吸收的"东方武侠"，小佚都能将其完美地融入她的穿越小说，让每个元素都能在小说中找到合适的位置并释放出自身独特的魅力，丝毫不会让读者感到突兀、奇怪。相比传统的穿越小说，小佚所构造的"穿越架空"世界体现出了迥然不同的异质之美。

性向融合：传统言情与家国理想。在小说内容上，小佚延续了"女性向"穿越小说的以爱情为线，同时也融入了"男性向"架空小说的民族与国家想象，技术与制度文明；在情节发展上，继承、创新了"清穿三座大山"一贯而来的"玛丽苏"风格，带有明显的女性英雄主义的幻梦，给女性读者带来爱情与事业的双重满足。

小佚曾自称："《潇然梦》本就是个童话式的故事。"2004—2006年，金子的《梦回大清》引发"清穿"狂潮的重要原因之一就是"玛丽苏"，女主毫无疑问是命运的宠儿，无时无刻不带着主角光环，身上散发着绝对的吸引力。小佚在《潇然梦》中也充分合理地进行了意淫，延续了广受异性爱慕的多边恋情。在以群雄争霸、一统天下为指向的情节中，女主的感情线很自然地围绕着各国杰出的领袖人物展开——祁国运筹帷幄、心思难测的天生帝王卫聆风，钰国赫赫有名的黑马神将傅君漠，依国有绝世神医之称的经世之才萧祈然，他们无不以帝王深情、霸道爱情、绝世痴情等各种真挚而迥异的方式喜欢着女主水冰依。甚至冷血无情的"冷情刀客"步杀与绝望仇恨到想毁灭世界的"隐藏反派"洛枫都能对女主心生情愫。这样丰富多样的情感类型在代入心理强化下，不但极大满足了女性

---

i　小佚：《潇然梦》，朝华出版社2007年版，"无游天下卷"。

读者的幻想式爱情，而且有效纾解了现实生活中的压抑与焦虑。当时的穿越历史言情中，多是一些年轻妙龄女性即穿越者因为"穿越"所形成的时间逆差得到"金手指"——现代思维方式、知识技能、预知历史走向的能力，这让她们一跃成为"玛丽苏"式的人物。[i]这些"玛丽苏"式的女主在具备十足女性魅力的同时，也拥有和男性一般的处事能力，而在《潇然梦》《少年丞相世外客》中，这一点都发生了巨大的变化。如《少年丞相世外客》中的林伽蓝本是现代一无是处的"白痴女"，她在古代能够有所作为、出人头地依靠的是护卫风亦寒的保护，朋友楚云颜的医术以及韩子默的暗中辅佐。虽然她依然有一个巨大的"金手指"——可以来回穿越时空，但呈现在读者眼前的不再是高能力者的一帆风顺，而是低能力者的奋力逆袭，主角在开始和结尾表现出的反差给读者带来了更高一级的"爽感"。更有意思的是，小佚在充分的历史想象中将原本女性身上的"玛丽苏"转移到男性人物的塑造上，也就是后来所谓"杰克苏"。在《潇然梦》中，萧祈然、步杀、卫聆风等每一个男主都有着各自的粉丝，实质是读者对这些"苏化"后的男主各自不同闪光点的迷恋。这样的反向写作既是因为在纯架空的异世界中男性人物没有历史身份的拘束，可以进行完美化的幻想，也是为了突破当时全能型女主的设定，塑造一个前所未见的"陌颜奇女"。

　　虽然小佚的《潇然梦》系列与《少年丞相世外客》都属于"女性向"的穿越小说，但在主题上也注重表达"男性向"的家国理想，对政治与军事场面的描绘也颇为细致，而将"女性向"与"男性向"融为一体在《少年丞相世外客》中表现得最为显著。在这本小说中，小佚在魂穿的同时采取了传统文学中的经典方式——女扮男装。这一点突破了当时穿越小说中的男女性别限制，使原本泾渭分明的"男性向""女性向"小说有了融合的可能。"女性情感＋男性身份"这个颇具创意的叙述视角让女性穿越者不仅具有男性的处事能力，更直接使女性穿越者拥有了与男性平起平坐、实现女性主义英雄梦的机会。

---

i　姜悦：《"玛丽苏""中产梦"与"穿越热"——对"女性向"网络小说的一种考察》，《文艺争鸣》2017 年第 10 期。

"中华杨"从 2002 年开始连载的《中华再起》掀起了国内架空历史小说创作热潮，之后出现了像酒徒的《明》（2003）、阿越的《新宋》（2004）这样在叙事手法与思想层次上都趋近成熟的作品。[i]这些以"男性向"为主的历史类小说，构造的时空也多为真实存在于历史中，采用的最常见手法就是穿越者凭借知识技能优势，开矿炼钢、发展经济、改革朝政、更新文化，最终称霸天下，改变历史走向。[ii]在历史变革时期，以风起云涌的宏大格局为背景，叙述主人公为理想而奋斗的历程。当"女性向"穿越小说也将目光转向女性的家国理想和个人价值时，面向男性读者的网络架空历史小说的题材也就有了借鉴意义。所以小佚在《少年丞相世外客》中让女主林伽蓝穿越后成为的少年丞相秦洛具有了七刹三星一暗营的政治势力，同时还在恢宏战争场面中表现出令人难忘的强大军事指挥实力，最终统一了伊修大陆。可以说在当时，小佚在言情小说中呈现出政治、军事的宏大布局实属罕见的风景。

两个世界：跨时空叙事与戏剧张力。作为较早进入"穿越架空"小说创作的作者，小佚敏锐地捕捉到架空背后的人性本真：相较于穿越到真实历史当中，穿越到架空世界的穿越者更容易手足无措，缺乏自信和安全感。因此允许主角在两个世界来回穿梭，是架空作为穿越的附属元素走向完全架空的折中形式。这样的情节处理，有作者两方面的考量：一来可以避免主人公在异世界显得过于局促不安，还可以在来回穿梭的过程中充分展现主人公的内心世界和性格特点；二来更加突出穿越的作用，架构两个世界沟通的桥梁，架空的世界不再是"文明""科技"的对立面，而成为与现代世界平起平坐的合理化存在。与过去穿越小说简单地突出思维制度和制度文明的古今碰撞有所不同，小佚将两个世界的戏剧张力延伸到了穿越个体自身的情感维度上。对两个世界的塑造真正让穿越成为影响情感的重要因素，也更细腻地表现了穿越者因穿越而产生的情感变化。在早期无论是"女性向"的穿越言情还是"男性向"的架空历史都有一个明显的倾向，即自觉

---

i   李英杰：《架空历史小说研究》，暨南大学硕士学位论文，2013 年。

ii   黎杨全：《网络穿越小说：谱系、YY 与思想悖论》，《文艺研究》2013 年第 12 期。

把故事主体设置在穿越以后的新世界而忽视了现实世界的变化。穿越者对现代世界的思念往往在开篇决心着眼当下后便烟消云散，现代记忆成为显示身份的"通行证"，而现代的责任被抛掷脑后。然而小侠却在架空之中思考：如何平衡两个世界的情感？如何在两个世界的穿梭中做出最好的选择？《少年丞相世外客》开篇就提出了类似问题："梦里是爱，梦外是情。一个人的爱情，究竟有没有可能产生平行线，来维持两个世界，两段感情，永远交替地……存在下去？"小侠精心设计的两个世界、两份情感、两方冲突使架空小说的情感描写更为细腻、人性探讨更为深入。与此同时，小侠将现代的亲情视为穿越架空之后的重要组成部分，如《潇然梦》中的水冰依在开篇时就坚定认为自己不属于穿越后的世界，这只是人生中的一场梦（《潇然梦》的梦之由来），而梦总是会醒来的。她怀念现代的养父、哥哥，感激他们的爱，并在重要时刻能毅然穿回现代救治亲人。同样《少年丞相世外客》也是以"客"自居，这样在时空交互的背后实质既是不同世界的交互碰撞，更是不同情感的矛盾冲突。

此外，小侠在穿越频率上的创新，也使两个世界的穿越魅力更加突出，在虚幻的穿越中增添了真实的人文情感。在两个世界的体验中，主人公的情爱不仅是一己之欢，还代表着两个世界的情感。在面对选择时，他们常常会自我撕扯，陷入痛苦与矛盾，但残酷的世界最终都会逼着他们做出抉择。这与当时绝大多数偶然穿越，从此远离现实世界的作品有很大差别。如《潇然梦》中水冰依必须在丈夫与儿子之间做出选择，爱情与亲情不可兼得的情节设定在某种程度上增添了穿越的严肃性与残酷性，在华丽幻梦背后深藏着沉重的现实主义。而《少年丞相世外客》中林伽蓝虽然可以自由来往穿梭于时空，但是感情的天平却也因此反复在现实世界的徐冽和异世界的风亦寒身上游移，使自己的精神和身体深受折磨，这就显示出小说内在的真味——犯罪感的两难。

在古代，作为金翎国丞相的秦洛，她背负着万民厚望，统一大陆的宏图大业亟待完成；在现代社会，作为徐冽的妻子和宇飞的朋友，家庭责任令她难以割舍。生命与生命的碰撞、情感与情感的博弈，没有一把精确无误的标尺能丈量出两个世界、两份情感的优劣好坏。林伽蓝无疑是坦诚的，对丈夫徐冽并未隐瞒分毫，可离奇的遭遇、两头奔波而无暇顾家的疲倦，让夫妻感情产生裂痕。此后两个世界的平衡被打破，叙述重心倾向伊修大陆那波诡云谲的政治变化。可见虚幻的穿越背后映射的正是普通平凡的现实人生，是鱼与熊掌不可兼得的真实困境。在跨时空叙事中，难以取舍的痛苦心境得到了动态的呈现和充分的展示，主人公做出艰难抉择后坦然面对所要付出的代价，不禁使读者联想自己的成长经历并从主人公的选择中获得人生启迪。

三、启蒙者：转型期的价值与问题

在"穿越架空"都方兴未艾的时候，小伕完成了"穿越架空"书写的嬗变，从而奠定了"女性向"的"穿越架空"的基本框架，成为穿越转型的早期启蒙者。但是在快速发展、完善的网络文学中，其作品也存在许多问题与不足，其中形式创新的易于模仿性与童话幻梦下的不真实性成为其作品在时代中快速去经典化的主要原因。

模式创新，易于模仿。穿越架空小说可以分解为"穿越""架空"和"小说"三个元素。在这三者之中，"穿越"是实施手段，"小说"是载体形式，"架空"是表现、服务的对象，但同时架空也"深刻地改变了我们想象、虚构和叙述历史与现实的方式"[i]。架空对历史的书写，其最大的颠覆并不表现在主体介入历史的实践性，而是对历史的理解、想象、诠释与重构，从而与传统历史小说形成反写或改写的关系。早期的穿越架空小说采取半架空模式，背景定位在中国古代。《明》的作者酒徒曾用沙盘推演来譬喻架空历史小说创作模式，即模拟历史，推演各种可能。这也暗示出架空历史小说所着重描绘的是个体介入历史后发生的改变。

然而小伕却将本是以"男性向"为主的架空历史发展为纯架空的言情模式，直接建立起陌生化的异域世界，真正地理解、想象和重构历史，使剧情发展难

---

i　黄子平：《革命·历史·小说》，《当代作家评论》2001 年第 2 期。

以猜测，从而营造出悬疑的效果。但因为"穿越"与"架空"两者都属于叙事手段，包容性强，所以分支众多，在题材上都具有无限可能性。"穿越"具备的时空交错与古今矛盾，"架空"展示的非真实发生的虚构背景，都集中体现为一种宏观格局，从而让微观内容的展开与形式的选择都更显自由。这就决定了小佚开拓出的"穿越架空"更多成为一种模式上的创新，是一种经由想象后的思维突破，这种现成的直接设定在数字化的网络时代极易被后来者拿来效仿乃至超越。如通过对其交互式穿越与冒险游历的借鉴与强化，就出现了穿越中更具新意与戏剧张力的"快穿文"。

"快穿文"，顾名思义就是指快速化的穿越，作为穿越小说的衍生，其基本特点是穿越条件的易化与穿越次数的频繁化，从而使主人公能够带着任务进入另一个时空，包括身穿与魂穿系统，达成目标之后又能够迅速进行下一个活动。在《少年丞相世外客》里，失忆的林伽蓝因为千年孤魂韩子默心怀统一大陆的夙愿而南征北战，一步步改变伊修大陆的历史走向，实现了真正的大一统。将韩子默的愿望作为故事发展的契机，是贯穿古代剧情的主线，这一模式嵌套到"快穿文"里便是特定任务或系统，以数据化、智能化取代亦师亦友的智囊角色。在《潇然梦之无游天下录》里，"无游三人组"开始新的旅途，融合海洋航行、西方魔法、吸血鬼等元素，以单元的形式讲述三个独立成篇的故事。而"快穿文"也采用一个世界讲一个故事的叙事模式，着重描写主人公的经历，这些经历一般是套路化、标签化的元素，如宫廷斗争、江湖武侠、西方魔幻等。类比发现，小佚的早期"穿越架空"小说其实已经在形式层面为更年轻的"快穿文"所窥见。众所周知，开创者的作品地位远不如之后臻至完美的巅峰之作。当一种新奇的模式被反复书写，其最终结局便是沦为饱受读者诟病的平庸套路，成了僵化的文学。尤其是在依靠数字媒介传播、因差异而丰富的网络文学中，新鲜感便成为读者阅读的首要追求。而基于许多作者自身又是读者的双重身份，借梗与融梗的现象在网络写作中十分严重，时间积累的优势在后来的同类型创作中更为明显。小佚的"穿越架空"作品集中创作在 2006—2008 年，经过十多年的继承与发展后，早期形式上的创新已经演变成大众化的认知，融合东西方、日韩等国艺术特色的创造性思维也变成常规思维。形式创新的易模仿性，这也是一些十年前大红大紫的经典穿越小说在当下无人问津或被认为名不副实的共同原因所在。

童话幻梦，时代产物。小佚的创作彼时正处在一个由"清穿"言情引发的"玛丽苏"时代。在语言、内容方面都迎合了时代的需求，带有典型的通俗娱乐的特点，反映当时网络文学集体中颇具狂欢色彩的精神切片。曾有读者说："《潇然梦》适合刚开始看穿越的孩子看，否则会触到某些雷点。"其对小佚作品的时代定位比较客观中肯，因为其描绘的童话幻梦确实只是早期网络文学的时代产物。

在 2007—2008 年，穿越小说中盛行"玛丽苏"文风，创作较早的小佚在架空和虚构的基础上构想出的童话式爱情幻梦在读者中备受推崇，成为穿越的经典，给读者留下强烈的心灵震撼与感动。但是以现在的眼光再回头来推敲小佚的作品，就会发现其中有诸多十分幼稚且不切实际的内容，其中狗血的剧情和肉麻的对话都成为网络文学新时代的雷点，引发很多新生代读者对其经典性的质疑。究其原因，在于网络文学自身创作与阅读的环境已经今非昔比。在小佚早期的创作高峰时期，资本的力量还没有正式进入网络文学中，整个网络文学的创作环境是无功利性的，纯粹就是一批较早接触到网络技术并具有文学创作兴趣爱好的网民为了获得精神世界的支撑和情感释放的窗口，从而借助网络平台传播自己的作品，摇身一变成为写手。在基本没有利益驱动的写作氛围中，读者自然表现出极大的宽容。但随着 2008 年 7 月盛大文学有限公司的成立，原创文学市场的资本运营显著化，而资本的无形推手既推动了网络文学创作的热情，使作品数呈几何暴涨，又提高了读者对于网络文学作品的要求。在快节奏的时代下，读者多因新奇的开头而产生的阅读兴趣，但经常中途弃文，早期矫情且慢节奏的"玛丽苏"俨然与当下读者的阅读期待不匹配。虽然时代环境的变迁注定小佚早期的"穿越架空"小说无法成为历久弥新的佳作，但若回到当时的创作环境中，还是可以发现其童话幻梦的独特可取之处。

小佚的童话幻梦是由绝对的守护与信任以及女性英雄主义所构建的。早期穿越历史言情小说多在宫闱之间，传统的一夫一妻多妾制等封建制度很大程度上消解了理想式的爱情，所以宫廷穿越小说常以爱情失望转而专注权力作为穿越的结局，形成反言情的言情模式。但在小佚作品中，她是采取团队模式来消解爱情的至高无上性，作品表达的不仅是绝美的爱情，更有着崇高、珍贵的友谊。情节也突破单纯男女主角的恋爱线，彰显出对抗时团队的凝聚力。所以小佚的《潇然梦》中"无游三人组"以坚不可摧的三角关系代替了爱情中脆弱的双边关系，注重强调合作与友情。同时因为小佚娴熟的故事节奏把控能力与高超的伏笔设置让情节在纷乱复杂的纠葛中推进，在惊心动魄与跌宕起伏的剧情变化中，读者产生一种"坐在疯狂过山车往下冲却没个尽头似的感觉"[i]的阅读快感。读者在不知不觉中随着人物的悲欢离合，寻找完美的感情，在阅读过程中产生情感共鸣。但是文学的艺术原点和价值本体在于其文学性，即包含着丰富的意义生成可能性。俄国形式主义理论学家雅各布森曾说："文学科学的对象不是文学，而是'文学性'，即那个使一部作品成为文学作品的东西。"[ii]网络文学恰恰是用符码游戏性代替了文学性，用机械复制性代替了文学的经典性。小佚在穿越言情基础上的"架空"形成了更具离奇色彩的童话幻梦，但是这种虚幻性的离奇违背了一定的现实逻辑，只能成为以文学形式展现的完美化的幻象，给予美好的心灵抚慰，并不能够真正反映与切实解决现实存在的问题。不过其追求平凡幸福的隐逸式结尾为2008年之后穿越小说中迅速流行的"种田文（家长里短文）"提供了启迪。

小佚作品的走红离不开时代的因素，作为第三批走上网络写作之路的写手，她的网络小说其实是一种顺应时代的产物。在穿越面临转型的特殊时期，小佚跨领域取材，跨时空叙事，跨性别界限，不但贯穿了穿越言情与架空历史两大类型，而且以科学技术丰富了时空幻想，以游戏、漫画、西方神话和武侠故事促成

---

i 《同为考研闭关人——看后感（前篇）》，晋江文学城，2006年10月27日，http://www.jjwxc.net/comment.php?novelid=114304&commentid=28376，引用日期：2021年6月5日。

ii 欧阳友权：《网络文化概论》，北京大学出版社2008年版，第222页。

多元风格，用复合式创作开拓出"穿越架空"的新方向。但是小佚的作品根本上是一种模式的创新，虽然更能传达出当时最核心的精神焦虑和幻想，但并没有改变"玛丽苏"严重、文学性消解的内容本质，易于模仿与超越和娱乐化的时代特征使其快速去经典化，难以成为历久弥新的佳作。简言之，小佚对穿越言情的架空开拓胜在形式创新，不足在内容虚幻。因此作为女性网络穿越小说转型的早期实践者与后期启蒙者，小佚"复合式"创作的时代意义恰在于揭示出直面现实与不断创新是女性网络穿越小说发展的关键。

（章佳萍、潘　琪　执笔）

＃作者访谈＃

受访者：小　佚

访谈者：潘　琪、章佳萍

访谈时间：2018 年 1 月 21 日

访谈方式：线上访谈

一、网络作者遇到了最好的时代

潘　琪：早期尝试写网络文学的人，多是看传统文学长大的一代。想问一下小佚老师，您在创作过程中是怎么看待网络文学与传统文学的关系？

小　佚：我确实是看传统文学长大的，一直到大学才算进入真正的网络小说时代。我最初接触小说创作，完全是阅读兴趣使然。我在看文学作品时就常会为情节和人物激动、遗憾、难过、高兴……日积月累，很快就不再满足于心存那些遗憾，想要尝试构造自己心中喜欢的情节和人物。恰逢那时网络小说刚刚有点火苗，晋江才开站不久，我就把自己高中时期在纸上创作的《潇然梦》修改搬运到了网络。

就个人而言，我觉得网络小说更多是一种接近时代、顺应时代的产物，比如一些日常用语、一些科技脑洞、一些社会实事，更快地被作者捕捉，然后反映到了小说里。而且我并不觉得网络文学跟传统文学的区别很大：它和传统文学追求真善美的内核一样，也有通过人物成型与情节发展来表达作者自己独特的价值观导向。或许多年后，大家只会把现在的网络文学当作 X 时代文学呢。

潘 琪： 您接触这个领域较早，也见证了网络文学从幼稚到成熟的发展阶段。请问您对网络小说创作的外部环境有什么看法，觉得创作以来都有哪些显著变化？

小 佚： 我个人觉得网络小说刚出现时，它是更自由随性的。对于我这种最初纯粹把写作当作兴趣，想要率性而为的人来说，无疑是遇到了更开放，可以实现交流分享的平台。在此之前，我写作都是偷偷摸摸，瞒着父母，写在纸上，自娱自乐的，因为那时候谁都觉得成为作家是一件很不容易的事情。

但是随着网络小说创作环境不断成熟，奖惩机制不断完善，我们就慢慢遇到了最好的时代。只要你的水平还过得去，肯用心去写，好好写，基本上能有收入。没有出版，至少有 VIP 吧，VIP 收入不高的话也会有全勤和低保。写得好的，也基本上不会被埋没，尤其是影视版权和无线收入这两块开发后，优秀的作品很容易脱颖而出。但现在的网络文学环境，比起刚刚开始那几年肯定浮躁了很多。甚至我也会为了柴米油盐，去关注市场需要，用小马甲去写过纯商业的小白文，只因为快餐时代这样的作品受很多人喜欢。然而，也是因为现在写作的环境那么宽容，又有足够的商业化方向，我才能逐渐实现了小说收入要远远超过我的工作收入的目标，这无疑也是让我能一直坚持写作的原因之一。

而且现在各地网络作协陆续成立，写网络小说的人，也能找到相互交流学习的地方。对我们来说，这也是一个很好的创作环境转变。作为网络作者，撇开生活中其他职业不谈，我喜欢写作这件事，想一辈子做下去。但是写作这方面的提升很抽象，我也常常会很迷茫，因此有这样能和传统文学或网络文学作家相互学习交流的机会，真的是求之不得的。虽然我本人有点陌生人面对面交流恐惧症，培训班里经常要被邀请发言，但我很支持这样的活动，也觉得从中学到了很多。

二、个人写作深受日漫和游戏的影响

潘　琪：您在腾讯文学访谈里曾说，您的灵感很少取自生活，大部分都是在其他
　　　　作品影响下觉得存在另外一种发展可能性，进而加入作品进行拓展延
　　　　伸。我想问一下，在网络小说创作过程中，哪些作品（网络文学 or 传
　　　　统文学）给您启发帮助很大？您现在还会大量阅读作品来汲取灵感吗？

小　侠：给我提供过写作帮助的主要集中在漫画与小说领域，其中漫画对我的影
　　　　响绝对是最大的。《灌篮高手》《足球小将》《天是红河岸》《霹雳布袋
　　　　戏》等都对我有很大帮助，尤其是日漫《海贼王》系列，直接影响了我
　　　　的创作风格。小说的话，看的更多。金庸、古龙、梁羽生的武侠小说几
　　　　乎都看过，尤其金庸的那些经典作品都看过两遍以上。另外还阅读了不
　　　　少港台言情小说，如席绢、亦舒的作品，写作时或多或少都受了她们的
　　　　影响。这两类小说对我启发颇多。至于阅读本身，现在肯定是不会停止
　　　　的。一般网络小说每星期大概有一百万字的阅读量，其他的文学著作，
　　　　看得稍微少点，一个月一两本还是有的。对我来说看小说就是我的精神
　　　　食粮，如果完全不能看了，我估计要坐卧不安了。

潘　琪：从《潇然梦》《少年丞相世外客》再到最近的《X 生存手札》，日系风的
　　　　热血和奇幻糅杂着中国文化是您一贯的风格，想必与这种广泛的阅读不
　　　　无关系。那么小侠您玩不玩游戏？日常会接触游戏领域吗？

小　侠：玩啊，哈哈哈。不过我是手残党。至今《剑网三》还在组团看风景阶
　　　　段；《王者荣耀》被我弟拖着进去，然后踢出来；《阴阳师》都高级非酋
　　　　了。我觉得我就不是玩游戏的命。

潘　琪：文学起源有种"游戏说"，邵燕君老师也曾提道：未来的文学形式可能
　　　　就是游戏，文学依托于游戏文本。那么您是怎么看待游戏和网络文学的
　　　　关系？

小　侠：我觉得游戏和网络文学肯定有着不可分割的关系，可以说几乎每部小说

都能被改编成游戏，每个游戏也能转化成文学。后者比较成功，不得不提的典型就是那些因《剑网三》而衍生出来的各种小说。无论是依据游戏中的情节故事改编还是透过角色创作的专属原创故事，这都体现了游戏与文学的密不可分。所以在内容形式上，网络文学是可以借鉴游戏的。毕竟网络文学在某种意义上也是一种非常特殊的游戏，它也是为了满足补偿那些超实现的幻想而存在的，也具娱乐性。

但是我觉得文学和游戏还是有区别的，两者虽然相互关联，但偏重点不同。尤其对"女性向"的网络文学来说，小说更多的是需要作者在文中倾注感情，而不仅仅是像游戏般去设计一个个人物角色与经历或剧情任务与难关。游戏虽然也有很跌宕起伏、故事性较强的，比如RPG的《仙剑奇侠传》和《古剑奇谭》系列，但大部分更倾向于可玩性，专注在设定和线索方面。而仅仅靠设定和线索是撑不起文学的，是不能引起读者情感共鸣的，所以对我来说网络文学最重要的还是要有真情实感。

潘　琪：提到游戏，不得不说您作品里的一些武器非常别致，如"弦"就像东方不败手里的绣花针一样让人影响深刻。您当时在设计武器时是如何大开脑洞的？会如前面讨论的从游戏、漫画、小说等领域去找灵感吗？

小　侠：会的。我写小说，尤其是写早期《潇然梦》《少年丞相世外客》时，是受日漫影响最深的时候。所以那时候我脑中出现的人物和武器，几乎都是二次元的。一般构思出来这些都是因为脑中闪过了类似的画面，然后添上自己的小趣味，把它描述出来，转变成比较酷的文字。像《少年丞相世外客》写到亦寒的青霜剑时，更是刚好遇到一个读者来安利《霹雳布袋戏》，发了一张很炫的武器图。所以我写的时候，脑子里就先有了剑的整体印象，然后再添上自己的想象，转化成文字。

其实我对于这些武器的描述，大都还是比较抽象的。我本人是超级羡慕那些能把武器的纹路剑穗等各种学名状貌都清清楚楚刻画出来的作者，因为我觉得那样的描写酷帅多了。可惜我平时创作真的挺懒，很头疼查这些资料，没法细致化。

潘　琪：《潇然梦》《少年丞相世外客》创作时，网上已有穿越类型文。但这两本书中的穿越有独特的多发性，成为当时一大亮点。穿越的时空往返性，明显让人物关系更迷离紧张，高潮迭起。所以您是怎么想到要运用这种反复穿越的形式的？

小　佚：《少年丞相世外客》中反复穿越的形式其实就是个脑洞的产物。因为我那时候就很喜欢网游，并已经迷恋当时存在于起点平台的多种虚拟仓式网游很久了。你不觉得《少年丞相世外客》的模式就很像网游吗？只是对面的世界是真实的不是虚幻的，然后自然而然地，犯了错了，不能读档重来，而是要承受后果。

当时很多穿越文都是女性角色穿越到古代架空世界，然后凭借现代人的智慧在古代谈情说爱，很少有反穿回现代社会的。但我总觉得人就算离开了现在的世界，除非这个世界真的没有牵挂的人了，孑然一身，否则肯定还会想回去。只要想回去就自然而然会有牵系。基于这种想法，我就关联起了两个世界。让穿越更像是一种工具，如机器猫的时空机，实现不同时空的紧密联系。我希望穿越不仅是一种设定，也是更具现实感的，一种能展现人之情感的方式。

潘　琪：小说最开始被视为最末流的文学形式，渐渐地到现代小说成为主流。鲁迅的《中国小说史略》为中国小说勾勒大致的发展脉络，紧随其后的文学批评家为小说构建了一整套批评框架。有人认为我们当前网络文学研究与批评所追求的体系化、制度性，是在继续传统文学的老路，好让网络文学之后也可能发展成纯文学的一种类型。对此您怎么看待？

小　佚：我觉得任何一种流行元素，想要长久的存在，肯定需要制定规章制度，规范它的正确方向，这样才能长久地进行下去，否则发展到极端，必然会崩坏。所以曾经小说的批评框架也好，现在对网络小说的批判也好，无论初衷好坏，像你说的，都是在建立一种新的秩序，而有了秩序才能长足发展。这是大部分元素想要长久稳定存在下去都要经历的一个过程，不仅仅是小说或网络小说走的老路。因此，我觉得网络小说确实需要这样的批判和规范，好走得更稳更久。

三、从认可"戴着镣铐跳舞"出发处理写作和读者期待的关系

潘　琪：很多作家都会有自己的作品吸引点，从而形成固定的阅读受众——铁粉群。您在与自家粉丝接触中，觉得大家主要是被自己作品中的哪些特点吸引？

小　侠：其实这个问题很好回答，我能说……百分之九十九都是因为男主吗？群里的人大多奔着不同的男主来的。女生读言情小说，大部分想满足的都是自己的幻想，所以主要还是男主专一、强大，或者有某些反差萌，这样会比较吸引读者。

但也有一些读者会在长评中表示，相比较言情小说作品中到处可见的爱情，她们会更加喜爱我作品中表现出的一种团队性质的友情。她们觉得从《潇然梦》三人组到《X生存手札》中的班集体，都展现出追求真诚的友谊感，这种"真正的友谊"令人阅读时为之动容。对这种评价，我自身挺喜欢，可能会继续保持这样的倾向。

潘　琪：小侠您作品中的男主人设确实魅力十足，但多被塑造成神话式完美的人。对于这种标签化的男主人设您是否尝试过转变？未来您有想过写那种平凡普通但坚韧厚重的男主类型吗？类似P大（网文作家priest）作品中的某些男主。

小　侠：嗯，会的。虽然我现在作品里的男主还是经常会写着写着就很容易往完美化形象跑，但我已经意识到这是典型的玛丽苏文通病，所以未来肯定要下定决心去主动尝试改变的，否则脸谱化太严重了，感觉在写作方面也不会得到进步。

对我来说，P大的文是高山仰止了啊！虽然我有时候觉得P大的小角色

也很苏，但那确实是另外一种男主魅力。不过可能跟我从小接触类型文学有关，我小时候看得最多的就是武侠和漫画，而这两种主角往往都是不接地气的，所以创作的时候很容易跑偏。所以我若想写出平凡普通型男主，目前还有些任重道远。

潘　琪：我们可以看到您的努力。那么在市场风格快速变换、各种类型层出不穷的网络小说创作中，您觉得作者如何做才能够抓住读者并保持读者的阅读兴趣？

小　侠：我觉得这个问题不算我能回答的，因为我的水平只能算一般，到现在还是会有读者半途弃文的。而且，我觉得不同的读者对于弃文的条件不一样，比如我，碰到虐的我就会弃；也有的读者喜欢看感情戏，感情戏明朗了就会弃；也有些读者讨厌感情戏只想看"升级打脸"。所以只能说说我自己的想法，不一定是对的。

　　　　我觉得要想长期抓住读者，首先你要保证你创造的人物不会OOC[i]。毕竟许多一路跟下来的读者，都是对主角／配角产生了感情。一旦主角／配角做出不符合设定的事情，让读者接受不了，那么他们很大可能就会弃文。然后就是作者需要保持恰到好处的代入感。如果代入感丢失了，读者很容易弃文，但如果代入感太强，让读者觉得很憋屈，他们也会弃文。就这点来说是很考验作者笔力的。最后就是文章的高潮设置，相互之间肯定要有起伏，这样才能保持吸引力。但如果起伏间隔太久、铺垫太长，读者觉得无聊了，尤其在更新不够快的情况下，那就很可能会弃文。读者心理很复杂，所以这是个需要作家一直探索与努力的问题。

潘　琪：以前您有在微博上举办为读者粉丝庆生、转发抽奖赠书等活动，和读者关系融洽。但近日，您的晋江专栏下涌现出一批新读者，他们针对作品情节发表了具有攻击性的评论。您怎样看待这些现象，作者该如何处理

---

i　网络用语，全称 out of character，意为同人作品创作过程中，角色做出了不符合原著作品设定的行为举止。

好读者与作品之间的关系？

小　侠：网络文学的开放性、商业性以及读者的高度参与性决定其"戴着镣铐跳舞的本质"。有时我会为读者对作品的理解与自己具有一致性而开心，特别是当某些我隐藏的想要表达的感情和线索被读者发现并分析出来时，我会感到欣喜。如果有读者提出合理的批评，我也会觉得可喜，因为这代表着作品被读者关注。但如果这种批评从作品上升到作者，那我觉得就是过界的行为了。

我个人认为读者与作品的关系最难处理的还是很多作者都会面对的作品影视化开发问题。像《潇然梦》在2016年要进行剧版拍摄，对于作者来说，我无疑是开心的。自己的小说能被搬上荧屏，能带来巨大的利益，那是再好不过的肯定。但那时也很担心，很怕影视化选角不好，改编不好，粉丝不满意。毕竟当一部网络小说作品拍成影视时，或多或少会使读者心目中的幻想破灭。

所以刚刚公布影视化消息的时候，我几乎每天都会收到读者的私信，希望不要影视化，最好是变成动画片，主演是谁千万不要毁剧……每次在群里聊天，大家争论主演都能争论好几个小时，最后基本毫无结果。但这个肯定是每本小说影视化都会遇到的。不是每本小说都像《甄嬛传》和《琅琊榜》，做得那么贴近大部分粉丝心中的幻想。作者只能想办法让影视作品更贴近原作一点，更让读者满意点。

（章佳萍、潘　琪　执笔）

读者评论

自 2006 年起小佚在晋江文学城的"天生羽翼"专栏发表小说以来，其创作大致可以分为三个阶段：2006—2008 年为第一阶段，代表作《潇然梦》《少年丞相世外客》《潇然梦之无游天下录》，采用"穿越架空"模式；2010—2013 年为第二阶段，大胆尝试了"修真""未来科幻"题材，创作了长篇小说《神魔手下好当家》、《捡个杀手回家》（连载未完结）和短篇小说《异时空少女恋》；2014 年到至今为第三阶段，先后尝试创作了《X 生存手札》《疯狂的主仆》等现代文。自《神魔手下好当家》后期开始，小佚出现更新不稳定，长期断更，甚至弃坑等情况，逐渐进入创作低迷期。其复出之作《X 生存手札》虽与《潇然梦》有一定关联，但小说的时间背景、类型都发生遽变。综观小佚不同时期与类型的创作，作品之间人气差距较大，粉丝评论的数量和质量参差不齐。其中，第一阶段创作的《潇然梦》《少年丞相世外客》这两部完结长篇的读者评论最为丰富，也最具代表性。下面主要梳理这两部作品的读者评论。由于小佚粉丝评论的汇集地"潇然梦官方论坛"原址已丢失，我们对晋江文学城、连城读书的相关评论、话题区，以及贴吧、知乎、微博、豆瓣等平台的相关言论做了梳理和综述。

《潇然梦》是小佚的处女作，也是穿越言情小说中的经典，曾被列为"2017 晋江年度盛典"之经典回顾作品，拥有大量忠实的读者粉丝。该作品自 2006 年 7 月发表起，上、下两部在晋江文学城对应书评区已累计有 32452 条评论，51 篇长评。[i]《少年丞相世外客》（以下简称《少年》）则是小佚继《潇然梦》系列后推

---

[i]　《潇然梦》晋江文学城评论搜集截止到 2018 年 3 月 5 日 22 时。

出的又一力作。独特的穿越形式、全新的角色设置、朝堂的权谋风云使其成为女性向穿越小说推荐榜单的常青树。[i] 该作品自 2007 年 8 月发表起，在晋江累计评论达 43199 条，其中 52 篇为长评。[ii]

综观两个系列作品的读者评论，都具有数量极为庞大、时间跨度大、时代性明显等特征。2010 年是小佚读者评论的一条分水岭。此前粉丝活跃度高，评论多以正面褒扬为主；此后每年虽有新增评论，但数量呈递减趋势，批判倾向加重。

一、人物形象塑造

《潇然梦》系列中，读者对穿越女主水冰依，男性角色萧祈然、卫聆风、步杀等形象都进行了细致入微的分析，包括其能力才华、性格变化、心路历程等，并与文本背景进行了能动的关联。读者认为，小佚对人物心理、情感的描写细腻动人，塑造出了一些血肉丰满、复杂多变的圆形人物。正如读者"飘落"所说的："冰依也好，祈然也好，步杀也好，甚至卫聆风，都是让人心疼的人，让人怜惜的人……"[iii] 强烈的心灵共鸣，成为广大读者对小说中人物最鲜明的感受。此外，因人物性格具有张力的矛盾性，读者评论多聚焦于具体人物的成长过程。

以女主水冰依为例，随着情节的展开，其性格变化呈曲折前进的趋势，引起读者不同阅读阶段的差异性体验。据读者分析，她的魅力首先来自"不完美"的出场。这一独特的形象塑造为读者提供了新奇的阅读感受，亦为小说的爱情线索奠定了基础。然而，部分读者对人物形象产生怀疑："她又显得比较幼稚，不符合在现代的杀手经历……动不动就说：'我不可以动情，不可以爱人，不可以使

---

i "@青春影焦圈 盘点必看的女扮男装梗的古言文"，微博，2015 年 12 月 14 日，https://weibo.com/u/1233475755?is_all=1&stat_date=201512#_rnd1519449201169，引用日期：2018 年 3 月 5 日。

ii 《少年丞相世外客》晋江文学城评论搜集截至 2018 年 3 月 5 日 22 时。

iii 《潇然梦真的只是潇然一"梦"吗》，晋江文学城，2009 年 7 月 27 日，http://www.jjwxc.net/comment.php?novelid=114304&commentid=61992，引用日期：2018 年 3 月 5 日。

用这个，不可以改变那个……'尽是逃避。"[i]人物这种拙稚的性格，却能在经历磨难后不断得到升华，直至实现蜕变。读者"离"坦言，成长后的"冰依是我喜欢的那一类人，坚强、勇敢、聪明、懂得进退……"[ii]。读者对小说中的女性形象期待层次较高，并具有一个循序渐进的过程。这种现象也典型地体现在《少年》的读者评论中。

自《少年》开始连载，作者便在文案里做出"预警"："第一卷中的女主是白痴，纯粹就是遭砖砸的天才，请跳坑的各位一定要做好的心理准备。"[iii]林伽蓝作为饱受争议的女主，其性格的软弱最为读者所诟病。哪怕她最终实现了蜕变，但读者仍然质疑她性格转变的可能性，这揭露出人物形象复杂化、情节转换固化模式下的弊端。"上卷林伽蓝只是一个幼稚无知的白痴"[iv]，"大概没有人会不喜欢临宇吧，那样的机敏绝顶、运筹帷幄，又那样的柔肠百转、精灵脱俗，回望伽蓝，仿佛前世今生"[v]。但在读者看来，人物的魅力正在于这种矛盾：在现实中受挫逃避，她是软弱的；"当软弱可欺的林伽蓝变成傲视天下的秦临宇"[vi]，她是坚定决绝的；"既不想失去亦寒，又放不下与徐冽的曾经"[vii]，她也曾是彷徨的。主角的成长历程丰富了小说的人性内涵，"一条成长的路，从迷茫到聪慧，从怯懦到淡漠，从柔软到后来为了大局的残忍和无情……从林伽蓝到秦洛，成为真正的临宇"[viii]。

i   "胥胥，所评章节 6"，晋江文学城，引用日期：2018 年 3 月 5 日。

ii 《〈潇然梦〉——人物篇》，晋江文学城，2006 年 10 月 5 日，http://www.jjwxc.net/comment.php?novelid=114304&commentid=25869，引用日期：2018 年 3 月 5 日。

iii "《少年丞相世外客》作品文案"，晋江文学城，2007 年 8 月 14 日，https://www.jjwxc.net/onebook.php?novelid=231914，引用日期：2018 年 3 月 5 日。

iv "《少年丞相世外客》短评"，豆瓣，2010 年 8 月 6 日，https://book.douban.com/subject/2973646/comments/，引用日期：2018 年 3 月 5 日。

v   《此生一别永天涯》，晋江文学城，2009 年 11 月 27 日，https://www.jjwxc.net/comment.php?novelid=231914&commentid=183066，引用日期：2018 年 3 月 5 日。

vi 《此生一别永天涯》，晋江文学城，2009 年 11 月 27 日，https://www.jjwxc.net/comment.php?novelid=231914&commentid=183066，引用日期：2018 年 3 月 5 日。

vii 《穿越一瞬，刹那天涯》，晋江文学城，2011 年 9 月 16 日，https://www.jjwxc.net/comment.php?novelid=231914&commentid=230545，引用日期：2018 年 3 月 5 日。

viii《永远，会比公子的生命多一天》，豆瓣，2009 年 9 月 27 日，http://mp.weixin.qq.com/s/4oaX_DjqJ2i8cGjg1xmo6g，引用日期：2018 年 3 月 5 日。

与女主形象的备受争议乃至饱受批评相反，小佚作品中的男性角色明显更受读者欢迎。一如自媒体人"天榜"所言："《潇然梦》中的女主水冰依是一个穿越的人，可以说是整部小说最重要的人物，也很容易让人觉得这是一部大女主的小说，但是并不是这样的。很多读者读完小说之后，印象最深刻的并不是女主，反而是萧祈然和步杀还有男配卫聆风。"[i] 诚然，小佚笔下的男性人物性格鲜明独特，使人印象深刻。

《潇然梦》中的男主萧祈然曾多次位列"男主是绝世神医""最受欢迎的男主"等经典排行榜。作为一本"女性向"的言情小说，围绕男性角色展开的长评却在晋江评论区占据了不小的篇幅。如《叹世间真情——祈然，步杀，卫聆风》一评，详述了三人独特的爱情态度与性格特色。不仅如此，多数读者会根据自己的偏好，针对具体的某个人物有感而发，如"ypclamp"通过长评《祈然请你坚强》传达对人物形象发展的期待。在其他关于萧祈然的长评中，读者通常表达期待遇挫的遗憾、对人物形象的理解等等，如《小佚给你提点意见好吗？》《君须怜然》《因为爱所以在乎》《叹，祈然何辜》。[ii] 读者"月月的老公－猪"的《步杀之我见》则认为步杀是支柱性的关键人物："步杀始终不是为依依系上红线的人，他只能站在红线的中间，拉起两端而已。三角形最具有稳定性，步杀在《潇然梦》是最不能缺少的人物。"至于卫聆风一角，更是获得了大规模的热评，如《凄美，那是鸟飞的声音　致卫》《卫聆风——女人梦想中的男人》等。

对于初次创作的小佚来说，在遵循情节的设计外，也希冀获得读者的支持。因此，读者关于人物形象的讨论对其创作产生了显著的影响，为满足读者的阅读期待，她创作了女主与卫聆风的番外故事，并专门为此创作了《穿越时空的思念》。然而，正如《小卫失恋的必然性报告》中所分析的："卫聆风与水冰依的爱情博弈只能是个死局，君主的身份成就了小卫的'帝王深情'，也注定了他的

---

i　《无游三人组友情爱情的坚定信赖圆无数读者梦　小佚《潇然梦》获影视剧改编》，"天榜"微信公众号，2017年12月6日，http://mp.weixin.qq.com/s/4oaX_DjqJ2i8cGjg1xmo6g，引用日期：2018年3月5日。

ii　上述长评全文可详见晋江文学城《潇然梦》系列长评区，但部分长评已因文章被锁而无法阅览。

失去，长久的孤独，守望和思念成为小卫的爱情美学的力点。没有了这份凄苦，这份爱就没有了美感与催人泪下的力量。"读者承认其结局的悲剧美更符合现实，也更震撼人心。读者因心灵触动而撰写的长评，既印证了男性主角群像的生动饱满，也展现出读者积极参与阅读的真挚态度。

此外，在《少年》系列中，男主风亦寒无疑是一个完美的角色，"喜欢这本书，不是因为女主，而是因为风亦寒"[i]，"真正让我爱上这篇文的原因是三个字：风亦寒"[ii]。读者"澈"在《为什么爱上风亦寒》的长评中对其形象做出总结——爱得执着，爱得隽永绵长。[iii]此外，读者"ruanwx93"也指出男主的魅力在于"他从不诉说爱字，但是他只悄立在临宇身旁，便散发了太多的情浓"[iv]。而男配徐冽，则因其"渣男"人设而被读者口诛笔伐。尽管如此，依旧有许多读者在读罢《山长水阔知何处》[v]后愿为他"平反"。"KM"在《来生，我等着你，守着你，绝不会再放手……》这一以徐冽独白为标题的长评中表达了自己的独特观点，并深刻分析了徐冽"不完美"的根源，即他对女主的爱："面对真相他选择缩在乌龟壳里，不去查明只是一味懦弱地逃避。"最终，"在痛得不能再痛、爱得彻底绝望后，徐冽终于学会了放手"[vi]。更有粉丝用"王子变巫师"来分析其形象，同情他的境遇，并在结尾表达了对于 21 世纪爱情困境的忧虑。

二、情节发展与情感纷争

读者将小佚小说的情节特色定义为"跌宕起伏又别具一格"，发掘出其小说

---

i 《穿越一瞬，刹那天涯》，晋江文学城，2011 年 9 月 16 日，https://www.jjwxc.net/comment.php?novelid=231914&commentid=230545，引用日期：2018 年 3 月 5 日。

ii 《为什么爱上风亦寒》，晋江文学城，2008 年 4 月 20 日，http://www.jjwxc.net/comment.php?novelid=231914&commentid=115948，引用日期：2018 年 3 月 5 日。

iii 同上。

iv 《此生与君共，万世千生，比翼双飞，不思归》，晋江文学城，2010 年 5 月 1 日，http://www.jjwxc.net/comment.php?novelid=231914&commentid=184177，引用日期：2018 年 3 月 5 日。

v 《山长水阔知何处》是作者小佚为解释徐冽人物形象而特意写作的《少年丞相世外客》番外。

vi 《来生，我等着你，守着你，绝不会再放手……》，晋江文学城，2009 年 2 月 2 日，https://www.jjwxc.net/comment.php?novelid=231914&wonderful=1，引用日期：2018 年 3 月 5 日。

情节设置的独创性、矛盾冲突构造的巧妙性。这确是剀切中肯的概括。多数读者在评价《潇然梦》时提及："情节很吸引人，一看就停不下来。情节很有热血漫画的感觉。写得很离奇，但作者节奏感把握很好。"[i]在惊心动魄的情节变换中，读者会产生一种"坐在疯狂过山车往下冲却没个尽头似的"[ii]阅读快感。

同时，读者也见出作者的情节处理能力在创作进程中的长足进步。第一卷的《潇然梦》带有典型的"玛丽苏"色彩，情节描写较为拙稚。欲言又止的故事展开略显矫情，矛盾冲突的情节也比较突兀。直到第二卷的出现，读者才领略到情节有机统一中的跌宕起伏，真正开始被小说吸引："没想到第一卷那么白目，这第二卷却是这样的精彩。感觉不像是一个人写的，差距悬殊。"[iii]

此外，读者普遍认为："第一卷基本是'无游三人组'之间温馨流淌的幸福，而在第二卷的时候，祈然与冰依有了一整年的分隔，这时卫聆风与冰依的故事成为剧情的主要构成，这个有血有肉的形象比祈然强多了，可谓不是男主胜似男主。"[iv]读者"奔驰"则表示："第一卷中小佚用了很多很多的形容词、句来向我们描述的心目中的祈然，但祈然给人是一个完美的影子……始终无法看清楚他。但反观卫聆风，小佚对他的塑造更多运用的是'叙事'，从他的一言一行，他的动作、他的眼神、他处理事情的方式，甚至他这个皇帝的当法，没有太多直观的定义，但我反而看到一个活的人，看到他到底是怎样一步步爱上女主的，那么的顺理成章、那么生动真实。"[v]第三卷时，祈然重新成为故事的主角，但读者意识到其前后形象的极大反差："好怪异。祈然变好多了啊。如果说他以前是'天空中的云'，那么现在已经'在地上染上了尘埃'。"[vi]在剧情方面，读者也敏锐地发觉了

---

i   "凤凰丫头，所评章节9"，晋江文学城，引用日期：2018年3月5日。

ii   《同为考研闯关人——看后感（前篇）》，晋江文学城，2006年10月27日，http://www.jjwxc.net/comment.php?novelid=114304&commentid=28376，引用日期：2018年3月5日。

iii   "Sbwffnhc，所评章节31"，晋江文学城，引用日期：2018年3月5日。

iv   "晨，所评章节52"，晋江文学城，引用日期：2018年3月5日。

v   《卫聆风——女人梦想中的男人》，晋江文学城，2007年2月6日，http://www.jjwxc.net/comment.php?novelid=160368&commentid=11354，引用日期：2018年3月5日。

vi   "深蓝浅蓝，所评章节15"，晋江文学城，引用日期：2018年3月5日。

小说上下部的差异。"泡沫"直言："下部的感觉很不一样，它没有上部那样注重描写温馨细节，而是把文放在一个更深层次的地方来写。看得出来，小侠很想把文上升一个档次，所以下部更多了一些阴谋、算计、复杂的权力斗争和错综的亲情关系。"[i]但从评论的整体态势来看，在新的情节发展中，部分读者已失去兴趣。

在情节评价中，男性角色的对比诠释以及感情线的最终走向成为读者争论的焦点，如《潇然梦》中的男性角色"一种是高高筑起心墙，从不轻易为任何女子动心；一种是阅尽千帆、纵览花间春色后，只愿固守一人身边"[ii]。此外，也有将同一人物进行前后对比的读者，如认为萧祈然的形象虽不再完美，但却更显真实的观点："他开始从遥不可及的天堂落到人间，我也饶有趣味地开始看他如何在冰依和自己不得不承担的东西上艰难徘徊，如何成为一个有血有肉的人，而不是神。"[iii]《少年》中，风亦寒与徐冽这两个不同世界的男主形象也时常引发读者的讨论。

三、作品价值

《潇然梦》不能简单地被归为言情小说。作品饱含着作者对人生的深度感悟，即信任与成长。读者"ypclamp"在《冰依的心》一评中对人物在两个世界间的矛盾心理展开了透彻分析，并给出解释："世上有很多事，没做过，就不知道自己到底是怎么想的，也不知道自己到底想要的是什么，可是一旦做了，就会在心里，衡量出一些事和一些人的重要。"[iv]父母亲情与前尘往事，是一个完整、真实的人无法割舍的必然。此外，读者也特别向往小说中的友谊。"心若自由，身沐长风；无游天下，不离不弃"作为《潇然梦之无游天下录》的主题，更是被反复强

---

i　"泡沫，所评章节 29"，晋江文学城，引用日期：2018 年 3 月 5 日。

ii　"惟有香如故，所评章节 88"，晋江文学城，引用日期：2018 年 3 月 5 日。

iii　"潇然一梦"，晋江文学城，2007 年 10 月 3 日，http://www.jjwxc.net/comment.php?novelid=160368&commentid=94794，引用日期：2018 年 3 月 5 日。

iv　"冰依的心"，晋江文学城，2007 年 1 月 5 日，http://www.jjwxc.net/comment.php?novelid=114304&commentid=33766，引用日期：2018 年 3 月 5 日。

调。读者坦言："我羡慕他们三人。如此纯粹地生活，没有隐瞒。"[i]

这种对作品内涵的深思亦体现在《少年》的读者评论中。部分读者在书评中引用原著中风亦寒对林伽蓝的劝慰："公子没有变，只是把以前的路又重走了一遍。"[ii]小说再现了读者年少时浪漫的爱情幻想，更代表了少年褪去稚气走向成熟的人生历程："成长，本来就是九死一生的痛苦过程，伴随着反复折磨，也必然留下骇人伤口，在这个过程中，我们竭力求生，谁也不想死在半路，于是活下来的时候发现，我们已变得强大。"[iii]在这个意义上，《少年》亦有深度，不能被单纯定义为类型化的言情小说。

在标出意蕴深刻的主题外，书评也揭露出小侠作品的时代性缺陷，即文风的拙稚与"玛丽苏"化。"陌上花"评价《潇然梦》时曾言："其实这文只适合在2007年、2008年看，那时候流行这种文风。小侠写得还是比较早的了，到后期都成这样的文风了，我看过很多，都觉得有《潇然梦》的痕迹……如果现在我来看这文的话，也会觉得这里不好，那里不好，但我是以前看的，《潇然梦》再怎样，到现在也是我心目中无可取代的好文。可能是因为当时看的时候心灵的震撼太强烈了。"[iv]其客观公正的评价获得了许多认同，更有读者回应阅读确实需要特定的"缘分"[v]。这也引发了读者对经典的回忆。"那些年，《潇然梦》给了我太多的感动，也留下了太多的回忆。现在再回头来推敲这本书，会嫌它幼稚，会觉得不切实际，但那时所感动的不就是这份虚无缥缈的最纯最真？"[vi]

由此可见，读者对《潇然梦》的认知处于一种不断变动的时代性视角下，并

---

i 《我花了很长的时间，我读完了这本对眼泪巧取豪夺的书》，新浪博客，2010年11月3日，http://blog.sina.com.cn/s/blog_6bdbe05c0100nscy.html，引用日期：2018年3月5日。

ii 《让我余音绕梁三日不绝于耳的书》，豆瓣，2011年9月16日，https://book.douban.com/review/5098849/，引用日期：2018年3月5日。

iii 《此生一别永天涯》，晋江文学城，2009年11月27日，http://www.jjwxc.net/comment.php?novelid=231914&commentid=183066，引用日期：2018年3月5日。

iv "陌上花，所评章节6"，晋江文学城，引用日期：2018年3月5日。

v "最爱小白莲，所评章节6"，晋江文学城，引用日期：2018年3月5日。

vi "'微凉暖伤'回帖"，百度贴吧，2014年12月18日，https://tieba.baidu.com/p/3416027199?pn=2，引用日期：2018年3月5日。

明确地意识到了小说的优劣所在，如出现早、新鲜感强，"剧情在当时绝对是独树一帜"[i]等等优势，以及矫饰的第一人称、文笔稚嫩、心理描写浮泛等缺陷。据此，读者总结出小说"适合刚开始看穿越的孩子看，否则会触到某些雷点"[ii]这一时代定位。

四、作品间的联系与比较

不少读者因《潇然梦》而初识小佚，此小说也常作为读者比较其他作品的参考系。同时，读者自发地对比不同小说中的主人公形象："关键在于冰依做什么都是为了大家，所以性格铺陈得很好表现力俱佳。反之《少年》中女主缺少人格魅力……我怎么总是觉得她像是一朵菟丝花只会依附别人的光辉。"[iii]异于《潇然梦》唯美的叙述，《少年》注重都市生活和宫廷权谋的摹写，对人性的刻画、社会的反映更具广度和深度。然而因人物个性不够鲜明、小说情节缺乏爽感，读者指出："结局我是失望的，从人格上言，伽蓝真的不完整……时而决绝，时而优柔……所以这样的结局很是惘然。"[iv]但也有不少读者认为《少年》的小说设定有新的突破："这种穿越真的挺特别的，在两个世界里各自游走，又会同时搅动两个世界的情感。"[v]这肯定了作者从《潇然梦》到《少年》的进步，并对小佚的后续创作表示期待。

可见，小佚的早期创作以复杂环境中的纯真爱情、人物于生死之间的成长蜕变见长。在以"女性向"为主的穿越言情小说中，作者把握住时代的集体精神切

---

i 《不可不看的经典之作》，豆瓣，2014年2月11日，https://book.douban.com/subject/2973646/reviews，引用日期：2018年3月5日。

ii "LevenC21，所评章节6"，晋江文学城，引用日期：2018年3月5日。

iii 《最美好的爱情是通过对方的眼睛，能够看到全世界——为了勉励给出建议》，晋江文学城，2007年9月2日，http://www.jjwxc.net/comment.php?novelid=231914&commentid=12236，引用日期：2018年3月5日。

iv "tenten17，所评章节1"，晋江文学城，2009年4月1日，http://www.jjwxc.net/comment.php?novelid=231914&chapterid=1&page=5，引用日期：2018年3月5日。

v 《很特别的穿越》，豆瓣，2009年8月1日，https://book.douban.com/review/2185622/，引用日期：2018年3月5日。

片，极力描绘了"玛丽苏"的爱情。小说中丰满的主角群像、真挚细腻的情感书写则满足了读者的期待视阈。此外，小说节奏的收放自如使情节充满纠葛，于变化中引起读者独特的阅读快感。在小说的意蕴层中，心灵真实的矛盾张力揭示出人生的双重感悟，给予读者净化式的精神愉悦。

事实上，读者的评价可以整合为两个基本要点：是爱情，更是成长；流行于时代，又迅速被时代所颠覆。小佚的穿越架空小说在题材内容上的开拓是此类小说的新创与突破，因此读者对小说的评价在早期多为溢美之词，小说甚至被封为"穿越入门之作""白月光"，读者更是"心甘情愿地献上处女长评"[i]。至真至纯、超越生死的小说模式打破了此前穿越小说在古今、宫闱之间的禁忌与限制，意绪的自由洒脱成就了独特的爱情世界。但同时，小佚的行文风格折射出媚俗化、流行化的"玛丽苏"小说倾向。这亦反映出，随着网络文学商业模式渐入佳境，创作者门槛降低，读者受众不断扩大，早期个人化、非理性欲望泛滥的文风逐渐被抛弃。

（章佳萍、潘　琪　执笔）

---

i 《为什么爱上风亦寒》，晋江文学城，2008 年 4 月 20 日，http://www.jjwxc.net/comment.php?noveli
d=231914&commentid=115948，引用日期：2018 年 3 月 5 日。

第十二章

曹三公子："以心证史"的写史特色

＃学者研究＃

随着网络文学的发展，历史小说的写作更加多样化。21 世纪初，天涯论坛开设《煮酒论史》栏目引来许多民间写史作家，他们在网络上对历史题材进行再创造，创作了五花八门的历史文艺作品。其中被称为"新派写史掌门人"的曹三公子（原名曹昇）尤受追捧，品读其书，其解读历史方式令人新奇。曹三公子在序言中说："古人已远，但他们曾和今天的我们一样，也会体验到压力、愤怒、绝望，也会感受到愉悦、幸福、狂喜。……而我的写作目标，便是临摹他们的思绪，重温他们的心迹，让读者'以心证史'，仿佛亲历，而不只是站在遥远的地方冷眼旁观。"[i] 其中"以心证史"概括了曹三公子写史的方式与原则，在其书中处处体现着这一观念。他的著作《流血的仕途：李斯与帝国》《嗜血的皇冠：光武皇帝之刘秀的秀》中许多精彩绝伦的描写，正是通过"以心证史"的方式才得以呈现。

一、"以心证史"的文本表现

曹三公子的著作不拘泥于史实的罗列，而是专注于历史事件中人性魅力的发挥，注重对人物的思维、心绪、情感的挖掘，力图使历史事件鲜活地、真实地展现在读者面前。对历史人物的描写，多采取内心旁白的方式，试图从事件的表面现象下探索出人物的心理活动，由内至外地表现人物的变化。这种体验式的写史

---

i　曹昇：《流血的仕途：李斯与秦帝国》，中信出版社 2007 年版，第 2 页。

方式，与其说是在描写历史，不如说是在解读人心，书中字字句句都从"心"出发来呈现历史中每个跳动的心灵，继而表现由这些心灵产生的伟大时代。《流血的仕途：李斯与帝国》以秦国丞相李斯为镜头，从中洞见战国末年秦国在嬴政手下一统天下到二世而亡的这一段传奇历史，时间跨度四十六年。在李斯这一段起伏沧桑、腥风血雨的仕途中，许多人物如星辰般出现、辉煌，最后泯灭，这些心灵在历史中都闪耀过，他们的智慧、个性、容颜都是影响了之后几千年历史的传奇。曹三公子"以心证史"正是试图展现这些人物心灵，从而实现历史流变的真实展现。

从其书对李斯的描写可以感受到作者所说的"以心证史"概念的体现。以往历史小说对李斯的描写都是在《史记》与其他杂记的基础上进行白话解释，鲜有发挥，对其进行深度探索、人性化描写是从现代才开始的，时间比较近、引用较多的，除曹三公子的《流血的仕途：李斯与帝国》外，还有钱宁著的《秦相李斯》、常万生著的《仓鼠劫——秦相李斯的黑白人生》、张汉东编著的《李斯小传》、程步著的《真李斯包赔不换》、孙朦著的《将相传奇——大秦风云宰相李斯》等，而其中以曹三公子所著的传记篇幅最长，描写最为细腻、深入。如其中对《史记·李斯列传》"见吏舍厕中鼠食不絜，近人犬，数惊恐之。斯入仓，观仓中鼠，食积粟，居大庑之下，不见人犬之忧。于是李斯乃叹曰：人之贤不尚譬如鼠矣，在所自处耳"这几句话的解读。对于李斯做出辞去众多乡亲羡慕的职位，走上未卜的前途这个决定时内心的震动与挣扎，曹三公子不同于其他历史小说对其带过或者浅显解说，而是在史料的基础上，通过将心比心的推测，将李斯当时的感怀与人生之叹铺陈开来：

> 我是谁？我从哪里来，要到哪里去？我活了二十多年，都活了些什么？看看自己身边，尽是庸庸碌碌之徒。难道我也要和他们一样，朝生暮死，无声无息？一想到此，李斯浑身泛起一阵神圣的战栗。他趴在地上，一阵干呕。

大丈夫于人世间，有两个问题必须问问自己：活着时怎样站着？死去时怎样躺着？留在上蔡郡，他将注定一事无成。他将被胡乱埋葬在某个乱坟堆里，他的名字只会被他的儿女们偶尔提起，而等到他的儿女们也死去了，他的肉体也早已在棺椁里腐朽烂透，他的名字也将不会被世间的任何一个人所记起。到那时，上天入地，也找不到半点李斯曾存在过的痕迹。

君子疾没世而名不称焉！[i]

这些发问与感叹完全是从李斯作为"人"的部分来解读，将李斯走上历史舞台的背后，作为"人"的情绪揭示出来。其中"趴在地上，一阵干呕""君子疾没世而名不称焉"等句子，正在人之常情的基础上，对李斯的极端情绪进行感悟而写成，所以这些话获得读者的认同，既合理又震撼。"以心证史"首先是从历史故事中提炼出历史人物作为"人"的部分，其中"证史"不是通过其他历史事实来进行相互证实，而是通过人类之间共通的思维与情感来解读历史人物的，在与历史人物达到共鸣之后，展现历史人物作为"人"的真实情感与思考，从而见证历史真实。

又如其中《谏逐客书》的故事。李斯单凭一封谏书改变了嬴政作为天子的决定，力挽狂澜，救了千千万万的外客，这个故事充满神秘。而且，"陈思王曹植先后上《求自试表》和《陈审举表》，行文凄厉郁苦，读来泫然出涕，结果泥牛入海，终生不得见用。李白呈《与韩荆州书》，吞云吐雾，气势超绝，结果对牛弹琴，不闻下文。韩愈上《谏迎佛骨表》，激昂慷慨，文理斐然，结果唐宪宗龙颜大怒，险些将他加以极刑"[ii]。在这么多例子下，偏偏李斯的《谏逐客书》可以达到这么好的效果，这不禁让人大为疑惑。

对于历史中这种带有传奇色彩的故事，历史小说一般是从人物关系、历史背

---

i 曹昇：《流血的仕途：李斯与秦帝国》，中信出版社 2007 年版，第 2 页。

ii 曹昇：《流血的仕途：李斯与秦帝国》（终结版），中信出版社 2008 年版，第 15 页。

景等外在方面去考证与推究，其中注重的是人物所处的社会环境，而曹三公子"以心证史"是从人物的内心出发来解读其所创下的传奇的。

"在《谏逐客书》里，李斯跳出了个人情绪的小格局，也跳出了围观他写字的外客们集体营造的悲伤气场，始终保持着冷静和克制，站在旁观公允的角度书写谏议，只字不提个人恩怨、外客的凄凉。在他的文章里，只有血，没有泪。"因为，李斯在作《谏逐客书》时，"站在嬴政的角度考虑问题，分析他的处境，判断他的立场，然后对症下药"，所以作为帝王的嬴政能接纳这篇没有"动之以情"而是"晓之以理"的谏文。

在这段文字中，曹三公子完全从李斯的视角来考虑李斯的心绪，其中没有写外在因素，而是对李斯个人的心理活动进行剖析。这一段可谓非常精彩，既让人对《谏逐客书》的故事有了一个更加直观的了解，又将李斯这个人的性格与智慧展露无遗。"以心证史"其次是对历史人物作为"人"的部分中的内心活动进行感悟，"以心"不仅是让读者用心去阅读，而是在解读历史时与历史人物的内心达到共通。

在曹三公子书中类似于这种揭露历史大事件背后人的因素的，还有嬴政杀韩非的故事。初见韩非之书《孤愤》《五蠹》时，嬴政"嗟乎！寡人得见此人与之游，死不恨矣"，因此不惜为韩非发动战争，而得见韩非之后没过多久就将韩非打入狱中，虽然历史记载的是因为韩非的弱秦之计与姚贾、赵高等人的排挤，但是嬴政作为秦王要想留住一个人才又有何难，可见韩非的死是经过嬴政同意，或者说是经过嬴政授意的。而这又是为什么呢？

曹三公子一句"寡人越喜韩非之书，便越恶韩非之人"道出了嬴政的心声：

> 韩非不懂难得糊涂的道理，他只顾沉迷于自己锐利的才气，知无不言，言无不尽，于是犯了嬴政的大忌。术者，只能操于帝王一人之手，而天下莫能知晓。天下莫能知晓，自然更无法言说。是以，韩非关于术讲得越多，便错得越多。

　　韩非也不适合做人臣。人臣的标准是：可以从命，而不可以为命。

　　而韩非在他的书中，却是指点江山、激扬文字，过足了为命的瘾。

　　这样的韩非，嬴政又怎么敢轻易信任？[i]

　　对于这个历史事件，这段文字更多的是从人性方面来考虑。作为帝王，嬴政有着权威性与自负感，不容许韩非凌驾于他之上，而韩非正是不懂这一点或者说不愿意去懂这一点，正是如曹三公子所说的"他沉迷于自己锐利的才气"，所以，即将统一六国的秦王嬴政，不能容忍韩非的存在。"以心证史"最后是从人心中找出人性作为基础，是以人性来证史。

　　从人、人心到人性，曹三公子"以心证史"是在寻找历史最本源的推动力，历史本来就是人的活动痕迹，从人出发来见证历史是一种更加亲切的方式，或许可以更接近历史真实，对于读者来说，也更加容易接受。但是有人曾对曹三公子的这种写作方式进行批判，认为其虚构了历史真实。对于这种怀疑，或许可以用卡西尔的话来解释——"什么是历史的事实？一切事实的真实性都暗含着理论上的真实性。"[ii]确实，历史与文学之间的空隙就是不断通过"理论上的真实性"来进行填补。文学具有想象的空间，历史具有事实的基础。历史小说正是对历史事实进行"理想化的重建"。

二、"以心证史"的学理依据及其可能

　　曹三公子提出的"以心证史"，就是对历史人物进行人性化还原的探索，这个"理想化的重建"并不是历史的个人化过程，而是对历史更加人性化的建构。本文对这种写史方法进行分析的过程中，主要阐释"以心证史"如何能够实现，也就是作者如何能够还原历史人物的心理状态的问题，从而试图找到"以心证史"的合理性。关于这个问题，用康德的"共通感"与中国直观的艺术精神或许

---

i　曹昇:《流血的仕途终结版：李斯与秦帝国》，中信出版社 2008 年版，第 171 页。
ii　卡西尔:《人论》，唐译译，吉林出版集团有限责任公司 2014 年版，第 170 页。

能窥知一二。首先，作者对历史人物的重建是以自我体验作为基础的，也就是"如果换作是我，我会怎么做？"的反身思考。那么这种自我体验式的"我思"是如何与古人的"他思"相互联通的呢？要弄清楚这个问题，就要对"我思"与"他思"的关系做探讨。在《判断力批判》中，康德通过三种不同的思维准则的对照，谈到了共通感概念的特点，他认为"在每一个别人的地位上思维"是"判断力的准则"。"以心证史"中运用的自我体验式的"我思"正是康德说的"在每一个别人的地位上思维"，"我思"与"他思"的联通首先是主体走出自身，运用这种共通的判断力来进行体悟与选择。

关于判断力，康德曾经将判断力区分为规定性的判断力和反思性的判断力两种，规定性的反思在自然领域与道德领域中进行，指向的是人的知性与理性，对这两个领域的决定根据，康德运用先验的阐明之后的结果就是，范畴与道德命令。而在情感领域的反思是康德"反思的判断力"的核心，指向人的情感能力，只能寻求主观的根据，而这个依据只能用共通感来建立。

"以心证史"中运用的自我体验式的"我思"与古人的"他思"达成共通的过程必然离不开这三个领域——自然领域、道德领域、情感领域，但是正如维科所说："诗性语句是凭情欲和恩爱的感触来造成的，至于哲学的语句却不同，是凭借思索和推理来造成的，哲学语句愈升向共向，就愈接近真理；而诗性语句却愈掌握住殊相（个别具体事物），就愈确凿可凭。"[i] "以心证史"所注重的正是历史诗性的阐发，偏重"心"的情感认识能力，在"我思"走出自身为"他思"而"思"时，范畴与道德命令最终指向的是一个普遍的概念上的"思"，而只有在体验到"他思"在情感领域的选择时，才能领悟他人个体生命的人性光辉。所以，两个独立领域的"思"的联通，关键在于情感的"共通性"。对于情感的"共通性"，康德通过"共同的感觉的理念"做了程序上的解释。

康德认为："人们必须把 sensuscommunis（共通感）理解为一种共同的感觉的理念……以便把自己的判断仿佛依凭着全部人类理性，并由此避开那将会从

---

i　维科：《新科学》，朱光潜译，人民文学出版社 1986 年版，第 10 页。

主观私人条件中对判断产生不利影响的幻觉，这些私人条件有可能会被轻易看作是客观的。"而要达到这样的效果，要"我们把在表象状态中作为质料、也就是感觉的东西尽可能地去掉，而只注意自己的表象或自己的表象状态的形式的特性"。[i] 也就是，"共通感"走出私人的主观，走向客观，但这个客观不是理性的客观，而是感性的客观。这是自己的判断依凭于"别人在思维中的表象方式"，以便先从主观私人条件的局限性中摆脱出来，但是这样还不能获得"共同的感觉"，而只能获得"仿佛是全部人类的理性"。只有将自己的评判与"别人在思维中的表象方式"进行对比，在对比过程中将自己"在表象状态中作为质料，也就是感觉的东西尽可能去掉"，获得"自己与别人在表象状态形式的特性"的同一，"我思"与"他思"中的"情感"才获得了共同的基础，达到了内容与形式上的契合。也就是从"我思"的主观情感中去掉偶然的局限，让"他思"的理性赋予感性内容，从而获得"共同的感觉的理念"。也就是曹三公子在情感领域里对"他思"进行体验的过程，首先是在内心唤起情感，但是这个情感还是自我情感，要与他人客观的情感达到相契合，就要在丰富情感体验之余忘掉自我，去掉"表象状态中作为质料，也就是感觉的东西"，然后在情感的形式中找到与他人情感的大同，也就是"共同的感觉的理念"。所以"以心证史"是从自我之心中去掉"自我"的范围而保留内容，再代入古人之心的形式中。

从理论的角度来看，"共同的感觉的理念"对情感交流的程序的解释是合理的，但是"这样一种处理程序固然也许显得太做作了"[ii]，"情感"交流如果只是内容与形式的结合，最终指向的还是外在，不能表现出情感从内在爆发的根本性力量。而中国自古以来对情感都强调内在的直接通达，康德最后提到的"情感的消解、统一能力"在中国艺术中自始至终都仿佛内在流动的气一般存在着。

《易经》中有一句话："易，无思也，无为也，寂然不动，感而遂通天下之故。""无思"即忘掉对象的知识，"不让心对物做知识的活动，不让由知识活动

---

i 康德：《判断力批判》，邓晓芒译，人民出版社 2002 年版，第 13 页。
ii 康德：《判断力批判》，邓晓芒译，人民出版社 2002 年版，第 136 页。

而来的是非判断给心以烦扰，于是心便从知识无穷的追逐中，得到解放而增加精神的自由"[i]；"无为"便是将己身从行动之欲望中脱离出来，"不给心以奴役"，将一切归于虚静，则可"神遇而不以目视，官知止而神欲行"，天下行止皆静观自在，达到"其心志，其容寂，其颡頯。凄然似秋，煖然似春，喜怒通四时。与物有宜，而莫知其极"（《大宗师》）。从忘物忘我，达到从容自知，悲喜与四时和，从而精神从物中得到解放，心与物自然合而为一。所以苏东坡诗云："静故了群动，空故纳万境。"王羲之云："在山阴道上行，如在镜中游。"诗人了却物外，直观自然，"这时一点觉心，静观万象，万象如在镜中，光明莹洁，而各得其所，呈现着它们各自的充实的、内在的、自由的生命，所谓万物静观皆自得。这自得的，自由的各个生命在静默里吐露光辉"[ii]。中国艺术中情感的直达与内观，是在心与物的自然消解中直接达到的。情感的共通就在忘我忘物、物我为一的超越中随意流动。所以曹三公子与古人的心与心的交流，重在自由精神中情感的直接共通，这是从有隔到无隔的过程，无隔，便能与所著之物一脉相承，契合无间。因此，可以说，"以心证史"对历史人物的还原过程，通过康德的"共通感"而获得了理论上的基础，从而解释了反思他人怎么在情感上达到共通的问题，但是最终与人物相融为一，还在于与古人进行"心"的交流时的"一点觉心"，达到情感的纯粹、精神的自由，只有这样才能"游"诸物外，达到"情"的内通。不过，曹三公子的独特之处不仅在于与古人达到契合，更在于无隔之后的有隔，在于"所著之物皆还是我"的独创。他在与"他思"达到大同之后，又在形式上重新寻回自己。所以书中一方面对李斯远赴咸阳的壮志激情、对阵吕不韦的谨慎与高傲、初见嬴政的崇敬与欣喜、经历韩非之死的复杂痛惜、见证统一大业完成时的居安思危、被打入大牢的沉默悔恨有着深切的感悟；另一方面又以幽默诙谐的现代性语言体现着自我的真实存在。正是这种独特的结合方式吸引读者，让读者能够轻松接受其作品。

---

i 李维武：《中国艺术精神》，《徐复观文集》第四卷，湖北人民出版社 2009 年版，第 48 页。

ii 宗白华：《美学散步》，上海人民出版社 1981 年版，第 21 页。

三、"以心证史"的价值探索

曹三公子的新派写史方法作为网络文学的一种新的探索，不仅赢得了众多的追随者，更重要的是他在抓住时代发展需求的同时，对历史小说的走向做了新的引导，相比于传统历史小说与当代流行的架空历史小说，"以心证史"开拓了一个新的方向。

在后现代主义文化下，传统价值观强调的"有"与网络空间的"无"中，可以获得人生短暂解放的"无"被提高了。在"无"的引导下，后现代主义文化在现实生活中更强调在虚幻的空间中寻找存在感，所以类似架空历史小说等超越真实的网络文学如雨后春笋般纷纷出现。但是曹三公子主张的"以心证史"写史方式，在"有"与"无"之间强调情感的贯通。并且，贯通于其中的"情"没有或者说很少被理性所推崇的深度所束缚，在通过"共通感"传达共通情感时，并没有将"情"引向"理"。

而这种对历史的纯粹态度，来自曹三公子对时代观念的把握。数字、网络时代下，事物的"深度"正在消解，但这并不是说当代人对事物不做深入的思考，而是换了一种方式去接近事物，当代人试图卸下背后的价值包袱，纯粹地对事物做"我"之观察。所以作者将创作视为个人的活动，在书中与自己游戏。康德说："属于天才本身的领域是想象力，因为它是创造性的，并且比别的能力更少受到规则的强制，却正因此而更有独创力。"[i]曹三公子除了通过想象力达到心与规则的消解，还通过与"自己"游戏，达到了与文字的消解。而这个"自己"正是后现代文化所追求的"自我"意志。孔子提倡"致乐以治心。则易直子谅之心，油然生矣"。但在后现代，不管充斥其中的感性文艺产品对孔子的"乐教"持如何态度，后现代人已经有将文艺视为自己的领域的倾向，更加强调自我对文艺的力量，而不是文艺对自我的力量。作者正是抓住了这一时代的偏向，抓住了读者的时代审美，才形成了自己独特的表达风格，准确地找到与情感表达相适应的时

---

i　康德：《实用人类学》，邓晓芒译，上海人民出版社 2002 年版，第 125 页。

代选择。他在运用"一种把想象力的转瞬即逝的游戏把握住并结合进一个概念中（这概念正是因此而是独创的，同时又展示出一条不能从任何先行的原则和榜样中推出来的规则）的能力"[i]时，"不囿于历史，而是时常生发开去，古今中外，多有征引，连类属比"[ii]，并且在传达概念的同时毫无顾忌地展现自己的风格，时常在书中表达自己的感怀，现身于书中。正是曹三公子在书中表现的这种"自我"意识的觉醒，与读者产生了时代的共鸣，让读者能够轻松地在他的文字中寻找到自己想要的历史。

所以，"以心证史"既不同于传统历史小说纯粹强调历史的力量，与架空历史小说的虚幻历史也有着很大的区别。"以心证史"是在历史事实的基础上，对人性的一种探索。在写作目的上，传统历史小说注重历史事件的大脉络分析与历史人物的典型化构建，较少关注历史人物作为"人"的喜怒哀乐、怨恨情仇；架空历史小说关注"人"的感性表达，但走向极端，将历史真实完全抛弃，为了个人的幻想而写历史；而"以心证史"既不是为了写历史而写历史，也不是为了个人而写历史，而是为了写"人"而写历史，是在历史事实的基础上对人性进行合理的挥发与推测，以达到对历史人物的生动还原，从而找到"人"身上最宝贵的价值。在对待历史的态度上，传统历史小说将正史摆在高位，认为其权威性不可置疑，就算进行文学的阐释也是在解释正史；相反，架空历史小说对"历史记忆的意识形态性质保持警惕并对其真实性产生怀疑进而对历史的真实进行历史思辨"，"在这种叙事中，作者与叙事者高度统一，并在角色功能上，无限高于历史人物"[iii]，文章强调对历史人物的支配性；而"以心证史"既不将正史奉为圭臬对其采取仰望的态度，也不随意支配历史采取游戏历史的态度，而是与历史平等地接触，与历史人物平等地对话，对历史进行合理地发问与扩充，还原生动的历史之后使历史又具有现代性的特色。在价值取向上，"如果说，经典历史小说类型

---

i 康德：《判断力批判》，邓晓芒译，人民出版社 2002 年版，第 162 页。

ii 曹昇：《流血的仕途：李斯与秦帝国》，中信出版社 2007 年版，第 2 页。

iii 许道军，葛红兵：《叙事模式·价值取向·历史传承——"架空历史小说"研究论纲》，《社会科学》2009 年第 3 期。

追求'真实性'和'艺术性'，并以'真实性'为前提的话，架空历史小说则以'艺术性'和'娱乐性'为目的"[i]，而"以心证史"则又是一个折中的方式，其中"真实性"与"艺术性"并重，而且可以随着作者的发挥具有一定的"娱乐性"。

通过对比发现，"以心证史"弥补传统历史小说的不足又结合了架空历史小说的优势。首先，"以心证史"保留了更多历史与人性的真实，因为身由"心"而动，还原历史人物的内心便可以还原历史人物的事迹，而且将历史真实放大，可以让读者也能够直接感受到历史人物的际遇沉浮、命运沧桑、喜怒哀乐、爱恨情仇，在普遍的情感中让读者重新找到与历史的共鸣；其次，"以心证史"还是对人性的真实探索，相比于架空历史小说关注的人性更具有广泛性与根本性，因为回到真实历史事件中去探讨人性可以跳出个人的范围，而从民族、从整个人类的范围来对人性做出关怀；最后，"以心证史"让历史回归到"人心"找到"人心"的真与诚、生命活力等超越时间的永恒概念，让历史超脱物质的偶然性，从而找到整个人类的本根性的东西，而正是这些东西才让历史穿越几千年而感动现在的读者。从这个角度看，书写历史最根本的目的不是以史鉴今，而是为人们保留人类的"真心"，"以心证史"正是为历史小说开辟了这么一条新路，或者说找回了历史小说原始的目的，从而让追求自我的现代人还能从历史中找到"真实自我"，在不断解读历史中实现历史的延续。

综上所述，"以心证史"适合当代的历史小说的发展，对人物的公正态度，更适合大众化的传播。从历史层面探讨出来的人性光辉，又对大众文化的负面影响具有一定的抵抗力，能够让历史小说保留其本身的价值。

（张玉青　执笔）

---

i　许道军、葛红兵：《叙事模式·价值取向·历史传承——"架空历史小说"研究论纲》,《社会科学》2009 年第 3 期。

读者评论

　　曹三公子自 2006 年在天涯论坛开帖以来，共成书两本——《流血的仕途：李斯与帝国》与《嗜血的皇冠：光武皇帝之刘秀的秀》。网友对这两本书的评论主要集中在豆瓣、知乎上，此外微博等平台也有少许简短的评论。根据笔者的统计，豆瓣的评论在数量和质量上都具代表性，有简短评价数千条，长文评论数百条。基于此，本文主要以曹三公子的两部作品为出发点，摘取豆瓣中价值较高的评文与其他网站的精华评论，借此总结网络读者对曹三公子作品的接受程度。

一、《流血的仕途：李斯与帝国》评论

　　《流血的仕途：李斯与帝国》（以下简称《流血的仕途》）是曹三公子的第一部作品，出版图书分上下两册，其以战国末年群雄逐鹿为历史背景，刻画了大秦丞相李斯曲折而又传奇的一生。小说以一种诙谐幽默的叙述语言，通过对历史空白的想象填补，将残酷的政治、狡诈的权谋写得妙趣横生、自成一派，受到很大一部分读者的追捧，也使曹三公子成为国内最受读者欢迎的历史作家之一。两部书在豆瓣上分别获得了 8.1、8.2 的高分，在 3007 条短评与 403 条精选评论中（数量一直在增加），网友对此书的评价褒贬不一，喝彩声与骂声齐出。褒有甚者将此书奉为圣经，极力追捧；贬有甚者认为此书毫无价值。为了避免产生煽动性的后果，此处主要整理了高质量、具有点评价值的评论，以便读者能够更为客观地了解分析作品。

　　从语言风格来看，关于《流血的仕途》，网络读者评价的最大爆点便是其语

言特色，网友对曹三公子行文风格的评价呈现出褒贬不一的两极化趋向。由于是历史网络小说，曹三公子为了营造出浓厚的历史氛围，在行文中难免夹杂些文言词句。与此同时，为了消解历史叙事的晦涩感和严肃性，作者在小说中大量运用了现代词汇和表达，达到一种戏谑的幽默感，从而增强了小说的趣味性。作者在序言中谈道："本文之写作，并不囿于历史，而是时常跳出，生发开去。古今中外，多有征引，连类属比，求深求趣。"[i]也正如网友所总结的："文体介于小说与历史之间，虚构与史实并行，不时掺入自己的感想议论，用跳跃性思维的方式引用古今中外的资料来评述书中人物、事件，很新颖，语言个性鲜明，不生硬，故事节奏也显得轻松流畅。"[ii]小说中语言的幽默性和调侃意味也被部分网友亲切地称为"兼具智慧与娱乐的'高级调侃'"。"他用一种幽默调侃而不乏味庸俗的极具时代感的语言，讲述了那个两千年前风云变幻的舞台上一群活跃的角色。他们不再凝立于遥远的历史的画卷里供今人冷眼瞻仰、品评或唾骂，他们的理想和欲望、威严和孤独，他们的智谋与深算，温情与无奈被有温度的文字点亮，展现了一种人性中穿越时代的纽带……曹三时尚而不媚俗的文字使思维会有一种奇妙的节奏感和舒畅感，让人只觉畅快，不觉翻卷如飞。"[iii]这种"时尚而不媚俗"的风格，迎合了年轻一代的阅读情趣，无疑成为小说"吸粉"的重要原因之一。

尽管这种幽默调侃的语言风格收获了一批网友的好感，但也有不少网友表示对其难以接受。"曹三公子戏说太重而历史略轻，李斯太过高大，对一些过错却一笔带过或轻描淡写，秦二世胡亥沙田之变推过于赵高，害韩非致死反是情深意重。荆轲刺秦确为壮举，太子丹爱国心切灭秦，燕王喜昏庸误国而亡，在其笔下

---

i　"《流血的仕途：李斯与秦帝国（全集）》书评"，微信读书，https://weread.qq.com/web/reader/c8432f705cdb15c8466631e，引用日期：2021 年 8 月 5 日。

ii　《刘秀的秀才开场》，豆瓣，2010 年 10 月 11 日，https://book.douban.com/review/3914619/，用日期：2021 年 8 月 5 日。

iii　《娱乐的深度》，豆瓣，2007 年 9 月 8 日，https://book.douban.com/review/1205416/，引用日期：2021 年 8 月 5 日。

反而更为不堪。"[i] 也有网友认为曹三公子在行文中有卖弄学识之嫌："曹三公子确实有才，可惜文笔风流之余，略有卖弄之嫌，文字组织上落了下风，着实可叹。"[ii]

尽管网上存在一些批评的言论，但综观这类评论可以发现，读者对曹三公子的写史方式有一个从抗拒到接受的过程。一方面在初读时会感觉到作者文风与其印象中严谨的写史手法相冲突，另一方面在沉浸之后又被文章的整体建构所吸引，感受到内容的极度舒适和阅读的适悦。究其原因，主要在于作者在文中经常根据创作需要穿插一些古今中外的实例，文笔上较自由，所以在一开始阅读时，会与读者对历史类作品的期待产生差异，自然就会出现一个接受上的磨合过程；而文章之所以能够吸引读者，让读者克服阅读习惯的差异和抵抗，是因为作者的叙述方式并不是飘浮在空中的，而是基于对内容的陈述，达到了内容与形式结合的一致性和艺术性，从而引起读者的审美愉悦。

从人物塑造来看，虽然写历史人物需要以史料的真实为基础，但作为历史小说，可以在文学性上多做发挥，塑造出丰富立体的人物形象。毫无疑问，网友对人物的评价大多集中在李斯身上，"有血有肉"更是成为评论区经常出现的高频词汇。"之所以赞这本书，也是因为曹三写出了我想看到的李斯，写出了奋发图强，也写出了黯然神伤，写出了大梦千年热泪盈眶，也写出了心计深沉，步履艰辛，回首一片苍凉。"[iii] "何时挺身而出，何时低调坚忍，如何一击毙命，怎么全身而退，大局为重，台面上的人都是小聪明，背后的人都隐藏着大智慧。"[iv] 从以上网友的短评中，我们不难看出作者对李斯这一人物的刻画之成功。更有网友在阅读完《流血的仕途》后，对李斯的一生进行了更为深刻的剖析："说他无罪其也有

i 《历史还是不能戏说》，豆瓣，2012 年 9 月 18 日，https://book.douban.com/review/5588328/，引用日期：2021 年 8 月 5 日。

ii "《流血的仕途》短评"，豆瓣，2011 年 9 月 29 日，https://book.douban.com/subject/2133254/comments/，引用日期：2021 年 8 月 5 日。

iii 《文不对题的精品》，豆瓣，2007 年 11 月 4 日，https://book.douban.com/review/1233804/，引用日期：2021 年 8 月 5 日。

iv "对《流血的仕途》一书如何评价？"，知乎，2014 年 6 月 18 日，https://www.zhihu.com/question/21815833/answer/26980253?utm_source=qq&utm_medium=social&utm_oi=1116813006931275776，引用日期：2021 年 8 月 5 日。

罪，其罪在于对梦想信念的过分执着，而忽略了对客观世界的具体分析，诱使他背叛了他的王、他的国以及他的信仰，也最终造成了不朽的秦帝国与二世而亡的速朽秦国。真可谓帝国的悲哀：成也李斯，败也李斯。然而，我们无权评判他是否真的有罪，因为历史是没有假设的，也没有像电影中的镜头回放。根本不可能站在当事人的立场去思考，更无可能去设身处地感受到他当时的处境与心情。"[i]

自然，还有少部分评论涉及小说中的其他人物，例如："时而为李斯的舌战群儒拍案叫绝；时而疼惜韩非不世之才，只因老天的一个出身的玩笑，让一代天骄无用武之地；时而凝视嬴政，如他睥睨自己的大秦帝国。为他们击节，他们的胜利似乎是我的胜利，我一如一个小小的孩童，躲在屏风后，欣赏着谈笑间，樯橹灰飞烟灭的英雄们，不敢多说一字。仰望，只是仰望而已。"[ii]上述这些评论，不难看出网友对小说中人物的喜爱与赞赏，曹三公子以一种另类的想象将史料中已经凝固了的人物鲜活地展现在读者面前，使小说也变得"有血有肉"。

除了小说语言、人物等带给读者阅读的快感与美感，小说中潜藏的思想内涵更是被网友挖掘出来，各抒己见。"《流血的仕途》，不仅是一部李斯的独家仕途笔记，也是一部为官、从商、自我成功不可错失的技术集成秘籍。读一遍参透历史，读两遍醒悟人生。看李斯在大转折期的官场生存智慧，发现两千年来中国仕途的终极诡秘！""[iii]从网评中可以看到，曹三公子对李斯仕途的叙述，使得不少读者将小说看作是一本极具阅读价值的成功学著作。更有网友总结分析小说中李斯成功的原因，进而透析中国式的职场规则："通观全书，李斯是一个一辈子只坚持做两件事情的人。第一，一生坚持为大老板秦始皇提供'增值服务'。第二，

---

i 《成功之道》，豆瓣，2014年3月2日，https://book.douban.com/review/6569824/，引用日期：2021年8月5日。

ii 《流血的不只是仕途》，豆瓣，2016年12月24日，https://book.douban.com/review/8248967/，引用日期：2021年8月5日。

iii "《流血的仕途：李斯与秦帝国》读书推荐"，当当网，http://e.dangdang.com/products/1900411206.html，引用日期：2021年8月5日。

自己的竞争对手在想什么，李斯永远一清二楚。"[i]可见部分读者并不满足于将这本书看作娱乐消遣的工具，而是以此观照生活，解剖生活。也有网友提出不同的看法，认为"《流血的仕途》照旧不是'官场＆商场葵花宝典'，而是一本强化你作为人的特性的书"[ii]，可见网友对该书思考深刻、见解独到。而无论是哪一种解读，都代表着网友对该书的思考和感悟，这才是阅读的珍贵之处。

二、《嗜血的皇冠：光武皇帝之刘秀的秀》评论

继《流血的仕途》后，曹三公子又创作了《嗜血的皇冠：光武皇帝之刘秀的秀》（以下简称《嗜血的皇冠》）一书，出版图书也分为上下两册，讲述了汉光武帝刘秀称霸天下、统一中国的传奇经历。在豆瓣书单上《嗜血的皇冠》获得了8.0分，共计有642条短评和58条书评（数量一直在增加）。

在语言上，作者延续了戏谑幽默的语言风格，又在此基础上有所创新。"新作在延续《流血的仕途》诙谐风格的基础上，提高了小说笔法的成分比例，大量游侠奇遇及战争场面的描写颇有古典小说之遗风，文学趣味大大增强。"[iii]"《嗜血的皇冠》文笔上流畅顺溜，结构上更是深得形散神不散的真传，放得出去，收得回来。用中外文学的经典，文理工科的素材，再加上东西方流行音乐的节奏，不停地迷惑着每一个读这本书的人。"[iv]

在人物塑造上，曹三公子刻画了刘秀、邓奉、王莽等人物形象，将他们的所思所想所舍所得都展现在读者面前。有网友这样评价："正如鲁迅先生所说的，'经学家见易，道学家见淫，才子见缠绵，革命家见排满'。《嗜血的皇冠》便延

i 《透析千年不变的中国式职场规则》，豆瓣，2007年10月31日，https://book.douban.com/review/1231956/，引用日期：2021年8月5日。

ii 《做人，不做政治动物》，豆瓣，2007年9月10日，https://book.douban.com/reading/10258107/，引用日期：2021年8月5日。

iii 《网络文学也可以很有思想》，豆瓣，2011年2月8日，https://book.douban.com/review/12317499/，引用日期：2021年8月5日。

iv "读世界"，新浪博客，2011年6月18日，http://blog.sina.com.cn/s/blog_82303d0d0100rcvd.html，引用日期：2021年8月5日。

续了这种普适风格，一如既往地对历史恣意汪洋的讲述，一如既往地对人物深刻独到的评说。"[i]不少网友将《流血的仕途》中的李斯与《嗜血的皇冠》中的刘秀进行对比，认为"刘秀整体上没有李斯写得好，可能是因为宫斗比战争更好写，更容易突出主角的性格、特点，更容易对事件进行评论和思考吧"[ii]。

在思想内涵上，人与宿命的抗争是整部小说的核心，在序言中，曹三公子就提出了"宿命之中的努力""是人成就了宿命，还是宿命成就了人"等哲学问题，表现出对命运的思考探索。"本书以平实的语言将各朝的大小政变娓娓道来，引领读者回到那些阴谋与颠覆的年代，静静围观嗜血皇冠导演的一场场血腥的权力演变，让读者在一幕幕惊心动魄的政变之中，看清权力、利益与生命的关系，于有味之中体悟更加真实的人生。"[iii]在评论区中，网友也针对"'命运'和'努力'何者更重要"这一问题进行了探讨："命运和努力哪一个更重要？尤其是当命中已经注定，个人的努力又意义何在？在刘秀看来无论命运是怎么样的我都要做好我自己，在昆阳大战中尤其明显。八千对四十万人，不管前途有多黑暗，都要走下去！"[iv]小说中的刘秀不畏艰难险阻，坚定地选择做好自己，让不少网友阅读时深受触动，感悟到了努力奋斗对于人生的价值意义。

从读者评论来看，网友对《嗜血的皇冠》一书的争议性较大。部分网友认为其延续了《流血的仕途》的行文风格，语言诙谐，叙事流畅，读起来酣畅淋漓，值得一看。然而也有部分网友质疑，认为《嗜血的皇冠》流于形式，逻辑也不够严密，有些牵强附会。

相较于其他作家而言，曹三公子的作品虽然只有《流血的仕途》和《嗜血的

i 《兴业当如光武帝，做人当学刘文叔——评〈嗜血的皇冠大结局〉》，豆瓣，2011年8月13日，https://book.douban.com/review/5061654/，引用日期：2021年8月5日。

ii 《如果命中已经注定，那么……》，豆瓣，2012年7月7日，https://book.douban.com/review/5494658/，引用时间：2021年8月5日。

iii "莫不世"，微博，2017年9月27日，https://m.weibo.cn/status/4156741446704012?sourceType=qq&from=10B7395010&wm=20005_0002&featurecode=newtitle，引用日期：2021年8月5日。

iv "灵台方寸之间"，微博，2017年1月5日，https://m.weibo.cn/status/4060636197499610?sourceType=qq&from=10B7395010&wm=20005_0002&featurecode=newtitle，引用日期：2021年8月5日。

皇冠》两部，但仅凭借这两部小说，足以使曹三公子从同类小说家中脱颖而出，与当年明月齐名，奠定了他历史写作新一代大师的地位。创作风格上，曹三公子别具一格的文风圈粉无数，正如读者所评："曹三的文风，可说是亦古亦今、亦谐亦庄。说他古，因其文字虽以白话为主，却常冒出点文言，或学司马迁评点一番，颇有古风；说他今，因其叙述历史时，会时不时奔出些流行新词，网络语言，玩世不恭之余却并不突兀；说他谐，自然是文中多有幽默诙谐之妙语，抑或古今穿越，插科打诨一番，引人发噱；而说他庄，因其看似流俗浅白的叙述下，其实也未尝没有发人深省的内容。"[i]网友这段评论精准犀利，是对曹三公子文风最恰当的概括。同时，文风与题材的相近使得不少网友将其与当年明月相比较，网友"toys4"评论道："曾与多人讨论过曹三及当年明月，有趣的是，对于后者似乎大家更容易达成一致：会讲故事，在水准之上，但未臻化境，其读者评价分布呈橄榄形，而对于前者，则褒贬不一，喜爱者无比喜爱，反感者无比反感，似乎很是看不惯如此嬉笑怒骂、随意穿插的风格，其读者评价分布呈哑铃形。"[ii]这一评价有一定的道理，网友对曹三公子与当年明月的写作风格和读者受众都分析得比较到位。总体来看，两位作家的作品确实各具特色，也不必非要分出高下，关注作品本身，结合自己的阅读感悟进行评论，就是对作品最大的尊重和肯定。

　　曹三公子小说取得的成就与网友书粉的支持是分不开的。在创作之初，曹三公子原本只打算写个中篇便停笔，没有料到当他作品的前几部分连载到天涯《煮酒论史》时，受到了众多网友的热烈追捧，在网友的殷切期盼下，曹三公子写成了长篇小说《流血的仕途》，继而又创作了《嗜血的皇冠》。网友的肯定和赞誉是曹三公子创作的动力，同时这又反映出曹三公子小说的高质量，这种良性关系无疑是当今网络文坛所缺乏的。对于网络文学作家来说，求同只是基础，更重要

---

i 《光武帝刘秀的奋斗史》，豆瓣，2010 年 10 月 9 日，https://book.douban.com/review/3877790/，引用日期：2021 年 8 月 5 日。

ii 《非常喜欢，非常推荐》，豆瓣，2012 年 6 月 5 日，https://book.douban.com/review/5454844/，引用日期：2021 年 8 月 5 日。

的是求异，挖掘自己作品的独特之处，才能从海量的网文中脱颖而出，被广大读者所注意到进而喜爱。

（赵　倩　执笔）

第十三章

天蚕土豆：练级小说中的人设套路

＃ 学者研究 ＃

套路化叙事，即按照同一个模式重复性地安排设置世界、人物、情节等叙事要素和环节的写作方式，这是中国网络文学中的普遍现象。这种套路化叙事既存在于网络文学同一类型中，也常常出现在同一作者的不同作品中。天蚕土豆的三部玄幻练级小说《斗破苍穹》《武动乾坤》《大主宰》具有明显的套路化叙事倾向。其中，以人设套路最为典型，集中体现在对故事主角、女性角色和重要配角以及专属性"帮助者"的出身、性格、能力、情感倾向、价值观等方面的重复性、模式化的设计和写作安排上。以天蚕土豆三部玄幻练级小说为考察中心，分析网络文学写作中的人设套路现象，总结不同套路化操作对读者不同心理需求满足和叙事功能，以及总体上对之予以学理性反思，对推动当前网络文学写作的健康发展和批评与理论建设都有重要意义。

一、形象塑造的套路化

天蚕土豆的《斗破苍穹》《武动乾坤》《大主宰》三部现象级作品，属于典型的单一主角玄幻练级小说。主角成长故事构成了小说叙事的主体。"在整个人物关系中，主角处于令人艳羡的地位，主角的愿望、意志决定了所有人物的命运和故事结局，作品会给主角好运气，让其他人物做出符合主角需要的行为。"[i]为了能够充分践行这样的"主角中心主义"，天蚕土豆不惜按照同一套路重复化地塑造

---

i　王祥：《网络文学创作原理》，中国人民大学出版社 2015 年版，第 24 页。

了三位主角形象。

在主角出身方面，三部作品三大主角的身份有一个共同点，都是偏远地方主要势力的直系继承人，且父系的长辈都为家族或地方掌权者。小说《斗破苍穹》的主角萧炎来自一个叫作乌坦城的小城镇，是小城三大势力之一萧家族长的儿子；《武动乾坤》的主角林动来自小地方青阳镇，是小镇四大势力之一林家族长的孙子；而《大主宰》的主角牧尘，来自小说世界中最小的区域单位北灵境九大域之一的牧域，是牧域之主的儿子。

这样的设定的好处在于，一方面，主角出身的起点不算太高，很容易获得大多数一般读者对主角的身份认同。而主角在这样出身环境中形成的重视家族血亲关系、出身不显却志存高远等思想观念、价值追求，也容易引起一般读者的共鸣。另一方面，其家族又并非平头百姓，而拥有一般家庭不具备的地方势力和财富资源，这可以为他们日后打天下提供物质保障。而对于一般读者而言，这样的出身和资源条件又并非高不可及，或者说这些是可以出现在其幻想范围之内的，有利于读者在心理上形成情感认同。

在主要性格特征上，三部小说的主角也几乎出自同一模板。首先，他们如出一辙的坚毅、隐忍、执着。这种性格确保了他们在修炼道路上攻坚克难，不断前行。在《武动乾坤》中，"坚持"二字始终贯穿在林动的修炼过程中："汗水滴入眼中，涩痛的感觉让林动紧咬着牙关，他能够感觉到那经过高度的劳累之后，浑身肌肉所散发出来的那种酸麻与疲惫，很多人在这个时候，都是会选择休息，但他父亲却是告诉他，唯有在这种时候，方才能够突破极限，所以，一定要坚持！"（《武动乾坤》第二章）这种描述对《斗破苍穹》中的萧炎和《大主宰》中的牧尘也完全适用。其次，他们都具有获取超能以至出人头地的强烈欲望："为了避免日后的麻烦，他需要用绝对的力量，来让自己拥有震慑般的声望。"（《斗破苍穹》第四百六十章）"对于别人会如何想，林动并没有心思去理会，他只是想要变强，强到足以在下次面对着绫清竹时，他不用再继续微微垂头，而现在有这种变强的机会，他自然是不会放弃。"（《武动乾坤》第六百五十八章）对于三位主角而言，力量是实现欲望的基石，对力量的执着实际上体现的是对欲望的渴求，只有绝对的力量才能吸引强者们的追随和红颜们的青睐。而作者正是利用了这一点，借主角之口将逐欲的行为合理化，在小说故事中变相帮助读者释放现实中被压抑的欲望。再次，三位主角都具有几乎相同的冒险意识和奉行自我中心主义的价值观，"人若犯我，我必犯人"是他们的人生信条。面对强敌挑衅，如果不是实力相差过于悬殊，他们常常表现出激进行为，尽管前方可能隐藏着巨大的危险，仍然会选择放手一搏。即使对手以背后强大的势力作威胁，他们也毫不顾忌。这种心理状态在三部作品中皆有非常相似的描述：

> 萧炎淡淡地笑了笑，微垂下的漆黑眸子中，闪过一缕寒芒，他从来不自诩自己是好人，既然对方三番四次地挑衅，那么，便依了他吧……（《斗破苍穹》第三百八十一章）
>
> 他看得出来后者的一些忧虑，但却并未说什么，血鹭武馆即便是真的拥有着一位造形境大成的强者，那也无法让现在的他有什么惧怕心理，那等等级的对手，现在，他还能够应付。（《武动乾坤》第两百二十一章）
>
> 他自然是看得出来雷音尊者、金雕皇两人对他也是暗含杀意，但出奇的是，他却并没有因此畏手畏脚，反而直言挑衅。（《大主宰》第一千三百五十二章）

这种不畏强权、富于冒险、自信而张扬的性格，常常使他们陷入冲突和麻烦之中。如此的性格设定可以实现玄幻晋级小说某种叙事功能，即故事中冲突的呈现方式需要不同实力、等级的敌方或对手们交锋对决，主角因而能够积累战斗经验，不断地提升实力，以此推进故事情节的发展。从读者消费和接受的角度，这样的主角性格套路也具有一定积极意义，即作者无须耗费不必要的心力去思考和设计更多的矛盾冲突和曲折情节，单凭这样的人物性格就可以吸引读者阅读。

此外，三位主角还有着同样的难得天赋资质。在小说中，三位主角因出身所限，与其他出身高贵的人物相比，起初并不突出。为了使主角们脱颖而出，作者特意赋予了他们极高的修炼天赋和潜能。萧炎有罕见的炼药师之才，林动在符师练级领域上颇有造诣，牧尘也是一位天赋异禀的灵阵师。这三种禀赋能力都不会伤害肉体，却能凭借迂回且另辟蹊径的攻击方式，带来出其不意攻其不备的杀敌效果。其实，这种设定在玄幻小说中十分常见，也可以视为"金手指"的一个具体形式。它往往会帮助主角在成长初期实力平庸阶段出奇制胜，以弱克强。有时，这一设定还可能为主角日后晋级提供物质基础和获取超能力做铺垫。如炼药师的身份为萧炎带来了源源不断的经济收入，而为了精进炼药技术所锻炼的精神力和收集的异火，又成为日后重要的能力和手段。

在天蚕土豆这里，主角们的出身、性格、天赋等方面几近相同，写作中不同作品如此回环往复，不断重复再现，以不断满足一般读者粉丝获得角色带入和爽感体验的要求，也实现了小说自身需要的某种叙事功能。

二、人物关系的套路化

在三部作品中，不仅三位主角人设可总结出一套标准模式，女性角色及其与主角的两性关系同样也是按套路化模式构设出来的。三部小说第一女性角色——薰儿、绫清竹和洛璃，皆有如出一辙的美貌、出身和对男主倾情的情感投入。

《斗破苍穹》中对薰儿的外貌描写是："女孩一身淡青衣裙，三千青丝被随意地束着，蔓延过那盈盈一握的纤腰，最后垂直娇臀，轻风吹拂而来。……一对动人明眸，透着空灵之意。"（《斗破苍穹》第一千三百零三章）《武动乾坤》中的绫清竹则是："她身着浅色青裙，衬托着那修长柔软的娇躯，……清眸流转，仿若天地都失了颜色。"（《武动乾坤》第六百三十三章）而《大主宰》中的洛璃也是："她拥有着精致美丽的容颜，那对清澈见底琉璃眸子，给人一种宁静的感觉，柔顺的长发，犹如瀑布般地垂落下来，落在那纤细一握的小蛮腰处，轻风吹拂而来，微微摇摆。"（《大主宰》第一百四十二章）长发飘飘，腰细身长，明眸流转，清冷高贵，我们完全可以把这些描写和它们描写的对象做三次互换，并不会影响读者对三位女性的外貌和气质的接受，甚至可以认为，她们是具有不同名字的同一人物。

如此美艳动人的她们，又都出身名门，这与男主出身偏远地方形成了鲜明的对比。《斗破苍穹》的薰儿是远古圣族古族的大小姐，《武动乾坤》的绫清竹为超级宗派九天太清宫的天之骄女，《大主宰》的洛璃更是西天界四大神族之一洛神族的女皇继承人。

与貌美、出身高贵相比，更值得一提的是她们皆对四处留情的男主们一往情深，甚至甘愿为他们丢失自我、无私奉献。在经历了种种考验之后，这些第一女性角色无一例外都选择做主角背后的女人，不仅是人生伴侣，更是他们得力的事业助手。薰儿和洛璃为了羽翼未丰的主角立稳脚跟，不惜放弃家族责任，隐瞒身份和实力，陪伴在他们身边。面对薰儿的帮助，萧炎"忽然神情一阵恍惚，自己有多久没见到她耀眼的一面了？她有这个资格与实力，可却甘愿默默在自己身后为他做一些细小且微不足道的事情"（《斗破苍穹》第五百四十一章）。《大主宰》中男女主角的关系也极为相似："能够让洛璃安安静静跟在身后的，除了牧尘之外，恐怕北苍灵院找不出第二个男生有这待遇了。"（《大主宰》第三百零三章）同时，她们不仅毫不保留地奉献出自己的能量，而且也会搬出雄厚的家族势力，作为主角成长和事业发展的强大后盾。除了无私地帮助主角走向成功外，读者几乎看不到这些第一女性角色还有什么自主追求。在情感方面，她们更是没有丝毫女性自我意识，往往是无条件地痴情于主角，甚至能容忍男角身边陪伴着其他有暧昧关系的女性。如《斗破苍穹》中薰儿发现了小医仙对萧炎的爱慕后，反而对她说："希望以后，你能一直地陪在他身旁……"（《斗破苍穹》第一千三百零五章）即是说，在主角面前，这些女性不过是一具具精制人偶，根本没有什么女性独立人格和个体意识。

如此套路化的设定，很显然是在迎合大部分单身男性内心对高贵出尘、美艳清冷而又完全百依百顺的理想配偶形象的追求。现实生活中，因为出身、教育、能力、环境、机遇等条件所限，最终成功获得"女神"芳心的平凡男性少之又少。这种隐秘的幻想只能深深压抑在潜意识深处。而在"天蚕土豆"们的小说中，平时可望不可即、拒人于千里之外的美丽女神，往往会因为一段经历和一场意外对名不见经传的普通男子暗许芳心。而小说世界的门第差距和阶级鸿沟，也可以凭借个人努力即修炼实力上的提升，而逐渐被消弭。在小说阅读中，一般的读者粉丝获得高贵美丽女性青睐的梦想和愿望，可以得到肆无忌惮的释放和象征性的满足。

在主角与其他女性配角关系方面，天蚕土豆没有像许多"种马文"的作者一样，给男主配备庞大的"后宫团"，而是按一个套路设置了数量众多的对男主怀有好感的女性角色，这些女性角色可以被称为"男主暗恋团"。《斗破苍穹》中的纳兰嫣然、小医仙和青鳞等，《武动乾坤》中的苏柔、林青檀、林可儿等，《大主宰》中的九幽、萧潇、温清璇等，都是这类人物。她们或与男主有过暧昧关系，或接受过男主的无私帮助后暗生情愫，或被主角强大的实力所震撼，心生崇拜。她们虽然对主角颇有好感，甚至深爱主角，却将自己的这份感情深深埋藏在心底，满足于可以作为好友陪伴在身边的现状。如《斗破苍穹》中小医仙让薰儿帮助隐瞒她对萧炎的感情："你是说萧炎么……习惯了，能在他身边帮一下他，我感觉挺好的。"对于这个已经知道自己内心的女孩，小医仙也没有过多的掩饰，颇为洒脱地轻笑一声说道："你可别自作主张地去胡乱说什么，我喜欢现在的这种感觉，并不想改变什么。"（《斗破苍穹》第一千三百零五章）这些"暗恋团"的女性，有时也可能沦为主角意淫甚至肉欲释放的对象。当然，主角的这种行为常常被设置合理化的解释，即被设置为特殊情境下的特殊行为或不可抗拒的力量所致。萧炎在吞噬异火后出现了性欲增强的情况，不得不和美杜莎女王发生性关系的桥段，就是一个典型。

"男主暗恋团"的设置是具有一定文化和现实逻辑依据的，也为读者带来了别样的快感体验。一边是追求性快感的本能催动人们追求各种类型情欲对象；另一边是强大的伦理规则压抑着本能的冲动，现实中的人难免成为一个矛盾体。在玄幻小说的世界中，精心为主角设计的超凡脱俗、高贵美丽的女性配偶，已经不能完全满足男性读者们更进一步的需求和期待。因为这些角色过于遥不可及，读者们便希求更加亲切真实、热情主动的情感对象。于是，或娇俏可人、或刁蛮任性、或清纯可爱等风格类型众多的女性暗恋者顺势而生，以满足男性读者多样化的意淫需要。

三、"陪伴者"形象的套路化

除了主要女性角色外，三部作品中的主角从少年时期开始身边就一直有一位极为重要的陪伴者，他们也是主角成长过程中起到关键推动作用的功能性人物。普海普在他的民间故事研究中将这类功能性人物称为"帮助人"（helper）。其实，上述第一女性角色和其他女性配角都有帮助人的功能。不过，她们更多还是"追求者"，或者还没有发挥专门性的单一帮助人功能。与之相比，《斗破苍穹》中的药老、《武动乾坤》中的超级神兽小貂、《大主宰》中的远古神兽九幽雀，更应称为专属性的帮助人。这类功能性人物的活动、叙事笔墨甚至超出了作为"追求者"的第一女性角色。如《斗破苍穹》中的"药老"及其本名"药尘"的词条，总共出现了 3952 次，超过了女主角"薰儿"（该词条出现了 3020 次）。在主角个人奋斗的全过程中，都可以看到这些专属帮助人的身影。而在某一关键时刻，他们更会恰到好处地献身，为主角提供不同凡响的帮助，使他渡过难关或提升能力，进而推动小说叙事发展。在小说的具体叙事中，主角和这类功能性人物之间常常会经历一个奇遇、冲突、不和谐再经过磨合而形成密切关系的过程。而转折往往从主角发现了他们的特异功能开始。比如《武动乾坤》中林动对小貂的认识很有这样的代表性："虽然这小貂来历不明，不过似乎的确懂得不少，稍微理智地听取一些它的话，倒并没有什么坏处。"（《武动乾坤》第一百零一章）经过这样的试探和发现，主角接受帮助者，也使他们的命运紧密结合在了一起。

实际上，这些功能性角色本来就是和主角紧密关联在一起的，这也是他们与其他重要配角主要区别之一。比如他们一般寄宿在主角随身携带的隐藏空间中。如《斗破苍穹》中，药老的灵魂体沉睡在萧炎母亲遗物的戒指里；《武动乾坤》中，小貂的妖灵寄居在林动体内石符的精神空间里；《大主宰》中，九幽雀的灵魂意外地被神秘黑纸镇压在了牧尘体内，并且在幼年期与牧尘血脉连接、共生共死。

这些帮助者不但身份神秘，且真实年龄远远超过了主角，拥有丰富的阅历，拥有超级能量。也只有这样，才能更好地承担引导主角修炼、寻宝乃至协助其成长的任务。如《斗破苍穹》中的药老，不仅手把手地教授萧炎修炼功法和炼药技能，将其培养成出色的炼药师，还为他供给丹药和趁手而强大的武器。萧炎最令人印象深刻的武器——玄重尺就是药老赠送给他的。在《武动乾坤》中，帮助人小貂告诉了林动秘宝神秘石符的使用方法，且在其修炼过程中给予无微不至的指导。《大主宰》中，九幽雀不仅指导主角如何快速提升实力，还会制作特殊物品让主角贩卖，帮助他获取财物。

然而，这些帮助者也并非全知全能，他们所拥有的强大实力和超强能力并不是完美无缺的，甚至很不完善，他们的成长和能力提升反过来常常需要主角提供帮助。如当药老遭遇变故消耗能量时，就需要萧炎帮助其恢复灵魂力量，甚至重建肉体；小貂也需要和林动合作让自己提升实力，依靠他寻找丹药帮忙凝练肉体；九幽雀被迫与主角订立契约，不仅和主角形成了休戚相关的生命共同体，而且还需要主角帮助它找到北溟龙鲲精血，才可能进化成更强大的个体。《大主宰》中的九幽雀对此是有着清醒认识的，小说第一百八十八章中说：

> 毕竟如今的它已经和牧尘缔结了血脉链接，牧尘若是太弱小，导致哪天被人给灭了，它也得跟着倒霉，所以，如果能够帮助牧尘提升实力的话，它也是不会藏着。

正是这种休戚与共的命运共同体关系，让这些功能性角色成为主角最忠实的盟友、伙伴和帮手，也是主角获得战斗实力的有力保障。需要强调的是，这类功能性人物只在主角需要的时候出现，当主角靠自身力量独立发展，暂时不需要他们的时候，他们往往会在空间中沉睡或修炼。而他们的能力也来自主角两个方面的限制，一是超强力量只在原始的意义上超过主角，且在和主角最初相遇时表现强大，此后也是在主角碰到无法战胜的强敌时才出手相助；二是他们的功力或能量消耗后，实力的恢复取决于主角们的成长进度。这样的设计才能够合理实现帮助人的角色功能，即一方面既能保证他们随叫随到，真正发挥出帮助者的行动功能；另一方面又恰到好处地活动在自己的范围内，而不至于放大他们的作用而造成喧宾夺主的叙事结果。

从读者消费接受的角度说，帮助人这一功能性角色的设定和功能发挥，一定程度上能够满足一般读者的另一种幻想，即：现实中的他们拥有成功渴望和理想，但苦于自身条件限制，无法实现；或者在个人奋斗，学业、事业发展中遭遇困难，陷入泥潭不能自拔。这时往往会幻想一位神奇的帮助人出现，助力他们走向成功，或摆脱困境实现人生反转。而现实中难以实现的情景，在网络小说中获得了象征性实现和欲望补偿。这也是读者粉丝对"天蚕土豆"们这类小说趋之若鹜的原因之一。

四、套路化设置的利弊反思

就叙事文学特别是民间故事、通俗文学、大众文学的总体而言，套路化是基本的叙事策略。普洛普在对俄国民间故事做充分研究后，发现民间故事的叙事一般会遵循四个基本原则："人物的功能在故事中是一个稳定的、持续不变的因素，它们不依赖于人物如何实现这些功能。这些功能构成了一个故事的基础性的组成部分"；"民间故事中已知功能的数量是有限的"；"功能的秩序总是一致的"；"就其结构而言，所有的民间故事都属于一个类型"。[i]于此，他得出了一个结论，即民间故事具有二重性（duplicity），一方面它五彩缤纷，千变万化；另一方面它

---

i V.Propp,*MorphologyoftheFolktale*,Austin:UniversityofTexasPress,1968,pp.21-23.

又千篇一律，如出一辙。而一个民间故事之所以能够打动人心，靠的就是老套的框架下不断变化的人物角色和世界。

从中国网络文学二十多年的发展实践来看，它不完全是传统民间故事、通俗文学、大众文艺的翻版，但无疑继承了这些传统文学的叙事基因，特别表现在套路化叙事方面。在这个意义上，当前网络文学的人设套路也具有了传承传统文学性的合理性，即它在一定程度上将传统文学模式化写作中的某种魅力落实到了今天的文学活动中，一定程度上满足了一般读者的文化娱乐和消费心理需要，正像上文针对天蚕土豆人设套路不同方面所做的分析那样。在这个方面，我们无权站在精英立场对大众做出居高临下的指摘。也许，对于一般的读者大众而言，重复性地获得一种快感满足就是娱乐消费的实质和常态。另外，天蚕土豆等人的主要消费群体主体是大学低年级、高中、初中的学生，在中国这个文学消费群体不仅庞大，而且处于流动状态。当一拨年轻的消费者厌倦了这种重复套路的时候，另一拨又会涌来。如此往复，这就保证了这种套路化叙事消费者的总量。

从网文写作的角度看，套路化无疑是一个重要写作策略。网文写作的商业性要求要保持一定的写作速度，否则就会出现掉粉和被市场抛弃的状况。天蚕土豆在接受杂志《IT 经理世界》采访时透露："写《斗破苍穹》时每月更新 30 万字，曾经最多一个星期没有出门，如今他不再那么拼命，新书《武动乾坤》，每月大约更新 18 万字。"[i] 如此庞大的写作量和写作速度如何能保证呢？套路化模式是一种较好的选择。按这种模式，作者只需把握好"主角定律"[ii]或"以主角为中心"这一人物创设的基本准则，以主角的成长需要作为创设其他人物的依据，便可简单直接地把握这些建立在种族、阵营和派别众多的架空世界人物关系脉络，从而快速推进情节发展，形成快速和规模化写作。当然，这种写作套路一定程度上也会给"大神"们带来一定的市场安全系数。

在肯定这种套路化写作模式的价值之余，也需要指出这种做法在文学价值发

---

i　张晓洁：《天蚕土豆："90 后"宅男》，《IT 经理世界》2012 年第 8 期。

ii　王祥：《网络文学创作原理》，中国人民大学出版社 2015 年版，第 24 页。

挥和文学发展等方面需要反思和警醒的弊病。

在文学价值观方面，单一主角的套路文过分强调主角个人欲望，而且超能、权力、长生、性欲都被合理化。对主角的欲望追求往往成为整部作品情节发展的原动力，成为各级人设套路围绕的轴心。上述三部作品中，主角为了达到他所追求的目标，可以不择手段，顺我者昌逆我者亡。对于杀父辱母等有仇怨的仇人，主角可以采取一切非人道的手段，极尽折辱。主角的其他行为也常常超越正常道德界限，暴力、杀戮、欺骗、偷窃、调戏等行径成为无须谴责的正常事情。也正是主角的这种极端个人主义过度膨胀，才剥夺了作品中女性角色作为女性应有的自我意识、独立人格。即此处，男性霸权主义几乎成为文化无意识，女性就应该辅助心仪男性获取人生和事业上的成功，几乎是无须任何质疑的自明真理。实际上，这种价值观是目前"男性向"网络文学中所常有的，而套路化写作模式反复地强化着这种价值观。如果把作品人物奉行的价值观和读者现实应持有的价值观对比分析，不难发现，文学世界似乎成为一个缓冲地带，读者在现实世界中受约束的欲望和负向价值追求，在架空世界中只要略加美化和伪装，赋予一个看似冠冕堂皇的理由，便可以堂而皇之地正当追求。当然，文学价值和现实社会道德和伦理之间是存在一种张力的，有时，文学人物违反现实伦理道德的行为可能恰是张扬审美价值的需要。但是，在"天蚕土豆"们的这些作品中，很难发现这些深刻意涵。作品中强烈的利己主义人生信条和男权主义思想并未得到应有的艺术处理，这对于尚处于三观未成熟的年轻读者而言，无疑具有较大的负向引导作用。

在文学形象的创造方面，传统的精英文学往往追求人物形象的独一无二性。人们常说，鲁迅笔下的阿Q只能有一个，否则就不是阿Q了。网络文学具有传统通俗文学、大众文学的文学基因，在文学形象的创造上，也没有必要非以精英文学标准来衡量。但凡事都有个限度。严格说来，模式化、套路化还不等于完全的复制化。在传统通俗文学、大众文学的模式化、套路化具体写作过程中，仍存在着不能完全等同于复制的创造空间，即同一功能性人物，角色却是不同的，他们仍有不同的个性色彩。这也是普洛普等理论家分析过的民间故事二重性所包含魅力的题中之义。而在天蚕土豆、唐家三少等"大神"笔下，各级各类人物形象相似度超出了应有的限度。同一类别不同人物在出身、性格、能力、情感倾向、价值观等方面几乎难以区分。换言之，在今天中国网络文学中出现了一种现象：同一类型不同作品甚至同一作者的不同作品中，并不是同一功能人物具有不同的角色特点，而是人物功能和人物角色重合在一起了，他们几乎成为只是名字不同的复制品。如此设置，已经消解了人物角色的创造空间。这不仅与精英文学追求的人物形象独创性相差甚远，即使与传统通俗文学、大众文学相比也不能不说是一种倒退。

可见，人设套路化可以将传统模式化叙事的魅力落实在今天炙手可热的网文写作中，也可以在提高写作效率和网文产业价值方面发挥作用，但又存在着价值观迷失、消解必要的文学创造性等方面的问题和局限。面对这种情况，我们不仅会疑问：难道既能通过套路化方式满足市场需求，又能在文学上追求真正的审美价值，真是网络文学写作中一个无解的难题吗？对于今天的中国网文创作者和批评家们而言，的确需要对这个问题做出认真思考。

（单小曦、郑佳玮　执笔）

读者评论

天蚕土豆是一位在网络文学界颇具影响力的玄幻类网络作家，2011 年他凭借原创小说《斗破苍穹》在起点中文网上"一战成名"，获得了巨大的人气。之后又接连创作了《武动乾坤》《大主宰》《元尊》等同类型作品，并始终保持着很高的阅读点击量和粉丝活跃度，近期另有新作《万相之王》正在连载中。鉴于天蚕土豆及其作品具有相当高的人气，网友在各大网站上对其做出的评价也不计其数。网友对于天蚕土豆及其作品的评价主要集中在知乎、豆瓣、天蚕土豆百度贴吧以及天蚕土豆相关作品的微博超话等网络平台。许多关注和喜欢天蚕土豆作品的网友也积极在各个网站交流平台上发起各类讨论话题，不断对作者和作品进行探讨，而其中以天蚕土豆的代表作《斗破苍穹》为主要讨论对象发起的话题和评论数量最多。

一、对《斗破苍穹》的负向评价

在豆瓣和知乎两大网站上，《斗破苍穹》都是天蚕土豆所有创作中评分最高的作品，且在知乎上的"十大玄幻小说巅峰排名"榜单中，该小说常年榜上有名（排名第五）；同时知乎上也设有"如何评价《斗破苍穹》？""《斗破苍穹》在网文中的地位到底怎么样？""多年后重读《斗破苍穹》是种怎样的体验？"等多个相关话题；在天蚕土豆百度贴吧及微博超话中，《斗破苍穹》依旧是网友们争相讨论的话题中心。总的来说，网友对于《斗破苍穹》的评价主要集中在该小说的人物、情节、思想、语言这几个方面，可谓众说纷纭，褒贬不一，甚至两极分化：一类读者认为，《斗破苍穹》的创作可谓达到了网络文学创作的巅峰层次；另一类读者则认为，《斗破苍穹》纯粹是一部粗制滥造的无脑爽文。在此基础上，又有不少网友围绕《斗破苍穹》的艺术价值、商业价值、情感体验等层面，对该小说进行了更深入的评析。

一种声音认为，《斗破苍穹》的情节设置单一、粗糙。有网友指出，整部小说的所有情节主要都围绕着主人公萧炎的"练武、寻宝、喝药、打怪、升级"[i]这一固定的模式进行反复嵌套，即网友所谓的"套路化爽文"。这种模式虽然会令读者在初读《斗破苍穹》时产生强烈的好奇心和代入感，却在后续的阅读中极易引起读者的审美疲劳，打击读者的期待视野，正如某位网友的点评："故事背景设定得很有趣，斗气大陆让读者充满向往，一开始主角的遭遇以及所定下的三年之约也十分吊人胃口；然而作者却未能有血有肉地把应该展现的东西写出来，本书也变成了一本仅供消遣的读物。"[ii]除此之外，《斗破苍穹》在故事情节推进的过程中也存在很多的观念和逻辑漏洞，而作者本人也无法自圆其说。针对这一问题，有网友就犀利地指出："我觉得一个好的小说，不要求他样样符合现实世界的世界观和逻辑，只要在小说的次元里合理即可。而《斗破苍穹》却是漏洞百出，感觉作者在构思这个世界时根本没下功夫，经济政治文化作为修仙小说没有也罢，到后面整个斗气等级系统也是彻底崩塌，大把的斗尊斗圣随便冒出来（前面连个斗皇都是极其稀罕）"，而究其根本，感觉是"土豆的个人修养以及学识水平大大限制了他作品的高度（不排除他只是这样写来赚钱而已）"。[iii]因此，天蚕土豆创作的《斗破苍穹》在情节上必然会暴露出诸多弊病。

一种声音认为，《斗破苍穹》中所塑造的人物，从主角到配角都具有明显的扁平化、同质化倾向。就主人公萧炎来说，天蚕土豆在记述他的蜕变与成长时，

i 《〈斗破苍穹〉凭什么火？》，豆瓣，2021 年 1 月 6 日，https://book.douban.com/review/13117341/，引用日期：2021 年 8 月 4 日。

ii "如何评价《斗破苍穹》？"，知乎，2018 年 6 月 29 日，https://www.zhihu.com/question/30385148/answer/429094852，引用日期：2021 年 8 月 4 日。

iii "如何评价《斗破苍穹》？"，知乎，2018 年 6 月 29 日，https://www.zhihu.com/question/30385148/answer/429094852，引用日期：2021 年 8 月 4 日。

笔墨始终都停留在萧炎程式化的等级跃升及其以少胜多、以弱胜强的战斗次数的累积等表面化的内容上，而没有展现出其心性的质变。有网友评论："本来萧炎应该是经历了种种过后变得成熟稳健甚至有城府，而在作者笔下，从始至终主角好像除了级数的提高外，内在没有任何变化，一样的毛躁。"[i]再如书中的众多女性形象，外貌几乎都是克隆般的倾城容颜和魔鬼身材，而其内在表现在大体上则仅可分为两类，"要么就是心如蛇蝎、恶毒浅薄，被主角打脸、灭掉，要么就是心地纯良、气度不凡，对主角芳心暗许或一见钟情"[ii]，从外在到内在均是千篇一律，性格特点区分度极低。至于小说中的其他人物，大多都是作者为衬托萧炎的主角光环而安置的"工具人"：正派不断重复着逢主角搭救并对主角感恩戴德甚至终身追随的情节，而反派则不断上演着有意无意地招惹或挑衅主角并随即被主角打脸的戏码。[iii]更进一步而言，《斗破苍穹》中以衬托主人公形象为重点而塑造的扁平且刻板的人物群像，不仅拉低了该小说本就不高的艺术水准，更对整个小说的框架建构和情节发展产生了一些不利的影响。对此，有网友就明确指出："总的来说，任何一个小说所描写的世界应该是有其独特性和合理性的，作者只是用上帝视角集中于主角，而不是以主角为核心向外创造世界。所有主角在小说世界中只是其中一个重要的角色罢了，角色可以影响世界，但不能超脱世界而存在，这是一个小说可以被品味的重点和关键。"[iv]

一种声音认为，《斗破苍穹》文笔浅显，语言匮乏，遣词造句重复率极高——这也是该小说最易被广大读者所诟病的一个突出问题。在知乎上有一些网友对该小说中部分词汇的重复使用次数进行了统计，例如"美眸"415次，"俏

---

i　"如何评价《斗破苍穹》？"，知乎，2018年6月29日，https://www.zhihu.com/question/30385148/answer/429094852，引用日期：2021年8月4日。

ii　"如何评价《斗破苍穹》？"，知乎，2019年9月25日，https://www.zhihu.com/question/30385148/answer/835483854，引用日期：2021年8月4日。

iii　"如何评价《斗破苍穹》？"，知乎，2019年6月21日，https://www.zhihu.com/question/30385148/answer/721951529，引用日期：2021年8月4日。

iv　"如何评价《斗破苍穹》？"，知乎，2019年6月21日，https://www.zhihu.com/question/30385148/answer/721951529，引用日期：2021年8月4日。

脸" 557 次，"凝重" 955 次，"冷笑" 1035 次，"诡异" 1233 次，"猛然" 1789 次，"旋即" 6153 次，等等；甚至还有一些网友列出了《斗破苍穹》中存在的大量语病。据此，有不少网友指斥《斗破苍穹》肤浅、低劣、俗不可耐，甚至直白地贬其为"渣书"；而另有一些网友则认为，该小说中语词的贫乏和重复对其套路化情节所能激起的阅读爽感起到了很好的催化作用，符合网络爽文的纯消遣性质。客观地讲，天蚕土豆创作的《斗破苍穹》的确是文辞浅白，而这与他自身文学功底的欠缺有很大关系。"《斗破苍穹》对作者而言或许是一个充满想象力的世界，可他没有（或无法）用更好的语言将这点表现出来。"[i]

　　一种声音认为，由于《斗破苍穹》情节模式固化、人物形象单调和用词造句粗浅，所以就直接导致了该作品在思想内涵上的浅薄与空洞。正如两位网友所评价的那样，《斗破苍穹》只是一份"没有任何知识的文字快餐，全文看不出对任何事物的任何思考"[ii]，它能呈现出的仅仅只有"他（天蚕土豆）所代表的那个时代青少年思想的空虚，无处释放的激情埋没于小说的幻想之中"[iii]。然而也有网友认为，《斗破苍穹》里所建构的价值观念并非没有一点可取之处，但这要求读者自身具有较强的价值判断力，从而取其精华，去其糟粕："有的读者从此书中看到了正能量且有所体悟，并想学习主角那种拼搏不服输的精神，这固然很好；不过同时，由于书中的世界观过于狭隘、思想单一，对于那些还比较懵懂的、没有对现实社会有所认识的读者，这会塑造畸形的价值观，且对于他们之后的成长产生不利影响。"[iv]

---

i　"如何评价《斗破苍穹》？"，知乎，2011 年 1 月 8 日，https://www.zhihu.com/question/30385148/answer/134699359，引用日期：2021 年 8 月 4 日。

ii　《缺少灵魂的网文作品》，豆瓣，2020 年 3 月 19 日，https://book.douban.com/review/12410597/，引用日期：2021 年 8 月 4 日。

iii　"如何评价《斗破苍穹》？"，知乎，2019 年 6 月 21 日，https://www.zhihu.com/question/30385148/answer/721951529，引用日期：2021 年 8 月 4 日。

iv　"如何评价《斗破苍穹》？"，知乎，2018 年 6 月 29 日，https://www.zhihu.com/question/30385148/answer/429094852，引用日期：2021 年 8 月 4 日。

二、对《斗破苍穹》的正向评价

由上述的这些网友评论可推知，关于小说《斗破苍穹》的读者接受度实际上存在巨大的争议。而基于众网友对以上诸多问题的详细探讨，不少网友又以不同的价值衡量标准对《斗破苍穹》进行了更为深入且具有较强客观性的评价。

很多网友明确指出，传统文学和网络文学有着两套完全不同的评价体系，传统文学一般注重的是作品主题的严肃性、情节的合理性、思想的深刻性、人物的多面性以及语言的审美性，而网络小说在通常情况下则与其恰恰相反；前者以崇高的艺术价值为终极追求，后者则把巨大的商业价值奉为创作指归。就艺术价值层面而言，由前文对《斗破苍穹》在情节、人物、思想、语言这四个方面的读者评论分析可知，该小说在传统文学范畴内可谓毫无容身之处；但就商业价值层面而言，《斗破苍穹》的成功却非常值得肯定，因为作为网络文学的代表作之一，它所创造的经济价值已经远远超越了传统文学。

而作为一部能够带来巨大经济效益的商业小说，网友"法老90"认为，《斗破苍穹》在设置小说的卖点或者说爽点上几乎做到了巅峰层次："一是作者以神奇的想象力建构了一个我们从未见闻过的斗气世界，最大限度地勾起了读者的好奇心和阅读欲；二是小说中设置了环环相扣的悬念，抓住了读者的心理，成功地让读者自我代入，令其欲罢不能；三是小说的冲突设置得充足并强烈，小说好看不好看，关键在于冲突是否充分、强烈，商业小说更是看重这一要素；四是作者对小说优秀的描写和呈现。我们且不论文笔词藻等语言层次上的问题，在小说中，不管是各种山脉、空间、药草、魔兽，还是眼花缭乱的打斗场面，土豆都能用最日常的大白话清晰地描写出来，把自己脑中的画面清晰且完整地呈现给读者，而且能写出那种紧张感，这是一种不凡的能力。"[i] 虽然《斗破苍穹》的基本设定存在严重的逻辑问题，但诚如这位网友所言，依据商业小说需要遵循的主要

---

i 《〈斗破〉凭什么火？》，豆瓣，2021 年 1 月 6 日，https://book.douban.com/review/13117341/，引用日期：2021 年 8 月 4 日。

原则来判断，该小说基本上达到了网络文学创作的巅峰层次。尽管它的艺术性不高，在网络上被无数人贬斥，但它获得了庞大的点击量，成为商业网络小说的一部典范之作。

就情感体验价值而言，《斗破苍穹》很好地迎合了网络文学市场的受众心理。对于这一点，天蚕土豆早在创作之初就对自己的读者有明确的定位：自己的小说适合初、高中生阅读，甚至小学高年级的学生也能看懂；小说的核心价值是中学生最能认同的"热血和励志"，故事内容都是描绘主人公如何从普通人一步步走向大英雄的成长历程[i]，而这也是他相比于其他网络玄幻作家所具有的一个突出优势。天蚕土豆曾在一次采访中坦言道："我也会看网上其他作者的玄幻小说，如果说我有什么优势的话，就是我比他们年轻，'90后'或高中生更爱看我的文字，这部分人占到了网络小说读者的80%。坦白说，我小说的题材也不是最新的，描写的玄幻手法以前也有作者写过；但是只有我能写出头，因为我找准了读者的口味，能够保持读者的兴趣。"[ii]

诚然，对很多读者而言，《斗破苍穹》中"一个接一个的爽点就像精心设计的游戏一样，不断地触发大脑的奖励机制，让人本能地想要接着读下去"[iii]。而读者之所以很容易就沉溺于《斗破苍穹》带来的爽感，其本质原因在于"（此类）网络小说作为一种现如今流行的快餐文化，满足了人们对于超脱现实世界的一种感情追求。它很容易引起在生活中挣扎和劳累的成年人的认同感，他们需要这类文字满足对现实的超越，完成对思想的沉浸来达到现实所不能完成的愉悦"[iv]。为了获得这种愉悦感，许多读者在阅读过程中就不会过多在意小说的种种缺点，他们甚

i　"如何评价现在的天蚕土豆？"，知乎，2020年9月12日，https://www.zhihu.com/question/330981304/answer/1468563838，引用日期：2021年8月4日。

ii　"如何评价现在的天蚕土豆？"，知乎，2020年9月12日，https://www.zhihu.com/question/330981304/answer/1468563838，引用日期：2021年8月4日。

iii　"《斗破苍穹》短评"，豆瓣，2018年3月21日，https://book.douban.com/subject/22933018/comments/?start=120&limit=20&status=P&sort=new_score，引用日期：2021年8月4日。

iv　"如何评价《斗破苍穹》？"，知乎，2019年6月21日，https://www.zhihu.com/question/30385148/answer/721951529，引用日期：2021年8月4日。

至会选择性地无视作品中本身的叙述瑕疵和不合逻辑，毕竟他们阅读的目的就仅限于一些简单的、肤浅的娱乐，不求作品具有发人深省的思想内涵；而《斗破苍穹》最大的优点就是"爽得彻底、爽得堂堂正正，同时兼夹点心灵鸡汤，对平常人来说它可以随手拿起爽一爽，对中二患者来说它可以用来膜拜痴迷，很是迎合了大众的口味"[i]。然而，这种在阅读过程中一味追求爽感的情感诉求也引起了相当一部分网友的警惕和反思："虽说这种愉悦短时间有好处可以放松思维，但就长时间来看，它会麻痹我们的内心，侵蚀我们对现实的积极态度，从而使我们慢慢变成一个满足于现状甚至不思进取的人"[ii]。

三、对天蚕土豆创作的总体评价

除《斗破苍穹》以外，天蚕土豆此后还创作了《武动乾坤》《大主宰》《元尊》《万相之王》（连载中）这几部作品。然而从《斗破苍穹》到《元尊》，每一部新作相较于前一部作品，其阅读人数和评价人数以及作品评分都呈现出明显的递减趋势，且读者对几部作品的评价口碑也是好评渐少差评渐多。例如在豆瓣网上，这几部作品的评分（满分 10 分）均分分别为：《斗破苍穹》6.2 分，《武动乾坤》5.7 分（平均分），《大主宰》5.6 分（此为前 15 册的平均分，第 16 册以后的部分因评论人数过少或无人评价而没有显示评分），《元尊》5.5 分（此为前 18 册的平均分，之后的部分因评论人数过少或无人评价而没有显示评分）；在几部作品的豆瓣短评网页上，《斗破苍穹》的好评比率占到了 46%，差评比率为 23%；而《武动乾坤》《大主宰》和《元尊》三部作品的差评比率全都超过了好评比率，《元尊》的差评比率更是达到了阅读总人数的一半以上（55%）。

从众多网友的评论中可以推知，造成这种局面的最主要的原因就在于天蚕土豆在不同的作品中对同一种套路化爽文模式的一再沿用；无论是已经完结的《武

---

i　"如何评价《斗破苍穹》？"，知乎，2017 年 10 月 21 日，https://www.zhihu.com/question/30385148/answer/144130525，引用日期：2021 年 8 月 4 日。

ii　"如何评价《斗破苍穹》？"，知乎，2019 年 6 月 21 日，https://www.zhihu.com/question/30385148/answer/721951529，引用日期：2021 年 8 月 4 日。

动乾坤》《大主宰》《元尊》还是正在连载中的《万相之王》，它们的故事框架基本上和《斗破苍穹》一模一样。几部小说中千篇一律的矛盾冲突、刻板而单薄的人物形象、干瘪而空洞的思想立意以及毫无艺术水准可言的语言表达，招致了大量读者的批评和反感，有网友直言道："看《斗破苍穹》的时候是喜欢，看《武动乾坤》的时候是腻，看《大主宰》的时候就是恶心了。"[i]甚至还有网友认为："土豆自己成就了自己，也自己毁了自己。"[ii]毕竟爽文所引起的快感既容易产生也极容易流失，"重复不变的套路，一时可以，多了，就像边际递减效应，难以再获得刺激"[iii]。由此可见，天蚕土豆在《斗破苍穹》之后创作的这几部作品几乎是没有任何的突破和创新，因而广大读者对天蚕土豆及其作品的评价一路走低，倒也在情理之中。

综上所述，广大网络读者对于天蚕土豆及其作品的接受程度整体较低。对于《斗破苍穹》，众网友虽然有诸多指摘，但其评论中也不乏对该小说在某些方面的肯定和赞许；而对于《斗破苍穹》后续的其他作品，网友的评价却以批判或否定的态度居多，他们甚至还对天蚕土豆本人的创作水准进行了严厉的批评。

就 10 多年前方兴未艾的中国网络文坛而言，天蚕土豆能够敏锐地捕捉到大众阅读市场的潜在心理需求，因此天蚕土豆及其作品的迅速崛起和大获成功可谓一种必然的结果；并且结合网文创作的商业属性来看，天蚕土豆经由《斗破苍穹》所获得的丰厚的经济效益无疑也证明了他是一个非常杰出的商业小说创作者。但就如今网络文学与传统文学多元价值融合发展的趋势来看，现在早已不是天蚕土豆仅靠努力迎合大众市场就能够"独孤求败"的时代了。当下的中国网络文坛群英荟萃、佳作如林，其中不乏像江南、海宴、燕垒生、烽火戏诸侯等这样兼具创作才华与文学功底的网络作家，更不乏像《九州缥缈录》《琅琊榜》《天行

i　"《大主宰》短评"，豆瓣，2014 年 7 月 9 日，https://book.douban.com/subject/25733653/comments/?start=60&limit=20&status=P&sort=new_score，引用日期：2021 年 8 月 4 日。

ii　"《武动乾坤》短评"，豆瓣，2020 年 8 月 22 日，https://book.douban.com/subject/10792272/comments/?start=40&limit=20&status=P&sort=new_score，引用日期：2021 年 8 月 4 日。

iii　"《武动乾坤》短评"，豆瓣，2020 年 8 月 22 日，https://book.douban.com/subject/10792272/comments/?start=40&limit=20&status=P&sort=new_score，引用日期：2021 年 8 月 4 日。

健》《雪中悍刀行》等这样兼具商业性与艺术性的网络文学作品。天蚕土豆所创作的一系列套路统一的网络爽文，以及诸如此类的其他网络爽文（例如唐家三少的《斗罗大陆》），虽然能够在大众市场中创造和衍生出不菲的商业价值，但其在思想性和艺术性上的极度匮乏终将导致此类作家作品被持续边缘化的局面。

随着网络文学创作形式和创作观念的多元化发展，广大网友对网络作家及其作品的评价也更为全面和深刻，同时他们也对网络作家的创作提出了更高的标准和更严格的要求。若以天蚕土豆为代表的爽文类作者能够虚心地采纳一些网友对其创作提出的客观意见，从而对自身现有的创作模式进行大胆的突破，相信以他们的才华，一定能在中国网络文坛长久地占有一席之地。

（孙斓桠　执笔）

第十四章

梅子黄时雨："文学事件化"与"民国总裁"

学者研究

梅子黄时雨是浙江网络文学阵营中言情小说的代表作家，于 2006 年年底正式开始在晋江原创文学网上陆续连载作品并迅速走红。2009 年以后，梅子黄时雨由线上连载完全转入线下出版。在从事言情小说创作的十余年里，梅子黄时雨先后共出版了十三部作品，以《人生若只初相见》《江南恨》《青山湿遍》《最初的爱，最后的爱》《遇见，终不能幸免》为主要代表作。如果用常规、通用的文学标准对其作品进行评价，线条简单、内容浅显、笔法单一、模式化严重等弊端便会纷纷暴露。显然，梅子黄时雨的作品与传统标准下的精英文学之间存在差异。既然如此，梅子黄时雨为什么仍能够在十年里不断地出版新书并广受读者好评，在竞争激烈的言情小说市场中始终占据一席之地？这一非常规现象是值得进行深入思考与探究的，而"文学事件"及"文学事件化"理论为此提供了一个合理的视角。

一、"文学事件化"与梅子黄时雨

在运用"文学事件"及"文学事件化"的理论对梅子黄时雨的言情小说创作进行分析之前，我们首先需要明确何谓"事件""事件化"以及由此衍生而来的"文学事件""文学事件化"问题。

"事件"（Event，événement）这个词在词源上来自拉丁词 ex（在外）和

venire（来）。[i]自 20 世纪中叶起，"事件"已成为哲学、文学理论领域一个持久的研究热点。就其本质而言，戴维森否定了理查德·蒙太古等人推崇的"事件是共相"的观点，而认为"事件"是殊相，强调了"事件"的具体、特殊。同样持这一立场的还有伊格尔顿。他在新作《文学事件》中认为"事件"的共相不能简单等同于"事件"的本质，同时共相更不是"事件"形成的根本原因。就其定义而言，德勒兹结合柏格森划分事物表象及对应词类的思想，提出"事件"其实是一种不具备固定形式与边界同时又与存在本身密切相关的"非存在"。福柯则在其访谈中提出"事件"是令显而易见之事落空的独特存在，其中"显而易见之事"指的是某类具有规整化、永恒化、普遍化的自明性原则框架或认知等。阿兰·巴丢认为"事件"在既定的知识框架内是无法被预知的，在已知视角内也无法被理解和掌控，这与齐泽克认为的"事件是在突发情况下，不以任何已知的、稳固的事物或原则为基础发生的，似乎都带有某种'奇迹'"[ii]这一观点不谋而合。由此，笔者对"事件"做出如下定义：一类完全脱离传统、常规的评价标准与认知框架却出乎意料地真实存在的具体现象。而其被投射到文学领域中时，"文学事件"就相应出现了。巴丢、利塔奥、德勒兹等人则将"独一无二""差异""戏剧性"等作为"文学事件"的主要特征，以区别于发生在其他领域的"事件"。伊格尔顿在《文学事件》中也力求对文学进行重构，借助维特根斯坦的"家族相似"理论以非本质主义的方式把握了"文学"与具体从属作品之间的联系，指出文学受到既定结构与出自作者、读者、文本本身等多重目的的约束。因此，"文学事件"除了体现"事件"的特点之外，还体现了文学的戏剧性和复杂性。

"事件"及"文学事件"的存在使一系列具有传统真理性的评价原则及方法全部失效，成为"难解之谜"。于是指向其发生的动态过程本身的"事件化"与"文学事件化"理论顺势而生。正如戴维森将"事件"定义为"发生"而不是"存在"，这两者理论的根本目的在于找出原因，为"事件"及"文学事件"

---

i 刘欣：《西方文论关键词：事件》，《外国文学》2016 年第 2 期。
ii 齐泽克：《事件》，王师译，上海文艺出版社 2016 年版，第 2 页。

的"非常规性""不合理性"给出解释，"文学事件化"由此衍生而来，专门针对"文学事件"进行分析。

当站在"文学事件"及"文学事件化"的视角上时，网络文学的存在本身就成为这个时代的一大文学事件。"进入 20 世纪 90 年代，在市场经济大潮的冲击和电子—数字媒介革命的搅动下，文学场的平衡再次被打破。"[i] 尽管仍有读者出于私人阅读习惯或情结坚持进行原子媒介式阅读，但数字媒介的发展使数字化阅读的主流地位日益稳固。也正是在电子—数字媒介的助推下，网络文学的大潮愈来愈热。不到二十年，这股新鲜血液俨然已经成为当代文学的主力军。网络文学中没有区分借助于某种社会关系而形成的具体文学形态，传统观念中所谓的精英文学、严肃文学、通俗文学等分类均不存在。网络文学彻底解构了这些文学形态之间已经固化的界限，将其全都囊括于自身之中，形成了一个从未出现过的文学多元化发展状态。纵向的历史观或横向的世界观都无法为此给出合理的解释。事实上，网络文学十余年的成长之路与如今的发展盛况都暗示着中国当代文学正在面临一场大规模的结构调整，它有着独特的时代印记，注定会在中国文学史中写上浓墨重彩的一笔。

在网络文学成为"文学事件"的过程中，从事网络文学的主要形式——网络小说创作的各类网络作家是主力军。他们各自的网络小说创作均可视为独立的"文学事件"，作家梅子黄时雨的言情小说创作就是其中之一。梅子黄时雨从未进入任何网络作家评选榜单的前列，其作品因情节简单、风格统一、人物类型雷同等而备受批评，更不是任何文学奖项的宠儿。没有"明星作家（作品）"的光环，丝毫不符合传统优秀文学的评价标准，但尽管如此，在网络小说作家与作品源源不断出现的今天，梅子黄时雨的作品依然有着可观的销量，始终在言情小说界占有一席之地。这一现象显然超出了传统的评价体系与理论框架之外，所以才能称之为一个"文学事件"。本文接下来将从媒介的灵活运用、读者的坚定支持与角色的新颖塑造这三方面对梅子黄时雨言情小说"事件化"的原因进行分析。

---

i　单小曦：《媒介与文学——媒介文艺学引论》，商务印书馆 2014 年版，第 240 页。

二、新旧媒介的巧妙利用

梅子黄时雨的言情小说创作之所以能成为"文学事件"，首要原因是作家对新、旧媒介的巧妙利用。

通常意义上，依托数字技术发展的互联网被认为是新、旧媒介的分界线。作为数字时代的媒介代表，网络显示出了与旧媒介系统截然不同的"多、快、平"的特点，这些新特征是使它彻底突破旧媒介中长期固化存在的规则与束缚，越来越多的"事件"在这个开放、多元的空间中喷涌而出。梅子黄时雨对网络自身"事件化"这一特点进行再利用，从而迅速在无数网络作家中脱颖而出。

2006年底，梅子黄时雨正式在晋江原创文学网上以线上连载的方式发表作品。文学网站以及"线上连载"这类形式的出现都是以网络为新主导媒介的时代产物。晋江原创文学网是当下几大主要网络文学网站之一，是言情类网络小说发表的主阵地，网站用户以女性群体为主。"日访问量近6000万，日平均新增注册数在10000人以上，网站平均每1分钟就有一篇新文章发表，每3秒有一个新章节更新，每0.5秒有一个新评论产生。"晋江原创文学网在写手与读者两方面具备的双重影响力从上述数字中得到有力体现。而"线上连载"这一形式则彻底改变了信息载体，旧媒介中的纸张、屏幕等实物载体被网络这一虚拟载体取而代之。事实上，上述两个方面恰恰体现了相比于旧媒介而言，作为"事件"的网络有三个显著特点：一是信息生产的数量之多、速度之快，这从数据中一目了然；二是信息接收的即时性，读者接收信息的时间以秒为单位，解决了旧媒介信息延迟、滞后的问题；三是信息传播的流动性，载体由实转虚，消除原本存在的固态框架，使信息传播不再受限。信息生产的数量、速度以及信息接收是否具有即时性均以信息传播的流动性为前提，同时信息传播流动性的价值又必须通过前两者的实现才能凸显。这三者相辅相成，建构起了一个前所未有的网络新媒介。对处于信息量爆炸又传播迅速的网络时代之中，又同时作为信息传播主体的梅子黄时雨而言，在众多网络小说中脱颖而出并使自己的作品及时、广泛地推送给读者是能在网络文学中生存下来的第一要务。

笔名"梅子黄时雨"抓人眼球。它出自贺铸著名词作《青玉案》的一句词："一川烟草，满城风絮，梅子黄时雨。"它广为人传诵，极具浓郁、素雅的古典气质，萧瑟而凄美中已暗含言情因子。"梅子黄时雨"本应存在于深远、宁静的悠长之境中，所以当它在浮躁、快节奏的网络环境中突兀地出现时，便是"遗世独立"的优雅存在。"极现代"与"极古典"在格格不入中碰撞、摩擦，却意外地产生了奇特的张力。除却其内在的暗示效果，这种张力在众多贴有现代性标签的作者名中为"梅子黄时雨"制造了出其不意的锐化效果，大大增添了作者信息在瞬间跳入读者视野范围的可能性。

充分利用新媒介。梅子黄时雨借助晋江原创网提供的各类链接，在一个时期内同时连载多部作品，如《人生若只初相见》《江南恨》《青山湿遍》《最初的爱，最后的爱》（原名《我心依旧》）等均属于同时期连载的作品。[i]梅子黄时雨利用网络能够承载庞大信息量的这一特点，将自己的作品在极短的时间内密集地发布到网站上，在数量上实现最大化。这种"同时性"使"梅子黄时雨"这一作者信息反复出现在读者眼前，为其创造有别于机械叠加的强调效果，其作品风格、内容的一致性也在读者的记忆中留下了深刻的印记。信息作为个体时在网络的流动传播中极易被淹没，信息群体则不然。梅子黄时雨在数量最大化与内容一致化的双重作用下使"梅子黄时雨"这一作者信息由原本单薄、独立的信息个体向信息群体转变，成功为目标信息制造了放大效果。梅子黄时雨通过对网络鲜明特点的再利用，在这个快而杂的信息时代迅速走红，确立了网络言情小说界中的重要地位，但网络特点的双重性决定了它不足以让梅子黄时雨一劳永逸。梅子黄时雨精心制造的锐化、放大效果只能支撑一时，网络中时刻流动的庞大信息群会持续削弱直至消灭"梅子黄时雨"这一信息群的吸引力。网站经营者同样意识到了这一问题，所以出于利益考量，对站内作家在更新速度、数量等方面均设置了硬性规定。

---

i 梅子黄时雨早期在晋江原创文学网上连载的作品之间的时间跨度不超过两年。具体作品的发表时间已无法考证。但根据相关评论类文章的发表时间，可以推断作品连载时间处于同一时期。

　　回归传统出版。已经成为站内明星作家之一的梅子黄时雨本可借助晋江原创网的影响力，常规完成日更或月更任务即可。但广受好评的《人生若只初相见》在发表后被过度甚至不正当地转载、宣传，这让梅子黄时雨突然意识到了网络的弊端。梅子黄时雨毅然决然地选择放弃网络这一新媒介，清除了晋江原创网中的个人信息，回归传统出版。这一选择令人大跌眼镜，但实在巧妙、明智。首先，对依托网络成功创造了第一波热潮、赢得名声的梅子黄时雨来说，在这一阶段，她亟须一个工具帮助她消除附属于网络的不定性因素，使地位、名声稳固化，而传统出版恰恰能为梅子黄时雨及其作品提供更健全的保障机制。促使梅子黄时雨放弃网络媒介的直接原因是处女作《人生若只初相见》被非法利用，这一侵犯著作权的行为在传统出版的保护下将很难再出现。其次，在出版过程中，担任设置硬性写作任务的网站经营者一角的是责任编辑。梅子黄时雨在其社交平台上多次公开称"遇到的编辑都不催更，这是她最幸运的事之一"[i]。传统出版使梅子黄时雨拥有个人编辑，不再为依附网站生存而被迫完成硬性的写作任务，从而挣脱了束缚并大大减轻了她的写作压力。梅子黄时雨因此得以脱离共有的框架，结束与其他网络作家共享媒介的状态，拥有了一个相对自我、私人的独立写作空间。

　　与通常选择"线上线下共同发展"的其他网络作家不同，梅子黄时雨选择在不同的创作阶段单一地利用网络媒介或传统出版，扬长避短，以满足不同的创作需求。处于早期阶段时，梅子黄时雨以网络媒介之"长"避传统出版之"短"，直接或间接地利用网络的现代化、流动性等新媒介爆红，从而迅速确立在网络言情小说界的地位；进入中后期阶段，她又以传统出版之"长"避网络媒介之"短"，将地位与名声固定化，并为自己及作品寻得系统、有力的保障体制，同时还为个人写作创造了一个宽松、自由的环境，将旧媒介的优势发挥到最大化。

---

i　2013年，梅子黄时雨在个人微博中提到"编辑郑郑"，称其出版了她的第一本《人生若只初相见》以及后来的七本书；现在梅子黄时雨的编辑为北京白马时光文化发展有限公司的何亚娟。

三、作者与读者形成良性关系

粉丝是促使梅子黄时雨的言情小说创作成为"文学事件"的另一主因。粉丝不仅是最终成型作品的接受者，更是作品生成过程中与作家进行平等沟通的对话者。而粉丝之所以具有双重身份，是因为复杂的媒介系统直接导致文学接受发生了颠覆性改变，传统"作者—读者"的单向传播被打破，读者在文学创作中的地位日渐提高。自20世纪中期起，文学理论家就对此提出了个人观点。20世纪中期，德国文艺理论家姚斯在《文学史作为向文学理论的挑战》一书中将读者置于主体地位，阐述了"接受美学"思想；英国文化研究学者德塞都提出"文本盗猎者"，以此指代在他人领域中通过积极的、掠夺式的阅读活动以获得自身愉悦感的读者，将读者提升至与作家平等的高度；2016年，伊格尔顿在《文学事件》中提出"结构化"概念，对读者重构文本的创造性作用给予重视。在网络文学场中，"读者的阅读更是成为其生命力所在，'人气资本'是网络小说的命脉"[i]。由此可见，在梅子黄时雨的言情小说创作"事件化"过程中，粉丝的参与、支持所产生的作用都不容小觑。

梅子黄时雨的粉丝在场性强。梅子黄时雨的粉丝以女性为绝对主体，据相关研究，女性比男性更容易成为粉丝：从生理原因来看，这与女性性发育较早以及性心理早熟有关；从社会原因来看，女性受传统"男尊女卑"的社会风气影响，长期处于弱势地位，更易对他人产生依赖感。当对象为同性时，女性会产生认同式依附感。同时，这种社会地位不平等的现象无形中助长了女性内心对权力的渴望。因此，女性一旦完成"读者—粉丝"身份的转变过程，对话语权的重视程度明显高于男粉丝。[ii]女性粉丝在潜意识中易与"偶像"（这里指作者）建立"自己人"关系，会积极地参与到作品创作中，显示出高度在场性。最直观的表现即粉丝通过百度贴吧和微博两大主要社交平台与梅子黄时雨进行决定作品最终形态的

---

i 王小英：《网络文学符号学研究》，中国社会科学出版社2016年版，第183页。

ii 鲍震培：《媒介粉丝文化与女性主义》，《南开学报（哲学社会科学版）》2013年第6期。

有效对话或与作品相关的积极讨论。梅子黄时雨与粉丝的高质量互动主要体现在"质"不在"量"。在百度贴吧中，主题帖的内容基本上以作品为讨论中心：姓名、性格、情节、结局……与作品有关的各种因素都可成为贴吧里粉丝津津乐道的话题。拥有最多评论数量的往往是由梅子黄时雨本人发布的主题帖。同样，在微博中，凡是带有与作家梅子黄时雨相关话题的原创微博以及梅子黄时雨本人微博下的回复及各类转发内容的主题都基本一致：或是粉丝积极参与关于新作的宣传活动，或是粉丝对作品提出中肯的评价或建议。如梅子黄时雨于 2017 年 5 月 2 日发布微博称："会大修甚至颠覆《流光飞舞》[i] 一文。"这一举动其实是为了能详尽了解粉丝的阅读期望，征求读者关于保留、增加或删除的修改意见。尽管最后并不一定会采纳粉丝建议，但这种双向协商的过程对作家梅子黄时雨而言十分必要，也会增加读者的在场性，让读者感到自己被尊重，这种良性互动巩固了梅子黄时雨与读者之间所形成的"作者—粉丝"关系，从而进一步促使梅子黄时雨的创作成为"文学事件"。

　　梅子黄时雨尊重并保留了粉丝的个人幻想空间。近年来 IP 改编热持续盛行，网络言情类小说成为首选改编对象。2011 年播出的改编自流潋紫同名小说的古装清宫情感斗争剧《甄嬛传》与改编自桐华同名小说的古代宫廷穿越言情剧《步步惊心》掀起了新一波电视剧热潮；2013 年上映的改编自辛夷坞同名小说的电影《致我们终将逝去的青春》则是如今热度不减的青春怀旧类题材电影的源头之作。影视公司从中看到利益与商机，对改编、翻拍网络小说乐此不疲。但高人气网络小说的粉丝往往有严重的原著情结，他们十分抗拒这类将文本中虚拟的人物、情节真实化的翻拍行为，可他们却无法阻止作者将作品的版权卖给影视公司。在其他网络小说作品纷纷被热衷于改编、翻拍以争取利益最大化的作者、编剧、出品人搬上荧幕时，梅子黄时雨的作品仍以实体书作为唯一存在形式，梅子黄时雨保障了粉丝拥有个人幻想空间的权利，俨然成为这股 IP 热潮中的清流。这使得她的作品始终保有原汁原味，人物形象不会被现实演员所代替，情节走向

---

i　《流光飞舞》是梅子黄时雨早期在网上连载的文，至今仍未完结。

也依旧保持原状，小说本身的虚拟性让这些因素从一而终地存在于粉丝个人的想象空间里。换言之，并未在电视剧或电影等跨界领域实现第二途径传播的梅子黄时雨的网络言情小说恰好避开了翻拍导致解构甚至重构作品文本而引发粉丝反感的 IP 改编危机。

粉丝的阅读行为习惯化，形成长久、坚定的支持。2006—2007 年是网络言情小说发展的高峰期。许多著名的网络言情小说作家在这一时期推出了各自的代表作，如辛夷坞的《致我们终将腐朽的青春》（出版后改名为《致我们终将逝去的青春》），匪我思存的《寂寞空庭春欲晚》《佳期如梦》，桐华的《步步惊心》《大漠谣》，等等。同样在 2006 年底因处女作《人生若只初相见》一炮走红的梅子黄时雨亦是其中之一。对于那个时代的读者而言，言情小说的书写内容多样、描写范围很广，除却纷繁、复杂的人物设定和细致、巧妙的情节描写，小说更在时间跨度上贯穿古今，在地域范围内连接南北。在选择范围广、作品类型杂、发表数量多、更新速度快的网络文学平台，读者有着选择和挑剔的主动权，所以在这样一个时代中，读者的选择与坚定对于梅子黄时雨来说是具有深重意义的。不少粉丝在评论中说：“我最初认识梅子就是因为《人生若只初相见》这本书，梅子温婉、细腻的笔风我太喜欢了！”“梅子大大的书一看就看到现在，每一本书都要买到实体书才高兴。”粉丝对 2006—2007 年那个言情小说鼎盛时期的记忆虽已模糊，但依稀可辨。那时形成的阅读感在时间的流逝中得到了积累与沉淀，并成为一种习惯延续到了今天。粉丝的这种延续性、习惯性、陪伴性阅读对网络作家梅子黄时雨而言意义非凡。

由此看来，梅子黄时雨参考读者意见、乐于与读者交流、保障读者留有个人幻想空间等尊重读者的行为都被读者看在眼里，记在心里，所以读者才会坚定自己的选择，无形中为梅子黄时雨的言情小说创作“事件化”助力。

四、“民国总裁”人物塑造及其价值

梅子黄时雨能在同类题材的言情小说中脱颖而出并始终居于言情小说推荐阅

读的前列，很大程度上得益于她的民国文，其中"民国总裁"的人物形象更是颇具创新、深入人心，对梅子黄时雨的言情小说创作"事件化"的推进功不可没。梅子黄时雨采用"拼接"这一后现代叙事方式，将民国背景下军阀首领形象与现代总裁形象糅合在一起，在全架空的叙述空间中搭建起全新的"嫁接型"人物塑造模式。以下，将根据"民国三部曲"（《江南恨》《青山湿遍》《从此，我爱的人都像你》）从"民国总裁"的塑造方式和"民国总裁"的形象价值两方面详细阐述这一新兴人物的塑造。

"民国总裁"的塑造方式。"民国三部曲"的男主人公人设并非对历史的照搬与模仿，而是把民国背景与现代总裁相结合的一种创新，我们称其为"民国总裁"，这些男主人公在民国这一时空背景下的身份是军阀首领。军阀混战是民国历史绕不开的话题，军阀是指由自成派系的军人组成军事集团，对国家地域划分势力范围，使用军事手段割据一方。从定义可知，军阀首领是以武力作为政治资本的一方枭雄。于他们而言，江山是重中之重。然而在"民国三部曲"中，无论是赫连靖风、段旭磊还是曾连同，虽不乏政治野心但最终爱江山更爱美人。梅子黄时雨笔下的军阀首领，少了真实的残酷，把人们对爱情的美好愿望寄托于男主人公，在保留铁血的同时，更增添了些许浪漫的柔情。

虽然梅子黄时雨将故事叙述和人物塑造放置在民国军阀混战的背景下，但"民国三部曲"并非穿越、重生小说，也并非历史演义小说和历史架空小说，而是纯粹的全架空构造。除却民国这个时代，其他一切都是虚拟的、非真实的。这样的设定更具有阅读情景真实感的创设，即读者和主人公一样，一步一步地探索生活，无法预料未知，无法主动规避。全架空的"民国三部曲"容易让读者产生强烈的代入感，而不像穿越类、重生类小说给人以强烈的旁观者心态。

外界给梅子黄时雨"民国三部曲"的标签之一即"虐恋情深"。"民国三部曲"之虐大致有"强取豪夺""误会冲突""门当户对""家庭仇恨"这四大类。首先，这些人物基本上手握强权且财力雄厚，这是他们强取豪夺的政治、经济资本。"民国三部曲"中最典型的"强取豪夺"当数《青山遍湿》中，段旭磊回归身份后对女主人公赫连靖琪的束缚。其次，"门当户对"的虐点源于男女方出身地位的差异，这一点主要体现在《从此，我爱的人都像你》中，女主人公唐宁慧是唐家庶女，父母双亡，家族败落。她在男主人公伪装成平民的时期与之相爱，但在男主人公亮出西北军阀之子的身份后，唐宁慧第一反应是对这场欺骗的痛恨与身份悬殊的无力。而"民国三部曲"的最大虐点当数"家庭仇恨"。《青山湿遍》《从此，我爱的人都像你》均为男主人公为复仇或军阀内斗把女主人公当作棋子，却不料在相处过程中陷入情感的旋涡至无法自拔；《江南恨》则为男主一方打破联姻同盟并害死女主父亲。家仇横亘着爱情，其虐心之处在于纵使万般解释亦无法弥补。"误会冲突"主要分为两类，一是事情的误会，如在《江南恨》中男主误会女主打胎；二是情感的误会，因情感的犹疑与不确定或是彼此之间不理解而引起，如《江南恨》中江净薇一直误以为赫连靖风的迎娶不过因为父母之命而毫无半点真心。关于孩子的误会在梅子黄时雨笔下出现的频率最高。"孩子"不仅是个体的生命，更是二人的传承，其所蕴含的意义与真情非同寻常。解除误会的唯一钥匙有且仅有真相大白。唯有男主和女主直面现实、消弭间隙，进行沟通交流，才能真相大白、消除误会。以上四大虐点与男主人公的形象设定密切相关，男主人公对权力的渴求和霸道的态度直接导致了"虐恋"。通常都是男主人公在追逐权力的过程中建立起与女主人公的联系，这是"虐恋"能够开展的前提条件，但同时也会因为权力伤害女主，从而导致感情破裂。如在《江南恨》中，赫连靖风与江净薇的婚姻实为南北军阀的政治联姻。而赫连靖风为取得江南军队的控制权而再三谋划，不料其手下擅自派兵偷袭江南司令府，致使女主父亲自杀。这种极大的矛盾冲突使人物情感上的胶着进入白热状态，读者在这一阅读过程中会表现出极大的兴趣。男主的霸道主要体现在对女主的掌控欲上，不信他人只信自我。且这份霸道，亦具有双面性。在生活事业上，男主的"霸道"更偏向于"霸气"，果敢聪颖又不失温柔体贴的一面不仅让书中的女主人公动心，更易激起女性读者潜意识层面的阅读满足感。在爱情婚姻中，男主的"霸道"则侧重于掌控欲、占有欲以及不问缘由的自我判断。而梅子黄时雨笔下的"霸道"总是那么恰到好处，而不至于陷入大男子主义的窠臼，"民国三部曲"中的三位"民国总裁"都能在爱情观的重塑中慢慢将自己个性中由于政治权力所带来的霸道气质转变为对待爱情的忠贞和坚韧。"民国三部曲"虽主打"虐恋"但其结局全部设定为大团圆，这也让读者对"民国总裁"的喜爱更上一层楼。作者梅子黄时雨坚持"亲妈"路线十年。关于"纵使历经千辛万苦亦会终成眷属"的设定，她在访谈中说道："生活中我们每个人都会遇到各种不如意，所以我希望我的读者可以在我的小说中找到幸福圆满，让她们可以暂时忘却疲惫劳累，哪怕仅仅是一秒钟或者几秒钟。"

梅子黄时雨创造"民国总裁"这人物模式的最突出之处，便是运用了后现代叙事中的"拼接"，也就是我们所说的"嫁接型"人物，这一类人物形象不仅仅流于身份的双重性，更多的是体现在人物个性上。当作者运用"拼接"的叙事模式来塑造人物时，往往会使读者在文学接受时产生一种审美距离感，当这种距离控制在合理范围内时能够激发读者的阅读兴趣。当民国军阀拥有了现代总裁的个性和行为方式，其蕴含的冲突会使形象自身形成一种张力，也会使该形象更加丰富而立体。同时，使用"拼接"模式来塑造人物，一定程度上也会弥补叙事上的疏漏。如果梅子黄时雨对民国的借用不仅局限于叙事空间，读者就会不自觉地拿网络言情小说中军阀的形象去和真实历史上的各大军阀作对比，这不但会缩小作者的想象空间，而且反而会使读者有一种失真感；而叙事弱化历史感，仅仅把所谓"军阀""民国"和"总裁"这些标签作为某种性格特质的反映，使读者在一定的审美距离下把目光集中到人物形象的塑造和故事情节的设置上。

"民国总裁"的形象价值。"民国总裁"深入人心的根本原因在于男主人公人在位高权重、俊美潇洒的前提下，仍然对女主人公忠贞不渝。它实质上是现代女性追求男女平等地位的侧面反映。当下，传统男权社会解体，促使女性权利、性别意识日趋觉醒，男女关系从强势男性的单方面占有转化为建立在平等关系上的互相依恋和占有。[i]"民国总裁"虽然掌握权势、地位甚高，但是他若想获得爱情

---

i 　高翔：《泛爱情时代的真爱乌托邦——论真爱文本的生产与分裂》，《北京社会科学》2016 年第 6 期。

也必须将女主人公放到与自己平等的位置上。梅子黄时雨小说中的女性不完全屈从于男主的权威且在适当时机会做出惊人的反抗，与此同时，男主人公意识到女主人公的无可替代性后也开始追求平等的爱情与婚姻。并且梅子黄时雨明显强化了男主人公的个性魅力，弱化了"民国总裁"形象下所带有的某种大男子主义色彩，从而使这种男主人公形象更贴近现当代女性的幻想和理想型梦中情人的塑造。这些人物和情节的设定反映了梅子黄时雨"爱情至上"的观念。"爱情至上"随着女强文、女尊文的迅猛发展不再成为言情小说界的主打情感趋向，甚至还出现了很多自称"身体写作"的色情小说混杂在言情小说当中，但梅子黄时雨仍坚持对"爱情至上"的推崇，力求让"纯言情"回归本真。在"民国三部曲"中，作者对于生活的描摹的落脚点仍然是日常平淡中的真情，不因权贵而夸大奢靡，不因底层而蔑视贬低，不因不幸而从此堕落。读者能从她的作品感受到一份来自真实生活的质朴与快感。尤其在当今社会，人性异化明显、诱惑频多且难以自控的情况下，恰恰是"爱情至上"的理念激起人们内心深处对真正爱情的怀念与希冀，让困顿于爱情的人得到一种宣泄，让期盼着爱情的人拥有一份憧憬，让悲伤于爱情的人得到内心补偿。可以说，梅子黄时雨"民国三部曲"的大热和"民国总裁"的成功塑造，正是"纯言情"浪潮复兴的一个征兆，也是梅子黄时雨的言情小说创作"事件化"的重要推手。

梅子黄时雨的网络言情小说创作依靠新旧媒介的双重助力、粉丝忠实而坚定的追随以及具有创新性的人物塑造，突破传统文学框架的束缚，存在于一切已知结构之外，成了这个时代的"文学事件"。它不理会传统文学领域的方式与规则，不在意来自精英文学的褒奖与批评，伴随着互联网时代的快速发展攻城略地。关于梅子黄时雨的这一"文学事件"和当今源源不断出现的其他"文学事件"都值得我们深入思考，不仅需要探究这些"事件"的来龙去脉，更需要预判它们未来的走向，并将其引向一条可持续发展的道路上。

（何楚斌、寿昕昀、陈佳露　执笔）

＃ 作者访谈 ＃

受访者：**梅子黄时雨（梅子）**

访谈者：**陈佳露、寿昕昀**

访谈时间：**2017 年 10 月 3 日**

访谈方式：**网络访谈**

一、爱情是很简单的

陈佳露：梅子老师您好，看到您的笔名就觉得古风味十足，灵感是来自贺铸《青
玉案》中的"一川烟草，满城风絮，梅子黄时雨"吗？

梅　子：是的。取笔名的时候，脑海中就闪过了这一句词，当时觉得"梅子黄时
雨"五个字不错，就决定用这五个字作为笔名了。关于这个笔名，前后
不过十秒就决定了。

陈佳露：您的文风正如您的笔名，好似一个温婉的江南女子，您文风的形成是否
和您的出生地（嘉兴）有关？除了"言情"这样的大标签，您对于自己
的作品还有什么独特的定位吗？

梅　子：关于我的文笔，可以说是天生的。虽然我也会摘录各种优美的语句，用
来积累我的文字，但最终表现出来的作品，却是我自己内心的一个表
达。跟我生长的地方无关，跟我自己的性格有关。我从未定位过自己的
作品。一直以来，我就是单纯地想写爱情，写爱情中的男女，写自己幻
想的所有爱情。如果一定要定义我的写作风格的话，那么就是和一些作

者对比，我的行文风格相对清丽一些，文笔相对细腻婉约一点。

陈佳露：继续追问您一下，您的每一部作品的写作风格都相似吗？有没有尝试过换个风格来写作，还是打算坚持自己的风格走到底呢？

梅　子：每个作者都有自己的风格，以区别于其他不同的作者。我的每一本作品，肯定是脱离不了我的风格的。就目前而言，我还是准备延续自己的风格，精益求精。暂时还不打算用截然不同的风格写作。但未来也不排除这个可能性。

陈佳露：网上冲浪时看到有人说您和匪我思存的文字风格相近，那么您能分享一点您与其他网络文学作家交往的逸闻趣事吗？或者说您一开始写作是以谁为标杆的呢？

梅　子：匪我思存大大写得非常棒，是我很喜欢的一个作者。我比较宅，认识的网络作者不多，基本以我们鲁迅文学院网络作者高级研讨班的同学为主，比如苏小暖、林特特、菁瓜、米问问、流浪的蛤蟆、心在流浪等。我的写作没有标杆。刚开始一直是一边工作，一边写作。当时写作对我来说，只是玩玩而已。我一直觉得自己写不长，纯粹抱着写一本是一本的心态。即使到了现在，我都不会考虑得很久远。这可能跟我随遇而安的性格很有关系。

陈佳露：我发现您的多数作品都是现代都市题材的，当然也有一些属于民国风，但古代言情却是极少。在作品题材的选择上，您是如何进行取舍的呢？

梅　子：我比较爱写现代言情和民国类题材。古代言情可能需要查阅各种资料，而民国离现在不过几十年，我个人又很爱看民国各大人物的传记，很多东西较为熟悉。当然，最重要的还是个人喜好。

陈佳露：我们知道一个题材重复其实不可避免，那么您可否从写作角度说说，面对相同的题材，如何写出自己的风格呢？

梅　子：就跟每个人在每个阶段的选择不一样，会造就不同人生一样。如果我在写同一个题材的时候，会就不同的男女主的背景，设计不同的故事场景，然后整个故事的走向就会不一样，可看性也会不一样。

陈佳露：除了您更钟爱现代言情和民国类题材之外，我发现您写作有一个特点，基本上是把真正的结局放在番外。正文的结尾往往处在一个发展的高潮点上让人回味无穷，请问这是您的一个写作技巧吗？

梅　子：这确实是我的惯用写法。我觉得到结局的时候"两情相悦，男女主最终明白了彼此的心意，从此坚定不移爱着彼此"就够了。但因为好多书迷会要求看甜蜜片段，所以我会尽量满足他们，在番外交代一些两人婚后的甜蜜小插曲。

陈佳露：说起写作技巧，不知道您对于标点的使用是否有自己的习惯和特色？在您作品的对话描写中，我发现有许多是以感叹号结束的，这是否有特别用意？

梅　子：对。我自己也发现这个问题了，以前写小说喜欢用感叹号作为强调。不过，最近也在改变。就像我以前喜欢繁复的精美的华丽的文字，觉得那样的文字才是文笔。但写着写着，我发现越平常的文字很多时候反而更有惊心动魄的魅力。

陈佳露：您小说的背景设定，我也觉得非常有意思。比如说"民国三部曲"的架空，又比如说"有生之年系列"的人物串联。架空在我看来就如筑造一个王国，那么您是如何在心中勾勒出其中的"一城一池""一花一木""一颦一笑"的呢？

梅　子：我书中架空的出现，比如古代架空，是为了可以将很多古代的资料混在一起用，避免被读者各种挑错。其实读者中卧虎藏龙，很多人对历史典故如数家珍。而我的书《江南恨》《青山湿遍》《从此，我爱的人都像你》这三本书都是民国架空文，是为了避过日本侵华抗日战争这段沉痛的历史。那个年代，中华民族处在被外来侵略，被奴役，被杀戮的沉重之中，想想就悲愤不已。我个人实在没有办法写那么沉重的年代。我每次阅读关于那段历史的书，看关于那段历史的影视剧，都会落泪不止，一连数天心情都会低落不已。所以，只好选择架空。

陈佳露：综观您的多篇小说作品，虽然背景多为架空，但其中的人物都有不同程度上的联系，只不过主次不同。对于这些"姊妹篇"，您能分享一下创作经验吗？

梅　子：关于姊妹篇，一开始是突然有灵感而为其他人写一个爱情故事的，比如《江南恨》和《青山湿遍》。后来的《有生之年，狭路相逢》《恋上一个人》《遇见终不能幸免》等，这个系列是在写前就准备好要写多本的，所以很多情节在第一本时就已经开始铺垫了。

二、写好作品必须先感动自己

陈佳露：我们都知道灵感对于从事创作的人来说非常重要。什么样的情况会让您有一种"灵光乍现"的感觉呢？

梅　子：灵感从来都是可遇不可求的。一旦有灵感，码字的时候真的像有上帝握着你的手在写，让你可以源源不断地写出很多满意的情节与文字。

陈佳露：有了灵感，素材也很关键，您一般是如何积累写作素材的呢？有比较特别的写作习惯吗？

梅　子：我好像从来都是在刻意累积素材，但总感觉言情小说里有写不完的故事情节。比如复仇，就可以写一本；指腹为婚就可以写一本书。暗恋、青梅竹马、强取豪夺等等，都可以幻想出各种不同的爱情故事。

陈佳露：我阅读您的小说的时候看哭了，那您会不会被自己笔下的人物和情节感动？

梅　子：哈哈，必须有啊。我是一个很感性的人。写到一些虐心的地方，会眼眶湿润，会很难过。我一直坚信，一个作者写的文章，必须先感动自己，才能感动他人。如果自己都觉得不好看，读者怎么会觉得好看呢？如果自己都觉得不感动，怎么能让读者感动呢？

寿昕昀：阅读大大的书，我发现歌词的出镜率好高，比如说关于《最初的爱，最

后的爱》，想问您是花了多久时间去选的，感觉非常贴切，以及如何在
文章中能够运用这些歌词？

梅　子：主要还是要合适，要有感而发。不能因为写而写。

寿昕昀：我发现大大喜欢从旅游中找到灵感。像《如果这就是爱情》中那场飞机
事件就是来自您的亲身体验。那么在小说人物以及情节的构思中，大大
是否有原型呢？或者说融入自己的生活体验？

梅　子：对，会把自己的一些私事（自己经历过的事情）写到书里。但我本人的
原型是没有的。一旦写入书中，肯定会经过润色，估计哪怕是身边的朋
友都很难看出小说人物是以他们为原型。

寿昕昀：涉及专业领域的知识，您需要前期做非常详尽的准备工作吗？您会为求
真实实地去考察吗？比如关于《遇见，终不能幸免》里有关于医疗事故
的一些事件，这个您是专门去了解过的吗？

梅　子：其实这些专业领域，我会尽量去了解专业人士。但很多问不到人，就只
能通过百度搜索，尽可能地去详细了解。《遇见，终不能幸免》里有写
到医疗事故的一些事件，有部分来自自己的亲戚，但肯定有润色的东西
存在。

寿昕昀：我看了一下您小说的女主人公发现，一类是温婉淡然又十分坚韧的女
子，比如说赵子墨、汪水茉、许连臻、唐宁慧、江净薇；另一种性格更
加开朗明媚，行事也十分有自己的风格，比如说楼绿乔、赫连靖琪、江
澄溪、沈宁夏。她们都是十分美好的女子，经历很多却依然干净纯透。
这是您心中最为欣赏的女生类型吗？现代都市的几本言情小说里，基本
都会涉及闺密，比如王微微，比如于娉婷，那么您是如何做到在非主角
人物塑造上既不抢主角风头又让该人物很好烘托主角特点的呢？

梅　子：对。我笔下的主角都是我最为欣赏的女生，哪怕经历世事，依旧温暖明
媚如初。配角的塑造方面，我只是根据男女主的剧情需要创作的。女配
很重要，很多情节都是靠她们来推动的。

寿昕昀：在您的多数作品中，线索往往是简单明了的。男女主角之间的感情都是比较深厚的，结局是较为圆满的。那么大大笔下的爱情是否代表了自己的爱情观呢？

梅　子：可能确实跟我的爱情观有关吧。我一直认为爱情是很简单的，男女相遇了，爱上了，是很纯粹的一件事情。我写不出特别复杂的爱情。

寿昕昀：我发现一些男女主人公并非门当户对，有高富帅配平民女，有富家女与凤凰男。比如说复仇系列的，在家仇面前最终都用情爱化解。比如说男女主的磕磕碰碰都是因为双方不够坦诚交心，这些情节设定是您想给读者一些情感道路上的启示吗？

梅　子：我希望有机会的话可以一直写下去，尽可能多地写我幻想的各种爱情故事。我从来没想过给读者启发，但写的时候，每本书都会不可避免地带有一些我当下关于爱情的感悟。如果读者有受到启发的话，那是我的意外之喜。

寿昕昀：不管是《江南恨》里的学堂生活还是《遇见，终不能幸免》里的中学生活，都给人一种青春的感觉，有时候写文章往往时间跨度比较大，您是如何做到游刃有余的呢？

梅　子：其实两本书写的时间间隔了好几年。我基本写一个时代，比如民国，就会尽力去找民国的感觉。写现代是最好写的，所以比较喜欢写现代言情文。

寿昕昀：您说过几部小说中最喜欢的男主人公是百里皓哲，您为什么最喜欢他？

梅　子：可能跟当时写作的心情有关。他和阮无双之间的故事很感人很虐，想爱却又控制自己不能够去爱，比较心疼他。

寿昕昀：我发现您每本书后面都有"作者的话"，让人感觉特别窝心，就像作者面对面与读者交心一样。读者对于您来说意味着什么？您会仔细阅读读者的建议吗？

梅　子：那些就是我想对读者说的话。我想告诉他们我写完一部作品的那一刻自己的想法、感言等等。读者对我来说是知己，是孤独写作路上的温暖灯光。如果没有读者，肯定没有现在的梅子黄时雨。我会阅读读者的建议，然后看情况会做些小调整。

寿昕昀：您如何看待催更以及如何在满足网友胃口和调节自己生活上做到一个平衡呢？同样，面对一些粗俗的甚至无厘头的评论，您是如何看待的？这些言论会侵袭到您的日常生活吗？您是如何做到区分和协调好虚拟世界和现实世界的生活的呢？

梅　子：我现在没有在网络上日更了，主要还是出版为主，出版后再放网络上。哈哈，可能我岁数大了（好多写作的都是二十岁左右的小美女），加上家庭因素（上有老下有小，杂事比较多），日更对我来说压力太大了。所以我以出版为主，并不会规定自己每天一定要写多少。我对文字有一定要求，喜欢质量高一些，而不是数量多一些。对于一些粗俗和无厘头的评论，我看过就忘记了。我从来不会因为这些影响我的生活。关于写作，我平时就是在咖啡店写一个下午，晚上有灵感就写，没有就不会打开电脑。而生活中，我身边的朋友都不是网络作者，从来不会跟我聊写作这方面的话题。我有几个要好的小姐妹，抽空就聚餐，吃吃喝喝，或者安排旅游等。我身边的姐妹都是知足常乐的人，所以跟她们在一起，吃到美食，看到美景，我都会觉得很幸福。我的现实世界和虚拟世界分得很开，工作和生活不会搞混。

寿昕昀：现下文学网站、贴吧、微信公众号、微博、QQ 群等都是一些非常受欢迎的互动平台，您和读者的互动方式有哪些呢？

梅　子：我这方面会比较弱一些。现实生活中我就不是一个会应酬和交际的人。我只愿意跟合得来的人交往。我觉得每天能静下心写一些字就很累了。所以我跟书迷的互动很少。不过，接下来有机会的话，我会努力在微博和微信公众号跟书迷沟通互动。

寿昕昀：听闻您之前参加了几场签售会，未来有机会还会参与吗？和粉丝读者们近距离互动的最大感受是什么？

梅　子：还是会参加。出版公司今年本来就有安排，但因为自己的新书还没有上市，加上自己这一年都在吃中药调理身体，所以就婉拒了。因为和读者见面互动是一件很开心的事情，读者会当面跟你说看这本书的感受，也会收到一些小礼物（当然我不希望书迷们破费）。

寿昕昀：您觉得网络文学的水深吗？是否建议同学们不要轻易加入？

梅　子：有人的地方就有江湖。社会本来就是一个大江湖。大家不要把网络文学想象得太夸张了，如果想要写，就勇敢地去写写看。或许你就是下一个"大神"。人一辈子，宁可为做过的一些事情后悔，也不要为什么都不做而遗憾。

寿昕昀：您在大学学的专业是否和文字工作对口？您认为需不需要对口呢？

梅　子：我学过工商企业管理，也学过法学。完全不对口。个人觉得无所谓对不对口，但如果你要进行网络写作，至少得对文学创作和文字要有足够的爱，还有可能也需要点小小的天分吧。

寿昕昀：现在网络作家分两种，一种全职码字，以码字为生挣钱的；一种是个人兴趣爱好。您是全职码字吗？

梅　子：我目前是全职码字的状态。但无论是哪一种的作者，都会尽全力地去写好自己笔下的每一个故事。

寿昕昀：有网络作家说干这一行的简直是用生命在写作。很多网络作者都表明自己身体抱恙。在您看来是什么因素造成了这一现象？是更新的压力还是实际收入并不能解决生存问题？

梅　子：这个问题每个人都不一样的。顶级网络作者的收入与新手作者简直是天差地别。我了解得不是很具体，所以也无法说明。关于身体的问题，其实很多都是大家不健康的生活习惯造成的，与网络写作没有关系。生活中有很多朋友不写作，也会日夜颠倒，生活不规律，也会有各种身体状况。

寿昕昀：您的多部作品被印刷出版，销售成绩也极为优秀，当您看着它们被出版，被读者接受，您内心最大的感受是什么？这与在网络上看到高点击率的感受是否有不同？

梅　子：感动，感谢，感激。没有这些读者肯定没有现在的我。当年我只是随便玩玩，在网络上写了几本后，就准备不写了。那个时候，我的编辑郑中莉找到了我，说想出版我的小说。当时觉得很惊喜很激动：哇，居然可以出版小说。于是就签约了第一本小说。哪怕到了那个时候，我还是觉得我不可能走写作道路的，我觉得自己就是"一本"写手，就是那种出版了一本之后，出版公司就不会再出版了那种。没想到出版后，居然卖得很好。出版社编辑就一下子签了我所有的网络小说。在这个过程中，如果不是读者认可我，踊跃购买，出版公司肯定不要我的第二本小说了。无论出版还是网络上的高点击率，我个人觉得那种被认可的满足感是一样的，我同样欢喜。

寿昕昀：您的家人对您写作有什么样的鼓励与启发吗？

梅　子：家里没有人是从事这方面的，我也不会跟他们讨论写作。我不喜欢我的家人看我写的小说（但很多亲戚朋友跟我要书，我也不得不送给他们），我觉得很害羞，感觉像是暴露了自己的内心。特别感谢家人给我煮各种好吃的，对一个吃货而言，我觉得这是最大的支持与鼓励。

三、网络文学与传统文学相辅相成

陈佳露：大大，您进行网络创作已经多年了，您对写作的兴趣来源是什么呢？（从小的启蒙到成年后的契机。）

梅　子：今年是我写作的第十个年头了。从开始到现在，一直支持我写下去的动力，是"我想写自己喜欢的各种言情小说"这个念头。我从来没有尝试过传统写作，甚至没有看过什么传统文学，当然非常著名的如余华先生的《活着》陈忠实老师的《白鹿原》路遥老师的《平凡的世界》等等除外。

陈佳露： 学界将 1998 年定为网络文学的"元年"，您是从什么时候开始关注网络文学的呢？您曾说过自己是受了席绢的《交错时光的爱恋》的影响从而走上网络文学创作道路，在这十年的创作中，能和我们分享一下其中的"酸甜苦辣"吗？在写作的过程中，您最大的收获又是什么？

梅　子： 2000 年前后，我经常在网络上看小说，那个时候也以台湾言情小说为主。其实也不是受席绢影响走上的创作道路，是我在初高中时期看了很多台湾言情，席绢的《交错时光的爱恋》是开启了我看言情小说的道路。真正的开始写作是在 2006 年年底，我当时看了一个著名悲剧作者写的小说，实在太悲了，让我产生了要写一部圆满的爱情小说来弥补这个遗憾的想法。鉴于当时网络小说很少，质量也参差不齐，于是抱着试试看的念头，我开始写小说。那个时候的我从来没有想过以后会从事写作这个工作，也从来没有想通过写作赚钱，大概是初生牛犊不怕虎，所以我根本没有任何的顾虑和犹豫，想写就写了。写作对我而言，最大的快乐就是让我把很多脑海中幻想的爱情故事在笔下一一描绘出来。如果说有什么不好的地方，那就是写作很靠灵感，没有灵感卡文很痛苦。

最大的收获：让我找到了一个自己喜欢并能以此为生的工作。这是件非常快乐的事。我是个很容易知足的人，也不求大红大紫，就这样每年写一两本我想写的言情小说，一直写下去，就觉得很幸福了。

陈佳露： 作为网络文学作家，您对网络文学是如何定义的呢？

梅　子： 网络文学，我感觉现在普遍是把在网络上写的小说诗歌等作品，统称为网络文学，其中又以小说为主。目前网络文学从某种定义上又称为"YY 文学"或者"欲望文学"，这个观点我是不认同的。文学中的 YY，是普遍存在的一个现象。不过不可否认，网络文学中 YY 的成分确实比较大一些，这可能也跟网络小说的天马行空的各种构思有关。

陈佳露： 在网络文学面世之前，传统文学一直占据着文坛的主要地位。都说现在文坛上有两条道路，一条传统文学，一条网络文学，在您看来这两者之间应该是什么关系呢？网络文学是不是从某种程度上颠覆了传统文学？抑或是网络文学可以为传统文学适应新时代的潮流提供一个很好的契机呢？

梅　子：个人觉得传统文学和网络文学其实是相辅相成的。一花独放不是春，百花齐放春满园。文学应该是包罗万象的。有些书是流芳百世的（比如我们莫言老师的书），有些书，则仅供读者消遣而已。不同的文学有各自的读者群，各有各存在的理由。所以网络文学的存在与发展不会颠覆传统文学，反而它会与传统文学一起构成一个有中国特色的文学世界。

四、网络文学治理很必要

陈佳露：网络文学的兴起也带火了 IP 改编。您如何看待 IP 现象？比如最近比较火的有《欢乐颂》，之前有流潋紫的《甄嬛传》，都受到了广大群众的好评和追捧，那么您的作品会向影视或者游戏授权吗？您如何看待一些作者为了获得影视效益而将作品剧本化的行为？

梅　子：什么是 IP，其实我现在还不大弄得明白。截至目前，我已经有六部小说被影视公司购买去了。但目前为止，一部都还未拍。我觉得作品能够被拍成电视电影，是一件很好的事情，可以让更多的人认识这个作品。如果有一天我的作品被改编了，我可能不大会去做编剧，但会以其他方式参与其中。因为相对于编剧，我更喜欢写小说。

陈佳露：现在无论是传统文学还是网络文学都和商业越走越近，不可避免地成为产业链，其中网站、编辑、读者是至关重要的角色。关于文学网站，您是如何选择的呢？您选择出版社的考量是什么？

梅　子：关于文学网站的选择，我当时一点也不懂，纯粹是乱选的。我很幸运，遇到了很多特别好的编辑。我基本不考虑出版公司，我跟着编辑走。2009 年出版我第一本书的编辑郑中莉，我们一直合作到现在了，我们两个人的状态就跟小姐妹一样。

寿昕昀：大大，您的晋江专栏被封了是怎么回事呢？

梅　子：是我申请删除专栏的。因为有人恶意攻击，甚至有人试图登录我的专栏，虽然没有登录成功。晋江有个显示栏，会显示你几月几日几点登录过，但登录失败。我不知道有人一再试图登录我的专栏想做什么，加上我已经很久不在晋江更新了，未来也不准备再更新了，所以我就直接申请删除了。

寿昕昀：自从有了社交网络这种更加公共开放的平台，很多作者都发声以一种坚决的态度抵制盗文和抄袭！近年来网络上打击盗版、打击抄袭力度也明显加大。关于抄袭，有些调色盘简直惨不忍睹。您会如何保护自己的心血？

梅　子：我从来没有考虑过保护什么的。比如我写的言情小说，无非就是男女主遇见了，相爱了，发生误会了分手了，误会解除和好了，从此幸幸福福地过上一辈子。偶尔难免会撞题材撞情节。但每个人的写法不同，文字功底不同，所以哪怕写一个接吻的画面，每个人写出来都会带有自己独特的风格。

寿昕昀：除了打击抄袭，近年来国家也加强了对网络文学的规范性管理。我发现近几年您写作的尺度在减小。现在读者们都抱怨网络文学过于清水。但我们从纯文学的角度看，性与暴力是不可避免的话题之一。那么大大对此有什么看法呢？

梅　子：我个人觉得国家的规定很合理。因为网络文的受众很广，有些读者年纪很小。我们要有保护意识，不能让年纪太小、三观还未正确形成的孩子接触这些东西。所谓老吾老以及人之老，幼吾幼以及人之幼。换位思考，你会让你的小孩过早地去看性和暴力的东西吗？我想肯定是不会的。

其实我的文一直很清水，近几年的文有改变是因为情节不需要吧。我觉得有很多种方式可以去描写，并不一定要用最赤裸的方式。其实很多含蓄的文字会令情节看上去更美。当然，我不否认性与暴力有时候确实会推动故事的发展，更好地展现人物的性格与矛盾冲突。但我觉得适量就好，不必过度渲染描绘。国家对网络作者的规定，可能更重要的还是为了青少年三观的正确塑造。因为网络很难控制，目前为止也没有年龄分类制度。而纸质书的话，家长可能更容易掌控一些。当然这也只是我个人的看法，有可能是错误的。

陈佳露：网络文学现在可谓达到了顶峰状态，各类题材都呈现百花齐放的态势，您认为网络文学该如何走向更好的未来？作为网络文学作家又该如何使自己的作品脱颖而出？（高点击率背后的技巧，是否存在一种模式？）

梅　子：题材就那么几个，那么多人在写。而怎么走向更好的未来，是需要我们每个人努力的。但作为网络文学作家的一员，我唯一能做的只是尽我所能写好每一本书。

陈佳露：国家对于网络文学的发展可谓倾注心血。2014年，全国第一家省级网络作协在浙江诞生，浙江的网络文学可谓有其鲜明的特色与极强的影响力。网络作协对您最大的帮助是什么？

梅　子：因为一直以来都是一个人写作，很孤单。我们浙江的网络作协诞生后，就感觉有了家似的特别温暖。尤其是2014年，我们浙江省网络作协的领导和老师推荐我去参加鲁迅文学院网络作家高级研讨班，在那里我认识了很多很有名的网络作者，至今与很多人保持了深厚的友谊。真的非常非常感谢我们浙江省网络作协。

陈佳露：浙江是一片网络文学成长的沃土，带动了大批非常优秀也极具知名度的网络作家。除了您，还包括"盗墓派"的南派三叔、"后宫类"的流潋紫、"女性武侠、玄幻"类的沧月、"言情类"的桐华等作家。您认为是什么让浙江的网络文学大放异彩？

梅　子：这和我们浙江自古以来深厚的文化背景有关。浙江历来就是人文荟萃之地，文化的底子很深厚的。我们浙江网络创作的环境也很好，在这里成立了全国第一个网络作协，关心和关怀我们的成长。

陈佳露：2015 年的时候习近平总书记召开文艺座谈会时，网络作家周小平、花千芳成为座上宾。中共中央也印发相关文件，明确提出要大力发展网络文艺，推动网络文学等文艺类型繁荣有序发展。网络文学的发展越来越受到国家的重视。您认为这样的举措会对网络文学的发展产生什么影响呢？

梅　子：通过学习，我觉得我要写更多追求真善美、邪不压正、能引导人们向善、温暖人心、有正能量的文。

（陈佳露、寿昕昀　执笔）

读者评论

梅子黄时雨作为早期言情小说作家的代表，网友们对其及其作品的评价主要分布在贴吧、人人网、豆瓣、知乎和微博。售卖其作品的相关网站如淘宝、当当网等也会在买家评价区呈现具体书目的相关读者评论。浏览发现，网友对于梅子黄时雨及其作品的评价以短评居多，也有部分结合具体书目内容的长评。因梅子黄时雨的作品主要以"霸道总裁"为主题，且具有一定的时间跨度，也在日积月累中拥有了一定数量的忠实书粉。

一、关于出圈之作《人生若只初相见》

这本书可谓书粉心中的白月光："梅子黄时雨的作品，我几乎都看过了，有些还特地买了书来收藏，时不时地拿出来翻翻，看了这么多我还是最喜欢那本《人生若只初相见》。"[i] 许多读者也因这部《人生若只初相见》认识梅子黄时雨并接触她一系列的作品。在豆瓣上，《人生若只初相见》得分 7.2 分，而其他几部作品都没有超过 6.7 分（其中《江南恨》6.7 分，其余均低于 6.5 分）。许多读者在评价梅子黄时雨的其他作品时也会不自觉地和这本成名作相比较："看梅子的第一本书是《人生若只初相见》，那个时候刚迷上古言，记得某本书中就引用了纳兰容若的这首词：'人生若只初相见，何事秋风悲画扇？等闲变却故人心，却道故人心易变。'那个时候格外喜欢虐文，信奉无虐不成文，因为这本书，梅子走

---

i 《有生之年狭路相逢》，豆瓣，2013 年 4 月 23 日，https://book.douban.com/review/5889024/，引用日期：2021 年 8 月 9 日。

进了我的生活。"ⁱ"当初看《人生若只初相见》的时候，很喜欢作者的笔调。之后看《江南恨》觉得有点儿匪妈民国的感觉。到这本，不知道是不是看得太多，所以嘴刁了。实在喜欢不起来，基本上可以说是一目十行。"ⁱⁱ"很喜欢梅子黄时雨的小说，几乎都看遍了，尤为喜欢这一本。她的小说情节从铺陈上来说算不得波澜壮阔，但是胜在文笔百转千回，明明是稀疏平常的故事，也被她写得丝丝入扣。和梅子的其他小说相比，这本书的人物懂得适可而止，不仅仅是男主女主，还有江的父母，还有打酱油的男二号邢。"ⁱⁱⁱ通过一系列的评价及评价的时间我们不难发现，一部言情小说是否能出圈和它出生的时代与读者的审美息息相关。《人生若只初相见》在"霸道总裁"还没有在网络文坛遍地普及的时期以其特有的文风成为梅子黄时雨的出圈之作。

二、创作风格评价

梅子黄时雨的书粉早期多聚于贴吧，近几年多活动于微博。对于梅子黄时雨的作品，书粉们多抱以期待新书和重温感慨的态度。在他们看来，梅子黄时雨笔下的爱情，细腻中流露着纯澈与通透的美好，那里有着俗世中每个人都向往的真爱。有网友评价："字里行间透露着江南淡淡的气息，仿佛那水墨画一晕一晕地散开，将温馨带进读者的心里。其实本书并未设置太多出人意表的情节，没有荡气回肠的跌宕起伏，却能在细水长流中道尽脉脉温情。"ⁱᵛ提及写作风格，"娓娓道来""淡然""细腻"是读者们笔下的高频词——"梅子黄时雨的写作风格很民国，有一种娓娓道来的感觉，女子很淡然，男子很强势。""每次看梅子黄时雨的

ⅰ 《有生之年狭路相逢》，豆瓣，2013年4月10日，https://book.douban.com/review/5841531/，引用日期：2021年8月9日。

ⅱ 《青山遍湿》，豆瓣，2013年6月23日，https://book.douban.com/review/6128632/，引用日期：2021年8月9日。

ⅲ 《人生若只初相见》，豆瓣，2014年7月3日，https://book.douban.com/subject/4124855/reviews，引用日期：2021年8月9日。

ⅳ 《江南恨》，豆瓣，2012年1月17日，https://book.douban.com/review/5271884/，引用日期：2021年8月9日。

作品，都会落泪，心疼。""喜欢梅子黄时雨，喜欢她的书。淡淡的，仿佛什么都不在意，这便是她笔下的女主性格。""细节的描写总是能写进人的心里，文字有时候比言语还要打动人心。""语言文字间有一种淡淡的哀愁，淡淡的无奈，仿佛在看一部电影，人物的刻画很丰满，情节合情合理，真的很喜欢。"[i]很多读者在阅读的过程中也会不自觉地联系自己的生活，或是在字里行间抒发自己的向往，抑或是曾经经历过的失落。有网友曾在微博留言说："梅子的作品，让我觉得有幸，在我最灰暗的阶段，拯救了我，所谓文字的力量。幸，青春有梅子。""都市里的温暖小爱情，趁我还没有被现实打败之前，给我留些美好的幻想吧。""故事比生活多了许多重逢的机遇，也多了许多重新来过的机会。有很多的时间给双方来解开层层的误会。看完的时候发觉，原来自己还是喜欢这样虐得要死不活的故事的，但是最后一定要在一起，还是害怕不完满。总是会羡慕故事里的人的勇气。不顾一切去爱的勇气。我始终，还是没有的。所以才会亏欠了爱情。"不少读者也把梅子黄时雨和匪我思存进行比较，觉得从阅读体验上二者有着相似之处，但更多源于早期题材的相似，不存在披马甲的问题和任何抄袭情况。

三、质疑之声

相较于微博，在豆瓣和知乎等平台，可以见到更多读者质疑的声音。尤其是在当下更加多元的网络文学平台，"霸道总裁"题材或已不再是读者们争相关注的唯一话题。对于梅子黄时雨的书，读者们也有了更多质疑的声音。"剧情老套""略狗血""后续较弱""不够真实"等开始成为大众质疑的方向。甚至网友们戏称复仇、假死已成为霸总文的必备情节。如果说之前提及的更多地针对大环境下的"霸道总裁"题材，那么以下的读者评价则更多地针对作品本身。关于人物设定，有读者表示："目测作者的女主似乎都是一个性格的，淑女风范，安静

---

i 《有生之年狭路相逢》，豆瓣，2013年6月14日，https://book.douban.com/subject/20393124/，引用日期：2021年8月9日。

懦弱。爱男主，但不肯交出真心，觉得自己一无所有，交出真心怕得不到回报。"[i]
一些读者对于书中女主较为软弱的性格提出强烈的质疑，认为女性面对家庭以及
丈夫给的压力并不能一直处于默默忍受且毫无反抗的状态。关于故事情节架构，
一些读者也坦言整体缺乏吸睛点并有些落入俗套。以《有生之年，狭路相逢》的
一个书评为例："如果你是嫌日子过得太平淡，想找本书虐虐自己，让自己的心
情随着主角起起伏伏，那这本书可以瞧瞧，不得不说作者对于细节的情感描述有
一定的功力是这本书可取之处。但可惜了整个故事情节架构不够严谨，许多狗血
情节及转折来得不太合理，闹到后来看得读者都想问问主角你到底在折腾啥？要
爱又怕痛，又顾虑这顾虑那的，自个儿钻牛角尖，看得人真累……所以如果不想
找虐的，就甭浪费时间了。"[ii]不少读者也开始更多地以冷静、客观的角度看待故
事中的冲突："诚然冲突是推动情节发展的重要动力，亦是人物性格爆发的绝佳
情境。但现在的言情越来越流于让误会带动情感递进，'无误不成书'原来还有
这层解读。书中多处误会都被处理得像小孩子过家家一样幼稚，男主看到几张旧
照、和同学谈笑就醋意大发，一个督军智商自动降到负，自顾自在那揣测……有
了怀疑也不爆发只会玩冷战……"[iii]关于语言，是否存在矫饰与过度堆砌也会成为
一些书评的提及点。

　　但无论如何，我们必须从时代发展的角度看待这一系列的评价，通过梅子黄
时雨的微博，我们也可以看到一位网络文学作者不断与时俱进的努力。一位多
年后读言情小说的读者曾为作者以及作品发过一篇长评，她真挚地写道："这些
年，我对言情抱有一种很偏执的偏见。也许是太小的年龄就已经懂得了'清淡如
水最为真'。我始终不能相信席绢、琼瑶小说中那'山无棱天地合才敢与君绝'
的爱情，也始终认为灰姑娘遇到了豪门王子是一个狗血得不能再狗血的情节。后

---

i 《青山遍湿》，豆瓣，2013 年 6 月 21 日，https://book.douban.com/review/6128632/，引用日期：
　2021 年 8 月 9 日。

ii 《因为爱情》，豆瓣，2011 年 11 月 4 日，https://book.douban.com/review/5154828/，引用日期：
　2021 年 8 月 9 日。

iii 《江南恨》，豆瓣，2013 年 3 月 30 日，https://book.douban.com/annotation/25487362/，引用日期：
　2021 年 8 月 9 日。

辈的言情小说粗粗翻阅，只是单从文字的感觉上来说，我觉得琼瑶的文笔已经贵为名著级别了。这些年，言情依然占据着图书市场的重要位置，遗憾的是，单就文字来说，已经和 20 世纪七八十年代不可同日而语。当我拿起这本书，看着作者很用心地一笔一笔地用精致的文字来描写着宫廷的繁文缛节，怎能不感到震撼？……言情和言情的感觉和我小时候读的还是一样的，本质上都是一样的，情节上来说也是狗血的。只不过，现在的狗血已经狗血到'复仇'主题和'宫廷'主题上了。连作者梅子也调侃，这样的情节的确狗血。不过狗血归狗血，作为一名很少涉猎言情小说的我来说，我还是觉得很好看。虽然文字拖沓，有些地方言之无物，但是，我相信，在这个速食的年代中，有人能用这样华丽的笔触去写一部'狗血言情'，这也是一件值得尊重的事情啊。言情小说就是有这样的一种功效——不管你现在是多大的年纪了，被人爱的感觉依然是最温暖、令人怦然心动的。就算这一切都是莫须有、都是假的、都是小说的作者营造的海市蜃楼，那又怎么样？谁在年轻的时候没有爱过？没有被一个人小心地捧在手心呢？我们就是借由这样的'狗血'重温那过去就不再重来的心底小美好而已。人生一世，白驹过隙，或许，好好爱，实实在在地爱，能爱一天是一天，珍惜一天幸福一天，才是最实在的事情。"[i]

通过各角度的评价，我们也不难发现，在如今越来越多元的网络时代，要想让作品占据一定的网络文化市场，需要作者也紧随网络文化需求的大流做出一定的调整、改变，甚至创新。而读者们对于"霸道总裁"这一题材的评价方向，也从只图一时的阅读爽感走向更接地气、更与生活接轨的客观的审视。网络文学读者阅读体验的成熟伴随的一定是网络文学市场的成熟，而网络文学作为时代与个体生活的文化连接点，其扮演的角色除了唤醒、追思、寄情之外，还有更多理性的方向供我们去捕捉与探索。

（寿昕昀 执笔）

---

i 《锦云遮，陌上霜》，豆瓣，2012 年 1 月 30 日，https://book.douban.com/review/5286413/，引用日期：2021 年 8 月 9 日。

第十五章

陆琪：职场生活的文学书写

＃学者研究＃

伴随着中国市场经济体制的逐步确立、职业结构的重组更迭，中国逐渐形成了"白领"这一新兴社会群体。为了满足相应的文化消费需求，以描摹白领日常生活、反映其生存压力与传递职场经验为主要内容的职场小说应运而生。职场小说是当代文学发展的一个新文类。陆琪则是职场小说作家群中的一位重要创作者。可以从文本结构、叙述策略、思想意旨等方面，探讨陆琪职场小说所存在的种种问题及发展的可能性，进而透视当代文学生产场的部分症候与发展的可能路径。

一、文本结构与叙述策略

相较当下在职场小说消费市场上的同类作品，陆琪创作的职场小说采用了特殊的叙述策略与文本结构。在文本结构层面，陆琪采用了说理性文本与情景小说结合的双重缀段结构；而在叙述策略方面，陆琪在保留独白与对话共存的同时，强化了叙述者的声音。这些手段有效增强了陆琪职场小说的实用性，帮助读者快速、准确地获取陆琪职场小说中的实用性职场经验。

缀段结构的营造。综观《杜拉拉升职记》《圈子圈套》《浮沉》等知名度较高、具有典型性的职场小说文本，大多采用全知的叙述视角，搭建以主人公职场经历为中心的文本结构，部分小说会为主人公增添感情线，由此形成双线并行的文本结构。采用普洛普的故事形态学方法，典型的职场小说通常可以归纳为一个简单的主谓宾式结构的句子：渴求成功的年轻职场菜鸟们在职场前辈的指点下，经过"人生三课"的历练后，逐渐具备完好的职场素养和能力，终于成为"白骨精"（白领、骨干、精英）或者职业经理人。[i]以李可的《杜拉拉升职记》为例，杜拉拉在从普通职员成长为一个企业高管的过程中，遇到了许多挫折和困境，这些困境和挫折往往是在与同事等人的对话、对他人行为的效法和对个人经验的总结中得以克服的。

此类传统职场小说虽然在创作目的的层面上指向了功利性，但在叙述手法的层面上依旧保留了审美性，作者一般不直接"在场"讲述职场经验，而是致力于巧妙地搭建"空白结构"，这充分体现了讲求"空白""否定"的"召唤结构"。例如在《杜拉拉升职记》中，杜拉拉逐渐懂得的潜在规则、利益关系和伦理观念等职场经验，并非通过独断性话语系统向读者展示，而是采用能够促使读者在阅读过程中不断想象、联想和思考的对话性话语系统。更重要的是，读者往往凭借由自己日常职场经验所形成的"期待视野"去填补"空白"，并且会随着阅读的推进而产生变化，但是作者往往会反其道而行之，使读者期待遇挫，此"否定"作用可以更新读者原有的职场理念，丰富其对职场的理解。故在经典传统职场小说的接受过程中，实用性职场经验其实被包裹在阅读的审美接受之中。而陆琪职场小说更倾向于通过缀段式文本结构来强化叙述者的声音。这种文本结构可以分为两部分，一部分是以作者充当叙述者来讲述职场经验诸要素的独白文本，另一部分是保留了部分"空白结构"和对话性话语系统的情景小说文学文本。

就叙述者独白的文本来看，作者作为叙述者会以直接给出建议或从陈述现象、法则到建议读者在职场中应当采取如何的做法等几种方式构成文本。以《潜伏在办公室》为例，作者在每一章的标题之下都会列出一条"职场潜规则"。在"不遭人嫉是庸才，常遭人嫉是蠢才"一章中，作者直接给出了"自己真正的缺点"和"制造出别人喜欢的缺点"两条关于职场形象塑造的建议；而在"傻瓜最容易生存"一章中，作者先陈述了职场中"你可以用一百次诡计去斗垮别人，但只要失败一次，你就完了"和"使用太多诡计，会影响你的职场形象"等错误行

---

i　　张永禄、许道军：《职场小说：新的文学崛起》，《当代文坛》2011 年第 6 期。

为并解释其错误原因，然后给出了"要把职场生存当成生命"和"每一个有大志的职场人，都应该珍惜羽毛，保护好自己的职场形象"的建议。此后，作者又陈述了"尽可能让别人去冲锋陷阵"，"用一百次时间来等待，用一次出手"等职场行动建议。

而缀段文本结构的另一部分——情景小说文本则像《杜拉拉升职记》等职场小说一样，陈述了职场新人在职场中遭遇种种挫折并收获经验的故事。比如，《上班奴》和《上司喂养手册》就是由林幻想和顾小梦在职场中和同事合作交锋、和上司斗智斗勇、和自己内心交流和解的一个个小故事构成。又如同《上司喂养手册》将上司分成狭隘型等五种类型并在每种类型下分出五条"上司喂养法则"以作为文本单元一般，陆琪职场小说中的情景小说文本分散在各个小文本单元中，从而形成了数个间断的片段式情景小说文本。这些片段式情景小说文本虽然分散在不同主题的小文本单元中，但文本里的人物设定、情节承转是具有连贯性的，如同一部中短篇通俗小说被有序地拆分成数个部分。

在具体的组织建构中，由于被嵌置在不同主题的文本单元的片段式情景小说并非一个完全自足的文本，其中的人物行动模式、情节承转方式都是受制于独白文本的，所以作者通常是用小标题将独白文本和片段式情景小说文本区分开来，但同时又需要巧妙地将这二者有机统一于整体文本当中。《上班奴》一书中则采取穿插的形式促成这二者有机融合，以《上班奴》第五章为例，该章节的题目是"看不见的辛苦"，作者在开篇就标出"上班奴"的一大特征——不管你做得多辛苦，始终都不会有人认同你。该章讲述了在一次试点业务的销售计划中，主人公林幻想先是因上培训班而失去了许多做业务的时间，后是帮众人处理售后服务而没做业务，所以受到了上司的批评。而整个故事所体现的新人在职场中的问题都是和另一部分独白文本的"别人关注的是事情而不是你"与"成绩不是以辛苦来衡量的"等重要观点相对应。而在"给你一把钥匙"这一由独白文本和情景小说文本穿插而成的文段中，主人公林幻想又通过"我"给出的建议克服了困难。在片段式情景小说文本居于独白式文本之后时，独白式文本中作者所明确的职场要旨是对后半部分情景小说文本内容所体现的职场经验进行提炼，因此读者对后半部分的片段式情景小说文本的解读便被规限在由先前文本所蕴含的一系列解读符码中。而片段式情景小说文本处于独白式文本之前时，读者通过章节标题和子标题提前了解了该章节小说文本的主题，居于其后的独白叙述文本实质上只是在对读者阅读片段式情景小说文本后形成的经验进行了调整和补充。

因此在这类实用性较强的职场小说中，侧重叙述者说理的文本取代了文本中的"空白"和"空缺"，作者主导着读者进行视域的改造和更新。传统职场小说内蕴的生成，是依赖读者对文本的理解和阐述。而陆琪职场小说文本结构的设计，则使得意义以一种确定的形式被给予读者。陆琪也曾表示他的职场小说是让读者能争取自己的合法利益，明确自己的职场理想，能够应对职场中遇到的各种状况。[i]可以看出陆琪非常重视作品的实用性，所以在该创作理念的指导下，他缀段式文本结构的深层意义可以概括为：独白文本对概念的诠释和反复说明，确保了读者对职场潜规则的正确把握和理解；而片段式小说文本始终根据相应文本单元的职场主题进行组织，读者阅读小说文本的过程不过是对独白文本内容进行再确认的过程。

对话与独白交织的叙述策略。陆琪在他的职场小说中采用独白文本与片段式情景小说组织文本单元的策略，决定了文本中存在两种叙事声音——叙述者的声音和小说中人物的声音。在陆琪的职场小说中，叙述者的声音往往占据强势的地位。它不仅以独白、议论的形式存在于叙述者单一说理的文本之中，更遍布于片段式的情景小说文本之中。以《上班奴》为例，作者在以"为什么你是上班奴"为主题的独白文本中，通常采用"别人关注的是事情，而不是你""成绩不是以辛苦来衡量的""要获得认同不能围绕自己做事等"等命令式的语言。而在片段式情景小说中，小说人物特别是职场新人遇到问题需要解决时，人物的声音甚至会明显被叙述者的声音所替代。《上司喂养手册》中，林阿姨实质上是披着人物形象外衣的叙述者，每当主人公顾小梦遇到与上司、同事之间的问题时，她时常

i　陆琪：《潜伏在办公室》，长江文艺出版社 2009 年版，第 1 页。

会为主人公提供职场建议。而在《潜伏在办公室》中，作者设计的人物谱系更加丰富，故职场问题不仅围绕在林丛、冯晖和王小峰三位主要人物之间产生，他们的上级销售主管、销售经理也会遇到各种各样的职场难题。因此叙述者的声音往往会插入多个人物的声部，如借助上司张宇向王小峰传递职场经验的情节表达自己对职场问题的看法，有时又借用王小峰的同辈冯晖来为遭遇职场问题的王小峰指点迷津。在片段式情景小说文本的部分文段中，叙述者的声部甚至会独立于小说本身而出现，比如在《潜伏在办公室（第二季）》中，小说片段的结尾出现"只要不放弃，小人物也会有春天"，"不玩不代表不会玩，只是时候没到而已"等与情景小说文本格格不入的说理片段。

根据巴赫金的理论，对话性是指在话语或语篇中存在着的两个以上相互作用的声音，它们形成"同意和反对，问与答"等关系。而在对话之中，发话者、发话内容和受话者是三个基本的要素。以发话者即叙述者的声音介入与否为标准，独白语篇可以分为显示式（showing）独白语篇和讲述式（telling）独白语篇。[i] 陆琪的叙述者独白部分以讲述式独白语篇的形式展开——在这一文本中，叙述者可以对外部客观世界进行描述，并且能够随时对作品中的人、事按照自己的价值观和情感发表评论。但正如韦恩·布斯（Wayne Clayson Booth）所言，任何阅读体验中都有着作者、叙述者、其他人物和读者四者间含蓄的对话。[ii] 陆琪职场小说的独白语篇常常设定"假想的对话者"以保持文本的对话性。譬如在《潜伏》等文本中，叙述者经常使用第二人称，例如"那就是你可以不聪明，但不可以不小心""但你要弄明白，上司和公司的利益并不一致"等。同时在叙述者独白的文段中，陆琪经常采取一句一段的形式组织文本，具有口语色彩。

而片段式情景小说文本较少有叙述者声音的直接介入，因此在形式上多呈现为显示式的文本，甚至在叙述声部上产生一种复调的幻象。在《潜伏》一书的三位主人公设定方面，冯晖是一位来自农村但却有理想、有冲劲儿的"凤凰男"，

---

i 张雪：《独白语篇的对话性》，《修辞学习》2006年第2期。

ii 韦恩·布斯：《小说修辞学》，华明等译，北京大学出版社1986年版，第240页。

王小峰是城市里土生土长的"80后"，林丛是政府部门官员的后代且与公司上层有关系。身世背景各异的三位主人公有着完全不同的思想观念，而且他们所处的职场环境也是天差地别，所以他们在小说中呈现的性格特点、语言行为、处事方式、奋斗目标等等都极具个体独特性。如王小峰在小说中经常因为自己的天真和善良，犯下各种职场错误；林丛出于其成长环境与家庭背景，擅长利用各种关系来攫取职场利益；冯晖具有相当的职场野心和理想，故在职场上不惜使用各种诡计达到目的。此类再现当代职场的人物形象给予读者一种逼真的阅读体验，似乎此类人物具有陀思妥耶夫斯基小说中人物的自我分析能力和独立思考意识。

在阅读上述这种故事性较强的文本时，读者会偶尔忘记"隐含的作者"的存在，但其实"隐含的作者"始终在场。按照布斯的观点，"隐含的作者"会有意无意地选择我们所阅读的内容，而我们则会把他视为真人的一个理想的、文学的、创造的替身，他就是自己选择的东西的总和。[i]在陆琪的职场小说文本中，阐释特定的职场主题是片段式情景小说文本情节的根本定向。在片段式情景小说文本中，人物行动、言语模式虽然取材于真实职场，但正如巴赫金对独白文本的人物评价，他们始终不能超越、破坏作者独白性的思考，因为这些都是在作者固有观点的基础上建立起来。人物的情节、性格、对话安排最终都是基于特定文本单元的需要。片段式情景小说向读者呈现的往往是职场中的一个情景短片，其中的事件和人物所犯的职场错误，都会和文本单元的主题相照应。在《潜伏》两册中，作者还在每个文本单元末尾标注一个疑问和解答。如在"缓冲的消失"一章中，林丛向上司提出方案，要与其他两位主人公一起竞争副主管，而作者对小说中的这一行为在文末设置了提问和解答，就相当于为读者提供了对小说背后信息的解读，这像是在提示读者：小说中的"同声齐唱"是一种还原职场生态的幻象。在"同声齐唱"这一幻象的包围下，读者对作者的提示全然不顾而依然对叙说者所讲述的职场经验深信不疑，并且依靠着自身的共情能力和反思意识与叙述者通过文本进行平等对话。

---

i　韦恩·布斯：《小说修辞学》，华明等译，北京大学出版社1986年版，第84页。

叙述者声音的退隐虽然能拉近读者与人物之间的距离，有利于读者更具实感地体验到小说中的情境。但在职场小说这一强调实用性的文类中，作者需要让读者尽可能准确地看到自己的职场理念和价值判断。因此陆琪一方面在独白文本中强调叙述者声音，另一方面又在片段式情景小说文本中借助人物的语言、行为来表达某些具有倾向性的职场观念，以确保读者能在情境中进一步把握"隐含的作者"希望表达的价值取向。

综上所述，陆琪的职场小说文本设计了缀段式、多单元的文本结构和叙事策略，强化了文本实用性：以文本单元的独白部分直接地传递职场经验，辅以片段式情景小说以强化文本单元要旨；而叙述者独白文本和片段式情景小说文本中独白与对话的交织，构成了一种作者在场讲述和多声部共存的幻象，强化了读者对作者讲述的职场经验的认可，有效达成其"实用手册"的创作理念。

二、文本内容与文学场功用

如同上文所说，职场小说在文本内容上往往多表现职场人物在职场中的沉浮，通过对职场中人物形象的刻画、言语对话的讲述和行为举止的描写向读者展现虚构小说背后的职场现实。而陆琪始终认为，对于职场小说来说，直接给予经验的实用性比间接体现道理的故事性更重要，这使得读者在阅读陆琪的职场小说时会获得职场经验具有一种确定性。这一确定性缩减了传统小说阅读时的审美过程，强化了文本的实用性和功利性。而这一类型的文学文本在当下文学消费市场的畅销，也是能带给当下文学场反思与启示的重要事件。

审美性的回避与实用性建构。陆琪创作的职场小说文本通过双层缀段结构，将一个个事件根据不同主题放置到对应的文本单元当中，由此建构起具有承接性和连续性的情节整体。如在《潜伏在办公室》中，王小峰、张宇、冯晖等人物在职场中生存与竞争的成长过程，是由冯晖、林丛和王小峰共同竞争主管，张宇和王小峰共同拯救冯晖，等等事件共同组成的。有些批评者指出，陆琪职场小说所采用的"亲身体验式"案例与由案例总结而成的"职场军规"结合之形式，颇像企业管理类书籍而缺乏审美性。[i] 陆琪职场小说把每个事件完全置于一个个以职场生存技巧为主题的单元之下，回避了精英文学写作中强调的文学审美价值。同时，和其他职场小说相似，陆琪创作的各职场小说文本高度类型化，利益与理想的关系、"职场做事给谁看"等职场生存观念在文本群中频繁地出现。这些统摄于利益至上、"厚黑学"的人性观下的论述，使得文本不具有传统意义上的审美价值。

陆琪的职场小说文本强调实用性，出于"再现职场"的要求，其小说重视文本与现实之间的互文（Intertextualite）。文本与现实的互文、叙述者在文本中强势的介入和到场以及小说文本本身的虚构性，共同促使陆琪职场小说中虚构(Fiction)和现实的交融。虽然小说中的职场生存法则只是以具有片面性的作者单向度"讲述"为主，但这对于职场新人顺利融入职场生活具有一定的指导价值。

布尔迪厄（Pierre Bourdieu）曾提出："一个场是有结构的社会空间，一个有统治者和被统治者，在空间起作用的恒定、持久的不平等的关系的战场。"[ii] 而职场在布尔迪厄的场域理论视域下，是一个典型的充满斗争性的场域，其主体由销售、行政等知识密集型产业中的职业白领构成。职场小说存在的意义之一就是为这群职场新人指点迷津。罗兰·巴特（Roland Barthes）曾言："任何文本都是互文的文本；在一个文本之中，不同程度地并以各种多少能辨认的形式存在着其他文本。"[iii] 陆琪的《上班奴》《潜伏在办公室》这些文本正是以职场为背景，虚构了众多的人物和情节。在《上班奴》一书中，陆琪涉及了"（职场中）谁掌握你的命运？""拼爹游戏""烂好人的命运"等主题。而在《上司喂养手册》中，陆琪更是区分了"辅助型""虚伪型"等五种上司，通过对这些上司性格以及与之相处策略的书写，这部《手册》再现了中国现代职场的阶层关系。职场中同级和上下级之间相互斗争和倾轧的现象在陆琪的职场小说中随处可见，这些现象正是陆

---

i　闫寒英：《审美现代性与职场小说未来走向》，《长江学术》2013 年第 3 期。

ii　皮埃尔·布尔迪厄：《关于电视》，许钧译，辽宁教育出版社 2000 年版，第 46 页。

iii　Rol and Barthes,Theroy of the Text,*in Untying the Text:A Post-structura list Reader*,London:Robert Young and Kegan Paul,1981,p.39.

琪对利益至上这一职场理念的揭示。而这些理念帮助许多初入职场的读者更好地面对新的生存环境，更从容地处理自身与外界的关系，更有条理地规划自己的职业发展道路，这有效实现了对职场潜规则的"祛魅"（Disenchantment）。

陆琪的职场小说向读者传达相关职场理念后，这些理念会通过读者向外界辐射开来，进而对现实中的职场产生实质性的影响，正如萨莫瓦约（Tiphaine Samoyault）所言："文本的性质大同小异，它们在原则上有意识地相互孕育，相互滋养，相互影响，同时又从来不是单纯而又简单地相互复制或全盘接受。"[i]例如2009年，陆琪把博客文章《潜伏在办公室——"余则成"教你在职场生存》写成书后，首印八百万册，最后卖了一百多万册。《上班奴》《上司喂养手册》等作品一上市就带给了陆琪大量的粉丝以及微博互动。陆琪笑言："这些书刚写出来的时候，我给身边副总和老板级别的朋友看，开玩笑说要他们推荐，他们无一例外地拒绝我，还要我不要写这么详细。"[ii]读者在阅读这些作品的过程中既提取了有关职场利益交换、人际交往等策略与技巧，亦将其与现实生活对照，更新自己在职场中的观念和行为，从而推动职场整体生态的变迁和发展。

陆琪的职场小说创作建立在与现实互文的基础之上，力图再现职场群体生存的状态，穿透种种职场行为的表象，呈现纷繁职场现象背后的运作规则，彰显作品内蕴层面的现实向度。与现实互文并不意味着陆琪职场小说中片段式情景小说文本的情节必须以报告文学、虚构文学的方式对客观事实进行再现，相反这些文本依旧保留了小说的虚构特征。而且陆琪的职场小说文本中的现实性与虚构性并非割裂的。其现实性与虚构性的共存是为了帮助读者进一步认同作者所阐述的职场价值观，更新读者职场观念，从而达到传递实用的职场建议的目的。如格拉夫（Gerald Graff）所说，人们已不仅仅把文学中的事件当作虚构，而且在表述这些事件时所传达出的"旨意"或"对世界的看法"，也被当作虚构。[iii]站在后结构主义

---

i　蒂费纳·萨莫瓦约：《互文性研究》，邵炜译，天津人民出版社2003年版，第1—2页。

ii　陆琪：《陆琪：职场规划"拿钱要快、理想要远"》，《职业》2010年第13期。

iii　格拉夫：《自我作对的文学》，陈慧等译，河北人民出版社2004年版，第171页。

的立场来看，陆琪对职场的言说、指涉行为本身是在语言这一维度生发的，本身就具有虚构性。其意图阐释的职场只是一种想象的固定的所指。而在片段式情景小说文本中，陆琪着力在虚构的情节之上构筑一种现实性和真实感：在《潜伏在办公室》中，叙述者通过一个独立于情节的声部或借助某一人物到场言说，揭示了虚构文本的现实意义；而在《上班奴》中，叙述者则直接以第一人称叙述主人公林幻想的故事，给予读者非虚构文本的现实感。而在接受过程中，叙述者独白所制造的"现实感"掩盖了其虚构的特征，由此使得现实性与虚构性交融的文本在读者接受的结果中偏向现实一极。这样的现实感就其本质而言是虚构的，但这种"虚构下的真实感"正是促成读者接受职场实用性经验的重要路径。

大众文学生产次场的一种探索。根据布尔迪厄关于文学场发展阶段的理论标准，当代中国文学场已经进入了象征财产市场阶段，具有高度的自主性。当代文学场已经走向了裂变，形成了精英文学、大众文学、网络文学等文学生产次场，这些次场按照各自的生产原则和不同的价值观念各行其是，既斗争又联合。[i] 陆琪的职场小说作为迎合大众阅读趣味的大众文学生产次场的一支，具有其独有的特征：它虽然迎合当代资本市场，宣扬市民审美现代性，一反基于"为艺术而艺术"的审美法则，但对职场这一权力场域的潜规则与结构的诠释，体现了对外部权力场域具有反作用的精英文学特征。

传统的精英文学生产虽然依附于外部权力场，但为了自身的合法性和独立性，它极力追求审美性以获得象征资本。在印刷文化时代的文学场中，传统的精英文学获得了文学场的主导权。而到了象征财产市场阶段的文学场，职场小说所附属的大众文学则站在专供市场消费的经济逻辑一极，对传统精英文学产生挑战。陆琪的职场小说也是一反传统现实主义文学拒绝大众读者的写作策略，在语言上营造日常性、浅显性的特征，以一种直白的口吻来揭示职场的潜规则。正如上文所说，《上班奴》《潜伏在办公室》等作品并不专注于对情节的刻意编织，人

---

i　单小曦：《电子传媒时代的文学场裂变：现代传媒语境中的文学存在方式》，《文艺争鸣》2004 年第 4 期。

物形象的立体塑造和语言的刻意雕琢，作者的写作策略完全基于读者阅读的实用需要，致力于帮助读者解决职场中的实际问题、为职场失意的读者提供精神慰藉。这遵从的正是一种文学与艺术产业相结合的经济逻辑，其赋予由发行量衡量的即时的和暂时的成功以优秀地位，满足符合顾客的现在需要。[i] 在传统的场域理论看来，这类迎合群众，从属于政治、经济外部因素的"大生产次场"往往表现为经济资本缺失而文化资本较少，因此会在"颠倒经济"的文学场中居于被支配地位。[ii] 他就像类型小说一般具有高度的模式化特征，符合白领阶层对日常精神消费的需要。而在消费社会的语境下，此类高度类型化的大众文学生产次场多被质疑对其他权力场过度依赖及自主性缺失。但是陆琪的职场小说基于题材本身就与经济存在密不可分的联系这一特殊指向，在场域中就是居于一个难以界定的特殊位置。

正如文学场自主性的极限表现为左拉在德雷法斯事件中将文学场的自主原则应用到了政治场，陆琪的职场小说亦试图对职场这一场域的生态产生影响。他当下畅销的"心灵鸡汤"、励志读物等大众文学所营造的是一种符合主流意识形态的"只要努力就能成功"的幻象。而场域是具有自身的价值观、拥有自身的调控原则，是诸种力量在被调整定型的一个体系，具有冲突性和竞争性[iii]，职场新人并非仅能以一句积极的箴言就可以获得物质财富增加和精神体验提升的。在《潜伏在办公室（第二季）》中陆琪直言，阶层被划分为统治者和普通人，统治者学习全书，普通人学习儒家道德，共同依据道德法则而行。《潜伏在办公室》中三个年轻的职场新人之间、职场新人和上司之间的拉帮结派与明暗争斗，露骨地揭露职场生存的异化状态与职场背后的"利益"至上文化，揭露了上司与下属关系背后非人格化的科层制。虽然笔者在论述中认为陆琪对职场的理解掺杂了过度的主

i 皮埃尔·布尔迪厄：《艺术的法则：文学场的生成与结构》，刘晖译，中央编译出版社 2011 年版，第 110 页。

ii 朱国华：《颠倒的经济世界：文学场的结构》，《天津社会科学》2006 年第 6 期。

iii 皮埃尔·布尔迪厄、华康德：《实践与反思：反思社会学导引》，李猛等译，中央编译出版社 2004 年版，第 17 页。

观情感，过于迎合市场需要，但其内在具有一种对职场场域的反拨和改善职场的潜力。当这类职场小说能逐渐从引导读者对"潜规则"服从、适应发展为引导读者产生改良职场体制的超功利追求时，它就推动了大众文学生产次场向精英文学生产场靠近，进而有效改良当代文学场的生态环境。

三、陆琪职场小说的优势、局限及发展可能

陆琪的职场小说作为一种特殊形态的职场小说，其在文本结构、叙述艺术、文本内容等方面皆有不同于《杜拉拉升职记》等传统的职场小说。但其同样也有类型化、过度强调"厚黑学"式思维的负面特征，因此需要对其辩证、发展地看待。既要看到局限，也要看到其潜力与发展的可能路径。

陆琪职场小说的优势及局限性。首先是文本结构层面的价值。上文已提到，陆琪职场小说的文本由数个文本单元平行构成，每个文本单元以叙述者独白的说理性文本和具有小说特征的叙事文本缀段组成。其中叙事文本一般在单元之间具有连贯性与一致性。作者往往在说理性文本中直接讲述职场的实用性法则，片段式情景小说文本作为一种逼真的现实明证始终在说理性文本主题的统摄之下，这一文本结构颠覆了传统的文学接受过程。伊瑟尔 (Wolfgang Iser) 提出："传统文学的阅读过程需要我们熟悉特定作品所运用的种种技巧和成规，我们必须对它的种种'代码'有所理解。'代码'是提取信息的方式。"[i] 而陆琪的职场小说结构通常选择将信息的提取结果直接前置，取消了"代码"可能造成的理解困境。特里·伊格尔顿 (Terry Eagleton) 认为"代码解读"这一过程不一定具有超时空的有效性，陆琪将职场经验提取的过程取消并前置阅读，是对于职场人士阅读效率要求的准确把握。而叙事文本本身作为对职场问题的再现，推动了读者在品读过程中产生身份认同。但这一文本结构体式过度强调实用性而舍弃了审美追求，体现出大众文学在发展过程中急功近利的特质。

---

i　特雷·伊格尔顿：《二十世纪西方文学理论》，伍晓明译，北京大学出版社 2006 年版，第 76 页。

而在叙述层面，陆琪的职场小说中对话与独白并存，但突出叙述者声音是其明显倾向。在叙事文学作品中，对话性常常表现在作者创作过程中预先设定"隐含的读者"，陀思妥耶夫斯基作品中所呈现的复调也是文本具有对话性的充分体现。而在陆琪的职场小说中，对"你"的言说无处不在，但"你"的建构仅基于陆琪对"隐含的读者"的假定和虚构，借假想人物在虚构性文段中发声。尽管如此，陆琪的职场小说依然使广大读者沉浸在特别真实的阅读体验当中，这是因为陆琪准确地抓住了职场群体的典型特征，通过文本与现实的互文，将文本转化为陆琪为大部分读者解决现实职场问题的对话场。而以第二人称为主语的短句句式更凸显了对话的日常性，生成了一种缓解读者焦虑的特殊效用。故其职场小说相较以传统虚构小说为文本体式的职场小说，保留了实用性的同时，亦产生了缓解现代职场普遍焦虑境况的效用。以伯明翰学派的亚文化理论为鉴，青年亚文化的建立意在对主流文化和支配阶层的霸权进行抵抗。而陆琪意在通过职场小说教授职场新人如何在职场中顽强生存、与上司斡旋等等，这是否能逐渐形成抵制职场中不良竞争的亚文化？观览陆琪职场小说文本单元的两个部分，都是叙述者在"讲述"自认为具有实用价值的职场经验。但正如詹明信（Fredric R. Jameson）的观点，"讲述"是在一部小说中，作者对读者所说的他自认为有意义和真实的观点。[i]而读者在文本接受层面的现实性偏向，往往将作者带有部分虚构性的夸大"讲述"错认为职场的真实状况。孟繁华教授曾指出，虽然职场小说所展示的一种逼真的职场生存状态及职场规则、生存技巧给初入职场的白领提供了借鉴，可以舒缓职场竞争的心理焦虑和压力，但其作为类型小说往往会为了博人眼球而热衷于展现钩心斗角的潜规则以及宣扬弱肉强食的社会进化论法则。[ii]陆琪的职场小说中出现频率最高的词汇就是"利益"，甚至在《潜伏在办公室（第二季）》的前言中，陆琪直言不讳地说："潜伏在办公室，是让你们懂得人性本恶、利益永

---

i　杰姆逊：《后现代主义与文化理论》，北京大学出版社 2006 年版，第 5 页。

ii　孟繁华、周荣：《文化消费时代的新通俗文学——新世纪类型小说的叙事特征与消费逻辑》，《探索与争鸣》2011 年第 4 期。

存的价值观。"它默认了职场主体之间通过工具性行为取得最大价值利益，否定行为者之间相互理解的理性交往行为的可能性。在陆琪的职场小说中，人物往往是异化的、非生产性的人。譬如在《潜伏（第二季）》中，主人公王小峰虽然相当于上司张宇的"徒弟"，但其并不是将张宇当成一个自主、立体的人，只是将他当作获取经验的手段和工具。双方实质上只是功利地在抽象的数字、符号层面上进行交往，忽视了感情交流。陆琪在文本中亦对职场进行了消极的、"厚黑学"式的描述，如"你进入了职场，实际就是进入牢笼，职务就是你的牢房，而身边的一切，都是铁链和枷锁""职场的本质就是表面公义、心里生意"。这些职场经验不免过于主观，陷入了本质主义的泥潭，片面夸大了职场的斗争性而忽视了职场中真实的人情，最终将缺乏质疑精神的读者导向职场的阴暗面。并且在陆琪的职场小说中，类似"平白出现的好处一定是陷阱""任何好处背后都付出"等大而无当的、对实际生活缺乏指导价值的言语常见于文本。这些语句仅起慰藉心灵的作用，而无法作为解决现实问题的良方。

作家邱华栋曾指出，职场小说并非文学范畴上的某种特定类型，它在很大程度上是一个由出版社塑造的用于细化市场、找准定位、满足目标人群需求的概念。在大部分阅读职场小说的读者看来，陆琪是一位阅历丰富的职场导师，而他的职场小说则是教科书一般的存在。陆琪顺应时代发展潮流，创作出了满足当前文化消费市场需求的职场小说。但当大家以理性的眼光看待其作品时，其中存在的问题也是不容忽视的。如《潜伏在办公室》一书有一章节名为"正面的谎言"，而《上班奴》则有一章名为"谎言的世界"，两章节大同小异强调了职场中有技巧地说谎话的重要性；《上司喂养手册》一书的"上司喂养法则之十六"提出"个人利益第一，上司利益第二，公司利益第三"的原则，而《潜伏在办公室（第二季）》的"公司利益不是集体利益"一章中，也强调了同样的原则。因此同其他职场小说创作一般，陆琪的职场系列小说存在明显的类型化缺陷，并不强调经典文学所追求的审美性与超越性。另外，在《潜伏在办公室》出版面世之前，陆琪曾多次在微博中提到将要有新作出版，号召粉丝购买。同时出版封面更是有"凤凰博报点击排行第一名的长篇系列博文"和"百万网友推荐出版"等标语。在这样的作者和出版社联合造势的情境之下，职场小说的商品性、消费性的特征进一步凸显。因此，陆琪确实能为广大读者提供一定具有实用性的职场经验，但当下的他还无法扛起建立全新职场生态的亚文化的大旗。

陆琪职场小说创作的发展可能。在文本呈现方式方面，陆琪的《潜伏在办公室》《上班奴》等作品虽然较传统职场文学有所创新，但其向中国当代文学消费市场展现的媚俗姿态，滋生了文本形式高度同质化、人文关怀极度缺失、文学性无端缺位等职场小说的典型问题。反观陆琪职场小说中的一些"箴言"，如"职场万事，都是利来利往""而职场中，你永远在为别人而活"等揭示了当下中国存在人性异化和中产阶级焦虑的社会现象。陆琪曾在访谈中坦言："中国的老板也还只停留在初级阶段，对员工实行压榨式管理，把利益放在首位。"[i] 职场是布尔迪厄场域理论的一种典型呈现，其秉承了中国官场的"厚黑"文化传统，具有相对自主性和斗争性，它内在的种种潜规则持续不断地巩固着由支配阶层设定的"等级社会"。在中国不成熟的职场管理体系下，职场员工只能长时间居于"等级社会"的底层。故陆琪的职场小说文本对于职场潜规则的揭示与阐释，在客观上有利于促进"职场底层"的觉醒并推动他们投入争取自己合法、合理权益的抗争中去，最后达到改良职场生态的目的。

职场小说作为一种当代小说的新类型，容易让人联想到"官场小说""商场小说"。但 20 世纪 90 年代盛行的官场小说在将官场中的黑暗角落展示到台前的同时，也对人性、权力等官场中种种要素纠缠在一起的情况进行了反思。陆琪的职场小说中绝不缺少对职场潜规则的揭露，例如他常说的一句对职场的本质性的定义——"职场是利益交换的场所"，但他却总是在教导读者去适应这令人不满的职场现状，适应过后便可以不断向着顶峰攀爬，最终从被潜规则的底层职员华丽转变为潜规则他人的高层领导。这是陆琪对当前职场现状的妥协，他对改变现状持悲观态度。作为一本小说而不是成功学式的、就业指导型的书籍，陆琪的

---

i　陆琪：《陆琪：职场规划"拿钱要快、理想要远"》，《职业》2010 年第 3 期。

职场小说暴露了其文学性的缺失，这一缺陷能否补足关乎陆琪职场小说未来的发展。其实，陆琪的职场小说中也有着人性闪光的地方，譬如在《潜伏在办公室》中，三位主人公之一的冯晖在职场中虽用了不少诡计，但他的最终目的还是帮助曾经帮过自己公司的上司。而主人公王小峰虽然也有说谎话、使用计策的时候，但大部分时候只是维护自己的利益而非去坑害他人。如《上司喂养手册》中的顾小梦、《上班奴》中的林幻想，陆琪的职场小说主角始终设定为在传统道德教育下成长且有一套健全的道德尺度的职场新人。虽然诸多批评者批评陆琪的职场小说具有浓重的"厚黑学"色彩，但《潜伏在办公室》和《潜伏在办公室（第二季）》都鼓励读者在职场中一定要有自身独立的远大的理想。因此，陆琪的职场小说乃至整个职场小说文本群始终存在一种潜力。未来，职场小说的作者们把写作目标定位于：推动受压迫职员勇于反抗不公正、不合理的职场制度以建立良好的职场生态环境，而不再是单纯叙述职场的日常生活和工作斗争，也不再一味地向读者传输职场经验和职场厚黑学，这就意味着职场小说这一文学范式逐渐得到了文学性和审美性的复归。

综上所述，陆琪的职场小说作为当代中国职场小说创作中的"非典型"，以其独特的文本结构、独白为主的叙述声音以及关切现实的真切劝导，构筑了具有高度实用价值、符合题材内在体式的职场小说。虽然它存在类型化、过度强调"厚黑学"等问题，但其亦包含了改造当代文学场域、批判并推动职场现实改造的内在驱动力。这样的职场小说范式不仅为当代职场小说生产市场提供了一种新类型，亦对当代中国文学走向、当代职场发展提供了新的路径可能与反思意识。

（余可桢　执笔）

作者访谈

受访者：陆　琪

访谈者：单小曦、汪云鹤、闫雨中秀

访谈时间：2021 年 8 月 6 日

访谈地点：杭州西湖区西溪乐谷创意产业园灵果文化公司

一、个人的文学创作道路

单小曦：在正式开始之前，我想先对这次访谈做个简单的介绍，该访谈的目的主要是通过作者对自己作品的阐释，为读者理解作品甚至网络文学增加一个角度。那我们言归正传，陆老师，在众多身份中，您尤为强调自己的作家身份，那您一开始是怎么进入文学的，能不能跟我们简单地说一说。

陆　琪：其实跟很多人一样，我是从读书时代参加作文比赛拿奖开始的。

单小曦：那您是什么时候开始创作的？

陆　琪：可以说是从小学起，那时候我就已经开始拿稿费了。

单小曦：您在上学阶段，有什么让自己满意的作品吗？

陆　琪：主要是作文，还有自己创作的一些科幻类作品和诗歌等。

单小曦：那您到了大学阶段，在创作上有什么新的进展吗？

陆　琪：大学期间我学的是传媒专业，兴趣爱好有所转移，当时还因为互联网带来了全新的机遇，精力放在了互联网创业上面。我的创作中断了较长一段时间，后面为了生存，才又开始写作。

单小曦：您正式开始网络文学创作是哪一年？

陆　琪：应该是 2003、2004 年，我最早是从幻剑书盟和起点开始的。

单小曦：那您一开始写的是什么类型的小说？

陆　琪：我写的是玄幻类小说，当时尝试了将中国的仙侠引入西方玄幻里面去，还取得了不错的效果。

单小曦：那之后您进了起点？

陆　琪：对，我在起点写了一段时间。

单小曦：付费阅读的模式主要是从起点开始的，这一模式后来被称为"起点模式"，那这种"起点模式"对您的创作有没有影响力和推动？

陆　琪：有的，在这种模式下，我认清了自己的局限性。尤其是我属于看金庸、倪匡的武侠小说长大的一代人，在他们的武侠小说中，情节是一个缓慢展开的状态，他们对人物成长的控制是很严格的，所以我对情节的把控也受到了他们小说的影响，这就使我不太适应起点网站中那种快速成长的模式。

单小曦：那您在起点上还发表过小说吗？

陆　琪：我用笔名发表过一些小说。一直到 2007 年，我的创作陷入瓶颈期，作品取得的效果不尽如人意，我开始去不断反思自己，认为起点创作的风格可能真的不适合我。所以在此之后，我停止了写作，随后就开始写博客。当时正值电视剧《潜伏》热播之际，借此机缘，我写了一篇名为《潜伏在办公室的 23 条军规》的博客，获得很大的反响，后来长江文艺出版社的编辑找到了我，让我写一部关于职场的小说，所以《潜伏在办公室》这部作品就应运而生了。

单小曦：也就是说，签约后，在博客上发表的文章最后变成了小说，那可以认为《潜伏在办公司》这部小说和您的博客之间具有一种非常大的连带关系，或是可以直接说小说其实就是博客的延续吗？

陆　琪：可以的，小说是从博客中延续出来的。

单小曦：基于这样一种职场的写作模式，您是否认为找到了自己的写作切入点？

陆　琪：是的，这是我写作过程中出现的很大的变化。像起点的写作模式，它需要很强的想象力、虚构能力、情节控制能力和世界观的架构能力。而我从小到大接受的训练可能侧重在写作和文字能力的提升上，这就使我缺乏了一定的想象力。并且在我看来，对人的研究才是我的兴趣所在，职场小说恰好契合了我的这一追求目标，包括我后来转向了情感写作，也都基于此。

单小曦：那您怎样理解网络写作和自己的职场小说的关系，您认为它们之间有什么关联？

陆　琪：职场小说其实涉及了畅销书写作的概念，它与网络文学的写作是一脉相承的。它们的本质是一样的，可能题材和方向会有所差异，但它们都是为市场和商业而写作的。小说通常分为虚构写作、非虚构写作，以及虚构写作和非虚构写作的结合，《潜伏在办公室》则属于虚构性和非虚构性的融合。它既是一个完整的小说故事，同时又具有大量的心理方面的理论分析，网络文学的写作模式对我的写作产生很大的影响，我的小说也属于网络文学的延续。

单小曦：因为您本身是学传媒专业的，那您在大学阶段有没有学过一些文学课程？

陆　琪：有的，传媒专业是有修读文学课程的要求的。

单小曦：那从文学资源上来看，你是否从纯文学作家或者是精英文学作家的创作上汲取了营养？

陆　琪：我也会看余华、莫言和贾平凹等人的作品，虽然看的不算少，但实际上对纯文学作品没有特别大的兴趣。

单小曦：是不是觉得题材过于沉重，无法接受或适应？

陆　琪：我喜欢倪匡这类作家创作的作品，还是不太喜欢纯文学小说。

二、我的职场写作以实用教育价值为主，文学虚构只是辅助

单小曦：回到您的职场写作，我觉得您的写作具有一定的类型开拓意义。比如您之前提到的虚构和非虚构的，就是一个很好的角度。除此之外，您把一些职场经验、情感道理和心理规律贯穿进故事去，也值得肯定。在叙事上，您的作品也有一些总体的人物，在介绍职场经验时又引用不同的案例，那您在叙事模式上有没有一种自觉的理论追求？

陆　琪：我的叙事其实是比较偏向理式化的，倒也没有想过追求特定的叙事模式。

单小曦：您看过《十日谈》吗，您觉得您的作品跟《十日谈》中故事套故事的模式有相似之处吗？

陆　琪：看过的，我觉得它们不太相似。我是把一个整体的故事用一个个的单元故事连接起来，它不是故事套故事的模式，而是将多个单元故事合并为一个完整的故事的模式。我的创作逻辑是先总结出一个职场的规律或者道理，然后围绕这个道理延展出一个故事，故事和故事之间存在关联性，具体形容的话，它更像是一串糖葫芦。

单小曦：从您小说的创作中可以看出，您的作品不像传统小说那样十分注重情节的经营，而倾向于淡化情节。但对于这类职场小说，如果完全没有情节又很难吸引读者，所以您在写作过程中是怎样处理情节的？

陆　琪：首先，对于一个作家而言，我认为情节构建能力是一个最基本的要求，但也要承认，我的创作对这方面没有特别高的要求。其次，我小说中单元化的故事都是从道理延伸出来的，情节其实是作为论据存在的，其作用是为了增强叙述的说服力，能够使读者信服我的观点。最后，我还加入了大量的意外和反转去吸引读者。

单小曦：这可以展开说说吗，小说中哪些地方有这种情节设计？

陆　琪：如故事主人公在激烈内斗，斗到最后才发现，其实他们背后还有其他人

参与，这种刻意设计出来的悬念，在每个单元故事中都有涉及。

单小曦：就是说，您使用了一些悬疑情节。

陆　琪：是的。在我写作之前，职场小说通常分为两种，要么是纯粹讲道理的，要么就是纯虚构的，像《杜拉拉升职记》就是这种。我的小说跟它们有一些区别，我将道理和故事情节结合起来，既可以增加真实性，又可以达到寓教于乐的目的，这就是我写作的出发点。所以《潜伏在办公室》发行后，销量还挺可观。

单小曦：您是不是有意识地将这本小说与电视剧《潜伏》呼应起来，让它们形成互文关系？

陆　琪：可以说，这本书的出世与《潜伏》的热播有很大的关系。

单小曦：小说有吸收电视剧中的要素吗？

陆　琪：吸收了一些，我最先发表的那篇博文完全是来自电视剧，电视剧与小说的关系其实已经没有那么密切了。我主要是抓住了电视剧里的畅销性和流行性元素，并把它们都融入了我的小说中。

单小曦：那您能不能详细说说，具体捕捉到了哪些流行元素，又是怎样运用到作品中的？

陆　琪：职场小说跟纯文学的创作不同，纯文学是对内心的追索，但职场小说追求的是热度。那时有编辑跟我约《潜伏在办公室》的稿，我就意识到职场题材已成为引人关注的热点，尤其是我也看到了在 2008 年到 2009 年的这段时间，很多人正处于个人觉醒与集体主义的冲突中，这一时期也恰好是"80 后"走向职场的节点。所以基于这一背景，我想到把电视剧和职场写作结合起来，还从人们热烈讨论的内容中挖掘出一些可能会吸人眼球的点，将它们用到小说的创作上，并借助互联网平台来推广自己的小说，最后取得了明显的成效。

单小曦：我们已经讨论了小说的叙事、情节和热点等问题，接下来我想谈谈小说的人物，我发现您的小说不是以人物见长的，您是怎样理解的？

陆　琪：对，我刻意地不塑造人物，因为塑造人物的话会浪费太多的笔墨。

单小曦：但您小说里也有贯穿始终的人物，会有主人公的存在。

陆　琪：是的，这个问题在我另一本小说——《上司喂养手册》中表现得更为典型，在那本小说里，我塑造出了不同类型的上司，如贪婪型、教师型、掌控型的上司，他们都是脸谱化的存在。我把他们的特质详细地描述了出来，他们没有复杂的人性，我刻意地把他们作单一化的处理，这就会让读者更好地理解小说。

单小曦：就是说您只写类型人物，不写圆形人物。

陆　琪：没错，但有时候我也会去刻画主人公的成长历程，包括他性格上的转变。

单小曦：其实很多经典作品中的类型人物也都成了不朽的存在。

陆　琪：我认为纯文学里的类型人物具有文学性，人物形成独特类型时会有前因后果性和逻辑性，而我创作时不会考虑这些。我追求的是直接的教育作用，这就要求通俗易懂和进入门槛低，我是以特定群体为目标的。

单小曦：我认为您的写作也具有虚构性，为了和干巴巴讲道理的文本区别开来，您在讲道理的过程中运用了文学性的笔法，借此吸引读者进入文本，但又不是为了虚构而虚构，而是为讲道理服务的。这就需要把握好度的问题，您是怎样处理说理和必要的虚构之间的关系的？

陆　琪：首先，要对自己的文学创作能力有清醒的认识。我毕竟不能跟贾平凹和莫言这类作家相提并论，我写作的目的是让更多人看到，不断扩大自己的读者群，我会尽可能贴近我受众群的思想水平，所以之后我去研读了群体心理学的相关知识，想更好地了解个体和群体的关系。这也使我与系统化的文学创作渐行渐远。但我必须要选择这种方法来凸显说理性，提升作品的可看性和接受度。其次，我非常明白自己小说中可看性最弱的是道理，而不是故事，所以故事一定要写得比道理有可看性，这是要把握的一点。

三、以作家情怀生产传播职场、情感、教育思想

单小曦：那你可以简单概括出几条能给大众启发和指导的职场或情感方面的经验吗？

陆　琪：其实随着时间的推移，我的想法也有所改变。以前会强调人一定要坚持，坚持就会成功，现在则认为坚持不一定会获得成功，甚至说坚持注定了一定不会成功。为什么会这么说？因为坚持要用对地方，就像你坚持在一块种不出庄稼的地里种庄稼，那为什么不选择去开辟一片肥沃的土地呢？所以改变比坚持更重要。再则是以前大家都倾向于认为失败是成功之母，大家有时候也很难接受失败，但我现在认为失败不是成功之母，成功本身是由失败组成的，失败是成功的拼图，就是说我们无数次的失败最终为成功奠定了基础。我如今已经不再同意《潜伏在办公室》和《婚姻是女人一辈子的事》等书里面的观点了，因为每五到十年，主流价值观都会历经一次革新，我的思想观点也会随之发生改变。如从 2016 年开始，我是从认知神经科学和认知心理学角度出发来剖析情感，而到了 2020 年我又开始从事对中国本土式的原生家庭的研究，这都可以看出每隔一段时间，我的思维方式和研究方向也会跟着发生转变。现在再让我说婚姻是女人一辈子的事，我是不同意的，我现在认为婚姻是女人一辈子可有可无的事，前者是十年前的思维，现在我的思想已经更新了。

单小曦：是的，这也是不断进行自我提升的要求。那除了职场经验，您能为大家提供几条重要的情感经验吗？

陆　琪：关于情感方面的建议主要有两条：一是要清楚地意识到爱情不是生命的全部，它所占的比重不能超过生活的百分之三十。二是要知道我们身边的每一个人都有权力离开我们，千万不要对他们产生依赖感和安全感。

单小曦：我们知道在 20 世纪 90 年代，甚至直到 21 世纪初，国内非常流行成功学，近几年成功学被批判得比较厉害，那您的小说跟成功学是否具有一定的关联？

陆　琪：成功学的盛行对我的创作造成了一定的影响，因为当时成功励志类的书籍在指导大众上发挥了很大的作用，人们会据此进行思考和采取行动，所以《潜伏在办公室》这本书里明显有成功学的影子。我在开始写职场小说时，其实也被崇尚功利主义的氛围所驱使，它遮蔽了我的思维和视野。当时我为了达成自己的目标，接受了很多现在看来不正确的价值观念，我现在也在反思自己追求功利主义的根源，可能跟小时候的家庭教育有关，这需要我用很长一段时间来慢慢纠正。经过很多年我才明白，我们不断地追求成功，追求欲望的达成，心就很难沉静下来。但只有在心沉静下来时，人才能找到适合自己的道路，才能不去计较得与失，笃定地追求自己的目标。所以我认为，道路不是选择而是舍弃，这个世界充斥着浮躁，浮躁不断诱导人们做出错误的选择，而只有当人们找到正确的道路时，才不会误入歧途。尤其是对于积极上进的年轻人而言，更应该要认真思考一味追求成功这条道路是否可行，但从另一角度看，很多人只有经历过这一阶段，才会获得更加清醒和准确的认知，我也是花了很多年才体会到这些道理的。

单小曦：您现在是把自己定位在思想的产出和传播上，按照您自己的说法就是研究人，您也有一些自己的观点和看法，那您认为和纯做学术与纯思考的人相比，你们之间存在什么样的联系和区别吗？

陆　琪：他们为我提供了源泉，我在他们的思想中找到了我所需要的东西，并把它们应用于自己的案例，最终转化为大众能够看懂的东西。

单小曦：换句话说，就是把他们深奥的思想通俗化。

陆　琪：是的，他们是研究理论的，而我是研究技能的。

单小曦：可以把他们理解为思想源头吗？

陆　琪：可以的，在很长的一段时间内，我都是直接借用别人的理论，而现在是在他们的理论基础上进行自己的突破，如对中国原生家庭的研究。

单小曦：也就是说您找到了自己生产原生思想的领域。

陆　琪：没错，我认为我现在从事的领域跟作家和理论家从事的领域有很大的不同。

单小曦：那回到文学上，与其他方式相比，你认为文学是否更加增强了你这套思想生产的原生性？

陆　琪：文学带给了我一种巨大的悲悯感，这非常重要，因为我进行的是人的研究，这一力量能够促使我充分理解研究对象，它提供了巨大的支撑力量，能够让我与他人产生共鸣。我在从事其他内容的工作时，也不会忘记为自己寻找文学的出口。毫不夸张地说，文学在很大程度上形塑了我的性格，甚至奠基了我人生的底色，它将我和世界更为紧密地联结在了一起，我所拥有的悲悯感、同情心和共鸣的能力都来自文学。再就是，儒学思想等国学内核也为我提供了许多力量。

单小曦：那这些东西对您创业和经营公司也产生了很大的影响吗？

陆　琪：产生了很大的影响，它们塑造了我的思考方式和行为方式。

单小曦：目前除了文学作为您生产思想的方式，影视也是吗？

陆　琪：我现在也在洽谈小说改编为影视的项目。

单小曦：除此之外，还会有其他形式（如动漫）的衍生吗？

陆　琪：有的，我们制作了一档传播儒学知识的动画节目。

单小曦：就是说，以改编的形式来生产内容？

陆　琪：是的。

单小曦：现在很多人都在跨界进行 IP 开发，你在开发 IP 的时候，有没有一个核心的大 IP？

陆　琪：我的核心 IP 就是我自己。

单小曦：那么在市场上有什么代表性的品牌吗？

陆　琪：我们的"算爱社"和"算爱诗"是比较重要的 IP。

单小曦：能为我们简单介绍一下吗？

陆　琪：它们有一套操作的逻辑，主要是用来帮助人解决跟爱情和婚姻有关的情感问题，我们一直在致力于更好地开发它们。

单小曦：不像南派三叔的"盗墓"系列那种超级大 IP，您走的是多方面开发的道路。

陆　琪：我非常清楚自己的能力，南派三叔他们可以动用自己的创造才能在作品中搭建起一个世界，从而将其变现，但我不行，我只能靠输出思想。我倾向于把思想比喻成水，而我是在地下挖井的人，水涌现到井里后才会吸引到一批与我有着共同思想的人，最终我们可以塑造出一个价值观共同体。在同一价值观下，生命和生命之间、人与人之间产生了联结，换句话说，我们最终成了一个现时的人与人联结的共同体。

单小曦：您拥有庞大的粉丝数量，那您有自己的粉丝文化吗？

陆　琪：核心粉丝有，但这种文化不同于饭圈文化。

单小曦：那你们有没有专门管理粉丝的团队？

陆　琪：没有，我们的粉丝都是自发的，他们处于非常松散的状态。

单小曦：有些网络作家会有专门管理粉丝的团队，您有吗？

陆　琪：我以前也尝试过管理，后来觉得这种行为是不对的。不仅是因为它具有商业行为的性质，而且它也会造成反噬，如果将大量精力投入其中，建立起一个强有力的组织，它反过来将会吞噬我。因为要维持这一组织，必须要付出大量的时间和精力，到最后它的力量远远比个人的力量强大，这就会陷入失控状态，结果要么是它牵制我，要么是它脱离我。粉丝群体还会自发形成群体意识，接着会演变为群体无意识，这样一来，粉丝的思想就趋于简单化和极端化，他们不再具备分辨能力，认定非好即坏。这些东西我很早以前就想到了。

单小曦：您有预判能力。

陆　琪：对，在 2015 年之前我经常充当"情绪领袖"，也就是"意见领袖"。到 2015 年以后，我就不再担任这类角色了，因为我考虑到，"90 后"这一代人已经逐渐成熟了。他们身上有着鲜明的特质，非常善于表达自己的意见和诉求，当他们各自表达时，势必会形成一个群体，他们的意见最终会汇聚为群体声音。此时，"情绪领袖"是在群体里保持个性的人，他能够影响这个群体，但随着力量的积聚和不断增强，最终可能会造成难以预料、无法控制的结果。

单小曦：那您怎样评价现在饭圈粉丝的一些情绪化行为？

陆　琪：我认为这是群体化的一种典型表现。虽然他们号称自己形成了某种文化，而实际上他们的无意识行为却在摧毁好的文化。这一现状让我觉得非常焦虑，我个人觉得这一现象还会愈演愈烈，造成极具破坏性的后果，甚至可能会成为破坏中国文化根基的威胁性的存在。所以我希望各个文化领域的专家能够立身于自己的研究领域，认真研究，刻苦钻研，为社会提供足够的文化养分，不断夯实我们的文化根基。

单小曦：现在很多人把低龄粉丝的狂热化行为评价为"无脑"或"脑残"，您是怎么看待这一说法的？

陆　琪：我觉得个体是有理智的，但个体一旦置身于群体中，就会丧失独立思考的能力。个体的行为被群体情绪裹挟，由此失去了自主性，他们不再动用自己的逻辑思维和辨识能力，而是人云亦云、盲信盲从。

单小曦：《乌合之众》中有较多关于这类现象的分析，您的焦虑是来自这本书吗？

陆　琪：主要来自它，因为现在很多人都非常注重表达自己的思想和意见，但他们反而在形成一种群体化的状态。

单小曦：但也有很多人对年轻人抱有希望和信心，他们认为年轻人并非都是如此，这表明了我们与年轻一代存在着隔阂。基于这一现实，会让人不断去反问，我们是无法理解年轻人了吗，还是说我们无法理解的是他们所具有的独特的行为方式，您怎样看待？

陆　琪：其实我对年轻的个体抱有极大的希望，用发展的眼光来看，新的一代肯定会更好。他们更加聪明，更有担当，而且也有着更为开阔的视野，能够与时俱进，不断开拓和创新。我们也是从年轻的阶段走过来的，也曾被评价为"垮掉的一代"，但时间终将证明，未来必定属于年轻一代。

单小曦：那您是认为邪恶之处就在于群体、群盟、乌合之众这样的氛围或说是文化形态的形成，但大多年轻人一旦进入网络世界又很难逃离它的影响，是吗？

陆　琪：是的，我更倾向于认为这种氛围本质上是反文化的。

四、影响网络写作的网络文学制度因素

单小曦：那我们再从文学创作的外部环境进行探讨，您是土生土长的杭州人吗？

陆　琪：我不算是，我出生在桐乡，我父亲是从杭州下放到桐乡的知青，但在我很小的时候就回到杭州生活了。

单小曦：有很多非杭州本地的作家来到杭州生活，政府为此出台了一套完善的扶持政策，比如建立"中国网络作家村"，成立作协，评奖评职，组织作家赴各地采风，让网络作家和传统作家结对帮扶，您是怎样看待这些政策和项目的？

陆　琪：我觉得这些政策和项目具有很大的积极作用。我身为网络作家中的一员，切身体会到了这些措施带来的益处。首先，它们增强了我们的归属感和认同感，为我们提供了一种安全感。其次，作协的成立和后来作家村的建立等项目的出台，不仅为我们提供了优惠和保障，而且也为我们创造了很多机会，所以我觉得这些都是至关重要的。这两年有一些跟我一块写网络文学的老朋友，都在问我怎么加入浙江网络作协，能不能帮他们引荐一下，然后我就去帮他们去递表格。这说明大家的归属感其实是很强的，所以我觉得这些政策真的是特别好，网络文学的产业做到这么大，我认为真正具有划时代意义的就是网络作协成立的那一刻。以前就算有钱，也只能算作是个体户，加入作协后我们就不再是个体户了，我们得到了大家的承认、社会的承认，这就很重要，他们甚至承认我们

是知识分子了，我们可以进知联会了，以前当网络作家我都不知道自己是不是知识分子，也没人承认我们是知识分子。

单小曦：那么对于一些人来说，这就解决了他们心理上缺乏归属感的问题，当然还有一些待遇上，包括条件上的保障，这对写作来说肯定是有帮助的。

陆　琪：是的，它们还能够让网络作家在这条路上走下去，特别是对一些刚开始从事写作的作家和处于缓慢上升期的作家而言尤为重要。因为他们不像我们已经功成名就了，可能我们对这些东西没有太大的所谓，但很多新人在刚走上网络文学创作道路的时候，是没有任何支撑的，这个时候如果有一个社会组织去支撑他们，就显得极为重要。

单小曦：那我们再谈谈平台，您和一些大平台有联系吗，或者说您制作的内容需要依托一些平台吗？

陆　琪：我现在是以微博、微信公众号和抖音等为核心，不再是依托起点或者阅文那种传统的模式了。

单小曦：好的，最后我想问问您接下来会继续写小说吗，或者还有一些别的想法吗？

陆　琪：我还会继续写小说，未来可能会在国学，尤其是儒家经典上下更多的功夫，但主要还是做人的研究和思想的研究。我希望能够扎根于女性群体，对女性群体整体的人生状态产生一些影响。我觉得无论是纯文学作家还是网络文学作家，我们都深信要对这个世界和这个社会负有责任感，这也是作家的职责所在。我希望能够用自己的文字和输出的内容来改变这个世界，不需要改变太多，一点点就好，因为能够推动社会发生一点点变化也是非常艰难的。很多女性现在正处于被拘束、被禁锢的处境，我致力于帮助她们从桎梏中解放出来，我由衷地希望女性的人生境况能够切实地发生一些转变，这既是我的奋斗目标，也是我应该承担的社会责任。

（汪云鹤　执笔）

读者评价

从题材上说，陆琪的作品主要分为两种类型，一是职场支招类，二是女性情感支招类。以 2013 年为界，前期陆琪的作品主题始终围绕职场这一话题，到了后期作品主题则转向女性爱情及婚姻问题。尤其是陆琪的《潜伏在办公室里》系列作品和《婚姻是女人一辈子的事》受到广大读者的欢迎，这也使他成为 21 世纪初网络创作中最受欢迎励志作家之一。豆瓣、知乎等网络论坛平台上对陆琪小说的评价虽不乏精彩的长评，但大多为短评，且主要集中在 2009—2013 年。

一、职场小说评价

陆琪围绕职场主题，创作了《潜伏在办公室里》《上司喂养手册》《上班奴》等作品，其中最为著名的就是《潜伏在办公室里》系列。陆琪的职场小说，与普通职场"鸡汤"类读物不同，以《潜伏在办公室里》为例，它是以小说形式展开叙述，注重以典型人物的典型实例向读者分享最为直接的职场经验和职场律条。陆琪的《潜伏在办公室里》系列小说出版距今已有十年，在豆瓣上得到了 7.7 分的高分评价，近几年的讨论热度虽大大下降，但仍无法抹杀其对当代职场小说的贡献。

因"实用""直观"等特点，《潜伏在办公室里》一直具有较大阅读市场。通过收集整理知乎、豆瓣、龙的天空等网络论坛的相关评价，可以发现，读者对该作的评价存在较大分歧，有人觉得它醍醐灌顶，又有人觉得它名过于实。持肯定态度的读者认为，从实用价值出发，《潜伏在办公室里》是很好的职场指南；从故事情节出发，《潜伏在办公室里》又是很好的职场小说。有读者表示："《潜伏在办公室里》以一家公司的实例向我们娓娓道来办公室政治，其中的种种利害关系和心思手段，让我惊呼。"[i]《潜伏在办公室里》对于职场小白来说，是很好的启蒙读本，读者通过阅读来获取更多的经验。人在初入职场时，往往单纯如白纸，了解职场规则对于职场小白具有现实指导意义。而《潜伏在办公室里》的故事情节和写作笔法也是读者多有赞赏的部分。比如读者"Erase月"评论道："有刘墉的《我不是教你诈》的犀利，有些地方令人拍案也不得不扼腕慨叹。但是能够把教条式的哲理观点穿插于故事性的小说情节，随着几个性格各异的主角的经历而心绪动荡，并且结合理论来举例。"[ii]很多读者也对《潜伏在办公室里》的写作手法和情节安排表示了肯定："现在回头想想自己走过的职场路。一是庆幸没有卷入那无尽的职场争斗中，但同时也为自己的种种幼稚行为而惭愧。陆琪用他独特的视角向我们诠释职场的技巧，帮我们剖析办公室中的明争暗斗。看完后不禁感到一种恐惧感。这就是职场，一个无形的战场。"[iii]《潜伏在办公室里》在保证故事情节可读性强的同时也给读者带来思考。此外，很多读者的评论都显示了《潜伏在办公室里》受到追捧的重要原因之一是它"将潜规则写成了明规则，和我们一直所倡导的道德模式相距太大"，[iv]如读者"崔一墩"写道："我们的教育从来都不屑于教给我们这些，但这些却又是为人处世所必须明了的。有人天赋高，其间道理早就明白；而平庸如我，只能从书中慢慢学习了。有人说他阴险，我觉着不然——你可以不使诡计，但你被暗箭射中的时候要死得明白。"[v]读者"陈夏夏"评

---

i "《潜伏在办公室里》短评"，豆瓣，2013年3月3日，https://book.douban.com/subject/3864320/comments/，引用日期：2021年8月8日。

ii "《潜伏在办公室里：第二季》短评"，豆瓣，2012年10月23日，https://book.douban.com/subject/4192673/comments/?start=20&limit=20&status=P&sort=new_score，引用日期：2021年8月8日。

iii "《潜伏在办公室里》短评"，豆瓣，2012年9月5日，https://book.douban.com/review/5574551/，引用日期：2021年8月8日。

iv "《潜伏在办公室里》书评"，豆瓣，2010年5月8日，https://www.douban.com/subject/3864320/reviews，引用日期：2021年8月8日。

v "《潜伏在办公室里》短评"，豆瓣，2010年11月29日，https://book.douban.com/subject/3864320/comments/?start=280&limit=20&status=P&sort=new_score，引用日期：2021年8月8日。

论《潜伏在办公室里》："没有很深奥的文字，简简单单，却又不同于《杜拉拉升职记》那么积极，把职场的一部分潜规则抬到桌面，对于职场菜鸟有着一定的指导意义。"[i]可见，与其他职场小说注重积极向上正能量不同，打破传统是《潜伏在办公室里》在众多职场小说中脱颖而出的重要原因。作品将职场和人性阴暗的一面正大光明地展示出来，使读者耳目一新。《潜伏在办公室里》中塑造的人物多为初入社会的小职员，很多读者都在故事中人物行为处世中，看到了自己的影子。如读者"Dilemma、F"认为，《潜伏在办公室里》"淋漓尽致地展现了职场的文化，什么叫真正的独立，自私与无私，和领导的相互利用，多做永远爬不上去，包括最后的道德与行为的知行合一，等等，都是我这种菜鸟值得学习的，我更像黄灵华与王小峰甚至是蒋怡这种小人物的代表，只能尽快从书中感悟，提升自己，明确目标"[ii]。读者"筱菏"表示："职场商场都如战场，做每一件事，都会有眼睛盯着你，说每一句话，都会有耳朵听着，很多人就像老拉那样，自己老老实实平庸地过一辈子，没有任何想法，升职加薪完全是靠资历，我们也可以是冯晖，充满着野心和报复，但是过于偏执，最好还是当王小峰，什么事情都知道，什么事情都糊涂，不乱站队，不乱诬赖别人，平平静静地靠着自己的本事过活，忍让别人，不让琐事包围自己，这才是领导的才能，回头想想，我在这部戏中是个什么角色呢？有点像林丛，有点像冯晖，又有点像王小峰，这都不重要，重要的是职场中的思考方式不能搞错，处事态度不能弄混。"[iii]

　　一千个人眼中有一千个哈姆雷特，《潜伏在办公室里》的现实意义和故事情节也是许多读者批评的重点。有读者认为，陆琪的小说不过是以职场这一广为

---

i　"《潜伏在办公室里》短评"，豆瓣，2011 年 1 月 9 日，https://book.douban.com/subject/3864320/comments/?percent_type=h&start=240&limit=20&status=P&sort=new_score，引用日期：2021 年 8 月 8 日。

ii　"《潜伏在办公室里》短评"，豆瓣，2015 年 2 月 21 日，" https://book.douban.com/subject/3864320/comments/?percent_type=h&start=240&limit=20&status=P&sort=new_score，引用日期：2021 年 8 月 8 日。

iii　"《潜伏在办公室里》短评"，豆瓣，2017 年 2 月 28 日，https://book.douban.com/subject/3864320/comments/?percent_type=h&start=120&limit=20&status=P&sort=new_score，引用日期：2021 年 8 月 8 日。

讨论的问题为跳板，借"潜伏"这一噱头，才能短时间内斩获极大的人气，如读者"小婧"称，《潜伏在办公室里》不过是"理想型案例"，[i]且"打着当期火热电视剧《潜伏》的名号，实则是篇低俗的网络职场小说，既无现实意义也无指导价值"[ii]。而所谓的"职场宝典"的真正实用性也是读者抨击的重点之一。如读者"艾米曹"所说："职场风云千变万化，永远没有什么是一成不变的，也就没有什么相对应的所谓'黄金法则'。教条的东西即便是在当下能够起到一定作用，经历时间的衡量之后依然会显得空洞且毫无价值。"[iii]在这一观点的基础上，也有读者提出，"陆琪在书中教导人们不要把别人的理想当成自己的理想，……包括陆琪在本书中提到的思想"的观点，极大否定了本书的现实意义。除此之外，《潜伏在办公室里》的故事情节也多遭读者诟病。读者"保俶山伯爵"评论道："作者眼界狭窄，阅历浅薄，不过是为了哗众取宠，故意以偏概全，这么'骇人听闻'，这么'阴谋论'。全书基本就是把作者的一些想法展开编了几个故事，凑上时下国人最热的谈资，这么讲了下来，没有说服力，编小说的功力差，语言可读性不强，只能吓唬应届生。"[iv]这里点出了《潜伏在办公室里》在内容上的缺陷，也指明《潜伏在办公室里》在阅读受众范围狭窄的局限。读者"长老枯荣"也认为，本书"夸张地描写职场中人际关系，基本脉络就是先提出作者自己的观点，作为职员应该如何又不应该如何，往往以少数应届毕业生说事，为了证明其前面观点，直接决定他们选择走向"[v]。"放渔江湖"认为："正如宫斗剧的流行，陆琪的书夸大了办公室的政治斗争与职场的阴暗面，因为他知道读者们好这口。但是，陆琪的

i   "《潜伏在办公室里》短评"，豆瓣，2013 年 7 月 22 日，https://book.douban.com/subject/3864320/comments/?percent_type=l&limit=20&status=P&sort=new_score，引用日期：2021 年 8 月 8 日。

ii   "《潜伏在办公室里》短评"，豆瓣，2009 年 12 月 22 日，https://book.douban.com/subject/3864320/comments/?percent_type=l&limit=20&status=P&sort=new_score，引用日期：2021 年 8 月 8 日。

iii   "《潜伏在办公室里》短评"，豆瓣，2009 年 11 月 26 日，https://book.douban.com/subject/3864320/comments/?percent_type=l&limit=20&status=P&sort=new_score，引用日期：2021 年 8 月 10 日。

iv   《潜伏在办公室里》书评"，豆瓣，2009 年 9 月 11 日，https://book.douban.com/review/2321595/，引用日期：2021 年 8 月 10 日。

v   "《潜伏在办公室里》书评"，豆瓣，2012 年 5 月 16 日，https://book.douban.com/review/5430380/，引用日期：2021 年 8 月 10 日。

书也自有其价值。人类内心所存在的想法与客观世界的事实一样，也是'现实状况'的一种表现形式。对于很多在道德教育严格的单纯环境下成长的人来说，看了陆琪的书后也许会感叹：'原来还会有人这么想！'"[i]

二、情感小说评价

与职场小说比较而言，陆琪的情感励志小说有更大的阅读市场。《婚姻是女人一辈子的事》《爱要深，心要狠，幸福不能等》《爱情急救手册》等情感小说，为陆琪的情感励志畅销书作家地位奠定基础，也让陆琪本人以"爱情奶爸"等名号为大众所熟知。

《婚姻是女人一辈子的事》是陆琪于 2011 年出版的一部关于男女情感问题的作品，也是陆琪第一本情感励志之作，其豆瓣评分高达 7.6 分，是陆琪情感励志小说中阅读市场最大、受到好评最多的情感励志小说。

《婚姻是女人一辈子的事》这一书名正是作者陆琪的一个观点，而这一点也引发了读者的广泛讨论。读者"Spica"认为书名"缺乏严谨的论述"，[ii]读者"Max"认为"案例可以参考但并不是每个女人的幸福都在于举案齐眉，女人应该独立，有自己的主张和小世界"[iii]，提出了自己的对待婚姻的观点，读者"舊雨"直接以"女人的一辈子，何止一件事"[iv]简短有力地回击了这个观点。而作者陆琪在 2019 年更是坦言"2011 年陆琪出了一本书，叫《婚姻是女人一辈子的事》，

---

i 　"《潜伏在办公室里》书评"，豆瓣，2018 年 9 月 11 日，https://book.douban.com/subject/3864320/comments/?percent_type=h&start=260&limit=20&status=P&sort=new_score，引用日期：2021 年 8 月 10 日。

ii 　"《婚姻是女人一辈子的事》短评"，豆瓣，2012 年 1 月 7 日，https://book.douban.com/subject/6041690/comments/?start=20&limit=20&status=P&sort=new_score，引用日期：2021 年 8 月 10 日。

iii 　"《婚姻是女人一辈子的事》短评"，豆瓣，2012 年 1 月 26 日，https://book.douban.com/subject/6041690/comments/?start=40&limit=20&status=P&sort=new_score，引用日期：2021 年 8 月 10 日。

iv 　"《婚姻是女人一辈子的事》书评"，豆瓣，2011 年 11 月 17 日，https://book.douban.com/subject/6041690/，引用日期：2021 年 8 月 10 日。

但现在他对婚姻的观点是，'婚姻是女人可有可无的事'"[i]，"2010 年的时候，我们还认为，婚姻对于女性来说，可能是一个主流的东西；但在 2019 年往后的日子，可能这只是某一种选择权"[ii]。

在对《婚姻是女人一辈子的事》的评价中，"女性""两性""心理学"等词语出现频繁，可见该作中对男女两性心理分析得到了很多读者的认同。这也正契合了陆琪写情感类作品的主旨，从男性的角度剖析同性的弱点，指导女性如何辨认男性这类生物群，如何掌握自己的幸福。正如读者"revolvingdoor"评价道："他是站在一个男人的角度帮女人分析一份感情中两人不同的态度，以及如何进行处理，他分析得挺透彻，而且文字也很通俗易懂，拿的是生活中的一些实际发生的普遍案例来帮女孩子进行观念的纠正，女人毕竟是感情动物，有太多东西，如果自己不懂得怎么妥善处理，在事后发生了才知道后悔，真的太迟了。这本书算是一针清醒剂，给处于感情中的女孩子们一些策略，教会她们如何善待自己，这样以后才能稳妥处理感情。"[iii]这段评价恰好指明了《婚姻是女人一辈子的事》在心理分析和案例描述上都有打动读者的地方。

陆琪的作品虽都是为女性支招、发声，也曾被称作"男人的叛徒"，但却很少有读者认为陆琪是个女权主义者。读者"还有 8 分钟"在《婚姻是女人一辈子的事》的评论里写道："陆琪有一种本事，他总能在别人觉得他这段话写得还不错的时候突然把读者拽到一个令人实在无法忍受的观点上。他的立场决定了他既讨好不了真正的女权主义者又深深地得罪了男权分子，而夹在中间的那部分会因他的话受益的女人偏偏又是喜欢讨好男人的那一类，别说她们不会替陆琪说话，就是让她们承认自己喜欢陆琪，怕是都没这个勇气。他算是聪明，可聪明跟怯懦搅和到一起是最耽误事的。多少次我觉得马上就要说到点子上了他却直接绕过去

---

i　"陆琪"，百度百科，2019 年 1 月 30 日，https://baike.baidu.com/item/%E9%99%86%E7%90%AA/4973725?fr=aladdin#2，引用日期：2021 年 8 月 10 日。

ii　《生活陆琪：婚姻到底是不是女人一辈子的事》，2019 年 1 月 30 日，https://news.china.com.cn/live/2019-01/30/content_318180.eatm，引用日期：2022 年 6 月 30 日。

iii　"《婚姻是女人一辈子的事》短评"，豆瓣，2012 年 2 月 22 日，https://book.douban.com/subject/6041690/，引用日期：2021 年 8 月 12 日。

了，或是有意识地逆着正常合理的规律走。"[i]陆琪文章摇摆不定的立场，成了读者诟病的一点，除此之外，小说案例的参考价值也不断让这部小说受到质疑。读者"梁洛舒"虽然肯定了小说"比较有启发性，也很实际"，[ii]但却提出或许是广大读者共有的疑问："这样的东西真的能给人带来幸福吗？爱情需要计算吗？"[iii]陆琪的情感励志作品阅读受众群体主要为女性，他也在《婚姻是女人一辈子的事》中将女人塑造成真诚无私、热血光明的形象，"番茄"却认为，"这是最险恶的用心"[iv]，将男性描绘成"男人中的'很多男人'都是邪恶的、用心不良的、想骗个女人洗衣做饭生孩子的"[v]，这样一来陆琪"就拉着女人和他一起站在道德制高点而不败了"[vi]。片面极端的人物形象，使得陆琪即使站在与自身性别对立的一方，也遭受批评。

陆琪在《婚姻是女人一辈子的事》中强烈推荐通过试婚来检验婚姻的可行性，引发了部分读者对于试婚这一观点关注和讨论。的确有读者在阅读完这本书后表示"做了一个决定……更多的是依赖……"[vii]，选择了试婚检验是否做好步入婚姻的准备，但读者"野孩子de天空"却对试婚质疑："试婚可取吗？"[viii]"《婚姻是女人一辈子的事》强烈推荐试婚，通过婚前同居的办法考虑双方是否适合过一辈

i　"《婚姻是女人一辈子的事》短评"，豆瓣，2014 年 4 月 24 日，https://book.douban.com/subject/6041690/comments/?start=20&limit=20&status=P&sort=new_score，引用日期：2021 年 8 月 12 日。

ii　"《婚姻是女人一辈子的事》短评"，豆瓣，2014 年 4 月 24 日，https://book.douban.com/subject/6041690/comments/?start=20&limit=20&status=P&sort=new_score，引用日期：2021 年 8 月 12 日。

iii　"《婚姻是女人一辈子的事》短评"，豆瓣，2014 年 4 月 24 日，https://book.douban.com/subject/6041690/comments/?start=20&limit=20&status=P&sort=new_score，引用日期：2021 年 8 月 12 日。

iv　"《婚姻是女人一辈子的事》短评"，豆瓣，2018 年 3 月 14 日，https://book.douban.com/subject/6041690/comments/?sort=follows&status=P，引用日期：2021 年 8 月 12 日。

v　"《婚姻是女人一辈子的事》短评"，豆瓣，2018 年 3 月 14 日，https://book.douban.com/subject/6041690/comments/?sort=follows&status=P，引用日期：2021 年 8 月 12 日。

vi　"《婚姻是女人一辈子的事》短评"，豆瓣，2018 年 3 月 14 日，https://book.douban.com/subject/6041690/comments/?sort=follows&status=P，引用日期：2021 年 8 月 12 日。

vii　"《婚姻是女人一辈子的事》书评"，豆瓣，2011 年 10 月 27 日，https://book.douban.com/review/5145136/，引用日期：2021 年 8 月 12 日。

viii　"《婚姻是女人一辈子的事》书评"，豆瓣，2013 年 12 月 2 日，https://book.douban.com/review/6455695/，引用日期：2021 年 8 月 12 日。

子。从事理上说，这不无道理，不用到婚后才发现对方有那么多自己难以忍受的生活习惯和思想观念。"[i]自然，这种观念的出发点是好的，"但在中国，对于女人来说，这很难行得通，因为舆论不会支持女人如此开放，反而可能会给某些男人的不负责任提供了借口"[ii]。中国的性观念并没有那么开放，传统的贞操观至今仍深深禁锢着女性的性自由，很多女性对试婚的不认同更大程度是来自社会的观念，这一方法或许会给女性带来更多的伤害。

陆琪的其他情感励志作品也大多延续《婚姻是女人一辈子的事》写作脉络和写作方法，将自己置于女性的立场，以男性的视角，通过直接分析典型事例给读者提出方法论参考，为女性的婚姻支招。

（杨思绮　执笔）

---

i　"《婚姻是女人一辈子的事》书评"，豆瓣，2013年12月2日，https://book.douban.com/review/6455695/，引用日期：2021年8月12日。

ii　"《婚姻是女人一辈子的事》书评"，豆瓣，2013年12月2日，https://book.douban.com/review/6455695/，引用日期：2021年8月12日。

第十六章

半鱼磐：玄幻与现实的有序纠缠

＃学者研究＃

取材自《山海经》，却从维基百科和现代军事基地开始讲述故事，神话与现实在《山海经·瀛图纪》的世界中互相纠缠。半鱼磐的《山海经》系列作品将平行世界理论活用到了网络玄幻小说的创作中，开创性地使用了双轨双世界的叙事方式，在创造了一个神秘而宏大的山海经世界的同时，让现代世界的人物也各怀目的地参与其中，讲述了一个错综复杂，却也足够清晰完整的穿越故事。半鱼磐充分利用了《山海经》的情节空缺与罗布泊的神秘色彩，开辟了广阔的神话想象空间，并通过对现代世界故事的关注，还原了主体经历时空穿越的惊异感，使小说在穿越题材的丛林中脱颖而出。同时，小说塑造了一众丰富立体、各怀理想的角色，并借机探讨了人性与神性、现实与理想的关系。在当今商业气息浓重和讲究娱乐至上的网络文坛，《山海经·瀛图纪》在满足了读者消费需求的同时，也保持了创作的深度，拥有足够的文学性和话题性。这一切都与作者创作前后采取的思路、态度和方法有关，通过分析半鱼磐对小说细节的处理，可以总结出一些固定的、可复制的创作方法，对现今网络平台上严肃创作的尝试具有一定的借鉴意义。

一、平行时空的多重展开

（一）双轨双世界叙事：平行世界理论的文学化应用

作者半鱼磐通过"中华人民共和国成立初期 5 号首长的神秘失踪""机要 51 的离奇自杀"和当代一系列不可思议的事件将现实和瀛图这两个不同的世界打

通。在循序渐进的情节进展中，"山海经"世界的画卷向读者缓缓铺开并改变着读者的思维定式。在世界的叙述轨道中，中华人民共和国成立时的1号首长、G局、F处的1号和方秘书等人和团体在抽丝剥茧、明察暗访的艰难调查中逐渐向"山海经"世界靠近，最终他们凭借超凡的理解力、充沛的想象力和强大的分析力使山海经世界逐渐浮出水面。而以蒋怡丽和刘鼎铭为首的"鱼和灯"邪教组织是世界中较早发现平行世界的一群人，他们一直都在寻找那只类似于挪亚方舟的隐船，从而得以在地球毁灭之际全身而退。与此同时，半鱼磐借"两界之人"陆离俞（以下简称离俞）的穿越，将文本引向瀛图的叙事轨道，离俞对"山海经"世界的认知不再禁锢于《山海经》这部著作和当前学界所进行的研究和分析，而是可以伸手触碰到最真实的"山海经"世界，深入历史谜团中去寻找答案。随着离俞对山海经世界的了解不断加深，他逐渐意识到自己所肩负的责任，明白了此次穿越的意义不再只是寻找郁鸣珂，也不局限于探寻历史真相，而是将他在瀛图所散发出的光芒照进现实世界，使这两个平行世界和谐共存。

　　半鱼磐的叙述视角在两个世界中来回切换，但并没有使读者感到思绪混乱，这主要得益于双轨之间搭建了许多连接轨道，比如郁鸣珂、女旻、蛇形符图、等臂十字架、吴博夏死亡、跨越两界的手枪、"二战"时期的日本军队和最主要的离俞等等，这些人、物、事是作者所构建的平行世界得以成立的关键所在，不仅使得整个文本能够逻辑自洽，而且也起到了推动情节发展的重要作用。半鱼磐在文本中的理论和情节层面上为读者提供了充分理解平行世界的可能，理论和情节分布有序，不会直接向读者讲述枯燥晦涩的平行世界理论知识，而是很好地将这些理论融汇到生动的情节中。除了以上所提及的贯穿全文的人、物、事，半鱼磐非常偏爱在人物对话中贯通两个世界之间的逻辑，比如虚博生与小李，王秉学与方秘书，方秘书与女旻，方秘书与蒋怡丽、刘鼎铭，5号首长与机要51，这些人之间的对话使读者对平行世界这一概念的理解不断加深，并且帮助读者在两个叙事空间的不断转换中产生一种奇妙的阅读体验。此外，在文本当中，读者既可以探寻现实世界中无法接触的隐秘角落——离奇杀人事件、秘密宗教团体、情报局跨国探案等等，也可以了解远古世界中无比鲜活的存在形态——瀛图的山川地理和飞鸟神兽，人、神、怪之间的争夺之战，大夏的历史，等等。

由此，读者能在如此人物众多、情节复杂的双轨叙事中依然保持对剧情清晰的理解，并获得到超乎寻常的阅读体验。

（二）群像式玄幻世界构架

半鱼磐在《山海经》系列作品中显示出了极大的创作野心，他致力于构建一个属于中国人的东方魔幻世界，在历史、地理、文化、人物等各方面都有精细的设定，表现出群像式的特点。双轨叙事中世界的构建逻辑和我们当前所处时代的现状如出一辙，所以在此就暂且不提。值得讨论的是瀛图的构建逻辑，半鱼磐笔下的瀛图这一异世界，是一个人、神、怪共存的奇幻空间。人类主要分布在位于北部靠海的玄溟（无支祁）、位于东部临泽的雨师妾（丹朱）、位于中部靠河的河藏（师元图）、位于西部偏远的荒月支（女魃），这四部始祖的魂归之地分别是归虚、悬泽、离木、昆仑山。在人类部族的叙述中，雨师妾部是描写得最为详尽的，甚至还向读者非常细节性地介绍了雨师妾历代帝王的取名规则：帝名为两个字，第一个字固定为"丹"字，后一个字按照"玄朱离黄洪武文雀"的顺序选取，一组取尽，再从"玄"字开始重新选用，如此循环往复。再说神怪方面的建构法则，天下掌握异术者分为神巫门派、鬼方门派、天符门派、地炼门派，这四派的方位分别是东、南、西、北，在第三部当中还出现了一直隐蔽修炼的刑天门派。各门派中，属鬼方和地炼叙述最为详尽，鬼方一派的宗师带弟子在招摇方修炼，亶元方、即翼方、砥石方、箕尾方这四方由门师和末师带领弟子驻守、修炼。鬼方内部等级制度分为两级，分别是士、师，士分为初士、氏士和方士，师分为门师、末师和宗师。地炼门分为有、无、相、生、化这五门（由低级到高级排列），分别驻守在少华山、大华山、少言山、大言山、皋涂山，宗师在大时山修炼。地炼门师一级只分为门师和宗师两级。瀛图有五海，分别是北海、南海、东海、西海、渤海，前四海分别由女神、女献、女盐、女州所掌管，渤海是由男神禺强所掌管。从以上瀛图的大致构成框架中我们便可以看出半鱼磐在追求宏大叙事的同时，也在极力打造一个充分细节化、布局严密的叙事空间，这不但增强了读者阅读过程中的真实感，也吸引读者深入这异世界进行探索。

离俞在瀛图这一异世界中的经验几乎都是从大大小小的战争中获得的，战争叙事在文本中随处可见，诸穆之战、苍梧之战、悬灯之战这几场战役描写得尤为突出，前两场战役主要是发生在玄溟一部和雨师妾一部之间的战役，当然其中也有异术之人参与，悬灯之战是各方势力错综复杂地参与其间的终极之战。半鱼磐的战争叙事颇有些《三国演义》的味道，战略战术的呈现、分兵列阵的过程、阵营内部的钩心斗角等等方面的细节描写非常详细，容易使读者产生亲临战场的错觉。在这些战争叙述中，半鱼磐还非常善于在本就紧张激烈的战争局势中铺设各种伏笔，使整个战场变得波谲云诡、深不可测，进而使读者在不断地猜测和想象中获得深层次的阅读体验。在诸穆之战当中，对老树皮（黔荼）的铺垫尤为出色，在死牢当中的他就表现得与其他死士格外不同，他对瀛图之内大大小小的事情了如指掌，他总是用阴郁的眼神观察着离俞的一举一动，只有他注意到了离俞的怪异举动。对老树皮的这些描写已经表明他绝不是个简单的小角色，但作者迟迟未表明他的真正身份和来到雨师妾死牢中的真实意图，所以当他在诸穆之战中带领尸军对雨师妾部倒戈一击，从而彻底扭转战局时，读者不禁大吃一惊。在苍梧之战当中，女汩在离俞的协助下费尽心力从悬泽女侍那里求得悬泽之水，在读者和女汩一样认为胜利在望之时，深入玄溟部队的季后却发现在投石机的背后隐藏了玄溟部队的大量船只，这里就已经暗示了玄溟最后会借助悬泽之水大败雨师妾，其实不仅在季后发现异样这一叙述中透露了最后结局，在叙述悬泽女侍对雨师妾始祖有怨念之情这一描写中就已经透露了悬泽之水在此次战役中对于雨师妾来说是不祥之水。这重重伏笔和明暗交织的线索使得以全知叙事为主的文本依然显得环环相扣、充满奇趣。

在整个庞大的叙事框架下，除了以离俞为中心所叙述的斗争过程之外，由各个人物和事件构成的支线叙事也是必不可少的，生动有趣、设置巧妙、符合逻辑的支线叙事会使整个文本变得丰盈起来，而一味注重主线叙事而忽略支线的铺设会使整个文本形容枯槁。在《三国演义》的世界当中，战争贯穿始终，忠和义是核心。但在半鱼磐笔下的战争中不仅有君臣之忠和兄弟之义——女仆对无支祁的忠、漪渺对女魃忠、司泫对雨师妾帝的忠、季后与离俞的义等等，更有男女之情——季后与女姻、帝后对司泫，这些围绕情感进行叙述的支线使纷乱的瀛图和残酷的战争变得更有温度。

（三）由历史的神秘空白到玄幻式的因果解释

《山海经》中的只言片语在半鱼磐的"山海经"世界中往往被扩充为情节复杂、细节充足的故事，给读者带来如同发掘历史神秘真相般的探索体验。《山海经·大荒东经》中有记载："海内有两人，名曰女丑。女丑有大蟹。有人衣青，以袂蔽面，名曰女丑之尸。"半鱼磐为这句话中的女丑创设了三个版本的故事：第一，夏国国君在"十日并出"之时，将女巫放在烈日下暴晒以求攘除灾祸，所以女巫掩面遮挡刺眼的烈日以等待死亡，女丑便是那个女巫。第二，玄溟帝无支祁的第一任帝后因无法忍受无支祁对待她的方式而自杀，所以无支祁一气之下将这个爱美的女子命名为女丑。第三，半鱼磐还将女丑设置为离俞求取悬灯破解之谜道路上的一个障碍。就像西方新历史主义批评流派的泰斗斯蒂芬·格林布拉特曾经说过："历史是文学虚构的文本。"[i]半鱼磐之所以能够拥有如此广阔的创作空间并且在这个创作空间内为读者呈现了一个具有吸引力的故事文本，正是因为他恰当利用了历史中的那些空缺和读者对于探索这些空缺的好奇心。比如《山海经》这部包罗万象的著作是读者所熟知的，但其中的具体内容和真实情况是读者所不知的；夏朝是我国第一个世袭制朝代是读者所熟知的，但夏朝的来龙去脉是读者所不知的；我国在成立初期致力于原子弹的研发这是读者所熟知的，但瀛图的河藏一部一直在探寻的离木之象是读者所不知的。半鱼磐在一定历史真实的基础上更完整地创造出了一个全新的历史、全新的异世界，这有别于《斗罗大陆》中完全虚构的异世界，也不同于《雪中悍刀行》中的侠义江湖，使读者在虚构中

---

i　海登·怀特：《作为文学虚构的历史本文》，张京媛译，见王岳川、尚水主编：《后现代主义文化与美学》，北京大学出版社 1993 年版，第 163 页。

体验真实，又在真实中想象虚构。半鱼磐在作品中还利用了大量与《山海经》一样被人类视作充满神秘色彩或无法破解、确证的历史空缺，比如曾经是水泽之地而如今是干旱沙漠的罗布泊，摩亨佐达罗遗址，"二战"中一批日本士兵失踪，挪亚方舟之谜，等等。半鱼磐在这些历史空缺中充分发挥自己的想象力，将其巧妙转化为验证"平行世界"理论的现实证据，使文本内容更加丰富充实，并且还能使读者在团团历史迷雾中有一种已经寻找到路径走向的错觉，这便达到了半鱼磐文本设计的初衷。以神秘之境罗布泊和中华人民共和国成立初期秘密进行的原子弹研发作为故事开头，不仅可以使读者在真实与虚幻的阅读体验中产生对整个文本初步的审美期待，也与后续的"平行世界"理论和情节推进相得益彰。虚构摩亨佐达罗遗址中发现 S 形 DNA，与贯穿整个文本的蛇形符图形成对应。将"二战"中神秘失踪的日本士兵与血洗崄嵫城的邪魔之人联系在一起。在挪亚方舟的启发下创造了能进入烛虚星照之地的隐船，也实现了虚与实的结合。

二、宏伟世界中的缺陷人物塑造

（一）非天才式的主角形象

作者的创作野心，很大一部分包含在人物命运的设计中。离俞在世界中只是一个三流大学中知识存量一般、科研能力一般的平凡教书匠，直到他遇到了一个来自瀛图叫郁鸣珂的女人，为了寻找郁鸣珂而来到瀛图的离俞摇身一变成了鬼方一派受人崇敬的末师，不仅如此，他还是破解悬灯之谜的两界之人，所以一时之间他成了各方势力想要争夺的对象。但这并不意味着到达瀛图之后的离俞就能随心所欲地使用无边法力，毫无波折地成功转型，轻轻松松地破解悬灯之谜。他区别于网络文学中绝大多数"爽文"中的那些"天才式"人物形象，他在瀛图世界中依然被瞧不起，他末师身份的法力时有时无，他那些历史文化知识在瀛图世界的生存、斗争中并没有起到实质性的帮助，刘鼎铭后来放弃了对离俞能帮助自己和组织顺利渡劫的期待。最后已经破解悬灯之谜的离俞依然不是各方面完美无缺的"高大全"式的人物，他始终是个有七情六欲、会胆怯退缩、会故作镇定、有知识漏洞、非能力超群的、活生生的人。来到异世界的离俞并不像其他穿越剧主人公一样对接下来的历史进展了如指掌，面对奇幻的"山海经"世界，他的所知所学完全不足以概括这个世界的全貌，他需要在不断的交往、斗争的实践中了解这个陌生世界的运行规则。离俞这一人物形象的创造性塑造使那些被淹没在"爽文"中并且已经感到审美疲劳的读者顿时觉得眼前一亮，"爽文"中的完美形象在一定程度上可以使那些生活中处处受挫的平凡读者忘却现实烦恼，但离俞这一形象更容易使广大读者产生情感共鸣，使读者在惺惺相惜中获得更深层次的心灵慰藉，这不正是在忙碌工作之余阅读网络文学的读者所追求的精神需求吗？当然，半鱼磐也清楚地知道广大读者乐于看到使之产生共鸣的平凡主角，但并不喜欢甘于平庸的人物形象。所以展现离俞在瀛图艰难的探索和成长历程才符合广大读者的阅读期待。

第一部《山海经·瀛图纪之悬泽之战》中的离俞来到瀛图只为寻找郁鸣珂，对瀛图的了解还停留在《山海经》的叙述中，在每场战争中都是可有可无的边缘性人物；第二部《山海经·瀛图纪之大夏》中的离俞已不再是每天挂念郁鸣珂的"恋爱脑"，对整个瀛图的运行法则也已经大体掌握，在与女旎的交往过程中不仅担起了保护、照顾她的责任，而且在女旎的启发、劝说下意识到了自己来到瀛图的意义所在和应该肩负起的责任，并且从此开启了破解悬灯之谜的艰难旅程；第三部《山海经·瀛图纪之悬灯之战》中的离俞已经见识了神鬼天地人之间盘根错节的利益关系与无比惨烈的争夺杀戮，他已经成长为一个在关键时候可以独当一面的战士，在悬泽之战中他终于大放异彩，帮助以雨师妾为首的正义之师战胜了以玄溟为首的邪恶之师，并且彻底破解了悬灯之谜，但最令人为之动容的是最后离俞明明知道带着郁鸣珂进入瀛图求取悬泽之水以后就再也回不到现实世界了，也再不可能与郁鸣珂长相厮守，他却依然勇敢地、毫不犹豫地牵起郁鸣珂的手向壁洞跑去，因为此时此刻的他想守护的已不再仅仅是郁鸣珂一个人，而是两界苍生。与主人公离俞形成鲜明对比的就是以蒋怡丽、刘鼎铭为首的"鱼和灯"的邪教组织，还有瀛图那些为悬灯而挑起战争和杀戮的人、神、怪，他们都是为了一己之私而造成生灵涂炭，这完全违背了太子长琴将悬灯之谜分散在四地以避免循难之时大动干戈的初衷。面对现实中那些贪婪的争夺和丑陋的杀戮，作者半鱼磐感到悲哀和沉痛，于是他便将这种情绪释放到艺术创作当中，通过对"鱼和灯"这一邪教组织和以玄溟为首的人神怪的塑造，引发读者对贪欲和自私进行深层次的思考。但半鱼磐并没有对人类和人性彻底失望，所以读者在"非天才式"主人公离俞的身上可以感受到作者的人文关怀和对人类未来抱有的无限希望。

（二）意志与性情俱佳的配角形象

《山海经》系列作品主要是在全知叙事下通过人物对话的不断深入推进来塑造人物形象，展现人物性格，在主人公离俞的形象塑造上偶尔采用心理描写以弥补语言描写的缺失。主人公离俞是在与阴险、可怕的人神怪一次次交锋下不断成长起来的，半鱼磐也毫不偏心地为其他人物勾勒了离奇曲折的成长线，也赋予了他们多面表现、立体展现的机会。

雨师妾帝丹朱在长宫女汨面前俨然是一个慈父形象，对女汨百般呵护疼爱，为避免心爱的女儿落入淫乱的无支祁手中，不惜以全国之力顽抗玄溟部队的猛烈进攻，当然其中也包含了一个帝王的深谋远虑，他早已清楚玄溟进攻的根本目的在于悬泽而非女汨。对内，他要调和帝后姬月和女儿女汨之间的关系，就算身为帝王也不免为这些俗事所扰，读者阅读这些情节时不免忍俊不禁；对外，在他统领的臣子和战士面前，它是一个具有雄韬伟略的政治家、军事家，他的帝王威仪震慑雨师妾各国各族。相较于玄溟一部为探寻悬泽之地、破解悬灯之谜而挑起不义之战，雨师妾一部是保卫国土而被迫迎战的正义之师，但人都是具有两面性的，旁人无法看出喜怒哀乐的帝王更是如此。雨师妾帝丹朱在诸穆之战中就展露了他温润如玉外表下的狡诈和残忍，他从前朝叛臣那听来尸军的作战方法，但最终这一残忍之举和不义之策因地炼门从中作梗而破产，雨师妾因而败于玄溟。雨师妾帝丹朱的政治谋略深不可测，从第一部末尾的苍梧之战开始他就不理国家朝政，装作被女与所蒙骗，装作不认识任何人甚至他最亲爱的女儿女汨。第二部当中的雨师妾帝在夏国王宫等到时机成熟之时便脱下面具，脸上不再挂着痴呆相而是重现帝王气象，逐步摆脱须蒙和女与的控制，反转情节的设置使雨师妾帝这一形象立刻变得丰满而深刻。第三部的雨师妾帝重新带领由雨师妾各部族集结而成的王者之师迎战刑天大神和玄溟一部结合各方势力组成的大军，最终在离俞的帮助下大获全胜。与卧薪尝胆如出一辙的成长线使得广大读者对雨师妾帝这一帝王形象印象深刻。

此外，还有一些颇见用心的人物形象也给读者留下了深刻印象。长宫女汩在雨师妾帝跟前是个温润乖巧的"贴心小棉袄"，在离俞眼中却显得有些乖戾霸道，在司沄面前总是难掩少女的羞涩。她行事果敢，不论是坚决抗婚，还是向悬泽女侍求悬泽之水，又或是亡国后决定投靠河藏以报国仇家恨，女汩都是言必信，行必果；她非常孝顺，时刻挂念帝父，处处为帝父着想，为帝父分担治国、抗敌的忧愁；她豪爽真诚，对待漪渺和女姁她都毫无保留、无比真诚；她称得上是女中豪杰，在战场上拼搏厮杀不在话下。在战场上，女汩最初表现为冒进、鲁莽，沉淀之后，她变得能沉稳处事、统揽大局。司沄称得上是半鱼磐笔下最有魅力的男性之一，他外表温润儒雅，在战场上却是一名战斗力超群的大将，深受雨师妾帝的信赖。但在感情上始终被蒙蔽、欺骗，后因儿女之情与雨师妾帝恩断义绝，因此招来雨师妾众多部族的声讨，好在一切误会在最后得以解开。事业上的成功与情感上的失败、战场上的机智与爱情中的愚蠢、忠义的美名与不忠不义的骂名、无限的风光与无尽的沉沦等等矛盾体集合在司沄一人身上。林雨蓉这一形象也为文本增添了一抹亮色，她行事缜密，跟随方秘书的她经手的工作都是高级机密，她都能妥善处理；她强健敏捷，凭借过硬的身手保护女旻的安全，追捕行踪诡异、本领高强的犯人；她重情重义，女旻对于她来说本来只是工作的一部分，但她却为女旻的消失而难过不已；但她依然是一个少女，在严谨、机密、危险的工作之余，生活中的她是一个爱逛街、爱美食的少女。

三、穿越题材的两种突围方式

意图在超市化的消费氛围中进行严肃创作的作者，都必然面临网络小说创作的"龙门"：固定受众。这促成了一种特殊的写作现象。不同于传统小说看眼缘、买断式的消费，网络小说的消费以断章的点击、月票、订阅等可以随时中断的行为为主。因此网络小说必须在简介和开头就掷出它的吸引力核心，即所谓的"卖点"和"标签"，否则读者随时可以无代价地离开。根据众多成功网文的案例，在所有标签中，"玄幻"和"穿越"独具魅力。一方面，它们先天地契合读者阅读网文时追求暂时脱离现实追求轻松释放的心理；另一方面，对于具有"创史"抑或"创世"野心的作者们来说，"玄幻"和"穿越"的架空写法也足够宽阔，可供发挥。但受欢迎的另一面便是媚俗，玄幻小说也是所谓爽文、套路文的重灾区。玄幻架空设定可以任意地赋予角色横行霸道的权力并将其合理化，因此是作者"偷懒"和取巧的绝佳工具，但一旦使用不当就会导致完全脱离现实的创作。在很多优秀的穿越小说中，都可以发现作者面对这种脱离感时试图接入现实和保持深度的挣扎，这种挣扎的痕迹则表现为对"穿越"等固有概念的改造。有的作者会在改造的过程中形成较为固定的具有个人特色的写法，如桐华的《步步惊心》和疯丢子的《战起1938》呈现的"围观式历史穿越"，意在对主角的行动力加以限制。以及疯丢子的"赛博格"概念的引入，意在探索现代科技下人的自我认识等较为复杂的问题。如果作者有野心，想要在穿越题材媚俗的泥潭中起身，触及小说的文学性、话题性、现代性，则必须寻求突围，对穿越概念本身进行独特的改造。

　　一方面，由于身为历史研究者，半鱼磬以一个"圈外人"身份受到编辑朋友的邀请从而踏上创作之路；另一方面，半鱼磬自己作为《山海经》的爱好者又有强烈的写作兴趣，意欲探讨民族起源等大问题，为了小说本身的厚重感，在创作前期阅读了大量的文献，其创作是直接写完整部作品之后由编辑发表。无论从动机还是取材方式上来看，半鱼磬的创作都与常规网络小说创作存在相当的距离，在这样一个庞大知识框架的加持下，读者对于这个世界的干涉能力相对于对其他网络小说世界来说非常有限。但《山海经》系列作为网络小说，其生产方式与媒介又与传统小说完全不同。在众多文献的基础上，作者还需要寻找到能让读者以最轻松的方式走入自己世界的方法，否则一切都不会被看见。网络小说的缺点在于对读者溺爱式的友好，但如果能在这一要求下保持高质量的内容产出，这一缺点反而会变成巨大的优势。创作上的巨大野心，与网络小说特有的生产方式对作者提出的要求，就像两个大陆板块，而作者在协调上所做出的努力，就是这板块之间的岛屿和桥梁。这就使得半鱼磐的《山海经》系列成了一个较为典型的"突围"案例：怀有严肃创作态度的网络小说作家如何在娱乐气息浓重的网络空间留住写作深度的同时留住读者。半鱼磐在留住读者方面所做的努力尤为令人印象深刻，其中最有特色之处是他在叙事上对"平行世界"概念的活用和对人性主题的深化。

（一）莽荒神话的现代化想象

平行世界概念的引入一方面服务于剧情，另一方面也是争取到读者的重要方法。当前穿越题材面临的一大问题，也是传统奇幻小说面临的一大问题，即它们失去了诞生之初所带给读者的新鲜感和惊异感。网络文学发展数年，玩弄时空已成为网文作者们的保留节目，穿越似乎沦为一种单纯的位移，作者无非是将一个角色从一个场景移动到另一个场景，写作的主要思路依旧是如何在固定环境里讲述一个完整的故事。这使得穿越设定连接和沟通不同世界的功能被弱化了。对于着重描写历史中人物关系的历史穿越题材来说，这种弱化的影响不会太大，但对于取材自神话，着重体现原始时期宏大、神秘世界观的神话穿越题材来说，这是触及命脉的问题。进行《山海经》题材的创作，同样从材料到叙事都需要有序的编排。

首先，取材《山海经》，并非半鱼磐的首创，《山海经》作为少有的带有强烈幻想色彩的历史神话作品，不仅在神话、历史、地理、宗教等方面包罗万象，其中苍茫的原始意象对现代人尤其是国人的吸引力始终存在，且有待进一步的发掘。将《山海经》中的造物和概念拿来作为小说的背景设定乃至人物起源，都是玄幻小说作家们的常规行为。市面上还有非常多《山海经》题材的网络小说，如宅猪的《人道至尊》、魔性沧月的《信息全知者》、丁一大爷的《山海密码》等。

仅仅凭借题材和元素的堆砌，《山海经·瀛图纪》不足以出挑，真正使这篇小说脱颖而出的是半鱼磐在叙事上所做的加工。半鱼磐说："面对一个古老的作品，不一定要用古老的方法处理，传统的神怪题材的作品中，能成功的，都是把神怪情感化了，如果就《山海经》去写《山海经》，是没有情节性的，所以就需要对《山海经》中的神怪做一些情感化的处理，除了用传统的中国神怪作品的处理方式之外呢，我也会用一些国外对神怪的处理方式，那就是'狂欢化'。"[i]现代视角下对古老神话题材的再创作，最吸引人的部分依旧在于情感的共鸣，读者期待和遥远时空的人们经历"一样"的感受。《山海经》的优势在于，它所描绘的神怪源于人类童年时期的精神体验，来自人类对未知世界的浪漫想象，与人类集体潜意识尤为亲近，因此它能快捷地触及人们心里最原始、最基本的情感，诸如爱与恐惧。而《山海经》的劣势也在于它的古老，作为一部以地理方位为成文逻辑的著作，它对于现代人来说更像一部设定集，而非连续的有剧情的叙事作品，正如半鱼磐在访谈中提到的："我们知道《山海经》是缺乏情节的，写作的时候可以采用其中的要素，却不能拘泥于它。这需要我们作者自己为小说增加一些戏剧性的情节，叙述人物经历也需要一定的波折起伏。但是戏剧化处理的过程中，也不能脱离神话的大致框架。"（参见本书半鱼磐访谈）

　　由于缺乏连贯的阅读体验，读者对《山海经》熟悉却难以共情，这增加了写作的难度。《山海经》的世界离现代世界的距离确实如同两个平行世界间的距离。那么面对如此鸿沟，应该采用何种方式让网络读者们近距离地去感受那个莽荒时代的空气呢？一部分作者选择完全采用架空世界的写法，直接创造一个架空的"山海世界"，沿用一些原著概念和角色讲自己的故事，如《人道至尊》直接从三皇五帝开写。此种写法亦可以产生佳作，但一方面它忽视了现代语境和古代语境之间的裂缝，另一方面又缩短了读者与角色、世界之间的审美距离，在读者的代入感方面，这种处理方式依旧存在欠缺。

---

i 《东方玄幻大师半鱼磐，讲述〈山海经·瀛图纪〉的故事》，光明网，2017 年 6 月 22 日，https://item.btime.com/06j0ujfgl1coubk7t98irerssoc?page=1，引用日期：2021 年 8 月 24 日。

对此，半鱼磬采用了独特的双轨双世界的叙事方式。这一手法不同于常规穿越小说在不同世界之间移动人物，而是直接将两个不同世界里发生的事件融合在一起。他借用休·埃弗莱特三世的平行世界理论，在小说中暗示了现世之外一个平行世界，或者说"纠缠世界"的存在：吴博夏将木板的两面比作两个平行时空，当木板变为透明或变为气体时，两个原本不相交的时空便会纠缠在一起。在这一世界观下，罗布泊一方面是现实中的那个神秘的罗布泊，另一方面，又是一个会在平行时空里漂泊的异界空间。这是整篇小说叙事展开的基点，正是在平行世界纠缠的前提下，作为"另一个世界"的"山海经"世界对于读者熟悉的现实世界来说才变得重要，因为在"彼处"发生的一切似乎都与"此处"有着莫名的因果关系。这种关联感拉近了读者和"山海经"世界的距离。但这种距离的拉近只是使"山海经"世界变得重要，而非熟悉，甚至于，这种距离的拉近反而增强了读者的陌生感，制造出了一定的审美距离和戏剧张力。如小说中对远古巫术"司祭"的再现，并非先直接展现巫师如何与神沟通，而是写巫师在接受军事审问时，如何在人们面前展现了异常的语言学习能力，从而引起了他们的惊恐。其中侧重描绘的不是司祭本身，而是司祭在现代视角下引起的正常人的反应：

> 机要 51 心里一惊。这个人结结巴巴说出来的，正是他刚才在想的。
> 这是怎么回事？他又是什么时候学会说我们的语言？
> 那人盯着机要 51 的嘴，继续用刚才说话的方式，一字一句都让机要 51 冷汗直冒："我……什么时候学会说……你们的语言……语言？"[i]

在设定中，司祭世世代代负责与神交流，经过作者的想象，这成为一种语言相关的神秘能力，意味着拥有者可以读心、快速理解和学习异文化的语言，这些能力都与他们理解神的能力有同构的关系，成为巫术在现代的一种直观再现方

---

i 《山海经·瀛图纪之悬泽之战》，咪咕，2016 年 7 月 22 日，https://www.migu.cn/read/detail/12003000000000006377.html，引用日期：2021 年 8 月 29 日。

式。作者通过机要 51 的心理描写，不仅向读者介绍了司祭，还直观且充满情绪感染力地向读者传达了一种常人面对古代巫术的惊异感。双世界纠缠的妙处在这里便展现出来：《山海径》世界原住民对《山海径》世界习以为常，玄幻小说读者对作为玄幻世界的《山海径》世界习以为常，但是作为与《山海径》世界相纠缠的平行世界的现代人对《山海径》世界却完全陌生。因此，引入平行世界，作者便获得了一个"伪现代人"的视角，这一视角面对异世界的态度相对读者视角来说更为紧张，这种差异使得作者对《山海径》世界的描写充满了由戏剧反讽带来的张力，还原了人们初见穿越的惊异感。这便是神话与现实的接口。同样的，作者还采用《山海经》中诸多的断章，让现代世界的角色去猜测其含义，然后和《山海径》世界中的现象遥相对应，如"女丑之尸"的传说，对应穿越之后陆离俞遇见的蒙面女子。而在该女子出现之前，就有现代人对这段文本分析揣摩的情节作为铺垫。时空穿越所带来的惊异感，不能仅仅靠作者自己的解释，还需要技术性地拉开读者与书中世界的距离，并设身处地地还原人物当下的体验，这都需要基于现实发散的想象力和对人物及人物所在文化环境的深度理解。

（二）以爱情触及人神关系：人性与悲剧主题的深化

《山海经·瀛图纪》选择双轨双世界的叙事：一个是产生主线，供读者代入的主世界，即作为探索和发现的主体的现实世界，还有一个是作为被探索被理解的客体世界《山海经》世界。同样地，读者的共情对象也有两种：作为探索者的现代人和作为被探索者的《山海径》世界原住民。从另一视角看，前者是属于人性的，而后者更多地是属于神性。但半鱼磐并不停留在此一简单的二元划分，而是试图在神性中探索人性："其中有很多神、怪的角色，具有比较强的神性，而神性很多时候是反人性的。所以在处理的时候人物还是更多地保留了人性，人性会更具有文学色彩，更容易打动读者。其中值得注意的是如何将神性和人性相结合。要是停留在人这个角度，可能就缺乏了神奇性，故事会比较乏味平淡；但是如果都写成神性，人性这个东西又少了，它离我们观众生活很远，很难让大家产生共鸣。写作时，我一般会在角色的神性中保留有一些人性的弱点。有弱点人

物才能立起来，才有可信度。"（参见本书半鱼磐访谈）

半鱼磐选择了"人神恋"作为最重点描绘的情感，或许就是因为爱情处于人性和神性之间的特殊地位，对于暴露神的弱点来说最为有力。在角色的神性中保留有一些人性的弱点，这一说法虽然依旧以基于神性和人性的二元对立呈现，但实际上其手法已经模糊了二者的界限，神性之所以给人反人性的感受，在于崇高感自身通过对人性的压倒性姿态激发恐怖和超越性情感的特性。因此反人性也属于人性的一种，让崇高的神性遭遇人性的弱点，描绘高尚者的失败，便触及了悲剧性。使得悲剧性在爱情这一人性与神性之间的裂缝中自然而然地渗透出来：

> 差异在于，中国的人神相恋大多是表达一种失望的情绪，很少有西方诗歌的那种激昂的欢悦。用鸿儒钱穆的话来说，就是"侍神而神不至，祭神而神不临"。至于为什么会这样，他就讲不清楚了。[i]

求不得，以人与神之间的关系以及爱情作为隐喻，贯穿在《山海经·瀛图纪》几乎所有人物的困境中。以主角陆离俞与郁鸣珂的关系为例，作为陆离俞在现世和异世追寻的对象，一个梦中的神秘情人，直到第一部的结尾也还是没有出现。郁鸣珂从来只出现在他的梦中，甚至第一次以梦的形式出现时作者只是以"她"代称，而没有名字，对于现实世界来说她根本不存在。当老张怀疑陆离俞只是编造了郁鸣珂来逃避罪名时，陆离俞的反驳几乎点破了这些关系的抽象本质："我不可能编造一个名字，然后为此耗尽一生。"[ii]编造一个名字为之耗尽一生，难道不正是人与神之间的关系吗？同样的暗示还有很多，如郁鸣珂和陆离俞同为大学老师，她连发表论文的化名都是"离俞"。在作为奇幻世界的小说世界中，或许神的存在可以得到奇迹的证明，最后郁鸣珂也确实以神子的身份带着陆离俞

---

i 《山海经·瀛图纪之悬泽之战》，咪咕，2016 年 7 月 22 日，https://www.migu.cn/read/detail/1200300000000
006377.html，引用日期：2021 年 8 月 29 日。

ii 《山海经·瀛图纪之悬泽之战》，咪咕，2016 年 7 月 22 日，https://www.migu.cn/read/detail/1200300000000
006377.html，引用日期：2021 年 8 月 29 日。

拯救了世界，但基于现实的人神关系却只依靠没有奇迹的信仰。信仰之为人的一厢情愿，正如陆离俞与梦中的郁鸣珂的关系，一方面激发了人物强大的行动力，另一方面又因其虚无缥缈而暗暗指向了悲剧。

求神而不得，只是求不得的隐喻，求不得不仅限于人与神的关系，还寓于人与人的关系、神与人的关系，以及人与理想的关系。如帝后，求司泫而不得；如太子长琴，作为书中最典型的理想主义者，为了天下太平将悬灯之谜分散世界各处，却仍然无法阻挡战争的发生，是求理想而不得。由人性出发的理想主义，扩大到宗教性的牺牲，则变为反人性，人性与神性、反人性的冲突，终究还是人性的内部冲突。半鱼磬强调的情感化，一如古希腊悲剧的传统，其引发读者共鸣的地方，也在于人物在此种冲突碰撞中遭遇的失败命运。

"有时候我在书中会有一些隐蔽的、特别的设计，有些读者会看出来并且在评论中点破，这还是令我很惊喜、很意外的。"[i] 在访谈中，半鱼磬提到自己的小说虽然以大众化的娱乐为重，但仍不放弃追求更高的立意、更广的视野、更有深度的内容。在娱乐大众的同时，其试图承载的内里，依旧是人文的，关乎人的爱情、命运、理想、失败等一系列的母题。半鱼磬的《山海经》系列作品以其销量和口碑俱佳的成果说明，娱乐内容与严肃内容的矛盾，并非不可调和，而且其中调和的思路、方法，其实具有一些明显的结构，不是完全不可复制的。这为当今意欲在网络平台上进行深度创作的作者来说，具备鼓舞和参考的价值；对于所有意欲在多媒体的大众平台上平衡市场接受和作品艺术性、思想性的创作者来说，也同样具有一定的价值。

（朱守涵、刘钰卿　执笔）

---

i　《山海经·瀛图纪之悬泽之战》，咪咕，2016 年 7 月 22 日，https://www.migu.cn/read/detail/120030000000000 06377.html，引用日期：2021 年 8 月 29 日。

＃作者访谈＃

受访者：半鱼磬

访谈者：单小曦、汪云鹤、闫雨中秀

访谈时间：2021 年 8 月 6 日

访谈地点：运河桥西直街舒羽咖啡馆

一、创作"山海经"系列的机缘

单小曦：我做网络文学研究是有一些起因的。首先，我从事文学理论研究。文学理论研究有它的弊端，它比较像空中楼阁，而不像文学批评一样依附于具体的作品。网络文学横空出世以后，做传统文学批评的专家对此不以为意。反而是文艺学的做理论研究的一批专家学者最先介入了这个领域，开始进行理论建构的研究，例如网络文学的定义、网络文学本体论等等，不过很少涉及作品。随着时间的推移，介入网络文学研究的人才多了起来。

半鱼磬：其实可以打个比方来形容这个现象。中国戏剧发展的历史中，昆曲最早是一个正统的派别，而京剧反倒是一个野派。但是后来昆曲逐渐式微，京剧成为正派。单老师其实很具有文学敏感度。传统文学在这个时代确实开始走下坡路。

单小曦：是的，我们不得不承认这个现象。传统文学是具有它的文学价值审美价值的。但是作品经过读者的阅读与接受才能体现出自身的艺术价值。由于受众群体的减少，传统文学的现状逐渐呈现"小圈子里自娱自乐的"态势。这是一个必须要关注的现象。我是做理论研究的，但是理论研究需要与时代接轨。所以，从现象出发，我们不难发现传统文学在慢慢萎缩，而网络文学逐渐兴起。首先，网络文学确实具有一个庞大的受众群体。在中国，网络文学的读者达到 4.5 亿人，远远高于传统文学的阅读者。这也是我们必须研究的原因之一。

我们之前了解到，半鱼磐老师本身是学历史出身，后来转而研究传播学广告学。这些经历似乎都与成为一名网络作家相去甚远。那么是什么样的机缘让你开始从事网络文学的创作呢？

半鱼磐：成为网络作家，一部分是本身的梦想，但是更大程度上是因为外部因素的推动。起初，是我的编辑朋友提出这个构想。她认为中国历史上的各个朝代已经被穿越文写遍了，唯独《山海经》这个背景没有被用过。但是《山海经》里是没有情节的，很难将它应用到小说创作中，这需要一位对历史有一定研究的作者来完成。所以她找到了我，和我阐述了她的构想，希望我来完成这部小说的创作。这就是我开始网络文学创作的缘由。

但是这部小说是无法写成传统意义上的穿越小说的。因为《山海经》没有历史故事来构建小说的情节框架，例如唐朝可以有武则天的故事背景，清朝可以有雍正的故事背景。所以在构思的时候我采用了一个"平行时空"的概念，抛弃穿越题材按照历史发展单线叙述的思维，用平行时空的双线进行故事的叙述。

单小曦：在写这部作品以前，有没有其他创作经历呢？

半鱼磐：有的。之前在杂志上连载过一部唐朝探案的作品。在那个作品结束之后就开始进行"山海经"系列的创作了。

单小曦："山海经"其实是很容易被做成一个影视 IP 的题材，您的作品有没有影视化或者动漫化的打算呢？

半鱼磬：是的，这个题材非常适合做成影视IP。在完成小说以后，确实也有一些影视投资方找到我，一起商讨影视化或者动漫化的可能性。最终还是由于两点原因没有实现。一是"山海经"是一个有神话色彩的世界，所以制作特效和还原人物必定斥资巨大，且我们不能保证收益是一定大于投资的。二是，现在一部影视剧是否成功，是否受到大众好评，是受到很多因素影响的。并不仅仅取决于剧本是否优秀。时代因素、社会因素、市场因素等等都会在不同程度上影响影视作品。

二、"山海经"系列创作的秘密在于将神性和人性相结合

单小曦：在以往玄幻题材小说的研讨中我们发现，一部小说的世界框架的设定与搭建，是一部小说的基础，也是一部小说是否成功的关键因素。您在面对《山海经》这样宏大的背景时，有哪些开拓性的世界设定？又是如何落实到具体情节中的呢？

半鱼磬：首先，要纠正大家对《山海经》的一个误解。很多人认为，《山海经》是一部中国的古地理书，描述的是中国地理概况。但是实际上它是一部环球地理书，是当时的人对世界地理的一个描述和想象。我在写作的时候也有意让读者意识到，《山海经》远比我们想象的宏伟和开阔，它是人类早期对整个世界的描述。

所以，一旦把它认定为世界地理，在创作小说世界时便也有了具体依据。《山海经》本身是有一个地理框架的，而且每个框架都有一个中心，这个中心的体现就是，它是一个神明的聚集地。我在构建的时候以此为参考，也把世界分为四个部分，以四个部分为依托构建成一个完整的世界。这种框架的构建的特点就是"人神共存"，这也符合《山海经》本身特性。

同时，《山海经》中"海"的概念比较早被提出。书中想象的状态就是一个"四海"的状态，即大陆被四海包围，漂浮其中。在中国传统中，

通常只有"江、河"的概念。如果要编纂地理书，就会像郦道元的《水经注》。一个民族只有有了"海"的概念，才能拥有这样的想象，所以说它的格局是非常大的。这甚至涉及中华民族起源的问题。在我们传统的印象中，中华民族的起源于大河文明，生长繁衍于地势平坦的黄土高原上，其文化以及活动范围应该聚焦在河流和土地之上，就如《水经注》中所述。与之对比，成书较早的《山海经》却要把"山"和"海"作为华夏民族主要的活动区域，以此来介绍我们的文明。它们其实是与我们联系并不紧密的地理形态。这种说法与我们脑海中所固有的文明起源地域相违背。

单小曦：面对"山海经"这样的历史题材的文本，在写作过程中，您对它有哪些主观的加工？

半鱼磐：在处理这些题材的时候，我一般会对它进行情感化的处理。我们中国传统的文学题材其实是有一个模式可以遵循的，即"人神相恋"。比如在处理一个角色"帝"的时候，我们有参考舜的故事。舜有两个妃子——娥皇和女英，"帝"也是如此。但是处理会稍有不同，在他去世以后，我安排了一个他要求妃子殉葬的情节，这是一个比较反人性、有神话色彩的情节。"帝"为了迫使两个妃子就范，让她们对人间失去念想，便悄悄将长妃的儿子杀死了，以断绝她们在人间的唯一寄托。但是这件事最终还是败露了，为长妃所知，于是她便采取了报复性的措施——对"帝"进行阉割。故事设定中，"帝"去世后是拥有重生的能力的，但是经过长妃的报复，即使他可以再次重生，也无法再得到人世间的欢愉。这是一个富有"人"的情感的情节。

我们知道，《山海经》是缺乏情节的。写作的时候可以采用其中的要素，却不能拘泥于它。这需要我们作者自己为小说增加一些戏剧性的情节，在叙述人物经历也需要一定的波折起伏。同时，戏剧化处理的过程中，也不能脱离神话的大致框架。此外，在塑造人物的过程中，在人性的层次上也需要赋予一定的神性。毕竟作为神话，本身就有一些反人性的因素。读者知道这是一部神话题材的小说，所以也可以接受具有神话、反人性色彩的情节。

单小曦：您在小说中对世界的设定和描述，和原来的《山海经》相比，有哪些变化呢？

半鱼磐：大体上还是以《山海经》中描述的地理框架作为小说世界架构的基本依托。根据《山海经》的介绍，世界布局分为四个部分，这是建构世界的前提。每一个部分都有一个中心的神明聚集地，如同我们现在的首都。比方说设定在西北部落的中心点是神话中经常出现的昆仑山，设定在东部部落的中心点是洞庭湖。而设计中部的时候，则选择了一个容易被大家忽略的地方——密都。《山海经》世界地理书的性质以及书中对密都的描述，让人不由得联想到如今的印度。北方我们设定的是海，海有一个中心，即《山海经》中提及的"纵渊"。纵渊是万海归集之地，所有的海水都汇聚在这个地方，相当于我们现在的马里亚纳海沟。北方还可以设定一个地方叫"烛阴"，这对应的是今天的北极，因为烛阴是阳光照不到的地方，那就应该是一个极夜的地方。这是一个世界的基础框架，我据此在小说中做了一个地理布局。另外还有一个中心的地方即不周山，它被设定为世界的中心。最后的大结局以及整个世界的崩盘，就从这个地方展开。描述这个地理布局，实际上是为了给读者展示世界的面貌。除此之外，还希望读者对《山海经》有全新的认识，不要把它狭隘地理解为中国地理书。

单小曦：小说所创造的人物和原来《山海经》里的人物有怎样的对应关系呢？您在其中又做了怎样的想象、虚构、创新呢？

半鱼磐：首先《山海经》角色大部分还是保留的。但是其中有很多神、怪的角色，具有比较强的神性，而神性很多时候是反人性的。所以在处理的时候人物还是更多地保留了人性，这会更具有文学色彩，更容易打动读者。

其中值得注意的是如何将神性和人性相结合。若是停留在人这个角度，可能就缺乏了神奇性，故事会比较乏味平淡；但是如果都写成神性，人性又少了，离我们的观众生活很远，很难让大家产生共鸣。写作时，我一般会在角色的神性中保留有一些人性的弱点。有弱点人物才能立起来，才会有可信度。《西游记》中就提供了很好的范例。像钱锺书说的，孙悟空的七十二变是一种神性的本领，但是在它变化成一个庙宇以后，有一个东西是无法变化的——它的尾巴。这就是《西游记》写作的精妙之处——神性中保有人性特点。所以我在写作设计的时候，主要还是倾向于写"人的故事"，而不会把它写成一个纯粹的神话故事。

但比较矛盾的是，故事的人物仍然是一个神。这是一种共存状态——故事里人物会做一些人的事情，但是人物行为最终的结局，仍然需要和神的状态产生一种联系。例如，小说中有一场战争，有一个女孩子是帝王的女儿，她需要拯救她的城市。但是她作为一个人类而言没有这个力量。所以她去祈求神明，向神明祈求用水来攻陷敌人。这种强大的力量终究还是一种神的力量，未免过于理想化了。我们希望看到的是有弱点、有缺陷的人物，即使在神话故事中，也需要有人的困境和人的状态。所以我们就设计了另外一方已经预料到了帝女到时候会用水来进攻，所以他们事先把破局的东西都准备好了。等到水一来的时候，不仅没有冲垮，反而可以用事先准备好的船来攻打帝女的城市。这个就是前面所说的，神的东西它是有缺点的。一旦把神的缺点展示出来之后的话，从读者角度来讲，会觉得这种更可信。从阅读体验来讲，我们更喜欢看到一些有波折变化的，而不是一帆风顺的故事。

所以在写作中，我仍然会强调角色的人性。这里还是要拿《西游记》举例，这本书在角色塑造上非常成功。现在，我们发现，"猪八戒"这个角色最受大家欢迎。因为猪八戒人性更强，具有人性里的许多弱点，可以说我们有的缺点都能在他身上看到影子。最不起眼、最不能引起共鸣的角色是沙和尚，因为他可以说没有明显的人性特点。我在写这部神话题材的小说时也是一样的，尽量赋予角色一些人性化的特征，希望给大家展示出角色作为人的状态和困境。

单小曦：您刚才说《山海经》里是几乎没有故事情节的，那么在进行文学创作过程中，您是如何设计情节的呢？

半鱼磐：对，《山海经》的情节性非常弱，就需要我自己去设定一个情节中心。首先，故事背景我是按"平行世界"的概念来设定的，即有一个和地球相平行的世界。这个平行世界和地球是一个共同存亡的关系。因此，在平行世界发生的战争会决定两个世界的命运，一方面决定它自己的命运，另一方面决定我们的地球的命运。所以当有一个人不知不觉地穿越到了平行世界时，实际上是两个世界的联结，他需要承担维护两个世界和平的责任。这是我们当时的整体背景框架。

我认为传统小说相对于网络文学而言，中心性会有所减弱，它是一个比较散的结构。这也是网络文学受到大家追捧的重要原因。在阅读网络小说的过程中，读者可以有强烈的阅读方向感，他们了解自己在看的事件和中心，很容易产生追寻感和代入感，清晰明确地进行阅读。

所以在写作的过程中，我会把战争作为小说的中心，通过战争的进程逐渐把相关的人物、情节结合到故事里。同时也以战争为主线。通过战争把总共四部书的故事串联起来。这个情节的构建和《三国演义》很相似——把大大小小的战争作为故事线索，结合众多人物，同时保有一个故事的鲜明中心。读者阅读小说是需要有一个中心的，循着中心才能保有方向感和好奇心，一直追着小说阅读下去。国际上很多电影也是用相同的手法，比如《权力的游戏》《指环王》等等，也是围绕着一个中心连续拍了许多季。它们的主线清晰明确，所以观众观看过程中并不觉得乱。

单小曦：《山海经》作为一部古代典籍，一定蕴含一些古代的思想文化观念，但是它作为一部网络小说，势必需要进行一定的转化。在您的写作中，是不是在思想主题角度存在一些现代化的转化？

半鱼磬：是的。这里还是用刚刚《权力的游戏》举例，它虽然写了一个中世纪的故事，但是里面的角色，尤其是女性角色，有很多现代女性的投射。它强调的是一种独立、自尊的精神状态。这是一种富有现代性的价值取向，在设定的年代是很少出现的。不过在我的作品里并没有强调这个方面。我的小说里的主人公比较重情，这也是读者比较乐意接受的一种设定。比如男主角开始被一个王爱上了，但是他并不知情。后来发生战争的时候他被敌军俘虏了，于是这个王为了和他在一起又变成了一个女仆的角色，以身为代价，和敌人讲条件——只要不杀了他，我就侍奉你。这有一些原始的特点。后来男主角为了保护她便上战场打仗。最终两个人是因为情感而结合在一起。我们可以看出，主人公都是非常注重感情的，并不是我们通常说把感情当成游戏的"渣男"。在写男女感情线的时候，总体而言，我的价值取向还是比较保守的。我会受到一些外国作家的影响，他们在写作中会强调男性的责任感，这是一种比较现代化的情感倾向。我个人也会倾向于这种情感，男女双方对于感情都是有责任感、有契约精神的。我在思想观念这方面没有刻意追求颠覆和前卫，毕竟是这一部通俗网络小说，它的主要写作目的不是来颠覆你的价值观的。

单小曦：这里有一个比较矛盾的问题，男性在情感线上是比较现代化的，是符合观众口味的。同时女性又要从自尊独立的角度做文章。男性的强势和女性的独立很容易起冲突。遇到这种情况您是如何处理的呢？

半鱼磬：双方虽然独立自主，但是在感情上还是平等的。我有选择爱你的权利，也有选择不爱你的权利。同时这个标准也不是单向的，它既是对自己的标准，也是给予对方的标准。双方都是有自主选择权的。在写的时候不可能写出一方特别强势，一方特别弱势的状态，这样就没有平等的、你来我往的感情交流，感情也没有戏剧性和挑战性。感情双方对等的情况才会比较精彩。这个平等体现在双方的行为的取向上、行为的力度上、行为的频率上。

单小曦：在小说中一些基本的伦理观、道德观和传统文学相比，有没有特别大的偏差呢？有没有一些比较另类的、冲破传统的文学设计呢？

半鱼磐：在以后的作品中，我会考虑加这些创新的元素。但是在这部作品中，人物也许会有极端性，但是大体上没有很特殊的设计。我们在谈论这个问题的时候，仍然要考虑到网络文学的受众。读者其实更能够接受一个大众化的价值观、道德观。念及这一点，写作的时候就不能过于剑走偏锋，过于求新求异。极端化的作品很可能市场、读者不容易接受。塑造人物的时候，我会尽量将人物形象丰满化，比如会塑造出一个反传统的英雄，而不是一个光荣、伟大、正确的传统大英雄。不过严格来说，这并不算一个创新，现在很多小说电影都会这样做。通俗的英雄人物都是有自身人性化的特点。比如美国的西部片里，牛仔英雄大多是好色的，但是他们的好色与自身的侠义行为并不冲突，反而会让观众觉得亲近、真实。

三、网络写作在面向读者的同时也要追求引领和超越

单小曦：我很关心您和读者之间的关系。您觉得读者对您创作的作品会有影响吗？在写作的过程中会参考或者迎合读者吗？

半鱼磐：读者对我这部书写作的影响并不大。因为我的写作过程不是一个断断续续、和读者交互性很强的过程，而是我把整部小说写好以后，由编辑帮我发到相关的网站上，写好以后就不再更改了。所以没办法根据读者的意见修改小说。我并没有经常上网的习惯，偶尔会看一下读者的留言。有一些读者还是阅读得很认真的，会写很长、很用心的评论。我印象比

较深刻的是一个读者朋友写了两千字的读后感，让我当时非常感动。有时候我在书中会有一些隐蔽的、特别的设计，有些读者会看出来并且在评论中点破，这还是令我很惊喜、很意外的。

读者的意见我觉得是值得参考的，必要的时候我会进行一定的迎合。因为网络文学是面向大众的，它毕竟不是一个完全自我表达的产物。纯粹的个人化表达市场会比较狭小。所以参考或者说迎合读者的需求是一件很正常也很基本的事情。金庸的武侠小说之所以受欢迎，就是迎合了当时读者对武侠小说的情感需求。他把武侠小说从传统单纯打斗的桎梏中解放出来，转而强调男女人物的情感关系。20 世纪六七十年代读者的思想已经比较开放了，市场对情感化的文学产品有一定的需求。而金庸恰好满足了这个缺口。但是，迎合也需要有一个标准，这个标准的体现不是具体情节上的，更多是价值取向上的。价值观方面我还是比较符合大众需求的，并没有特意求新求变的想法。

单小曦：网络文学和传统文学还是有很大区别的，很多人阅读它们往往是出于一种娱乐和消遣的目的。我想问一下您对自己作品的界定，读者阅读它也是一种消遣和娱乐吗？

半鱼磬：我们必须承认，网络文学是为阅读而产生的一种文字产品。它存在的最初目的不是提高你的文化、文学修养的，所以大部分的人阅读这些东西是为了消磨时间。在消磨时间过程当中，它可能会产生一种自我的提升，但这不是它的主要目的。但是文学不一样，文学是以自我修养的提升为目的去阅读的一个文化产品。文学的没落在于什么？就是文学原来承担的功能现在都被分化了。文学原来承担的是一个自我修养提升的功能，但是现在被成功学等等分化了。

我最初对这部小说的定位，就是一部大众化的作品。而且我投放的毕竟是一个大众阅读渠道，本身平台注重读者阅读体验、阅读娱乐性的性质也决定了小说的性质。我作为一个写作者，也是希望作品能够被大家看到的，如果是一个完全自我欣赏性质的作品那其实是没关系的。

但是我还是对自己的小说有一些期待和要求的，我希望能写出一个和普通的网络小说不一样的故事。比一般的小说立意更高一些，视野更广一些，内容更有深度一些。首先在框架上，我想进行一些提升。网络文学中，比较典型的幻想文学一般被称作"玄幻小说"，它更多的是一种仙化的框架，还没有到达神化的框架。神话的框架需要我们构建一个新的世界，这个世界本身具有一种决定性的色彩。我在自己的小说里有意引进神话的概念，和西方的《指环王》有点类似。其次是在主题上我想进行一些突破。一般的玄幻文学格局通常不够大，但是我们仍然用《指环王》举例，它的主题达到了世界存亡的高度，这也是西方人常用的写法。我想到《山海经》本身就提供了一个世界性的框架，所以在写作的时候，自然而然也引申到世界存亡的问题。不过，顺便一提，我没有在故事开始把整个框架搭建得很完善，导致情节发展在后期受到了一些限制。此外，我也希望能够给予读者一种全新的视角，重新认识《山海经》。它不是一本仅仅囿于中国地理的书，而是体现了古人"放眼看世界"的开阔格局和大胆充沛的想象力。

单小曦：您是如何理解现在的文学的变化的呢？

半鱼磬：现在随着时代的变化，文学也在随之变化。我们可以看到，在一线城市传统文学的没落尤为迅速。传统文学书籍的销量大幅度下降，写作者数量也在锐减。反而是二三线及以下的城市传统文学的销量还可以，并且仍然有相当数量的作者在从事相关创作。网络文学其实并不能算作一种纯粹的文学，就像我们刚刚说的，它主要是一种娱乐和消遣的方式，或许它会起到个人提升的作用，但那也并不是它的主要功能和目的。在我的认识里，文学有许多功能，比如教育的功能、提升认知的功能等等。但是随着时间的变化，它的这些功能很多都被分化出去了。

除此之外，非常值得注意的一点是短视频对阅读的冲击。如今为什么大家都想去开发短视频？主要原因是影像化、可视化的传播方式更为轻松易懂。大众更乐于接受这种轻松快捷的方式。阅读并不是一件轻松的事情，尤其阅读是一些内容较为晦涩艰深的书籍，需要沉下心，花很大工夫去读懂。这是一种需要从小训练、有长期训练和积累才能获得的技能。在智能设备没有被广泛普及的时代，文学阅读受到的影响会比较小。但是，当下这个设备和思想都高速迭代更新的年代，也被很多人戏称为"争夺注意力的时代"。如果始终用传统的文字方式去叙事，很难留住读者。因为很多人的阅读是出于教育体制的要求和学业的压力，大家会调侃一生中阅读的巅峰是学生时代。一旦这个压力随着年龄的增长消失了，阅读就是一件全凭个人兴趣的事情了。这就需要我们文学创作者尽量去创作出能够符合当下时代发展趋势，吸引读者兴趣的作品。

（闫雨中秀　执笔）

＃读者评价＃

2016 年，半鱼磐的"山海经"系列作品第一部《山海经·瀛图纪之悬泽之战》开始在咪咕阅读上连载，作品以独特的艺术构思和语言风格吸引了众多书迷，仅 3 个月时间便获得网友 5000 万点击量，咪咕阅读评分也高达 4.4 分（满分为 5 分）。随后，《山海经·瀛图纪之悬灯之战》和《山海经·瀛图纪之大夏》两部作品也相继问世。据搜索统计，有关小说的网友评论大多集中在咪咕阅读的评论区，累计有 1592 条（数量仍在增加），除此之外，微博、贴吧等平台上也有少许零散的读者评论（由于小说的受众面较小，知乎、豆瓣等平台暂时没有搜集到相关评论），笔者根据搜集到的评论内容进行了简要的梳理。从内容上看，网友评论多为简明扼要的个人感慨及催更提醒，只有少数评论针对小说文本的艺术构思和语言风格等方面进行了提炼概括。通过提炼一些具有代表性的评论，笔者将其总结为以下三个方面：

一、小说题材的选择及创新性

在"山海经"系列作品中，半鱼磐巧妙地运用了平行时空的理念，将现代社会与中国传统地理志怪古籍《山海经》中波诡云谲的世界相联系，构筑出一个全新的"山海经"世界。网友对半鱼磐笔下描绘的"山海经"世界产生了浓厚的兴趣，这种将丰富的想象因子根植于中国传统文化土壤的创作方法得到了网友的一致好评。理由如下：

首先，网友对小说中描绘的人、神、怪共存的世界充满了好奇与想象。中国早期浪漫的神话传说所营造的神秘感根植在人们的心中，并深受人们的尊敬和崇拜。在小说受众群体中，不少网友表示自己其实是一个神话迷，对历史传说尤其是《山海经》有着难以抗拒的喜爱与痴迷："作为一个神话迷，我一直很喜欢我们国家的神话传说，总觉得这些故事是真实存在的！《山海经》更是我喜爱的一本书，越看越觉得精彩！"[i]"《山海经》里的神话，传说，百看不厌。"[ii]"从小时候看到第一本《山海经》开始就喜欢上这一类型的神话传奇。"[iii]《山海经》系列作品满足了读者对神话传说的阅读期待，为读者提供了一个窥探历史传说的窗口，半鱼磐通过对奇异神兽的塑造再现了山海经世界的神秘魔幻，也将读者带入了遥远的山海传说中。"一直觉得《山海经》是一本很深奥的书，能以此作为线索展开，一开头就吸引了我的兴趣，感觉看下去会有种让人茅塞顿开的感觉。可以解开千古之谜！"[iv]"《山海经·瀛图纪之悬泽之战》是献给远古的永恒经典，我们时代伟大的奇幻史诗！一个以中国古代典籍《山海经》为蓝本的东方魔幻世界。当人的世界，与神的世界、怪的世界在看似遥远不可及却又如此真实地交织在我们眼前，当只存在于神话传说……"[v]

其次，网友对半鱼磐如何创新性描绘山海经世界进行了探讨。在网友看来，只凭借对《山海经》文本的熟悉掌握和照搬照抄并不足以让半鱼磐创作出系列优秀作品，真正能够圈粉的恰恰是半鱼磐在创作过程中所表现出来的天马行空的

i　"深渊凝"，咪咕阅读，2017 年 3 月 11 日，https://wap.cmread.com/r/p/plxq_backflow.jsp?z=1&contentId=10841260&cm=M801005I&is_np=1&type=2&shareType=5&srcmsisdn=30941153647&scene=0&shareObj=29&bid=10841260&contentType=2&vt=3，引用日期：2021 年 8 月 8 日。

ii　"不必要的失落"，咪咕阅读，2016 年 8 月 22 日，https://wap.cmread.com/r/p/plxq_backflow.jsp?z=1&contentId=10183713&cm=M801005I&is_np=1&type=2&shareType=5&srcmsisdn=30941153647&scene=0&shareObj=29&bid=10183713&contentType=2&vt=3，引用日期：2021 年 8 月 8 日。

iii　"M40090707647"，咪咕阅读，2016 年 8 月 23 日，https://wap.cmread.com/r/p/plxq_backflow.jsp?z=1&contentId=10186770&cm=M801005I&is_np=1&type=2&shareType=5&srcmsisdn=30941153647&scene=0&shareObj=29&bid=10186770&contentType=2&vt=3，引用日期：2021 年 8 月 8 日。

iv　"阿朱 1010"，咪咕阅读，2016 年 8 月 27 日，https://wap.cmread.com/r/p/plxq_backflow.jsp?z=1&contentId=10205817&cm=M801005I&is_np=1&type=2&shareType=5&srcmsisdn=30941153647&scene=0&shareObj=29&bid=10205817&contentType=2&vt=3，引用日期：2021 年 8 月 8 日。

v　"加菲猫 shine"，微博，2018 年 1 月 4 日，https://m.weibo.cn/3518284171/4192481391998228，引用日期：2021 年 8 月 8 日。

想象力和虚构能力。在小说中，半鱼磐虚构出一个个活灵活现的异兽，其中既有《山海经》中的原型，又有对其的补充和改造。在评论中，网友对半鱼磐丰富的想象力及角色塑造能力给予了充分地肯定："人的世界与神的世界、怪的世界看似遥不可及却又如此真实地交织；只存在于传说中的人物——有血有肉地出现在我们的眼前，这样的想象手法在整部小说里贯穿始终，一气呵成意犹未尽。曲折，节奏快，环环相扣，不断地设置悬念，成了他每一本小说最大的特点。可以说半鱼磐是最好的演员，他饰演着小说中每一个角色，分析着每个角色的心理。"[i]

同时，半鱼磐通过对古籍中的山海经世界细致详尽地虚构，刻画出一个极具远古山野特色的世界，将读者的思绪从现代社会拉回到了遥远的历史传说中，使读者表现出一种缅古怀旧的倾向。"作者以《山海经》为引，构筑了一个恢宏的双子世界，为我们重现了华夏文明的历史。神、鬼、人、怪、妖，各种各样幻想中的人物跃然纸上，更加重要的是，他将幻想与科学结合，虚幻人物与古今典籍相对应，让我们重新忆起先人的思考与智慧……"[ii]"看了此书，仿佛我们民族的远古山海经世界，一直没有远去，一直与我们同在。现在，此刻，在另一个空间，神、人、怪、兽在奇异的瀛图世界里共舞。"[iii]

从上述读者评论中不难看出半鱼磐小说题材选择的新颖性和独特性，有网友认为这是"一部伟大的神话玄幻巨作，渗透着中华民族的古老智慧"[iv]。针对半鱼磐这种将传统文化与现代文学相结合的创作模式，不少网友持积极回应态度："很

i 《所有恐惧都是阻挡我们走向真实内心的魔障，你的智慧足……》，百度贴吧，2017 年 6 月 13 日，https://tieba.baidu.com/p/5160319289?pid=108063152720&cid=0&red_tag=2734133981#108063152720，引用日期：2021 年 8 月 8 日。

ii "公乘芷蕊 jte"，咪咕阅读，2016 年 8 月 24 日，https://wap.cmread.com/r/p/plxq_backflow.jsp?z=1&contentId=10194229&cm=M801005I&is_np=1&type=2&shareType=5&srcmsisdn=30941153647&scene=0&shareObj=29&bid=10194229&contentType=2&vt=3，引用日期：2021 年 8 月 8 日。

iii "管平潮推荐词"，文轩网，http://item.winxuan.com/1201605882，引用日期：2021 年 8 月 8 日。

iv "主父白容 rmd"，咪咕阅读，2016 年 8 月 20 日，https://wap.cmread.com/r/p/plxq_backflow.jsp?z=1&contentId=10173306&cm=M801005I&is_np=1&type=2&shareType=5&srcmsisdn=30941153647&scene=0&shareObj=29&bid=10173306&contentType=2&vt=3，引用日期：2021 年 8 月 8 日。

好的一本书，大气恢宏，现代科技与古老传说完美结合，值得大家欣赏。" [i] "有上古神话之风采，有现实人性之描绘，有未来世界之憧憬。" [ii] 有鉴于此，部分网友希望借此模式将传统文化传承下去："其实我们有那么多的上古神话素材，应该有这一类的美文。" [iii]

二、小说中独特的穿越模式

在网文中不乏穿越小说，占据着网络文坛的一席之地，不少网友对网文中那些为了穿越而穿越的小说表示已经产生审美疲劳。在此背景下，半鱼磬极巧妙地避开了经典穿越文的"雷区"，采用了新颖的平行世界理念，这也成了小说穿越结构的理论来源。网友普遍认为这种将科学与幻想相结合的模式使得穿越情节得到了较为合理的解释，接受起来也比较容易，在技巧构思上就超越了一般穿越小说无厘头的情节设计。因此，在众多评论中，大部分读者对此结构的设计大加赞赏。"亘古时代都是神话传说了，用平行世界来看，作者视角很是独特。" [iv] "《山海经》是一个亦真亦幻的神奇世界。半鱼磬在《山海经·瀛图纪》里构筑出了一个观感真实的平行世界，作者在其中花费的功夫极大，穷尽心思编织成这本小说，一定值得你翻开。" [v]

值得注意的是，这种宏大的时空交错叙述并没有带给读者"假大空"的观

i　"浪迹天涯海角的独狼"，咪咕阅读，2016 年 8 月 25 日，https://wap.cmread.com/r/p/plxq_backflow.jsp?z=1&contentId=10195247&cm=M801005I&is_np=1&type=2&shareType=5&srcmsisdn=30941153647&scene=0&shareObj=29&bid=10195247&contentType=2&vt=3，引用日期：2021 年 8 月 8 日。

ii　"其'恕'乎"，咪咕阅读，2016 年 8 月 21 日，https://wap.cmread.com/r/p/plxq_backflow.jsp?z=1&contentId=10177629&cm=M801005I&is_np=1&type=2&shareType=5&srcmsisdn=30941153647&scene=0&shareObj=29&bid=10177629&contentType=2&vt=3，引用日期：2021 年 8 月 8 日。

iii　"子桑寄柔 edf"，咪咕阅读，2016 年 8 月 25 日，https://wap.cmread.com/r/p/plxq_backflow.jsp?z=1&contentId=10197232&cm=M801005I&is_np=1&type=2&shareType=5&srcmsisdn=30941153647&scene=0&shareObj=29&bid=10197232&contentType=2&vt=3，引用日期：2021 年 8 月 8 日。

iv　"三州秋凌 mk"，咪咕阅读，2017 年 6 月 8 日，https://wap.cmread.com/r/p/plxq_backflow.jsp?z=1&contentId=11999475&cm=M801005I&is_np=1&type=2&shareType=5&srcmsisdn=30941153647&scene=0&shareObj=29&bid=11999475&contentType=2&vt=3，引用日期：2021 年 8 月 8 日。

v　"阿菩推荐词"，文轩网，http://item.winxuan.com/1201605882，引用日期：2021 年 8 月 8 日。

感，相反，粉丝表示能从小说的字里行间中感受到作者隐含的温情，小说在这点上难能可贵。"穿越小说，还能这样写——在两个时间上同时、空间上平行的世界，因为互相拯救，令人备感温暖。"[i] 然而，这种时空转换下双线结构的行文构思也引发了一些小争议。有小部分读者对这种叙述方式表示接受不能，认为叙述视角的频繁切换容易扰乱读者的思绪，不利于阅读的流畅性，甚至对小说内容逻辑质疑。网友"热心的迎海 mww"就指出小说"写得稀奇古怪，看得思路混乱"[ii]。但是持这种观点的读者比较少，可见半鱼磐的行文方式还是得到大多数读者认同。

三、奇特的语言风格与悬疑的情节设置

小说语言是塑造艺术形象，传达审美情感的重要载体。在描绘"山海经"这个奇异诡谲的世界时，独特的语言风格有助于读者的阅读审美体验。网友"九指绅士"在咪咕阅读评论区中对小说语言进行了以下概括："这本书平淡中显示出了不凡的文学功底，没有用华丽的语言装饰，却以平实的真情打动读者，语句流畅，一气呵成，心理刻画和细节描写都很成功，给人回味之感！从文学的角度来讲，故事精彩，角度清晰可见，语言平实而不失风采，简洁而富有寓意，堪称现代文学之典范！达到了我等可望不可即的高度。就艺术的角度而言，这本书还有待提高，但它的意义却远大于成功本身！"[iii]

"平实的真情"是网友"九指绅士"给予小说语言的高度评价，即以朴素之言诉衷肠之情。网络小说作为一种大众读物，通俗性是其广泛传播的基本特点。然而也正因此，不少网文写手过度追求小说情节的发展，而对作品语言则明显

---

i　"海飞推荐词"，文轩网，http://item.winxuan.com/1201605882，引用日期：2021 年 8 月 8 日。

ii　"热心的迎海 mww"，咪咕阅读，2016 年 8 月 23 日，https://wap.cmread.com/r/p/plxq_backflow.jsp?z=1&contentId=10187492&cm=M801005I&is_np=1&type=2&shareType=5&srcmsisdn=30941153647&scene=0&shareObj=29&bid=10187492&contentType=2&vt=3，引用日期：2021 年 8 月 8 日。

iii　"九指绅士"，咪咕阅读，2019 年 9 月 18 日，https://wap.cmread.com/r/p/plxq_backflow.jsp?z=1&contentId=19135188&cm=M801005I&is_np=1&type=2&shareType=5&srcmsisdn=91115110817&scene=0&shareObj=29&bid=19135188&contentType=2&vt=3，引用日期：2021 年 8 月 8 日。

处于忽视状态，以至于不少网文的语言空洞无力，情味缺乏，很难给读者带来阅读的美感。而半鱼磐的《山海经》系列作品不同，不少网友认为它们不等同于网络上流传的千篇一律的奇幻爽文，语言平淡无味，相反，半鱼磐在通俗小说的语言运用上恰恰体现了其文学性，具有较高的文学造诣，给读者完全不一样的阅读体验。在《山海经》系列作品中，半鱼磐不仅在内容上设定奇幻的人神鬼怪，更将这种奇幻之感在小说语言中体现出来。"绘声绘色，世间真相往往被遮盖，被隐藏。令人神往想去探寻，文笔挺秀，直扣人心。"[i] "作者文笔不错，语言优美，情节有收有放，恢宏背景，娓娓道来。"[ii] 从上述评论可以看出，半鱼磐的语言风格得到了大部分网友的肯定和赞赏，是作品的一大成功之处，作者的文学素养和写作能力也因此受到网友的称赞："作者古文功底很扎实，古今衔接得非常合理，很喜欢，情节也非常棒，为你喝彩！"[iii]

此外，半鱼磐在小说中设置了大量的悬念，成为网友讨论的焦点之一。不少网友表示，大量悬念的设置使得小说读起来有些惊悚恐惧。"这书感觉特别有悬念，尤其是夜深人静时有点儿渗人。"[iv] "悬疑类的，很有点惊悚的感觉。"[v] 同时，从设置谜团到解开谜团的过程，能够让读者有一种恍然大悟的快感，获得与推理小说相类似的阅读体验。然而，过多的悬念设置也可能出现适得其反的效果。"一

i "司鸿碧玉 aoc"，咪咕阅读，2016 年 8 月 21 日，https://wap.cmread.com/r/p/plxq_backflow.jsp?z=1&contentId=10176996&cm=M801005I&is_np=1&type=2&shareType=5&srcmsisdn=30941153647&scene=0&shareObj=29&bid=10176996&contentType=2&vt=3，引用日期：2021 年 8 月 8 日。

ii "特别的晓蓝 cfp"，咪咕阅读，2016 年 8 月 21 日，https://wap.cmread.com/r/p/plxq_backflow.jsp?z=1&contentId=10179996&cm=M801005I&is_np=1&type=2&shareType=5&srcmsisdn=30941153647&scene=0&shareObj=29&bid=10179996&contentType=2&vt=3，引用日期：2021 年 8 月 8 日。

iii "闲时爱读书"，咪咕阅读，2016 年 8 月 20 日，https://wap.cmread.com/r/p/plxq_backflow.jsp?z=1&contentId=10172206&cm=M801005I&is_np=1&type=2&shareType=5&srcmsisdn=30941153647&scene=0&shareObj=29&bid=10172206&contentType=2&vt=3，引用日期：2021 年 8 月 8 日。

iv "伊祁笑翠 dcj"，咪咕阅读，2017 年 5 月 14 日，https://wap.cmread.com/r/p/plxq_backflow.jsp?z=1&contentId=11785432&cm=M801005I&is_np=1&type=2&shareType=5&srcmsisdn=30941153647&scene=0&shareObj=29&bid=11785432&contentType=2&vt=3，引用日期：2021 年 8 月 8 日。

v "心颜"，咪咕阅读，2017 年 6 月 12 日，https://wap.cmread.com/r/p/plxq_backflow.jsp?z=1&contentId=12033511&cm=M801005I&is_np=1&type=2&shareType=5&srcmsisdn=30941153647&scene=0&shareObj=29&bid=12033511&contentType=2&vt=3，引用日期：2021 年 8 月 8 日。

路看下来，作者埋下了很多伏笔，感觉看得刚有点眉目就没了，很失望。"[i] 设置谜团虽然能够吸引读者兴趣，使读者在追求解疑的过程中获得快感，然而当读者关注的谜团迟迟未能解开或已经被作者所遗漏时，读者也相应地会对小说产生失望和不满的情绪。半鱼磐虽然竭力在小说中逐步揭开自己所设置的悬念，但小说篇幅的冗长难免会让作者有些力不从心，且解谜时间的漫长也容易使读者丧失兴趣。

总体上看，半鱼磐的《山海经》系列在读者群体中反响不错。在网文泛滥的信息化时代，一部优质的小说变得可遇不可求。大多网文作家在金钱的驱使下将作品当成产品，在线上进行批量化生产。一时间，雷同、套路、抄袭等词汇充斥着整个网络文坛。半鱼磐的《山海经·瀛图纪》系列作品之所以上架后备受好评，关键在于它打破了传统小白文套路写法，大胆地构建出一个与现实社会相通的神话古籍中的《山海经》世界，并巧妙地融入了平行时空理论，蕴含着丰厚的文化底蕴和深刻的思想内涵，真正体现了小说的文学价值和审美价值。《山海经·瀛图纪》可以说是网络文坛一个另类的存在，半鱼磐运用其深厚的文学功底、奇幻的艺术想象，将一部晦涩荒诞、波诡云谲的古籍漫画式地展现在读者面前。在作品中，他依据原型塑造的一大批形象鲜明的异兽，并突出表现出一个"怪"字，而正是这种对"怪"的描绘，引发读者对《山海经》的趣味，借此打通了奇幻小说与传统古籍间的通道，为网文开辟出一条与众不同的道路。此外，小说精巧的情节设计、独特的人物设定等都成了小说的加分项，是小说的一大特色。半鱼磐对奇幻小说发展方向的探索是十分成功的。随着大众鉴赏力水平的不断提高，读者对网文质量的期许更胜，网络文学要想与传统文学处于同一平行空间，这种探索创新就不应终止。

（赵　倩　执笔）

---

i　"西宫从菡 gii2017-05-31"，咪咕阅读，2017 年 5 月 31 日，https://wap.cmread.com/r/p/plxq_backflow.jsp?z=1&contentId=11926328&cm=M801005I&is_np=1&type=2&shareType=5&srcmsisdn=30941153647&scene=0&shareObj=29&bid=11926328&contentType=2&vt=3，引用日期：2021 年 8 月 8 日。

后　记

目前摆在读者面前的这部《网络文学的合作式批评（浙江篇）》，是近年来杭州师范大学新媒介文艺研究团队又一以"教研结合"与"合作式批评"方式取得的研究成果。项目从 2017 年启动到 2022 年成果出版，历时 5 年，参与研讨、访谈、写作的主创者，除了詹玲、俞世芬等几个青年教师外，其他都是来自杭师大不同年级、不同专业、不同学院的本科生和硕士研究生，他们有的已经毕业参加工作，有的还在校学习。正是这群充满朝气和活力的年轻师生群体共同耕耘，才收获了这一不算完美但也自有韵味的果实。

作为项目主持人，我负责全书章节设计、绪论撰写和最后的统稿工作，也对全书负最终文责。詹玲、王建琴、朱诗园、蒋静妍、俞世芬、郭晨、顾岚菁、王慧、缪小静、周露瑶、韩梦婷、徐泽淦、缪丽雅、沈瑜钰、章佳萍、潘琪、张玉青、郑佳玮、何楚斌、寿昕昀、陈佳露、余可桢、朱守涵、刘钰卿分别撰写了相关"学者研究"板块文稿；詹玲、沈依阳、王慧、郭晨、王庆、缪小静、殷湘云、郑佳玮、沈瑜钰、潘琪、章佳萍、汪云鹤、闫雨中秀整理撰写了相关"作者访谈"文稿；金怡蕾、王慧、沈依阳、孙妍、吕予睿、胡菀琪、尤梦栩、王之翔、缪小静、周露瑶、章可欣、缪丽雅、章佳萍、潘琪、赵倩、孙斓柠、寿昕昀、杨思绮梳理并撰写了相关"读者评论"文稿；另外，章可欣、黄玉莹、姜琪、孙妍、杨佳怡、郑卓远、缪丽雅、陈曦、徐泽淦、陈佳露、寿昕昀参与了不同的"作者访谈"活动。

在此对团队所有成员的辛勤工作表示诚挚谢意！

此外，沈瑜钰参与了前期的统稿工作，朱守涵、刘钰卿、蒋静妍对部分稿件予以了重写和修改，没有他们的帮助，此书难以完成。

需要特别感谢接受我们访谈的各位网文"大神"——燕垒生、蒋胜男、管平潮、烽火戏诸侯、发飙的蜗牛、南派三叔、梦入神机、疯丢子、小饭、曹三公子、梅子黄时雨、陆琪、半鱼磐，他们贡献的创作经验、人生经历、文学见解构成了本成果的重要内容。

还要感谢广大的网络读者，特别是各位"大神"的读者，他们对于网文作者的代表性评价，在经过梳理后，也成了本成果的有机部分，对全面展现"大神"的创作起到了辅助作用。

本书能够顺利出版，离不开浙江工商大学出版社任晓燕主任和编辑张晶晶老师的辛勤工作，在此一并表示谢忱！

是为记。

单小曦

2021 年 12 月 10 日于杭州西溪之畔